La maison au citronnier

Sandy Tolan

La maison au citronnier

Traduit de l'anglais (États-Unis) par Christophe Magny

Flammarion

Titre original : *The Lemon Tree*
Éditeur original : Bloomsbury USA, New York, 2006.

ISBN : 978-2-0812-4594-5

Aux enfants, arabes et juifs, entre fleuve et mer.
Et à Lamis, qui m'a fait entrer dans cette histoire.

Avant-propos

La maison dépeinte dans cet ouvrage existe réellement, de même que le citronnier qui se trouve dans sa cour. Pour vous en convaincre, il vous suffit de prendre un car à la gare routière de Jérusalem-Ouest, de rouler vers l'ouest, de grimper puis de dévaler les collines en direction de la Méditerranée. Après une dernière montée sur une route à deux voies, vous arriverez dans une ville industrielle affairée, sur une terre autrefois connue sous le nom de Palestine, qui fait aujourd'hui partie de l'État d'Israël. En descendant du car, vous emprunterez le boulevard Herzl, l'artère principale, qui grouille de monde, puis vous dépasserez les vendeurs de jus de fruit, les marchands de kebabs, et les vieilles devantures pleines de babioles et de vêtements bon marché, avant de tourner à gauche dans la rue Klausner. Là, au carrefour suivant, vous remarquerez une station-service délabrée, en face de laquelle se trouve une maison de pierre couleur crème, modeste, entourée d'une clôture ponctuée de piliers et flanquée d'un palmier imposant.

C'est elle, vous direz-vous. La maison aux deux histoires. La maison au citronnier.

Chapitre premier

SONNETTE

I

LE JEUNE ARABE s'approcha du miroir, dans les toilettes de la gare routière de Jérusalem-Ouest, en Israël. Seul devant une rangée de lavabos de porcelaine, Bachir Khairi se pencha en avant et observa son reflet. Il tourna légèrement la tête de gauche à droite, puis de droite à gauche. Il lissa ses cheveux, ajusta sa cravate, pinça sa joue rasée de frais. Il voulait s'assurer que ce qu'il voyait était bien réel.

Pendant près de deux décennies, depuis qu'il avait six ans, Bachir s'était préparé à ce voyage. C'était le souffle, l'argent, le pain de sa famille, et de presque toutes celles qu'il connaissait. On ne parlait que de ça, constamment : le retour. De quel autre sujet un exilé pourrait-il faire la matière de ses rêves ?

Bachir regardait son reflet. *Tu es prêt pour ce voyage ?* se demanda-t-il. *Est-ce que tu le mérites ?* Tel était sans doute son destin : retourner dans cet endroit dont il avait surtout entendu parler, qu'il se rappelait à peine. Il avait l'impression d'être retenu par un sortilège caché, comme s'il s'apprêtait à rencontrer une maîtresse secrète, longtemps perdue de vue. Il voulait être beau.

« Bachir, cria Yasser, ramenant son jeune cousin au présent de la gare routière. *Yallah !* Dépêche-toi ! Le car va partir ! »

Les deux hommes traversèrent la vaste salle d'attente du terminal de Jérusalem-Ouest, où les attendait leur cousin Ghiath, bouillant d'impatience.

Il était presque midi en cette chaude journée de juillet 1967. Des étrangers se pressaient autour de Bachir, Yasser et Ghiath : femmes israéliennes en chemisiers blancs et longues jupes sombres ; hommes arborant chapeaux à large bord et barbes blanches ; garçons à papillotes. Les cousins hâtèrent le pas pour rejoindre leur car.

Ils étaient arrivés le matin même de Ramallah, une ville palestinienne située sur une colline, à une demi-heure de route vers le nord, où ils étaient réfugiés. Avant d'embarquer, les cousins avaient demandé à leurs amis et à leurs voisins des conseils qui leur permettraient de s'orienter dans ce monde inconnu appelé Israël : quel car devons-nous prendre ? Combien coûte un billet ? Comment l'achetons-nous ? Quelqu'un va-t-il contrôler nos papiers une fois que nous serons dans le car ? Que feront-ils s'ils se rendent compte que nous sommes palestiniens ? Bachir et ses cousins avaient quitté Ramallah en fin de matinée. Ils avaient pris la direction du sud dans un taxi collectif, vers Jérusalem-Est, et avaient atteint l'enceinte de la Vieille Ville, première étape de leur voyage. Quelques semaines plus tôt, ces murailles avaient été le théâtre de violents combats qui s'étaient conclus par une défaite cuisante des Arabes, et l'occupation de Jérusalem-Est par Israël. En sortant du taxi, les cousins virent les soldats stationnés à la porte de Damas, l'entrée nord de la Vieille Ville.

Ils se dirigèrent alors vers l'ouest, s'éloignant des temples antiques et traversant l'ancienne frontière qui divisait deux nations. Quelques semaines plus tôt, cette frontière séparait Jérusalem-Ouest et Israël de Jérusalem-Est et de la Cisjordanie, arabes. Depuis la défaite des Arabes pendant la guerre des Six-Jours, les forces israéliennes occupaient la Cisjordanie, la péninsule du Sinaï, le plateau du Golan, et elles s'étaient redéployées afin de défendre ces nouvelles frontières. Il avait donc été facile pour Bachir et ses cousins de traverser l'ancien *no man's land*, et de pénétrer sur un territoire à la fois ancien et nouveau. Ils avaient parcouru des kilomètres sous la chaleur, empruntant des rues populeuses et passant devant des maisons de pierre qui semblaient étrangement familières. Les rues étroites avaient finalement débouché sur des avenues modernes, animées – ils avaient alors découvert la gare routière de Jérusalem-Ouest.

Bachir et ses cousins traversèrent à la hâte le terminal au sol de béton. Ils dépassèrent les guichets où des préposés tendaient des billets à travers des barreaux métalliques, et le kiosque où l'on vendait des bonbons, des chewing-gums et des journaux écrits dans une langue qui leur était inconnue. Sur les quais, tout au bout du terminal, se trouvaient des cars dont les destinations étaient des terres qu'ils ne connaissaient que par ouï-dire : forêts du nord, déserts méridionaux, plaine côtière. Les trois hommes avaient en main leur billet pour al-Ramla. Ils se précipitèrent vers le quai 10 où leur car, décoré de vagues bleu ciel et blanc, était prêt à les emmener à la maison.

II

La jeune femme était assise, seule, à la table de la cuisine. Les rayons du soleil inondaient la pièce à travers les fenêtres de la maison de pierre orientée plein sud. La matinée était claire, se rappelle Dalia Eshkenazi, le silence à peine interrompu par les petites gorgées de thé brûlant qu'elle buvait et les bouchées qu'elle croquait dans une tartine de pain noir couverte d'une épaisse couche de fromage bulgare.

Depuis quelques jours, la vie de Dalia et celle de la ville de Ramla, où elle avait grandi, était revenue à la normale – aussi normale, du moins, qu'on pouvait l'espérer en Israël en 1967. Les sirènes annonçant les raids aériens s'étaient enfin tues, et les parents de Dalia étaient retournés au travail. Étudiante à l'université de Tel-Aviv, Dalia était en vacances et elle avait le temps de se pencher sur ce qu'elle avait vécu au cours des derniers mois.

Il y avait d'abord eu la tension insupportable et le traumatisme précédant la guerre des Six-Jours. Des voix étrangères diffusées depuis Le Caire conseillaient à son peuple de retourner d'où il venait, sans quoi il serait jeté à la mer. Certains Israéliens en riaient, mais Dalia, qui avait grandi au milieu du silence voilant d'indicibles atrocités, n'aurait su exprimer la profondeur de la peur qu'éveillaient ces menaces. Au cours du mois précédant la guerre, elle avait eu l'impression que la fin était imminente. « Pas simplement la fin de l'État, mais notre fin à nous, en tant que peuple », se rappelle-t-elle. À côté de cette peur, pourtant, existait une détermination, née de la Shoah, « de ne plus jamais nous laisser mener à l'abattoir comme des moutons ».

Tard dans la première nuit de la guerre, Dalia apprit qu'Israël avait détruit les forces aériennes ennemies. Dès lors, elle sut que la guerre était pratiquement jouée. Elle avait la conviction que Dieu avait sa part dans la survie d'Israël, et comparait ses propres sentiments de respect mêlé de crainte et d'émerveillement à ceux que ses ancêtres avaient dû éprouver en voyant s'ouvrir les eaux de la mer Rouge.

Les parents de Dalia n'avaient jamais été croyants. Ils avaient grandi en Bulgarie, s'étaient mariés en 1940, avaient survécu à un gouvernement pronazi, et s'étaient installés en Israël après la guerre. Dalia avait onze mois lorsqu'elle était arrivée.

Sa famille avait échappé aux atrocités commises en Bulgarie grâce à l'aide de chrétiens de bonne volonté que ses parents lui avaient appris à admirer et ne jamais oublier. Elle était désormais persuadée que le destin de son peuple se jouait sur la terre d'Israël. C'était en partie parce qu'elle croyait ce qu'on lui avait dit : les Arabes qui vivaient dans sa maison, et dans des centaines d'autres demeures de la ville, avaient pris la fuite.

III

Le Leyland Royal Tiger de 1965 émit un grondement sourd. Son pot d'échappement crachota tandis que le chauffeur du car rétrogradait pour descendre les collines à l'ouest de Jérusalem. Les trois cousins étaient assis à l'intérieur, en route vers leur ville natale. Avant de monter dans le car, ils avaient décidé de ne pas s'asseoir côte à côte. Ils voulaient non seulement éliminer la tentation de se parler, mais aussi éviter les soupçons des autres passagers quant à leur identité. En se séparant, chacun pouvait s'installer à côté d'une fenêtre et profiter de chaque centimètre de la route qui les ramenait chez eux. Ils étaient assis l'un derrière l'autre et s'imprégnaient peu à peu du paysage.

Bachir ne savait pas s'il souhaitait que le voyage soit rapide ou lent. En allant vite, ils arriveraient plus tôt à al-Ramla ; mais si le temps ralentissait, il pourrait apprécier davantage chaque virage, chaque repère, chaque fragment de son histoire.

Le car gravit en vrombissant la route en lacets qui mène au sommet de la célèbre colline de Qastal. C'est là que, dix-neuf ans plus tôt, un grand chef de guerre arabe était tombé au combat, ruinant les espoirs de l'armée de son peuple, et ouvrant à l'ennemi la route de la Ville sainte. Au-delà du sommet de la colline, Bachir aperçut les minarets de pierre de la mosquée d'Abou Gosh, l'un des rares villages arabes demeurant sur la route qui menait de Jérusalem à la mer. Les chefs du village avaient collaboré avec l'ennemi, et leur bourg avait été épargné ; Bachir regarda les minarets d'Abou Gosh en éprouvant des sentiments mitigés.

Le Royal Tiger accéléra en descendant la colline, puis relâcha son effort pour se faufiler entre les parois qui s'ouvraient sur une large vallée. Huit siècles plus tôt, les ancêtres arabes de Bachir avaient combattu l'envahisseur chrétien au corps à corps, parvenant à le repousser pour un certain temps. Il vit les carcasses calcinées des véhicules brûlés dix-neuf ans plus tôt, victimes d'une guerre plus récente, et les couronnes et les fleurs fanées placées à côté d'elles. Les Israéliens qui venaient déposer ces gerbes honoraient ce qu'ils appelaient leur guerre d'indépendance ; Bachir appelait ce même événement la *nakba*, la catastrophe.

Le car entra dans la vallée, ralentit, tourna à droite pour emprunter une route étroite séparant des alignements de champs de blé irrigués, et attaqua une pente douce. En passant près de Latroun, Bachir se rappela un voyage précipité qu'il avait fait, plein de crainte, près de vingt ans plus tôt. Il avait six ans. De nombreux détails lui échappaient mais il essayait de se souvenir des histoires de cette époque, ces événements qu'il ruminait presque tous les jours depuis dix-neuf ans.

Il jeta un coup d'œil sur son voisin – un Israélien absorbé dans la lecture de son livre. *Il n'a pas besoin de regarder par la fenêtre*, se dit Bachir. *Il connaît ce paysage par cœur.* Des décennies plus tard, Bachir se rappellerait que l'indifférence de l'homme devant ce spectacle l'avait rendu fou de jalousie.

Le car freina brusquement – c'était le passage à niveau. Une sensation familière envahit simultanément les trois cousins, sensation gravée dans leur mémoire, déjà éprouvée vingt ans auparavant.

Ils surent qu'ils étaient arrivés à al-Ramla.

IV

Dalia finit de rincer la vaisselle du matin, s'essuya les mains sur une serviette, et se dirigea vers la porte de la cuisine, qui donnait sur le jardin. Depuis quelques jours, en fait depuis la fin de la guerre, elle avait repris le dialogue silencieux avec Dieu qu'elle avait entamé quand elle était enfant. *Pourquoi*, demanda-t-elle, *avez-Vous permis à Israël de survivre à la guerre des Six-Jours, alors que Vous n'avez rien fait pour empêcher le génocide pendant la Shoah ? Pourquoi avez-Vous autorisé les guerriers d'Israël à défaire leurs ennemis, mais n'avez-Vous rien fait alors que mon peuple était marqué comme du bétail et massacré, une génération plus tôt ?*

La petite fille qu'elle était alors avait du mal à mesurer le traumatisme qu'avaient subi les siens. Elle s'était mise à enquêter, pour comprendre. Elle avait interrogé sa mère : comment les gens avaient-ils été marqués ? Se tenaient-ils en file indienne ? Est-ce que ça faisait mal ? Comment quelqu'un pouvait-il infliger des souffrances pareilles ? Au fil des années, la curiosité de Dalia avait nourri son empathie. Elle l'aidait à comprendre le silence des enfants avec qui elle avait grandi – ces enfants qu'elle invitait à la maison après l'école et qu'elle essayait de distraire avec des sketchs et des numéros élaborés dans le jardin.

Elle regarda le jacaranda que son père avait planté au milieu des plates-bandes de fleurs. Petite fille, elle aimait arroser les roses Reine Élisabeth, au rouge profond et au parfum irrésistible. À côté du jacaranda se dressait le citronnier, planté par une autre famille. L'arbre produisait déjà des fruits quand elle était arrivée avec ses parents, dix-neuf ans plus tôt. Dalia savait qu'elle avait grandi dans une maison arabe et s'interrogeait parfois sur ses occupants passés. Des enfants avaient-ils vécu ici ? Combien étaient-ils ? Quel âge avaient-ils ? À l'école, on lui avait appris que les Arabes avaient fui comme des lâches, abandonnant leur assiette de soupe brûlante sur la table. Au début, elle ne remettait pas cette histoire en cause, mais plus elle avançait en âge, moins elle lui semblait vraisemblable : pourquoi quelqu'un quitterait-il volontairement une aussi belle maison ?

V

Bachir, Yasser et Ghiath descendirent du car pour atterrir dans un monde brûlant, éblouissant de lumière, à la fois étrange et familier. Ils reconnurent l'ancienne mairie, le cinéma de la ville, et les abords du quartier où ils avaient grandi. Mais aucune rue ne leur semblait connue, du moins à première vue ; toutes portaient de nouveaux noms. La plupart des anciens édifices étaient couverts d'enseignes de couleurs vives, aux caractères hébreux massifs, indéchiffrables. Sur certaines arcades demeuraient les vestiges des inscriptions originales en écriture arabe cursive, si fluide.

Soudain Yasser, le plus âgé, repéra l'ancienne boutique du boucher du quartier. Il s'y précipita, suivi par ses cousins, et prit le boucher dans ses bras en lui embrassant les joues à la mode arabe. « Abou Mohammed, s'écria-t-il, ravi, tu ne me reconnais pas ? *Habibi*, mon cher ami, moi je te reconnais ! Quel plaisir de te retrouver ! »

Le boucher juif était interloqué. Abou Mohammed était parti depuis des années. « Tu as raison, *habibi*, répondit-il à Yasser, balbutiant dans la langue de son visiteur. Une fois, était Abou Mohammed. Maintenant, plus d'Abou Mohammed. Maintenant, Mordechaï. » Il proposa aux trois cousins de partager un kebab, mais ceux-ci étaient tellement sidérés de découvrir l'identité du boucher, et si absorbés par leur mission, qu'ils déclinèrent l'invitation. Ils sortirent de la boucherie, profondément troublés.

« Toi qui prétendais tout connaître ici, lança Ghiath au plus âgé des cousins. En fait, tu ne sais rien ! »

Les trois hommes tournèrent au coin de la rue, et se retrouvèrent dans un quartier plus tranquille où ils jouaient autrefois. Ils étaient soudain à l'aise, heureux, oubliant leur méfiance et discutant spontanément dans leur langue maternelle.

Ils arrivèrent devant la maison de Yasser et s'approchèrent de la porte. Yasser s'avança pour frapper. Une femme d'une quarantaine d'années sortit en les dévisageant avec un drôle d'air. « S'il vous plaît, demanda Yasser, nous voudrions voir la maison dans laquelle nous avons vécu. »

La femme était de plus en plus agitée. « Si vous ne vous en allez pas, j'appelle la police », s'écria-t-elle. Les cousins essayèrent de la rassurer en lui expliquant le but de leur visite, mais elle continuait à hurler en cherchant à les repousser. Peu à peu les voisins sortirent sur le pas de leur porte, intrigués. Les cousins prirent peur. Ils risquaient de se retrouver aux prises avec les autorités locales. Ils battirent en retraite à la hâte.

Yasser était hébété, muet. « C'était comme s'il n'avait plus d'âme, se rappela plus tard Bachir. On aurait dit un corps en mouvement, rien de plus. »

« Je refuse d'être humilié comme ça, lâcha finalement Yasser. C'est insupportable. »

Ils arrivèrent bientôt devant la maison de pierre à deux étages où Ghiath avait grandi. Elle était signalée par une grande pancarte qu'ils ne pouvaient déchiffrer, et protégée par un garde armé d'une mitraillette. C'était désormais une école. Le garde leur demanda d'attendre et disparut à l'intérieur. Quelques instants plus tard, la directrice de l'école apparut et les invita à prendre le thé. Elle se présenta : elle s'appelait Shulamit. Elle leur proposa de visiter l'école une fois les cours terminés. En attendant, ils pouvaient rester dans son bureau.

Ils étaient assis là, buvant leur thé en silence. Ghiath enleva ses lunettes et se frotta les yeux avant de les remettre en tâchant d'afficher une mine joyeuse. « J'ai du mal à maîtriser mes émotions, avoua-t-il.

— Je sais, dit doucement Bachir. Je comprends. »

La directrice revint et les invita à faire le tour de la maison. Ghiath pleura pendant toute la visite.

Une fois sortis, ils décidèrent d'aller voir l'ancienne maison de Bachir. Aucun d'eux ne se rappelait son emplacement exact. Bachir se souvenait qu'elle avait une entrée principale et une autre, qui donnait sur une rue de côté. Il y avait un portail muni d'une sonnette, un *fitna* en fleurs, ou un frangipanier, devant la maison, et un citronnier, dans l'arrière-cour. Après avoir tourné en rond sous la chaleur, Bachir finit par comprendre qu'il avait trouvé sa maison. Il entendit une petite voix murmurer au fond de lui-même : *c'est chez toi.*

Bachir et ses cousins s'approchèrent. Tout dépendait de la manière dont ils seraient accueillis, songeait Bachir. Nul ne pouvait savoir ce qui allait se passer, surtout après ce qui était arrivé à Yasser. « Tout dépend, dit-il, de la personne qui se trouve de l'autre côté de la porte. »

VI

Dalia était assise sur une simple chaise de bois, sous la véranda de la seule maison qu'elle ait jamais connue. Elle n'avait rien prévu de particulier ce jour-là. Elle aurait pu mettre à jour ses lectures d'été – elle étudiait la littérature anglaise à l'université. Ou contempler et savourer l'infinie beauté du jacaranda, comme si souvent elle l'avait fait.

VII

Debout devant le portail métallique, Bachir cherchait la sonnette. Combien de fois Zakia, sa mère, avait-elle franchi ce même portail ? se demandait-il. Combien de fois Ahmed, son père, était-il passé par là, revenant après une dure journée de travail et frappant pour signaler son arrivée, sur un rythme qui n'appartenait qu'à lui ?

Bachir Khairi tendit la main vers la sonnette et appuya sur le bouton.

Chapitre 2

Maison

LA PIERRE, fraîche, pesante, reposait dans les mains ouvertes d'Ahmed. Grêlée, rugueuse, couleur crème, elle était taillée en blocs d'une trentaine de centimètres d'épaisseur, avec d'abrupts angles droits qui portaient la marque du burin du tailleur de pierre. Ses bosses et ses creux formaient un paysage miniature, comme les collines et les *ouadis* de la Palestine d'où elle provenait.

Debout sur un terrain dégagé, Ahmed portait son manteau, une cravate et un fez turc. Il regarda le sol, s'accroupit, et posa la première pierre. Des centaines de blocs taillés, connus sous le nom de « pierre blanche de Jérusalem », formaient une haute pile à côté de lui. Ahmed regarda ses cousins, ses amis, et les ouvriers qu'il avait engagés. Ils commencèrent à poser successivement pierre, mortier, pierre…

C'était en 1936, et Ahmed Khairi avait décidé de construire une maison pour sa famille. La bâtisse se trouverait à la limite est d'al-Ramla, une ville arabe de onze mille habitants, sur la plaine côtière qui sépare Jérusalem de la Méditerranée. Au nord s'étendaient la Galilée et le sud du Liban ; au sud, les terres des Bédouins, les sables de Palestine et du Sinaï.

On disait qu'al-Ramla tenait son nom du sable, qui se dit en arabe : *raml*. En général, la terre y était bonne, produisant des agrumes, des olives, des bananes, des lentilles et du sésame. L'année où Ahmed Khairi bâtit sa maison, les fermiers palestiniens récoltèrent des centaines de milliers de tonnes d'orge, de blé, de choux, de concombres, de tomates, de figues, de raisin et de melons. La famille Khairi cultivait oranges, olives et amandes sur un *waaf* communal, une terre que possédait la famille au sens large, administrée suivant la loi islamique.

La famille Khairi faisait remonter son histoire et sa richesse au XVIe siècle, à l'époque où vivait Khair al-Din al-Ramlaoui, érudit religieux. Il était arrivé du Maroc afin d'occuper les fonctions de juge au temps de l'Empire ottoman, dont la capitale était Istanbul. À son apogée, cet empire s'étendait des abords de Vienne à l'Asie centrale, de l'Afrique du Nord au Moyen-Orient. La Palestine en fit partie pendant quatre cents ans. Depuis Istanbul, le sultan ottoman donna à Khair al-Din ces terres *waaf*, si productives, qui firent vivre la famille pendant des siècles.

En 1936, la Palestine était gouvernée par de nouveaux maîtres, les Britanniques, qui avaient pris le relais de l'Empire ottoman lorsque celui-ci s'était effondré à la fin de la Première Guerre mondiale. Les Khairi d'al-Ramla avaient alors leur propre domaine, un ensemble de terrains et de maisons reliés par des portes de pierre et des passages voûtés qui permettaient d'aller d'une demeure à l'autre sans quitter la propriété. Les femmes s'aventuraient rarement à l'extérieur, laissant aux bonnes et aux serviteurs le soin de faire les courses.

Le cinéma d'al-Ramla appartenait aux Khairi. Le mardi, il était exclusivement réservé à leur clan. Des dizaines de membres de la famille allaient y voir les dernières productions égyptiennes. Ainsi les femmes de la famille n'étaient pas exposées aux regards des étrangers, en particulier des hommes. Les Khairi se mariaient rarement hors de leur clan, et le mariage d'Ahmed, sept ans plus tôt – il était alors âgé de vingt-deux ans – était une exception : sa promise, Zakia, âgée de dix-neuf ans, était issue de la famille Riad, d'al-Ramla. Elle était calme, discrète, loyale, si bien que sa belle-famille la considérait comme une bonne maîtresse de maison et l'appréciait.

L'oncle d'Ahmed, Cheikh Moustapha Khairi, était à la fois le patriarche de la famille et le maire d'al-Ramla. Moustapha était comme un père pour Ahmed qui avait perdu ses parents à l'âge de sept ans et que la famille de son oncle avait élevé comme l'un des siens. Moustapha était apprécié par les citoyens de la ville, mais aussi par les autorités coloniales britanniques, malgré la tension croissante.

Les Britanniques étaient arrivés en 1917, année historique de la déclaration Balfour : l'Angleterre s'engageait alors à créer « un foyer national pour le peuple juif » en Palestine. La déclaration marquait le triomphe du sionisme, mouvement politique de Juifs européens, fondé par Theodor Herzl. Les Britanniques autorisaient « une agence juive compétente » à faciliter le développement des travaux et des services publics, et l'exploitation des ressources naturelles – c'étaient en fait les prémices d'un gouvernement juif en Palestine. L'immigration juive en Palestine creusait peu à peu le fossé entre Arabes et Britanniques, et Cheikh Moustapha, en tant que maire et patriarche de la ville, était obligé de jouer le rôle de médiateur entre les autorités coloniales et ses indociles compatriotes arabes.

Ahmed suivait la construction de sa maison sur cette terre fertile située à la lisière orientale d'al-Ramla : des fondations à la base du toit, quatorze couches de pierre de Jérusalem. Sa décision de quitter le domaine familial avait surpris. Mais Ahmed avait besoin d'indépendance et il en avait parlé avec Cheikh Moustapha. Les deux hommes s'étaient mis d'accord : la maison serait bâtie grâce à l'héritage du jeune homme, soit la part qui lui revenait du *waaf* des Khairi, et grâce à ce que lui rapportait son atelier de fabrication de meubles situé à al-Ramla. Il était temps : Zakia, qui avait alors vingt-six ans, attendait son quatrième enfant. Ahmed espérait que ce serait enfin un garçon.

Le jeune couple avait imaginé une maison ouverte. Ahmed avait étudié les plans avec un ami britannique, Benson Solli, entrepreneur, l'un des rares Juifs qui vivaient à al-Ramla. Pour les Khairi, comme pour de nombreux Arabes, les Juifs comme M. Solli, nom sous lequel les enfants d'Ahmed se le rappellent, faisaient simplement partie du paysage de Palestine. Tous les mercredis, les Juifs des kibboutzim venaient troquer blé, orge et melons au marché d'al-Ramla. Les ouvriers agricoles arabes travaillaient dans les champs juifs tout proches, poussant des charrues à bras fabriquées dans les kibboutzim, et les fermiers juifs amenaient leurs chevaux à al-Ramla pour qu'on les ferre. La plupart des Arabes se souviennent des ingénieurs et des conducteurs juifs travaillant pour le chemin de fer palestinien qui traversait la ville ; certains se rappellent les Juifs barbus, qui parlaient arabe, chevauchant leur âne pour aller acheter du ciment à l'usine locale. Les deux communautés vivaient et travaillaient dans deux mondes séparés, mais il existait bien sûr des interactions. Les bourgeois d'al-Ramla allaient à Tel-Aviv pour se faire faire des costumes chez des tailleurs juifs, nettoyer leur fez chez des teinturiers juifs, ou se faire tirer le portrait chez des photographes juifs. Les femmes de la famille Khairi se souviennent de virées chez une couturière juive de Tel-Aviv pour y commander des robes. L'un des médecins de la famille Khairi, le Dr Litvak, était juif. Le collège pour filles Schmidt, où étudiaient les filles d'Ahmed et de Zakia, accueillait nombre d'élèves juives. « Elles parlaient toutes arabe et elles étaient palestiniennes, comme nous, se rappelle l'une des filles Khairi, des décennies plus tard. Elles étaient là, elles faisaient partie, comme nous, de la Palestine. » M. Solli, architecte et entrepreneur, était un homme calme, sans prétention, dont les filles s'appelaient Rosalie et Eively. Il parlait arabe et, d'après le témoignage des générations suivantes des Khairi, il cohabitait sans problèmes avec les musulmans et les chrétiens arabes de la ville.

Ahmed et M. Solli avaient conçu de larges espaces pour les salles de séjour et les chambres, séparées par des doubles portes en bois. Les ouvriers étaient en train d'isoler par un mur une petite chambre dans un coin. Ils posaient des carreaux, tiraient des fils électriques, installaient des tuyaux destinés à la plomberie. Zakia aurait une cuisine intérieure, avec un four moderne. Plutôt que de faire cuire son pain dans le *taboun*, le four à bois en plein air que l'on trouvait dans la plupart des maisons traditionnelles, elle s'offrirait le luxe d'envoyer sa pâte aux fours communaux d'al-Ramla, pour qu'on la lui rapporte sous forme de miches chaudes, prêtes à être posées sur la table.

Un tel confort était très récent dans cette ville fondée douze siècles plus tôt, en 715, par le calife musulman Souleymane Ibn Abdel-Malek. Certains affirmaient que le calife avait donné ce nom à la ville, non pas en raison de son *raml*, son sable, mais en souvenir d'une femme appelée Ramla, qui s'était montrée généreuse envers lui alors qu'il voyageait dans la région. Souleymane avait fait d'al-Ramla la capitale politique de la Palestine, et pendant un certain temps, elle fut plus importante que Jérusalem. La ville, à mi-chemin de Damas et du Caire, devint bientôt une étape pour les caravanes transportant du cuir, des épées, des seaux, des noix, de l'orge et des vêtements. Les ouvriers de Souleymane bâtirent une grande mosquée blanche, considérée comme l'une des plus belles du monde arabe. Ils construisirent un aqueduc de dix kilomètres pour acheminer de l'eau fraîche aux habitants de la ville et irriguer leurs champs. Les terres en pente douce entourant al-Ramla comptaient parmi les plus riches de Palestine. Au Xe siècle, un voyageur musulman la décrivait ainsi :

> C'est une belle ville, bien construite. L'eau y est bonne et abondante ; elle regorge de fruits. Elle réunit de multiples avantages car elle est située au milieu de beaux villages et de villes majestueuses, proche de lieux saints et d'agréables hameaux. Le commerce y est prospère, et il est facile d'y gagner sa vie. […] Son pain est l'un des meilleurs et des plus blancs ; ses terres sont parmi les plus riches, et ses fruits des plus succulents. La capitale trône au milieu de champs fertiles, de cités entourées d'enceintes, et d'excellents hospices. Elle offre de magnifiques auberges et d'agréables bains, des mets délicats et des épices diverses, des demeures spacieuses, de belles mosquées, et de larges rues.

Pendant les dix siècles qui suivirent, al-Ramla fut conquise par les croisés, libérée par Saladin, le héros musulman, puis gouvernée depuis Istanbul par les sultans ottomans. Dans les années 1930, la ville abritait une garnison militaire anglaise, et un bureau colonial dirigé par un sous-commissaire envoyé de Londres. Les officiers britanniques aimaient à chasser le renard au milieu des oliveraies, franchissant les haies de cactus et les murs de pierre avec une meute de chiens venus des chenils de la ville. Le sous-commissaire britannique envoyait régulièrement des rapports au gouvernement de Sa Majesté, à Londres. De sa petite écriture soignée, il notait consciencieusement le tonnage des diverses récoltes ; en 1936, l'année de la construction de la maison d'Ahmed Khairi, il signala des troubles de l'ordre public de plus en plus inquiétants.

En 1933, Adolf Hitler avait pris le pouvoir en Allemagne. Dans toute l'Europe, la situation des Juifs se dégradait. Les demandes de Juifs qui souhaitaient s'installer en Palestine étaient de plus en plus nombreuses. À Haïfa, sur la côte nord, des organisations sionistes clandestines faisaient entrer en fraude un nombre croissant de Juifs arrivant par les ports méditerranéens. Les autorités britanniques peinaient à contrôler cet afflux. Entre 1922 et 1936, la population juive de Palestine fut multipliée par quatre, passant de

84 000 à 352 000. Dans le même temps, la population arabe augmenta d'environ 36 %, pour atteindre le nombre de 900 000. Quatorze années pendant lesquelles la communauté juive de Palestine se renforça, provoquant une ferveur nationaliste parmi les Arabes du pays. Depuis des dizaines d'années, ceux-ci vendaient des terres aux Juifs venus d'Europe. Ces ventes augmentant, et les dirigeants juifs lançant des appels de plus en plus pressants à la création d'un État juif, beaucoup d'Arabes commencèrent à craindre la domination juive. Plus de 30 000 familles de paysans arabes, soit près du quart de la population rurale, avaient déjà été dépossédées de leurs terres au profit des Juifs, terres souvent vendues par des propriétaires fonciers arabes absents. Les paysans démunis allaient s'installer dans les villes palestiniennes, gagnant souvent leur vie en construisant des maisons pour les nouveaux arrivants juifs. C'est au milieu des années 1930 que les dirigeants arabes déclarèrent que le fait de vendre de la terre à des Juifs était un acte de trahison. Ils s'opposaient à la création d'un État juif séparé et, de plus en plus, ils souhaitaient le départ des Britanniques.

Ahmed et ses ouvriers installèrent des volets de bois aux fenêtres. Pour la clôture extérieure, ils fixèrent des barres de fer sur des piliers de calcaire. Enfin, ils posèrent des carreaux pour un petit garage – destiné à une voiture qu'Ahmed ne possédait pas encore, mais espérait acquérir un jour.

Il était temps de se consacrer au jardin. Dans le coin de la cour, derrière la maison, Ahmed décida de planter un citronnier. Une fois l'arbre en terre, il savait qu'il faudrait au moins sept ans, et sans doute plus, au puissant soleil de Palestine et aux douces eaux de la nappe aquifère d'al-Ramla pour amener l'arbre à maturité. Planter cet arbre était donc un acte de foi et de patience.

La maison de pierre de la famille Khairi fut achevée à la fin de l'année 1936. Pour fêter cet événement, on tua un agneau et on prépara un grand banquet. Poulet farci au riz et montagnes d'agneau étaient de rigueur pour de telles célébrations, ainsi que du couscous, des petits sablés au beurre fourrés de dattes, et le fameux *kanafe*, un dessert chaud, couvert de pistaches, en forme de pizza. Tous les cousins, les frères et les sœurs, ainsi que Cheikh Moustapha, vinrent admirer la nouvelle maison et la belle pierre blanche de Jérusalem. Ahmed les accueillait avec son manteau, sa cravate et son fez, accompagné par Zakia, enceinte, et leurs trois filles – Hiam, six ans, Basima, quatre ans, et Fatima, trois ans. Ahmed attendait toujours un fils. Descendant d'une famille de propriétaires terriens, il désirait transmettre son héritage comme l'avaient fait ses ancêtres. Zakia le comprenait parfaitement.

Ahmed et M. Solli avaient conçu la maison de telle sorte qu'elle puisse supporter le poids de trois étages. Ahmed et Zakia espéraient l'agrandir à mesure que s'accroîtrait la famille, si leurs moyens le leur permettaient.

Mais le sentiment de sécurité que les Khairi espéraient trouver dans leur nouvelle maison, sur la terre que leur famille habitait depuis des siècles, était tempéré par les réalités de la vie quotidienne en Palestine à la fin de l'année 1936. Leur pays se trouvait alors aux prises avec une révolte de grande envergure.

La Grande Rébellion avait éclaté à l'automne 1935. Un nationaliste arabe du nom de Cheikh Izz al-din al-Qassam prit alors le maquis dans les collines proches de Jénine, au nord de la Palestine, avec une petite bande de rebelles. Les nationalistes arabes soupçonnaient les Britanniques de favoriser les Juifs aux dépens des Arabes de Palestine. La déclaration Balfour avait contribué à mettre en route le mécanisme de construction d'un État juif, notamment un syndicat, une banque, une université, et même une milice juive, la Haganah. En ce qui concernait les Arabes, Balfour avait simplement dit que la nation juive n'affecterait pas « les droits civiques et religieux des collectivités non juives existant en Palestine ». À l'automne 1935, les autorités britanniques découvrirent qu'une organisation sioniste faisait passer des armes en contrebande, mais ne trouvant pas de responsables, elles ne poursuivirent personne, si bien que la méfiance des Arabes à leur égard s'accrut. Cheikh al-Qassam était persuadé que seule une insurrection armée permettrait la libération nationale des Arabes.

Les Britanniques soupçonnaient le groupe d'al-Qassam d'avoir provoqué la mort de deux personnes en jetant une bombe incendiaire dans un kibboutz. Ils l'accusaient aussi d'autres meurtres et qualifiaient le cheikh de « hors-la-loi ». Les dirigeants sionistes le traitaient de « gangster ». Aux yeux des uns et des autres, c'était un terroriste. En novembre 1935, al-Qassam, qui aimait à répéter : « Obéissez à Dieu et au Prophète, mais pas au haut-commissaire britannique », fut abattu près de la grotte où il se cachait. « Sa bande a été liquidée grâce à l'action de la police », affirma un rapport britannique. Les Arabes de Palestine pleurèrent tout l'hiver la mort de leur premier martyr, et s'organisèrent pour le long combat qui les attendait.

Les troubles commencèrent le 15 avril 1936, alors qu'Ahmed Khairi et son ami Benson Solli débutaient les travaux à al-Ramla. À quarante kilomètres au nord de la ville, deux Juifs qui traversaient la Palestine en voiture furent attaqués par ce que les autorités britanniques décrivirent comme des « bandits de grand chemin arabes ». Ils détroussèrent les deux hommes et les abattirent. Le lendemain, deux Arabes furent tués près de Tel-Aviv par des agresseurs juifs. Dans les jours qui suivirent, des Juifs jetèrent des pierres sur des camions arabes, et pillèrent des boutiques tenues par des Arabes. Une rumeur se répandit, apparemment fausse, selon laquelle deux Arabes avaient été assassinés à Jaffa, non loin de Tel-Aviv ; les Arabes répondirent par la violence. Ainsi commença le cycle des attaques, représailles et contre-représailles.

Les Britanniques amenèrent des renforts militaires à Jaffa et Tel-Aviv, et décrétèrent l'état d'urgence. Ils imposèrent des couvre-feux très stricts, arrêtèrent des Juifs et des Arabes, perquisitionnèrent chez eux sans mandat, censurèrent les lettres, les télégrammes et les journaux. Pendant ce temps, les guérilleros arabes créaient des comités nationaux dans les villes et les villages de Palestine, qui allaient servir de base à l'insurrection. Les dirigeants des partis politiques arabes formèrent le Haut Comité arabe, présidé par le mufti de Jérusalem, Hadj Amin al-Husseini, qui appela à la grève générale et au boycott des produits juifs. Le mufti, nommé par les Britanniques pour représenter la communauté musulmane de Palestine, se retourna contre ses maîtres. Le Haut Comité arabe exigea que l'on mette fin à l'immigration juive, à la vente de terres aux Juifs, et au mandat britannique, que remplacerait un État unique.

Les combattants arabes, le chef couvert de keffiehs à carreaux, frappaient depuis les collines, ouvrant le feu sur les forces britanniques et les kibboutzim juifs. Les rebelles, que l'on appelait « fedayins », coupaient les lignes téléphoniques et télégraphiques, sabotaient les conduites d'eau, minaient les ponts, incendiaient les forêts et faisaient dérailler les trains. Des tireurs isolés s'en prenaient aux colonies juives et aux détachements de forces britanniques. « De très nombreux meurtres et autres actes de violence ont été commis par des bandes de terroristes armés », confirma un rapport du gouvernement de Sa Majesté. Les troupes britanniques répondaient par des charges à la matraque, des tirs à balles réelles, sans compter une nouvelle tactique : la démolition des maisons de pierre des suspects et de leurs proches. « Ce travail préliminaire de destruction, avertissait un communiqué britannique, sera ponctué de fréquentes détonations et du fracas des murs qui s'effondrent. [...] Le voisinage ne devrait pas être surpris, induit en erreur ou alarmé en entendant ces bruits. »

À l'été 1936, le clan Khairi préparait le festival annuel de Nabi Saleh, comme toute la population d'al-Ramla. Malgré la rébellion et la répression des Britanniques, des milliers d'Arabes affluèrent des quatre coins de la Palestine pour honorer la mémoire de cet ancien prophète, faiseur de miracles, qui avait prédit la venue du prophète Mohammed. Des délégations de chaque ville de Palestine se rendirent à l'antique mosquée de Nabi Saleh pour y planter le drapeau de leur cité. « Les femmes allaient sur sa tombe, à al-Ramla, et priaient pour être fertiles et en bonne santé, se rappelle Khanom, la fille d'Ahmed et de Zakia. On chantait, on dansait, on priait, on pique-niquait. C'était l'événement le plus important de l'année. »

Les nouvelles du conflit atteignaient de temps à autre la famille. Les rebelles provoquaient beaucoup de perturbations. De nombreux fermiers juifs ne pouvaient apporter leurs produits ou leur bétail au marché : ceux qui s'y risquaient étaient souvent attaqués, et leurs animaux tués. Les projets d'irrigation étaient suspendus car les équipes chargées des études préliminaires étaient elles aussi attaquées. Les guérilleros ruraux maîtrisaient la tactique des raids éclairs, tirant sur les patrouilles britanniques avant de battre en retraite vers des villages proches pour se déguiser en femmes. Un rapport britannique souligna la frustration grandissante des troupes coloniales qui « se faisaient continuellement tirer dessus de partout », avant de constater que « la zone hostile était apparemment peuplée de bergers et d'agriculteurs pacifiques et désarmés ». Un rapport décrivait un incident : « Un petit détachement de troupes britanniques se baignait près de Beisan, le 12 août, lorsqu'il a été la cible d'une attaque surprise de la part d'une forte bande armée arabe. Malheureusement, son canon Lewis s'est enrayé et les hommes qui montaient la garde ont été tués. Les rebelles se sont emparés du canon Lewis et de plusieurs fusils. » Aux yeux des sionistes aussi, la rébellion était inquiétante. « D'un côté se sont levées les forces de destruction, les forces du désert, déclara Chaïm Weizmann. De l'autre se dressent fermement les forces de la civilisation et de la construction. C'est l'antique conflit entre désert et civilisation, mais nous ne céderons pas. »

Les fedayins changeaient d'abri tous les soirs, dormant chez l'habitant avec leurs bottes couvertes de boue. L'histoire orale de la famille Khairi laisse à penser que certains de ses membres accueillirent des rebelles. Pour financer l'insurrection, les dirigeants des comités locaux organisaient des réseaux de contrebande d'armes et de collecte d'« impôts », pratiquant parfois l'intimidation. Ils incitaient les citadins arabes à abandonner le fez pour le keffieh, afin que les rebelles ruraux soient moins repérables. Personne ne peut affirmer avec certitude que l'atelier de meubles d'Ahmed fut la cible des « collecteurs d'impôts », mais son oncle, le maire Moustapha Khairi, recevait de plus en plus de menaces de la part des rebelles qui le jugeaient trop proche des Britanniques. Malgré toutes ces pressions, la famille tentait de poursuivre une vie normale.

Zakia mit au monde la petite Khanom. Ahmed et elle avaient donc quatre filles. Ahmed attendait toujours un fils mais il commençait à se demander si son épouse était capable de lui en donner un. « Nous n'avions pas non plus d'oncle, explique Khanom. Il était d'autant plus important d'avoir un enfant mâle. » À propos de sa mère, elle ajoute : « Nous pensions évidemment que c'était la plus belle femme du monde. » Chez elle, Zakia portait toujours une robe : robe d'intérieur quand elle était en famille, et robe plus chic, avec des bas sombres, lorsqu'elle recevait des visiteurs. Elle se parfumait avec une eau de toilette dite de Bombay, dont le flacon avait la forme d'une femme indienne. En ce temps-là, la plupart des habitants d'al-Ramla utilisaient les bains publics. Les Khairi avaient leurs propres bains ; parfois, les instituteurs des filles venaient les utiliser, ce qui choquait les enfants. « Quand nous étions petites, nous pensions que les professeurs étaient comme des anges, qui n'avaient pas besoin de se baigner, de manger, ni de dormir », se rappelle Khanom.

Zakia envoyait en général les domestiques faire les courses, mais elle s'en chargeait parfois elle-même. Pour se rendre au marché le mercredi, elle mettait une veste et une cape sombre, et un voile sur son visage. Elle emmenait quelquefois ses filles avec elle.

Les fillettes ouvraient de grands yeux devant les étals d'aubergines et de poivrons, de tomates, de concombres et de persil, d'épices et de fines herbes, de poulets et de pigeonneaux vivants. Des villageois se rendaient au pressoir, perchés sur des sacs d'olives entassés sur le plateau d'un camion. Des charrettes à cheval se dirigeaient en grinçant vers le marché, surchargées de produits. Des villageoises troquaient des poulets et des œufs – ou, quand les temps étaient durs, des bracelets d'argent et de vieilles pièces de monnaie ottomane – contre de la soie de Syrie, du lin égyptien et du coton de Gaza. Les femmes choisissaient des teintures pour leurs broderies : indigo de la vallée du Jourdain, rouge venant du sumac qui poussait comme du chiendent dans les champs de Palestine, jaune *muchra* issu du sol proche de la frontière égyptienne.

Les fillettes savaient que chaque robe de villageoise racontait une histoire. Certaines étaient brodées de motifs de branches de sésame ; d'autres, de tournesols et de tulipes des champs. À al-Ramla, région productrice d'agrumes, proche de la mer, on brodait souvent des branches d'oranger sur les corsages. Autour, des triangles verts représentaient les cyprès que l'on utilisait comme coupe-vent autour des orangeraies. Et en dessous, des lignes indigo ondulaient, représentant les vagues de la Méditerranée toute proche.

Chez elle, Zakia et ses domestiques préparaient souvent le plat préféré de ses filles, le *makloubeh*, littéralement « sens dessus dessous », un ragoût de mouton et d'aubergines qu'elles retournaient et couvraient de pignons dès qu'il sortait du four. Les fillettes aimaient également saupoudrer le *kanafe* de sucre et de pistaches. Les repas principaux étaient servis à midi dans la salle à manger. Zakia appelait les filles à table ; Ahmed rentrait de son atelier pour se joindre à elles, et la famille déjeunait autour d'une table basse, le *tablieh*. Lorsqu'il y avait des invités, les parents s'installaient au salon sur des banquettes de bois sculpté recouvertes de velours bleu foncé, interdites aux enfants.

Ahmed retournait ensuite au travail. On le tenait pour un ébéniste accompli. Mais il avait une mauvaise vue, et donc du mal à lire. Au lieu d'aller à l'université, il avait fréquenté l'école Schneller, à Jérusalem, qui formait des artisans de grande qualité. Dix ans plus tard, Ahmed avait désormais assez de travail pour engager des assistants, et ses affaires prospéraient malgré la rébellion arabe. Son métier, auquel s'ajoutaient les revenus des terres des Khairi, lui permettait d'offrir une vie confortable à sa famille.

Il recevait rarement chez lui ; il préférait retrouver ses cousins au *diwan*, un espace de réunion situé dans le domaine familial, où l'on jouait aux cartes, on buvait du café arabe et on fumait le *narguilé*, la pipe à eau. On y refaisait le monde jusqu'à point d'heure.

À la fin de l'année 1936, un calme relatif revint en Palestine. Le Haut Comité arabe suspendit la grève générale et la rébellion car les Britanniques avaient promis d'enquêter sur les causes profondes du conflit. Lord Peel, ancien secrétaire d'État de l'Inde coloniale, arriva de Londres, portant chapeau haut de forme et queue-de-pie. Il devait diriger la commission d'enquête parlementaire, mais semblait parfois dérouté. « Je ne mesurais pas à quel point les Arabes craignent la domination juive, écrivit-il à un collègue à Londres. Quant à la réconciliation entre les deux races, personne ne fait aucun effort pour y parvenir. » Remarquant le nombre croissant de Juifs d'Europe « se déversant en Palestine [...] aussi bien illégalement que légalement », Lord Peel critiquait l'« atmosphère désagréable et lourde de soupçons ». Il se plaignait aussi de la futilité de toute « suggestion constructive ».

En juillet 1937, la Commission royale de Palestine rendit son rapport de 418 pages au Parlement britannique. Affirmant que « la moitié d'une miche vaut mieux que pas de pain du tout », Peel et les membres de la commission recommandaient la division de la Palestine en deux États – l'un pour les Juifs, l'autre pour les Arabes. « Le partage offre la possibilité, concluait la commission, de parvenir à cette inestimable bénédiction que serait la paix. » Des centaines de villages arabes et au moins 225 000 Arabes palestiniens se trouvaient à l'intérieur des frontières du nouvel État juif qu'envisageait la commission. Environ 1 250 Juifs résidaient du côté arabe de la frontière éventuelle. Il faudrait conclure un « arrangement pour le transfert, volontaire ou non, de terre et de population. [...] Si cet accord doit être ferme et définitif, la question des minorités doit être envisagée et traitée avec fermeté », déclarait la commission Peel.

Malgré des désaccords internes, les dirigeants sionistes acceptèrent les recommandations de Lord Peel. Nombre d'entre eux refusaient d'abandonner l'idée d'une nation juive couvrant l'ensemble de la Palestine. Certains considéraient même que la Transjordanie, le royaume désertique s'étendant de l'autre côté du Jourdain, devait faire partie du futur État juif. Pour eux, c'était un compromis majeur d'accepter les conclusions de la commission Peel. Leurs dissensions reflétaient des désaccords idéologiques qui allaient se poursuivre pendant des décennies. David Ben Gourion, chef du parti Mapaï, et le plus influent des sionistes de Palestine, avait pris parti pour le projet de la Commission. Le cœur du projet était l'idée de transférer les Arabes, défendue depuis des dizaines d'années par les sionistes. En 1895, déjà, Theodor Herzl, fondateur du sionisme politique, écrivait qu'en achetant des terres aux habitants arabes pour créer une nation juive, « nous tenterons de repousser cette population démunie de l'autre côté de la frontière en lui procurant de l'emploi dans les pays de transit, tout en lui refusant le moindre travail dans le nôtre. [...] Le processus d'expropriation et le déplacement des pauvres doivent être menés à bien discrètement et avec circonspection ».

Quarante ans plus tard, Ben Gourion donnerait pour instruction aux Juifs discutant avec la commission Peel d'appuyer le projet de transfert. Après la publication du rapport, Ben Gourion écrivit : « Nous devons arracher du fond de nos cœurs l'hypothèse suivant laquelle ce n'est pas possible. Bien sûr que c'est possible. [...] Nous risquons de laisser passer une occasion historique qui ne se représentera pas. L'idée de transfert est, d'après moi, plus importante que toutes nos demandes de territoires supplémentaires. [...] En évacuant la population arabe des vallées, nous obtiendrons pour la première fois de notre histoire un véritable État juif. » Un an plus tard, Ben Gourion déclarait : « Je soutiens l'idée d'un transfert obligatoire », alors que des sympathisants de la cause sioniste lançaient des mises en garde contre de telles mesures. Albert Einstein et Martin Buber défendaient depuis longtemps ce qu'Einstein appelait une « coopération sympathique » entre « les deux grands peuples sémites » qui « pourraient avoir un magnifique avenir en commun ».

Autant la proposition de la commission Peel stupéfia les Arabes, autant elle enthousiasma Ben Gourion. Le Haut Comité arabe, dirigé par le mufti de Jérusalem, la rejeta sur-le-champ, non seulement à cause du projet de transfert, mais aussi en raison de l'idée de partage. Les Arabes se battraient pour un État unique, indépendant et à majorité arabe.

En septembre 1937, la rébellion arabe reprit de plus belle quand des assassins abattirent un commissaire britannique dans une ruelle tortueuse de Nazareth.. La réponse britannique fut immédiate. Les militaires prirent le contrôle en lieu et place des autorités civiles. Les tribunaux militaires multiplièrent les exécutions de rebelles présumés. Des milliers d'entre eux furent emprisonnés tandis que les troupes britanniques occupaient de nombreuses villes de Palestine, notamment al-Ramla. Des tireurs britanniques poursuivaient les bandes d'insurgés à partir d'avions. On compta jusqu'à seize avions à l'ouest d'al-Ramla, qui tuèrent plus de cent cinquante rebelles. « Le terrorisme nous a obligés à prendre de sévères contre-mesures, écrivit en octobre 1937 le commissaire du district d'al-Ramla, qui ont bien entendu exacerbé les sentiments. Les modérés ont désormais perdu le peu d'influence qu'ils avaient, et à al-Ramla où, sous la houlette de Cheikh Moustapha Kheiri [Khairi], le maire, ils avaient une influence apaisante, ils ont capitulé devant les bandes armées. »

Cheikh Moustapha, l'oncle d'Ahmed, était dans une position délicate, pris en tenaille entre les forces d'occupation britanniques et les fedayins de la rébellion arabe. Voilà quinze ans qu'il jouissait d'un profond respect en tant que maire d'al-Ramla et chef de l'une de ses familles les plus influentes. Sa popularité, d'après le témoignage des générations suivantes, était liée au fait qu'il défendait les paysans pauvres et leur droit à payer moins d'impôts. « Quand Cheikh Moustapha entrait dans une pièce, tout le monde se levait, se rappelle Khanom Khairi. Lorsqu'il croisait des gens à cheval, ils mettaient pied à terre. Ceux qui travaillaient suspendaient leur tâche. Personne ne le leur demandait, c'était une marque de respect. » Le cheikh était grand, bel homme, moustachu, avec des yeux noisette. Il ne sortait jamais sans son *abaya*, une cape sombre, et son turban blanc de lettré religieux qu'il enroulait lui-même avant d'y poser son tarbouche rouge foncé.

Ce maire charismatique devait ménager à la fois le pouvoir impérial et les rebelles. Il était opposé au plan de la commission Peel et combattait certains notables arabes, trop proches, à son goût, des Britanniques et des sionistes. Ses descendants racontent qu'il envoyait secrètement ses fils aux rebelles pour leur donner des renseignements sur les mouvements de troupes britanniques, quand il ne leur demandait pas de transporter des armes dans le coffre de leur voiture. Si c'est vrai, ses fils risquaient l'exécution.

Mais Moustapha Khairi était maire dans un pays occupé par une puissance étrangère, donc obligé de coopérer avec les autorités britanniques. Malgré son image de nationaliste, on savait qu'il s'opposait à Hadj Amin al-Husseini, le dirigeant rebelle du Haut Comité arabe. Cheikh Moustapha fut un temps membre du Parti de la défense nationale, aligné sur les rivaux d'al-Husseini, considérés comme « collaborateurs » des sionistes.

La rébellion prenant de l'ampleur, des bruits commencèrent à courir selon lesquels des membres de l'élite arabe coopéraient avec les Britanniques et les sionistes. On disait qu'ils leur donnaient des renseignements sur les rebelles et révélaient les détails de leurs futures opérations. Des rapports tout aussi incendiaires assuraient que nombre de ces notables avaient vendu des terres aux nouveaux arrivants, provoquant des expulsions d'Arabes et l'émergence d'une classe de paysans sans terre, gagnés par la colère. Les habitants d'al-Ramla évoquaient en particulier le nom d'un Juif de Tel-Aviv qui leur rendait régulièrement visite pour essayer d'acheter davantage de terres. Un oncle d'Ahmed, le docteur Rasem Khairi, indigné, aurait congédié l'homme. On disait aussi que Choukri Taji, cousin de Cheikh Moustapha et l'un des citoyens les plus éminents de la ville, faisait du porte-à-porte à al-Ramla pour recommander aux gens de ne pas vendre leurs terres. Pourtant, comme on le découvrit plus tard dans les archives, même Taji vendit des terres à des Juifs. Les histoires d'informateurs, de collaborateurs et de marchands de terres se multipliant, les insurgés tuèrent des centaines de leurs compatriotes, notamment, à la fin de l'année 1938, deux conseillers municipaux de Lydda, une ville proche d'al-Ramla.

D'après les rapports britanniques, le maire résista aux fedayins en refusant de payer les impôts qu'ils exigeaient pour financer leur rébellion. En octobre 1938, selon un rapport du sous-commissaire britannique, Cheikh Moustapha, « le maire, très compétent », d'al-Ramla, « quitta le pays » pour se rendre au Caire « car il craignait d'être assassiné. [...] Nous risquons de déplorer ce départ ». Pendant ce temps, les Britanniques exploitaient la colère suscitée par les demandes d'impôts des rebelles pour recruter des informateurs parmi les mécontents.

Cheikh Moustapha rentra à al-Ramla un mois plus tard en promettant de rester neutre sur la question nationaliste et de se concentrer sur les affaires municipales depuis la mairie, grand bâtiment de pierre situé sur la route qui relie Jérusalem à Jaffa.

En mai 1939, certains Arabes crurent avoir obtenu une victoire politique. Les forces britanniques étant encore largement mobilisées contre les rebelles, et la situation en Europe créant des dizaines de milliers de réfugiés juifs, le gouvernement britannique publia un Livre blanc qui accédait à de nombreuses demandes de la rébellion arabe. Les Britanniques acceptaient de limiter l'immigration juive et de renforcer les restrictions sur les ventes de terre. Le Livre blanc appelait surtout à la création d'un seul État indépendant. Beaucoup d'Arabes de Palestine virent là une solution pratique à leur problème. Mais Hadj Amin al-Husseini, qui s'exprimait au nom du Haut Comité arabe, rejeta ce plan. Sa déclaration fut bien accueillie en Palestine arabe, même si l'homme était en exil : recherché par les Britanniques à l'époque la plus violente de la rébellion arabe, l'ancien mufti avait fui la Palestine près de deux ans auparavant. De nombreux Arabes palestiniens pensèrent néanmoins que c'était une occasion manquée.

La nouvelle politique britannique marquait un net changement par rapport au plan de la commission Peel, publié seulement deux ans plus tôt. Le Livre blanc était une concession majeure faite aux Arabes. Pour les Juifs de Palestine, il marquait la fin du soutien britannique à l'idée de nation juive telle que l'avait promise la déclaration Balfour, alors même que la situation des Juifs en Europe devenait de plus en plus critique. Quelques semaines après la publication du Livre blanc, des groupes paramilitaires juifs attaquaient les forces britanniques, dissimulant des explosifs dans la Poste centrale de Jérusalem, ou s'en prenant à des civils au cœur des souks arabes. Le Livre blanc mettait clairement en péril les relations entre Juifs et Britanniques en Palestine. « Satan lui-même n'aurait pu inventer de cauchemar plus désespérant et plus terrible », écrivit David Ben Gourion dans son journal.

Au début de l'année 1940, les autorités britanniques étaient donc venues à bout de la rébellion arabe grâce à ce qu'elles qualifiaient de « contre-mesures sévères » : des dizaines de milliers de personnes emprisonnées, des milliers tuées, des centaines exécutées, d'innombrables maisons démolies, et les principaux dirigeants, notamment le mufti, exilés. Dans les villes, les hommes arabes avaient retiré leur keffieh pour remettre leur fez. Le mouvement national palestinien était profondément divisé, certainement pas prêt pour un nouveau conflit.

***

Deux ans plus tard, le 16 février 1942, les journaux annonçaient les défaites des Britanniques contre les Japonais en Birmanie et à Singapour. Dans les sables de Libye et d'Égypte, les forces britanniques venaient de reculer de cinq cents kilomètres sous les assauts du général nazi Erwin Rommel. Des histoires d'atrocités commises par les nazis commençaient à filtrer de Pologne et d'Allemagne. Les Juifs de Palestine étaient terrorisés à l'idée que Rommel atteigne son but, le canal de Suez, et poursuive sa marche vers l'est, en direction de Tel-Aviv.

La Terre sainte était toutefois plus calme que quelques années plus tôt. Le télégramme mensuel du haut-commissaire britannique, adressé au secrétaire d'État aux Colonies, faisait état d'une « absence de véritable mouvement politique » parmi les Juifs, et « en apparence, d'aucune activité politique du côté arabe ». Il avouait craindre, cependant, que les Arabes commencent à recruter des forces en vue d'un conflit après la guerre. Il livrait aussi ses réflexions sur l'exil de Hadj Amin al-Husseini. L'ancien mufti avait repris le combat contre les Britanniques et les sionistes en s'alliant à l'ennemi juré de l'Empire britannique : l'Allemagne nazie. Il se trouvait désormais à Berlin.

Dans son rapport de février sur l'état de la Palestine, le haut-commissaire s'inquiétait d'un « gang terroriste pseudo-politique

[juif], le groupe Stern », qui avait lancé une campagne d'assassinats. Mais il rassurait Londres en affirmant que « l'attention du public, à la fois arabe et juif, se concentre de nouveau sur le coût de la vie et la question de l'approvisionnement » : le rationnement de la nourriture, le prix du fil, les stocks de chaussures et le nombre de jours sans viande par semaine.

À al-Ramla, le maire Khairi assumait à nouveau ses responsabilités municipales. Il s'opposait aux profiteurs du marché noir qui stockaient illégalement de la nourriture pour contourner le rationnement imposé par la guerre, ou s'occupait des problèmes du puits qui provoquaient une pénurie d'eau dans la ville. « Les ennemis du maire, écrivait le commissaire du district, exploitent cette double pénurie d'eau et de nourriture pour mener campagne contre lui. »

En d'autres termes, on assistait à une accalmie dans le combat pour l'avenir de la Palestine. Le 16 février 1942, Cheikh Moustapha Khairi put ainsi se laisser aller au bonheur d'un événement beaucoup plus réjouissant que les histoires de batailles pour l'eau, d'attaques politiques et d'éventuelles flambées de violence. Pour la première fois, Zakia, l'épouse de son neveu Ahmed, donna naissance à un garçon. C'était leur septième enfant, qui naquit dans la maison familiale avec l'aide d'une sage-femme. Zakia était heureuse et soulagée.

« Je n'arrive pas à y croire – mon épouse ne donne naissance qu'à des filles », se serait exclamé Ahmed, d'après Khanom, sa fille. Et celle-ci d'ajouter : « Il a envoyé chez nous un des adolescents de la famille pour déshabiller mon petit frère et vérifier que c'était un garçon. »

De nombreux moutons furent sacrifiés en signe de gratitude. Des parents vinrent de Gaza, et tout le clan Khairi fêta l'heureux événement en chantant et en dansant.

« Ce fut une journée exceptionnelle, se rappelle Khanom. Nous avions enfin un frère. »

L'enfant fut appelé Bachir.

Chapitre 3

SAUVETAGE

LE JEUNE représentant de commerce juif remontait la rue pavée d'un pas vif. Il faisait un froid glacial. Moshe Eshkenazi portait une valise de cuir noir pleine de jolies chaussettes, de sous-vêtements de flanelle et autres échantillons d'usine ; il faisait la tournée des boutiques de Sofia, capitale de la Bulgarie. Soudain il s'arrêta. Là, à ses pieds, à la vue de tous, gisait un portefeuille. En bon état, intact, comme si quelqu'un venait de le perdre. Moshe se baissa pour le ramasser. Le portefeuille contenait de l'argent – une petite fortune pour un pauvre représentant qui avait une famille à nourrir dans la Bulgarie de ce début d'année 1943. C'était la guerre et il était de plus en plus difficile d'assurer la subsistance des siens. Certains n'auraient pas pu résister à cette trouvaille inattendue.

Moshe, lui, n'hésita pas. Il prit la seule décision qui lui semblait possible, apporter le portefeuille à la police, comme si c'était la chose la plus naturelle qui soit.

Au commissariat, le policier de service fut interloqué de voir un représentant de commerce avec une étoile jaune déposer un portefeuille au contenu intact. Il alla consulter ses collègues, et bientôt Moshe fut escorté dans un bureau et présenté à un officier. Intrigué, celui-ci dévisagea ce visiteur inattendu : Moshe était petit, trapu, cheveux noirs ondulés, sourcils épais, et un beau regard clair. Quelques instants plus tard, le représentant de commerce et le vieil officier étaient en pleine discussion, entamant ainsi une relation amicale. Dalia, la fille de Moshe, qui grandit en entendant le récit de cette rencontre, n'était pas encore née. Elle n'a jamais su de quoi les deux hommes parlaient quand ils se voyaient – de la guerre, de l'alliance des Bulgares avec les nazis, du traitement réservé aux Juifs dans le pays ? –, mais un jour, le policier décida de révéler un secret d'État à son ami.

« Il existe un plan pour déporter les Juifs – bientôt, confia-t-il à Moshe. Mets tes affaires en ordre et décampe : emmène ta famille loin d'ici. » L'officier tenait l'information, certes peu précise, d'autorités bulgares haut placées. Moshe n'avait pas besoin d'avertissement plus explicite. Jacques, son frère, avait déjà quitté Sofia pour rejoindre la Résistance communiste dans les collines. Moshe n'avait pas l'intention de l'imiter ; quelques jours plus tard, Solia, son épouse, et lui réunirent leurs biens et prirent la direction de l'est, vers la maison de la famille de Solia à Sliven, non loin de la côte de la mer Noire. Là, espéraient-ils, ils seraient à l'abri.

En ce début d'année 1943, la Bulgarie était une monarchie alignée sur les puissances de l'Axe. La mainmise de Hitler sur le sud-est de l'Europe s'étendait jusqu'aux confins des Balkans et au-delà, jusqu'au royaume de Boris III, coincé entre la mer Noire à l'est, et la Turquie et la Grèce au sud. Au cours des deux années précédentes, déjà, des hommes juifs en pleine santé, tels Moshe, Jacques, et le cousin de Solia, Yitzhak Yitzhaki, ainsi que des communistes et d'autres dissidents, avaient été envoyés dans des camps de travail au cœur de l'été pour construire des routes et des voies ferrées destinées à ravitailler la machine de guerre de l'Axe.

Traversant les frontières, des rumeurs épouvantables arrivaient de toute l'Europe ; les Juifs bulgares étaient de plus en plus inquiets. Ils étaient quarante-sept mille dans le pays, déjà privés de leurs droits en vertu de mesures radicales inspirées par les lois de Nuremberg qui avaient cours en Allemagne.

Moshe, Solia et leurs familles ne pouvaient pas le savoir, mais, alors que le jeune couple traversait la vallée des Roses pour atteindre les montagnes de Sliven, un drame se déroulait, qui allait déterminer le sort des Juifs bulgares. Dans les premiers jours du mois de mars 1943, les actes de quelques citoyens ordinaires et d'une poignée de dirigeants politiques et religieux changèrent le cours de l'histoire de la Bulgarie. Au centre du drame se trouvaient des familles comme les Eshkenazi, disséminées en petites communautés dans tout le pays. Les acteurs principaux étaient originaires de Kustendil, nœud ferroviaire proche de la frontière occidentale avec la Macédoine, et de Plovdiv, deuxième ville de Bulgarie, où les rafles de Juifs commencèrent par une glaciale matinée de mars.

Peu après minuit, le 9 mars 1943, la fille du rabbin de Plovdiv lisait Jack London chez elle. Ses parents dormaient, la maison était silencieuse.

On sonna à la porte. Susannah Shemuel Behar leva les yeux de son livre.

Lycéenne, elle envisageait de faire des études d'astronomie à l'université. C'était avant que la vie des Juifs de Bulgarie bascule ; avant que son père, qui se hâtait de rentrer avant le couvre-feu alors qu'il venait de présider à des funérailles, soit brièvement emprisonné parce qu'il était arrivé avec dix minutes de retard.

Susannah faisait partie du mouvement antifasciste bulgare, clandestin. Membre de l'Union des jeunes travailleurs, illégale, elle avait des amis parmi les partisans : des communistes qui rôdaient avec leurs fusils australiens à cinq coups dans le massif des Rhodopes, où il faisait un froid de gueux. Susannah et ses amies avaient tendance à choisir les missions qui exigeaient de recourir au subterfuge et à la ruse. Quand ses camarades décidaient de mettre le feu à une tannerie ou de saboter la chaîne d'une conserverie de légumes destinés à l'Allemagne, Susannah faisait le guet. La nuit, en ville, elle collait des affiches antifascistes – « Halte à la guerre », « Les Allemands dehors », « Nous voulons des emplois ». Ces missions étaient généralement confiées à des couples, vrais ou faux : si un policier venait à passer, les conspirateurs pouvaient s'enlacer et se bécoter pour le tromper. Chez elle, Susannah avait trouvé une cachette parfaite pour ses tracts subversifs : la bible de son père.

Sur le pas de sa porte, elle reconnut Totka, la boulangère du quartier, une femme robuste. Elle s'alarma : Totka était l'épouse d'un policier de Plovdiv. « Va réveiller ton père », lui demanda la femme.

Quelques instants plus tard, le rabbin, barbu, le visage doux, arriva en tenue de nuit. « Ils vont arrêter votre famille, murmura l'épouse du policier. Donnez-moi votre or. Je le garderai et vous le rendrai plus tard.

— Si nous en avions, il brûlerait avec nous », répondit le rabbin. Susannah comprit : son père lui avait raconté ce qui se passait en Allemagne nazie.

Totka tourna les talons. Une heure plus tard, peu après deux heures du matin, on sonna de nouveau. Susannah ouvrit la porte. Un policier, chaussures noires et manteau de drap bleu à boutons argentés, accorda une demi-heure à la famille Behar pour réunir quelques affaires et se rendre dans la cour de l'école juive. Là, Susannah et les siens devaient attendre des instructions.

La mère de Susannah était en état de choc, incapable de rien mettre dans une valise, si ce n'est deux ou trois manteaux et un peu de pain.

Susannah, son frère et leurs parents avançaient en traînant les pieds dans une ruelle du quartier juif de Plovdiv. Encadrés par des policiers en uniforme et un officier en civil, ils passèrent devant la maison d'Estrella, l'amie de Susannah, puis celle de la famille Benvenisti. Seul le son de leurs pas sur le gravier troublait le silence. Susannah leva les yeux pour admirer la Grande et la Petite Ourse – *Ursa Major* et *Ursa Minor* – en suspens dans la clarté du ciel de l'aube. Sa mère s'inquiétait à voix haute du sort de ses deux filles qui se trouvaient dans la capitale. Comment les prévenir ? Mais Susannah entendait à peine sa mère. Elle pensait au conseil que lui avait donné son père avant qu'ils quittent leur maison : « Si tu peux, enfuis-toi. »

Ils arrivèrent sur le boulevard Russe, une grande artère pavée. Coup de chance, ils croisèrent le domestique de l'évêque orthodoxe de Plovdiv, qui se dirigeait vers l'église pour allumer le poêle. Il était presque trois heures du matin. « Où emmenez-vous votre famille à une heure pareille ? demanda-t-il au rabbin.

— Je vous en prie, allez réveiller l'évêque Cyrille, répondit aussitôt le père de Susannah. Dites-lui que le rabbin de Plovdiv a été arrêté avec toute sa famille, et qu'ils sont détenus à l'école juive. Je suis sûr que d'autres familles juives vont y être rassemblées. »

Le domestique partit en courant, les pans de son manteau flottant derrière lui. Susannah eut l'impression qu'il volait.

Le même jour, à quelques heures de route vers l'est, dans la région vallonnée de Sliven, Moshe et Solia Eshkenazi attendaient en silence, apeurés. Moshe pensait que l'avertissement de son ami policier lui permettrait de trouver un abri chez les parents de Solia. Cet espoir s'était évanoui car ceux-ci avaient reçu une lettre des autorités bulgares : ils devaient rassembler vingt kilos de nourriture et de vêtements et se préparer à un long voyage. La destination n'était pas claire, mais Solia, qui avait entendu parler d'atrocités perpétrées dans différentes régions d'Europe, ne se faisait pas d'illusions. Des années plus tard, elle se rappellerait très bien le sentiment qu'elle éprouva alors : *C'est la fin.*

Des centaines de familles juives de Sliven, de Plovdiv et d'autres villes bulgares avaient reçu le même ordre. Le 9 mars 1943, les Eshkenazi, les Behar et toutes les familles juives bulgares semblaient voués au même destin que tous les Juifs européens. La voie paraissait tracée depuis qu'avaient été édictées les lois antijuives et que la Bulgarie s'était alliée à Hitler.

En 1941, après avoir lutté pour rester neutre, le roi Boris avait finalement rejoint les puissances de l'Axe. Il évita ainsi que son pays soit occupé par les Allemands, mais dut accepter la mise en place d'un gouvernement profasciste. Le sort des Juifs fut confié à ceux qui les méprisaient le plus, notamment Aleksander Belev, personnage clé, ancien membre des Gardiens fascistes pour l'avancement de l'esprit national bulgare, ou Ratnitsi. Belev devint la principale autorité sur la « question juive » en Bulgarie. C'est lui qui s'était rendu à Berlin en 1935 afin d'étudier la loi pour la protection du sang et de l'honneur allemands, et les autres mesures raciales de Nuremberg, qui se traduisirent en Bulgarie par la loi pour la défense de la nation.

Cette loi et d'autres du même acabit signèrent le début de la persécution officielle des Juifs de Bulgarie, tandis que leurs droits étaient peu à peu réduits, comme l'avaient été ceux des Juifs allemands. Les Juifs bulgares furent obligés d'apposer un panneau indiquant « résidence juive » sur la façade de leur maison. Soumis à des couvre-feux stricts, ils n'avaient plus le droit d'être membres d'un parti politique ou d'une association professionnelle. Il leur était interdit d'épouser des « gentils », de se réfugier dans les abris antiaériens, de posséder des voitures, des téléphones ou des radios. Ils étaient tenus de porter l'étoile jaune.

Le cousin de Solia Eshkenazi, Yitzhak Yitzhaki, beau jeune homme de vingt ans, fut envoyé dans un camp de travail à la frontière serbe. Chaque jour, il avait droit à une ration de soupe aux haricots, occasionnellement agrémentée des quelques saucisses, du pain et du *kashkavel* (un fromage jaune bulgare) que lui faisaient passer des membres de sa famille venus le voir, ou des villageois des environs en échange de traitements médicaux dispensés par les médecins juifs internés. Les prisonniers et les villageois, se rappelle Yitzhaki, partageaient la nourriture avec les gardiens. Les détenus passaient la journée à casser des pierres et, le soir, ils écrivaient des lettres à leur famille à la lueur de lampes à gaz. Au plus froid de l'hiver, c'est à peine s'ils avaient des vêtements chauds ; vivant dans de rudes conditions, avec un accès limité aux médicaments, ils étaient souvent malades. Un jour, le paludisme se déclara et ils essayèrent un remède maison : ils burent le sang de tortues capturées près du camp, puis firent rôtir les animaux sur un feu. « Vu les circonstances, les tortues rôties étaient un mets de choix », se souvient Yitzhaki. Au printemps, les prisonniers mirent en scène un spectacle : *La Belle Hélène* d'Offenbach. « Le commandant bulgare, fier du talent de ses prisonniers, invita de nombreux officiers à assister au spectacle. Par rapport à ce qui se passait en Europe, nous avions évidemment beaucoup de chance. »

La vie dans les camps était dure – Yitzhaki fut menacé du peloton d'exécution le jour où ses camarades mirent, par mégarde, le feu à une tente –, mais la Bulgarie était différente du reste de l'Europe. S'il existait une volonté claire d'annihiler les Juifs locaux, celle-ci rencontrait certains freins. Pour nombre de patriotes, les lois profascistes exigeaient une réaction vigoureuse car elles allaient à l'encontre de l'histoire et de l'identité bulgares.

En 1492, quand les Juifs furent expulsés d'Espagne, le sultan ottoman envoya des vaisseaux à Cadix pour accueillir des milliers de Juifs dans son empire. « On dit que Ferdinand d'Espagne est un sage, mais c'est un idiot, déclara Bajazet II. Car il prend son trésor et me l'envoie tout entier. » Les Juifs s'installèrent dans l'Empire ottoman, notamment en Bulgarie. Là, arrivant dans des communautés modestes où les charrettes étaient tirées par des chevaux et les places de village paisibles, ils se heurtaient à un antisémitisme plus modéré que dans d'autres pays d'Europe. Lorsque la Bulgarie lutta pour obtenir son indépendance, dans les années 1870, ils combattirent aux côtés de leurs compatriotes pour se libérer du joug ottoman. Les Juifs de Plovdiv offrirent un abri à Vasil Levski, le héros de la révolution bulgare. Levski était une sorte de George Washington bulgare, qui exposa les grandes lignes de sa vision d'une Bulgarie démocratique : « Fraternité et égalité absolues entre toutes les nationalités. Bulgares, Turcs, Juifs, etc., ils seront égaux sur tous les plans. » Sa déclaration fut reprise dans la Constitution bulgare de 1879, considérée à l'époque comme l'une des plus progressistes d'Europe.

Soixante ans plus tard, quand Aleksander Belev participa à l'élaboration des lois antijuives au nom du gouvernement profasciste du roi Boris, de nombreuses protestations s'élevèrent, et beaucoup firent part de leurs craintes, dans tous les secteurs de la société bulgare. Médecins, politiciens, intellectuels, tailleurs, techniciens, cordonniers, cultivateurs de tabac, vendeurs des rues et membres de l'Église orthodoxe bulgare envoyèrent des lettres et des télégrammes au roi, au Parlement et au cabinet du Premier ministre.

> Nous, travailleurs et commerçants de Plovdiv, sommes choqués par l'existence de lois aussi réactionnaires, qui ne feront que diviser la nation. [...]
>
> Nous, travailleurs du textile, qui trimons aux côtés de nos collègues juifs, nous qui fabriquons des biens pour le peuple bulgare et souffrons des mêmes injustices de la vie, nous élevons nos voix pour protester contre la loi pour la défense de la nation, qui va à l'encontre des intérêts et des idéaux de la société des travailleurs bulgares. [...]
>
> Nous ne comprenons pas qui pourrait bénéficier de la mise en œuvre de la loi pour la défense de la nation. Certainement pas les artisans bulgares. Nous protestons contre cette destruction de notre tradition. [...]
>
> Nous, travailleurs pâtissiers de Plovdiv, exprimons notre profonde indignation. [...] Cette loi s'oppose à toute entente démocratique, qui a toujours fait partie de l'âme du peuple bulgare.

Le Parti communiste bulgare émit des protestations répétées par le biais de ses journaux et stations de radio clandestins. « Le sort des cinquante mille Juifs, déclarait un tract communiste illégal, est indissolublement lié à celui de notre peuple. »

D'anciens ministres écrivirent eux aussi au gouvernement :

> Pauvre Bulgarie ! Nous sommes sept millions, mais nous avons tellement peur d'être trahis par quarante-cinq mille Juifs, qui n'ont

aucune responsabilité sur le plan national, que nous nous croyons obligés d'édicter des lois d'exception pour nous protéger d'eux. Et après ? [...] Messieurs. Décidez-vous sur-le-champ ! Soutiendrez-vous la Constitution et le peuple bulgare pour défendre la liberté, ou avancerez-vous au pas de ces mercenaires politiques, vous couvrant ainsi de honte, et sapant la vie et l'avenir de votre pays ? Dans les villes, dans les campagnes, tout le monde ne cesse de répéter : « Si seulement Levski [...] était ici aujourd'hui, [...] [il] nous poursuivrait et nous fustigerait pour que nous comprenions [ses] idées et la nature exacte de la liberté au nom de laquelle [il] est mort pour la Bulgarie. »

Ces protestations servirent d'avertissement aux autorités bulgares, depuis le roi jusqu'aux fonctionnaires profascistes chargés de la « question juive » : un mauvais traitement infligé aux Juifs bulgares ne passerait pas inaperçu. Belev, le serviteur le plus zélé des idéaux nazis en Bulgarie, œuvra aussi rapidement et discrètement qu'il le put.

En octobre 1942, les autorités nazies de Berlin envoyèrent un message à leur bureau de Sofia : « Veuillez prendre contact avec le gouvernement bulgare afin de discuter de l'éventuelle évacuation des Juifs telle qu'elle est stipulée par les nouvelles réglementations bulgares. [...] Nous sommes prêts à recevoir ces Juifs. »

En tant que commissaire aux Affaires juives, Belev avait désormais le pouvoir de superviser « l'expulsion des Juifs vers les provinces ou en dehors du royaume ». Le financement de ces opérations devait provenir dans une large mesure des biens juifs confisqués.

En janvier 1943, le responsable nazi des Affaires juives à Paris, Theodor Dannecker, arriva à Sofia. Il venait préparer avec Belev l'« évacuation » de vingt mille Juifs des terres bulgares. Cette première expulsion de masse devait être suivie d'autres. Un mois plus tard, les deux hommes signèrent l'accord Dannecker-Belev, qui précisait les gares (« Skopje : 5 000, dans 5 trains. [...] Dupnitsa : 3 000, dans 3 trains... »), les dates prévues (« Les Juifs concentrés dans les villes de Skopje et de Bitola seront déportés après le 15 avril 1943... »), les exceptions (« Les Juifs atteints de maladies contagieuses doivent être exclus. »), la sécurité, le paiement, les horaires, et un engagement qui prévenait tout regret : « En aucun cas le gouvernement bulgare ne pourra demander le retour des Juifs déportés. »

L'accord stipulait que les vingt mille Juifs devaient provenir des « territoires récemment libérés » de Macédoine et de Thrace, offerts par l'Allemagne à la Bulgarie afin que celle-ci les occupe. Mais Belev et Dannecker découvrirent que les Juifs de ces territoires occupés étaient moins nombreux que prévu. Au moins sept mille cinq cents Juifs provenant de l'« ancienne Bulgarie » devraient également être déportés, comme les Eshkenazi, les Behar, et d'autres familles qui attendirent bientôt les instructions des autorités.

Le 22 février, le jour même où Belev signa l'accord avec l'Allemagne, son cabinet envoya une note aux vingt et un représentants régionaux du commissariat aux Affaires juives. « Privé. Absolument confidentiel » : ainsi débutait la note.

> Dans les vingt-quatre heures qui suivront la réception de ce message, vous soumettrez au Commissariat la liste de tous les Juifs de votre ville qui sont riches, en vue et considérés comme des personnages publics. Incluez les Juifs qui ont joué le rôle de dirigeants au sein de leur propre communauté et qui encouragent l'esprit juif dans la communauté juive locale, ou ceux qui ont exprimé des idées ou des sentiments opposés à l'État…

Le lendemain, Belev se mit en route vers les « nouveaux territoires », apparemment persuadé que la déportation des Juifs de l'« ancienne Bulgarie » était en bonne voie. La clé de la réussite, pensait-il, était le secret. « La déportation doit rester strictement confidentielle », souligna-t-il dans une note adressée à Petur Gabrovski, ministre de l'Intérieur.

Mais alors qu'il se dirigeait vers le sud pour superviser l'expulsion des Juifs de Macédoine et de Thrace, son plan, si secret, faisait déjà l'objet de fuites en Bulgarie.

À la fin du mois de février, à peu près au moment où le policier de Sofia révélait les rumeurs de déportation à Moshe Eshkenazi, une jeune fonctionnaire bulgare prit elle aussi la décision de ne plus garder pour elle cet inquiétant secret. Liliana Panitsa prit contact avec un ami juif et lui révéla, au cours d'un rendez-vous clandestin, le plan visant à déporter les Juifs de Macédoine. Ses informations étaient fiables et elle prenait un risque considérable en les dévoilant : Mlle Panitsa était la secrétaire et, au dire de certains, la maîtresse d'Aleksander Belev.

C'est aussi à cette époque que lors d'une rencontre fortuite avec une connaissance juive un opticien de Sofia proposa de révéler, moyennant finances, une autre information vitale. Après avoir reçu sa récompense, il dévoila les plans du gouvernement visant à déporter les Juifs de Bulgarie. L'opticien avait lui aussi de bonnes raisons d'être au courant : c'était le beau-frère de Petur Gabrovski, ministre de l'Intérieur et ancien membre des Ratnitsi, l'organisation fasciste bulgare.

L'opticien était originaire de Kustendil, paisible bourgade entourée de collines, de vergers et de champs de blé, proche de la frontière montagneuse de la Macédoine. Dans les jours qui suivirent, la région, ce « panier de fruits » de la Bulgarie, aux jolies rues ombragées pleines de vendeurs proposant pommes et cerises au sucre fichées sur un bâtonnet, de cafés conviviaux servant de la soupe de mouton et du vin bulgare, devint un champ de bataille essentiel : c'est là qu'allait se décider le sort des Juifs de Bulgarie.

***

La crainte d'une catastrophe imminente s'empara des habitants de Kustendil. Le propriétaire d'une verrerie locale répandit les rumeurs de déportation. Comme il travaillait souvent avec les Allemands, ses informations semblaient plausibles. Un dirigeant macédonien eut également vent du secret, apparemment au cours d'une soirée chez Aleksander Belev, et mit rapidement en garde ses amis juifs. Le gouverneur du district de Kustendil refusa de garder le silence, malgré ses fonctions officielles et sa réputation de corruption : dès qu'il fut mis au courant, informé directement par les services de Belev, il alerta un éminent pharmacien juif, Samuel Barouh.

À Kustendil, chaque Juif ou presque fut bientôt au courant des projets de Belev. Des rumeurs terrifiantes se répandirent : on nettoyait l'entrepôt de tabac Fernandes pour y regrouper les Juifs près de la gare. Le bureau de Belev avait dressé une liste de Juifs et l'on se demandait quels noms y figuraient. De longs trains de wagons de marchandises, disait-on, avaient été assemblés dans les villes avoisinantes.

Au début du mois de mars, certains aperçurent non loin de Kustendil des trains venus de Thrace. Ils étaient remplis de Juifs qui hurlaient et imploraient qu'on leur donne de la nourriture. Choqués, des habitants de la région et des Juifs internés dans les camps de travail tout proches coururent le long des rails en jetant du pain dans les wagons. Le métropolite Stéphane, évêque orthodoxe et premier dignitaire religieux du pays, se rappelle plusieurs scènes similaires. « Ce spectacle dépassait tout ce que l'on peut imaginer sur l'horreur et la conception de l'inhumain. Dans des wagons de marchandises, vieillards et jeunes gens, infirmes et bien portants, mères avec leurs nourrissons, femmes enceintes étaient entassés comme des sardines, debout et exsangues, implorant avec des cris désespérés l'aide, la pitié, demandant de l'eau, de l'air, une parcelle d'humanité... » Le métropolite envoya un télégramme au Premier ministre, le priant de ne pas envoyer ces Juifs en Pologne, « nom qui avait une résonance funeste, même aux oreilles des nourrissons ».

À Kustendil, la nouvelle du sort des Juifs de Macédoine et de Thrace et des rumeurs sur d'autres déportations se répandirent. Les Juifs furent gagnés par la panique. Une jeune femme nommée Mati confia son album de photos de famille à Vela, une amie proche, non juive. Toutes deux étaient camarades de résistance et soutenaient les partisans qui combattaient dans les montagnes méridionales proches de la Grèce. Mati portait autour du cou une petite bourse de soie. Elle y avait caché des mèches de cheveux de sa mère, de son père et de sa sœur, en guise de souvenir au cas où sa famille serait séparée.

Mati pleurait : « Vela, si j'ai la chance de revenir, je reprendrai mon album. Sinon, garde-le en souvenir de moi. » Elle jeta un regard étrange à son amie. « Si tu trouves des savons venus de Pologne, lave-toi le visage, je t'en prie. Ce savon aura sans doute été fabriqué avec mon corps. Ainsi je pourrai à nouveau caresser ton visage. »

Le 6 mars, les Juifs de Kustendil se mobilisèrent. Samuel Barouh, le pharmacien, parla des déportations à son frère, Yako, à Sofia. Celui-ci, très influent dans la capitale, commença à prendre des contacts dans les ministères et au Parlement. Après une série de rendez-vous finalement stériles, et d'autant plus inquiétants, il rendit visite à un vieux camarade de lycée, Dimitar Péchev, vice-président du Parlement. Péchev avait grandi à Kustendil et avait de bonnes relations avec les Juifs, même s'il avait voté en faveur de la loi pour la défense de la nation. Samuel, le pharmacien, frère de Yako, était l'un de ses amis. Quand Péchev était à Kustendil, souvent ils sirotaient ensemble de l'ouzo et mangeaient des baklavas dans les cafés locaux, ou allaient se détendre dans les bains publics de la ville. La sœur de Péchev était « sœur de lait » de celle de Yako : elles avaient mutuellement nourri leurs bébés. Yako avait la conviction qu'il lui fallait contacter Péchev ; il n'avait pas le choix. Il avait en outre une raison stratégique. Il venait d'apprendre que la loi spécifiait que seuls les Juifs des « territoires nouvellement libérés » étaient visés par cette première vague de déportations. La situation était atroce, mais cette faille pourrait peut-être contribuer à sauver les Juifs de l'« ancienne Bulgarie ».

Le même jour, Vladimir Kurtev, important dirigeant macédonien, arriva à Kustendil et fit part des détails épouvantables qu'il avait appris au cours de conversations à Sofia. Il annonça à ses amis juifs que les trains n'allaient pas tarder à arriver, et que tous les Juifs de la ville devaient être déportés en Pologne.

Ceux-ci décidèrent de mettre leur argent en commun. Peut-être Liuben Miltenov, gouverneur du district, autoriserait-il une délégation à se rendre à Sofia. Les Juifs n'avaient pas le droit de voyager sans autorisation, or il leur fallait se rendre dans la capitale pour obtenir une entrevue avec Péchev et d'autres membres du Parlement. Ce ne serait pas facile : certes, Miltenov avait averti Samuel Barouh des projets de déportation, mais il avait la réputation d'être un politicien corrompu. Il faudrait le « persuader » d'accorder des permis de voyager.

Les Juifs de la ville vidèrent leurs poches et rassemblèrent leur argent dans une maison juive du centre-ville, où un groupe *ad hoc* fut mis en place. Violeta Conforty, une jeune femme récemment arrivée de Sofia avec sa petite fille de trois ans, fut désignée pour remettre l'argent à Miltenov. On en mit un peu de côté pour d'autres pots-de-vin et pour les frais de transport de la délégation.

Les billets, dépliés, lissés et empilés, furent déposés dans un grand sac en toile. Violeta n'aurait jamais cru voir une telle somme, sans même parler de la transporter dans un sac à provisions. Par une matinée claire, glaciale, elle arriva au bureau de Miltenov en pensant à son mari détenu dans un lointain camp de travail. « Je lui ai donné le sac, se rappelle Violeta. On m'avait dit qu'il me remettrait des documents. J'ai demandé : “Où sont les documents ?

— Je ne peux pas vous les remettre, m'a répondu Miltenov. — Alors rendez-moi mon argent. — Non, je ne vous le rendrai pas. Maintenant, je vous prie de quitter les lieux." »

La jeune femme quitta le bureau, l'étoile jaune bien visible sur sa poitrine. Elle retourna chez elle, interloquée, sans argent ni documents. Aucune délégation juive ne se rendrait à la capitale. Nombre de Juifs de Kustendil perdirent espoir, se souvient-elle. Des habitants de la ville commençaient à mettre au point un autre plan.

Asen Souitchmézov avait grandi entouré de Juifs. Grand, un mètre quatre-vingt-quinze environ, doté d'un appétit insatiable, il adorait les kebabs et la soupe de mouton que servait un café juif en face de sa boutique où il vendait des manteaux et des objets en cuir. Il parlait le ladino, cette langue héritée des Juifs sépharades venus d'Espagne qui, quatre cent cinquante ans plus tard, était encore la langue maternelle de nombreux Juifs des Balkans.

Au début de la guerre, Souitchmézov était allé en Macédoine pour ses affaires. À Skopje, il avait assisté, atterré, à la liquidation de biens juifs dont les propriétaires avaient été déportés en Pologne. Au début du mois de mars 1943, il entendit parler de l'entrepôt de tabac où l'on devait rassembler les Juifs de Kustendil. Quinze, vingt fois par jour, des amis juifs le harcelaient de questions au sujet des grandes marmites de soupe qui arrivaient en ville, disait-on, pour nourrir les Juifs enfermés avant de les embarquer. Souitchmézov ne savait comment les rassurer.

Certains passaient devant sa boutique en lui lançant : « Adieu Asen ! Nous ne te reverrons plus jamais. » D'autres, refusant le sort qui les attendait, lui demandèrent de se rendre à Sofia pour aller voir de leur part Dimitar Péchev au Parlement. Souitchmézov accepta. « J'avais promis aux Juifs que je les défendrais, écrivit-il des années plus tard. Je n'allais pas reculer. »

Le 8 mars, en début de soirée, Souitchmézov et trois acolytes s'apprêtaient à partir pour Sofia. C'est tout ce qu'il restait d'une délégation qui comptait à l'origine quarante personnes.

Les quatre hommes arrivèrent à la gare de Kustendil, un bâtiment de brique jaune au large quai pavé, et virent les convois de marchandises prêts à déporter les Juifs. Leur destination finale, ils l'apprendraient plus tard, était le camp d'extermination de Treblinka.

Le quai grouillait de policiers. Quelqu'un avait dû avertir les autorités et l'on risquait de les empêcher de prendre le train de Sofia. Ils bondirent sur une charrette à cheval et filèrent à Kopelovsky, la gare suivante. Ils prirent le train qui allait vers le nord, vers la capitale et Dimitar Péchev.

***

À peu près au même moment, peut-être au cours de cette même soirée de mars 1943, Moshe et Solia attendaient avec leurs parents dans leur maison des collines de Sliven. Personne ne savait ce qu'il fallait emporter, personne ne savait que dire, comment combler cette attente, encore moins s'interroger sur leur destination. Moshe et Solia s'étaient mariés trois ans plus tôt dans la synagogue de Sofia. La cérémonie avait été simple. Les cheveux de jais de Solia flottaient sur ses épaules. Moshe était anxieux, sérieux, un peu engoncé dans son costume ; il avait l'impression d'accepter une immense responsabilité. Le jeune couple faisait face au rabbin et à l'arche sainte. C'était quelques semaines avant l'entrée en vigueur des mesures antijuives, et que Moshe soit envoyé dans un camp de travail.

En cette soirée de mars 1943 à Sliven, tout près de la vallée des Roses, la famille attendait en silence.

À cent kilomètres au sud-ouest, peu avant trois heures du matin, le rabbin Behar remontait le boulevard Russe avec les siens en direction de l'école juive de Plovdiv. Les rues étaient désertes. Enfin il aperçut l'école dont la grille de fer noir entourait une cour vide. Le rabbin Behar et son épouse franchirent le portail, suivis par Susannah, son frère, et les deux policiers. La famille passa une heure toute seule. Il faisait froid. Puis, comme le rabbin l'avait pensé, d'autres familles juives arrivèrent en traînant les pieds, les bras chargés de vêtements, de couvertures, de fromage bulgare et de miches rondes de pain noir.

Le soleil était à peine levé quand le domestique de l'évêque Cyrille revint et annonça au rabbin que l'évêque avait décidé d'agir. Il avait envoyé un télégramme au roi Boris, « le priant au nom de Dieu d'avoir pitié de ces malheureux ». Il avait également adressé un message au directeur de la police, l'assurant que « [lui qui avait] toujours été loyal envers le gouvernement, se [réservait] le droit d'agir librement dans cette affaire en n'écoutant que ce que lui dictait [sa] conscience ».

Cyrille estimait qu'« entre 1 500 et 1 600 Juifs » étaient rassemblés dans la cour de l'école juive de Plovdiv. Des habitants de la ville avaient appris la nouvelle et s'étaient attroupés autour de l'école pour protester ; il y avait foule des deux côtés de la grille. « L'indignation de la population était grande », écrivit Cyrille.

Un témoin oculaire confirme que l'évêque se rendit en personne à l'école juive ce matin-là et déclara : « Mes enfants, je ne leur permettrai pas de s'en prendre à vous. Je me coucherai sur les rails et je vous empêcherai de partir. »

Susannah ne se souvient pas de cela, mais elle se rappelle s'être faufilée à travers des planches disjointes jusqu'à un appentis, au fond de la cour, pour mettre au point un plan d'urgence avec une amie : le moment venu, elle prendrait la fuite et rejoindrait les partisans dans le massif des Rhodopes. Elle retourna tout de suite dans la cour de l'école pour mettre son père au courant. Le rabbin et sa fille se mirent d'accord : s'ils étaient déportés, Susannah s'échapperait pour rejoindre la lutte armée contre la monarchie profasciste – comme Jacques, le frère de Moshe.

Pendant ce temps, à Kustendil, les Juifs de la ville attendaient dans l'angoisse des nouvelles de la délégation qui s'était rendue à la capitale pour y rencontrer Dimitar Péchev.

Celui-ci avait un faible pour les beaux costumes, taillés près du corps – le sien était robuste. Il arborait toujours une pochette blanche immaculée, triangle pointant de sa poche de poitrine. Il portait également des boutons de manchette, et ses cheveux étaient soigneusement huilés et coiffés en arrière.

Il vivait seul, au-dessus de l'appartement de Sofia, sa sœur, dans une chambre située au troisième étage. Il aimait le backgammon et Voltaire. Avec son feutre mou et son manteau boutonné jusqu'au cou, il descendait souvent voir ses deux petites nièces. Les fillettes l'accueillaient à la porte dans des robes ourlées de dentelle, avec leurs chaussures du dimanche, puis elles le prenaient par la main et allaient avec lui à la confiserie du quartier.

Dimitar Péchev avait beaucoup réfléchi aux « idéaux nationaux et aux aspirations humaines universelles à quelque chose de pur et de sacré ». Il croyait à la démocratie parlementaire. Il considérait que les Bulgares singeant les nazis, « débitant des slogans d'emprunt » et défilant dans leurs uniformes bruns, étaient les acteurs d'« un vaudeville grotesque et pathétique ».

Péchev était pourtant vice-président du Parlement sous le gouvernement profasciste mis en place par le roi Boris III. Le jeune avocat avait perdu ses illusions sur le socialisme après avoir vécu sous le régime socialiste impitoyable imposé par une bande de rustres. Son compromis avec les fascistes était pour lui une preuve de réalisme, compte tenu de la situation géopolitique en Europe. En liant son avenir à celui du roi et en acceptant l'alliance avec les nazis, il espérait préserver un peu de la souveraineté de son pays. Les relations germano-bulgares étaient fragiles. La Bulgarie s'était arrangée pour ne pas subir d'occupation ; elle avait même récupéré d'anciennes parties de son territoire.

À l'image du roi, Péchev pensait que pour maintenir cet équilibre précaire, la politique étrangère de la nation exigeait de s'incliner devant Hitler. Des années plus tard, il commenta ainsi son vote en faveur de la loi de défense de la nation : « Ce sacrifice a été rendu plus acceptable parce que nous savions que les restrictions imposées aux Juifs, bien que douloureuses, étaient néanmoins temporaires et n'auraient pas de conséquences extrêmes. » C'est dans les mains de cet homme, plus que dans celles de quiconque, que reposait désormais le sort des Juifs bulgares.

Le matin du 9 mars, Asen Souitchmézov était dans une chapellerie de Sofia, d'où il appela Dimitar Péchev. Souitchmézov et ses trois compagnons étaient arrivés de Kustendil la veille au soir. Péchev les invita chez lui, et bientôt Souitchmézov lui exposait la situation à Kustendil, évoquant, en larmes, les longs convois stationnés à la gare.

Le vice-président de l'Assemblée nationale avait dépensé beaucoup d'énergie et de temps à organiser des réunions pour expliquer autour de lui qu'il n'existait pas de plan de déportation des Juifs. S'il y avait un plan, assura-t-il ce jour-là à ses visiteurs inquiets, il serait au courant. En vérité, Péchev avait commencé à enquêter. Il avait eu vent des rumeurs de déportation par un ami proche, juif, de Kustendil. Il avait aussi entendu l'un des ses collègues parlementaires rapporter des histoires déchirantes venues de Macédoine : « Des vieux, des hommes, des femmes, des enfants, portant leurs possessions, des gens défaits, désespérés, impuissants, implorant de l'aide, se traînant vers une destination inconnue [...] que l'on pouvait seulement imaginer, vers un destin qui évoquait les craintes les plus sombres. »

Ainsi, avant son entrevue avec Souitchmézov et ses amis, Péchev savait que ces rumeurs étaient fondées. Il était donc face à un dilemme, lui, membre proroyaliste de l'Assemblée, dirigeant d'un parlement qui soutenait l'alliance avec les nazis et avait voté les restrictions sévères imposées aux Juifs. C'était sans doute l'instant crucial du récit complexe et fragile qui distinguerait pour toujours l'histoire de la Bulgarie de celle du reste de l'Europe.

« Je ne pouvais pas rester passif, expliquerait plus tard Dimitar Péchev. Ma conscience et ma compréhension des graves conséquences auxquelles s'exposaient à la fois les gens impliqués et mon pays me l'interdisaient. C'est alors que j'ai pris la décision de faire tout ce qui était en mon pouvoir pour empêcher l'exécution d'un plan qui allait compromettre la Bulgarie aux yeux du monde, et la marquer d'une honte imméritée. »

Péchev donna rendez-vous à Souitchmézov et ses amis dans son bureau, au Parlement, à quinze heures, l'après-midi même. Il était impératif qu'ils obtiennent un entretien avec le Premier ministre.

Les hommes se retrouvèrent comme convenu. Le Premier ministre refusa de recevoir Péchev et la délégation de Kustendil. L'ordre de déportation était toujours en vigueur. L'après-midi du 9 mars touchait à sa fin ; l'heure fixée pour le début des déportations approchait. N'ayant plus le choix, Péchev choisit d'abattre sa carte maîtresse : il demanda un rendez-vous avec Petur Gabrovski, ministre de l'Intérieur.

Quelques minutes plus tard, Péchev, Souitchmézov et huit autres hommes – notamment des membres du Parlement et, selon certaines sources, plusieurs dirigeants de la communauté juive de Sofia – entraient dans le bureau de Gabrovski. Ils l'informèrent de la situation à Kustendil. Gabrovski répondit qu'il n'était pas au courant. Péchev se souvint plus tard que le ministre de l'Intérieur semblait tendu, nerveux. Les hommes firent pression sur lui, mais Gabrovski nia de nouveau être au courant des déportations. Jusqu'au moment où l'un des membres de la délégation l'interrogea sur l'accord Dannecker-Belev – qui précisait les détails du plan secret, y compris le nombre de wagons et les centres de déportation. Comment le ministre de l'Intérieur pouvait-il ne pas être au courant ?

Gabrovski était piégé. Soit il ne savait pas ce qui se passait dans son ministère, soit, plus vraisemblablement, il mentait. Ou bien, comme le raconta Péchev, charitable, « il s'exprimait en utilisant le type de platitudes dont on se sert pour se sortir d'une situation inconfortable ».

C'était la fin de l'après-midi. Dans un peu plus d'une heure, le Parlement devait se réunir pour une séance de nuit. Péchev et ses collègues députés furent très clairs : ils étaient prêts à dénoncer les déportations prévues lors de la séance à venir. S'ils mettaient leur menace à exécution, ce serait un scandale national. Il y avait une différence fondamentale entre les pays occupés par les nazis et la Bulgarie, nation presque souveraine au sein de l'Axe : elle avait encore une certaine marge de manœuvre. En Bulgarie, par exemple, il était impossible de tirer à vue sur les dissidents.

Péchev et ses amis attendaient la réponse du ministre de l'Intérieur. Gabrovski se leva et quitta la pièce – peut-être pour s'entretenir avec le Premier ministre. Il revint et annonça que l'on ne pouvait pas annuler l'ordre de déportation, mais que son exécution pouvait être suspendue – temporairement. Péchev appela aussitôt Miltenov, le gouverneur de Kustendil, et lui fit part de la suspension. Les députés présents commencèrent à appeler leur circonscription pour annoncer la nouvelle, tout en incitant Gabrovski à passer les coups de fil officiels. Le ministre de l'Intérieur ordonna à sa secrétaire d'envoyer un télégramme à toutes les villes de Bulgarie concernées par les ordres de déportation.

Des preuves découvertes plus tard permettent de penser que le roi Boris approuva la suspension. Un document envoyé aux autorités de Berlin par un représentant de la Gestapo à Sofia attribue la décision de suspendre les déportations au « plus haut niveau ». Gabrovski – donc peut-être Boris – insista pourtant sur le fait que la suspension était temporaire. Boris fut inflexible sur un point : les ordres concernant les treize mille Juifs des « nouveaux territoires » de Macédoine et de Thrace ne seraient pas modifiés. Leur déportation aurait lieu. Même si le roi fut apparemment d'accord pour donner, au moins temporairement, leur chance aux quarante-sept mille Juifs bulgares, les Juifs de Macédoine et de Thrace périrent alors qu'il était au pouvoir.

En sortant du bureau de Gabrovski, Péchev se tourna vers le marchand de cuir de Kustendil. « Souitchmézov, serrez-moi la main, dit-il. La déportation des Juifs est arrêtée. Vous pouvez appeler Kustendil et annoncer la nouvelle. »

Souitchmézov quitta le ministère avec le reste de la délégation. Ils trouvèrent un groupe de Juifs rassemblés devant l'entrée. « Dieu te garde, Asen », s'exclama un jeune homme de Kustendil. Peu après, alors qu'ils se dirigeaient vers la boutique d'un marchand de vins pour téléphoner à Kustendil, un autre homme s'approcha. C'était le colonel Avram Tadger, ancien combattant juif qui avait fait deux guerres dans les rangs bulgares, avant que la loi de défense de la nation l'oblige à quitter l'Union des officiers de réserve. « Lequel d'entre vous est Asen Souitchmézov ? » demanda le colonel. Souitchmézov s'identifia. Le colonel Tadger lui prit la main et éclata en sanglots. « Je suis venu vous serrer la main, s'écria-t-il. Bravo pour votre courage ! »

***

La cour de l'école juive de Plovdiv et le gymnase entouré de hauts murs étaient emplis de centaines de Juifs venus avec leurs frêles valises et leurs sacs de toile bourrés de vêtements. La matinée du 10 mars touchait à sa fin ; l'ordre de suspendre les déportations n'avait pas encore été transmis aux autorités. Une foule se pressait autour de la grille, criant, implorant que l'on ne laisse pas partir les Juifs.

Susannah n'oublierait jamais la terreur qu'elle éprouva lorsque la police demanda le silence. On ordonna aux Juifs de se mettre en rangs. Susannah songeait que l'heure était bientôt venue de rejoindre les partisans. Les déportations allaient commencer.

Au lieu de cela, la police demanda à tout le monde de rentrer chez soi.

Soixante ans plus tard, tous – les Behar de l'école de Plovdiv, les Barouh et les Conforty de Kustendil, les Eshkenazi de Sliven – se rappellent la sensation physique de soulagement qu'ils ressentirent, défiant toute description.

L'après-midi même, tous les Juifs de Plovdiv étaient de retour chez eux. Beaucoup eurent la surprise de voir que leur maison, dont ils n'avaient pas eu le temps de fermer la porte à clé, était intacte. Des voisins inquiets la surveillaient.

À la fin de l'après-midi, l'évêque Cyrille alla rendre visite au rabbin. Susannah se souvient de lui, avec sa mitre et sa crosse d'argent, serrant dans ses bras chaque membre de la famille avant d'aller dans le bureau de son père. L'évêque marqua une pause avant d'entrer. « Toute l'Église orthodoxe bulgare prendra la défense des Juifs », promit-il.

C'est ce qu'elle fit au cours des mois suivants. Le métropolite Stéphane, la plus haute autorité religieuse du pays, fit pression sur le roi Boris, l'implorant « de faire preuve de compassion et de la lucidité incombant à sa position pour défendre les droits à la liberté et la dignité de l'homme que le peuple bulgare a toujours soutenus par tradition et par tempérament. […] Les lamentations et les larmes de ces citoyens bulgares d'origine juive privés de leurs droits sont une protestation légitime contre l'injustice qui leur est faite […] ».

De son côté, Dimitar Péchev comprit que les autorités avaient l'intention de poursuivre les déportations. Peut-être, songeait-il, une révélation publique pourrait-elle couvrir le gouvernement de honte ? Le 17 mars, il avait réuni quarante-trois signatures contre le plan, dans une lettre de protestation adressée au Premier ministre : « Nous ne pouvons pas admettre que la déportation de ces gens ait été envisagée, bien que des rumeurs, croyons-nous, mal intentionnées, veuillent attribuer cette intention au gouvernement bulgare. Une telle mesure est inadmissible, non seulement parce que ces gens qui n'ont pas été privés de leur citoyenneté bulgare ne peuvent pas être expulsés de Bulgarie, mais ausi parce que ce serait une mesure néfaste, lourde de conséquences pour le pays. Elle souillerait la Bulgarie d'une tache non méritée […]. »

Les reproches publics adressés par Péchev au projet de son propre gouvernement étaient inouïs. Péchev était membre du parti pro-fasciste, il soutenait le roi et le Premier ministre, et voilà qu'en pleine guerre il prenait fait et cause pour une minorité. Il paya bientôt pour son geste : le Premier ministre le destitua quelques jours plus tard de son poste de vice-président du Parlement. Dimitar Péchev n'occupa plus jamais de fonctions publiques.

À la fin du printemps 1943, alors que de leur côté les nazis faisaient pression sur le roi, Belev élaborait de nouveaux plans de déportation – cette fois, les Juifs seraient embarqués sur des barges le long du Danube, qui marque la frontière nord du pays. Mais le roi, mesurant l'affaiblissement de l'Allemagne depuis la défaite de Stalingrad, et spéculant sur l'éventuelle arrivée de la Russie et des Alliés, hésitait à poursuivre les déportations. À la fin du mois de mai, il expulsa tous les Juifs de Sofia, les dispersa à travers le pays et intensifia le travail dans les camps. Si cette stratégie était une tentative visant à apaiser les nazis, elle fut efficace. Le IIIe Reich allait bientôt avoir d'autres problèmes à résoudre, plus importants que le sort des quarante-sept mille Juifs bulgares.

Le 7 juin 1943, quelques mois après l'épisode douloureux qui s'était joué dans la cour de l'école, à la gare, au Parlement et dans les rues, l'ambassadeur d'Allemagne à Sofia envoya un rapport au ministère des Affaires étrangères à Berlin. « J'ai l'absolue conviction que le Premier ministre et le gouvernement souhaitent – et luttent pour – la solution définitive et irréversible de la question juive, écrivait Adolf Beckerle. Mais ils sont entravés par la mentalité du peuple bulgare, à qui manque la clarté idéologique dont nous disposons. »

La capitulation du roi Boris face à cette « clarté idéologique » coûta néanmoins la vie aux onze mille Juifs des « nouveaux territoires » de Macédoine et de Thrace. Ils furent presque tous exterminés.

Il est également vrai, cependant, qu'au moment le plus critique, de petites gens – à Kustendil, Plovdiv, Sofia, dans tout le pays – vinrent au secours des Juifs de Bulgarie. Résultat, essentiel : toute la population juive de la nation ne périt pas dans les chambres à gaz de Treblinka.

C'est ainsi que Moshe et Solia Eshkenazi, une fois la guerre finie, purent continuer à vivre. Ils étaient mariés depuis sept ans et Solia était enceinte. Le 2 décembre 1947, elle mit au monde à Sofia une petite Daizy. Elle décida plus tard de s'appeler Dalia.

Rien de tout cela n'aurait eu lieu sans ce que l'intellectuel français d'origine bulgare Tzvetan Todorov a appellé « la fragilité du bien » : cette trame complexe, subtile et imprévisible que forment les gestes des hommes et les événements historiques. Si Liliana Panitsa et les autres n'avaient pas divulgué à leurs amis juifs les informations sur les déportations ; si Asen Souitchmézov et la délégation de Kustendil n'avaient pas pris le train pour Sofia la nuit du 8 mars 1943 ; si le métropolite Stéphane et l'évêque Cyrille avaient imité l'Église catholique en Europe, refusant de s'exprimer haut et fort ; si une centaine d'événements ne s'étaient pas produits, ou s'étaient produits différemment, le plan de déportation aurait sans doute été appliqué comme prévu, quarante-sept mille Juifs bulgares, dont Moshe et Solia Eshkenazi, seraient morts à Treblinka, et Dalia n'aurait jamais vu le jour.

Or elle naquit, par une fraîche soirée de décembre à Sofia. Et comme les dizaines de milliers de Juifs bulgares qui embarquèrent plus tard pour la Palestine, puis Israël, elle emportait avec elle un héritage exceptionnel.

Chapitre 4
EXPULSION

C'ÉTAIT À LA FIN du mois de février 1942. Tandis que se déroulait le drame menaçant Moshe et Solia Eshkenazi et les Juifs bulgares, à mille six cents kilomètres au sud, une bonne partie du clan Khairi traversait les montagnes de Palestine en direction d'Hébron. Le premier fils d'Ahmed et de Zakia était né dix jours plus tôt, le moment était donc venu de célébrer l'*aqiqa* au tombeau des Patriarches, dont le nom arabe est lié au prophète Abraham et que dans la famille on appelait « la mosquée d'Ibrahim ».

Le nourrisson, ses parents, ses six sœurs, son grand-oncle Cheikh Moustapha, et des dizaines de cousins, d'oncles et de tantes étaient entassés dans des cars filant vers le sud-est. On dépassa les champs de pastèques de Na'ani, au sud d'al-Ramla ; le village d'Abou Shusha et ses maisons serrées les unes contre les autres sur la colline de Tall Jazar ; les sources d'eau fraîche d'Emmaüs ; le minaret de pierre de Deir Aban, où l'on cultivait le meilleur blé de Palestine ; les oliveraies et les champs pentus, nourris par la pluie, de Sourif… Enfin on entra dans al-Khalil, ou Hébron. L'imam attendait la petite troupe au seuil de la mosquée.

« Il faut donner un nom à l'enfant. Ses cheveux et toute trace de saleté doivent être éliminés, et un sacrifice doit être accompli en son nom. » Telle était la prescription du prophète Mohammed. La cérémonie se déroula dans la mosquée d'Abraham, patriarche des trois grandes religions. L'imam prononça le nom du bébé : Bachir, qui signifie en arabe « bonnes nouvelles » ou « porteur de bonnes nouvelles ».

On coupa les cheveux du nourrisson et on le pesa : la famille devait donner la valeur de son poids en or aux pauvres. On sacrifia des moutons ; les deux tiers de la viande furent également offerts aux pauvres. Le clan festoya avec ce qui restait.

« Ce fut un événement mémorable, une grande fête » se rappelle Khanom, la sœur de Bachir, qui allait avoir six ans.

À al-Ramla, les instituteurs félicitèrent chaleureusement les six filles Khairi pour la naissance de leur petit frère. Bachir était adoré par les siens. Encore enfant, debout sur une table, vêtu d'un pantalon et de chaussures blancs, il aimait improviser des discours devant ses sœurs admiratives. « Il était beau, se rappelle Nuha. Il me rappelait le roi Farouk [le souverain égyptien]. » Quand Zakia avait préparé un bon dessert, ses sœurs chantaient, *Hali snanek ya Bachir, khalik la'imak ya Bachir* : « Laisse le sucre réjouir tes dents, Bachir ; oh, Bachir, puisse Dieu te garder en vie pour ta mère. »

Son grand-oncle, Cheikh Moustapha Khairi, était maire depuis plus de vingt ans. Les tensions liées à la question nationaliste avaient fait place aux maux de tête provoqués par le rationnement et la hausse des prix en cette période de guerre, sous le mandat britannique. L'économie de guerre était bénéfique à la Palestine. Les Britanniques utilisaient le pays comme un immense terrain d'entraînement au conflit qui se déroulait en Afrique du Nord. Les pistes cahoteuses et poussiéreuses étaient peu à peu remplacées par des routes goudronnées. Le travail abondait et les affaires d'Ahmed prospéraient.

En Afrique et en Europe, les Alliés reprenaient le dessus. Malgré le froid, les troupes soviétiques avaient vaincu les nazis à la bataille de Stalingrad. Plus près de la Palestine, les troupes britanniques, renforcées par de nombreuses recrues juives, avaient chassé Rommel hors d'Afrique du Nord, mettant fin à la perspective d'une avancée nazie vers Tel-Aviv et Jérusalem.

À la fin de la guerre, en 1945, Bachir avait trois ans. C'est alors que reprit la bataille pour l'avenir de la Palestine. Les camps pour personnes déplacées mis en place par les Alliés en Europe abritaient plus de deux cent cinquante mille réfugiés juifs. Des dizaines de milliers d'entre eux entrèrent clandestinement en Palestine grâce au Mossad, ancêtre du service de renseignement israélien actuel. La majeure partie de cette immigration était illégale aux yeux des autorités britanniques qui commencèrent à intercepter les bateaux chargés de réfugiés pour les interner à Chypre, au large du Liban. Dans leur Livre blanc publié six ans plus tôt, les Britanniques avaient imposé des limites strictes à l'immigration pour répondre aux craintes et aux exigences de la rébellion des Arabes palestiniens.

Les détails des atrocités commises en Europe commençaient à être connus. Les images de survivants de la Shoah, sans patrie, en haillons, internés dans les camps de Chypre, frappèrent les esprits des Occidentaux ; on exerça des pressions sur la Grande-Bretagne pour qu'elle assouplisse sa politique. Harry Truman, le président américain, pria la Grande-Bretagne d'autoriser au plus vite cent mille réfugiés à se rendre en Palestine, et de mettre fin aux restrictions sur les ventes de terres aux Juifs. Les Arabes de Palestine réagirent en affirmant qu'on pouvait accueillir les survivants de la Shoah ailleurs, notamment aux États-Unis, qui avaient imposé des limites à l'immigration de Juifs européens. Les sionistes, eux, étaient désireux de voir les réfugiés s'installer en Palestine, et nulle part ailleurs. En février 1947, quand l'*Exodus* arriva dans le port de Haïfa, les autorités britanniques refusèrent d'assouplir leurs règles, obligeant les quatre mille cinq cents réfugiés juifs qui se trouvaient à son bord à embarquer sur d'autres navires et à retourner en Allemagne. Un journal français qualifia les bateaux d'« Auschwitz flottant ». L'incident provoqua une onde de choc en Occident, accroissant le soutien au mouvement sioniste.

La coopération observée plus tôt entre l'Empire britannique et les sionistes n'était guère plus qu'un souvenir. Comme les dirigeants de la rébellion arabe des années 1930, les leaders juifs présents en Palestine souhaitaient le départ des Britanniques. Trente ans plus tôt, la déclaration Balfour avait autorisé l'Agence juive à créer « un foyer national pour le peuple juif ». La communauté juive de Palestine était devenue une force économique et politique s'affirmant au milieu de ses voisins arabes, sous l'œil du cerbère britannique. Elle avait sa propre milice, la Haganah, qui, avec les formations extrémistes de l'Irgoun et du groupe Stern, luttait pour expulser ses anciens bienfaiteurs. En juillet 1946, des agents de l'Irgoun firent sauter l'hôtel King David, à Jérusalem, qui abritait le quartier général des forces armées et des services de renseignement britanniques. L'explosion fit plus de quatre-vingts victimes. Les tensions entre, d'une part, le parti Mapaï et la Haganah, contrôlée par David Ben Gourion, et, d'autre part, l'Irgoun et le groupe Stern, dirigés par les futurs Premiers ministres Menahem Begin et Yitzhak Shamir, accrurent les divergences idéologiques et tactiques. Celles-ci allaient se poursuivre pendant des dizaines d'années. Dans le même temps, des milliers d'immigrants juifs, ignorant ces tensions, continuaient d'affluer en Palestine.

Yitzhak Yitzhaki, le cousin de Solia, débarqua à Jérusalem le jour de l'an 1945. Il arrivait de Bulgarie à bord de l'Orient-Express, *via* Istanbul et la Syrie. À Damas, il avait été ébloui par les oranges et les bananes exotiques, et l'Agence juive de Palestine, qui lui avait offert le voyage, lui avait également payé un nouveau costume et des chaussures. Dans une lettre envoyée à sa famille, il décrivit une rencontre inquiétante sur un marché de Damas ; un Arabe avait pointé un couteau sur sa propre poitrine en déclarant : « Voilà ce qu'ils vont vous faire en Palestine. » En arrivant à Jérusalem, Yitzhaki fut accueilli par les cloches des églises et le spectacle de soldats britanniques ivres rôdant dans les rues de la Ville sainte. Il trouva très vite du travail, dans une tannerie, sur des chantiers de construction, puis laboura avec deux mules des champs appartenant à des Juifs, avant de rejoindre la Haganah pour y recevoir un entraînement militaire de base.

En 1947, les Britanniques avaient quatre-vingt-quatre mille soldats en Palestine, avec lesquels « la communauté juive ne coopérait absolument pas », selon un rapport du Bureau des affaires coloniales. Le rapport ajoutait que les troupes « n'étaient pas suffisantes pour maintenir la loi et l'ordre face à une campagne terroriste menée par des forces juives remarquablement organisées, équipées des mêmes armes que l'infanterie la plus moderne. Les moyens de communication sont la cible d'attaques dans tout le pays ; les édifices gouvernementaux, les trains militaires et les lieux où vont se distraire les Britanniques sont régulièrement détruits par des bombes ; de nombreux Britanniques, Arabes et Juifs modérés sont enlevés et assassinés. Ce terrorisme systématique n'a jamais cessé d'être ».

Chez eux aussi les Britanniques étaient sous pression car il leur fallait remettre en route l'économie nationale et transformer les usines en cette période d'après-guerre. La Grande-Bretagne vivait la fin de l'ère coloniale. Elle était sur le point de quitter l'Inde. En février 1947, elle annonça qu'elle passait le relais en Palestine à l'Organisation des Nations unies, nouvellement créée. Une commission des Nations unies fut dépêchée sur place pour enquêter sur les racines du conflit en Palestine. C'était la onzième commission envoyée dans la région depuis 1919.

***

Le même mois, Bachir fêta son cinquième anniversaire. C'était un petit garçon timide, qui avait peur des chiens et des étrangers, contrairement au nouveau venu dans la famille Khairi, son jeune frère, l'espiègle Bhajat, qui avait le don de s'attirer des ennuis. Bachir était plus calme, plus réservé. Il aimait rester à la maison avec sa sœur Nuha, qui avait un an de plus que lui, et regarder la voie ferrée par la fenêtre en attendant que passe le train qui reliait Jaffa à Jérusalem. Nuha se souvient d'avoir passé des journées entières dans les jardins fleuris d'un parc d'al-Ramla où la famille pique-niquait.

Les enfants allaient à l'école en uniforme, impeccables, et remarquaient la présence des soldats britanniques – shorts kaki et couvre-chefs bruns et mous. Les aînées, notamment Khanom, qui avait alors onze ans, commençaient à comprendre les enjeux politiques justifiant la présence de soldats en Palestine. « Je me souviens de l'une de mes professeurs, se rappelle Khanom. Elle nous lisait des poèmes nationalistes et nous racontait ce qui se passait dans le pays – elle n'était sans doute pas censée le faire. »

À l'automne 1947, chacun suivait les travaux de la commission d'enquête des Nations unies et se demandait comment ses recommandations allaient influer sur son avenir. On évoquait la division de la Palestine en deux États séparés, pour les Arabes et les Juifs. La plupart des Arabes palestiniens considéraient cette solution comme catastrophique. Comment savoir ce qui arriverait aux Arabes qui vivraient du côté juif ? Ils voulaient un État unique en Palestine. Ahmed parlait de plus en plus souvent de politique, en buvant du café et en fumant le *narguilé* au *diwan* du domaine familial. La conversation revenait sans cesse sur la direction arabe palestinienne, désolante.

Les Arabes de Palestine étaient plus faibles et plus divisés que jamais. Des milliers d'hommes avaient été tués ou blessés au cours de la rébellion arabe, et des dizaines de milliers emprisonnés. Le chef de la révolte, Hadj Amin al-Husseini, l'ancien mufti de Jérusalem, était en exil, et son image était définitivement ternie en Occident. Il avait rejoint les nazis à Berlin et essayé de mobiliser les Arabes aux côtés de l'Axe. Nombre d'Arabes de Palestine le considéraient néanmoins comme un héros nationaliste combattant Britanniques et sionistes. Ils comptaient sur lui pour obtenir un État indépendant couvrant l'ensemble de la Palestine, et pour les défendre en cas de guerre. Deux tâches difficiles à mener, surtout depuis l'exil.

En l'absence du mufti, la lutte pour le pouvoir faisait rage. Les différends philosophiques, les rivalités personnelles et une profonde défiance empêchaient l'émergence d'une direction unifiée. La rébellion arabe était à l'origine de la plupart des frictions. Les nationalistes, alignés sur l'ancien mufti, considéraient que les élites, la classe des notables, étaient trop enclines à vendre la Palestine aux Juifs. Pour les notables, au contraire, mieux valait quelque chose que rien du tout : il fallait accepter l'existence des sionistes.

Les États arabes voisins, indépendants depuis peu, avaient leurs propres priorités. Ils affirmaient haut et fort leur soutien à l'objectif de l'ancien mufti – obtenir un État unique indépendant en Palestine – et promettaient d'envoyer des troupes si cela s'avérait nécessaire. En privé, pourtant, certains dirigeants émettaient d'importantes réserves sur leur éventuelle participation, et se méfiaient des visées territoriales de leurs voisins arabes sur la Palestine. En novembre, le roi Abdallah de Transjordanie eut une entrevue secrète avec les dirigeants sionistes sur les bords du Jourdain. Les deux parties mirent au point un accord visant essentiellement à se répartir la Palestine : les Juifs auraient leur État, tel qu'il était défini dans le plan des Nations unies, et Abdallah étendrait son royaume en annexant la Cisjordanie, située sur la rive occidentale du Jourdain, où les Nations unies envisageaient de créer un État arabe indépendant.

Ce fossé entre l'unité panarabe de façade et les intérêts secrets de certains dirigeants joua un rôle important dans les mois et les années qui suivirent.

La nouvelle en provenance de New York, siège des Nations unies, tomba dans les premières heures du 30 novembre 1947. Il était minuit passé en Palestine, mais c'était le début de soirée aux États-Unis. Ahmed était-il assis à côté de sa pipe à eau et de son backgammon au *diwan* du domaine familial ? La famille était peut-être rassemblée chez elle autour de son gros poste de radio en bois, essayant de discerner au milieu des parasites la voix de miel de Raji Sahyoun, commentateur de Radio Jérusalem, la station arabe. Bachir et les petits devaient déjà dormir.

Quelles que soient les circonstances, personne n'oublierait de sitôt la nouvelle : suivant les recommandations de la commission d'enquête spéciale des Nations unies, l'Assemblée générale de l'ONU venait de voter (trente-trois États pour, treize contre, dix abstentions) la partition de la Palestine en deux États séparés – l'un pour les Arabes, l'autre pour les Juifs. Un rapport soumis par un groupe minoritaire de l'ONU, qui recommandait la création d'un État unique pour les Arabes et les Juifs, doté d'une constitution respectant « les droits de l'homme et les libertés fondamentales sans distinction de race, de sexe, de langue ou de religion », avait été rejeté.

La Palestine allait être divisée. Après trente ans de domination coloniale, les Britanniques devaient partir le 15 mai 1948. Si le plan était appliqué, les États arabe et juif naîtraient le jour même.

Les Khairi étaient en état de choc. Selon le plan de partition, al-Ramla, ainsi que Lydda, la ville voisine, et Jaffa, sur la côte, devaient faire partie de l'État arabe palestinien. Le plan stipulait que 54,5 % de la Palestine et plus de 80 % de ses terres cultivées (agrumes et céréales) reviendraient à l'État juif. Les Juifs représentaient environ un tiers de la population et possédaient 7 % des terres. La plupart des Arabes refusèrent la partition.

Si le plan était mis en œuvre, al-Ramla se trouverait à quelques kilomètres du nouvel État juif. Ç'aurait pu être pire, songeaient les parents de Bachir. La famille ne deviendrait pas étrangère sur sa propre terre. Mais quel serait le sort des Arabes dans ce qui devait devenir le territoire juif ? Quatre cent mille Arabes se retrouveraient dans le nouvel État juif, en minorité (45 %) par rapport au demi-million de Juifs.

La réaction au vote de l'ONU fut rapide : les Palestiniens, soutenus par plusieurs dirigeants arabes, rejetèrent le plan et s'engagèrent à le combattre. Pourquoi leur patrie devrait-elle être la solution du problème juif en Europe ? En Palestine, et partout dans le monde, les Juifs fêtèrent la nouvelle. Yitzhak Yitzhaki, le cousin de Solia, se hâta d'aller rejoindre la foule autour de l'Agence juive de King George Street, « et dansa, dansa toute la nuit ». En Bulgarie, Moshe et Solia Eshkenazi exultaient. Enfin, après la Shoah, le monde rendait justice à la cause sioniste.

Les dirigeants sionistes avaient accepté l'idée de partition un an plus tôt, abandonnant l'idée de créer un « Commonwealth juif » couvrant l'ensemble de la Palestine. David Ben Gourion s'inquiétait pourtant de la forte minorité arabe vivant sur les terres assignées aux Juifs. « Cet accord ne constitue pas une base stable pour un État juif, dit-il aux dirigeants travaillistes sionistes peu après le vote des Nations unies. Cette répartition ne garantit pas le contrôle de la majorité juive. Il faut voir les choses en face, dans toute leur clarté et leur violence. [...] Il ne pourra y avoir d'État juif stable et fort tant que les Juifs ne seront majoritaires qu'à soixante [en fait cinquante-cinq] pour cent. »

À peine le vote de l'ONU annoncé, Yitzhaki apprit « que les Arabes n'acceptaient pas la partition, et que l'on s'attendait à une recrudescence des attaques à Jérusalem. On [lui] demanda de [se] présenter le lendemain au mont Scopus pour protéger l'hôpital et l'université ». Le 30 novembre, il se mit en route pour le mont Scopus dans un convoi de cars blindés juifs. Le convoi entrait dans le quartier juif de Shimon Ha-Zadik quand « il y eut une explosion ». Yitzhaki plongea au sol et se retrouva à côté d'une belle jeune femme aux épaisses tresses noires. « Ne vous en faites pas, ça va aller », la rassura-t-il alors que retentissaient de nouvelles explosions. Leur car venait de rouler sur une mine qui avait explosé derrière le véhicule, juste après son passage. Le car repartit et Yitzhaki apprit le nom de celle qui deviendrait son épouse : Varda Carmon.

Le même jour, des Arabes attaquèrent un car juif près d'al-Ramla, sur la route qui relie Jaffa à Jérusalem. Puis il y eut trois jours de grève des Arabes, protestant contre le vote de l'ONU, qui débouchèrent sur de violents affrontements à Jérusalem et firent quatorze victimes, arabes et juives. Le conflit ne faisait que commencer.

Les États arabes et l'ancien mufti élaboraient des plans pour mobiliser des troupes en Palestine. Dans les capitales arabes, des foules se pressaient sur les places publiques pour crier leur soutien.

Le ministre de la Guerre égyptien prétendit que « l'armée égyptienne [était] capable à elle seule d'occuper Tel-Aviv, la capitale des Juifs, en quinze jours ». Les armées arabes semblaient pouvoir éliminer l'État juif avant même sa création. Dans l'autre camp, les forces sionistes, qui se préparaient depuis des mois, se mobilisaient pour se procurer des armes et recruter des jeunes, nombre d'entre eux étant des survivants de la Shoah récemment arrivés. Réfugiés, meurtris, ils étaient particulièrement motivés et ne tardèrent pas à rejoindre la Haganah, dont la mise en place avait pris des dizaines d'années. La Haganah proposa des plans de bataille très précis, notamment pour prendre le contrôle de zones situées au-delà de la ligne de partition de l'ONU, dans une région qui devait faire partie de l'État arabe. « Les frontières de l'État, écrivit Ben Gourion, ne seront pas déterminées par une résolution de l'ONU, mais par la force des armes. »

Au début de l'année 1948, une série de bombes posées par les milices arabes et juives fit de très nombreuses victimes à Jérusalem – à l'hôtel Semiramis, au siège du *Palestine Post*, et dans la rue Ben Yehouda, à Jérusalem-Ouest. Pendant ce temps, la Haganah attaquait des villes et des villages arabes, et chassait des milliers de personnes ; les réfugiés commencèrent à affluer vers les villes, en quête d'un lieu sûr. Des combattants arabes attaquaient des colonies juives et bloquaient des routes dans le désert du Néguev. Ils poursuivirent leurs attaques contre deux points clés du transit entre Jérusalem et la côte méditerranéenne : le col de Bab al-Ouad, ou « porte de la vallée », et al-Ramla, sur la route de Jaffa à Jérusalem. Ahmed et les siens étaient de plus en plus anxieux.

Au début du mois d'avril 1948, en pleine nuit, la maison des Khairi fut secouée par une série d'explosions aux abords de la ville. Le quartier général de Hassan Salameh, commandant des forces de l'ancien mufti dont la base se trouvait à la lisière d'al-Ramla, venait de sauter. Des membres de la Haganah avaient envoyé une roquette dans l'enceinte du quartier général, puis lancé des explosifs contre le bâtiment. Au moins dix-sept hommes du mufti furent tués. Des volontaires d'al-Ramla et de Lydda se précipitèrent sur les lieux. Les témoins virent des corps démembrés jusque dans les arbres.

L'inquiétude des Khairi et de leurs voisins monta d'un cran. Si le commandant des troupes du mufti ne pouvait pas sécuriser son quartier général, comment pourrait-il protéger les habitants de la ville ?

Quelques jours plus tard, la famille apprit un nouveau désastre : les Arabes de Palestine venaient de perdre leur chef de guerre le plus respecté, Abdelkader al-Husseini, neveu de l'ancien mufti, dans la bataille pour Qastal. Cette colline permettait de contrôler la route, donc les voies d'approvisionnement, entre Jérusalem et les ports méditerranéens, soixante kilomètres à l'ouest. La défaite était un coup dur pour la cause arabe, mais ce n'était pas aussi terrifiant que ce qu'apprit Ahmed à peu près au même moment : à Deir Yassine, un village arabe situé juste à l'ouest de Jérusalem, des milices juives avaient massacré des centaines de femmes, d'enfants et d'hommes désarmés. On ignorait les détails du drame, mais on disait que les innocents avaient été mis en rang et abattus chez eux par les milices de l'Irgoun et du groupe Stern. Des rumeurs de viols circulaient. Ahmed et Zakia étaient terrorisés. Ils avaient neuf enfants, dont six filles.

En une journée, les Arabes de Palestine avaient perdu leur meilleur chef de guerre, leur plus importante bataille, et des dizaines d'innocents. Autre sujet d'inquiétude pour les Khairi : depuis l'attaque contre le quartier général de Hassan Salameh, al-Ramla semblait plus vulnérable. La ville était au centre de la bataille pour le contrôle des voies d'approvisionnement entre Jérusalem et la côte. La vie des enfants d'Ahmed et de Zakia était en danger.

Yitzhak Yitzhaki aussi était inquiet. Il avait envoyé une lettre à sa famille en Bulgarie, dans laquelle il racontait sa mission avec la Haganah au mont Scopus pour protéger l'université et l'hôpital. À Sofia, Moshe et Solia suivaient les déplacements d'Yitzhaki. Ils avaient appris, grâce à ses lettres, que les forces arabes avaient bloqué les voies d'approvisionnement au col de Bab al-Ouad, et que la population juive de Jérusalem commençait à avoir faim. « Au mont Scopus, on avait de quoi manger, se rappelle Yitzhaki. La nuit, on nous parachutait du ravitaillement. »

Le jour de la Pâque juive, au début du mois d'avril 1948, Yitzhaki et ses compagnons de la Haganah purent sécuriser la route entre Jérusalem et le mont Scopus. « Après, on a eu droit à vingt-quatre heures de permission à Jérusalem. » C'est là qu'il envoya une lettre à sa famille en annonçant qu'il retournerait au mont Scopus le lendemain.

« L'après-midi suivant, j'arrive au rendez-vous prévu, prêt à retourner au mont Scopus avec un convoi de trois cars juifs », raconta-t-il plus tard. Varda, sa fiancée, insista pour qu'il passe la nuit à Jérusalem. « Non, je dois y retourner », se défendit Yitzhaki. Varda avait des contacts au sein de la Haganah et elle réussit à obtenir une journée supplémentaire de permission pour son fiancé, même si le commandant avertit Yitzhaki : « Le convoi de demain ne sera pas aussi sûr que celui-ci. »

Ce soir-là, 13 avril, Yitzhaki et Varda allèrent au cinéma Edison, à Jérusalem-Ouest. Yitzhaki avait du mal à se concentrer. « J'avais un mauvais pressentiment, j'étais très agité. Des coups de feu et des explosions ont alors retenti. J'ai dit à Varda : "Je parie que c'est notre convoi." Je me suis précipité au quartier général. Les gars m'ont dit que des Arabes en armes avaient intercepté le convoi. » Des combattants arabes avaient en effet attaqué le convoi qui se rendait à l'hôpital Hadassah. Ils avaient mis le feu aux cars et tué les passagers. Soixante-dix-huit victimes, pour la plupart des médecins et des infirmières.

« Au mont Scopus, on croyait que j'étais mort, poursuit Yitzhaki. Et j'avais vraiment l'impression d'avoir été dans l'un des cars. C'était affreux, affreux, de vivre avec ce sentiment. Ma famille apprit le drame, persuadée que j'avais été tué, d'autant que la plupart des cadavres ne pouvaient être identifiés, sauf grâce à certains objets personnels, comme des bagues. » En Bulgarie, à Sliven et Burgas, les proches de Moshe, Solia et Yitzhaki prirent le deuil.

Même au plus fort du conflit, certains dirigeants arabes d'al-Ramla et de Lydda tentaient de maintenir le contact avec leurs voisins juifs. Deux mois plus tôt, le maire de Lydda avait reçu son homologue juif, Ziegfried Lehman, un médecin né à Berlin, désormais dirigeant de la colonie juive de Ben Shemen, toute proche. Le maire accéda à la demande du Dr Lehman de laisser ouverte la route reliant les deux communautés. Çà et là subsistait ainsi l'espoir d'un règlement pacifique.

Au début du mois de mai, des combattants bédouins arrivèrent à al-Ramla de l'est, sur ordre du roi Abdallah de Transjordanie. « On a tué plusieurs moutons en leur honneur, comme si c'était une armée de libération, se rappelle Khanom. Ils nous ont promis, au nom du roi Abdallah en personne, que nous serions en sécurité et que nous pourrions rester à al-Ramla. » Les habitants d'al-Ramla gardent d'eux le souvenir d'hommes ombrageux et de mercenaires courageux. Beaucoup allaient pieds nus et tuaient des pigeons au fusil pour se nourrir. Peu nombreux, mal armés, ils ne semblaient pas équipés pour défendre la ville. Certains les appelaient avec un certain mépris « la brigade des va-nu-pieds ». Le roi Abdallah avait pourtant promis « des troupes suffisantes pour défendre les vies arabes ». Les habitants d'al-Ramla pensaient que les Bédouins étaient l'avant-garde d'une force beaucoup plus importante. Ils avaient cependant des raisons de s'inquiéter. Ailleurs, les frictions internes entre Arabes créaient des problèmes logistiques : à Haïfa, où cohabitaient Arabes et Juifs, les armes destinées à une milice arabe furent interceptées par une milice concurrente. À Jaffa, quinze kilomètres à l'ouest d'al-Ramla, deux coordinateurs militaires avaient reçu des ordres différents et parfois contradictoires. Les Arabes étaient affaiblis pas leurs divisions, aussi bien en Palestine qu'à l'extérieur. Jaffa tomba le 13 mai. Les réfugiés affluèrent dans les rues d'al-Ramla.

Peu après, quantité de nouvelles familles arrivèrent à al-Ramla. Elles fuyaient Na'ani, village d'orangeraies et de champs de pastèques situé à quelques kilomètres au sud, après qu'un fermier juif était entré dans le village au galop, hurlant : « L'armée juive arrive ! Partez, ou vous serez tous tués ! » Les habitants de Na'ani connaissaient cet homme sous le nom de Khaouaja Shlomo – « Shlomo l'étranger ». Il venait de Na'an, le kibboutz voisin. Jamais on ne l'avait vu dans un tel état. Les gens étaient en bons termes avec lui, et au début ils eurent du mal à le prendre au sérieux. Il insistait : « Vite, vite ! Si vous restez, ils vous tueront ! » Les villageois avaient entendu parler des horreurs de Deir Yassine qui avaient provoqué un exode dans toute la Palestine. Ils finirent par comprendre qu'ils n'avaient pas le choix. Ils partirent pour al-Ramla sans rien emporter ou presque, persuadés qu'ils retourneraient à Na'ani dès que le danger serait passé.

Ahmed Khairi reconnaissait à peine sa ville. Les réfugiés dormaient sous les arbres du verger familial, se pressaient dans les cafés et les marchés, et encombraient les rues autour de son atelier.

Il était de plus en plus anxieux à l'idée que Zakia et les enfants restent à al-Ramla. Il réfléchissait à un lieu sûr où sa famille pourrait se réfugier provisoirement. Deux jours plus tard, les

Britanniques quitteraient la Palestine pour de bon. Aussi précaire soit-il, l'ordre qu'ils maintenaient à al-Ramla ne serait bientôt plus. Les commerçants locaux en profitaient pour acheter les surplus de l'armée britannique, pantalons, uniformes, chaussures ; les forces coloniales faisaient leur valises et s'apprêtaient à regagner l'Angleterre.

Le 14 mai, à Tel-Aviv, tout près de là, David Ben Gourion proclama l'indépendance d'Israël devant le Conseil provisoire juif. « C'est le droit naturel du peuple juif de mener, comme le font toutes les autres nations, une existence indépendante dans son État souverain. » Le lendemain, Ben Gourion reprit sa déclaration en direct à la radio américaine ; en fond sonore, on entendait le grondement et les explosions des avions égyptiens bombardant Tel-Aviv. Le dirigeant juif décrivit le conflit en ces termes : « Sept cent mille Juifs dressés contre vingt-sept millions d'Arabes – à un contre quarante. » Les forces en présence sur le terrain étaient plus équilibrées. Sur ce plan, les armées juive et arabe étaient à peu près à égalité lorsque la guerre commença officiellement. Quelques jours plus tôt, des diplomates américains faisaient part de leur scepticisme quant à la capacité des Arabes à livrer un vrai combat. Le président Harry Truman écrivit au dirigeant sioniste Chaïm Weizmann, qui deviendrait le premier président d'Israël : « J'espère sincèrement que la situation en Palestine se dénouera sur une base équitable et pacifique. »

À peine Truman avait-il signé sa lettre que les forces terrestres égyptiennes attaquaient des colonies israéliennes dans le Néguev avant de se diriger vers Tel-Aviv et Jérusalem ; les troupes syriennes et irakiennes pénétraient en Palestine depuis l'est ; et les soldats de la Légion arabe du roi Abdallah traversaient le Jourdain et marchaient vers l'ouest. Bientôt la Légion prit position à Ramallah et Naplouse, au nord de Jérusalem, sur des terres qu'Abdallah souhaitait inclure dans la « Cisjordanie » de son royaume.

Le même jour, le 15 mai, tandis que les troupes arabes convergeaient vers le nouvel État juif, les forces de l'Irgoun s'approchaient d'al-Ramla.

Les hommes de la ville étaient couchés derrière des sacs de sable, dans des tranchées peu profondes qu'ils avaient creusées avec des bœufs et des outils. Leurs postes de défense rudimentaires se trouvaient aux entrées ouest et sud de la ville. Zafer Khairi, le fils de

Cheikh Moustapha, était chargé des postes du côté ouest. Aux côtés des soldats du mufti et de la « brigade des va-nu-pieds » bédouine, ces volontaires allaient subir leur épreuve la plus sérieuse.

Près de la maison des Khairi, le long de la voie ferrée, des rafales de mitrailleuses retentissaient, puis des obus explosèrent non loin de là. Deux cents combattants juifs tentaient de pénétrer dans al-Ramla par l'ouest. L'Irgoun se battait pour obtenir le contrôle de la route entre Jaffa et Jérusalem, assurer la circulation des marchandises et mettre fin aux attaques arabes contre les convois juifs. La lutte fut acharnée. Dans certains quartiers de la ville, on se battait au corps à corps et à la baïonnette avec l'énergie du désespoir. « La ville, lit-on dans un récit israélien, [est devenue] un immense champ de bataille. Les Arabes ont des quantités d'armes et se battent avec acharnement. Des centaines d'obus s'abattent sur les maisons et les Arabes subissent de lourdes pertes. [...] Les Juifs se lancent dans des combats de rue par vagues successives. » Il aurait été difficile de désigner un vainqueur ou de dire combien de temps les défenseurs d'al-Ramla pourraient tenir.

Après le massacre de Deir Yassine, le spectre de l'Irgoun entrant dans al-Ramla paniquait les dirigeants de la ville. Ils envoyèrent des câbles urgents au roi Abdallah et à John Bagot Glubb, commandant de la Légion arabe, implorant une aide immédiate en invoquant la peur d'un nouveau massacre. L'un d'eux témoignait : « Nos blessés rendent leur dernier soupir et nous ne pouvons pas leur porter secours. »

Le roi Abdallah avait reçu des demandes similaires de la part des Arabes de Jérusalem qui le suppliaient de les sauver, en expliquant que les forces juives escaladaient les murs de la Vieille Ville. Le souverain écrivit à Glubb : « Tout désastre subi de la main des Juifs par les habitants de la ville, qu'ils soient tués ou chassés de leurs maisons, aurait pour nous les plus graves conséquences. » Il ordonna à son commandant de se rendre à Jérusalem. Celui-ci y arriva le 19 mai, prêt à affronter les forces israéliennes avec trois cents hommes, quatre armes antichars, et un escadron de véhicules blindés. Sur Radio Jérusalem, Raji Sahyoun promettait « notre rédemption prochaine grâce à la Transjordanie », et la « débandade » et l'« effondrement » des « gamins de la Haganah ».

L'accord secret entre Abdallah et les Juifs n'avait pas prévu un tel affrontement. Il était conçu pour que le roi accepte un État juif dans les limites fixées par les Nations unies, tandis qu'il s'emparait de la Cisjordanie et de la majeure partie de l'État prévu pour les Arabes, notamment al-Ramla et Lydda. Les combats sur le terrain rendaient ce projet très aléatoire. Les troupes de la Légion arabe se gardèrent pourtant de pénétrer dans le territoire attribué à l'État juif par le plan de partition.

Pour certains dirigeants israéliens, l'avancée des troupes du roi vers Jérusalem donnait la preuve de ses intentions réelles. Ils y voyaient une déclaration de guerre et une alliance avec les forces arabes déterminées à détruire l'État juif. Ils se sentaient assiégés de toutes parts. Quelques jours plus tôt, d'après des récits venus de Kfar Etzion, une colonie juive située au sud de Jérusalem, on apprit que des civils juifs avaient été massacrés par des villageois arabes alors qu'ils voulaient se rendre à la Légion. Les forces du roi convergeant vers le quartier juif, à Jérusalem-Est, les dirigeants juifs pensaient que l'on ne pouvait plus faire confiance à Abdallah.

Des deux côtés, les civils étaient soumis à de rudes attaques. À l'intérieur de la Vieille Ville, les Arabes furent soulagés de voir arriver les forces de la Légion arabe ; les habitants du quartier juif, qui allaient bientôt se rendre, étaient terrifiés. Dans la partie occidentale de la ville, les maisons arabes tremblaient sous l'impact des obus de mortier de plus en plus proches, et de nombreux habitants fuirent vers la Transjordanie. Les habitants juifs se souviennent d'avoir eu soif et faim, cependant que leurs stocks d'armes et de munitions diminuaient dangereusement.

Glubb hésitait à entrer dans Jérusalem. Il lui semblait plus important de contrôler les voies d'approvisionnement entre Jérusalem et la côte, en particulier Latroun, carrefour clé entre Jérusalem et al-Ramla. Il avait engagé ses troupes à Latroun et Jérusalem, expliquait-il à Abdallah, il ne pouvait donc pas en envoyer d'autres pour protéger Lydda et al-Ramla. Ces villes devraient se défendre par leurs propres moyens.

Le 19 mai, la Légion arabe de Glubb finit par entrer dans la Vieille Ville tandis que Radio Jérusalem diffusait des chants patriotiques arabes. Les forces de l'Irgoun attaquèrent al-Ramla pour la quatrième fois depuis le 15 mai, pilonnant la ville depuis l'ouest. Les combattants juifs étaient vêtus de treillis de combat anglais et américains et avançaient avec des camions blindés, des mitrailleuses et des mortiers.

Une bombe explosa au cœur du marché du mercredi où se trouvait Ahmed. Sa sœur se précipita à son secours. Il n'était pas blessé, mais la famille fut bouleversée. Ahmed décida d'envoyer Zakia et les enfants chez des parents, dans le domaine familial. Bachir, âgé de six ans, se souvient d'avoir trouvé refuge dans la maison de son oncle, le Dr Rasem Khairi, transformée en hôpital de campagne. « Je l'appelais "l'abri", se rappelle Bachir. Il y avait sans cesse des explosions et des coups de feu. Je ne savais pas d'où ils venaient. J'avais peur. J'essayais de comprendre. Vous n'êtes pas dans votre maison, votre chambre, votre lit. Nous n'avions aucune liberté de mouvement. Je me rappelle tellement de cadavres, trop nombreux pour qu'on les ramasse. » Dans la maison voisine, Cheikh Moustapha avait commencé à organiser des réunions avec les dirigeants de la ville pour recommander aux habitants de ne pas s'enfuir.

Dans la matinée du 19 mai, les combattants d'al-Ramla eurent raison de l'Irgoun. La milice juive avait perdu trente hommes ; vingt étaient portés disparus. « Le moral des troupes est au plus bas à cause des lourdes pertes et de l'échec de l'opération », affirmait peu après un rapport des services de renseignement israéliens.

Les défenseurs de la ville l'avaient emporté. C'était sans conteste une victoire pour les troupes de l'ancien mufti, la brigade des va-nu-pieds et les volontaires d'al-Ramla. Mais Ahmed en avait assez. Cheikh Moustapha avait beau exhorter les gens à ne pas abandonner la ville, Ahmed jugeait trop dangereux de laisser Zakia et les enfants sur place. Il loua deux voitures pour emmener sa famille vers l'est, à Ramallah. Le voyage était dangereux, il en avait conscience. Il n'y avait qu'une trentaine de kilomètres à parcourir, mais les routes étaient mauvaises et des combats éclataient çà et là. Il lui semblait pourtant plus dangereux de rester. Ramallah était relativement calme. La famille pourrait y demeurer jusqu'à ce que la situation s'apaise.

Bachir, Nuha, Khanom et leurs frères et sœurs partirent dans deux grosses berlines. « Quand on nous a dit que nous allions à Ramallah, nous étions ravis, se rappelle Khanom. Pour moi, Ramallah était une jolie ville. Calme, petite, verdoyante, climat agréable, excellente nourriture, gens accueillants. Nous pensions prendre du bon temps. Nous avons compris la vérité bien plus tard. »

Une semaine après la victoire sur l'Irgoun, Hassan Samaleh, commandant de la seule unité régulière défendant al-Ramla, fut grièvement blessé par un tir de mortier au nord de la ville. Il mourut quelques jours plus tard dans un hôpital local. À al-Ramla et Lydda, ce fut un drame. « C'était un héros, se rappelle Firdaous Taji, cousine éloignée des Khairi. Sa mort était un mauvais signe. »

Les forces juives et arabes continuaient à se battre sur différents fronts en Palestine. Pendant ce temps, les Nations unies augmentaient les pressions diplomatiques pour obtenir une trêve. Le comte Folke Bernadotte, médiateur de l'ONU, alla plaider le cessez-le-feu auprès du roi Abdallah à Amman, capitale de la Transjordanie. Il espérait que les belligérants mettraient en œuvre un plan de paix proche de celui que l'ONU avait voté six mois plus tôt. Les démarches diplomatiques se poursuivaient, une trêve semblait imminente, si bien que les forces juives et arabes luttaient pour l'emporter avant que leur approvisionnement et leurs positions soient maintenus en l'état à cause de la trêve.

Entre-temps, Glubb envoya un petit détachement à al-Ramla. Pas de quoi tenir la ville, dit-il une fois de plus à Abdallah, mais peut-être suffisant pour prévenir de nouvelles attaques avant le début de la trêve. Il proposa en outre une mesure qui contribuerait à assurer la sécurité d'al-Ramla : s'emparer, juste avant la trêve, de Ben Shemen, l'avant-poste juif tout proche, que la Haganah aurait pu utiliser pour lancer une attaque. « Le maire de Lydda nous pria de ne pas le faire », écrivit plus tard Glubb. Lydda n'était qu'à un kilomètre et demi de Ben Shemen, et à quelques kilomètres d'al-Ramla. Le maire « allégua qu'il était en bons termes avec les Juifs. Il proposait de défendre la ville par la voie diplomatique ». L'adjoint britannique de Glubb, le capitaine T. N. Bromage, était partisan de la prise de Ben Shemen. « S'il existait un espoir de défendre Lydda contre les Israéliens, écrivit Bromage, la première étape était de nous emparer de cette colonie. J'avais assez de troupes pour la prendre d'assaut. » La requête de Bromage fut rejetée. L'attaque contre Ben Shemen n'eut jamais lieu.

La trêve entra en vigueur le 11 juin. Tout le matériel et l'approvisionnement devaient demeurer sur place, l'ONU imposant un strict embargo sur les armes aux deux parties. Dans les semaines qui suivirent, les Israéliens réussirent à contourner l'embargo. Ils reçurent de Tchécoslovaquie des cargaisons de fusils, de mitrailleuses, de véhicules blindés, d'artillerie, de chars, d'avions Messerschmitt, et des millions de cartouches. Les Britanniques faisaient pendant ce temps pression sur la Transjordanie pour qu'elle respecte l'embargo ; si les hostilités reprenaient, la Légion arabe souffrirait d'une sévère pénurie d'armes et de munitions. « Des alliés qui vous laissent entrer en guerre, puis interrompent votre approvisionnement en denrées essentielles, ne sont pas le genre d'amis que l'on souhaite avoir », se plaignit le roi Abdallah à un représentant britannique à Amman. Au début du mois de juillet, Glubb recommanda avec insistance une prolongation de la trêve.

Le roi Abdallah s'était déjà emparé d'une bonne partie de la Cisjordanie. Le statu quo semblait le satisfaire, et il exerçait de discrètes pressions en faveur d'un armistice avec Israël. Bernadotte, médiateur de l'ONU, était d'accord. Il proposait le partage de la Palestine entre Israël et la Transjordanie. Suivant ce plan, les habitants d'al-Ramla et de Lydda ne deviendraient pas citoyens d'un État arabe indépendant, mais sujets d'Abdallah dans son royaume de Transjordanie.

Israël rejeta les propositions du comte Bernadotte. Les Israéliens venaient d'éviter la guerre civile : Ben Gourion avait ordonné à la fin du mois de juin aux forces de la Haganah de faire sauter un navire de l'Irgoun, l'*Altalena*, commandé par Menahem Begin. Le bateau transportait des armes destinées à l'Irgoun, or Ben Gourion insistait pour que toute la direction militaire soit placée sous le commandement de la Haganah et de son successeur, l'armée de défense d'Israël. La consolidation en cours de ses forces armées et la réception de nouvelles armes avaient rendu Israël plus puissant pendant la trêve.

Le 6 juillet, les États membres de la Ligue arabe, qui refusaient de voir la Palestine partagée entre Israël et le roi Abdallah, votèrent la reprise des combats pour un État unique indépendant à majorité arabe. Ironie de l'histoire, les autres chefs d'État arabes avaient nommé Abdallah commandant suprême de toutes les forces arabes en Palestine, persuadés qu'il lutterait pour l'instauration d'un État palestinien indépendant. Compte tenu des ambitions territoriales du roi, c'était une nomination paradoxale. Le jour où la Ligue arabe vota la reprise des combats, Abdallah n'eut guère le choix, et dut accepter cette décision et se montrer solidaire de la Ligue. La guerre allait reprendre.

« Comment combattre sans munitions ? demanda Glubb au Premier ministre d'Abdallah, Taoufiq Aboul Houda.

— N'ouvrez le feu que si les Juifs tirent les premiers. »

Quelques jours plus tard, le 11 juillet 1948, en début d'après-midi, le lieutenant Israël Gefen avançait au ralenti dans sa jeep, dernier véhicule d'un long convoi du 89e bataillon de commandos, 8e brigade de l'armée de défense d'Israël. La ligne du 89e progressait lentement sur une piste goudronnée entre des haies de cactus. Gefen surveillait les camions blindés de son bataillon, des *half-tracks*, transports de troupe américains, ainsi qu'un véhicule blindé pris la veille à la Légion arabe, et une vingtaine de jeeps. Celles-ci étaient équipées de civières et de mitrailleuses tchèques et allemandes, chacune pouvant tirer huit cents coups à la minute. Le détachement comptait au total cent cinquante hommes. Ils étaient à l'entrée de Lydda, à quelques kilomètres d'al-Ramla et de la famille Khairi.

À vingt-six ans, le lieutenant Gefen avait déjà dix ans d'expérience des conflits du Moyen-Orient. Pendant la rébellion arabe, il s'était battu en Palestine aux côtés de la Haganah. En 1941, il avait combattu Rommel dans les rangs de l'armée britannique, lors du siège de Tobrouk, le port libyen. Sa carrière avait débuté dans un kibboutz : sous le nez des Britanniques, Gefen et des amis sionistes avaient participé à des tests d'armes mises au point par un professeur d'agronomie dans l'atelier où celui-ci travaillait les métaux. Le lieutenant Gefen avait face à lui l'une de ces inventions, le « camion-sandwich » blindé – deux couches d'acier renforcées en leur milieu par huit centimètres de bois dur.

Le bataillon arrivait de Ben Shemen, la colonie juive située juste au nord, transformée au cours des dernières semaines en une forteresse entourée de fil de fer barbelé et de casemates de béton. Le Dr Ziegfried Lehman, dirigeant de la colonie, avait commencé par protester contre la militarisation de la communauté. Les habitants de Ben Shemen achetaient des vaches et même des balles à leurs voisins arabes. Mais personne ne l'écoutait et il avait quitté Ben Shemen, écœuré.

Le lieutenant-colonel Moshe Dayan, supérieur hiérarchique du lieutenant Gefen, se trouvait dans la troisième jeep de la colonne.

Le bataillon de Dayan faisait partie du flanc nord de l'opération Dani, destinée à sécuriser la route entre Jérusalem et Tel-Aviv et à prévenir une attaque par l'est de la Légion arabe. La colonne approchait de la route menant à Lydda. Le premier objectif était d'assommer l'ennemi en utilisant une puissance de feu écrasante. Le plan de Dayan reposait sur une tactique de choc lors des assauts, se traduisant par une stratégie dite « de mobilité et de feu ». Selon le lieutenant Gefen, cela faisait l'effet d'« une fusée qui traverse l'espace ». Pour les témoins, les troupes israéliennes donnaient l'impression de tirer sur tout ce qui bougeait.

En fin d'après-midi, la file principale du convoi tourna à gauche et fonça sur Lydda et al-Ramla.

Les rues à la lisière de Lydda étaient calmes. Soudain, se souvient Gefen, un feu nourri se déclencha, venu du bâtiment de la police. Certains de ses camarades furent touchés ; on releva plus tard dix-neuf ou vingt morts. Le 89e bataillon ouvrit le feu de toutes ses mitrailleuses installées sur les jeeps. Des dizaines de milliers de balles furent tirées en quelques minutes.

« Tous ceux qui se trouvaient sur leur chemin ou presque ont péri », commenta le correspondant du *Chicago Sun Times* dans un article intitulé « La tactique du blitz victorieuse à Lydda ». Le journaliste du *New York Times*, écrivant de Tel-Aviv, raconta que « des véhicules blindés ont balayé la ville en l'arrosant de tirs de mitrailleuse. Ils ont rencontré une forte résistance, mais les soldats [arabes] ont été pris par surprise et n'ont pas pu s'abriter à temps ». Le correspondant du *New York Herald Tribune* évoqua « les rues jonchées de corps d'hommes, de femmes et d'enfants arabes, à l'issue de cette charge brillante et impitoyable ». Nombre de victimes étaient des réfugiés venus des villages arabes proches et de Jaffa, récemment tombée.

Le bataillon de choc était suivi par l'infanterie de l'armée régulière d'Israël, connue sous le nom de « Palmach », qui fonça à travers les ruelles étroites en tirant depuis ses jeeps. Le lieutenant Gefen et le 89e bataillon poursuivirent vers al-Ramla. À la lisière de la ville, le lieutenant vit les familles partant à pied vers l'est, des ballots plein les bras, accompagnées d'ânes surchargés. La plupart des rapports laissent entendre que le convoi fit demi-tour sans guère tirer sur al-Ramla. Dans les heures qui suivirent, le 89e quitta la zone et prit la direction du sud et du désert du Néguev pour y affronter les Égyptiens.

À al-Ramla, ce matin-là, le Dr Rasem Khairi se rendit auprès des blessés. Les forces juives avaient attaqué depuis les airs, mitraillant les rues, larguant des bombes et des tracts appelant les Arabes à se rendre et à « rejoindre Abdallah ». L'un des tracts montrait les chefs d'État arabes rassemblés sur un bateau en train de couler. En ville, l'électricité et l'eau courante étaient coupées depuis plusieurs jours. Les rues étaient encombrées d'ordures ; on était à court de nourriture et de médicaments. Rasem, l'oncle de Bachir, était obligé de travailler dans l'urgence, dans des conditions de plus en plus précaires.

Cheikh Moustapha rentrait d'un voyage urgent en Transjordanie. Les gens de la ville avaient mis leur or en commun pour l'envoyer acheter des balles. Il avait rapporté les munitions, soigneusement emballées dans des boîtes, mais vu la violence de l'assaut l'or avait été dépensé en vain.

Âgée de seize ans, Firdaous Taji, cousine des Khairi, était « guide » en temps normal – l'équivalent arabe des scouts. Pendant la guerre, elle était plutôt infirmière au sein du réseau de soutien aux défenseurs de la ville. Elle avait appris à reconnaître le feu des armes des combattants arabes et juifs. « Ça, c'est une mitraillette Thompson, se disait-elle tranquillement. Et ça, une Sten. » Elle avait aussi observé les siens qui installaient des lance-roquettes rudimentaires sur des branches d'arbres, ajustant la trajectoire avec une ficelle avant la mise à feu.

Firdaous passa des journées entières près des lignes de front aux côtés des volontaires arabes. Elle leur apportait à manger, leur tricotait des pulls sommaires. Les combats s'intensifiant, elle passait désormais la plus grande partie de son temps à déchirer des draps en longues bandes dont elle faisait des bandages pour la clinique du Dr Rasem Khairi.

Au début du mois de juin, après la mort de Hassan Samaleh, ses troupes étaient parties à la dérive, faute de chef. Six semaines plus tard, al-Ramla et Lydda risquaient de tomber. On parlait d'un retrait complet des troupes de la Légion arabe vers d'autres positions. Si c'était le cas, qui défendrait la ville ? se demandait Firdaous. Seuls demeuraient les habitants et la « brigade des va-nu-pieds » bédouine. Ils avaient face à eux une véritable armée.

Cheikh Moustapha n'en démordait pas : il voulait que les habitants d'al-Ramla restent chez eux. Firdaous se souvient de son sang-froid pendant ces moments éprouvants. Il portait un fez marron entouré de l'étoffe blanche d'*imami* – signe de reconnaissance des érudits religieux. Il avait été maire de la ville pendant vingt-neuf ans mais venait de mettre fin à son long règne, et la ville était gouvernée par le chef d'une autre grande famille. Son influence était néanmoins évidente dans al-Ramla. Toute la semaine, il fit venir des habitants de la ville sous la grande véranda de sa villa, les recevant sur son rocking-chair en rotin. Certains rendez-vous se déroulaient en petit comité ; mais parfois, vingt notables étaient là pour discuter de stratégie. Le message de Cheikh Moustapha était le même : *Restez chez vous. Personne ne doit partir. Notre famille ne bougera pas.* Certains, notamment Ahmed, son neveu, avaient pourtant déjà envoyé leur famille au loin.

Dans sa clinique, Rasem Khairi continuait de panser les blessés. Ce jour-là, le 11 juillet 1948, des gens affluèrent dans son abri toute la matinée. On venait de Lydda pour trouver protection à al-Ramla. Ou, inversement, on quittait al-Ramla pour s'abriter à Lydda. La route qui reliait les deux villes était jonchée de cadavres. Les dirigeants de Lydda envoyèrent des télégrammes urgents aux commandants de la Légion arabe à Beit Nabala, dix kilomètres au nord-est, pour demander de l'aide et des renforts. « Gardez le moral, leur répondit-on. Vous allez bientôt recevoir des flots d'or. »

Les renforts n'arrivèrent jamais. Les deux villes étaient en train de tomber aux mains des Israéliens. Le bruit courait que la Légion arabe allait retirer ses maigres troupes pour ne laisser que les combattants civils, quelques armes, et les balles que Cheikh Moustapha avait rapportées de Transjordanie. L'armée israélienne n'en ferait qu'une bouchée.

Une nouvelle vague de réfugiés afflua à al-Ramla, apportant des nouvelles de Lydda. Les soldats juifs expulsaient les gens de leurs maisons pour les emmener dans les mosquées ou à l'église Saint-Georges. Certains avaient quitté la ville pour des destinations inconnues, vers l'est. Une poignée d'hommes résistaient opiniâtrement depuis le quartier général de la police, mais ils ne tiendraient pas longtemps, pensait-on. Malgré les mesures prises – creuser des tranchées, ouvrir une clinique, acheter une ambulance, stocker des vivres pour plusieurs mois, et même attaquer un train de provisions destinées à la Haganah –, la situation se résumait à un mot que personne n'osait prononcer : reddition.

Le soir du 11 juillet, Radio Jérusalem venait de diffuser la Première Symphonie de Beethoven quand les soldats bédouins se faufilèrent hors de la ville et disparurent dans la plaine.

Dans le domaine Khairi, ceux qui avaient décidé de rester fermèrent les volets et verrouillèrent les portes. Ils préféraient demeurer entre eux le plus longtemps possible, retardant l'inévitable issue, même si leur monde tombait en ruines. Il y avait de la farine dans l'entrepôt, on pouvait vivre de pain pendant quelques jours.

La défaite était imminente, c'était évident, même Cheikh Moustapha finit par le comprendre. Ce même soir du 11 juillet, il envoya son fils, Husam, et le nouveau maire d'al-Ramla, munis d'un drapeau blanc, parlementer avec les Juifs. Tous deux allèrent en voiture à Na'an, le kibboutz proche de Na'ani, désormais abandonné. C'est là qu'habitait Khaouaja Shlomo, l'homme qui, deux mois plus tôt, était entré au galop dans Na'ani pour mettre en garde les villageois.

Lorsque la délégation arabe arriva, les soldats israéliens allèrent réveiller le chef régional de la sécurité civile, Yisraël Galili B. (Le *B* servait à le distinguer de l'autre Yisraël Galili, chef d'état-major de la Haganah.) Galili B accueillit les hommes et les emmena avec des troupes du Palmach dans la salle de réunion du kibboutz. On mit au point les termes de la reddition : les Arabes livreraient toutes leurs armes et reconnaîtraient la souveraineté d'Israël. Les « étrangers » – combattants arabes non palestiniens – seraient livrés aux Israéliens. Les habitants qui n'avaient pas l'âge de porter les armes ou en étaient incapables étaient autorisés à quitter la ville « s'ils le souhaitaient ». L'accord prévoyait implicitement que les habitants pouvaient décider de rester.

Galili B allait bientôt apprendre qu'il existait d'autres projets concernant les habitants d'al-Ramla : « Le gouverneur militaire m'a dit qu'il avait reçu des instructions de Ben Gourion : évacuer al-Ramla », écrivit-il. L'ordre d'expulser les habitants d'al-Ramla et de Lydda fut donné au début de la matinée du 12 juillet. À propos de Lydda, il était précisé : « Les habitants de Lydda doivent être expulsés rapidement, sans distinction d'âge. » Cet ordre fut donné à une heure trente de l'après-midi par le lieutenant-colonel Yitzhak Rabin.

Firdaous entendit des soldats israéliens hurler dans leurs mégaphones : « *Yallah Abdallah !* Partez chez Abdallah, allez à

Ramallah ! » Les soldats allaient de maison en maison, martelant parfois la porte de la crosse de leur fusil, sommant les gens de partir. Puis elle les entendit annoncer l'arrivée de cars qui transporteraient les habitants d'al-Ramla jusqu'aux positions de la Légion arabe. Peu importaient les termes de la reddition ou les recommandations de Cheikh Moustapha, ils n'avaient pas le choix. Les Arabes d'al-Ramla furent contraints de quitter leurs maisons.

Le 12 juillet dans l'après-midi, Bechor Shalom Shitrit, ministre israélien des Minorités, arriva à un carrefour entre al-Ramla et Lydda. Il fut frappé par le spectacle de ces foules se dirigeant vers l'est. Responsable des Arabes du nouvel État israélien, il protesta, indigné, contre les expulsions auprès du ministre des Affaires étrangères, Moshe Sarett. Comme Yisraël Galili B, comme les hommes d'al-Ramla qui avaient signé la reddition, Bechor Shalom Shitrit pensait que les Arabes seraient autorisés à rester dans les villes nouvellement conquises.

Il tenta d'arrêter les expulsions. Mais il n'avait pas été mis au courant d'une réunion entre Ben Gourion, le lieutenant-colonel Yitzhak Rabin et Yigal Allon, chef du Palmach. Rabin, le futur Premier ministre, se rappela plus tard que lorsque Allon avait demandé à Ben Gourion ce qu'il fallait faire de la population civile d'al-Ramla et de Lydda, celui-ci avait « agit[é] la main dans un geste qui signifiait : "Jetez-les dehors !" ».

Shitrit ne savait pas non plus qu'Allon avait déjà étudié les avantages militaires de l'expulsion. Si l'on chassait les habitants d'al-Ramla et de Lydda, pensait Allon, cela éliminerait la pression exercée par une population armée et hostile. Les routes menant aux positions de la Légion arabe seraient embouteillées par les réfugiés, et les tentatives pour reprendre les villes auraient peu de chances d'aboutir. Enfin, l'afflux de milliers de réfugiés en Cisjordanie et en Transjordanie serait un lourd fardeau financier pour le roi Abdallah – désormais ennemi de l'État juif, les militaires israéliens en étaient convaincus.

« Nos forces ont malheureusement commis des actes criminels qui risquent d'entacher la réputation du mouvement sioniste, dirait Shitrit par la suite. Les meilleurs d'entre nous ont donné un mauvais exemple aux masses. »

Quelques journalistes américains avaient accompagné les troupes israéliennes victorieuses à al-Ramla. Bilby, du *Herald Tribune*, nota que

« les prisons-cages en plein air étaient pleines de jeunes Arabes dont le manque d'énergie montrait qu'ils n'avaient pas assez de courage pour se battre ». Selon Gene Currivan, journaliste du *New York Times*, « la plupart semblaient en âge de servir dans l'armée, mais apparemment ils n'avaient pas envie de se battre pour al-Ramla, encore moins pour la Palestine ».

Un peu plus tard, Currivan remarqua : « On nota une réelle excitation lorsque les soldats arabes [les défenseurs civils] arrivèrent, les mains en l'air, pour se rendre, alors que des centaines d'autres, déjà prisonniers, étaient accroupis derrière des barbelés en face du commissariat de police qui ressemblait à une forteresse. » Certains hommes en âge de se battre avaient réussi à échapper à la captivité : lunettes noires, longs manteaux, ils boitillaient sous la chaleur, appuyés sur leur canne. Des parents se regardaient de part et d'autre des barbelés ; quand des femmes ou des anciens essayaient de s'approcher, les soldats juifs tiraient en l'air. Plus tard dans la journée, neuf ou dix cars apparurent ; les soldats ordonnèrent aux prisonniers d'y monter. Les cars partirent. Les hommes se souviendraient d'avoir murmuré entre eux : « Où nous emmènent-ils ? » Ils allaient dans un camp d'internement pour prisonniers de guerre. Les soldats israéliens firent monter les habitants de la ville dans d'autres cars qui prirent la direction de l'est.

La matinée du 14 juillet fut extrêmement chaude, sous un ciel sans nuages. C'était le septième jour du Ramadan. Des milliers de personnes avaient déjà été expulsées d'al-Ramla en car et en camion. Certains, comme Bachir et ses sœurs, étaient partis bien avant l'arrivée des soldats juifs, et avaient trouvé un refuge provisoire à Ramallah. D'autres membres du clan Khairi étaient restés à al-Ramla.

Firdaous et ses cousins, ses oncles et ses tantes attendaient à la gare routière. Ils étaient peut-être trente-cinq en tout, les Khairi et leurs parents, les Taji. Cheikh Moustapha était avec eux.

Ils emportaient quelques valises, des ballots de vêtements, et de l'or attaché contre leur corps. Firdaous avait pris son uniforme de guide, son couteau et son sifflet. Ils avaient prévu un voyage court, dans l'espace et dans le temps, certains qu'ils reviendraient bientôt, quand les armées arabes auraient repris al-Ramla.

Comme le reste des habitants de la ville, ils avaient laissé chez eux leurs divans, leurs tables, leurs tapis, leurs bibliothèques, leurs photos de famille, leurs couvertures et leur vaisselle. Ils avaient abandonné leurs fez et leurs djellabas, leurs pantalons bouffants, leurs keffiyehs de rechange, leurs écharpes et leurs ceintures. Ils laissaient derrière eux les épices pour le *makloubeh*, les feuilles de vigne en saumure, et la farine destinée à la pâte sablée aux dattes. Ils abandonnaient leurs champs de pois sauvages et de jasmin, de passiflore et d'anémones écarlates, les lis des montagnes poussant entre l'orge et le blé. Ils laissaient leurs olives et leurs oranges, citrons et abricots, épinards, okras et poivrons. Ils abandonnaient leur soie et leur lin, leurs bracelets et leurs colliers d'argent, l'ambre, le corail et les colliers de pièces autrichiennes. Ils abandonnaient leurs poteries et leurs savons, leur cuir et leurs huiles, leurs fours suédois et leurs pots de cuivre, leurs gobelets de Bohême. Ils abandonnaient leurs plateaux d'argent couverts d'amandes au sucre et de pois chiches séchés ; leurs poupées, faites de morceaux de bois collés ; leur sumac ; leur indigo.

Le car arriva. Les Khairi et les Taji montèrent. L'idiot du village les suivit. Il emportait deux pastèques. Firdaous vit sa tante donner deux sacs à sa mère : le premier contenait des vitamines pour le bébé, le second une pipe à eau en verre et du tabac. Ils avaient laissé tant de choses derrière eux, se dit Firdaous, quelle drôle d'idée d'emporter une pipe à eau…

Le car se dirigea vers les positions de la Légion arabe à Latroun. Là, on ordonna aux passagers de descendre et de marcher vers le nord, en direction de Salbit. Ce n'était qu'à quatre kilomètres, mais il faisait 37°. Il n'y avait pas d'ombre, pas de route, rien qu'une montée escarpée au milieu des cactus et des épines du Christ. On l'appellerait plus tard « le chemin des ânes » – si un âne peut passer par là, sans doute l'homme le peut-il aussi.

La terre était chauffée à blanc. Firdaous regarda devant elle : une longue colonne gravissait lentement la colline dans les ondes de chaleur. Beaucoup d'habitants d'al-Ramla découvraient les femmes Khairi, qui sortaient rarement de leur domaine. Plusieurs étaient enceintes, dont l'une qui, là, en pleine chaleur, perdit les eaux. Elle accoucha à même le sol.

Les réfugiés avançaient, courbés sous le soleil, trébuchant sur les pierres, les ronces, et les tiges de blé acérées récemment coupées pour la récolte. Firdaous aperçut l'idiot du village et ses deux pastèques. Sans un mot, elle en prit une et entailla la chair rouge avec son couteau. Les familles Khairi et leurs voisins s'approchèrent, impatients. La pastèque disparut rapidement, sauf le petit morceau que Firdaous avait gardé pour elle ; une jeune mère vint l'implorer de le lui donner pour son fils.

Tous avaient des croûtes blanches autour de la bouche. À quelle distance était Salbit ? Allaient-ils dans la bonne direction ? À la recherche d'ombre et d'eau, ils traversèrent des champs de maïs où ils cueillirent des épis mûrs dont ils aspirèrent l'humidité. Firdaous vit un garçon uriner dans une boîte, où but sa grand-mère. Un homme avait jeté son père sur son épaule, comme un sac de patates, et Firdaous porta un moment un bébé dans ses bras.

L'après-midi touchait à sa fin. Ils marchaient depuis des heures sur un terrain rocheux, sans plus savoir où se trouvait le village de Salbit. Ils avaient parcouru beaucoup plus de quatre kilomètres. Certains diraient douze ; d'autres jureraient qu'ils en avaient parcouru vingt.

Les Khairi et les Taji se débarrassaient peu à peu de leurs affaires. Ceux qui avaient emporté des valises s'en étaient défait depuis longtemps. Quelqu'un trouva un puits, mais la corde était cassée. Des femmes enlevèrent leurs robes, les glissèrent dans l'eau stagnante, les remontèrent, puis pressèrent le tissu contre les lèvres de leurs enfants afin qu'ils puissent aspirer l'humidité.

Ils étaient peut-être trente mille, les habitants d'al-Ramla et de Lydda qui traversèrent en titubant les collines ce jour-là.

John Bagot Glubb reçut des rapports. Le commandant britannique de la Légion arabe apprit que c'était « une journée torride dans les plaines côtières, avec une température d'environ 37° à l'ombre ». Il apprit que les réfugiés avaient traversé « des jachères pierreuses couvertes de buissons épineux » et qu'au bout du compte « personne ne saurait jamais combien d'enfants étaient morts ». Jusqu'à son dernier jour, Glubb soutiendrait néanmoins qu'il n'avait pas eu assez de troupes pour défendre al-Ramla et Lydda. Que pour ce faire, il aurait fallu qu'il retire des forces du front de Latroun et prenne le risque de perdre tout : Ramallah, Naplouse, Tulkarem, Jérusalem-Est et l'ensemble des conquêtes d'Abdallah en Cisjordanie – ce qui « aurait été de la folie ».

Le 15 juillet, avant la fin de la marche des habitants d'al-Ramla et de Lydda, David Ben Gourion écrivit dans son journal : « La Légion arabe a câblé que trente mille réfugiés se déplacent sur la route entre Lydda et Ramla, furieux contre la Légion. Ils réclament du pain. On devrait leur faire traverser le Jourdain » – vers le royaume d'Abdallah, loin du nouvel État d'Israël.

***

Dans la soirée, les Taji et les Khairi arrivèrent dans un champ de figuiers, près du village de Salbit. Celui-ci était presque abandonné, hormis le fait que des centaines de familles de réfugiés se reposaient dans les vergers.

Firdaous et les siens trouvèrent un abri sous les arbres. Quelqu'un apporta de l'eau. Elle vit que sa mère avait gardé l'un de ses deux sacs en toile – les vitamines, pensa-t-elle. Mais c'était la pipe à eau.

Cette nuit-là, la famille s'installa sous les figuiers, et l'on fuma paisiblement au son des glouglous de l'eau dans le réservoir de verre.

Le lendemain matin, des camions de la Légion arabe emmenèrent les Khairi et les Taji à Ramallah. Ils arrivèrent au sommet d'une colline à l'ouest de la ville. À leurs pieds s'étendait une vaste cuvette : la vallée de Ramallah. La ville avait longtemps été chrétienne, et c'était un lieu de villégiature estivale pour les Arabes, du Levant jusqu'au Golfe.

Des dizaines de milliers de réfugiés y fourmillaient à présent, sidérés, humiliés, à la recherche de nourriture, et déterminés à retourner chez eux.

Chapitre 5

ÉMIGRATION

LE SOLEIL filtrait à travers les vitres étroites de la gare centrale de Sofia, diffusant une lumière voilée sur les centaines de passagers juifs entassés dans le hall. C'était en octobre 1948, trois mois après l'entrée des forces israéliennes dans al-Ramla. Tandis que les Khairi attendaient à Ramallah, à l'affût des nouvelles de la guerre en cours en Palestine, Moshe et Solia Eshkenazi progressaient lentement dans l'interminable file d'attente des Juifs bulgares. Solia portait une jupe longue et une veste ajustée assortie, ses cheveux foncés balayant ses épaules sous un chapeau à large bord. Nombre de passagers portaient des manteaux sombres et des chaussures épaisses, entourés de cartons et de valises. Moshe avait sur lui les papiers d'identité de la famille. Petit, trapu, il avait la peau olive foncé, les pommettes hautes, et les yeux noirs, enfoncés dans les orbites, de nombreux Juifs sépharades. À côté d'eux, la petite Dalia dormait dans un panier d'osier.

Moshe et Solia s'étaient rencontrés huit ans plus tôt, juste avant que la Bulgarie s'allie aux nazis. Moshe aimait raconter à Solia, et plus tard à Dalia, que la première fois qu'il avait vu sa future épouse, au cours d'un bal, elle était ravissante, pleine de vitalité, prête à virevolter dans sa robe. *Voilà une fille pour mon ami Melamed* [le médecin], avait-il alors songé. Il s'était approché de la jeune fille, et, après quelques minutes de conversation, s'était dit : *Pourquoi pas moi ?* Quelques jours plus tard, ils se retrouvaient pour leur premier rendez-vous. Moshe ne perdit pas de temps. Il fit part à Solia de son intention de l'épouser. Elle éclata de rire, mais il ne se démonta pas. « Ça prendra le temps que ça prendra, mais je t'épouserai », promit-il.

Des membres de la police d'immigration bulgare étaient assis derrière de longues tables au bout des files d'attente. Un par un, 3 694 Juifs se préparaient à montrer leurs papiers et à ouvrir leurs valises pour qu'on les fouille à la recherche d'espèces ou d'or. Ils n'avaient pas le droit d'emporter d'objets de valeur, si bien que certains avaient cousu des pierres précieuses sur leurs sous-vêtements ou fixé des napoléons sur leur corps. Ils ne pensaient pas revenir : sur les tables du service d'immigration, ils signaient des documents stipulant qu'à compter de cet instant ils n'étaient plus citoyens de la République populaire de Bulgarie. Plus tard, ce jour-là, ils embarquèrent dans deux longs trains à destination de la côte yougoslave où un bateau, le *Pan York*, les attendait pour les transporter dans le nouvel État d'Israël.

Moshe et Solia étaient les acteurs d'une histoire sans équivalent en Europe. Comme la majorité des gens à la gare, ils avaient conscience d'avoir de la chance d'être en vie. Solia y songeait : sans le courage de tant de Bulgares non juifs – en particulier la poignée de gens qui avaient pris les choses en main au début de l'année 1943 –, Moshe et elle auraient pu se retrouver dans un train en route vers Treblinka, plutôt qu'ici, à attendre d'embarquer avec leur bébé pour débuter une nouvelle vie dans l'État juif.

Le *Pan York* devait appareiller le 28 octobre 1948, trois jours plus tard. Après des années de réflexion, ils partaient enfin.

***

Plus de cinq ans s'étaient écoulés depuis cette nuit de mars 1943 à Sliven où Moshe et Solia avaient attendu une déportation qui n'était jamais venue. Le roi Boris était mort à la fin de l'année et, à l'été 1944, avec l'arrivée de l'Armée rouge, l'alliance entre la Bulgarie et les nazis s'était effondrée. Les partisans bulgares, notamment Jacques, le frère de Moshe, et les amis de Susannah Behar, quittèrent les massifs des Rhodopes et des Balkans. Les partis antifascistes bulgares formèrent le Front patriotique, coalition de gauche qui prit le pouvoir. Moshe et Solia retournèrent à Sofia et commencèrent à remettre leur vie en ordre. Certains Juifs rêvaient du nouvel État bulgare qu'ils pourraient contribuer à construire après la chute du fascisme. D'autres pensaient déjà à la Palestine.

Le sionisme, mouvement politique qui préconisait l'émigration des Juifs européens vers la Terre sainte, s'était implanté en Bulgarie au début des années 1880, alors même que le pays se libérait du joug ottoman. En 1895, un journal sioniste publié à Plovdiv fut le premier à émettre l'idée que les Juifs pouvaient « s'assurer une vie en Syrie et en Palestine en se consacrant aux travaux agricoles ». Un an plus tard, des Juifs bulgares créaient Har Tuv, l'une des premières colonies sionistes en Palestine. En juin de la même année, Theodor Herzl, le dirigeant sioniste, fit étape à Sofia alors qu'il se rendait à Istanbul par l'Orient-Express. Il reçut un accueil triomphal à la gare. Herzl, dont le livre *L'État juif* définissait la vision d'une « terre promise » sur laquelle « [les Juifs pourraient] vivre comme des hommes libres sur [leur] propre sol », était déjà un héros pour les Juifs de Bulgarie. « On [me fêta] en termes dithyrambiques, en tant que chef, "cœur d'Israël", etc. Je crois que j'étais complètement abasourdi ; de leur côté, les passagers de l'Orient Express regardaient cette scène étrange avec un profond étonnement », écrivit Herzl dans son journal.

Convaincu que l'Europe ne voulait pas des Juifs, Herzl souhaitait un État juif « où nous pourrons avoir le nez crochu, la barbe noire ou rousse, les jambes arquées, sans pour autant que l'on nous méprise. [...] Où nous pourrons mourir tranquillement dans notre patrie. [...] Où nous vivrons en paix avec le monde entier. [...] Jusqu'à ce que l'appellation moqueuse de "Juif" devienne honorable, comme celles d'"Allemand", "Anglais", ou "Français" – en bref comme tous les peuples civilisés ». Dans la majeure partie de l'Europe, notamment parmi les intellectuels juifs et même certains rabbins, les idées de Herzl étaient considérées comme utopiques ou dangereuses ; on l'appelait « le Jules Verne juif », ou « le carriériste fou ». En Bulgarie, pourtant, on chantait les louanges du « nouvel apôtre du nouveau nationalisme juif ».

De retour d'Istanbul, où il était allé demander le soutien de l'Empire ottoman à la création d'un État juif, Herzl s'arrêta de nouveau à Sofia. « Ce fut une sensation dans toute la ville, écrivit-il. Les gens jetaient leur casquette et leur chapeau en l'air. J'ai dû demander que l'on annule une parade. [...] J'ai dû plus tard aller à la synagogue, où m'attendaient des centaines de personnes. [...]

Je suis monté en chaire, devant l'arche sainte. Quand j'ai hésité un instant sur la manière de faire face à la congrégation sans tourner le dos à l'arche, quelqu'un s'est exclamé : "Tu as le droit de tourner le dos à l'arche sainte. Tu es plus sacré que la Torah." Plusieurs personnes voulaient me baiser la main. » Sidéré, Herzl mit les gens en garde contre ces démonstrations, « et [leur conseilla] un comportement mesuré, de peur que les passions populaires se déchaînent contre les Juifs ».

Les journaux sionistes bulgares d'avant-guerre évoquaient depuis des dizaines d'années le retour à Sion. Les Arabes qui vivaient sur cette terre n'étaient jamais mentionnés dans leurs colonnes ; certains Juifs bulgares se souviennent d'ailleurs d'avoir lu des articles parlant d'une « terre sans peuple pour un peuple sans terre ».

On débattait plutôt de la question de la langue : fallait-il apprendre l'hébreu pour préparer l'émigration en Palestine, ou conserver le ladino, la langue maternelle judéo-espagnole des Juifs sépharades ? Moshe apprit l'hébreu grâce à une organisation socialiste sioniste, Hashomer Hatza'ir (la Jeune Garde). Solia se contentait de son ladino et des proverbes appris devant l'âtre en famille.

La publication des journaux sionistes fut interdite en 1941, après la promulgation de la loi antijuive de défense de la nation. En octobre 1944, moins d'un mois après la chute du régime profasciste, les sionistes bulgares commencèrent à se regrouper. Les responsables de comités locaux saluèrent la création du Front patriotique ; puis ils créèrent le Palestinski Komitet, qui recommandait l'*aliyah*, l'émigration juive en Palestine, espérant qu'elle deviendrait un mouvement de masse chez les Juifs de Bulgarie.

Aux yeux de Moshe, de Solia et de nombre de leurs voisins, la possibilité d'émigrer sembla d'abord très lointaine. Ils vivaient là, travaillaient là, et même après ce qui s'était passé en 1943, ils se sentaient toujours bulgares. Pour beaucoup de Bulgares, Juifs compris, la défaite des nazis signifiait que le sacrifice des partisans avait eu un sens. Jacques, le frère de Moshe, pensait qu'avec les communistes au pouvoir, pour la première fois en Bulgarie on pourrait construire une société égalitaire. Moshe était plus sceptique. Et le pays souffrait de la guerre toute récente.

La Bulgarie offrait un paysage dévasté. Les bombardements américains, fin 1943 et début 1944, avaient détruit la plus grande partie de Sofia, notamment le bâtiment du Parlement. Les pilonnages impitoyables avaient fait de nombreuses victimes et contraint les habitants à fuir vers les campagnes. Les villages étaient envahis de réfugiés. De mauvaises récoltes provoquèrent des pénuries alimentaires et la disette ; une inflation galopante accentua la crise. À la fin de l'automne 1944, le nouveau gouvernement, à court de ressources, alla réclamer de l'aide au-delà de ses frontières.

Le 2 décembre, moins de trois mois après la libération du pays, David Ben Gourion arriva dans la capitale bulgare. Le leader des sionistes de Palestine fut reçu par le Premier ministre bulgare, les ministres des Affaires étrangères, de l'Intérieur, de la Propagande, et par le métropolite Stéphane, l'évêque orthodoxe bulgare qui avait pris la défense des Juifs bulgares pendant la guerre, à ses risques et périls. Le principal objectif de cette rencontre était d'obtenir l'accord des autorités bulgares pour qu'elles autorisent les Juifs à émigrer. La Bulgarie ne pourrait jamais réinsérer les Juifs, expliqua Ben Gourion, il fallait les autoriser à partir. La création d'un État juif, dit-il aux Juifs et aux dignitaires de l'État installés dans le théâtre Balkan de Sofia, était « la tâche du moment ». « *Aliyah !* » cria-t-on dans la salle. À la fin de l'année, plus de mille trois cents Juifs avaient quitté la Bulgarie pour se rendre en Palestine. Parmi eux se trouvait Yitzhak Yitzhaki, le cousin de Solia ; ce fut le premier membre de la famille à partir.

Il était revenu d'un camp de travail libéré par l'Armée rouge. Dix jours plus tard, il fut incorporé dans l'armée et envoyé près de la frontière turque. Il était cantonné à Sliven, sa ville natale. « Chaque semaine arrivaient une centaine de wagons de nourriture. Moi, j'étais responsable de l'acheminement de cette procession jusqu'à la frontière turque : je l'accompagnais à cheval », se rappela-t-il. En attendant la caravane suivante, il allait chez son cousin, dont la maison était pleine de turbulents officiers soviétiques et d'une cohorte de musiciens, de chanteurs et d'artistes qui les avait suivis en Bulgarie. L'hiver arrivant, les wagons furent immobilisés par la neige, la vie se fit plus difficile. En décembre 1944, lorsque la nouvelle armée bulgare rejoignit l'Armée rouge pour combattre l'Autriche et la Hongrie, le père d'Yitzhaki eut peur que son fils se retrouve en première ligne et meure de froid. « Mon père vint me voir à Sliven avec une idée, raconte Yitzhaki. Il rêvait d'Israël depuis les années 1930. Il m'encouragea à faire le premier pas : “Tu seras notre avant-garde. Nous te suivrons." » Le père d'Yitzhaki connaissait l'officier commandant le quartier général de Sliven. Yitzhaki fut bientôt démobilisé et, à la fin de l'année 1944, il quitta discrètement la Bulgarie par voie de terre, empruntant l'Orient-Express, comme Theodor Herzl un demi-siècle plus tôt, vers la Syrie et la Palestine *via* Istanbul.

Pour Ben Gourion, des jeunes hommes comme Yitzhaki étaient les précurseurs de la vague d'immigration à venir. Le dirigeant sioniste n'avait toujours pas d'État, mais il avait une idée. Il savait que la Bulgarie avait désespérément besoin de liquidités et de produits de première nécessité. Choqué de voir la capitale dévastée et la pauvreté des villages alentour, il avait organisé un réseau de secours d'urgence pour les Juifs bulgares, dont le but à long terme était de les emmener dans un nouvel État juif. À son retour en Palestine, Ben Gourion donna l'ordre d'envoyer cinq mille paires de chaussures en Bulgarie pour les enfants juifs, en ajoutant : « Ce serait peut-être une meilleure idée de faire venir les pieds vers les chaussures. »

Peu après, l'Agence juive en Palestine établit des relations commerciales avec le nouveau gouvernement bulgare. « Votre Excellence, écrivit le chef du département du commerce de l'Agence juive de Tel-Aviv au ministre bulgare du Commerce, je profite de cette occasion pour vous assurer que nous souhaitons établir des relations commerciales avec la Bulgarie, et que nous désirons commencer les transactions au plus tôt. » L'Agence juive, encore soumise au contrôle britannique en Palestine, était devenue, à de nombreux égards, un gouvernement souverain *de facto.*

Bulgares et Juifs de Palestine commencèrent par discuter d'échanges : pin, hêtre et huile de rose bulgares contre médicaments et chaussures juifs. « Les chaussures doivent avoir pour tous les échanges des SEMELLES DOUBLES », précisait une réponse bulgare. Un kilo d'huile de rose, proposait-on, vaudrait cent soixante paires de chaussures. Un ministre de l'Agence juive promit que, bientôt, on trouverait « des moyens de payer en liquide ». La livre sterling était la devise privilégiée. Bientôt, les deux parties évoquèrent des fruits séchés, de la pulpe de fraise, des ruches, des couvertures, des sacs à dos, des tapis, des coffres-forts en fer et du charbon bulgares. Elles signèrent un accord commercial bien avant que l'État juif soit officiellement créé.

Les fonds d'après-guerre destinés aux Juifs bulgares provenaient également de l'American Jewish Joint Distribution Committee, généralement connu sous le nom de JDC. Au début de leur présence en Bulgarie, les officiels du JDC envoyaient des vêtements, des couvertures, des aliments de base, du matériel médical, et contribuaient à financer les artistes, les écrivains et les coopératives d'artisans juifs. Plus significatif, le JDC était très lié à l'Agence juive et au Mossad, qui organisait le transport illégal des Juifs vers la Palestine malgré le blocus britannique. Le but ultime du JDC était d'aider à financer l'*aliyah* vers la Terre sainte.

L'idée d'une autre vie, dans un autre pays, en attirait certains, comme Moshe – de jeunes hommes et femmes qui avaient grandi en apprenant l'hébreu, bercés par le rêve de la Palestine. Le soutien juif à l'émigration vers la Palestine était pourtant loin d'être unanime. De nombreux Juifs bulgares, en particulier des partisans du Front patriotique, préféraient reconstruire la communauté juive sur place. Les divergences politiques créaient souvent des dissensions au sein des familles : les mots de Ben Gourion éveillaient un écho chez Moshe, mais pas chez son frère, Jacques, qui les trouvait peu séduisants – c'était un communiste dévoué, membre du Front patriotique.

Moshe rendait souvent visite à Jacques dans son cabinet juridique de Sofia. Les deux frères parlaient politique. Ils n'étalaient pas leurs désaccords en public, mais il est probable que Jacques se faisait l'écho des remontrances des communistes juifs à leurs frères sionistes : les Juifs devaient s'unir aux autres Bulgares pour reconstruire le pays ruiné par la guerre. En quittant leur terre, ils fuyaient le dur labeur auquel devait faire face tout le pays. La Palestine était une « fallacieuse illusion sioniste » ; leur pays, c'était la Bulgarie. Jacques était persuadé que le nouveau régime bulgare incarnait le combat contre l'antisémitisme. L'Armée rouge s'était battue pour sauver les Juifs de l'extermination ; c'était suffisant pour qu'un Juif descende dans la rue afin de soutenir une nouvelle république communiste. Jacques, comme se le rappela plus tard Dalia, sa nièce, était convaincu de la justesse du rêve qu'il nourrissait quand il était partisan dans les montagnes.

Les communistes juifs traitaient désormais les sionistes de « réactionnaires » qui « ne croyaient pas au Front patriotique ». Pour Moshe, ces attaques étaient malvenues. Il n'était pas le seul à le penser, et bientôt les Juifs bulgares opposés au sionisme durent admettre qu'ils étaient minoritaires.

En avril 1945, les dirigeants juifs du Front patriotique se retrouvèrent à Sofia. Ils s'inquiétaient de la poussée sioniste – en particulier de l'appel de Ben Gourion à l'*aliyah*. Todor Jivkov, militant du Parti qui devint plus tard chef de l'État bulgare, avertit ses collègues : les organisations sionistes avaient un important poids financier et politique en raison du soutien qu'elles recevaient de l'extérieur. Cet été-là, les sionistes bulgares allèrent à Londres pour une réunion de l'Organisation sioniste mondiale. Ben Gourion y réitéra son appel à la création d'un État juif. On avait besoin que trois millions de Juifs fassent leur *aliyah* dans les cinq ans à venir. Jacques Eshkenazi se demandait combien de temps son frère et Solia allaient rester en Bulgarie.

Pour ces derniers, la décision de rester ou de partir était toujours aussi difficile. Ils comparaient les promesses de la Palestine avec la perspective de reconstruire leur vie auprès de leurs amis et de leur famille en Bulgarie. Ils savaient que le nouveau gouvernement prenait des mesures pour restituer leurs biens aux Juifs et punir les responsables des politiques profascistes. Ils observaient cela de près.

Le tribunal populaire numéro 7 avait déjà jugé Aleksander Belev, ancien chef du commissariat aux Affaires juives, le plus célèbre antisémite du pays, et l'avait condamné à mort par contumace. Belev avait fui la Bulgarie peu avant la fin de la guerre. Le tribunal avait jugé et fait exécuter Filov, Premier ministre du roi Boris, et Gabrovski, ministre de l'Intérieur.

Dimitar Péchev fut épargné. L'ancien vice-président du Parlement pendant la guerre s'était battu pour sauver les quarante-sept mille Juifs bulgares ; il avait fait pression sur Gabrovski pour annuler les ordres de déportation, et dénoncé ensuite le plan dans une lettre ouverte au Parlement. Mais pendant la guerre, Péchev avait aussi insisté pour que le gouvernement de Boris liquide les partisans dans les collines. On condamna le discret célibataire à quinze ans de travaux forcés ; il fut relâché au bout de trois.

Des centaines d'autres n'eurent pas cette chance. Moshe s'efforçait de reprendre son travail de représentant de commerce en vêtements de qualité ; avec Solia, ils envisageaient de fonder une famille, mais ils se rendaient bien compte que non loin de là, devant le tribunal populaire, les poursuites s'intensifiaient. La cour commença par condamner à mort des centaines de profascistes : membres du gouvernement, parlementaires, collaborateurs réels ou supposés ; au printemps 1945, plus de 2 100 personnes avaient été exécutées. Un plus grand nombre encore furent torturées ou condamnées aux travaux forcés pour leur association avec le gouvernement profasciste.

En novembre 1945, Georgi Dimitrov revint en Bulgarie. Le héros communiste et antifasciste venait de passer vingt ans au Kremlin. Des élections législatives le portèrent à la tête du pays. Il commença par saisir des propriétés privées. La direction du Front patriotique, favorable à la propriété collective, n'était guère enthousiaste à l'idée de rendre tous les biens juifs à leurs propriétaires. La direction communiste souhaitait éliminer le monde de la bourgeoisie, et non le rétablir dans ses droits. Des collectifs et des coopératives remplaçaient peu à peu les épiciers, les artisans, et les marchands. Aux yeux de Moshe, de Solia, et d'autres familles juives dont le modeste commerce reposait sur l'entreprise privée, c'était une raison supplémentaire pour émigrer vers Israël. Une question centrale subsistait : seraient-ils autorisés à partir ? Quelques mois plus tard, la réponse arriva.

***

En mai 1947, Andreï Gromyko, ambassadeur soviétique aux Nations unies, stupéfia les sionistes, les États-Unis et la Grande-Bretagne en laissant entendre, lors d'un discours devant l'Assemblée générale, que l'Union soviétique soutenait la création d'un État juif en Palestine. Une semaine plus tard, des Juifs de Sofia envoyaient un télégramme à Staline pour signifier leur gratitude. Le 30 novembre 1947, lorsqu'on apprit que les Soviétiques étaient d'accord avec les États-Unis pour soutenir le plan de partition de l'ONU entre un État arabe et un État juif, des festivités eurent lieu dans de nombreuses villes bulgares. À al-Ramla, cette même nouvelle laissa les Khairi abasourdis et incrédules. À Sofia, des Juifs ravis descendirent dans la rue, agitant des drapeaux, entonnant des chants à la gloire d'Israël et brandissant des affiches portant les noms des héros du jour : Theodor Herzl, Georgi Dimitrov, David Ben Gourion et Joseph Staline.

Le 2 décembre 1947, trois jours après le vote de l'ONU, Solia Eshkenazi donna naissance à Dalia (alors appelée Daizy) dans un hôpital de Sofia. Jacques et son épouse, Virginia, rendirent visite à Moshe et Solia peu après. Virginia se souvient d'un nourrisson exceptionnellement beau, calme et tranquille – le contraire de son père, incapable de contenir sa joie. « Je vous présente ma fille, elle s'appelle Daizy ! » s'exclamait-il en sautillant entre sa femme épuisée et leur fille dans son panier d'osier. « Je vous présente ma fille, elle s'appelle Daizy ! » Cela faisait sept ans que Moshe et Solia désiraient un enfant ; ils espéraient que ce serait une fille. Il leur fallait maintenant décider où elle allait grandir.

La nouvelle du soutien soviétique à un État juif eut une conséquence en Bulgarie : le gouvernement autorisa l'émigration des Juifs. Georgi Dimitrov revenait d'une réunion au Kremlin où Staline lui avait confirmé : « C'est la décision des Nations unies d'aider les Juifs à émigrer en Palestine. » Dimitrov fit immédiatement passer le message aux communistes juifs qui considéraient comme une défaite le vote de partition à l'ONU. « Les Juifs, pour la première fois de leur histoire, se battent comme des hommes pour leurs droits, déclara Dimitrov à ses camarades juifs au cours d'une réunion du Politburo, en mars 1948. Nous devons admirer ce combat. [...] Nous étions opposés à l'émigration. Nous y faisions obstacle. Mais cela nous isolait des masses. »

Quelques semaines plus tard, le 3 mai, les communistes juifs firent une déclaration publique : « [Nous accueillons] avec un sentiment de reconnaissance illimitée l'importante contribution de la grande Union soviétique à la solution du problème juif, et la création d'une république juive indépendante, libre, et démocratique – Eretz Israël. [...] Longue vie à la République populaire de Bulgarie et au leader du peuple bulgare, combattant infatigable contre le fascisme et l'antisémitisme, le camarade Georgi Dimitrov. Longue vie au protecteur des nations asservies et opprimées, le généralissime Joseph Vissarionovitch Staline. »

Quant au départ imminent de très nombreux Juifs bulgares, les communistes juifs soulignaient « avec satisfaction le fait que le gouvernement de la République populaire de Bulgarie laisse absolument libres d'émigrer les Juifs qui désirent s'installer en Palestine ». C'est la position que Jacques Eshkenazi allait adopter. Ce qu'il en pensait vraiment, et ce qu'il en a dit à Moshe, les deux frères l'ont emporté dans la tombe.

Le Front patriotique supervisait désormais tous les préparatifs pour le départ des Juifs. Les associations sionistes bulgares n'avaient plus le droit de travailler de manière indépendante. Il restait un seul journal juif, contrôlé par le gouvernement. Sionistes et communistes partageaient le même but : faciliter le départ des Juifs qui souhaitaient émigrer vers le nouvel État d'Israël.

Certains se la rappellent comme une réaction en chaîne, d'autres comme un pas délibéré, joyeux, vers une antique patrie, d'autres comme une fièvre. Pendant des années, la décision d'émigrer avait semblé théorique. Même après qu'elle fut devenue possible, beaucoup affirmèrent qu'ils pensaient rester. Soudain tout bascula. Un voisin, Israël, le coiffeur, décida d'embarquer sa famille sur l'un des premiers navires. Puis Rahel, mère de famille qui habitait en face, annonça que sa famille s'en allait. Un cousin, Sami, l'électricien, fit son *aliyah.* Matilda, la tailleuse, s'en fut. Léon le cordonnier. Haïm le policier. Isak le chauffeur. Buko le cameraman. Et puis le rabbin. L'épicier. Le revendeur de fruits. Le boulanger. Le chœur juif bulgare – cent personnes d'un coup, ensemble, sur un bateau voguant vers Israël. Soudain, la moitié de la famille était partie, la moitié du quartier était vide. « Ça ressemblait à une psychose, se rappelle un ancien communiste juif qui décida de rester. Un soir, ils affirmaient telle conviction. Le lendemain matin, ils en avaient changé. »

Pour Moshe et Solia, au printemps 1948, il ne restait guère de place pour le débat. Les temps étaient durs, aucune amélioration ne semblait envisageable. Les usines avaient été nationalisées et les propriétés saisies par l'État ; le gagne-pain de Moshe était incertain. Le nouveau gouvernement, même s'il semblait réserver le même traitement aux Juifs et aux autres Bulgares, avait fait preuve de ce que Moshe considérait comme une brutalité excessive – tortures et exécutions. La façon dont ils avaient été sauvés au dernier moment en 1943 ne garantissait pas leur sécurité dans la Bulgarie à venir, pleine d'inconnues.

Ce n'était pas seulement la perspective d'une vie difficile qui incitait Moshe à quitter son pays ; il voulait s'installer sur une terre nouvelle. Il entendait depuis si longtemps parler d'une nouvelle existence sur une terre lointaine. Il aimait les défis et faisait confiance à son intuition qui lui disait de partir.

Solia était plus hésitante. L'idée de laisser derrière elle un pays qu'elle aimait lui pesait. Mais elle était mariée à Moshe et se plierait à sa décision : dès qu'ils le pourraient, Moshe, Solia et Dalia Eshkenazi iraient s'installer en Israël.

Le 14 mai, Ben Gourion proclamait l'indépendance d'Israël, la guerre entre Arabes et Juifs débutait officiellement, et l'Agence juive et le gouvernement bulgare avaient déjà élaboré des plans détaillés en vue d'une émigration ordonnée. Cinq petites embarcations devaient d'abord emmener cent cinquante personnes chacune – des gens dont les enfants, comme Yitzhak Yitzhaki, étaient allés en Palestine sous le mandat britannique, et dont la présence là-bas était le premier maillon de la chaîne de l'émigration. Le JDC paierait le voyage, à raison de quarante dollars par personne, sur des navires appartenant à la marine marchande bulgare et pilotés par elle. La participation du JDC et d'autres organisations sionistes internationales était tolérée à condition qu'ils continuent de fournir les devises dont la Bulgarie, dévastée, appauvrie, avait besoin pour se reconstruire.

La première opération importante, décida le gouvernement bulgare, passerait par le port de Bakar, en Yougoslavie. Un total de 3 694 Juifs bulgares disposaient d'environ trois semaines afin de mettre leurs affaires en ordre. Avant de partir, ils devraient se soumettre à des examens médicaux pour s'assurer qu'ils n'étaient pas atteints de la tuberculose, d'une maladie de cœur, de la typhoïde, du choléra ou de la syphilis. Puis fermer leurs maisons, faire leurs adieux, et se rassembler le 25 octobre à la gare centrale de Sofia, où les attendraient deux longs trains.

***

Moshe et Solia se frayèrent un chemin jusqu'au quai de la gare de Sofia. Jacques et Virginia, son épouse, étaient venus leur dire au revoir. Ils les aidaient à porter les cartons et les valises ; quelqu'un portait Dalia, placide, dans son panier d'osier. L'atmosphère était triste, mais vibrait d'attente joyeuse ; frères, pères, grand-mères, oncles savaient qu'ils s'embrassaient peut-être pour la dernière fois.

L'air était vif, clair. Au sud du quai s'élevait le sommet du mont Vitosha, avec sa crête déchiquetée et décentrée, comme le haut d'un chapeau déformé. Solia y avait souvent grimpé avec des amis, chantant tout en gravissant les sentiers escarpés et pierreux au milieu des pins et des érables qui filtraient le soleil de l'après-midi. Bien plus à l'est se trouvait Sliven, et sa maison natale dont elle se rappelait la vieille cour avec son abricotier. C'était un pays de mines de charbon niché au plus profond des collines. La terre était propice aux arbres fruitiers et au raisin noir, qui donnait du vin rouge. Solia se souvenait du vent qui sifflait dans les gorges, soulevant des nuages de poussière.

Le train quitta Sofia dans l'après-midi, lent, hésitant, puis il accéléra en haletant vers l'ouest, sifflant au sortir de la capitale, vers la frontière yougoslave, vers le navire qui les emmènerait en Israël.

Pour nombre des mille huit cents Juifs bulgares qui voyageaient dans ce train – et des dizaines de milliers de Juifs hongrois, roumains ou polonais qui émigrèrent à l'automne 1948 –, le voyage vers Israël représentait un retour après deux mille ans d'exil, une occasion d'accomplir la promesse talmudique : « Celui qui fait quatre pas en Israël, tous ses péchés lui seront pardonnés. »

Mais le train qui traversait la frontière yougoslave en ce crépuscule du 25 octobre 1948 signifiait aussi le triomphe d'un mouvement que ses détracteurs avaient un jour rejeté comme une folie. Theodor Herzl, le père du sionisme politique, savait que pour créer une patrie juive il devait s'allier aux puissances impériales. Les convaincre qu'un État juif, en Palestine ou peut-être ailleurs, servirait leurs intérêts. « Il a fallu quarante ans à Moïse, disait Herzl. Il nous en faudra peut-être vingt ou trente. »

Il avait sollicité le sultan ottoman, dont l'empire vacillant contrôlait toujours la Palestine. Le dirigeant sioniste promit un soutien financier venu de ses « amis dans toutes les Bourses d'Europe », pour contribuer à l'allégement de la dette de l'empire et construire à Istanbul un nouveau pont « assez haut pour que les plus grands navires de guerre puissent passer en dessous et entrer dans la Corne d'Or ». Le sultan lui répondit favorablement, se présentant comme « un ami des Juifs ». De retour d'Istanbul, Herzl s'arrêta à Sofia et confia à une connaissance : « Le sultan a besoin d'argent et nous avons besoin d'une patrie. Je pars pour Vienne, Londres et Paris afin de réunir l'argent nécessaire. »

Herzl fit aussi appel au soutien de la Grande-Bretagne. Il insista auprès du secrétaire d'État aux Colonies, Joseph Chamberlain, pour qu'il soutienne « une colonie juive dans une possession britannique ». La Grande-Bretagne « accroîtrait ainsi sa puissance et obtiendrait la gratitude de dix millions de Juifs ». Selon Herzl, Chamberlain « appréciait l'idée sioniste. Si je pouvais lui montrer une terre parmi les possessions britanniques qui ne soit pas encore habitée par des colons blancs, nous pourrions discuter ». La Grande-Bretagne ne contrôlait pas encore la Palestine, aussi les deux hommes discutèrent-ils d'une éventuelle patrie juive à Chypre, dans le Sinaï, ou même en Ouganda. « Il fait chaud sur la côte, dit Chamberlain à Herzl, mais le climat de l'intérieur convient parfaitement aux Européens. On peut faire pousser de la canne à sucre et du coton. » L'idée de l'Ouganda ne recueillit pas les suffrages des amis sionistes de Herzl.

Après sa mort, en 1904, le mouvement sioniste se concentra sur la Palestine et intensifia les discussions avec le sultan ottoman. « Il existe un pays [la Palestine] dépeuplé, et d'un autre côté se trouve le peuple juif qui n'a pas de pays », dit Chaïm Weizmann au cours d'une réunion de sionistes français en 1914. L'homme qui deviendrait le premier président d'Israël posa la question suivante : « Que faut-il faire, sinon ajuster la pierre à la bague et unir ce peuple à ce pays ? Ceux qui possèdent cette terre [les Ottomans] doivent donc être persuadés et convaincus que ce mariage est avantageux, non seulement pour le peuple [juif] et pour le pays, mais aussi pour eux. »

La Première Guerre mondiale provoqua l'effondrement de l'Empire ottoman, l'entrée de la Grande-Bretagne en Palestine, et la déclaration Balfour de 1917, qui promettait d'aider à la création d'un « foyer national juif ».

Trente ans plus tard, en mai 1948, tandis que David Ben Gourion proclamait l'indépendance du nouvel État d'Israël, le rêve du « Jules Verne juif » était devenu réalité.

Le train arriva au pied des falaises de la côte dalmate au crépuscule, le 27 octobre 1948. À l'ouest, au-dessus de l'Adriatique, le ciel était embrasé de couleurs. Derrière Solia et Moshe, vers l'est, plongés dans l'obscurité, se trouvaient Zagreb, Ljubljana, Belgrade et Sofia. Quelque part en Bulgarie, les possessions de la famille – environ cent kilos par adulte – étaient enfermées dans des caisses. Solia avait rempli une malle d'osier : des couvertures de laine et un kilim bulgare ; de la porcelaine tchécoslovaque, cadeau de mariage, couleur crème, avec de petites fleurs rouges sur les bords ; une soupière et des bols ; des verres de cristal violet gravé, pour boire du cognac bulgare ; des taies d'oreiller, des napperons et d'autres objets tricotés à la main ; et des parements roses pour une chambre : deux armoires, un sommier et une tête de lit. Moshe et Solia n'étaient pas les seuls Juifs à avoir laissé leurs biens. Quatre mille tonnes de caisses étaient empilées dans la synagogue de Sofia, où Moshe et Solia s'étaient mariés. Des employés s'efforçaient de trouver des transporteurs étrangers pour emporter les caisses en Israël.

Le train s'arrêta en sifflant près du port de Bakar. Solia et Moshe installèrent Dalia dans son panier en attendant de descendre. Par la fenêtre, à trois cents mètres de là, ils virent les mâts d'un grand navire amarré au quai, brillant de mille feux dans le ciel nocturne.

Le *Pan York* avait la taille d'un terrain de football et ses trois mâts s'élevaient très haut au-dessus du pont ; sa cale avait été aménagée pour accueillir, au lieu de 5 000 tonnes de bananes et de phosphate, 3 694 Juifs bulgares : 42 Alcalay, 68 Aledjem, 68 Barouh, 124 Cohen, 20 Daniel, 7 Danon, 4 Djivri, 1 Elias, 1 Elder, 1 Ephraïm, 54 Eshkenazi…

Solia, Moshe et Dalia suivaient la file des émigrants qui montaient la passerelle. En embarquant, ils furent frappés par une forte odeur de désinfectant. Devant eux surgit une immense cale de métal peinte en vert glauque. Des lits superposés en bois étaient installés, trois par trois, à perte de vue. Ce serait leur maison pendant huit jours.

Dans les cales, l'équipage avait stocké des milliers de boîtes de conserve, payées par le JDC. Moshe, Solia et les passagers du *Pan York* vécurent une semaine en mangeant de la viande, du poisson, du lait et des jus de fruit en conserve, du pain, de la margarine, de la confiture de pamplemousse, et de petites tablettes de chocolat noir. Le JDC avait également fourni du savon et du matériel médical d'urgence. Aucun passager ne se rappelle de maladies graves, même si de nombreux Bulgares passèrent le plus clair de la traversée penchés sur les rambardes, à vomir dans la mer. Ses parents affirmèrent que Dalia fut la seule passagère à ne pas tomber malade. Elle dormit pendant presque toute la traversée.

La côte yougoslave disparut à l'horizon. Le *Pan York*, à une vitesse maximale de quatorze nœuds, prit la direction du sud sur la mer Adriatique. De la proue, on ne voyait que le ciel, l'horizon, et la mer de cette fin de mois d'octobre.

Moshe ne pouvait regarder que vers l'avant. Il ne savait pas où allait vivre sa famille, ni ce qui les attendait à leur arrivée à Haïfa. Il savait que la guerre se poursuivait, mais Israël avait pris l'avantage, et de nouveaux pourparlers en vue d'une trêve laissaient penser qu'un règlement était proche. Il était évident que, sous une forme ou une autre, l'État juif survivrait.

En dépit du conflit, de nombreux intellectuels juifs de Palestine soutenaient que la survie à long terme d'Israël exigeait que l'on trouve un mode de coexistence avec les Arabes. Moshe faisait partie d'une organisation sioniste qui militait en faveur d'un État démocratique binational accueillant tous les peuples de Palestine. Cette idée s'était enracinée dès les années 1920 avec la formation de Brit Shalom, l'Alliance pour la paix, qui préconisait « la compréhension entre Juifs et Arabes [...] sur la base d'une égalité politique absolue entre deux peuples autonomes sur le plan culturel ». Une philosophie qui reposait sur la volonté de préserver « l'intégrité éthique du projet sioniste » ; et sur des raisons d'ordre pratique. Arthur Ruppin, fondateur de Brit Shalom, déclarait : « Le sionisme se dirigera sans aucun doute vers la catastrophe s'il ne trouve pas un terrain d'entente avec les Arabes. » Le père spirituel de la coexistence était Martin Buber, le grand philosophe religieux viennois, qui défendait l'idée d'un État binational fondé en partie sur « l'amour partagé des deux peuples pour leur patrie ».

Les partisans juifs d'un État binational se regroupèrent dans les années 1940 au sein du parti de gauche Mapam. En 1947, ses dirigeants essayèrent sans succès de convaincre Andreï Gromyko, le représentant soviétique aux Nations unies, de soutenir leur campagne en faveur d'un État unique. Deux États séparés, avançaient-ils, déboucheraient sur de nouvelles tensions. C'est une bonne idée, répondit Gromyko, mais elle n'est pas réaliste. Après le vote soviétique en faveur de la partition, Victor Chemtov, dirigeant du Mapam, Bulgare qui avait émigré en Palestine quinze ans avant

Moshe, songea : *C'est le début d'une longue guerre.* Il fêta pourtant la naissance d'Israël avec les membres du Mapam, dansant dans les rues de Haïfa. De son côté, Moshe allait rejoindre le parti rival, le Mapaï, centriste, dominant, dirigé par Ben Gourion.

Peu avant l'aube du huitième jour, des lumières apparurent au loin. Les passagers commencèrent à s'agiter et montèrent sur le pont. Certaines lumières semblaient en surplomber d'autres. Les joyaux éparpillés, suspendus dans l'air, étaient en fait les lumières de maisons situées sur le mont Carmel, qui domine Haïfa. Au lever du jour, ce 4 novembre, les passagers se pressèrent à la proue alors que le navire entrait dans le port de Haïfa. Certains pleuraient. Ils entonnèrent « Hatikvah », l'hymne des sionistes depuis soixante ans, et désormais celui du nouvel État d'Israël.

> Un œil fixé vers l'Orient
> Regarde Sion,
> Notre espoir vieux de deux mille ans
> N'est pas encore éteint.

Beaucoup d'entre eux songeaient qu'après des années de lutte ils étaient enfin arrivés chez eux.

À terre, les officiels de l'Agence juive, assis à des tables derrière une ligne délimitée par des cordes, recevaient une famille après l'autre. Ils notaient le nom et l'année de naissance de chacun ; pour Dalia, on inscrivit la date erronée de 1948. Les Eshkenazi reçurent une carte d'identité, puis on les pria d'avancer juqu'à un grand bâtiment métallique. Là, des employés munis de pulvérisateurs aspergeaient les Bulgares d'un produit qui rendait les cheveux raides et blancs. Les enfants couraient partout, montrant du doigt en riant les coupes de cheveux au DDT de leurs petits camarades.

On leur donna des sandwiches. Certaines familles prirent des cars, d'autres un train jaune à voie étroite qui longeait la côte vers le sud. Les Eshkenazi allèrent jusqu'à Pardes Hannah, une ancienne caserne britannique située à environ cinquante kilomètres. Derrière une rangée de baraquements se trouvaient des alignements de tentes destinées à abriter les nouveaux arrivants.

C'est ainsi que commença la vie des Eshkenazi en Israël. Pendant une dizaine de jours, Moshe et Solia vécurent dans une tente à côté d'un millier de personnes de toutes les nations – immigrants venus du Maroc, basanés, les cheveux frisés, parlant arabe ; ceux qui parlaient yiddish, pâles, hébétés, arrivaient de Roumanie, de Hongrie ou de Pologne. L'endroit était surpeuplé, il sentait mauvais, il faisait chaud pour un début de mois de novembre, et le sol était boueux à cause de la pluie.

Moshe et Solia en eurent vite assez. Comme tant d'autres, ils avaient hâte de s'installer quelque part. Il y avait peu d'espace à Tel-Aviv, et Jérusalem était encore trop dangereux. Moshe finit par remarquer des gens assis à une table qui faisaient signer des immigrants pour les envoyer dans une ville située entre les camps des immigrants et Jérusalem.

Moshe n'avait jamais entendu parler de cette ville. *Pourquoi pas ?* se dit-il. *Essayons cet endroit appelé Ramla.*

Chapitre 6

REFUGE

LE CAMION à plateau s'arrêta près du centre de Ramallah. Dans la chaleur de la mi-juillet, le véhicule de la Légion arabe du roi Abdallah déchargea sa cargaison de réfugiés. Ils venaient d'al-Ramla *via* le village arabe de Salbit.

Cheikh Moustapha Khairi, abaya noire et fez enveloppé du tissu blanc d'*imami*, descendit du plateau du camion, frappé par la lumière éclatante de cette journée caniculaire. Firdaous Taji se tenait non loin de là avec d'autres membres des familles Taji et Khairi. Ils étaient abasourdis par le spectacle qu'ils avaient sous les yeux. Des familles entières campaient sur le sol, rassemblées autour de grandes assiettes métalliques pour avaler quelques cuillerées de fèves et de lentilles avec des petits morceaux de pain. D'autres réfugiés étaient assis ou couchés sous les arbres, dans les embrasures de portes, au bord des routes. Certaines familles avaient été séparées ; on avait quitté al-Ramla à différentes heures et on ne savait plus comment se retrouver.

Cheikh Moustapha traversa le centre de la ville, en direction du Grand Hôtel, où il put trouver une petite chambre. Il partit à la recherche de son neveu et de sa famille. Ahmed et Zakia étaient arrivés plus tôt avec Bachir et ses frères et sœurs, et ils avaient loué une chambre près de l'école quaker. Depuis deux mois, Ahmed faisait des allers-retours, rapportant d'al-Ramla des vivres, des vêtements et des ustensiles ménagers.

En ce mois de juillet 1948, Ramallah (« colline de Dieu » en arabe) était métamorphosée. Cette ville chrétienne paisible, située au milieu des collines du nord de la Palestine, était devenue le centre d'accueil de la détresse et de la douleur. Cent mille réfugiés s'entassaient dans les cours d'école, les gymnases, les couvents, les baraquements militaires, tous les espaces libres en ville et dans les villages environnants. Les plus chanceux étaient logés avec leur famille ; des maisons abritaient dix ou quinze personnes par chambre. Depuis peu, la plupart des familles sans abri dormaient en plein air, dans les oliveraies, les grottes, les corrals, les basses-cours, et à même le sol au bord des routes.

« Conditions épouvantables », annonça un télégramme du consulat américain à Jérusalem le 12 août, un mois après la conquête de Lydda et al-Ramla par l'armée israélienne et les expulsions. « Majorité sans ressources ne possédant que ce qu'ils portent. [...] Entièrement dépendants des maigres secours disponibles. [...] Réfugiés entièrement dépendants des sources pour l'eau, faisant la queue pendant des heures pour remplir des bidons. [...] Possible que l'approvisionnement en eau s'épuise avant fin août. [...] Régime de six cents calories par jour depuis environ trois semaines, insuffisant pour maintenir en vie longtemps. [...] Malnutrition évidente partout. [...] Familles enterrent morts dans leurs camps sans en rendre compte à l'officier de santé. [...] Autorités locales dépassées par problème, avouent leur incapacité devant situation. »

L'approvisionnement en eau, très insuffisant selon les enquêteurs des Nations unies, n'était « pas protégé, pas organisé, était infecté et représentait une menace pour la santé. [...] Une épidémie de typhoïde [était] presque inévitable ». Les infirmières de la Croix-Rouge faisaient leur possible pour immuniser les réfugiés contre l'épidémie, mais « seules dix mille doses de vaccin sont disponibles en ce moment », affirmait le consulat américain. Les officiels mettaient en garde contre des vagues de choléra, de diphtérie et de méningite. Les réfugiés n'avaient pas pris de bain depuis des semaines, certains commençaient à se plaindre d'infections des yeux et de la peau.

Arrivé devant la maison proche de l'école quaker, Cheikh Moustapha comprit qu'Ahmed, Zakia et leurs dix enfants vivaient dans une seule pièce. Chez lui, à al-Ramla, Bachir avait sa chambre, son propre lit ; il dormait désormais sur deux matelas avec ses parents et ses frères et sœurs. Dans d'autres chambres vivaient d'autres

Khairi. Loin du domaine clos d'al-Ramla, où les membres du clan allaient de maison en maison en traversant des vergers et des jardins, des dizaines de Khairi étaient maintenant entassés dans une unique bâtisse. Dans de telles circonstances, c'était un confort relatif, qu'ils avaient obtenu grâce aux relations et aux ressources de la famille.

Bachir voyait régulièrement sa mère échanger ses bijoux contre du pain, des olives, de l'huile et des légumes pour éloigner le spectre de la faim. L'or était depuis longtemps l'ultime ressource des femmes arabes de Palestine. Beaucoup d'entre elles, entendant les histoires de fouilles et de confiscation de biens par les forces israéliennes d'occupation, avaient quitté al-Ramla et Lydda avec leurs bijoux attachés à leur corps. Bachir comprit que sa mère était devenue la banque de la famille et, pour l'instant, la principale source d'approvisionnement. Elle n'était pas la seule. Poussées par le désespoir, beaucoup de femmes se lançaient dans les rues chaotiques de Ramallah. Bachir les voyait revenir des sources avec des bidons d'eau en équilibre sur leur tête, ou vendre sur un marché improvisé des bonbons faits maison.

Les villageois locaux fournirent du travail à quelques personnes pour la récolte des olives : les hommes frappaient les branches avec des bâtons ; les femmes accroupies ramassaient les olives. Certains mendiaient de porte en porte quand ils n'avaient plus le choix. « Nous avons perdu notre maison, disaient-ils. S'il vous plaît, pourriez-vous nous donner un peu d'huile, de lentilles, de farine, de fèves ? » Leurs familles en étaient réduites à boire le thé dans de vieilles boîtes de tabac en fer-blanc, et à fabriquer des pantalons avec des couvertures et de la toile à sac. Les mendiants essuyaient régulièrement les insultes de la population locale, de plus en plus en colère, elle-même dépassée par le drame. « Vous avez vendu vos terres aux Juifs et vous êtes venus vous réfugier ici, raillaient-ils. Pourquoi vous ne vous êtes pas défendus ? » La crise faisait ressortir les aspects les plus vils de certains. Un réfugié se souvient d'une femme riche, personnalité de Ramallah, debout sur son balcon, jetant des poignées de noix au sucre et regardant avec un plaisir non dissimulé les nouveaux venus se battre pour les ramasser.

Les hommes, surtout, étaient en état de choc, littéralement réduits au silence. La défaite et l'humiliation que leur avaient infligées les Juifs étaient aggravées par le dédain de beaucoup d'habitants de Ramallah. Bachir se souviendrait plus tard de ces paysans aux yeux vitreux, assis sur des sacs à l'ombre des oliviers. Chez eux, c'était l'époque de la récolte du sésame, des melons, des raisins, des fruits du cactus et des légumes d'été. C'était leur travail, leur vie, leur savoir-faire ; soudain exilés à Ramallah, ils étaient oisifs et leurs familles affamées. Leurs épouses faisaient la queue pendant des heures aux centres de distribution de nourriture tandis que les camions grondaient sur l'étroite route d'Amman pour rapporter de grandes galettes plates, des miches de pain sans levain, et, de temps à autre, un sac de tomates ou d'aubergines, don de la Croix-Rouge et du roi Abdallah de Transjordanie. Ces maigres rations avaient pour but de prévenir la famine. La plupart des réfugiés en étaient réduits à vivre d'expédients. Ils mendiaient, volaient de la nourriture aux autochtones, dépouillaient les arbres de leurs fruits et, dans certains cas, fouillaient les poubelles de l'armée, à la recherche de restes laissés par les soldats de la Légion arabe.

Les Khairi ne souffraient pas de la faim à ce point, en partie parce que Zakia vendait son or, mais Bachir commençait à comprendre l'humiliation propre au réfugié. Il avait six ans, et la moindre scène révélant leur pauvreté prenait des proportions immenses à ses yeux. Un jour, le père de Bachir, frustré, avoua à Zakia qu'il n'avait pas de quoi offrir une tasse de café à ses amis. Bachir savait que, pour un Arabe, inviter ses amis à prendre le café est un geste élémentaire d'hospitalité, l'expression fondamentale du plaisir d'être chez soi. L'incapacité à accomplir ce geste était une profonde humiliation. Bachir se rappellerait ce sentiment de honte toute sa vie.

Le 16 août, le comte Folke Bernadotte, médiateur de l'ONU, envoya des télégrammes à cinquante-trois pays pour leur demander de lui « envoyer tous stocks de viande, de fruits, de grains ou de beurre déjà en mer en les acheminant vers Beyrouth ». L'ONU considérait que la situation en Palestine était « un désastre humain à grande échelle ». Plus de deux cent cinquante mille Arabes, estimait l'ONU, avaient « fui ou été expulsés par la force des territoires occupés par les Juifs en Palestine ». (Des décomptes ultérieurs donnèrent un nombre trois fois supérieur à cette première estimation.) « Je n'ai jamais rien vu d'aussi épouvantable que la situation à Ramallah, écrivit Bernadotte en septembre. Notre voiture a été littéralement prise d'assaut par des masses hors d'elles réclamant de la nourriture et exigeant de rentrer chez elles avec une ferveur tout orientale. Beaucoup de visages étaient effrayants à voir dans cet océan d'humanité souffrante. Je me souviens en particulier d'un groupe de vieux, galeux, désespérés, à la barbe broussailleuse, glissant leur visage émacié par la fenêtre en montrant des miettes de pain que des gens ordinaires auraient jugées immangeables, mais qui constituaient leur seule nourriture. »

La colère montait à mesure que les réfugiés se remettaient du choc initial. Peu après l'arrivée des Khairi, John Bagot Glubb, le commandant britannique de la Légion arabe, vint à Ramallah, en provenance d'Amman. Des passants avaient craché sur sa voiture pendant le trajet. Des réfugiés furieux lui jetèrent des pierres. On traitait ses soldats de « traîtres », « pires que les Juifs ». Des manifestations contre Glubb, la Légion arabe et les Britanniques éclatèrent à Naplouse, au nord de Ramallah, et à Amman et Salt, à l'est du Jourdain. Beaucoup de soldats arabes de Glubb, écœurés à la vue des réfugiés errant au milieu de la Légion, demandèrent, furieux, des représailles contre les forces juives.

Glubb fut choqué par la rage des réfugiés à son encontre. Il continuait de penser que ses troupes avaient fait davantage qu'aucune autre force arabe : elles avaient défendu Jérusalem-Est, qui restait entre les mains des Arabes ; et elles avaient résisté à Latroun « contre des forces cinq fois supérieures. [...] Je savais qu'elles étaient prêtes à mourir jusqu'au dernier pour sauver ce pays dont les habitants les traitaient maintenant de traîtres ».

Glubb se souvenait également d'une nuit blanche passée sur la ligne de front, à se tourner et se retourner dans son lit après avoir appris que des milliers de réfugiés affluaient vers Ramallah. « Je reconnais que je n'avais pas prévu que les opérations à Lydda et al-Ramla conduiraient à une catastrophe humaine d'une telle ampleur. Mais même si je l'avais su, qu'aurais-je pu faire ? L'envoi soudain de troupes à Lydda aurait permis à l'ennemi de percer jusqu'à Ramallah. » Un redéploiement vers al-Ramla et Lydda aurait affaibli les positions de la Légion arabe à Latroun, où elles empêchaient l'avancée des forces israéliennes. « De telles scènes auraient eu lieu non seulement à Lydda et al-Ramla, mais dans toute la Palestine, [et elles auraient été] vingt fois plus impressionnantes. Je n'avais pas le choix. »

Nombre de membres de la famille Khairi, ainsi que d'autres réfugiés des deux villes, se souvenaient des promesses de protection du roi Abdallah, faites notamment par l'intermédiaire de la brigade bédouine. Ils se sentaient trahis à la fois par Glubb et par Abdallah. Cheikh Moustapha, qui était en bons termes avec Abdallah, était apparemment de plus en plus mécontent du roi. « Le roi Abdallah avait dit à mon grand-père, avant qu'il quitte al-Ramla, que nous pourrions y revenir, se rappelle Samira Khairi, cousine de Bachir et petite-fille de Cheikh Moustapha. Nous avions l'impression qu'il y avait un accord secret qui nous permettrait de retourner chez nous. »

Même sans un tel accord, les relations de la famille Khairi auraient pu leur éviter le désastre de Ramallah – sinon à al-Ramla, du moins dans le royaume d'Abdallah. Le roi, suivant l'histoire orale de la famille Khairi, aurait transmis une offre personnelle à Cheikh Moustapha. « Cousin, lui dit-il, évoquant un lien de parenté remontant à des siècles, je ne peux pas vous laisser devenir de misérables réfugiés. Amène toute ta famille et je vous donnerai un palais à Amman où vous pourrez vivre. »

Moustapha, longtemps maire d'al-Ramla, n'était pas disposé à ignorer les milliers d'autres réfugiés. « Je ne suis pas seul avec ma famille, rappela-t-il au roi. Je dois m'occuper des habitants d'al-Ramla. Est-ce que je les emmène aussi ?

— Restez où vous êtes » répondit le roi.

À Amman, le roi Abdallah était assiégé. La Transjordanie, oasis que Glubb considérait comme « l'un des petits pays les plus heureux au monde », était envahie par les dizaines de milliers de réfugiés d'al-Ramla et de Lydda, chassés de leurs maisons et cherchant des responsables. Des épouses enragées et des parents de soldats de la Légion arabe avaient essayé de forcer l'entrée du palais d'Abdallah à Amman.

Le 18 juillet, quelques jours après l'arrivée de Cheikh Moustapha à Ramallah, le roi défia ces manifestants. Sir Alec Kirkbride, ministre britannique à Amman, regardait avec un dédain apparent « cette marée d'humanité misérable » arrivant dans la capitale de Transjordanie. Kirkbride jugeait que les réfugiés auraient pu rester chez eux « s'ils avaient été un peu plus courageux ». L'Anglais décrivit plus tard cette « affreuse manifestation de masse » dirigée contre le roi, environ deux mille hommes « criant des insultes et exigeant que les villes perdues soient immédiatement reconquises ». Soudain le roi apparut sur les marches, protégé par des gardes du corps qui chargèrent rapidement leurs fusils. « Un bain de sang me semblait imminent », se rappela Kirkbride. Au lieu de cela, Abdallah descendit et prit un bain de foule, frappa sur la tête un réfugié qui hurlait et exigea que les manifestants s'enrôlent pour « combattre les Juifs » ou « descendent de cette foutue colline ». La plupart des protestataires, nota Kirkbride, admiratif, « descendirent de cette foutue colline ».

Malgré ses bravades, le roi Abdallah était ébranlé, comme les militaires israéliens l'avaient espéré et prédit. Il avait déjà convoqué Glubb au palais, fusillant du regard le commandant de la Légion arabe tandis que ses conseillers accusaient ce dernier d'avoir refusé de se battre avec suffisamment de vigueur pour défendre la Palestine. Ce sont en fait les supérieurs de Glubb à Londres qui méritaient ces critiques. Les efforts des Britanniques pour appliquer l'embargo de l'ONU sur les armes – en particulier le refus de réapprovisionner la Légion arabe – avaient contribué, plus que Glubb, à la chute d'al-Ramla et de Lydda et à l'incapacité des forces arabes à reprendre les villes. Plus important encore, du point de vue de Glubb : la Légion arabe ne comptait que 4 500 soldats – une force insuffisante pour mener la bataille à Jérusalem et à Latroun tout en protégeant Lydda et al-Ramla.

À Ramallah, les Khairi, comme des milliers de réfugiés, croyaient qu'ils pourraient bientôt retourner chez eux – sinon dans les bagages des armées arabes, du moins à la suite d'un accord politique.

« La question centrale était celle du retour, dès le premier jour », explique Bachir.

Des signes forts montraient pourtant la détermination d'Israël à ne pas rendre les deux villes ni des dizaines de villages de la Palestine arabe. « Il y a peu de chances que les centaines de milliers de réfugiés arabes de Palestine retournent dans leurs anciennes maisons en Israël », affirmait un télégramme confidentiel de l'ambassade américaine au Caire, destiné au secrétaire d'État, George Marshall, à Washington. La dépêche citait « des mesures juives que l'on nous rapporte, conçues pour prévenir un tel retour et pour s'emparer des propriétés arabes. [...] Ceux qui sont partis ont perdu leurs propriétés et n'ont plus aucun endroit où revenir. D'autre part, la plus grande partie de leurs biens [est] sous le contrôle du gouvernement israélien qui [...] n'est pas prêt à l'abandonner au profit des Arabes ».

Les officiels israéliens refusaient de discuter du retour des réfugiés. Pour la simple raison, disaient-ils, que leur État nouvellement créé était encore en guerre avec plusieurs armées arabes. Il semble néanmoins qu'ils avaient décidé depuis longtemps de ne pas autoriser le retour des réfugiés. Le 16 juin 1948, au cours des quatre semaines de trêve avec les États arabes, David Ben Gourion avait déclaré en Conseil des ministres : « Je ne veux pas que ceux qui s'enfuient reviennent. [...] Même après la guerre, je m'opposerai à leur retour. » Au cours du même Conseil, le ministre des Affaires étrangères de Ben Gourion, Moshe Sharett, ajouta : « C'est notre politique : ils ne reviendront pas. »

Deux mois plus tard, après la prise d'al-Ramla et de Lydda, les officiels israéliens refusèrent de reconnaître que les populations avaient été expulsées par la force. Dans un rapport daté d'août 1948, soumis à la conférence de Stockholm de la Croix-Rouge internationale, le délégué israélien déclara : « Environ 300 000 Arabes ont abandonné leur lieu de résidence dans le territoire occupé par les forces israéliennes, *mais pas un seul d'entre eux n'a été expulsé ni prié de quitter son lieu de résidence* [les italiques se trouvent dans l'original]. Au contraire, dans la plupart des cas, on a expliqué aux habitants arabes qu'ils n'avaient aucune raison de fuir. »

Il était pourtant de plus en plus clair que les habitants d'al-Ramla avaient été expulsés par la force. « Selon le représentant de la Croix-Rouge qui est allé à Tel-Aviv, affirmait un télégramme confidentiel du Département d'État américain, les Juifs, après avoir pris [al-Ramla], ont obligé tous les habitants arabes à évacuer la ville, sauf les Arabes chrétiens qu'ils ont autorisés à rester. Cette information a été partiellement confirmée par le récent rapport d'une source sous contrôle américain. »

***

À al-Ramla, l'été touchait à sa fin, et plusieurs centaines d'Arabes étaient encore bouclés derrière des barbelés. La plupart étaient chrétiens ; on les tenait pour une menace moindre que les musulmans contre le nouvel État israélien. Ils étaient détenus dans quelques pâtés de maisons de la vieille ville, dans ce que l'on appelle aujourd'hui le *sakne* – le ghetto arabe. Tout près de là se trouvait l'ancienne rue des Khairi, qu'Ahmed empruntait pour se rendre à son atelier.

Sa maison était silencieuse, au milieu d'un quartier déserté. Les portes étaient ouvertes, les affaires éparpillées partout après que les pillards avaient fait leur choix. Des marchandises pourrissaient dans la rue. Des camions militaires allaient et venaient, chargés de lits, de matelas, d'armoires, de divans, de tentures.

Les patrouilles ne servant pas à grand-chose, les soldats du commando du 89e bataillon de Moshe Dayan faisaient partie des pillards. « Les hommes du 89e habitant dans notre quartier de Ben Shemen ont causé des ravages parmi les sentinelles des barrages routiers. Ils les mettent en joue aux barrages de Ben Shemen avant de forcer le passage avec des camions pleins de denrées prises à al-Ramla et Lydda, affirmait un officier supérieur israélien dans un rapport écrit. Le comportement scandaleux du 89e bataillon a atteint des sommets le jour où ses hommes ont menacé l'un de nos inspecteurs de lui tirer dessus s'il ne quittait pas la zone pendant qu'ils ramassaient leur butin. »

Vers la fin de l'été et le début de l'automne 1948, des hommes arabes tentèrent de regagner leurs villages depuis l'exil, à Ramallah ou ailleurs. Ils furent nombreux à traverser les lignes de front, très perméables – Bachir pense que son père était parmi eux –, pour entrer nuitamment dans leurs villages et leurs champs afin de rassembler des biens et récolter ce qu'ils pouvaient. Le gouvernement israélien les considérait comme des « agents infiltrés » ; certains furent abattus sur-le-champ. D'autres parvinrent chez eux et constatèrent que leurs récoltes avaient brûlé. L'idée de voir des Arabes travailler les terres conquises inquiétait les autorités israéliennes. Si des villageois affamés étaient autorisés à revenir pour la récolte, prévenait un rapport des services de renseignement israéliens, qui disait que l'étape suivante ne serait pas « un retour dans les villages, ce qui pourrait sérieusement mettre en péril nombre de nos réalisations des six premiers mois de la guerre » ? Huit jours plus tard, le chef d'état-major des forces armées israéliennes fit appel aux Juifs pour travailler les terres arabes, déclarant : « Il faut moissonner tout champ ennemi se trouvant dans la zone que nous contrôlons. Les champs que nous ne pouvons pas faucher doivent être détruits. Quoi qu'il advienne, on doit empêcher les Arabes de les moissonner. » Le contrôle fut transmis aux kibboutzim locaux.

Quelques Israéliens firent part de leur inquiétude. « Nous ne sommes pas encore en mesure d'apprécier la nature exacte de l'ennemi que nous nourrissons hors de nos frontières, avertit Aharon Cizling, le ministre de l'Agriculture, en Conseil des ministres. Les adversaires que sont les États arabes ne représentent rien au regard de ces centaines de milliers d'Arabes [les réfugiés palestiniens] que la haine, le désespoir et une irréductible hostilité pousseront à mener contre nous une lutte sans merci, en dépit de tous les accords qui pourront être conclus [...]. »

À la mi-septembre, Bachir et sa famille vivaient toujours dans une unique pièce, non loin de l'école quaker. L'espoir d'un retour rapide se dissipait, et Bachir entendait ses parents évoquer un départ pour un lieu où ils pourraient mener une vie plus confortable jusqu'à ce qu'ils aient la possibilité de regagner al-Ramla. La situation des réfugiés de Ramallah s'améliorait à peine, voire pas du tout. La Transjordanie envoyait chaque jour vingt-deux mille miches de pain d'une demi-livre, mais ce n'était pas suffisant. Les officiels de la Croix-Rouge jugeaient que les réfugiés pouvaient survivre indéfiniment si on leur fournissait des quantités suffisantes de farine, de sucre et de lait pour les enfants.

Le 16 septembre, tandis que les officiels chargés de l'aide se préoccupaient de plus en plus de la malnutrition des enfants, le comte Bernadotte fit part des premiers résultats de ses demandes d'aide d'urgence destinée aux Arabes de Palestine. L'Australie envoyait mille tonnes de blé ; la France, cent cinquante tonnes de fruits ; l'Irlande, deux cents tonnes de pommes de terre ; l'Italie, vingt tonnes d'huile d'olive ; les Pays-Bas, cinquante tonnes de pois et autant de haricots ; l'Indonésie, six cents tonnes de riz et de sucre ; la Norvège, cinquante tonnes de poisson ; l'Afrique du Sud, cinquante tonnes de viande. Les États-Unis finalisaient un plan visant à expédier de grandes quantités de blé, de viande, de fromage, de beurre, et vingt tonnes de DDT. La Croix-Rouge américaine envoyait deux ambulances et des fournitures médicales pour une valeur de deux cent cinquante mille dollars ; des organisations caritatives chrétiennes fournissaient cinq cents ballots de vêtements, quatre-vingts kilos de vitamines, et vingt-cinq mille dollars pour acheter de la farine en Égypte. L'Arab American Oil Company (Aramco) faisait don de deux cent mille dollars afin d'acheter de la nourriture pour bébés ; la Bechtel Corporation donnait cent mille dollars. D'autres organisations envoyaient des trousses de secours, des seringues, des doses de vaccin contre le choléra et la typhoïde, deux trains pleins de blé, et un wagon de marchandises empli de lait. Quatre mois seulement après avoir quitté la Palestine, le gouvernement de Sa Majesté donna cent mille dollars pour acheter des tentes.

Le comte Bernadotte était toujours partisan d'une division de la Palestine historique entre Israël et la Transjordanie, « compte tenu du lien historique entre Transjordanie et Palestine, et de leurs intérêts communs ». Selon ce plan, les Khairi et les autres réfugiés regagneraient al-Ramla et Lydda – qui ne feraient pas partie de l'État indépendant pour lequel ils s'étaient battus, mais d'un État arabe gouverné par Abdallah et son royaume de Jordanie. (Après la guerre, on avait supprimé le « Trans », et le royaume d'Abdallah s'appelait la Jordanie.) Une grande partie du Néguev serait rendue aux Arabes ; les Juifs garderaient la Galilée et Haïfa. L'aéroport de Lydda serait ouvert à tous ; Jérusalem, comme le soulignait la résolution de l'ONU de novembre 1947, « aurait droit à un traitement séparé et serait placé sous le contrôle effectif des Nations unies ». Quant à al-Ramla et Lydda, le projet de Bernadotte prévoyait que les villes « devraient faire partie du territoire arabe ».

Les propositions du médiateur reposaient sur ce qu'il considérait comme la réalité politique du moment : « Un État juif nommé Israël existe en Palestine. Il n'y a pas de raisons sérieuses de supposer qu'il ne continuera pas d'exister. » Bernadotte soulignait un autre point, crucial pour Ahmed, Zakia, et les dizaines de milliers de réfugiés qui dormaient à même le sol à Ramallah : « Le droit des populations innocentes, déracinées par les ravages de la guerre et la terreur actuelle, à retourner chez elles doit être affirmé et rendu effectif ; il faut parallèlement assurer à ceux qui décideraient de ne pas revenir une compensation adéquate pour leurs biens. »

Le lendemain, le comte Folke Bernadotte fut assassiné dans le quartier de Katamon, à Jérusalem. Le meurtrier marcha jusqu'à la voiture de fonction de Bernadotte, passa un pistolet automatique par la fenêtre et tira à bout portant. Six balles l'atteignirent, dont une en plein cœur. Le gang Stern, milice juive extrémiste, revendiqua l'assassinat dans un communiqué qualifiant les observateurs de l'ONU de « membres des forces d'occupation étrangères ». David Ben Gourion, Premier ministre israélien, fit arrêter deux cents membres du groupe Stern, notamment l'un de ses dirigeants, le futur Premier ministre Yitzhak Shamir. Il donna l'ordre de dissoudre l'Irgoun, l'autre milice extrémiste juive, dirigée elle aussi par un futur Premier ministre, Menahem Begin. L'Irgoun dut livrer ses armes à l'armée israélienne et cessa d'opérer en tant qu'unité militaire autonome. La lutte de Ben Gourion pour unir les milices était pratiquement achevée. Begin entreprit de transformer l'Irgoun en un parti politique, l'Herout, qui constituerait vingt ans plus tard la base du Likoud.

Conséquence de l'assassinat de Bernadotte, la pression internationale sur Israël s'accrut afin que l'État juif accepte le dernier projet du médiateur. Il aurait fallu qu'Israël rende des territoires conquis dans le Néguev, et à al-Ramla et Lydda. Les combats reprirent bientôt dans le Néguev, Israël et l'Égypte s'accusant mutuellement de violer les termes de la trêve. La proposition du comte Bernadotte, tout comme d'innombrables plans de paix à venir, resta lettre morte.

À la fin de l'année 1948, Cheikh Moustapha se rendit à Jéricho, loin du froid et du chaos de Ramallah. Il était en mauvaise santé. Sa famille pensait que le climat chaud de la vallée du Jourdain lui serait bénéfique. À peu près au même moment, les responsables de l'aide réclamèrent dix mille tentes et cent mille couvertures, et l'installation d'un énorme camp de tentes à Jéricho, afin que tous les réfugiés ne soient pas obligés de passer l'hiver à Ramallah. Les familles y cherchaient déjà du bois, dénudant les collines alentour pour se réchauffer devant des feux de bois d'olivier, d'amandier ou de poirier. Certains, qui n'avaient pas l'habitude des feux de camp et des tentes, entreprirent de chauffer l'intérieur de leur habitation provisoire : bientôt, ils ne voyaient plus rien, et les voisins les entendirent tousser et appeler au secours.

À la fin de l'année 1948, Ahmed et Zakia, ne trouvant pas de travail convenable, submergés par la misère qui les entourait, décidèrent d'aller à Gaza. Il ferait beaucoup plus chaud sur la côte méditerranéenne. Ahmed trouverait plus facilement du travail. La famille avait des parents propriétaires qui les aideraient à trouver une maison modeste qu'ils pourraient habiter sans payer de loyer.

La famille Khairi arriva à Gaza en décembre 1948 et s'installa dans une bicoque d'une seule pièce, murs nus, sol en ciment, toit de tôle ondulée. Ahmed et Zakia rassemblèrent des matelas, empruntèrent des ustensiles de cuisine et un réchaud à gaz, trouvèrent un vieux réfrigérateur chez des cousins éloignés, et commencèrent à chercher du travail.

En l'espace de quelques mois, en 1948, deux cent mille réfugiés s'étaient déversés sur cette étroite bande de dunes et d'orangeraies le long de la Méditerranée, triplant sa population. Huit cents personnes au kilomètre carré s'entassaient sur une bande de terre entourée par Israël, l'Égypte, et la mer. Toutes les fournitures devaient parcourir cinq cents kilomètres dans le désert égyptien et traverser la seule frontière de Gaza avec le monde arabe – la péninsule du Sinaï, au sud-ouest. « Il n'est donc guère surprenant que les conditions se soient très vite détériorées », constata un rapport de l'ONU. Les salaires diminuèrent rapidement des deux tiers. Les réfugiés fouillaient partout, ramassant « tout ce qui pouvait être brûlé ». Ils étaient des milliers à camper dans de longues rangées de tentes sur les sables de Gaza.

Les Khairi étaient arrivés là en pleine guerre et au milieu de turbulences politiques. Bachir et sa famille entendaient constamment des bombardements : Israël et l'Égypte se battaient près de la ville de Gaza et à l'est, vers le Néguev. Les Égyptiens avaient beau contrôler la bande de Gaza, il y avait de fréquentes incursions des deux camps de l'autre côté de la ligne de front. L'Égypte, dirigée par le roi Farouk, se battait pour son territoire, et pas seulement contre Israël : Farouk se préoccupait des ambitions territoriales de son homologue, Abdallah de Jordanie. Les nationalistes palestiniens, eux, aspiraient toujours à la création d'un État indépendant, à majorité arabe, dans toute la Palestine. En automne 1948, l'Égypte autorisa un petit mouvement indépendantiste palestinien à créer un gouvernement en exil à Gaza. Il s'agissait moins d'un soutien égyptien à la souveraineté palestinienne que d'une tentative du roi Farouk de contrecarrer les ambitions d'Abdallah. Celui-ci répondit, en décembre 1948, en se déclarant roi de la Palestine unie – qui n'incluait pas toute la Palestine, mais ce qu'il appelait désormais la rive ouest de son royaume, ou Cisjordanie.

Les gouvernements arabes manœuvraient et les réfugiés avaient le mal du pays. Le droit au retour défendu par le comte Bernadotte fut garanti par les Nations unies en 1948. La résolution 194 affirmait que « les réfugiés désireux de retourner chez eux et de vivre en paix avec leurs voisins devraient y être autorisés aussitôt que possible, et qu'une compensation pour leurs propriétés devrait être versée à ceux qui décideraient de ne pas revenir ». La résolution donna un immense espoir aux Khairi et aux autres réfugiés. Il était pourtant clair qu'Israël n'avait pas l'intention de mettre en œuvre la résolution 194, et que les Nations unies n'avaient pas le pouvoir de la faire respecter.

L'année suivante, en 1949, une ONU affaiblie reconnut la réalité du terrain et fonda l'UNRWA (United Nations Relief and Works Agency, ou Office de secours et de travaux des Nations unies pour les réfugiés de Palestine dans le Moyen-Orient), afin de créer des emplois et des logements pour les centaines de milliers de réfugiés palestiniens de Jordanie, du Liban, de Syrie, de Cisjordanie et de Gaza. Des bâtiments de parpaings bruts s'élevèrent bientôt sur les sables de Gaza parmi les tentes et les latrines provisoires. À côté se dressaient des bicoques de torchis coiffées de toits de roseaux, de tonneaux de goudron vides et de cartons de lait. Les « rues » du camp de réfugiés – d'étroites pistes de terre séparant de longues rangées de maisons basses – prirent les noms des villes d'où venaient les réfugiés : Yaffa, Acca, Haïfa, Majdal, Lydda, al-Ramla.

Les plus pauvres parmi les réfugiés de Gaza survivaient avec les 1 600 calories par jour fournies par l'UNRWA, dont une ration mensuelle de dix kilos de farine ; environ une livre de sucre, de riz, et de lentilles ; et du lait pour les enfants et les femmes enceintes. Sans viande ni légumes, ce régime incluait juste assez de nutriments et de calories pour éviter la famine.

Ahmed avait trouvé un travail à Gaza, employant ses talents d'ébéniste à fabriquer de meubles en osier destinés aux autres réfugiés. L'UNRWA le payait en rations supplémentaires de farine, de riz, de sucre et de graisse. Pour les Khairi, chaque centime (ou *mill*) de chaque livre palestinienne était précieux. Zakia continuait à vendre son or avec parcimonie, aux moments stratégiques, mais l'argent qu'elle en tirait était destiné aux denrées essentielles.

Ahmed protégeait ses filles, mais le caractère extrême de la situation eut une conséquence autrefois impensable : la famille demanda à Cheikh Moustapha, qui l'accorda, la permission de faire travailler les femmes. Dès lors, Bachir ne se rappelle pas un jour au cours duquel sa mère et ses sœurs n'aient pas travaillé. Zakia et les aînées gagnaient un peu d'argent en brodant des nappes et des oreillers palestiniens, ou en tricotant des pulls et des écharpes. Nuha, qui avait sept ans quand la famille était arrivée à Gaza, se souvient qu'elle portait des pulls grossièrement tricotés, aux poches si basses que ses mains ne les atteignaient pas. Zakia, qui quelques mois plus tôt était entourée de domestiques, de parfums, et disposait de bains privés, était le cœur de la survie de la famille. Elle ôta son voile.

Pour les réfugiés – les indigents des camps et ceux qui, comme les Khairi, s'en sortaient un peu mieux –, le principal traumatisme n'était pas d'avoir à vendre de l'or ou de trouver de quoi se nourrir. C'était le mal du pays et le sentiment d'indignité dû à la dépossession. Les bouleversements de la vie de famille avaient de profonds effets sur les enfants.

Bachir et ses frères et sœurs vivaient dans une atmosphère d'humiliation et de défaite. Pour le fils aîné d'Ahmed, le désir de se venger de la perte de la Palestine devint un but, jusque dans ses jeux. Les enfants Khairi et ceux du voisinage fabriquaient des armes avec des morceaux de bois, jouant dans les rues poussiéreuses aux « Arabes et aux Juifs », comme d'autres jouent aux cow-boys et aux Indiens. « Bachir voulait toujours être l'Arabe, se souvient Khanom. Il se mettait en colère si quelqu'un voulait lui faire jouer le Juif. »

Au printemps 1949, une nouvelle arriva de Jéricho : Cheikh Moustapha était mort. Il était allé voir ses parents dans la vallée du Jourdain. Debout sur l'escalier de la maison de la famille Dajani, il fut pris de vertiges. Il entra pour s'asseoir pendant que Mme Dajani lui préparait de la limonade. Elle eut à peine le temps de l'apporter, il était déjà mort.

À al-Ramla, le corps de Cheikh Moustapha aurait été lavé, habillé de blanc, porté à la mosquée pour les prières, puis immédiatement emporté au cimetière et mis en terre, comme le veut la tradition musulmane. Compte tenu des circonstances, la famille fit transporter le corps dans un cercueil de bois fermé jusqu'au cimetière familial d'al-Ramla, où les Israéliens l'autorisèrent à reposer.

« Il est mort d'une crise cardiaque, dit Bachir. Mais en réalité, il avait le cœur brisé. »

À l'été 1949, la Jordanie, l'Égypte, la Syrie et l'Irak signèrent des accords d'armistice avec Israël. Officiellement, la guerre était terminée. Avec les territoires conquis au-delà de la ligne de partition de l'ONU, Israël contrôlait désormais 78 % de la Palestine. Au mois d'avril suivant, le roi Abdallah finit d'annexer la Cisjordanie, exaspérant les nationalistes palestiniens. Un an plus tard, il le paierait de sa vie : un nationaliste proche de Hadj Amin al-Husseini, l'ancien mufti de Jérusalem, l'abattit dans la Vieille Ville sous les yeux horrifiés de son petit-fils Hussein, encore adolescent. Conséquence de la perte de la Palestine au profit des Arabes, plusieurs dirigeants égyptiens et syriens tombèrent également sous les balles d'assassins. À Gaza, les Égyptiens répondirent en réprimant toute forme d'expression politique, et le nationalisme palestinien fut contraint à la clandestinité.

Deux gouvernements étaient en place à Gaza : les Égyptiens, qui imposaient l'équivalent de la loi martiale à des Palestiniens sans État ; et les Nations unies, par le biais de l'UNRWA, désormais responsable de la nourriture, de la formation et de l'éducation des centaines de milliers de réfugiés.

« Au bout de trois ans, leurs vêtements sont devenus miteux et tombent en lambeaux, affirmait un rapport de l'ONU en 1951. La majorité des hommes employés par l'Agence sur des chantiers de construction de route n'ont pas de chaussures. Les couvertures et les auvents de tentes donnés sont souvent détournés de leur usage, taillés et transformés en vêtements. Les plus heureux sont les enfants des écoles (moins de la moitié du nombre total d'enfants figurant sur les listes), à qui on a généralement offert des vêtements et des chaussures. » Pour certains, autrefois aisés, passé et présent coexistaient : un cousin Khairi se souvient d'avoir couru dans Gaza pieds nus, mais avec ses lunettes.

Dans la ville de Gaza, Bachir, Nuha et le petit Bhajat fréquentaient l'école, à classe unique, de l'UNRWA. Au début ils étaient assis à même la terre, dans des tentes exiguës de l'UNRWA, puis derrière des pupitres de l'UNRWA dans une vieille maison de brique, où les cours avaient lieu par roulement : les autochtones le matin, les réfugiés l'après-midi. Les instituteurs de l'UNRWA, eux-mêmes réfugiés pour la plupart, distribuaient au compte-gouttes des crayons, des vêtements, de l'huile de poisson, des vitamines et du lait. Les cours débutaient par un salut au drapeau égyptien. Bachir se souvient qu'il apprit l'histoire de la *nakba*, la catastrophe, que lui-même, ses condisciples et leurs professeurs palestiniens commentaient avec conviction à partir de leur expérience personnelle : *Les Juifs nous ont expulsés ; nous avons le droit de revenir.*

Les enfants réfugiés récitaient tous les matins « La Palestine est notre pays » :

Notre but est le retour,
La mort ne nous fait pas peur,
La Palestine nous appartient,
Nous ne l'oublierons jamais.
Nous n'accepterons jamais une autre patrie !
Devant Dieu et l'Histoire, ô Palestine,
Nous jurons de verser notre sang pour toi !

Bachir était bon élève, ses professeurs le trouvaient particulièrement attentif.

Il eut dix ans en 1952. Le rêve d'un retour immédiat s'était transformé en la réalité d'une lutte de longue haleine. Les Palestiniens commençaient à comprendre que les pressions diplomatiques ne suffiraient pas à assurer leur retour. Le sujet avait beau dominer la plupart des conversations dans les rues, les souks et les cafés, il était clair qu'aucun gouvernement au monde n'était prêt à obliger Israël à accepter les termes de la résolution garantissant ce droit.

« Ce sentiment d'injustice, de frustration, de déception, a rendu les réfugiés irritables et instables, reconnaissait un rapport de l'ONU. Le désir de retourner chez soi est général, dans toutes les classes sociales ; il est proclamé à haute voix dans toutes les réunions et les manifestations, et par écrit dans toutes les lettres adressées à l'Agence, toutes les plaintes déposées auprès des officiers de la zone. Même si de nombreux réfugiés ont cessé d'y croire, ils insistent sur ce point car ils pensent qu'accepter une autre solution serait une preuve de faiblesse et l'abandon d'un droit fondamental. »

Pour les Israéliens, l'idée du retour était contestable. Dans une lettre adressée à la commission de conciliation de l'ONU en Palestine, le directeur du ministère israélien des Affaires étrangères écrivit que « ce serait rendre un mauvais service aux réfugiés de les laisser croire que s'ils revenaient, ils trouveraient leurs maisons, leurs boutiques ou leurs champs intacts. […] On peut dire qu'en général, toute maison arabe ayant survécu à l'impact de la guerre […] abrite désormais une famille juive ».

Les Palestiniens n'étaient pas seulement frustrés par le refus d'Israël d'accepter la résolution de l'ONU recommandant leur retour ; ils étaient également irrités par le refus de l'Égypte de leur permettre de s'organiser sur le plan politique. Les groupes interdits, notamment le Parti communiste et les Frères musulmans, originaires d'Égypte, tenaient des réunions secrètes dans les camps, préconisant la lutte armée pour rendre possible *al-Awda* (le retour). « On note des grèves, des manifestations et des émeutes sporadiques, soulignait le rapport de l'ONU. Des manifestations à propos des opérations de recensement, des grèves contre les services médicaux et sociaux, pour obtenir des rémunérations en argent plutôt que de l'aide humanitaire, et contre tout projet d'amélioration dans les camps, par exemple la construction d'écoles […] de peur que cela signifie une relocalisation permanente. C'est un terreau riche que pourraient être tentés d'exploiter ceux qui ont d'autres motivations que le bien-être des réfugiés. »

Ces derniers, dont la vie était devenue synonyme de misère noire et de malnutrition, étaient réceptifs à tout discours faisant miroiter le retour dans une Palestine libérée. Certains se portèrent volontaires pour attaquer Israël, de l'autre côté des frontières fixées par l'armistice. Le cycle sans fin des frappes et des représailles prit racine dans les sables de Gaza. À l'été 1953, des guérilleros palestiniens franchirent la frontière et attaquèrent une famille dans la ville nouvelle d'Ashkelon, construite sur les ruines d'un village palestinien. Le propriétaire d'un restaurant et sa fille moururent. Deux semaines plus tard, un soldat des forces armées israéliennes, Ariel Sharon, prit la tête de son unité pour un raid nocturne de représailles. Dix-neuf personnes moururent dans le camp de réfugiés d'el-Bureij.

Bachir se souvient d'une attaque en plein jour, en 1954, près de son école. Avec un ami, ils s'enfuirent, terrorisés ; quelques instants plus tard, alors que les deux gamins fuyaient dans des directions opposées, l'ami de Bachir fut touché et tué. Le lendemain, Bachir fixa du regard la chaise vide de son camarade de classe.

Il perdit plus tard son professeur préféré, Salah al-Ababidi, tué en même temps que son épouse. Réfugié de Jaffa, al-Ababidi enseignait la gymnastique et apprenait aux enfants des chants patriotiques. Il évoquait souvent son amour pour Jaffa, le jour où il retournerait chez lui, et les hommes qui se battaient pour la liberté de la Palestine.

En 1955, Bachir avait treize ans. Il avait acquis le sérieux et la maturité d'un adulte. Ses sœurs aînées le respectaient. « Nous n'avons jamais considéré Bachir comme notre frère, raconte Khanom. Même si nous étions plus âgées que lui, nous avons toujours eu le sentiment que c'était notre père. C'était la figure dominante, celui qui prenait soin de nous. » Bachir pensait plus que jamais au retour. Cela vengerait la défaite palestinienne, rétablirait la dignité de sa famille, et compenserait la perte qu'avaient subie son père, sa mère, et ses frères et sœurs. Cela laverait la honte de la spoliation. Les années passant, pour Bachir comme pour des centaines de milliers de réfugiés, l'espoir du retour se mua en désespoir, puis en rage. Au milieu des années 1950, pourtant, la perspective d'un retour sembla à nouveau réelle, incarnée par un homme qui enflammait les imaginations arabes.

Il s'appelait Gamal Abdel Nasser, était fils de postier et avait pris le pouvoir en Égypte en 1952 après l'expulsion des Britanniques et l'exil du roi Farouk. Tandis que ce dernier fuyait sur son yacht royal, Nasser commençait à mettre en œuvre un projet d'unité arabe qui incluait la « libération de la Palestine » et le retour des réfugiés. Sa « philosophie de la révolution » ne ressemblait à rien de ce qu'avaient proposé jusque-là les dirigeants arabes. Bachir considérait le président égyptien comme le seul homme capable d'unifier le monde arabe, ou ce que Nasser appelait parfois « la grande nation arabe », et de rétablir sa dignité après l'humiliante défaite de 1948. Certains voyaient en lui un héros de l'envergure de Saladin, le grand chef de guerre qui avait défait les croisés à Jérusalem huit cents ans plus tôt.

L'émergence de Nasser fit trembler les officiels, de Washington à Londres, et de Paris à Tel-Aviv. Nasser exploita la puissance du nationalisme palestinien, transformant un groupe de fedayins, ou guérilleros, en unité militaire égyptienne. Dans les années qui suivirent, les tensions entre l'Égypte et Israël augmentèrent, débouchant sur le conflit de Suez, victoire militaire israélienne qui, ironie de l'histoire, consolida la position de Nasser en tant que dirigeant du mouvement panarabe en plein développement.

***

Après avoir passé près de neuf ans à Gaza, Ahmed et Zakia Khairi décidèrent de retourner à Ramallah avec leur famille. Ils venaient de bénéficier d'un héritage familial avec lequel ils pourraient acheter une modeste propriété en Cisjordanie et envisager des études supérieures pour leurs enfants. C'était en 1957.

Ahmed emmena un premier groupe en Égypte – Khanom, Bachir, et leur sœur Reema, la plus jeune des dix enfants –, où ils prirent un vol direct pour l'aéroport de Qalandia, en Cisjordanie, juste au sud de Ramallah.

« Mon père s'est évanoui dans l'avion », se rappelle Khanom. Les enfants étaient inquiets, mais l'hôtesse flirtait avec un de ses collègues et ne leur prêta guère attention. « Quand nous avons atterri, il était encore dans un état de coma apparent. Tout le monde est descendu de l'avion et nous avons essayé de le réveiller, de le pousser hors de son siège. Nous lui avons donné des claques pour le réveiller. Il ne réagissait pas. Le capitaine est arrivé et a lâché : "On dirait qu'il est mort." »

Bachir, quinze ans, approcha son visage de celui de son père et prit sa main. « *Yabba*, réveille-toi ! »

Ahmed ouvrit les yeux. « Oui, mon fils, dit-il. Qu'y a-t-il ? » La famille raconta cette histoire pendant des années : Ahmed n'avait répondu qu'à la voix de son fils aîné. « C'est le miracle accompli par Bachir », se souvient Khanom.

Père et fils descendirent de l'avion dans l'air frais de Qalandia, en Cisjordanie, la partie ouest du royaume de Jordanie.

Chapitre 7

Arrivée

Le 14 novembre 1948, un car chargé d'immigrants s'approcha de la ville de Ramla. Il transportait des civils israéliens arrivant dans la ville conquise, les premiers d'un groupe de trois cents, en majorité bulgares, roumains, hongrois et polonais. Tous venaient des camps de transit situés à Haïfa, près de la côte méditerranéenne.

Le car franchit un barrage militaire à la lisière de Ramla. Moshe et Solia Eshkenazi découvrirent une ville fantôme. Des moutons, des chiens, des poulets et des chats erraient dans les rues. Des soldats surveillaient des rangées d'habitations vides. Des maisons de pierre étaient ouvertes à tous les vents, des affaires répandues dans les cours. Un immigrant se souvient d'avoir vu un âne attaché à un poteau dans une maison dépourvue de portes. Les rues étaient encombrées de matelas calcinés.

Le car dépassa des haies de cactus et des rangées d'oliviers et d'orangers, puis s'arrêta, et tout le monde descendit. Les passagers furent accueillis par un représentant de l'Agence juive. Derrière lui, Moshe et Solia aperçurent une rue bordée de maisons arabes. La procédure était simple, se rappellent les immigrants : ils avaient le droit d'entrer dans la maison qu'ils voulaient, de l'examiner et d'en prendre possession. On s'occuperait de la paperasserie plus tard.

Moshe et Solia trouvèrent une maison qui leur plaisait. Elle était en bon état, presque vide, mais pas toute neuve. On y avait visiblement vécu. C'était une bâtisse en pierre à plan ouvert, offrant beaucoup d'espace. Il y avait un auvent pour voiture qui pourrait servir, et dans l'arrière-cour se dressait un citronnier. Plus tard, allongés un soir dans leur nouvelle maison, Moshe et Solia comprirent qu'ils n'étaient pas dans le refuge sûr dont ils rêvaient. Les forces israéliennes et égyptiennes se battaient au sud de Ramla, et la ligne de défense était dangereusement proche.

Deux semaines après leur arrivée, ils fêtèrent le premier anniversaire de Dalia. C'était le 2 décembre 1948, un an et trois jours après le vote de partition de l'ONU et le début des combats qui détermineraient la forme de la Palestine historique.

On leur avait donné un lit métallique, des couvertures, une lampe à kérosène, un réchaud de camping, quatre longues bougies, et une carte de rationnement donnant droit à du sucre, de l'huile, des œufs en poudre et du lait. Une famille de trois personnes s'était installée dans une pièce contiguë. La mère, le frère, deux sœurs et un beau-frère de Solia faisaient leurs derniers préparatifs pour quitter la Bulgarie avant de les rejoindre. La maison abriterait donc onze personnes. Plus tard, les familles signèrent des accords avec l'État, qui se déclarait « gardien » des maisons qu'il considérait comme des « propriétés abandonnées ». Les Eshkenazi habitaient « rue K. B. ». C'était un nom provisoire ; un comité municipal élabora bientôt des listes de figures historiques juives et de héros de guerre récemment tombés pour remplacer les noms arabes sur les plaques des rues.

La ville de Ramla était soumise à la loi martiale. Israël était une nation naissante et toujours en guerre. On se débarrassait encore des dépouilles de la conquête et de la fuite soudaine. Des soldats empilaient des divans, des buffets, des lampes et autres objets pesants dans des camions de l'armée. La plupart des « biens, équipements et possessions des propriétaires absents », indiquèrent plus tard les archives d'État, devaient être « rassemblés dans des entrepôts » et « liquidés lors de ventes aux enchères ». Certains trouvèrent un emploi provisoire : balayer les maisons afin qu'elles soient prêtes à accueillir de nouveaux immigrants. Les enfants vendaient aux soldats montant la garde des cigarettes apportées d'Europe. Pour eux, c'était l'aventure. L'après-midi, ils parcouraient les rues inconnues, tels des explorateurs, transformant une maison vide en club secret, fouillant les chambres à la recherche de billes et autres trésors abandonnés. Souvent, quand ils y retournaient, la maison était occupée par des immigrants. Ces derniers, parmi lesquels se trouvaient de nombreux survivants des camps de concentration, ne posaient guère de questions.

Au début, les emplois étaient rares, saisonniers. Certains construisaient des bâtiments et pavaient des routes. D'autres se rendaient aux vergers proches de Rehovoth, à pied, en auto-stop, ou à bicyclette. Des années plus tard, les enfants se rappelleraient leurs pères et leurs oncles en train de pédaler vers les vergers, tenant d'une main le guidon, de l'autre une échelle. Certains immigrants avaient l'habitude de ce type de travail, mais d'autres, travaillant une terre étrangère, vêtus de leurs chaussures européennes sombres et de complets râpés, étaient dépassés. À tel point que les fermiers juifs, qui bénéficiaient jusque-là de la main-d'œuvre arabe bon marché, eurent du mal à faire leurs récoltes en 1948.

Moshe Eshkenazi travailla d'abord pour l'Agence juive, livrant des lits métalliques aux familles d'immigrants. Il s'informait du bien-être de chacun, en hébreu quand c'était possible ; il utilisait l'allemand qu'il avait appris au lycée pour s'adresser en yiddish aux Juifs d'Europe de l'Est et centrale, parlait ladino avec les Juifs de Turquie et des Balkans, et bulgare avec ses compatriotes. Plus tard, il parlerait français avec les Juifs marocains.

Les perspectives d'emploi connurent une légère amélioration, en particulier pour les premiers arrivants, dès qu'ils purent exploiter leur savoir-faire venu d'Europe : les mécaniciens, les électriciens, les plombiers, les commerçants s'installèrent à leur compte. En juillet 1949, sept mois après l'arrivée des premiers immigrants israéliens, 697 familles sur les 2 093 recensées en ville avaient trouvé du travail sur place. On comptait vingt-cinq cordonniers juifs, quinze charpentiers, dix couturières, sept fabricants de fenêtres, sept boulangers, sept bouchers, quatre horlogers, quatre fabricants de saucisses, un fabricant d'enseignes et un tapissier. Dix-sept cafés avaient ouvert, ainsi que trente-sept épiceries ; une petite usine produisait des crèmes glacées, deux autres de l'eau de Seltz. Henry Pardo ouvrit la première pharmacie juive de Ramla ; David Abutbul posa une plaque signalant son cabinet d'avocat ; Shlomo Scheffler vendait des journaux.

Solia Eshkenazi ouvrit un magasin de vêtements pour bébé dans l'ancien *sakne* (ghetto) arabe, avant d'être embauchée par le nouveau service des impôts. Sa tante, Stella, fut d'abord fille de salle à l'hôpital, où elle nettoyait le sol, puis créa un salon de beauté de fortune dans sa chambre de la maison de Ramla. Dalia aimait regarder les dames bulgares qui venaient se faire couper les cheveux en bavardant. En rentrant de son travail, Solia se joignait aux discussions, à l'affût des moindres nouvelles de Bulgarie : la situation empirait-elle avec Georgi Dimitrov ? Que savait-on des voisins ? Dora, la sœur de Stella, ouvrit bientôt son propre salon de beauté dans une ancienne boutique arabe, et Stella l'y rejoignit. Leurs clientes y passaient des heures. Dès que quelqu'un arrivait de Bulgarie, les plaisanteries amères sur le régime communiste fusaient.

Jusqu'au jour où, peu après l'ouverture du salon, Stella et Dora eurent une visite surprise : leur cousin, Yitzhak Yitzhaki. Elles tombèrent des nues. Yitzhaki n'avait donc pas été tué au mont Scopus, en 1948 ! Il leur expliqua qu'après l'attaque il avait continué de servir dans l'armée, puis avait été démobilisé et envoyé aider des immigrants bulgares à s'installer dans les anciens quartiers arabes de Jérusalem où il y avait encore des combats sporadiques. Certains arrivants bulgares avaient déclaré à Yitzhaki qu'ils n'avaient pas échappé à la Shoah en Europe pour venir se faire tuer à Jérusalem. Beaucoup s'en furent à Jaffa et Tel-Aviv. Yitzhaki, comme son beau-frère Moshe, aida ainsi des immigrants venus de Turquie, de Hongrie, de Pologne et de Roumanie. Un travail d'« absorption » qu'il accomplit finalement dans tout l'État d'Israël pour le compte de l'Agence juive. Lors d'un voyage pour l'agence, de Jérusalem à Jaffa, il rencontra par hasard sa tante Lili, qui lui apprit que les sœurs Arroyo, nom sous lequel il les connaissait depuis sa jeunesse, étaient à Ramla. « Je suis parti à la recherche du célèbre salon de beauté de Dora et Stella dans le souk de Ramla, se souvient-il, et à ma grande joie, je l'ai trouvé ! »

Stella et Dora l'emmenèrent rue K. B. « J'ai été étonné par la maison, la plus belle de Ramla », poursuit-il – plus tard il l'appellerait « le château ». Les cousins entrèrent, et Yitzhaki vit Solia, avec Dalia, une petite fille ravissante. Avant de partir, les cousines d'Yitzhaki lui firent un cadeau – un gros sac de citrons cueillis sur l'arbre de l'arrière-cour. Il les emporta à Jérusalem pour sa famille.

Pendant ce temps, Moshe avait trouvé un emploi à plein temps dans le service de « garde » des propriétés abandonnées. Il était chargé de répondre aux besoins des nouveaux arrivants, aidait à réparer les maisons si c'était nécessaire, faisait venir des ouvriers pour colmater les fuites, consolider les murs… Le gouvernement israélien appelait les anciens habitants « les absents ». On avait dit à Moshe et Solia qu'ils avaient pris la fuite en laissant leurs bols de soupe encore fumants sur la table. Les Eshkenazi et leurs coreligionnaires ne s'en souciaient guère. Ils se consacraient à la construction d'une nouvelle société.

En 1949, pendant la première session du Parlement israélien (connu sous son nom hébreu, la Knesset), les législateurs créèrent des dizaines de ministères, notamment de l'Agriculture, de la Défense, de l'Immigration, de la Justice, des Religions, de l'Aide sociale et des Victimes de guerre. La première Knesset adopta plusieurs lois créant une armée et un service militaire obligatoire ; des systèmes de taxation, de douane, d'éducation obligatoire, et des tribunaux ; une journée de l'Indépendance ; un jour officiel de repos ; le « transfert des cendres de Herzl » ; et, sans doute la mesure la plus connue, la loi du retour, en vertu de laquelle la citoyenneté « sera accordée à tout Juif exprimant son désir de s'installer en Israël ». Cette loi allait être une source sans fin de conflit entre Israël et le monde arabe pendant les cinquante années qui suivraient, et au-delà. Pour les Arabes palestiniens en exil, cette loi, de même que chaque vague d'immigration juive dans le nouvel État, allait à l'encontre de leurs rêves de retour. Pour les Israéliens, elle constituait le cœur de leur identité : fournir un refuge sûr à tout Juif désireux de faire son *aliyah*, la migration vers Israël.

En juillet 1949, David Ben Gourion annonça un plan quadriennal visant à construire cinq cents colonies pour accueillir cent cinquante mille immigrants. « Aujourd'hui, le peuple juif connaît une nouvelle période de genèse, dit-il. Une terre à l'abandon doit être rendue fertile, et les exilés rassemblés. » À cette époque, quarante-deux mille Juifs bulgares vivaient en Israël, dont la grande majorité étaient arrivés au cours des neuf mois précédents. De toute la communauté juive de Bulgarie ayant échappé à la Shoah, il en restait au plus cinq mille dans leur pays d'origine.

À Ramla, le flot de migrants accrut la pression pour créer des emplois. Au début de l'année 1949, des centaines d'immigrants de Ramla manifestèrent à Tel-Aviv, exigeant du travail et du pain. La petite délinquance augmenta en même temps que le chômage et, en juillet, un an après la reddition d'al-Ramla l'arabe, Ramla l'israélienne créa son premier tribunal. Le *Palestine Post* rendit compte de cet événement historique : la première affaire impliquait un Arabe, un dénommé Haddad, accusé d'avoir battu son épouse ; puis vint un certain Aharon, un Juif qui avait menacé d'un couteau le directeur d'une banque locale. La délinquance était directement liée aux privations que subissaient les immigrants. « Nos forces ont été confrontées à de graves problèmes », déclara le ministère de la Police. Les agressions étaient en hausse de 150 %, et le nombre d'« infractions à la moralité » avait triplé, « conséquence de l'augmentation rapide de la population ». À la fin de l'année 1949, Dalia fêta son deuxième anniversaire et ses parents, « pionniers », célébrèrent leur première année à Ramla. La ville comptait plus de dix mille habitants.

Le comité municipal chargé de rebaptiser les rues avait terminé sa tâche : les rues de Ramla arboraient de nouvelles plaques. La vieille route entre Jaffa et Jérusalem s'appelait « rue Herzl » ; la rue Birket El Jamusi était la « rue de la Haganah » ; la rue Omar Ibn Khattab s'appelait « rue Jabotinsky », en hommage au fondateur du sionisme révisionniste, la fervente aile droite du nouvel État juif. La rue des Eshkenazi, connue auparavant sous le nom de « Cheikh Radouane », s'appelait désormais « Klausner », autre sioniste révisionniste, critique littéraire, spécialiste des premiers chrétiens.

Le mois de juillet 1949 marqua aussi la première réunion du conseil municipal de Ramla. « Notre travail n'est pas facile, annonça le maire, un Bulgare du nom de Meïr Melamed. Mais en unissant nos forces, nous surmonterons toutes les difficultés. » Parmi celles-ci figuraient non seulement la pénurie d'eau, le chômage et une population juive impatiente, mais aussi le problème des Arabes de Ramla. La plupart avaient été expulsés un an plus tôt, mais mille trois cents vivaient encore en ville. Le gouverneur militaire israélien devant quitter Ramla quelques semaines plus tard, les conseillers municipaux avaient peur d'« ouvrir la zone fermée dans laquelle se [trouvaient] les Arabes […] car cela [posait] la question de la sécurité en ville ».

Les hommes arabes qui n'avaient pas été expulsés avaient été incarcérés comme prisonniers de guerre après la chute de Ramla, le 12 juillet 1948. Ils n'étaient pas autorisés à travailler leurs champs. Sur le territoire d'Israël, les oliveraies et les orangeraies arabes étaient très souvent mal entretenues. On avait parfois déraciné les arbres pour empêcher les « infiltrés » de revenir. À Ramla et à Lod (c'est ainsi que l'on appelait Lydda en hébreu), le gouverneur militaire avait fait venir par camions entiers des hommes de Nazareth, communauté arabe chrétienne désormais en territoire israélien, afin qu'ils travaillent dans les oliveraies. Les prisonniers de Ramla et Lod fabriquaient des paniers de chaume pour la récolte ; c'est donc leur travail de prisonniers de guerre qui permettait à d'autres de récolter les fruits de la terre que, récemment encore, ils cultivaient eux-mêmes.

Les officiels israéliens locaux commençaient à s'inquiéter des conséquences de leur politique vis-à-vis des Arabes d'Israël. « Ils ne se sont toujours pas adaptés à la réalité, et sont devenus apathiques quant à l'avenir, écrivit l'un deux, S. Zamir, dans un rapport sur la communauté arabe de Ramla. Les déclarations du gouvernement sur l'égalité et la liberté seront des cris dans le désert tant que nous ne les traduirons pas en actes. Ils sont dans une très mauvaise situation économique. Ils ont suffisamment de provisions pour le moment, mais une question va bientôt se poser : "Qu'allons-nous manger ?" »

Une fois libérés de leur camp de prisonniers, les hommes arabes de Ramla, comme tous les Arabes d'Israël à cette époque, étaient bouclés avec leurs familles dans quelques pâtés de maisons entourés d'une clôture. Parmi eux se trouvait Rasem, l'oncle de Bachir, le médecin. Les Arabes d'Israël vécurent ainsi plusieurs années sous la loi martiale. Les habitants désireux de quitter leur quartier ou leur village devaient demander des permis spéciaux aux autorités militaires. Leurs déplacements étaient limités pour des raisons de sécurité. Certains dirigeants israéliens continuaient de demander leur « transfert » de l'autre côté du Jourdain, dans le royaume d'Abdallah.

Les Arabes des « ghettos » de Ramla et de Lod voyaient leurs maisons occupées par des familles juives, et leurs terres agricoles passer sous le contrôle des kibboutzim. Ils n'étaient ni chez eux ni en exil, et le gouvernement israélien les désignait sous le nom d'« absents présents ». Nombre d'entre eux tentèrent d'obtenir légalement le droit de rentrer chez eux ou de cultiver à nouveau leurs terres.

« Après son rendez-vous avec le gouverneur militaire, M. Shomski m'a promis de me restituer ma porte et mes volets, et de remettre ma maison en état, écrivit un habitant arabe de Lydda en décembre 1949, mais il n'en a rien fait jusqu'à présent. Au contraire, du fait de l'absence de portes et de fenêtres, des inconnus ont causé des dégâts considérables. [...] Je vous saurais infiniment gré de donner des instructions [...] pour qu'il me restitue ma porte et mes volets aussitôt que possible. »

« J'ai l'honneur de soumettre le cas suivant à votre aimable considération, écrivit un propriétaire terrien arabe d'al-Ramla, dont l'affaire avait débuté en mars 1949. Je suis le propriétaire officiel des terrains suivants : parcelle n° 69 ; bloc n° 4374 ; localité : Ramle [Ramla] ; superficie : 5 032 m^2. [...] Tous ces terrains, notamment ceux dont je possède une part, ont été traités par le service des propriétés abandonnées comme s'ils appartenaient à un absent, en dépit du fait que je ne suis pas absent. »

« Je suis le propriétaire officiel de la parcelle 13, écrivit un appelant arabe au conseil local du kibboutz Gezer, à huit kilomètres au sud-est de Ramla. Je suis disposé à payer les impôts du conseil local sur ma part de parcelle. [...] Je serais également heureux de savoir qui a labouré mes terres, et avec l'accord de quelle autorité. »

Sur une photo en noir et blanc prise dans l'arrière-cour de la maison de Ramla, Dalia se tient à côté d'un citronnier, regardant l'objectif, des larmes plein les yeux. La photo a été prise en été, sans doute en 1950 ; Dalia avait deux ans et demi. Elle pleurait parce que les moineaux refusaient de picorer les miettes de pain qu'elle avait dans la main. « Pourquoi ils se sont envolés ? demanda-t-elle à sa tante entre deux sanglots. Pourquoi ? Je les aime ! » C'est son premier souvenir.

Sur une autre photo, le père de Dalia est à côté d'elle, cheveux noirs ondulés coiffés en arrière, pantalon à revers remonté au-dessus de la taille, sourire fixé pour l'éternité par l'instantané de Solia. En arrière-plan, derrière le citronnier, Moshe a planté des bananiers et des goyaviers. À droite, au bord du cadre, on voit le poulailler où les Eshkenazi élèvent des poulets. C'est l'époque de la *tsena*, la pénurie (littéralement, l'austérité), et chacun est censé mettre la main à la pâte.

Le ministère de l'Approvisionnement et du Rationnement était à cette époque le poumon de la vie publique israélienne. C'est lui qui répartissait la nourriture afin que personne ne souffre de la faim. La croissance rapide d'Israël l'obligeait à importer 85 % de sa nourriture. L'Agence juive avait des relations commerciales directes (et officieuses) avec d'autres États depuis longtemps, bien avant 1948, mais l'entrée d'Israël sur le marché mondial provoqua quelques secousses. L'État avait réduit ses échanges avec l'Empire britannique, et les pays arabes avaient imposé des boycotts économique et politique. L'Égypte bloquait les cargaisons en provenance et à destination d'Israël qui transitaient par le canal de Suez, en dépit d'une résolution de l'ONU demandant le libre passage par cette voie navigable essentielle. Israël comptait sur du blé et de la farine, de la viande importée, du poisson, et même de l'huile d'olive, en provenance des États-Unis, du Canada et d'Australie. De nombreuses oliveraies arabes ne produisant plus rien, Israël n'assurait que 8 % de ses propres besoins en huile d'olive.

En 1950, on distribua sept cent mille poulets vivants aux nouveaux immigrants. Le lait était stocké dans des dizaines de centres répartis à travers le pays. Le ministère venait de créer un comité de la farine, un comité du pain, et supervisait directement la production quotidienne de dizaines de milliers de miches de pain, de petits pains, et de pains aux raisins. Les cartes de rationnement attribuaient à chacun le numéro d'un détaillant en fonction de son adresse. Les coupons donnaient droit à des rations de blé, de levure et de matzo. Les femmes enceintes avaient droit à des rations supplémentaires de viande. On encourageait les citoyens à proposer des idées pour améliorer la situation.

Les Eshkenazi, comme beaucoup d'Israéliens au début des années 1950, étaient obligés d'innover pour pallier la pénurie. La vache d'un voisin errait dans les rues, vénérée comme si l'on était en Inde. Solia négocia avec son propriétaire du lait et du beurre contre des œufs de son poulailler. Et la vache permit de nourrir Dalia et les voisins.

Sur le marché de Ramla, qui se tenait le mercredi, comme autrefois, Dalia déambulait avec son père entre les étals de concombres, d'olives, de pastèques, les montagnes d'oranges et de bananes. Les vendeurs criaient « *Sabra ! Sabra !* » devant les fruits de cactus frais posés sur des seaux de glace. On achetait du tissu et des chaussures dans les merceries. Dalia regardait son père négocier pour obtenir la meilleure qualité sans payer trop cher. « Tiens, disait-il, palpant le tissu d'un pantalon. Compare ça – il prenait un autre pantalon – à *ça.* » Il trouvait toujours une légère imperfection qui lui permettait de faire baisser le prix.

Moshe et Solia invitaient parfois des amis bulgares à passer la soirée dans l'arrière-cour. Ils préparaient des assiettes d'olives noires, de pastèque et de fromage bulgare, et servaient des verres de *boza* glacé, une boisson bulgare sucrée à base de blé. On échangeait des nouvelles de Bulgarie. Et Dalia les entendait raconter des plaisanteries scabreuses en ladino, une langue en voie de disparition qu'elle comprenait à peine.

Souvent, elle allait sur le côté de la maison et respirait le parfum des « bougies de la nuit », ces fleurs qui s'ouvrent après le coucher du soleil. Elle les comparait aux *margaritkis* de sa tante Stella, des fleurs blanc et jaune qui se ferment le soir, quand s'ouvrent les bougies de la nuit. Solia mettait un disque sur le phonographe, et une musique espagnole sensuelle, héritage des racines sépharades des Eshkenazi, s'élevait. Dalia regardait sa mère et ses invités danser sous la véranda qu'avait construite Ahmed Khairi, qui rappelait la salle de bal de Sofia où ses parents s'étaient rencontrés. En fin de soirée, Moshe allait cueillir des roses dans le jardin et en offrait une à chaque femme avant qu'elle parte. C'était une tradition bulgare, transmise par Solia, qui avait grandi près de la vallée des Roses.

En 1955, alors que Dalia avait huit ans, Moshe devint le patron du bureau local du service de garde des propriétés abandonnées. Pendant les vacances scolaires, Dalia allait l'aider, répondant au téléphone ou introduisant les clients dans son bureau. C'étaient surtout des femmes, souvent hors d'elles à force de frustration : leur maison avait des fuites qu'il fallait colmater depuis des mois, ou bien elles vivaient depuis des années dans une tente en lisière de la ville, alors qu'on leur avait promis un logement. Moshe compatissait. « Je me mets à votre place », répondait-il, avant d'expliquer que son budget était désespérément limité. Il promettait d'écrire aux ministères concernés, insistant : « Je vous donne ma parole que je vais m'occuper de votre affaire. C'est promis, je vais me mettre en quatre. » Dalia était étonnée de voir les gens sortir du bureau persuadés que leur sort allait s'améliorer, apaisés par son père, bureaucrate sincère et débordé. On s'approchait constamment de Moshe dans la rue, on lui serrait la main, on le remerciait. Certains lui apportaient des cadeaux jusque chez lui. « Je comprends votre gratitude, disait-il. Votre cadeau me touche, mais je suis fonctionnaire et je ne peux l'accepter. »

L'après-midi, Dalia allait de temps en temps au salon de coiffure de ses tantes Stella et Dora. Stella l'installait parfois – trop souvent – dans un fauteuil et prenait en main ses cheveux sans lui demander son avis. « Je te raccourcis juste un peu, et là, encore un peu ; ça te plaît, non ? » Jusqu'au moment où elle avait l'impression qu'il ne lui restait plus un seul cheveu. Un jour, Stella faisait la sieste chez elle, et Dalia en profita pour se venger et couper les cheveux de sa tante endormie en imitant son gazouillis : « Je te raccourcis juste un peu, et là, encore un peu ; ça te plaît, non ? » Quand Stella se réveilla, elle se regarda dans la glace. Elle crut qu'on l'avait agressée. Daniel, son frère, devait se marier quelques jours plus tard. Le jour du mariage, elle porta un chapeau.

Au début, le salon accueillait surtout des Bulgares, mais il eut très vite une excellente réputation et l'on vit affluer des Polonaises, des Roumaines et des Marocaines. On abandonna le bulgare pour un mauvais français ou un mauvais hébreu. Dalia se rappelle une habituée polonaise qui avait une belle peau crémeuse et de grands yeux bleu-vert qu'elle trouvait infiniment tristes. Elle lui semblait aussi belle qu'Elizabeth Taylor. Elle s'asseyait dans un fauteuil, sans jamais sourire, le regard perdu dans le vide. Fascinée, Dalia regardait Stella et Dora lui couper les cheveux, en admiration devant cette femme qu'elle aurait voulu faire sortir de son mutisme.

Dalia avait commencé à remarquer que certains de ses voisins étaient différents. Ils ne parlaient pas du passé, alors que sa famille abordait ouvertement l'histoire de son sauvetage en Bulgarie. À l'école, elle avait un professeur dont on murmurait qu'il avait perdu sa femme et ses enfants dans les camps de la mort en Pologne. Le professeur Haïm, comme on l'appelait, était arrivé en Israël après la guerre. C'était son professeur préféré : un petit bonhomme aux sourcils noirs épais, avec un front immense. Les yeux noisette, vifs, le regard intense, il marchait vite, à grandes enjambées, ralentissant rarement, regardant droit devant lui. « Viens, *tachsheet sheli*, viens, mon bijou, viens au tableau et montre-nous ce que tu sais », invitait-il les enfants.

« On avait l'impression qu'il croyait en notre avenir, se souvient Dalia. Il maintenait une discipline stricte, mais il était très positif. Il nous a bien armés pour la vie. »

Beaucoup de camarades de classe de Dalia semblaient pourtant difficiles à atteindre. Enfants de Polonais, de Roumains, de Hongrois, ils étaient arrivés en Israël peu après la naissance du jeune État. Dalia lisait un vide dans leurs yeux.

L'un d'eux, polonais, vivait dans la maison voisine. Les yeux de son père sortaient littéralement de leurs orbites, comme en signe d'« incrédulité permanente, un état constant de terreur et d'horreur », se rappelle Dalia. La nuit, elle l'entendait hurler contre son fils et elle avait envie de hurler à son tour : « Arrêtez ! Arrêtez ! Qu'est-ce que vous lui voulez ? » Elle criait parfois, mais sa voix était toujours couverte par le vacarme. À l'école, le silence de son camarade polonais était régulièrement interrompu par de brusques accès de cris, de pleurs et de coups. Leurs professeurs étaient désemparés, ne sachant comment réagir.

Consciente du traumatisme de son camarade, Dalia le vivait comme un défi direct à sa foi. Moshe et Solia étaient l'incarnation même des « sionistes laïcs », pratiquant très peu et allant rarement à la synagogue, mais Dalia croyait en Dieu – elle pense que sa foi a toujours fait partie d'elle. Peu de gens parlaient de ce qu'ils avaient vécu pendant la guerre, mais elle avait vu les numéros tatoués sur le bras de certains. Peu à peu, elle apprit ce qui s'était passé en Allemagne, en Pologne, en Roumanie et en Hongrie. Elle était révoltée. *Il est inadmissible que Dieu permette une telle chose*, pensait-elle. « Tu as créé des êtres humains, criait-elle en s'adressant à son Créateur. Tu dois être responsable de Ta création ! Débrouille-Toi pour empêcher de telles horreurs ! »

Elle comprit que ce cauchemar faisait partie de l'héritage historique de son peuple. À l'école, elle apprit l'existence d'autres atrocités. Elle fut particulièrement marquée par le récit d'un pogrom qui avait eu lieu en Ukraine : les Juifs avaient été massacrés après la messe du Vendredi saint par des chrétiens armés d'épées. Elle découvrit le silence des chrétiens européens pendant la Shoah, en particulier celui du pape Pie XII, qui n'avait pas eu le courage de l'Église orthodoxe bulgare.

Dalia commença à prendre des cours de piano au monastère catholique Saint-Joseph, à Ramla, mais elle était très partagée vis-à-vis de la religion chrétienne. C'était en 1956, elle allait avoir neuf ans. À peine vit-elle la grande croix sur le portail du monastère qu'elle prit peur. La croix ressemblait à une épée. Lorsqu'elle entra ensuite dans le monastère, elle fut séduite par le silence, la statue de saint Joseph placée sur un piédestal, le clair-obscur des couloirs aux carreaux noirs et blancs, le portrait du pape Jean XXIII, au visage plein d'humanité. Des années plus tard, elle se souviendrait de cet instant comme du début d'une vie qu'elle décida de placer sous le signe du *discernement* : envisager l'ensemble d'une situation et ne pas juger quelqu'un ou quelque chose à partir d'une unique image ou d'un seul récit.

À mesure qu'elle grandissait, elle interrogeait ses parents et ses professeurs : « Quelles sont ces maisons dans lesquelles nous vivons ?

— Ce sont des maisons arabes, lui répondait-on.

— Mais c'est *quoi*, ces maisons arabes dont tout le monde parle ? »

Son école se trouvait dans une maison arabe et c'est là qu'elle apprenait l'histoire d'Israël : la création de l'État hébreu, havre de paix pour les Juifs ; la guerre d'indépendance, lutte d'une poignée de gens contre des forces dix fois plus nombreuses. Les Arabes avaient envahi le pays, lisait-elle dans ses manuels, afin de détruire le nouvel État et de jeter les Juifs à la mer. Le petit État d'Israël avait tenu tête à cinq armées arabes alors que la plupart des nations auraient été paralysées par une telle force. David avait vaincu Goliath. Quant aux Arabes, ses livres de classe affirmaient qu'ils s'étaient échappés, avaient déserté leurs terres, abandonné leurs maisons et fui devant l'armée israélienne conquérante. Dalia acceptait l'histoire telle qu'on la lui enseignait, mais elle avait de plus en plus de doutes. Comment quelqu'un pouvait-il partir ainsi, de son plein gré ? se demandait-elle.

Un jour, elle avait sept ou huit ans, elle grimpa sur le portail de métal noir qu'Ahmed Khairi avait fait installer au bout de l'allée du jardin. Au sommet du portail se trouvait une petite pièce de fer forgé en forme de croissant et d'étoile : le symbole de l'islam. Elle en fut perturbée. « Cette maison n'est pas arabe », se dit-elle. Elle tira sur le croissant jusqu'à ce qu'il lui reste dans les mains. Elle descendit du portail et le jeta au loin.

Au printemps 1956, elle était en CM1 et commençait à faire le lien entre les Arabes dont elle entendait parler à l'école et ceux dont ses parents parlaient à la maison. Les journaux israéliens étaient pleins d'histoires de raids d'infiltrés venus de Gaza, soutenus par le nouveau président égyptien, Gamal Abdel Nasser. Son père lisait *Ma'ariv*, un quotidien du soir qui rendait compte des incursions menées sur le sol israélien par des fedayins égyptiens et palestiniens déterminés à éliminer l'État juif, et des vives réactions israéliennes.

La crise du canal de Suez faisait la une des journaux. Moshe et Solia avaient peur qu'elle entraîne leur pays dans la guerre. Nasser défendait les droits exclusifs de l'Égypte sur le canal, longtemps contrôlé par les Britanniques, et menaçait de fermer le détroit de Tiran, unique débouché maritime d'Israël vers l'Afrique centrale et australe. Le président égyptien évoquait en même temps la « nation arabe » et le « droit au retour » palestinien. Rien de tout cela n'était de bon augure pour Israël.

À la fin du mois d'octobre 1956, la guerre éclata : des parachutistes et des bataillons d'infanterie israéliens traversèrent la frontière sud-ouest et attaquèrent les forces égyptiennes dans la péninsule du Sinaï, avant de se diriger vers le canal de Suez. Les forces britanniques et françaises se joignirent aux Israéliens. Les puissances européennes redoutaient la menace grandissante que représentait ce nouveau dirigeant arabe, nationaliste et tiers-mondiste : elles voulaient elles aussi le freiner. Mais les États-Unis et l'Union soviétique n'avaient pas été consultés. Les deux superpuissances avaient leurs propres intérêts dans la région et, pour une fois, elles se mirent d'accord. Elles exigèrent que la Grande-Bretagne, la France et Israël se retirent. Israël pouvait revendiquer une victoire militaire puisque le blocus du détroit de Tiran était brisé, mais après le départ des Britanniques et des Français, Nasser avait atteint son but : il contrôlait le canal de Suez. Grâce à l'intervention américaine et soviétique, il avait en effet repoussé les assaillants européens et établi la souveraineté de l'Égypte sur le canal. La popularité du président égyptien s'affirma dans le monde arabe. Nasser n'hésitait plus à mettre en avant l'importance de la Palestine pour tous les Arabes.

Un jour, au printemps 1957, Dalia jouait avec ses amies dans un abri en béton de Ramla, un bunker oppressant dans lequel elles avaient fait des exercices d'alerte aérienne pendant la crise de Suez. La plupart des amies de Dalia étaient d'origine européenne et avaient la peau claire. Or une nouvelle vague d'enfants juifs au teint basané venait d'arriver de pays arabes, notamment d'Irak, d'Égypte et du Yémen. Ces « Juifs orientaux » (également connus sous le nom de « sépharades » ou de *mizrahi*) n'étaient plus les bienvenus dans le monde arabe, rapportaient les journaux. Ils émigraient donc en Israël, havre de paix offert à tous les Juifs. Beaucoup de camarades de Dalia jugeaient qu'ils « faisaient baisser le niveau de la classe ». Ils les trouvaient sales et pouilleux. Dalia avait elle-même attrapé des poux, à la grande honte de sa famille : tante Stella lui lava les cheveux à l'essence, frottant la peau de son crâne jusqu'à ce qu'elle soit rouge vif. Dalia sentait mauvais et elle avait honte.

Elle se souvient aussi de son effarement le jour où l'une de ses amies polonaises monta sur le toit du bunker et, les mains sur les hanches, annonça qu'elle avait l'intention d'expulser de leur petite bande les Juives orientales à la peau plus sombre. Les fillettes européennes acquiescèrent du bout des lèvres. Il y aurait deux groupes rivaux parmi les filles : un « groupe noir » – les *cherniti*, les *schwarzes* – et un « groupe blanc », qui n'accepterait que les ashkénazes à la peau claire, ainsi que Dalia et les autres Bulgares. (Dalia avait du mal à s'y retrouver : elle avait la peau claire, plus claire que celle de son père, et elle s'appelait Eshkenazi, mais comme la plupart des Bulgares elle était sépharade, avec des racines espagnoles.)

L'amie polonaise prit un caillou qu'elle jeta sur une camarade basanée. Plusieurs fillettes à la peau claire l'imitèrent. Dalia s'interposa : « Vous avez dit que vous veniez d'où ? demanda-t-elle à ses camarades ashkénazes. Rappelez-moi ce qu'on a fait aux Juifs là-bas ? » Elle marqua une pause. « Vous êtes mieux placées que personne pour savoir qu'on ne maltraite pas quelqu'un parce qu'il est différent, non ? S'il doit y avoir un groupe noir et un groupe blanc, je fais partie du groupe noir. » Plus jamais la question ne fut abordée entre les fillettes.

Des dizaines de milliers de Juifs des pays arabes étaient arrivés en Israël depuis 1950. En 1958, Avraham Shmil, directeur du bureau de Ramla de l'Association générale des travailleurs de la terre d'Israël, organisa une manifestation contre le ministère du Travail tenu par son propre parti, alors au gouvernement. Beaucoup de *mizrahi*, ou Juifs orientaux, de Ramla vivaient encore dans des camps de tentes et des cabanes rudimentaires aux abords de la ville. Ils réclamaient des emplois et de meilleures conditions de vie. Shmil entendait faire pression sur le secrétaire israélien au Travail pour qu'il crée des emplois industriels convenablement rémunérés dans la ville : la plupart des « bons emplois » étaient occupés par l'élite ashkénaze d'Europe de l'Est, qui bénéficiait clairement d'un statut privilégié. Les immigrants de fraîche date, à la peau plus foncée, pestaient parfois en faisant la queue au bureau de chômage pendant que deux Européens bavardaient sans fin en yiddish. Ils ne comprenaient pas que, dans certains cas, ces ashkénazes essayaient simplement de savoir si certains parents ou amis étaient encore en vie.

On essayait d'autre part de dissuader les *mizrahi* de parler arabe ou d'écouter la musique arabe qu'ils aimaient tant, surtout à la suite de l'ascension de Nasser. Les *mizrahi* parlaient souvent un mauvais hébreu, et le seul travail que beaucoup d'entre eux trouvèrent consistait à balayer les rues douze jours par mois, ou entretenir les routes et « construire » des forêts pour le Fonds national juif (FNJ).

Les forêts faisaient partie de ce que le FNJ appelait « la rédemption totale de la terre d'Israël pour tout le peuple juif », un héritage de « montagnes couvertes de rochers, de marais stagnants, de sol dur, aride, et de dunes de sable stériles [qui] doivent être sauvés après avoir été négligés pendant vingt siècles ». C'est ainsi que de nombreuses forêts furent plantées là où peu de temps auparavant se trouvaient des villages arabes. De 1948 au milieu des années 1960, des centaines de villages furent démolis – au bulldozer, par des unités de démolition de l'armée à l'entraînement, ou par bombardement aérien – pour être remplacés par des villes nouvelles, des kibboutzim en expansion, ou des forêts du FNJ. Les *mizrahi* et autres immigrants servaient donc plusieurs projets du FNJ : éliminer les habitations de villageois qui auraient pu tenter de « s'infiltrer » au-delà des frontières définies par l'armistice ; conforter l'opposition d'Israël à la résolution de l'ONU autorisant le retour des réfugiés palestiniens ; assurer un travail mal payé à des milliers d'immigrants juifs pauvres venus des pays arabes et d'ailleurs.

Le travail n'était pas le seul problème des *mizrahi*. Comme beaucoup de nouveaux venus, ils avaient besoin de sentir qu'ils appartenaient à l'État juif. À Ramla, le rôle d'Avraham Shmil était aussi d'aider les immigrants à se forger une identité commune à partir de ce patchwork de nationalités et de langues – une bonne douzaine au moins. Shmil organisait des sorties éducatives, emmenant les nouveaux arrivants en Galilée ou dans le Néguev pour qu'ils mesurent l'ampleur de leur nouvel État et apprennent à se connaître. À Ramla, il monta des pièces de théâtre en hébreu et des concerts, organisa des cours ainsi que des soirées folkloriques bulgares, marocaines ou yéménites. Il créa des associations culturelles et des clubs de randonnée dans les différents quartiers.

Un modèle était proposé, surtout aux hommes : chacun devait faire montre de l'optimisme, de la force et de l'héroïsme mythique du *sabra*, l'Israélien né en Israël. Le mot *sabra* vient de l'hébreu *tzabar* qui désigne le fruit du cactus, couvert d'épines mais sucré à l'intérieur. En Israël, dans les années 1950, le *sabra* était le Nouvel Homme israélien : beau, courageux, costaud, sioniste fervent, tourné vers l'avenir, intrépide, libéré de la faiblesse de ses ancêtres. Le *sabra*, ashkénaze par définition, appartenait à une génération arrivée avant la Shoah et s'était dépouillé de l'héritage honteux de son pays d'origine. Il était incarné par Ari Ben Canaan, le héros du roman de Leon Uris, *Exodus*. Pour reprendre les mots d'un écrivain israélien, le *sabra* était « le fils élu du peuple élu ».

Les experts, manipulateurs d'opinion, firent sciemment la promotion de l'image du *sabra* destinée à remplacer celle du Juif de la diaspora. En 1949, un journal de gauche bulgare publia un feuilleton de Moshe Shamir dans lequel le « Nouvel Homme juif » était un géant qui émergeait de la mer, prêt à accomplir une fabuleuse *aliyah* pour bâtir le pays. L'idée, se souvient le rédacteur en chef, Victor Chemtov, ancien député à la Knesset, était d'effacer l'image du « Juif de ghetto jamais à sa place » et de mettre en valeur le « nouveau Juif » qui « pour la première fois se tenait droit » et plongeait les mains dans la terre afin de créer un nouveau pays.

Cette puissante icône devint le but à atteindre pour beaucoup. On portait l'« uniforme » *sabra* – short kaki, chemise de travail kaki ou bleu passé et « sandales bibliques ». Le premier maire israélien de Ramla avait adopté la tenue, comme de nombreux immigrants. Certains célébraient même des « mariages *sabra* », vêtus de kaki. L'idéal *sabra* incita de nombreux enfants à prendre des noms « israéliens ».

Pour les immigrants plus âgés, l'image du *sabra* était souvent impossible à atteindre. Pour les survivants de la Shoah, elle était même absurde. Or les *sabras* avaient tendance à considérer ces derniers, des Juifs qui, selon eux, s'étaient laissés conduire à l'abattoir comme des moutons, comme une honte. Des années plus tard, Dalia se rappelle que l'expression « jamais plus » illustrait non seulement la volonté de ne pas répéter les erreurs du passé, mais le désir, fondé sur la honte, de prendre ses distances avec l'image de victime.

Un observateur de l'un des premiers camps de transit en Israël décrivait les survivants de la Shoah comme « une matière humaine difficile », ajoutant que « ces gens ont vécu un tel enfer que plus rien ne peut les toucher. Leurs sens ont été émoussés ». David Ben Gourion alla jusqu'à les qualifier de « poussière humaine », ajoutant qu'« il ne serait pas facile de transformer ces êtres de poussière en une nation cultivée, indépendante ». Un travailleur agricole chargé d'en faire des fermiers productifs prévint ses collègues : « Nous devons comprendre avec qui nous travaillons. [...] Une communauté d'exclus, *de gens pathétiques et désespérés* [les italiques sont dans l'original]. Nous devons atteindre leurs émotions les plus profondes, inattendues, imprévisibles, dominées par la peur, [...] peur que le sol se dérobe sous leurs pieds. [...] Peur du travail – la seule idée de prendre une initiative personnelle et de faire face à une situation nouvelle [les] terrifie. [...] [Leur] peur est incontrôlable dès qu'ils pensent à l'avenir de [leurs] enfants. »

La poursuite de l'idéal *sabra* était aussi irréaliste aux yeux des immigrants des pays arabes. Ceux-ci avaient le plus grand mal à apprendre l'hébreu, et leurs expériences au Maroc, au Yémen, en Égypte ou en Irak n'avaient que de lointains rapports avec l'image du guerrier *sabra* ashkénaze, fier-à-bras né en Israël. Beaucoup d'ashkénazes, dont certains dirigeants israéliens qui avaient mis en place la politique d'immigration, considéraient les *mizrahi* comme des « sauvages » et des « primitifs », pour reprendre les termes de Ben Gourion. Au cours de discussions politiques, d'autres n'hésitaient pas à les qualifier d'« attardés mentaux », « colériques » ou « atteints de paresse chronique ».

Chaque groupe d'immigrants se retrouvait affublé d'étiquettes, qui allaient du dénigrement à l'affection, combinant parfois les deux. Les Marocains étaient des *sakin*, des couteaux, à cause de leur réputation de violence ; les Irakiens des pyjamas, à cause de leurs vêtements ; les Allemands des *yeke*, à cause des vestes qu'ils portaient dans les champs, ou des *putzes*, une classe supérieure de connards ; les Roumains des voleurs ; les Bulgares des minables ; et les Polonais des *dripke*, en yiddish, des torchons.

Les Bulgares, quelle que soit leur étiquette, étaient très respectés. Ils ne présentaient aucun symptôme de ce que l'on appellerait un jour le « complexe de la Shoah ». Ils avaient la réputation d'être impartiaux, travailleurs, épris de la culture européenne la plus noble. Solia incarnait parfaitement cette image. Elle appréciait le fait que le chœur juif bulgare ait émigré d'un seul bloc, et que des Bulgares jouent dans le nouvel orchestre philharmonique d'Israël. Elle aimait Tolstoï et Tchekhov, Victor Hugo, Thomas Mann et Jack London. Elle adorait par-dessus tout Stefan Zweig, autrichien, son âme sœur dont elle admirait la profonde sensibilité, et qui, pendant la guerre, avait perdu la foi en l'humanité et s'était ouvert les veines.

Mais si l'on pouvait importer la culture, on laissait derrière soi les paysages. C'était ce qui manquait cruellement à Solia. Dalia avait remarqué que sa mère parlait souvent des vents qui s'engouffraient dans les couloirs de Sliven, ou des randonnées qu'elle faisait avec ses amis sur le mont Vitosha.

Adolescente, elle comprit que sa mère était comme un arbre déraciné ne parvenant pas à s'adapter à sa nouvelle terre. Moshe avait apporté avec lui son savoir-faire, dont il se servait pour construire un nouveau pays. Il était actif, de plus en plus exaspéré par l'irrésolution, s'exclamant parfois : « Qu'est-ce que c'est que cette incapacité à se décider ? C'est incompréhensible ! Si ça ne fait pas l'affaire, taille dans le vif ! » Depuis son arrivée à Ramla, Solia vieillissait. Son travail au centre des impôts ne convenait pas à sa personnalité rayonnante et malicieuse. Elle n'était ni bonne cuisinière, ni bonne couturière. Elle accompagnait régulièrement Moshe et leurs amis à Tel-Aviv pour aller se promener sur la plage, mais son monde s'était étréci. Elle que ses sœurs considéraient comme une femme extraordinaire, prête à « ôter le pain de sa bouche pour le donner à quelqu'un dans le besoin », comme le disait le dicton bulgare, sentait vaciller sa flamme intérieure. Peu à peu, tout en continuant de travailler mois après mois au Bureau national des impôts, elle devint silencieuse.

En 1963, l'année où Dalia entra au lycée, les dirigeants de la ville fêtèrent le quinzième anniversaire de la « libération de Ramla ». Un film promotionnel montrait des hommes en cravate pagayant sur des canots dans les anciennes citernes souterraines de la ville, tandis qu'une voix de baryton déclamait : « Près de ces antiques citernes ont émergé de nouveaux édifices et de nouvelles usines. La municipalité est fière de la métamorphose de Ramla : de simple ville arabe, elle est devenue un lieu où vivent désormais vingt-cinq mille habitants, pour la plupart de nouveaux immigrants. »

Trois ans plus tard, en 1966, Dalia Eshkenazi passait son bac et s'inscrivait à l'université de Tel-Aviv pour y étudier la littérature anglaise. Elle avait suivi un cursus qui mettait l'accent sur l'anglais dans un lycée international de Yafo, une ville où cohabitaient Arabes et Juifs, juste au sud de Tel-Aviv (les Arabes l'appelaient toujours Yaffa). L'armée israélienne l'incorpora dans un corps d'entraînement destiné aux étudiants particulièrement doués, qui leur permettait de suivre des études supérieures avant de faire leur service militaire.

Au milieu des années 1960, Ramla avait la réputation d'être une ville rude, solide, avec ses cheminées de ciment, son pourcentage élevé de *mizrahi* au chômage et son « ghetto » arabe. Certains l'appelaient « la Liverpool d'Israël », en partie à cause d'une scène rock and roll en pleine effervescence qui investissait les vieilles maisons arabes, où des groupes de Tel-Aviv et de Jérusalem venaient jouer le week-end. Pour Dalia et ses compatriotes, la vie avait enfin une apparence de normalité. Le conflit avait connu une relative accalmie pendant ses années de lycée et elle pouvait se permettre de ne pas trop y penser. L'été qui suivit la fin de ses études secondaires, elle nota toutefois un changement.

Israël avait clairement fait savoir au monde, une fois pour toutes, qu'il n'accorderait jamais le droit au retour aux réfugiés palestiniens. Un an plus tôt, l'administration israélienne des terres avait détruit plusieurs des derniers villages arabes restants lors d'une campagne baptisée « Raser les villages ». Le Premier ministre, Levi Eshkol, avait répondu aux critiques d'un membre arabe de la Knesset : « Si nous ne détruisons pas les villages abandonnés, nous allons à l'encontre de la politique de développement et de revitalisation des terres à l'abandon, que chaque État a le devoir de mettre en œuvre. » Pour Israël, dix-huit ans après la guerre d'indépendance, il était clair que ces terres ne seraient jamais rendues. Hors du pays, il était de plus en plus évident qu'elles ne le seraient que par la « lutte armée ». Compte tenu de la puissance croissante de Nasser et de la montée du nationalisme panarabe, ainsi que des menaces du Mouvement nationaliste arabe et d'un nouveau groupe, l'Organisation de libération de la Palestine (OLP), le calme relatif qui régnait entre Israël et le monde arabe semblait toucher à sa fin.

Au printemps 1967, Dalia entendit à la radio d'effrayantes menaces proférées en mauvais hébreu par des journalistes arabes. Le monde vacillait autour d'elle. Elle le sentait. Il semblait impossible que la guerre n'ait pas lieu.

Chapitre 8

GUERRE

EN CE MATIN du lundi 5 juin 1967, Bachir Khairi faisait face au juge d'un tribunal civil ; il défendait son client, M. al-Abed. Bachir avait vingt-cinq ans et venait d'obtenir son diplôme de droit de l'université du Caire – spécialité droit du travail. Le tribunal se trouvait à Ramallah, en Cisjordanie, territoire que le roi Abdallah avait annexé au royaume de Jordanie dix-sept ans plus tôt. Son petit-fils, Hussein, était désormais roi et chef d'État de la Jordanie.

Depuis le jour, fin 1948, où Ahmed et Zakia avaient emmené Bachir et ses frères et sœurs à Gaza, Ramallah s'était métamorphosé. Les réfugiés désespérés dormant sous les arbres avaient disparu. Disparus, aussi, des milliers d'habitants nantis qui avaient fui vers les États-Unis après la *nakba*. Des immeubles en béton se dressaient à la lisière de la ville, à côté des allées étroites, jonchées d'ordures, des camps de réfugiés de l'UNWRA. Chaque année, l'UNWRA devait soumettre un budget afin de recevoir de nouveaux crédits. Accepter d'accorder des fonds à plus long terme ou construire des habitations plus solides, c'était, pour l'ONU, admettre que les réfugiés ne rentreraient pas chez eux. C'était inacceptable pour les gouvernements « hôtes », les factions politiques de base, et pour la plupart des réfugiés eux-mêmes. Aux yeux des Palestiniens, résister signifiait refuser le compromis sur le droit au retour, aussi inflexible la position d'Israël soit-elle. Ainsi Bachir estimait-il qu'il n'y avait qu'une seule méthode pour que cette terre revienne à son peuple. C'est la force qui nous a expulsés de notre terre, pensait-il, et c'est la force qui nous la rendra.

Il était donc face au juge et plaidait pour M. al-Abed. Il commença par rappeler qu'Abed, mécanicien dans un garage de Ramallah, avait été injustement renvoyé de son travail et avait droit à un rappel de salaire. Puis il s'assit et l'avocat du garagiste prit la parole. Un jeune homme entra alors comme une flèche dans la salle d'audience, se dirigea vers Bachir et murmura à son oreille. Il était presque midi.

Les réfugiés palestiniens attendaient depuis dix-neuf ans de rentrer chez eux. Au début, ils pensaient que ce serait une question de semaines. Puis, voyant qu'Israël refusait qu'ils reviennent, leur espoir s'était porté sur la résolution de l'ONU garantissant le droit au retour. Des années plus tard, toujours en exil, ils avaient commencé à envisager la « lutte armée ». Ils s'en remettaient de plus en plus volontiers à Nasser, le président égyptien dont les discours anticoloniaux et les aspirations à une grande nation arabe électrisaient le monde arabe depuis plus de dix ans.

À l'époque où il était étudiant au Caire, Bachir était enthousiasmé par cette aspiration à l'unité. Son rêve de retour avait trouvé un support. Il mit de côté toute ambition personnelle. « Il n'achetait jamais rien de cher, chemise, chaussures, rien pour lui, se souvient Khanom. Notre père lui demandait : “Tu veux de l'argent ?”, et il répondait : “Non, j'en ai suffisamment.” » Bhajat, son frère, plus jeune que lui d'un an, était complètement différent. « Il dépensait trois ou quatre fois plus d'argent que lui, ajoute Khanom. On appelait Bachir “le fils du mendiant”, et Bhajat “le fils du seigneur”. Les gens avaient du mal à croire qu'ils étaient frères. » Bachir pensait que sa discipline serait récompensée et son peuple délivré par Nasser, le héros.

Lorsque celui-ci nationalisa le canal de Suez, déclenchant la colère des États-Unis, de la Grande-Bretagne, de la France et d'Israël, Bachir et des millions d'Arabes éprouvèrent une profonde fierté. Avec l'Indien Nehru et le Yougoslave Tito, Nasser était à la tête du mouvement des non-alignés, qui cherchait une troisième voie, indépendante, entre les deux superpuissances. En outre, comme il défendait la cause des Palestiniens, il avait ressuscité les espoirs de la diaspora : une grande renaissance arabe allait venger la défaite de 1948. Bachir pensait qu'à la différence de l'ONU et de ses résolutions qui n'existaient que sur le papier, Nasser pourrait mettre fin au long exil des Palestiniens par la force.

Au début des années 1960, Bachir était très impliqué dans les activités politiques des étudiants du Caire, notamment aux côtés du Mouvement nationaliste arabe (MNA). Celui-ci était dirigé par Georges Habache, réfugié de Lydda dont la sœur avait été tuée par les soldats israéliens en juillet 1948, et qui avait traversé les collines brûlantes jusqu'à Ramallah. Les dirigeants politiques palestiniens comme Habache et ceux de l'Organisation de libération de la Palestine, récemment créée, s'étaient rassemblés derrière Nasser, l'encourageant à préparer la guerre. L'OLP et sa petite armée avanceraient sous le commandement de Nasser. Pourtant, celui-ci ne cessait de dire qu'il n'avait aucune intention de libérer la Palestine : le moment était mal choisi, surtout pour attaquer Israël depuis les États arabes. Mais pour nombre de Palestiniens, au milieu des années 1960, l'urgence était de plus en plus pressante. Le Néguev se peuplait de nouveaux immigrants juifs et le bruit courait qu'Israël développait un programme d'armes nucléaires.

Bachir et ses amis militants pensaient que l'unité arabe était la clé du retour. Ils suivaient de près les manœuvres. Certains étudiants commençaient à s'entraîner aux techniques de guérilla dans des camps secrets destinés aux « forces spéciales », en Égypte et ailleurs. Ils apprirent à poser des mines et à utiliser des armes antichar. À sauter en parachute, crapahuter dans les marais, dormir à même le sol, se nourrir de serpents et ne rien manger pendant des jours.

Deux jeunes hommes émergèrent de ce mouvement de guérilla en pleine expansion : Yasser Arafat et Khalil al-Wazir, connu sous le nom d'Abou Jihad. Tous deux avaient la conviction que le retour n'aurait lieu que s'il était dirigé par une organisation politique et militaire palestinienne autonome vouée à la lutte armée. Ni Abou Jihad, expulsé d'al-Ramla en 1948, ni Arafat ne croyaient à la libération sous la houlette des États arabes, puisque ceux-ci avaient, selon eux, trahi les Palestiniens en 1948. Ensemble, ils avaient créé le Fatah, mouvement de guérilla, après la crise de Suez.

Le jour de l'an 1965, après neuf ans de calme relatif entre Israël et le monde arabe depuis la crise de Suez, le Fatah prépara sa première attaque sur le sol israélien. Des guérilleros devaient traverser la frontière libanaise et poser des explosifs sur les canalisations d'eau proches de la mer de Galilée, la principale source d'eau d'Israël. Le contrôle de l'eau était une des principales causes de tension entre Israël et les États arabes. Israël avait détourné une bonne partie des sources du Jourdain, en privant les terres arabes en aval. Des avions de combat israéliens avaient ensuite bombardé des stations hydrauliques syriennes sur le plateau du Golan, de l'autre côté de la Galilée, pour empêcher la Syrie de détourner ces mêmes eaux. Un jour, des tracteurs israéliens pénétrèrent dans la zone démilitarisée du Golan pour labourer des terres contestées. Les Syriens ouvrirent le feu, entraînant une riposte israélienne. Rien ne devait interférer avec le projet d'Israël de subvenir aux besoins d'un nombre important d'immigrants grâce à un pipe-line allant jusqu'au désert du Néguev. Or le Fatah cherchait à contrecarrer ce projet de pipe-line. Après tout, le Néguev faisait partie de l'ancienne Palestine, où les rebelles et leurs partisans entendaient retourner. L'attaque contre le pipe-line échoua, déjouée par la sécurité libanaise avant qu'elle soit lancée, mais le Fatah publia un « communiqué militaire » proclamant le succès des « détachements de [ses] forces d'intervention », et prévenant Israël qu'il y aurait d'autres actions.

En 1965 et 1966, le Fatah, soutenu par un nouveau mouvement, Abtal al-Awda (les Héros du retour), lança des dizaines d'attaques depuis la Cisjordanie et le Liban, la plupart du temps contre des cibles isolées à l'intérieur d'Israël. L'inquiétude de l'État juif augmenta nettement, de même que les tensions entre Israël et ses voisins arabes – c'était l'un des buts recherchés. À la fin de l'année 1966, le cycle d'attaques et de représailles avait entraîné dans le conflit le roi Hussein, toujours réticent mais de plus en plus proche du point de non-retour.

Peu avant l'aube du 13 novembre 1966, des avions, des troupes et des chars israéliens attaquèrent le village de Samu, en Cisjordanie, détruisant des dizaines de maisons et tuant vingt et un soldats jordaniens. Certains partisans d'Israël furent choqués, en particulier à cause de la violence de l'attaque. À Washington, le patron du Conseil national de sécurité, Walt Rostow, écrivit dans une note au président Johnson que ce « raid mené par trois mille hommes, appuyés par des chars et des avions, était disproportionné par rapport à la provocation » – en l'occurrence, une mine du Fatah qui avait tué trois soldats israéliens le 11 novembre. Rostow ajoutait à propos des Israéliens : « Ils ont réduit la valeur de Hussein. Nous dépensons 500 millions de dollars pour le soutenir parce que c'est un facteur de stabilité. [...] Cela rend fatalistes jusqu'aux Arabes modérés : il n'y a pas moyen de s'entendre avec les Israéliens, même en faisant de son mieux. Cela va créer une forte pression politique, à la fois intérieure et extérieure, sur le régime du roi Hussein. »

Rostow pensait que les Israéliens, en attaquant la Jordanie plutôt que la Syrie, soutenue par l'Union soviétique – qui elle-même soutenait les mouvements de guérilla –, s'étaient trompés de cible. Le Premier ministre israélien Eshkol envoya une note conciliatoire au président Johnson pour lui demander son soutien en cette « heure difficile pour nous », mais Johnson ne lui répondit pas. Au lieu de cela, une semaine après l'attaque, il fit part au roi Hussein de son « sentiment de tristesse et de [son] inquiétude. [...] Les messages de sympathie sont un faible réconfort quand des vies ont été inutilement détruites ». Le président assurait le roi qu'il « avait signifié [sa] désapprobation au gouvernement d'Israël, dans les termes les plus vigoureux ». Il répondait aussi à une crainte exprimée par le roi Hussein après le raid : « Suite aux préoccupations de Votre Majesté au sujet du changement de politique d'Israël, qui a l'intention d'occuper des territoires en Cisjordanie, nous avons de bonnes raisons de penser qu'il est hautement improbable que se produisent les événements que vous redoutez. Si Israël adoptait la politique que vous appréhendez, cela aurait les plus graves conséquences. Pour moi, il ne fait pas de doute que les Israéliens comprennent parfaitement notre position et en tiennent compte », assura le président Johnson au roi.

Mais les craintes de Hussein au sujet d'une éventuelle occupation de la Cisjordanie étaient secondaires par rapport à ses problèmes internes. Des officiels américains en poste à Amman avaient déjà prévenu Washington que « la monarchie elle-même [était] en péril ». La CIA affirmait dans une note adressée au président que l'attaque de Samu « a gravement porté atteinte à la position de Hussein dans son pays. Cela le rend vulnérable aux attaques de sujets mécontents qui affirment que sa politique de coexistence pacifique avec Israël est dictée par les États-Unis, et qu'elle est un échec ». Les Américains estimaient que le roi était soumis à une forte pression pour qu'il adopte une position plus militante vis-à-vis d'Israël, d'autant que la population de son royaume se montrait de plus en plus rétive.

À Amman, le raid contre Samu avait provoqué de violentes protestations contre le régime du roi. Les Palestiniens accusaient l'armée de faiblesse, d'impréparation, et demandaient des armes pour combattre Israël. Au Caire, une émission de radio de l'OLP appela l'armée jordanienne à renverser le roi. Des émeutes se déroulèrent en Jordanie et en Cisjordanie. À Jérusalem, les troupes jordaniennes ouvrirent le feu sur les manifestants palestiniens. Des centaines d'entre eux furent arrêtés, puis le roi dissolut le Parlement, instaura la loi martiale, et obtint une aide militaire supplémentaire des États-Unis.

La division du monde arabe était plus évidente que jamais : l'Égypte et son alliée, la Syrie, étaient favorables à « l'unité panarabe », et traitaient le roi Hussein d'« agent impérialiste » pro-occidental et d'« allié du sionisme ». Au printemps 1967, la Syrie appela au renversement de Hussein, et Nasser déclara que le roi était « prêt à vendre la nation arabe de la même manière qu'Abdallah [le défunt grand-père du roi] l'avait vendue en 1948 ». Bachir, désormais âgé de vingt-cinq ans, soutenait fermement la position de Nasser et du mouvement panarabe.

Pendant que les dirigeants arabes se bombardaient de critiques, la tension montait dans la zone démilitarisée du plateau du Golan – une zone constituée d'étroites bandes de terre entre la mer de Galilée et la limite la plus occidentale du Golan. Les forces syriennes et israéliennes venaient d'y échanger des coups de feu en raison d'opérations agricoles et de dérivations des stations hydrauliques syriennes, et des tirs de mortier syriens avaient touché des kibboutzim israéliens. Le 7 avril 1967, des pilotes de chasse israéliens abattirent cinq chasseurs syriens lors d'un combat aérien au-dessus du Golan. Un des avions israéliens alla vrombir dans le ciel de Damas, humiliation publique pour les Syriens et leur allié, Nasser. Yitzhak Rabin, chef d'état-major de l'armée israélienne, menaça bientôt de détruire le régime syrien. La Syrie, qui soutenait les guérilleros palestiniens et affrontait Israël dans le Golan, contrariait Nasser.

Les agissements israéliens embarrassaient eux aussi Nasser, champion de la cause panarabe. Le roi Hussein profita de cette conjoncture pour se défaire de son image de laquais de l'Occident. Radio Jordanie lança un défi au président égyptien : s'il voulait vraiment soutenir les Arabes, qu'il envoie un message sans équivoque à Israël en interdisant le détroit de Tiran aux navires israéliens. Après tout, proclamait la radio, certains de ces bateaux transportaient certainement des armes qui seraient employées contre les Arabes dans un conflit à venir. Le défi de la Jordanie avait peut-être pour but de détourner vers Nasser les critiques contre le roi aux abois, mais, comme les raids du Fatah et les représailles israélienne contre Samu, il contribua à embraser la région. Fermer le détroit de Tiran, c'était boucler l'accès d'Israël à la mer Rouge, et au-delà, à l'Afrique. Israël pourrait toujours utiliser ses ports méditerranéens, qui représentaient plus de 90 % de son commerce maritime, mais la fermeture du détroit serait une mesure grave. La dernière fois que Nasser y avait eu recours, pendant la crise de Suez en 1956, cela avait provoqué une attaque israélienne.

En privé, Nasser avait envoyé des signaux à ses partisans et aux diplomates : il ne voulait pas la guerre avec Israël. Mais il était soumis à une pression croissante de la part de millions d'Arabes attendant de lui qu'il agisse. Le 15 mai 1967, il envoya des milliers de soldats dans le Sinaï, en direction de la frontière israélienne. Le 18 mai, il ordonna aux troupes de maintien de la paix de l'ONU d'évacuer le Sinaï. Le lendemain, Israël commença à masser des milliers de soldats sur sa frontière avec le Sinaï.

Trois jours plus tard, le 22 mai 1967, Gamal Abdel Nasser annonça la fermeture du détroit de Tiran : « Les Juifs nous menacent de guerre et nous leur répondons : "*Ahlan wa sahlan*" [Vous êtes les bienvenus]. Nous sommes prêts ! »

Pour les dirigeants israéliens, c'était une déclaration de guerre. Ce même 22 mai, le gouvernement israélien demanda vingt mille masques à gaz à l'armée américaine, et le Conseil des ministres se réunit en session de crise. L'époque de paralysie que les Israéliens appelèrent « période d'attente » venait de débuter.

Dalia Eshkenazi déplia le dernier carré de papier à dessin noir et le colla sur la fenêtre à côté d'autres carrés noirs. Aucune lumière ne pouvait plus filtrer. Dehors, sous l'auvent proche du portail d'entrée, la 2CV familiale avait elle aussi été camouflée. Un ou deux jours plus tôt, la police s'était installée rue Herzl avec des pinceaux et des pots de peinture bleu nuit, arrêtant les voitures pour peindre leurs phares. Ainsi camouflés, ils répandaient une lumière ténue, trop faible pour que l'aviation ennemie la détecte. Personne ne savait si ces avions allaient apparaître, ni si un seul coup de feu serait tiré. Mais dans tout le pays, on se mobilisait : les écoles étaient transformées en abris, les habitants et les soldats creusaient des tranchées, organisaient des collectes de sang, préparaient des lits d'hôpital, planifiaient le départ de leurs enfants pour l'Europe… On creusa dix mille tombes.

Dalia avait dix-neuf ans. Au cours de cette « période d'attente », elle se rappelle avoir eu souvent envie de se cacher sous une couverture. Elle savait qu'un souvenir affreux était en train de se réveiller chez d'autres, une « peur collective de l'annihilation ». Le visage de sa mère trahissait une inquiétude constante. L'attente s'éternisait. La famille restait assise, dans un silence insoutenable, attendant le hurlement des sirènes. Dans les boutiques de Ramla, les gens engageaient la conversation, échangeant des regards en quête de réconfort. Dans les rues, ils se jetaient des coups d'œil furtifs, leur visage nerveux se reflétant soudain dans celui du voisin.

La radio captait des émissions dans lesquelles une voix égyptienne sereine demandait : « Pourquoi ne retournez-vous pas d'où vous venez ? Vous n'avez pas l'ombre d'une chance ici. » Dalia s'allongeait sur le couvre-lit soyeux de ses parents et écoutait les menaces des Arabes proférées dans cet hébreu à l'accent si particulier. Elle avait lu dans les journaux qu'ils promettaient de jeter les Juifs à la mer. Par moments, elle se disait qu'elle ferait mieux de croire ses amis occidentaux qui affirmaient que cette voix railleuse venue du Caire était typique des bravades et de l'« exagération » orientales. Elle connaissait la force de l'armée israélienne puiqu'elle servait dans le corps d'entraînement des officiers. Mais dans une communauté où les gens avaient encore des numéros tatoués sur le bras, pensait Dalia, « il fallait prendre au sérieux les fantasmes les plus malsains ». Elle était terrifiée, comme ses parents et ses tantes, Stella et Dora. *Ma-ihey-yiheh ?* Que va-t-il se passer ?

***

Le 23 mai, le lendemain de la fermeture du détroit de Tiran par Nasser, le Conseil des ministres d'Israël envoya Abba Eban, ministre des Affaires étrangères, en mission diplomatique à Paris, Londres et Washington.

L'administration Johnson essayait de dissuader Israël d'attaquer l'Égypte, tout en évaluant les intentions réelles de Nasser ; s'il se lançait dans une guerre, quelle pouvait en être l'issue ? Le 26 mai, une évaluation de la CIA – mi-politique, mi-psychologique – concluait que les menaces de Nasser à l'encontre d'Israël étaient une façon de répondre aux menaces d'Israël contre la Syrie, alliée de l'Égypte : « [Nasser] a sans doute pensé qu'il devait s'identifier aux intérêts nationalistes arabes et que le fait d'entreprendre une action redorerait son blason dans le monde arabe. » La note de la CIA suggérait également que les Soviétiques avaient encouragé Nasser, en partie à cause de leurs mauvaises relations avec les États-Unis au sujet du Vietnam. Nasser pensait donc peut-être que ses forces étaient désormais assez puissantes pour résister à une attaque d'Israël. Le rapport de la CIA concluait : « Il y a sans doute une part de désespoir dans l'attitude de Nasser, découlant [...] peut-être d'une conclusion fataliste : une épreuve de force avec Israël doit intervenir tôt ou tard, et il vaudrait sans doute mieux la provoquer avant qu'Israël dispose de l'arme nucléaire. »

La veille, Lucius Battle, sous-secrétaire d'État américain, ambassadeur en Égypte jusqu'à une date récente, avait suggéré au président un autre motif possible : Nasser « était devenu un peu fou ». Pour les Américains, il était clair que les forces égyptiennes du Sinaï avaient « un caractère défensif » et ne se préparaient pas à envahir Israël. De nombreuses estimations des services de renseignement américains et britanniques affirmaient qu'il y avait cinquante mille soldats égyptiens dans le Sinaï. Israël estimait leur nombre à cent mille – ce que Walt Rostow, du Conseil national de sécurité, jugeait « très inquiétant ». La CIA en concluait que ces estimations étaient « une manœuvre [politique] visant à inciter les États-Unis » à « a) fournir des équipements militaires ; b) s'engager davantage publiquement sur le plan militaire vis-à-vis d'Israël ; c) approuver les initiatives militaires israéliennes ; d) augmenter la pression sur Nasser ». Dans leur propres analyses militaires et lors de réunions avec des officiels britanniques de haut rang, les États-Unis avaient calculé qu'Israël sortirait vainqueur de tout conflit avec ses ennemis arabes en moins d'une semaine. Cette estimation sans ambiguïté incluait également des conclusions de la CIA selon lesquelles Israël « [pouvait] maintenir sa sécurité intérieure, se défendre avec succès contre des attaques arabes simultanées sur tous les fronts, lancer simultanément des attaques limitées sur tous les fronts, ou tenir sur trois fronts tout en montant une offensive victorieuse sur le quatrième ». Les capacités d'Israël, affirmait un autre rapport de la CIA, étaient d'autant plus fortes que « les États arabes sont affaiblis par le manque de cohésion et les frictions entre dirigeants ». Autre facteur pris en compte par les services de renseignement américains : la puissance militaire égyptienne était diminuée, car Nasser avait engagé trente-cinq mille soldats aux côtés du gouvernement de gauche dans la guerre civile qui faisait rage au Yémen.

Le 26 mai, lors d'une réunion à Washington avec le président Johnson, le secrétaire à la Défense, Robert McNamara, et Rostow, Abba Eban déclara que l'atmosphère en Israël était « apocalyptique », et que son pays avait besoin d'une manifestation de soutien de la part des États-Unis. McNamara lui répondit que trois rapports distincts de ses services de renseignement étaient arrivés à la conclusion que le déploiement égyptien dans le Sinaï était de nature défensive. Le président ajouta que ses experts militaires étaient unanimes : les Égyptiens n'attaqueraient pas, et s'ils le faisaient, « vous allez leur donner une sacrée correction ». Nicholas Katzenbach, sous-secrétaire d'État américain, se rappelle que « les services de renseignement étaient catégoriques : les Israéliens [...] pouvaient éliminer les Arabes en un rien de temps ».

Le même jour, l'ambassade américaine à Amman envoya un télégramme urgent à Washington, avec un message personnel du roi Hussein : « L'USG [le gouvernement des États-Unis] s'expose à une profonde hostilité de tout le monde arabe, et à une complète perte d'influence dans la région pour un temps indéfini, car il donne l'impression de s'identifier à Israël dans l'affaire du détroit de Tiran et des problèmes qui lui sont liés. L'identification de l'USG à Israël dans cette crise obligera les amis arabes traditionnels de l'Amérique à s'opposer à elle afin de survivre à la colère des Arabes. On peut déjà se demander, quelle que soit la position qu'adoptent maintenant les amis de l'Amérique, si leur association passée avec l'USG ne les a pas rendus trop vulnérables pour survivre. »

Une note urgente arriva aussi d'Israël. Le 26 mai toujours, Dean Rusk, le secrétaire d'État, relaya un message au président : les services de renseignement israéliens indiquaient qu'« une attaque égyptienne et syrienne [était] imminente. Ils ont donc demandé que les États-Unis publient un communiqué affirmant leur soutien à Israël contre une telle agression ». « Nos services de renseignement, notait Rusk, ne confirment pas l'analyse israélienne. »

Washington était en train de perdre le contrôle de la situation. Le lendemain, 27 mai, le président envoya un message urgent au Premier ministre, Levi Eshkol, *via* le personnel de l'ambassade américaine à Tel-Aviv : « Je viens de recevoir, cet après-midi, un message très important et personnel de l'Union soviétique. Les Soviétiques affirment disposer d'informations montrant que vous vous préparez à une attaque militaire contre vos voisins arabes, et que vous allez provoquer un conflit lourd de conséquences. Ils insistent sur l'engagement de retenue pris par tous les camps en présence, et pensent qu'il faut trouver des solutions sans conflit militaire. Ils affirment que les Arabes ne souhaitent pas un conflit militaire. » À trois heures, ce matin-là, au Caire, l'ambassadeur soviétique en Égypte avait appelé personnellement Nasser, le réveillant pour le dissuader d'entrer en guerre.

À Amman, pourtant, un sentiment allait croissant : la guerre était inévitable. Le 28 mai, le roi Hussein confia à l'ambassadeur égyptien en Jordanie que, selon lui, Israël allait lancer une attaque-surprise contre l'Égypte. Deux jours plus tard, le roi se rendit au Caire pour signer un pacte de défense avec Nasser, stupéfiant les observateurs. Quelques jours plus tôt encore, les deux dirigeants échangeaient des insultes, chacun cherchant à gagner l'opinion publique arabe, tandis que le roi demandait secrètement aux États-Unis d'adopter une attitude plus modérée dans la région. En s'alliant à Nasser, le roi Hussein avait dépassé le point de non-retour.

Il postulait que si elle ne s'alliait pas à Nasser, la Jordanie serait plus vulnérable à une attaque d'Israël, ou à une attaque des Palestiniens vivant dans le royaume, pour qui l'inaction équivalait à une trahison de la cause arabe. De fait, à la veille de la bataille, Hussein était en train de mettre sur pied une alliance panarabe. Il accepta même de placer les forces de sa Légion arabe, aux côtés des troupes irakiennes, syriennes et saoudiennes, sous le commandement, pour le front oriental, du général égyptien Abdoul Mounim Riad, dont le poste de commandement se trouverait à Amman. Lorsque le roi rentra chez lui, il fut acclamé par une foule de Palestiniens ivres de joie qui soulevèrent sa voiture et la portèrent dans la rue.

En Israël, les tensions au sein du gouvernement Levi Eshkol avaient abouti à une rupture, contraignant ce dernier à former un gouvernement avec ses opposants les plus bellicistes. Moshe Dayan, commandant du 89e bataillon à Ramla et Lod en 1948, fut nommé ministre de la Défense. Le nouveau gouvernement envoya une nouvelle fois à Washington le chef des services de renseignement israéliens, Meïr Amir. Celui-ci rencontra McNamara, de plus en plus préoccupé par le Vietnam. Le secrétaire américain à la Défense écouta le patron du Mossad affirmer que « [lui], Meïr Amir, [allait] dire à [son] gouvernement d'attaquer ». Amir était venu en grande partie pour évaluer la réaction américaine à une telle déclaration. « C'est la seule solution », se souvient-il d'avoir dit à McNamara. Celui-ci lui demanda combien de temps durerait la guerre. « Sept jours », répondit l'Israélien.

Des officiels américains avaient étudié la possibilité d'une démonstration de force : envoyer un convoi de navires occidentaux commandé par les Américains et les Britanniques traverser le détroit de Tiran afin de signifier à Nasser que toutes les nations, Israël compris, devaient jouir du droit à la libre circulation maritime. Certains généraux américains étaient opposés à ce plan : si un vaisseau américain essuyait le feu de l'ennemi, pensaient-ils, la guerre serait inévitable – et les États-Unis seraient directement impliqués. Dans un monde dominé par deux superpuissances nucléaires, il était impossible de prévoir les conséquences d'un tel conflit. Peu soutenu internationalement, le projet de convoi fut abandonné.

Tout semblait indiquer que la guerre allait avoir lieu, hormis le fait que Nasser continuait d'affirmer en privé qu'il y était opposé. Le 31 mai, il confia à l'ancien secrétaire américain au Trésor, Robert Anderson, une vieille connaissance, qu'il ne « prendrait pas l'initiative de la bataille ». Les deux hommes évoquèrent la possibilité d'une visite au Caire de Hubert Humphrey, le vice-président américain, et Anderson prépara le terrain pour une visite à Washington du vice-président égyptien, Zakariya Mohieddine. Deux jours plus tard, le 2 juin, Nasser affirma au député britannique Christopher Mayhew que l'Égypte n'avait « pas l'intention d'attaquer Israël ». Dans le même temps, Nasser annonça qu'il ne céderait pas sur le détroit de Tiran et, le jour où il s'engagea devant Mayhew à ne pas tirer le premier coup de feu, il envoya un télégramme passionné au président Johnson. Il lui annonçait qu'il y avait un enjeu plus important que le détroit de Tiran ou le retrait des forces de l'ONU : la défense des « droits du peuple de Palestine » :

> Une force armée agressive a pu les chasser de leur pays et les réduire à l'état de réfugiés aux frontières de leur patrie. Aujourd'hui, les forces d'agression entravent le droit au retour – droit reconnu – du peuple arabe, son droit à vivre sur sa terre. [...] Je me demande jusqu'à quel point un gouvernement, quel qu'il soit, est capable de maîtriser les émotions de plus d'un million de Palestiniens dont, depuis vingt ans, la communauté internationale – sa responsabilité sur ce point est indéniable – a échoué à garantir le retour. L'Assemblée générale de l'ONU se contente de confirmer ce droit lors de chaque session.

Nasser réitérait sa position : « Nos forces n'ont été à l'origine d'aucun acte d'agression », mais il ajoutait : « Sans aucun doute, nous résisterons à toute agression contre nous ou tout État arabe. »

Le 3 juin, une note de la CIA laissait entendre que la guerre était certaine : « Tous les rapports montrent que les Israéliens croient toujours en la victoire. » Mais la note faisait état de « l'idée de plus en plus répandue en Israël selon laquelle le temps est compté, et si Israël veut éviter une défaite qui lui sera fatale, il doit frapper très vite ou obtenir de l'Occident des garanties sécuritaires en béton. [...] La stratégie israélienne exige d'obtenir la maîtrise aérienne, première étape essentielle de la campagne ». Dans le Sinaï, ajoutait la note, les Égyptiens n'avaient déployé que « les rudiments d'un système de défense anti-aérienne » ; néanmoins « les Arabes flairent l'odeur du sang. Autour de Nasser, la coalition semble s'emballer ».

Alors qu'Israël acheminait toujours des troupes vers la frontière du Sinaï, nombre d'observateurs continuaient de penser que les agissements belliqueux de Nasser avaient pour but de bluffer les Arabes. « Ils devaient être perçus comme un avertissement fort, pas comme une déclaration de guerre », écrivit le confident de Nasser, Mohamed Heikal. Certains Israéliens doutaient eux aussi de la volonté de Nasser de lancer une attaque. « Les forces initialement concentrées dans le Sinaï ne pouvaient pas espérer défendre la zone en cas de guerre », fit remarquer un spécialiste des services de renseignement militaires israéliens dans une analyse de la guerre publiée par le ministère de la Défense. « Je ne pense pas que Nasser voulait la guerre », confirma plus tard Rabin. Dans le télégramme qu'il avait envoyé à Johnson le 2 juin, Nasser se réjouissait de l'éventuelle visite de Humphrey au Caire afin de discuter de la crise et, comme il l'avait dit deux jours plus tôt à Robert Anderson, il s'apprêtait à envoyer le vice-président Mohieddine à Washington. Celui-ci devait faire une visite de « routine » aux Nations unies à New York, puis rencontrer en secret le président Johnson et plusieurs membres de son gouvernement autour du 7 juin. On discutait pour savoir s'il fallait informer Israël de cette visite secrète. Nasser en attendait beaucoup : bien qu'il soit « suprêmement sûr de lui », nota Anderson, le président égyptien « [souhaitait] sincèrement l'amitié des États-Unis ».

Pourtant, alors qu'en privé Nasser ne cachait pas sa préférence pour une solution pacifique, aux yeux du monde les voix venant du Caire semblaient annoncer la guerre et assurer la victoire. Nasser en personne déclara le 28 mai, lors d'une conférence de presse : « Nous sommes prêts, nos fils sont prêts, notre armée est prête, la nation arabe tout entière est prête. » Une émission de la Voix du Caire mit Israël au défi d'attaquer : « Nous te défions, Eshkol, d'essayer toutes tes armes. Soumets-les au test, elles mèneront à la mort et à l'anéantissement d'Israël. »

Pour Bachir et les siens, de telles déclarations signifiaient que l'ennemi allait être vaincu et que la famille pourrait rentrer chez elle. Pour Dalia et sa famille, elles ne signifiaient que ce qu'elles disaient : l'anéantissement. Quelle que soit son intention, Nasser avait lancé un défi monumental. Le général israélien Matitiahou Peled le qualifia de « sottise sans précédent ». Même si le roi Hussein l'avait averti d'une frappe préventive israélienne, Nasser allait avoir la surprise de sa vie.

À 7 h 45 du matin, le lundi 5 juin 1967, des avions israéliens de fabrication française décollèrent de leurs bases et pénétrèrent dans l'espace aérien égyptien. Afin d'échapper aux radars, ils volaient en rase-mottes, vers les bases égyptiennes du Sinaï, du delta du Nil et du Caire. Un quart d'heure plus tard, les chars et les fantassins de la 7e brigade blindée d'Israël se dirigeaient vers Gaza, à l'ouest, et vers la frontière du Sinaï. La guerre avec l'Égypte venait de commencer. Aucune action ne fut entreprise à ce moment-là contre la Jordanie, l'Irak ni la Syrie. À 9 heures du matin, le Premier ministre, Levi Eshkol, envoya un message au roi Hussein par l'intermédiaire du chef des observateurs des Nations unies : « Nous ne lancerons aucune action, de quelque nature qu'elle soit, contre la Jordanie. Mais si la Jordanie ouvre les hostilités, nous réagirons avec toutes nos forces, et le roi devra assumer l'entière responsabilité des conséquences qui en découleront. »

Quelques heures plus tard, Bachir se dressa derrière la table du plaignant dans la salle d'audience de Ramallah. La matinée du 5 juin touchait à sa fin ; le jeune homme venait d'entrer dans le tribunal pour lui murmurer quelques mots lourds de sens à l'oreille.

« Votre Honneur ! » tonna Bachir. Il fut surpris de la puissance de sa voix. L'avocat de la partie adverse s'arrêta au milieu d'une phrase ; tous les regards se tournèrent vers Bachir. « Je viens d'apprendre que la guerre a éclaté sur les fronts égyptien et jordanien.

— La séance est levée, s'exclama le juge. Que l'on apporte une radio ! »

Fébrile, Bachir quitta la salle d'audience et se précipita chez lui. Dans les rues, les gens entraient et sortaient à la hâte des magasins, pour faire des stocks de conserves, de bougies, de kérosène et de ruban adhésif pour les fenêtres. D'autres faisaient la queue devant les minoteries. Des hommes étaient agglutinés autour de tables sur les trottoirs, sous des haut-parleurs, fumant la pipe à eau en tâchant de capter une station de radio. La ville guettait non seulement la guerre, mais les foules d'estivants qui afflueraient après la victoire. Dix-neuf ans après la *nakba* et la métamorphose de Ramallah, la ville était redevenue un lieu de villégiature pour le monde arabe, avec vingt et un hôtels et un festival annuel de théâtre musical auquel assistaient des familles venues de tout le Moyen-Orient, de la Libye au Koweït. Pendant la haute saison, les restaurants étaient ouverts jusqu'à deux heures du matin et rouvraient deux heures plus tard. En ce début de mois de juin, les préparatifs du festival étaient presque terminés. On pensait que la fête aurait un sens d'autant plus profond : la Palestine allait revenir aux Arabes.

Chez lui, Bachir trouva Ahmed, Zakia, Nuha et d'autres frères et sœurs cloués devant la radio. La défense anti-aérienne égyptienne avait abattu les trois quarts des appareils israéliens, affirmait la Voix des Arabes. C'était Ahmed Saïd, dont la voix grave et chaleureuse inspirait confiance, qui parlait depuis Le Caire : les forces aériennes égyptiennes avaient lancé une contre-attaque contre Israël. Les troupes israéliennes étaient entrées dans le Sinaï, mais les Égyptiens avaient engagé le combat avec l'ennemi et pris l'offensive. La Voix des Arabes annonçait que la Jordanie avait pris le mont Scopus.

Les Arabes sont en train de gagner, se dit Bachir. *Les Arabes sont en train de gagner.* Aussi incroyable cela puisse-t-il paraître, la famille allait rentrer chez elle. Oum Kalsoum, la chanteuse la plus adulée du monde arabe et, après Nasser, le plus grand symbole vivant de l'unité arabe, chanterait bientôt à Tel-Aviv.

« Nous pensions que nous tenions la victoire, raconte Bachir près de quarante ans plus tard. Que nous serions victorieux et retournerions chez nous. Au bout de dix-neuf ans, nous étions absolument persuadés que nous allions retrouver nos terres, nos maisons, nos rues, nos écoles – nos vies. Que nous allions retrouver notre liberté, regagner notre patrie. Malheureusement, ce ne fut pas le cas. Ce n'était qu'une illusion. »

À l'heure où Bachir et sa famille écoutaient les nouvelles de l'avancée égyptienne, l'intégralité des forces aériennes de Gamal Abdel Nasser avaient été réduites à l'état d'épaves fumantes sur les tarmacs du Caire, du Sinaï et du delta du Nil. En cinq cents sorties, l'attaque-surprise d'Israël avait pratiquement détruit tous les appareils égyptiens de fabrication soviétique. L'État juif avait la maîtrise des airs au-dessus du Sinaï. Pendant l'attaque, lancée tandis que les hommes commandant les forces aériennes égyptiennes finissaient de petit-déjeuner avant de rejoindre leur poste, le chef des forces armées égyptiennes envoya un message codé à ses homologues en Jordanie, annonçant des victoires égyptiennes. Les analystes des radars jordaniens, voyant des avions voler vers Tel-Aviv, en conclurent que les affirmations égyptiennes étaient fondées : l'activité radar intense, pensaient-ils, était due à des appareils égyptiens, et non à des chasseurs israéliens regagnant leur base pour se ravitailler. Invoquant le pacte de défense mutuelle, le commandant en chef des forces égyptiennes donna son feu vert à la phase suivante du plan : l'offensive jordanienne contre Israël.

À ce moment-là, le roi Hussein avait reçu le message du Premier ministre Levi Eshkol, promettant qu'Israël n'attaquerait pas la Jordanie le premier, et l'avertissant des conséquences si le royaume hachémite lançait les hostilités. Le roi était toutefois lié par son pacte avec l'Égypte. Il crut que le message d'Eshkol était un piège destiné à permettre à Israël de se défaire tout d'abord de l'Égypte.

Une fois vainqueur en Égypte, craignait Hussein, Israël concentrerait sa puissance militaire contre la Jordanie et la Cisjordanie.

À 11 heures du matin, les forces jordaniennes déclenchèrent des tirs d'artillerie de longue portée contre les faubourgs de Tel-Aviv et l'aéroport de Ramat David. Un quart d'heure plus tard, des obusiers jordaniens lancèrent des milliers de projectiles sur des cibles militaires dans les quartiers juifs de Jérusalem. Une heure après, les chasseurs jordaniens, syriens et irakiens pénétraient dans l'espace aérien israélien tandis que l'infanterie jordanienne avançait vers les positions israéliennes.

« Frères arabes, annonça une émission de radio jordanienne, ce matin, l'ennemi a lancé une agression contre notre terre et notre espace aérien arabes. » « Le cantonnement sioniste en Palestine, déclara Ahmed Saïd au Caire, est en passe de s'effondrer et d'être rasé. » Ces messages triomphants durent enchanter la famille de Bachir et terrifier celle de Dalia. Les déclarations égyptiennes affirmant que leurs troupes avaient franchi les frontières d'Israël et marchaient vers le désert du Néguev poussèrent certains Israéliens à hisser le drapeau blanc en signe de reddition.

La réalité était tout autre. Le 5 juin, au milieu de l'après-midi, les forces aériennes jordaniennes, syriennes, irakiennes et égyptiennes étaient pratiquement anéanties. Les pilotes israéliens survolaient la région sans rencontrer de vraie résistance. Ils avaient toute latitude pour attaquer les troupes égyptiennes au sol dans le Sinaï, ou l'infanterie jordanienne qui se dirigeait vers Jérusalem. À partir de cet instant, l'issue de la guerre était claire. La guerre des Six-Jours se décida, pour l'essentiel, en six heures.

Bachir entendait des explosions. Le quartier général de l'armée jordanienne à Ramallah s'effondrait sous le feu israélien. Puis une autre série de grondements tonitruants : le principal émetteur radio de Ramallah était en train de s'écrouler. Encore deux explosions, qui éventrèrent le terrain de football de l'école quaker, en haut de la rue. Bachir et sa famille pensaient que la réponse à ces attaques allait arriver et que les renforts – irakiens, et des troupes jordaniennes additionnelles – viendraient au secours de la ville. Les armées arabes comprenaient certainement l'importance stratégique de Ramallah, plaque tournante des transports et centre des communications en Cisjordanie. On disait qu'ordre avait été donné aux officiers de défendre la ville à tout prix. Pourtant, on apprit bientôt que les troupes jordaniennes avaient été anéanties en essayant de se rendre à Jérusalem à partir de Jéricho, les fusées éclairantes israéliennes illuminant la route pendant que les chasseurs anéantissaient un bataillon d'infanterie. Il y avait des combats désespérés à Jérusalem. Certains affirmaient que les Israéliens avaient encerclé la Vieille Ville. On ne savait pas exactement d'où devaient venir les renforts destinés à Ramallah. Toute la nuit et tout le lendemain, Bachir entendit des explosions, qui mettaient à mal la ville et sa confiance.

Le mardi 6 juin, à midi, le général Riad, l'Égyptien commandant les forces du front oriental, envoya d'Amman un message urgent à ses homologues au Caire : « La situation en Cisjordanie se dégrade rapidement. Une attaque concentrée a été lancée sur tous [les points], accompagnée d'un feu très nourri, de jour comme de nuit. Les forces aériennes jordaniennes, syriennes et irakiennes de la position H3 sont presque entièrement détruites. » Riad venait de consulter le roi Hussein. Le général proposa au quartier général du Caire plusieurs options : cessez-le-feu, retraite, ou un jour de combat supplémentaire en Cisjordanie, « qui aurait pour résultat l'isolement et la destruction de l'armée jordanienne tout entière ». Le câble demandait une réponse immédiate.

Une demi-heure plus tard, une réponse arriva du Caire, conseillant aux Jordaniens de se retirer de Cisjordanie et d'armer la population. Alors que cette réponse arrivait, le roi envoyait un télégramme à Nasser soulignant la calamité qui s'abattait sur le front jordanien et demandant conseil au président égyptien. Nasser répondit le soir même, répétant ce que lui avaient dit ses conseillers militaires. L'armée jordanienne, insistait-il, devait évacuer la Cisjordanie pendant que les dirigeants arabes tentaient d'obtenir un cessez-le-feu.

En ce début de soirée lumineux du 6 juin, Bachir était sur le toit d'un immeuble de Ramallah, face au sud. Il faisait chaud, la soirée était claire, mis à part les colonnes de fumée noire montant du côté de Jérusalem, et la brume autour du mont des Oliviers, à l'est. Bachir jeta un coup d'œil à travers la fumée, au-delà du camp de réfugiés d'Amari, vers la tour de contrôle de l'aéroport de Qalandia, où il avait atterri en provenance de Gaza dix ans plus tôt, avec son père. Il distingua une ligne de chars et de jeeps faisant route vers le nord. Peu après, la nouvelle de l'approche des troupes arrivait jusqu'aux gens dans la rue à ses pieds. Certains se préparaient déjà à les accueillir. Ils pensaient que c'étaient des renforts irakiens. Bachir demeura sur le toit, la main gauche dans sa poche, comme à son habitude, scrutant la route vers le sud. Peu à peu, alors que les chars approchaient, il comprit qu'ils n'étaient pas irakiens.

Ramallah tomba dans la nuit du 6 juin, lorsque les forces terrestres israéliennes arrivèrent du sud et de l'est. Il y eut peu de résistance ; des témoins expliqueraient plus tard que de nombreux soldats jordaniens avaient battu en retraite bien avant l'arrivée des Israéliens. Dans certains cas, ils avaient oublié de laisser la clé des dépôts d'armes, prétendument pleins de fusils anglais qui devaient permettre aux gens de Ramallah de repousser l'invasion. Le principal fait d'armes de l'armée jordanienne à Ramallah, se rappelle Bachir avec ironie, est d'avoir demandé aux gens de s'écarter de leur ligne de mire : « L'armée jordanienne demandait aux gens de rester chez eux. Ce fut sa principale contribution. On n'a pas eu le sentiment qu'elle s'est vraiment battue. »

En fait, de Jénine, au nord de la Cisjordanie, jusqu'à Ramallah, Jérusalem et Hébron au sud, l'armée jordanienne n'avait pas de couverture aérienne ni de radars, donc pas de défense contre les bombardements répétés de ses troupes au sol par les chasseurs israéliens. Les Jordaniens avaient subi des pertes terribles et, en raison des attaques aériennes constantes, ils ne pouvaient pas envoyer d'équipement ou de renforts sur les lignes de front. En fin de journée, le 6 juin, alors que les troupes israéliennes pénétraient en Cisjordanie et s'arrêtaient devant les murs de la Vieille Ville de Jérusalem, les forces du roi Hussein battaient en retraite de l'autre côté du Jourdain, vers ce qu'il restait de son royaume.

En fin de journée, ce 6 juin, Dalia comprit que la guerre était gagnée. Elle ne le vécut pas dans la joie – pas encore, puisque les combats se poursuivaient – mais plutôt avec le sentiment qu'un miracle était en train de se produire en Israël. *Comment est-ce possible ?* se répétait-elle. *Est-ce que Dieu nous a sauvés ? Comment est-ce possible ?*

En apprenant la veille qu'Israël avait détruit les forces aériennes égyptiennes, syriennes et jordaniennes, elle avait ressenti un soulagement comme jamais elle n'en avait éprouvé, de même que jusqu'à la guerre elle n'avait jamais ressenti une telle frayeur. Chez Moshe et Solia, cette impression de soulagement réveillait des souvenirs vieux de vingt-quatre ans, lorsqu'ils avaient appris que les autorités bulgares avaient suspendu les ordres de déportation des Juifs et qu'ils ne monteraient pas dans les trains pour la Pologne.

Au matin du mercredi 7 juin, Bachir et sa famille se réveillèrent dans une ville soumise à une occupation militaire. Hurlant dans des porte-voix, des soldats israéliens en jeep exigeaient que des drapeaux blancs soient suspendus à l'extérieur des maisons, des boutiques et des immeubles ; balcons et fenêtres arboraient déjà des tee-shirts et des mouchoirs.

Tout cela était à la fois tellement surréaliste et familier que Bachir était en état de choc. À nouveau, une armée jordanienne battant en retraite avait été remplacée par une force d'occupation israélienne. *En 1948*, se disait-il, *nous avons perdu 78 % de notre terre. Et maintenant, la Palestine tout entière est occupée.* Le constat avait un goût amer, humiliant. Non seulement les Israéliens avaient pris et occupé la Cisjordanie et la bande de Gaza, mais ils tenaient la péninsule du Sinaï. Le plus choquant était peut-être de voir que Jérusalem-Est, la Vieille Ville et ses sites sacrés, étaient désormais aux mains des Israéliens.

Le soir du 10 juin, Solia alla rendre visite à Dora et Stella dans l'extension ajoutée à la maison. Sa mère et ses tantes étaient assises autour de la table de la cuisine, dînant comme à leur habitude d'ail et de fromage bulgare, quand Dalia fit irruption dans la pièce.

« Debout, debout ! s'écria-t-elle. La guerre est finie ! » Entendant le tumulte, Moshe les rejoignit aussitôt. Lors de la phase finale de la guerre, Israël s'était emparé du plateau du Golan, aux dépens de la Syrie. À 18 h 30, ce soir-là, les Nations unies imposèrent un cessez-le-feu.

Dans la soirée, Dalia réunit toute la famille et se mit à danser : lentement, bras et cou tendus, tête rejetée vers l'arrière, yeux mi-clos, son ample jupe ondulant doucement autour d'elle. Elle tournait entre les murs de pierre de Jérusalem, et peu à peu les femmes de la famille se joignirent à elle pour former un cercle, les mains de l'une sur les épaules de l'autre, dansant la *hora*, la danse nationale israélienne. Solia, Dora, Stella et Dalia chaloupèrent ainsi jusqu'à la cour, au-delà du jacaranda et du citronnier, entre rire et larmes.

Dalia leva les yeux vers le ciel nocturne et chanta : « David, roi d'Israël, est vivant. Vivant et présent. David est vivant… » Elle se souviendrait toujours de cette nuit, de ce sentiment éternel de miracle et de libération.

Dans la semaine qui suivit, les réfugiés de plusieurs villages proches de Latroun affluèrent à Ramallah. Tous les habitants de Beit Nuba, Emmaüs et Yalo avaient été chassés de leurs maisons et envoyés vers Ramallah, au nord ; une ligne de chars et de soldats tirant en l'air les empêchait de rentrer chez eux. Dix-neuf ans plus tôt, les cars réquisitionnés par les soldats israéliens avaient déposé aux abords de ces villages les habitants d'al-Ramla, avant qu'ils entament leur marche vers Salbit sous un soleil exténuant. À présent, ces villages avaient à leur tour été vidés, et plusieurs milliers d'habitants avaient trouvé refuge à Ramallah – un faible pourcentage des plus de deux cent mille Palestiniens déplacés par la guerre de 1967.

À Ramallah, la vie changea. Le festival de théâtre et d'innombrables projets furent annulés. Les soldats israéliens prirent la place de la police jordanienne et les prisons se remplirent de jeunes Palestiniens. Au bout de quelques semaines, les autorités annoncèrent qu'un nouveau système judiciaire serait mis en place et administré par des juges d'occupation installés en Cisjordanie. Les Israéliens étaient cependant confrontés à un problème : quasiment aucun avocat arabe n'acceptait de se rendre au tribunal. Les nouveaux tribunaux israéliens étaient vides et silencieux en vertu d'une grève générale – dont les autorités israéliennes apprirent bientôt qu'elle avait été organisée par un jeune avocat de Cisjordanie nommé Bachir Khairi.

Ce dernier, avec des dizaines d'avocats de Ramallah et leurs clients, organisait des réunions secrètes chez des particuliers. Les autorités d'occupation les menacèrent de la prison et essayèrent de les amadouer en proposant de réduire la peine de leurs clients déjà emprisonnés. « Tant qu'il y aura un drapeau israélien derrière le juge dans la salle d'audience, répondit Bachir à un colonel israélien, je refuserai de défendre mes compatriotes. » Un juge israélien lui proposa la libération de quinze Palestiniens accusés de manifestation illégale s'il acceptait de se présenter au tribunal pour les défendre. Bachir refusa, comme la quasi-totalité des avocats dans des circonstances similaires : des quatre-vingts avocats de Ramallah, se souvient Bachir, seuls cinq acceptèrent de participer au nouveau système. Désormais, à chaque fois ou presque qu'un nouveau procès débutait, la salle d'audience était vide, en dehors de l'accusé et de ses accusateurs. Les affaires civiles devinrent totalement clandestines. Les gens résolvaient leurs conflits en privé, mettant sur pied un système alternatif face à l'ennemi commun.

L'occupation se prolongeait mais Bachir était gagné par un sentiment de calme, une impression de lucidité. La perte était désastreuse, mais elle soulignait une évidence : les Palestiniens ne pouvaient compter que sur leurs propres forces pour rendre la justice. Il était clair que le droit au retour, garanti par la résolution 194 des Nations unies, ne serait jamais imposé par l'ONU ni par la communauté internationale. Ni par les États arabes, qui avaient promis le retour, mais dont les forces armées avaient été écrasées et humiliées. Ces États maintenaient une façade de pure forme – dans les jours qui suivirent la guerre, ils déclarèrent publiquement qu'il n'y aurait « ni réconciliation, ni négociation » avec Israël, « ni reconnaissance » de l'État juif –, mais les Palestiniens étaient de plus en plus conscients que ce n'étaient que des paroles vides de sens.

Curieusement, en pleine occupation, après l'échec retentissant des régimes arabes, naissait un sentiment de liberté : les Palestiniens étaient soudain libres de penser et d'agir pour eux-mêmes. Bachir commençait à croire que son peuple ne regagnerait sa patrie qu'au prix de la sueur et du sang de la lutte armée. Il était loin d'être le seul.

Le mouvement panarabe était démantelé, mais l'esprit de la lutte pour la libération nationale de la Palestine était en train de naître. Des milliers de jeunes hommes s'engagèrent dans le mouvement des fedayins – les combattants de la liberté ou, littéralement, « ceux qui se sacrifient ». Leur but était de « libérer la Palestine » et de garantir le droit au retour par tous les moyens nécessaires. Les rangs du Fatah, dirigé par Arafat et Abou Jihad, se garnirent, et bientôt le Front populaire de libération de la Palestine, une nouvelle organisation, vit le jour à la suite d'une alliance avec le Mouvement nationaliste arabe, pro-Nasser. Il était dirigé par Georges Habache, le réfugié de Lydda.

En Cisjordanie ou en exil, des jeunes hommes défiaient leurs parents en leur exposant leurs projets. Les pères exigeaient de leurs fils qu'ils recherchent la sécurité et poursuivent des études supérieures au Caire ou à Londres. Un jeune homme, Bassam Abou-Charif, répondit à son père : « À quoi me sert un doctorat alors que je n'ai pas de pays ? » Il n'avait pas l'intention de devenir « un éternel étranger, un réfugié palestinien sans terre, sans domicile, sans État, honteux, méprisé ». Après avoir rejoint le FPLP, Bassam se souvient qu'il déclara à son père : « Je préfère être en prison dans mon pays plutôt que libre en exil. Je préfère être mort. »

***

Cependant, à ce moment-là, si d'aventure les Palestiniens regagnaient leurs maisons, ce n'était pas pour un retour triomphal, mais pour demander la permission de jeter un coup d'œil à l'intérieur.

Grand paradoxe de l'occupation, la Palestine historique était soudain plus facile d'accès qu'elle ne l'avait jamais été depuis 1948. Dans les jours qui suivirent l'annexion de Jérusalem-Est par les Israéliens, la ligne séparant la Jordanie d'Israël et de Jérusalem-Est devint presque invisible. Les soldats qui stationnaient le long de l'ancienne frontière entre la Cisjordanie et Israël – connue sous le nom de « Ligne verte » – s'étaient redéployés vers d'autres fronts pour surveiller les territoires occupés, soudain beaucoup plus vastes. Il y avait donc beaucoup moins de soldats israéliens sur la Ligne verte. À la fin du mois de juin, il était plus facile pour les familles palestiniennes de regagner leur ancienne patrie pour y toucher la terre et les pierres des temps passés.

C'est ainsi que Bachir et ses cousins se retrouvèrent à la gare routière de Jérusalem-Est pendant l'été 1967, prêts à grimper dans le Royal Tiger et rouler vers l'ouest, au-delà des ruines de vieux villages arabes, au-delà des carcasses de jeeps israéliennes calcinées, couvertes de bouquets de fleurs, jusqu'au creux de la vallée de Latroun, au-delà de la cimenterie, de l'autre côté des voies ferrées, jusqu'à al-Ramla, où une jeune femme du nom de Dalia était assise dans sa cour à contempler les feuilles d'un jacaranda.

Chapitre 9

RENCONTRE

LA SONNETTE retentit, arrachant Dalia à sa rêverie. Elle quitta la véranda et traversa la maison jusqu'à la porte d'entrée. Elle prit une grosse clé et courut vers le portail de métal vert. « *Rak rega* – un instant ! » cria-t-elle en tournant à deux mains la lourde clé. Elle entrebâilla le portail et jeta un coup d'œil à l'extérieur.

Trois hommes se tenaient face à elle, raides, en manteau et en cravate, sous la chaleur accablante de l'été israélien. C'était en juin 1967, quelques semaines après la fin de la guerre des Six-Jours. Ils devaient avoir entre vingt et trente ans. Dalia comprit tout de suite qu'ils étaient arabes.

« *Ken ?* dit-elle. Oui ? »

Ils avaient l'air mal à l'aise, ne sachant que répondre. Dalia, elle, savait parfaitement pourquoi ils étaient là.

« Dès que je les ai vus, se souvient-elle, je me suis dit "Incroyable, c'est eux !" Comme si je les attendais depuis toujours. »

Le plus jeune, visage maigre, grands yeux bruns, prit enfin la parole.

« C'était la maison de mon père, dit-il dans un anglais hésitant. Moi aussi, j'habitais là. »

La suite ne surprit pas Dalia.

« Est-ce que nous pourrions entrer pour voir la maison, s'il vous plaît ? »

Dalia Eshkenazi savait qu'elle avait peu de temps pour répondre. La raison aurait voulu qu'elle leur demande de revenir quand ses parents seraient là. Qui étaient-ils en réalité ?

Bachir l'observait. Elle ne lui avait pas répondu. Il avait à l'esprit l'accueil déplaisant auquel avait eu droit Yasser dans la maison où il avait grandi, à peine une heure plus tôt. Au moins Ghiath, son autre cousin, avait-il vu son ancienne maison, désormais transformée en école pour les enfants israéliens. Qui qu'elle soit, cette jeune femme semblait prendre son temps.

Dalia dévisageait les trois jeunes gens silencieux, anxieux. Si elle leur disait de revenir plus tard, elle ne les reverrait sans doute jamais. Mais si elle ouvrait la porte, était-elle sûre de pouvoir la refermer ? Mille pensées se télescopaient dans son esprit. Vite, il fallait qu'elle en fasse une réponse.

« D'accord », répondit finalement Dalia Eshkenazi aux trois Arabes qui se tenaient devant le portail. Elle eut un large sourire. « Entrez, je vous en prie. »

Bachir regarda la belle jeune femme aux cheveux courts et foncés qui leur souriait en ouvrant le portail métallique d'Ahmed Khairi.

« Entrez, je vous en prie », crut l'avoir entendue dire Bachir. Il la regarda alors qu'elle se retournait pour remonter l'allée de pierre menant à la maison.

Était-ce possible ? Bachir jeta un coup d'œil à ses cousins. La jeune femme israélienne leur avait-elle réellement dit de la suivre ? Il était devant le portail, figé, doutant de tout. Les trois cousins restèrent plantés là tandis que la jeune femme disparaissait dans la maison. Bachir regarda Yasser. « Je suis sûr qu'elle a nous dit "Vous êtes les bienvenus" », lui dit-il. Un instant plus tard, la tête de la jeune femme apparut de nouveau à la porte. Elle les scrutait d'un air interrogateur.

« Vous êtes sûre que nous pouvons entrer ? » arriva à dire Bachir dans son anglais maladroit. « Oui, dit-elle en riant. Remontez l'allée, je vous en prie. »

Bachir se rappelle qu'il avança avec précaution, d'une pierre à l'autre, prenant soin de ne pas marcher sur le gazon qui les séparait. Il se retourna vers ses cousins, immobiles. « Suivez-moi, les encouragea-t-il. Venez. Venez chez moi. »

Dalia souriait. Elle savait qu'il était déconseillé d'inviter chez soi trois hommes arabes, surtout pour une jeune femme israélienne et juste après la guerre. Pourtant elle n'éprouvait pas le moindre trouble. Elle devinait chez ces jeunes gens une certaine vulnérabilité, elle était sûre qu'ils ne lui voulaient aucun mal. Elle se sentait en sécurité.

« Donnez-moi cinq minutes, s'il vous plaît, dit-elle. Juste cinq minutes. » Elle voulait que l'intérieur apparaisse sous son meilleur jour, afin qu'ils aient une bonne image de la maison et de ceux qui l'habitaient.

Bachir l'entendit à peine. Il se délectait de la vue du jardin, admirant les fleurs en forme de bougies, violettes et jaunes, fermées pour se défendre du soleil ; le *fitna* dont sa mère lui avait parlé, brillante explosion de blanc et de jaune ; les roses lourdes au rouge profond foisonnant sur les rosiers. Derrière la maison, un palmier s'épanouissait en larges feuilles vertes dépassant le toit. Pourvu que le citronnier soit toujours dans la cour, songea-t-il.

Il fixa du regard la porte d'entrée en bois, sur laquelle son père frappait en rentrant du travail, avant juillet 1948, annonçant son retour tandis que Bachir courait vers lui.

Pourquoi prenait-elle tant de temps ? Il y avait plus de cinq minutes qu'elle avait disparu. Que faisait-elle ? Était-elle en train d'appeler la police ? Les cousins étaient de plus en plus inquiets.

Bachir regardait la pierre blanche de Jérusalem que son père avait posée de ses propres mains trente et un ans plus tôt. En s'approchant, il aurait pu effleurer sa surface irrégulière, collines et vallées en miniature, comme le relief de la Palestine.

« Vous pouvez entrer, annonça la jeune femme. Vous êtes les bienvenus. Entrez, faites comme chez vous. » Une façon universelle d'accueillir ses hôtes – faites comme chez vous, *mi casa es su casa*, *ahlan wa-sahlan*, *baruch habah* –, pourtant Bachir trouvait ces paroles étranges alors qu'il s'approchait de la porte d'entrée : faites comme chez vous…

Les cousins franchirent le seuil, Bachir le premier, suivi de Yasser et Ghiath. Il fit quelques pas prudents et regarda autour de lui, muet, inspirant la grande pièce à l'espace ouvert, expirant, inspirant de nouveau. C'est ainsi qu'il l'imaginait : dépouillée et propre. Il se souvient d'avoir eu l'impression d'être dans une mosquée ; comme si lui, Bachir, était un saint homme.

Dalia se rappelle qu'elle montra chaque pièce aux trois cousins, souhaitant qu'ils se sentent bien accueillis, à l'aise. Après cette visite initiale, elle leur proposa de prendre leur temps et de se promener dans la maison à leur guise. Elle se retira en les observant, fascinée.

Bachir semblait en transe. Il flottait d'une pièce à l'autre, franchissant les portes, tâtant les carreaux, le verre, le bois, le plâtre peint des murs, savourant le contact de chaque surface.

« On aurait dit qu'ils marchaient dans un temple, sans un mot, se rappelle Dalia. Que chaque pas avait pour eux un sens particulier. »

Bachir s'arrêta devant la porte ouverte d'une petite chambre, dans un angle, près de la cour. Il entendit la voix de Dalia derrière lui : « C'est ma chambre.

— Oui, répondit Bachir. Et c'était la mienne. »

Dalia leva les yeux vers le mur au-dessus du lit. Elle y avait accroché une couverture du magazine *Life*, la photo d'un soldat israélien aux yeux bleus, radieux – l'archétype du *sabra.* Il était immergé jusqu'à la poitrine dans le canal de Suez, brandissant son Uzi au-dessus de sa tête à la fin de la guerre des Six-Jours. Aux yeux de Dalia, cette image était synonyme de libération, de menace écartée, de survie. Debout avec Bachir dans l'embrasure de la porte, elle comprit que celui-ci devait avoir une perception opposée à la sienne.

Bachir se souvient que Dalia fit remarquer : « Je crois que vous avez quitté la maison très jeune, non ? Sans doute l'année où nous sommes arrivés. »

Bachir eut envie d'exploser, de hurler : *Nous n'avons pas « quitté » la maison ! C'est vous qui nous en avez chassés par la force !* Au lieu de quoi, il répondit : « Nous ne nous sommes pas présentés. Je m'appelle Bachir Khairi. Et voici mes cousins, Ghiath et Yasser. »

Dalia se présenta à son tour, ajoutant qu'elle était étudiante à l'université de Tel-Aviv, actuellement en vacances d'été. Elle prit soin de ne pas leur dire qu'elle faisait partie du corps d'entraînement des officiers de l'armée israélienne. En partie parce qu'ils étaient arabes et qu'elle était juive ; mais aussi parce qu'elle sentait monter du fond d'elle-même l'*akhrayut* : le sens de la responsabilité, ou, littéralement, la capacité de répondre à l'autre. Des questions de son enfance revenaient : est-ce que c'était une maison arabe ? Qui avait vécu là auparavant ? Pourquoi étaient-ils partis ? Elle comprit que ces hommes incarnaient les réponses à ses questions. *J'ai enfin ouvert une porte, fermée depuis si longtemps*, songeait-elle. Dans son souvenir, c'est à cet instant que débuta sa quête de compréhension.

« Maintenant, dit-elle, me permettrez-vous de vous recevoir comme des invités ? Je peux vous offrir quelque chose à boire ? »

Comme des invités, pensait Bachir, *je me demande bien qui peut se dire invité dans sa propre maison !* « Avec plaisir, répondit-il vivement à Dalia. Oui, merci.

— Allons dans le jardin, proposa-t-elle, montrant la cour. Il est très beau. Qu'est-ce que vous voulez ? De la limonade ? Un café turc ? »

Les trois cousins s'assirent au soleil dans le jardin. Les yeux de Bachir allaient et venaient comme l'objectif d'une caméra, enregistrant les murs extérieurs, les châssis des fenêtres, la ligne du toit, le sol, le sable, les branches, les feuilles, les fruits. Même les brins d'herbe poussant entre les pierres de la maison. Jusqu'au moment où ses yeux s'arrêtèrent sur le citronnier, dans l'angle du jardin.

« J'ai l'impression qu'ils n'ont rien changé, dit Yasser.

— Juste les meubles », répondit Bachir.

Dalia revint avec les boissons – Bachir se souvient de petites tasses de café turc. Dalia est certaine qu'elle servit de la limonade. « J'espère que cette visite vous apaisera, dit-elle en posant devant chacun une petite tasse de porcelaine et une soucoupe – ou un verre de limonade.

— Bien sûr, bien sûr », répondit Bachir.

Ils échangèrent quelques banalités en s'écoutant siroter. Yasser se leva au bout de quelques minutes. « Je crois qu'il est temps que nous partions », annonça-t-il. Mais Bachir n'était pas prêt à s'en aller.

« Je peux aller revoir la maison ? » demanda-t-il à Dalia.

Elle répondit avec un sourire : « Bien sûr ! Faites comme chez vous. »

Bachir regarda Yasser. « J'en ai pour une minute », dit-il.

Quelques instants plus tard, devant le portail, Dalia et Bachir étaient de nouveau face à face. « J'espère que nous nous reverrons, dit Dalia.

— Bien sûr, Dalia. J'espère vous revoir. Et un jour, il faut que vous veniez nous rendre visite à Ramallah.

— Comment je vous trouverai ?

— Demandez à n'importe qui à Ramallah. Tout le monde connaît la maison de Bachir Khairi. »

Les cousins montèrent dans le car israélien et s'assirent comme à l'aller, l'un derrière l'autre. La route vers l'est se déroula en silence – ils étaient épuisés. Ils venaient de revoir leur maison ; qu'allait-il se passer ensuite ? La route de Ramallah n'offrait pas de surprises, tout leur semblait familier. Bachir regardait par la fenêtre, dans le vide, conscient qu'un nouveau fardeau pesait comme une pierre sur sa poitrine.

Il gravit les marches de béton menant chez lui, à Ramallah. Il ouvrit la porte et trouva ses frères et sœurs, et Ahmed et Zakia, qui attendaient le retour du voyageur. Ahmed était assis au centre, à la table de la cuisine. Bachir ne put supporter cette vision. « Je suis trop fatigué, se défendit-il. La route a été longue, et l'histoire l'est encore plus. Je vais me reposer. Je vous raconterai tout demain. » Il était six heures de l'après-midi.

« Dors, mon fils, répondit Ahmed, des larmes plein les yeux. Dors, *habibi*, mon cher fils. »

Le lendemain matin, la famille attendait. Bachir prit tout son temps, détaillant chaque instant de son voyage avec ses cousins. Tous l'assaillaient de questions – tous sauf Ahmed, silencieux, tandis que les autres exigeaient qu'il raconte chacun de ses pas, chacun de ses contacts avec la pierre. La lumière ruisselait-elle encore par les fenêtres exposées au sud ? Les piliers de la clôture étaient-ils toujours droits ? Le portail toujours peint en vert olive ? Est-ce que la peinture s'écaillait ? « Si c'est le cas, intervint Zakia, quand tu y retourneras, prends un seau de peinture pour la rafraîchir, Bachir ; et apporte des cisailles pour couper l'herbe de l'allée de pierre. Comment se porte le citronnier, il est beau ? Tu as rapporté des fruits ? Non ? Est-ce que tu as frotté les feuilles pour sentir leur odeur, est-ce que tes doigts avaient le parfum des citrons fraîchement coupés ? Les pierres de la maison étaient toujours fraîches et rugueuses sous la main ? Quoi encore, Bachir, quoi encore ? Raconte-nous tout, je t'en prie. »

Ahmed demeurait immobile, telle une montagne, les yeux pleins de larmes. Soudain il se leva. Le visage ruisselant de larmes, il quitta la cuisine et emprunta le couloir. Tous le suivaient du regard, mais personne n'osait le rappeler. Il ferma la porte de la chambre.

« Dieu te pardonne, mon fils, dit Zakia. Tu as rouvert nos blessures. »

Au cours de l'été 1967, des conversations similaires eurent lieu dans toute la Cisjordanie et à Gaza. Des centaines, voire des milliers de Palestiniens avaient entrepris le pèlerinage, traversant la Ligne verte pour retrouver la maison de leur enfance. Ils revenaient chargés de récits doux-amers de jardins en fleurs, de voûtes de pierre dont les inscriptions en arabe avaient été effacées, de pianos désaccordés, de clés ouvrant encore les serrures, de portes de bois grandes ouvertes ou de portes de fer qu'on leur fermait au nez. Peu importe qu'un réfugié soit assez âgé pour se rappeler sa maison ; le paysage et le rêve du retour, il les avait tétés au sein de sa mère. Les générations qui n'étaient pas nées en 1948 étaient capables d'évoquer les détails de certains quartiers de villages détruits avant leur naissance.

Pour tous, c'était la terre elle-même, et parfois les décombres d'une vieille pierre angulaire, qu'il importait d'aller voir et de se rappeler. De Jaffa, Haïfa, Jérusalem-Est, Lydda et al-Ramla, où les maisons arabes étaient encore debout, les Palestiniens rapportaient une preuve de leurs souvenirs : un rameau d'olivier, une pierre du jardin, une poignée de figues. Plus tard, cet été-là, Bachir et son jeune frère Kamel retournèrent voir Dalia et la maison d'al-Ramla. Kamel, qui avait un an en 1948, jurait qu'il se souvenait de la maison. Il accepta quatre citrons offerts par Dalia, qu'il donna à Ahmed, son père. Celui-ci exposa l'un des citrons dans une vitrine du salon.

Ces preuves physiques de la perte endurée ne faisaient qu'accroître la nostalgie et le désir de retour. La guerre des Six-Jours avait rendu ce retour plus invraisemblable que jamais, mais pour Bachir, sa famille, et des centaines de milliers de réfugiés, la proximité inattendue de ces paradis perdus rendait l'exil encore plus douloureux. Pendant l'été 1967, le rêve du retour fut plus fort que jamais.

À la fin du mois de juin 1967, Yasser Arafat et une petite faction de révolutionnaires autoproclamés traversèrent discrètement le Jourdain pour se rendre en Cisjordanie, occupée par les Israéliens. Les cadres palestiniens – c'est ainsi qu'on les appelait –, vêtus de noir, parcoururent la vallée du Jourdain de nuit pour éviter les avions volant à basse altitude et les projecteurs des hélicoptères israéliens en patrouille. Parmi les centaines de cadres qui traversèrent le fleuve cet été-là, beaucoup s'étaient entraînés en Syrie ; ils portaient à l'épaule de vieux fusils, des mitraillettes suédoises et des kalachnikov russes, et dans leurs sacs à dos de près de quarante kilos, des mines, des grenades, des balles et des charges explosives.

Depuis le nouvel an 1965, Arafat, Abou Jihad et d'autres cadres du Fatah lançaient régulièrement des petits raids contre Israël, la plupart du temps contre des cibles militaires et industrielles. Ces attaques avaient peu de conséquences sur le terrain, mais d'un point de vue psychologique elles étaient chargées de sens. En Israël, elles secouaient la population pour qui la sécurité était primordiale. Vis-à-vis des Palestiniens et de l'opinion mondiale, selon les mots du révolutionnaire Bassam Abou-Charif, elles montraient « que l'esprit palestinien n'avait pas été écrasé, [...] que le peuple palestinien n'abandonnerait jamais, qu'il se battrait avec tout ce qu'il avait sous la main, par tous les moyens possibles, pour retrouver sa dignité et sa terre perdue, pour obtenir justice ».

Arafat savait pourtant qu'une poignée de jeunes gens lançant des raids éclairs de l'autre côté de la frontière, avec des explosifs improvisés et de vieux fusils, ne modifieraient pas le statu quo. Son but à plus long terme était d'organiser une insurrection venue de l'intérieur de la Palestine. Il poussait ses cadres à organiser des opérations afin de relancer la lutte armée contre Israël depuis la Cisjordanie.

En juillet 1967, à peu près au moment où Bachir et ses cousins se rendaient en car à al-Ramla, Arafat allait d'une ville à l'autre en Cisjordanie, déguisé, pour monter des cellules secrètes destinées à lancer des attaques de l'autre côté de la Ligne verte. Lui et ses hommes dormaient dans un lacis de grottes au nord de Ramallah, comme Cheikh Izz al-Din al-Qassam pendant la Grande Rébellion arabe des années 1930. Il avait très vite compris qu'il lui fallait bouger sans cesse. Le Shin Beth, le service de contre-espionnage israélien, avait un redoutable réseau d'informateurs palestiniens qui notaient tous les mouvements des révolutionnaires. En échange, les collaborateurs bénéficiaient d'argent, de papiers, ou de la clémence pour un frère ou un père emprisonné. Arafat calculait le moindre de ses mouvements pour éviter l'arrestation. La légende d'Abou Amar, nom de guerre d'Arafat, s'est construite autour des récits des circonstances où il l'a échappé belle : le jour où il s'est enfui par une fenêtre sur cour alors que les soldats entraient par la porte principale ; ou quand il s'est esquivé en s'habillant en vieille femme ; ou encore lorsque les soldats israéliens ont débarqué dans la grotte qu'il occupait pour y trouver son café bouillant sur le feu.

Arafat avait une conscience aiguë de la force des symboles. Sur les photos, le jeune révolutionnaire portait toujours un treillis et des lunettes noires, et un keffieh reproduisant, au prix de grands efforts, la forme de la Palestine historique. L'image et les prouesses d'Arafat, du codirigeant du Fatah, Abou Jihad, et de leurs cadres ravivaient l'espoir de la population, dégoûtée par une deuxième défaite désastreuse et l'occupation qui suivit. Elles confirmaient dans leur conviction Bachir et des milliers d'hommes qui pensaient que seuls les Palestiniens détenaient la clé de la libération. L'Union soviétique réarmait l'Égypte et la Syrie ; la Syrie continuait d'aider le Fatah ; mais il était de plus en plus clair que les États arabes ne s'uniraient jamais pour combattre Israël. De toute façon, les discours des dirigeants arabes étaient vides de sens aux yeux des Palestiniens qui avaient le sentiment d'avoir été trompés par leurs promesses de libération. Désormais, c'était à eux de répondre à la nostalgie douloureuse de leur patrie. Arafat le savait d'instinct ; il avait conquis l'imaginaire de son peuple avec des slogans forts : « La révolution jusqu'à la victoire », « Notre âme et notre sang, nous les sacrifierons pour la Palestine », « Nous reviendrons ».

***

Septembre arriva à Ramallah, et le mouvement des avocats ne faiblissait pas. Bachir et ses confrères persistaient à faire grève pour protester contre l'occupation de la Cisjordanie et l'annexion récente de Jérusalem-Est par Israël. Pour les Israéliens, cette annexion devait permettre de réunir les deux zones de Jérusalem et de donner aux Juifs un accès permanent aux sites sacrés, notamment le mont du Temple. Pour les Arabes de Jérusalem-Est, dont le rêve était d'accueillir la capitale d'un futur État palestinien, l'« unification » était une agression perpétrée par une puissance occupante. Des équipes de construction israéliennes bâtissaient déjà d'immenses « faubourgs » sur les terres de Jérusalem-Est.

L'annexion israélienne eut un impact professionnel et financier important sur les avocats arabes : ils étaient menacés de chômage permanent, ou devaient à tout le moins apprendre l'hébreu et passer l'examen du barreau israélien, ce que ni Bachir ni ses confrères de Jérusalem-Est n'avaient l'intention de faire. Car c'était accepter l'occupation et l'annexion de Jérusalem-Est. À ce moment, toutefois, Bachir pensait que l'occupation du reste de la Cisjordanie était temporaire, et que lui et ses confrères reprendraient bientôt leur travail. Certains signes laissaient pourtant supposer le contraire : des Israéliens, menés par le Parti religieux national, commençaient à construire des colonies en Cisjordanie, sur des terres qui selon eux faisaient partie d'Eretz Israël. Le gouverneur militaire israélien publia bientôt un décret suggérant que l'occupation pourrait durer. L'ordre militaire 145 autorisa les avocats israéliens à remplacer les grévistes palestiniens. Avant même qu'il soit appliqué, les Israéliens procédèrent à des arrestations.

Tard dans la soirée du 17 septembre 1967, Bachir fut réveillé par des cris et des poings tambourinant contre sa porte. « Les soldats israéliens encerclent la maison ! » s'écria quelqu'un. Il sortit de sa chambre, ébloui par des projecteurs, et entendit les soldats hurler : « Ouvrez ! Ouvrez ! » Il ouvrit. Dix soldats en tenue de combat se tenaient devant la porte. Bachir se souvient de leurs visages noirs, cachés par des casques, et de leurs Uzis pointés sur sa poitrine.

« Montrez-moi vos papiers d'identité », aboya celui qui devait être le responsable, sans s'adresser à personne en particulier. Bachir prit sa carte d'identité et le soldat le regarda : « Tu es Bachir, dit-il. Habille-toi et suis-moi. »

Zakia courut derrière Bachir tandis qu'il allait se changer dans sa chambre. « Mets des vêtements chauds, mon fils. C'est la fin de l'été. »

Bachir passa cent jours dans une prison de Ramallah, dont la plus grande partie dans le quartier général militaire israélien où des officiers l'interrogèrent sur ses activités militantes. « Tu es un dirigeant », disaient-ils. Ils avaient suivi ses activités dans le mouvement des avocats grévistes et pensaient qu'il en savait très long. « Donne-nous des détails sur la résistance. » La réponse de Bachir était toujours la même : « Je crois à une chose : la Palestine. Et il y a une chose que je déteste : l'occupation. Si vous voulez me punir, allez-y. »

L'arrestation de Bachir faisait partie d'une opération beaucoup plus importante, dont le but était de débusquer les dissidents, les guérilleros et tous ceux que l'on soupçonnait de préparer des attaques sur le sol israélien. Le Fatah lançait des opérations de combat contre Israël depuis la fin du mois d'août. Certains rebelles étaient organisés en cellules secrètes armées ; d'autres opéraient comme des bandes de guérilleros errants, dites « patrouilles fugitives ». Arafat et ses cadres tentaient de s'approprier le nationalisme palestinien, planifiant leurs actions de manière à faire pression sur les États arabes afin que ceux-ci ne donnent à Israël aucun signe de compromis possible sur le droit au retour. Lors de leur réunion au sommet à Khartoum, à la fin du mois d'août, les dirigeants arabes déclarèrent en effet qu'« il n'y aurait pas de réconciliation avec Israël ».

Des signes de compromis avec Israël se faisaient pourtant jour du côté des États arabes. À la mi-octobre 1967, alors que Bachir était emprisonné, un proche de Nasser écrivit une série d'articles qui eurent un fort impact, préconisant un État palestinien en Cisjordanie et à Gaza – il laissait entendre qu'un retour à l'ancienne Palestine n'aurait pas lieu. Le mois suivant, le Conseil de sécurité des Nations unies adopta la résolution 242 appelant à un « retrait des forces armées israéliennes des territoires occupés au cours du récent conflit » en échange de la « fin de toute revendication ou de tout état de belligérance, [du] respect et [de la] reconnaissance de la souveraineté, de l'intégrité territoriale et de l'indépendance politique de chaque État de la région et de son droit de vivre en paix à l'intérieur de frontières sûres et reconnues, à l'abri de menaces ou d'actes de violence ».

La résolution appelait à une reconnaissance d'Israël par les États arabes en échange d'un retrait israélien du Sinaï, du plateau du Golan, de la Cisjordanie et de Gaza. Certains espéraient que le retrait de Cisjordanie et de Gaza déboucherait sur un État palestinien indépendant ; d'autres pensaient que ces terres repasseraient sous le contrôle de la Jordanie. Quoi qu'il en soit, les frontières seraient très différentes de celles qu'avait définies le plan de partition de l'ONU, en 1947. Israël garderait le contrôle de 78 % de la Palestine historique, notamment al-Ramla et Lydda.

Plusieurs dirigeants arabes, dont Nasser et le roi Hussein de Jordanie, envoyèrent des signaux laissant entendre qu'ils pourraient soutenir la résolution 242 – Nasser récupérerait le Sinaï, et Hussein espérait qu'une paix globale ramènerait le calme dans son royaume, peu docile. Or en 1967, aux yeux de la plupart des Palestiniens, la résolution 242 n'allait pas assez loin ; leur rêve était toujours de combattre pour rentrer chez eux en Palestine. En décembre 1967, il était pourtant clair que l'insurrection qu'Arafat espérait déclencher dans les territoires occupés n'aurait pas lieu. Plus d'un millier d'hommes avaient été emprisonnés par les Israéliens, décimant les rangs du Fatah. Arafat, Abou Jihad et d'autres dirigeants discutaient déjà de la nécessité d'un changement de tactique.

Le 11 décembre, à quelques kilomètres de la maison de Ramla, des rebelles palestiniens attaquèrent l'aéroport national d'Israël. L'attaque fut un échec tactique, mais elle marqua l'arrivée d'une nouvelle faction dans le mouvement indépendantiste : le Front populaire de libération de la Palestine, dirigé par Georges Habache, qui figurerait bientôt sur la liste des principaux ennemis d'Israël, et qui n'inspira que répugnance à Dalia dans les années qui suivirent. À cette époque cependant, aux yeux de nombreux Palestiniens, Habache était un rebelle courageux, désireux de se battre par tous les moyens pour les droits fondamentaux de son peuple.

À la fin de l'année 1967, Bachir fut libéré de prison. On l'avait interrogé pendant des jours et des jours ; aucune inculpation ne lui fut signifiée. En sortant de prison, se souvint-il par la suite, « [il aimait] encore plus la Palestine, et [haïssait] plus que jamais l'occupation ».

Par une grise et lourde matinée de janvier 1968, Dalia s'éveilla à Ramla en pensant à Bachir et à sa famille. Elle réfléchissait depuis des mois à l'invitation de Bachir ; ce jour-là, espérait-elle, serait le bon. Elle n'avait pas l'adresse ni le numéro de téléphone de Bachir, et donc pas d'autre choix que de se rendre sur place. Elle se souvenait que Bachir lui avait dit : « Quand vous arriverez à Ramallah, demandez à n'importe qui. Tout le monde connaît la maison de Bachir Khairi. »

Il lui fallait maintenant trouver un moyen de se rendre à Ramallah. Non seulement la 2CV familiale ne faisait pas l'affaire, mais Moshe n'autoriserait jamais sa fille à aller en Cisjordanie. Elle décida d'appeler un vague ami britannique, Richard, qui prétendait qu'elle ressemblait à Natalie Wood et souhaitait depuis longtemps obtenir un rendez-vous avec elle. Dalia n'était pas intéressée par Richard, mais il avait une voiture. Compte tenu de ses sentiments, il était prêt à traverser la Ligne verte avec Dalia pour aller dans les territoires palestiniens occupés.

Ils partirent en début de matinée, distinguant bientôt les monts de Judée – c'est sous ce nom que Dalia les connaissait – à l'est. Ils offraient de multiples nuances de violet et des zones d'ombre zébrées d'étroites bandes de lumière. Dalia se rappelait l'époque où, âgée de cinq ans, elle les montrait du doigt à sa mère en demandant : « *Ima*, si on allait voir ces montagnes ? » Solia lui répondait qu'elles étaient trop loin, mais Dalia la prenait par la main en insistant : « Non, non, si tu le veux vraiment, on peut y aller. Un jour, moi, j'irai. » En approchant de ces montagnes de Cisjordanie, en route vers cette terre inconnue à côté de son ami anglais silencieux, tendu, Dalia avait vraiment le sentiment d'appartenir à ce pays.

La voiture franchissait les nids-de-poule dans de grands éclaboussements sur les routes de terre de Cisjordanie – c'était en plein hiver. Dalia savait que des chars et des jeeps israéliens patrouillaient quelque part, mais elle était surtout sensible aux collines rocailleuses, aux oliveraies, et aux antiques villages surgis de terre. Ils approchaient de Ramallah, roulant vers le nord-est à partir de Latroun et du village abandonné d'Emmaüs. Ils se perdirent dans le labyrinthe de routes au nord de Beit Sira. Les enfants d'un village entourèrent la voiture. Dalia eut peur en les entendant parler arabe à toute vitesse.

Puis ils reprirent les routes étranges, désertées, de la Cisjordanie occupée par Israël, sans trop savoir où ils allaient.

Six mois plus tôt, en six jours seulement, les Israéliens avaient opéré un étonnant renversement de leur image aux yeux de tous : de victimes, ils étaient devenus vainqueurs, et occupants. L'euphorie de la victoire et l'exultation publique en Israël et à travers le monde avaient provoqué chez certains une réflexion sur la brutalité de la guerre et la morale de l'occupation. Amos Oz, jeune écrivain israélien, appelait déjà à un retrait complet des territoires occupés, pour des raisons éthiques. Il faisait partie d'un groupe de jeunes kibboutzniks qui souhaitaient rendre compte des sentiments contradictoires des *sabras*, « hébétés devant l'ampleur de la victoire et pas moins choqués par la révélation des réalités de la guerre ».

Ces jeunes gens étaient les contemporains de Dalia dans l'armée israélienne. Ils confiaient à Oz et aux autres chroniqueurs leur ambivalence morale. D'un côté, presque tous considéraient que la guerre était juste – il s'agissait de défendre contre « Armageddon [...] tout ce dont nous avons parlé depuis des années, quand nous étions enfants – l'amour de notre pays, la poursuite de la vie juive ici, sur la terre de nos pères ». De l'autre, beaucoup de soldats rentraient au kibboutz perturbés, avec le sentiment d'être devenus, comme le dit un *sabra*, « de simples machines à tuer. Chaque visage se fige dans un grondement féroce, un profond grognement sourd de votre ventre. Vous avez envie de tuer, toujours tuer. Il faut que vous compreniez ce que ce genre d'événement provoque. On était dans la haine, toujours la haine ».

Le *sabra* héroïque, qui incarnait la résistance et la force, découvrait une nouvelle image de lui-même. Depuis la guerre des Six-Jours, les Israéliens étaient les occupants, rôle que peu de soldats kibboutzniks avaient envie d'endosser. « C'est un sentiment infect de faire partie d'une armée conquérante, avoua un soldat à Oz. Un boulot horrible, vraiment horrible. Je suis kibboutznik. Ce n'est pas un travail pour nous. On n'a pas été élevés pour ça. On n'a pas été entraînés pour ça. »

Les Israéliens se considéraient comme une nation de victimes, en particulier depuis que le procès d'Adolf Eichmann, qui s'était tenu à Jérusalem en 1963, avait tiré la Shoah de l'ombre. Or les *sabras*, dont les parents étaient souvent des survivants de la Shoah, étaient désormais confrontés à une population civile occupée : des mères les suppliant de libérer leur fils ; des épouses, leur mari ; de vieux hommes courbés sur leur canne, regardant passer un bataillon, troublés, criant dans une langue incompréhensible.

À Ramallah, tout se passa comme l'avait annoncé Bachir : Dalia et Richard s'arrêtèrent près de la place Manara, au cœur de la ville, et demandèrent à un homme où se trouvait la maison de Bachir Khairi. L'homme savait qui était Bachir et où il habitait. Quelques minutes plus tard, Dalia et Richard étaient au pied d'un escalier de béton tandis qu'un voisin montait prévenir Bachir.

Celui-ci était sorti de prison quelques semaines plus tôt. Il était dans sa chambre quand Kamel, son frère cadet, entra en trombe. « Devine qui est là ? » demanda-t-il, surexcité. Bachir comprit immédiatement. Il descendit l'escalier et reconnut Dalia, un peu nerveuse, avec un grand type costaud, pâle, qui semblait encore plus mal à l'aise.

Il faisait froid, le ciel couvert laissait augurer de nouvelles averses, mais Bachir ne fit même pas mine d'inviter ses visiteurs à entrer.

« Je ne sais pas si c'est sûr pour vous d'entrer. Je viens de sortir de prison.

— Pourquoi étiez-vous en prison ? demanda Dalia.

— Parce que j'aime mon pays », répondit Bachir.

C'est drôle, se dit Dalia. *Moi aussi, j'aime mon pays, mais je n'ai pas été emprisonnée*. Elle comprit que Bachir ne cherchait pas à faire étalage de son engagement nationaliste palestinien ; il essayait de la protéger. Il était surveillé. Si elle montait, elle aussi risquait d'être soumise à une surveillance. Ironie de l'histoire, Bachir essayait de protéger Dalia contre sa propre armée, dont elle faisait partie. Elle se décida sur-le-champ : personne n'avait le droit de lui dire qui elle pouvait ou ne pouvait pas voir. Elle regarda le menton de Bachir, son visage rasé de frais et ses grands yeux bruns. « Je vous en prie, insista-t-elle. Laissez-moi entrer. »

Bachir fit monter Dalia et Richard et les conduisit jusqu'à un sofa rembourré, dans un salon froid et sombre. Ils furent accueillis par un affairement silencieux. On approcha un radiateur au kérosène ; on alluma les lumières. Les sœurs de Bachir s'activaient et préparaient le salon pour les invités-surprises. C'était la première fois que Dalia rencontrait des femmes de Cisjordanie. De même que c'était la première fois qu'elles voyaient un Israélien ou une Israélienne portant autre chose qu'un uniforme, imaginait-elle.

Bachir lui présenta Zakia, sa mère, qui l'accueillit chaleureusement. Peu après, se rappelle Dalia, « j'ai vu apparaître sur la table du thé, des petits gâteaux, des sablés aux dattes, des pâtisseries arabes, du café turc ». Dalia découvrait l'hospitalité arabe. Et plus de nouveaux plateaux et de nouveaux plats apparaissaient, plus elle était subjuguée par cette générosité.

Dalia fut frappée par le côté provisoire de la maison : les sofas, le sol couvert de carreaux, les photos encadrées aux murs. Il manquait quelque chose d'essentiel. Quoi ? Dalia n'aurait su le dire, mais elle avait l'impression que la famille vivait assise sur ses valises.

« Alors, demanda Bachir dans son anglais hésitant, comment allez-vous, Dalia ? Comment va votre famille ? Vos études se passent bien ?

— Je vais bien, répondit Dalia. Bien. »

Il y eut une pause.

Bachir avait de l'estime pour Dalia. Il préférait que ce soit elle qui décide du cours de la conversation. Après tout, elle était son invitée. « Vous êtes la bienvenue, dit-il. J'espère que vous passerez une agréable journée en notre compagnie. Vous êtes généreuse, et particulièrement gentille avec nous. »

Dalia aperçut les sœurs de Bachir qui murmuraient en l'observant depuis l'embrasure d'une porte. Elles avaient des yeux magnifiques, se rappelle Dalia. Des yeux de biche – *enei ayala* en hébreu, de puissants emblèmes de beauté. Toute la famille vint finalement la saluer, sauf Ahmed, le père de Bachir, apparemment sorti.

Dalia inspira profondément ; elle hésitait à interroger Bachir, mais elle était venue à Ramallah pour découvrir son histoire. « Bachir, demanda-t-elle en se penchant vers lui, je sais que c'est une question très sensible. » Elle fit une pause. « Ça doit être très difficile de savoir que quelqu'un vit chez vous, non ? »

Bachir aurait préféré en rester à « Comment allez-vous ? » L'hospitalité arabe lui interdisait de contredire un visiteur, mais la situation était exceptionnelle. Dalia avait besoin d'être prise à partie, et méritait de l'être.

« Écoutez, Dalia, répondit-il, lentement. Comment vous sentiriez-vous si vous aviez été obligée d'abandonner votre maison, toutes vos affaires, votre esprit tout entier dans un seul lieu ? Vous ne vous battriez pas de toutes vos forces pour les récupérer ? »

Bachir aurait pu ajouter bien d'autres détails. Il aurait pu raconter à Dalia ce que lui avait appris la mémoire collective palestinienne : l'armée israélienne attaquant Lydda et occupant al-Ramla le 12 juillet 1948 ; les crosses des fusils des soldats cognant aux portes le lendemain ; l'exil forcé de dizaines de milliers d'habitants d'al-Ramla et de Lydda ; les dix-neuf ans d'inconsolable nostalgie de leur maison ; le désir de se battre, à mains nues si nécessaire, pour rentrer. Au lieu de cela, il se leva soudain.

« Venez, se souvient-il d'avoir dit. Permettez-moi de vous montrer quelque chose. » Dalia avait essayé d'entraîner Richard dans la conversation mais l'Anglais, qui manifestement s'ennuyait, laissa échapper un profond soupir. Bachir se dirigea vers une vitrine dans la salle à manger. Dalia le suivit.

« Regardez la vitrine et dites-moi ce que vous voyez, dit Bachir.

— C'est un test ?

— C'est un test. Dites-moi ce que vous voyez, je vous en prie.

— Des livres, des vases, une photo d'Abdel Nasser. Des objets cachés derrière, il me semble. Et un citron.

— Gagné. Vous vous rappelez le citron ?

— Pourquoi ? Il a une histoire particulière ?

— Vous vous souvenez de ma visite, n'est-ce pas, avec mon frère ? Vous vous souvenez que Kamel vous a demandé quelque chose quand nous sommes partis ? Vous vous souvenez de ce que vous lui avez donné ? »

Bachir se rappelle que Dalia resta un moment silencieuse. « Oh, mon Dieu. C'est un des citrons que je vous ai donnés ! Mais pourquoi l'avez-vous gardé ? C'était il y a près de quatre mois. »

Ils s'éloignèrent de la vitrine et retournèrent s'asseoir dans le salon.

« Pour nous, Dalia, ce citron est plus qu'un fruit, expliqua lentement Bachir. C'est toute notre terre, notre histoire. La fenêtre que nous ouvrons pour regarder notre histoire. Quelques jours après l'avoir rapporté, une nuit, j'ai entendu du mouvement dans la maison. Je me suis levé, et j'ai écouté. Nous étions tellement nerveux depuis l'occupation. Même le mouvement des arbres nous réveillait et nous inquiétait. Le bruit venait de cette pièce. Vous savez ce que j'ai vu ? Mon père, qui est presque aveugle.

— Oui, dit Dalia, l'écoutant intensément.

— Il avait pris le citron dans ses mains, Dalia, et il arpentait la pièce en pleurant.

— Qu'est-ce que vous avez fait ?

— Je suis retourné dans ma chambre, je me suis assis sur mon lit et j'ai réfléchi. Jusqu'au matin. Et j'ai compris pourquoi j'aime tant mon père. »

Dalia était au bord des larmes. Elle regarda son ami anglais en espérant qu'il vienne à sa rescousse. Il tapait doucement du pied et regardait sa montre. Ce serait leur premier et dernier rendez-vous.

« Que se passerait-il si votre père venait à la maison, à Ramla ? demanda-t-elle à Bachir.

— Il risque de s'effondrer. Il dit toujours qu'il aurait une crise cardiaque avant d'atteindre la porte.

— Et votre mère ?

— Ma mère aussi. Vous savez ce que signifie une maison pour une épouse. Elle est entrée dans cette maison le jour de son mariage. Et c'est là qu'elle a mis au monde ses enfants. » Bachir y était né, près de vingt-six ans plus tôt.

« Nous nous reconnaissons en vous, Bachir, dit Dalia. Nous nous souvenons de l'histoire de notre exil, qui dure depuis des milliers d'années. Je comprends votre nostalgie de la maison. » Elle compara l'idée qu'elle se faisait d'Eretz Israël (la terre d'Israël) à l'amour de Bachir pour Arde Falastin (la terre de Palestine).

« Je comprenais leur nostalgie pour Arde Falastin parce qu'elle me rappelait ma nostalgie de Sion. Quelque chose dans mon expérience collective me permettait de compatir avec eux », se souvient Dalia.

Elle répondit à Bachir : « Ce que vous avez enduré, ça a dû être affreux. » Elle était profondément émue, persuadée d'arriver enfin à comprendre son ami et à établir le contact avec lui.

Bachir n'avait jamais compris comment l'antique nostalgie d'un peuple – le désir de retrouver son pays après des millénaires d'exil – pouvait être mise sur le même pied que la vie réelle de générations de Palestiniens qui avaient vécu et respiré sur cette terre, qui y avaient fait pousser des fruits et des légumes, qui y avaient enterré leurs parents et leurs grands-parents. Il était sceptique : cette nostalgie avait-elle vraiment quelque chose à voir avec la création d'Israël ? « Israël est né dans l'imagination des puissances d'occupation occidentales pour deux raisons, dit-il à Dalia.

— Lesquelles ? demanda-t-elle, de plus en plus sceptique, elle aussi.

— D'abord pour se débarrasser de vous en Europe. Ensuite, pour dominer l'Orient et maîtriser le monde arabe par le biais de votre gouvernement. Puis les dirigeants se sont souvenus de la Torah et ils ont commencé à évoquer le pays où coulent le lait et le miel, et la Terre promise.

— Il y avait une bonne raison à tout ça, objecta Dalia. Nous protéger contre les persécutions. Nous protéger contre les massacres de sang-froid, simplement parce que nous sommes juifs. Je connais la vérité, Bachir. Je sais que mon peuple a été tué, massacré, envoyé dans des chambres à gaz. Israël était pour nous le seul lieu sûr. C'est le seul endroit où les Juifs peuvent enfin sentir que ce n'est pas une honte d'être juif !

— Dalia, vous êtes en train d'accuser le monde entier. Vous avez tort. Ce sont les nazis qui ont tué les Juifs. Or nous les haïssons. Mais pourquoi devrions-nous payer pour leurs actes ? Notre peuple a accueilli les Juifs sous l'Empire ottoman. Ils sont venus vers nous, fuyant les Européens, et nous les avons reçus à bras ouverts. Nous avons pris soin d'eux. Et maintenant, parce que vous voulez vivre dans un lieu sûr, d'autres vivent dans la douleur. Prenez votre famille, par exemple. Vous arrivez parce que vous fuyez votre pays. Mais où s'installer ? Dans une maison qui appartient à d'autres ? En leur prenant cette maison ? Et les propriétaires – nous – doivent quitter la maison et aller vivre ailleurs ? Vous trouvez juste que nous soyons expulsés de nos villes, de nos villages, de nos rues ? Nous avons une histoire ici – Lydda, Haïfa, Jaffa, al-Ramla. Beaucoup de Juifs croyaient qu'ils étaient un peuple sans terre s'installant sur une terre sans peuple. Parce qu'ils ne connaissaient rien du peuple indigène qui y habitait. Rien de sa civilisation, de son histoire, de son héritage, de sa culture. Et aujourd'hui, nous sommes devenus des étrangers. Des étrangers partout. Pourquoi, Dalia ? Voilà ce que le sionisme vous a fait à *vous* aussi, pas seulement aux Palestiniens. »

Dalia se sentait incapable d'expliquer ce que représentait l'amour de Sion. « Nous prions trois fois par jour depuis deux mille ans pour revenir dans ce pays, dit-elle à Bachir. Nous avons essayé de vivre ailleurs. Mais nous n'y étions pas les bienvenus. Nous étions obligés de rentrer chez nous. »

Les deux jeunes gens se dévisagèrent en silence.

« D'accord, Bachir, je vis chez vous, ajouta finalement Dalia. Mais c'est aussi chez moi. C'est la seule maison que je connaisse. Qu'allons-nous faire ?

— Rien ne vous empêche de retourner d'où vous venez », répondit calmement Bachir.

Dalia eut l'impression qu'il avait lâché une bombe. Elle faillit hurler. Elle se força à l'écouter.

« Nous estimons que seuls ceux qui sont venus avant 1917 » – l'année de la déclaration Balfour et du début du mandat britannique en Palestine – « ont le droit de vivre ici. Quiconque est arrivé après 1917 doit s'en aller », renchérit Bachir.

Dalia fut sidérée par l'audace du propos. « Si je comprends bien, puisque je suis née et venue ici après 1917, il n'y a pas de solution pour moi », répondit-elle avec un rire incrédule.

Le paradoxe de la situation lui sautait aux yeux : leur désaccord était total, leurs divergences apparemment irréconciliables, mais il y avait entre eux un lien dû à une histoire commune, dans une maison où elle se sentait tout à fait en sécurité et bienvenue. En outre, elle était convaincue de la gratitude profonde des Khairi, simplement parce qu'elle leur avait ouvert la porte de la maison de Ramla. « C'était une situation étonnante, se rappelle-t-elle. Chacun était sensible à la chaleur et à la réalité de notre rencontre, là, telle qu'elle était en train de se passer. Chacun admirait l'*existence*, si l'on peut dire, de l'autre. C'était tellement tangible. D'un autre côté, nous parlions de choses qui semblaient *complètement nous exclure mutuellement* : le fait que ma vie ici se déroulait à *leurs* dépens, et que, s'ils voulaient réaliser leur rêve, ce serait à *mes* dépens. »

Dalia regarda Bachir droit dans les yeux : « Je n'ai pas d'autre endroit où aller, Bachir. Je reste ici. Pour vous, la meilleure solution est de vivre et de nous laisser vivre. Nous devons vivre ensemble. Nous accepter. »

Bachir fixait calmement sa nouvelle amie. « Vous vivez dans un lieu qui ne vous appartient pas, Dalia. Vous vous souvenez que les croisés ont vécu dans ce pays pendant près de deux cents ans ? Finalement, ils ont dû s'en aller. C'est mon pays. On nous en a chassés.

— Mais vous vous rendez compte que c'est aussi mon pays ?

— Non, ça ne l'est pas. Ce n'est pas votre pays, Dalia. Vous nous l'avez volé. »

Dalia reçut ce mot comme une gifle. La placidité de Bachir le rendait d'autant plus insupportable. Elle se cala dans le sofa, silencieuse, exaspérée. Elle avait l'impression d'avoir été insultée.

« Vous ne nous laissez que la mer, si je comprends bien, dit-elle enfin. Qu'est-ce que vous nous proposez ? Où pouvons-nous aller ?

— Je suis désolé, mais ce n'est pas mon problème, dit calmement Bachir. Vous nous avez volé cette terre. La morale de l'histoire est dure à entendre, Dalia. Si vous plantez un arbre dans une terre où il n'est pas fait pour vivre, il ne pousse pas. Nous parlons de l'avenir de millions de gens. » Il expliqua de nouveau son idée, encore répandue chez beaucoup de Palestiniens à la suite de la guerre des Six-Jours, selon laquelle les Juifs nés après 1917, ou nés hors de ce qui était devenu Israël, devaient retourner dans leur patrie d'origine.

Dalia avait peine à croire que c'était une idée sérieuse. « Non, Bachir, non, nous n'avons nulle part où retourner.

— Si, vous pouvez retourner quelque part, vous le pouvez ; ça peut se faire. Vous seriez les bienvenus.

— Bachir, plaida Dalia, se penchant en avant, n'essayez pas de réparer une injustice par une autre injustice ! Vous voulez faire de nous, une fois de plus, des réfugiés, c'est ça ? » *Qu'est-ce que je fais ici ?* se demandait-elle. *À quoi sert-il de poursuivre cette conversation ?*

Elle avait pourtant remarqué une chose : à aucun moment Bachir ne s'était fait le porte-parole des nationalistes palestiniens en menaçant de reprendre la Palestine par la force. Jamais il n'avait dit : « Nous vous *reprendrons* votre maison ». Dalia avait évité de l'interroger sur ses intentions ou ses préférences politiques. Chacun avait choisi de rester à l'intérieur de cette contradiction : ils étaient ennemis mais ils étaient aussi amis. Dalia en conclut qu'ils avaient des raisons de poursuivre leur discussion. La conversation méritait qu'on la protège. Elle se leva. Richard prit son manteau, manifestement soulagé. « Je suis restée assez longtemps, dit-elle à Bachir. Mon père doit s'inquiéter. Il faut que je m'en aille. »

Elle lui tendit la main. « J'ai passé un moment agréable avec vous. Et j'ai l'impression qu'à chaque fois je comprends mieux qu'avant. »

La mère et les sœurs de Bachir arrivèrent. Dalia les remercia, et on se dit au revoir. « Vous n'êtes pas une invitée dans cette maison, Dalia, dit Bachir. Je veux dire qu'il faut que vous reveniez le plus souvent possible, et que nous aussi, nous allions vous voir.

— Je suis à la recherche de la vérité, répondit-elle face à la porte. Et j'ai trouvé le fil qui va m'y conduire. »

Chapitre 10

EXPLOSION

IL FAISAIT un froid sec en cette matinée du 21 février 1969 à Jérusalem. Au sud d'un paysage hivernal d'arbres nus et d'herbe brune, un léger vent s'engouffrait dans le passage pavé de la rue Ben Yehoudah et dans la rue Agron, et tourbillonnait autour des réverbères, au coin du boulevard King George. Israël Gefen, ancien combattant de la Seconde Guerre mondiale et de trois guerres arabo-israéliennes, avait une course à faire pour son épouse, journaliste canadienne. Il entra peu après 10 h 30 dans le supermarché Supersol, au coin de la rue Agron et du boulevard King George. Il passa devant les caisses pour aller vers le rayon des surgelés, et remarqua deux jeunes hommes qui parlaient anglais avec un accent apparemment sud-africain. C'est la dernière chose qu'il enregistra avant la détonation.

Israël Gefen avait de l'expérience en matière d'explosions. À la fin des années 1930, pendant la Grande Rébellion arabe, il avait rejoint dans un kibboutz un groupe clandestin de résistants qui fabriquaient des armes expérimentales. En 1941, il avait combattu Rommel dans le désert de Libye avec l'armée britannique. Il avait participé à la guerre des Six-Jours et au conflit de Suez, et à ce que les Israéliens appelaient leur guerre d'indépendance : il faisait partie du 89e bataillon de Moshe Dayan qui avait pris d'assaut al-Ramla et Lydda, en juillet 1948.

À la manière dont il décolla du sol et à la force de la détonation qui le catapulta de dos à travers le faux plafond et les éclairages, il comprit que l'explosion avait été causée par une bombe.

Il retomba lourdement, leva les yeux, et vit les deux Sud-Africains – l'un d'eux était en fait uruguayen – allongés à terre, morts. À côté d'eux, une femme agonisait ; Gefen regarda un moment ses yeux écarquillés et sa bouche ouverte. Une quatrième victime était couchée, un œil pendant de son orbite. Gefen se dit qu'elle était morte ; il apprit plus tard qu'elle avait survécu.

Il regarda sa jambe gauche et vit du sang jaillir d'une artère de sa cheville. Une tache rouge s'élargissait à travers son pantalon, signe d'une autre blessure. Tout en luttant pour se relever, il baissa les yeux sur ses bras et sa poitrine, et vit que son manteau – en daim brun clair, se souvient-il – était en lambeaux. Il regarda de nouveau sa cheville : le sang en jaillissait comme d'une fontaine. Il fit pression sur son aine pour comprimer l'artère fémorale, en haut de sa jambe gauche, et arrêter le flot de sang. Il enleva sa main ; le sang gicla aussitôt. Il examina sa cheville : elle était presque sectionnée.

« Sur le moment, j'ai décidé de ne pas vivre, se rappellerait-il des années plus tard. J'ai senti que ma cheville était sectionnée, et après tant de guerres, je n'avais pas envie de retourner à l'hôpital. Vraiment pas envie. »

Il regarda autour de lui. La fumée et la poussière étaient en train de retomber, le faux plafond oscillait au-dessus d'eux, des éclairages, des boîtes métalliques et des bouteilles en plastique fracassées gisaient au milieu de mares de sang. Les cris des civils israéliens résonnaient dans le supermarché quand Gefen reconnut l'odeur de la poudre, à laquelle se mêlait l'arôme incongru, mais caractéristique, du paprika.

Israël Gefen changea soudain d'avis : il n'avait plus envie de mourir. Il pressa une main sur le côté gauche de son entrejambe et sautilla sur son pied droit vers la sortie. Deux hommes émergèrent de la fumée et l'emmenèrent à l'extérieur pour l'asseoir sur un fauteuil de coiffeur dans la boutique voisine. Ils lui dirent d'attendre. Après deux ou trois minutes qui lui semblèrent beaucoup plus longues, l'un d'eux réapparut et aida Gefen à marcher jusqu'à un pick-up.

« Parlez-moi », demanda Israël Gefen au conducteur terrifié tandis qu'ils fonçaient dans les rues de Jérusalem-Ouest. Le pick-up brûlait les feux rouges, évitait les bus, les chats et les piétons, et le chauffeur klaxonnait sans trêve. Gefen voulait que l'homme le maintienne éveillé en lui parlant ; s'il s'évanouissait, sa main glisserait de son aine et la perte de sang risquait de le tuer. Ils échangèrent des banalités jusqu'au moment où ils arrivèrent à l'entrée de l'hôpital Sha'are Tzedek (« les Portes de la vertu »). Des médecins entourèrent Gefen avant de le pousser en fauteuil roulant vers les urgences. C'est étrange, se dit-il avant de s'évanouir. Il n'était pas venu dans cet hôpital depuis quarante-six ans – depuis le jour, au début de l'été 1922, où il était né.

Un jour, après son travail, alors que le mois de février 1969 touchait à sa fin, Moshe Eshkenazi entra dans l'arrière-cour de la maison de Ramla, où Dalia arrosait les fleurs. Il avait à la main *Ma'ariv*, son journal du soir. « Regarde, annnonça-t-il à sa fille en haussant les sourcils. Ils ont enquêté sur l'attentat du Supersol, à Jérusalem. Ton ami Bachir est accusé.

— Bachir ? Bachir Khairi, de Ramallah ? » Incrédule, Dalia avança lentement jusqu'à son père, qui la dévisageait. Près de quarante ans plus tard, elle se rappelle cet instant avec précision. L'opération, disait l'article, avait été menée par le Front populaire de libération de la Palestine (FPLP), engagé dans la « lutte armée », autrement dit, pour les Israéliens, le terrorisme. Le FPLP et son leader, Georges Habache, prétendaient avoir conçu ces attaques pour priver les Israéliens de tout sentiment « de confiance et de sécurité ».

Bachir Khairi au FPLP ? Dalia était là, l'arrosoir à la main. Elle avait ouvert sa maison à Bachir et à sa famille ; elle les accueillait quand ils venaient voir la maison, le jardin et le citronnier. En retour, elle avait été reçue avec chaleur et hospitalité, une hospitalité comme jamais elle n'en avait connu ; la gratitude de la famille envers Dalia, simplement parce qu'elle leur avait ouvert sa porte, provenait de profondeurs qu'elle commençait à peine à mesurer. Peu à peu, les visites se poursuivant, Dalia avait découvert l'histoire de la famille de Bachir, en particulier les expulsions de Ramla et de Lod. De son côté, Bachir comprenait que tous les Israéliens n'étaient pas ses ennemis. Dalia avait l'impression qu'un échange fondé sur une histoire commune et un intérêt mutuel n'était, après tout, pas impossible.

Elle relut l'article par-dessus l'épaule de son père. Bachir Khairi était bien accusé d'être impliqué dans l'attentat et d'appartenir à une organisation illégale : le FPLP. En juillet 1968, des guérilleros du FPLP avaient détourné un avion d'El Al entre Tel-Aviv et Rome, l'obligeant à atterrir à Alger et prenant en otages les passagers, israéliens pour la plupart, pendant près de six semaines, jusqu'à ce qu'Israël capitule et libère seize prisonniers palestiniens. Six mois plus tard, en décembre 1968, ils attaquaient un autre appareil d'El Al à Athènes, tuant un passager. Et deux jours seulement après l'attentat du supermarché, une opération du FPLP s'en était pris à un avion d'El Al à l'aéroport de Zurich, faisant un mort et quatre blessés. Dalia suivait ces événements avec passion, brûlant de rage ; elle connaissait les revendications du FPLP qui disait vouloir libérer la Palestine, ce qui signifiait la destruction pure et simple d'Israël et de la seule maison qu'elle connaissait.

Bachir Khairi au FPLP ? Était-ce possible ? L'article affirmait qu'il serait jugé par un tribunal militaire israélien ; peut-être la vérité éclaterait-elle alors. Dalia décida de réserver son jugement jusqu'au procès. Mais elle était face à une question troublante : s'était-elle liée d'amitié à un terroriste ?

Bachir Khairi était assis dans une cellule d'un mètre sur un mètre cinquante, murs de pierre, barreaux de fer, une ampoule de faible puissance se balançant au plafond. Il dormait à même le sol de ciment et, pendant six nuits successives, resta dans l'obscurité, frissonnant, sans couverture. Depuis son incarcération dans la prison de Sarafand – la vieille geôle britannique proche d'al-Ramla –, il souffrait d'une forte fièvre et d'un refroidissement ; le septième jour, se rappellerait-il des dizaines d'années plus tard, ses geôliers israéliens lui apportèrent une couverture.

« Dans la salle d'interrogatoire, raconte Bachir, il y avait une chaise et une table ; sur la table se trouvait un *shabbah* noir [une cagoule]. Vous enfilez la cagoule sur la tête et ils vous tapent dessus. Ils m'ont frappé sur les mains et ont essayé de m'étouffer sous la cagoule. Sinon, ils m'enchaînaient les mains et les jambes, me bandaient les yeux, et lâchaient des chiens qui me sautaient dessus et me plaquaient au mur. Je sentais leur souffle dans mon cou. » Bachir pense que les interrogatoires étaient menés par des agents des services de la sécurité générale israélienne, le Shin Beth. Il se souvient d'eux avec la précision et le calme d'un homme qui raconte une course anodine faite la veille. « Leurs visages. Jusqu'à ce jour, je me souviens exactement de leurs visages », dit calmement Bachir.

Après les interrogatoires venaient les pressions psychologiques. « Dans ma cellule, j'entendais des coups de feu, puis quelqu'un qui criait. Ensuite les gardes arrivaient et m'emmenaient dehors, me montraient un trou et disaient : "Voilà où tu finiras si tu refuses de coopérer." Puis je me retrouvais dans ma cellule et j'entendais des coups de feu et des cris. On se disait : *Ils tuent les gens qui n'avouent pas.* » Les interrogateurs israéliens voulaient que Bachir reconnaisse son rôle dans l'attentat du supermarché, et qu'il leur donne des informations sur les opérations prévues par le FPLP pour qu'ils puissent mettre fin aux détournements d'avions. Le jeune avocat n'avoua rien. Il refusa de confirmer tout lien avec le FPLP, ce qui eut pour conséquence, explique-t-il, la poursuite des passages à tabac, des attaques de chiens et des pressions psychologiques.

Ce genre de traitement n'avait rien d'exceptionnel en Israël. En 1969, l'année où Bachir fut arrêté, peu de choses filtraient hors du Shin Beth sur les prisonniers palestiniens. Jusqu'en 1974, l'année où Felicia Langer, avocate israélienne qui défendait les droits de l'homme, publia un essai, *Avocate israélienne, je témoigne*, fondé sur ses entretiens avec des prisonniers mis au supplice à force « de raclées et d'humiliations ». Elle décrivait des hommes qui présentaient des traces de coups à la tête, aux mains et aux jambes ; qui racontaient qu'on les frappait au visage alors qu'ils avaient les yeux bandés ; qui arrivaient aux entretiens dans la prison avec des chemises tachées de sang ; qui expliquaient comment on les pendait contre un mur par des menottes fixées à une barre de fer ; qui racontaient les interrogatoires « à l'électricité et à coups de bâton », les pieds et les mains attachés jusqu'à ce qu'ils saignent.

Langer évoquait ainsi le cas d'un homme de cinquante-deux ans, atteint d'une maladie respiratoire, qui fut interrogé nu ; « ses mains furent liées derrière son dos ; on attacha également une corde à ses mains, qui servit à le soulever. Ses interrogateurs se mirent à le frapper et, après chaque volée de coups, lui ordonnèrent de parler ; comme il n'avait rien à dire, ils continuèrent à le frapper. » Ou encore un prisonnier « bleu à force d'être frappé », qui mourut, selon les autorités, après « avoir trébuché et être tombé dans un escalier ».

Au cours de l'une de ses visites à la prison, sans doute au printemps 1969, Felicia Langer rencontra Bachir. Elle décrit dans son livre un homme pâle, avec de grands yeux qui semblaient « à peine vivants ». « Ils m'ont tellement frappé que je tenais à peine debout », confia Bachir à Langer.

L'ouvrage de Felicia Langer bénéficia du soutien de la Ligue israélienne des droits de l'homme, dont le directeur, Israël Shahak, écrivit dans la préface que « personne, [...] quelles que soient ses opinions politiques ou philosophiques, ne peut nier que les cas de persécution, d'oppression et de torture décrits dans cet ouvrage ne sont pas seulement vrais en eux-mêmes, mais caractéristiques des habitudes israéliennes dans les territoires occupés ».

Trois ans plus tard, en 1977, le *Sunday Times* de Londres publia une enquête détaillée sur les « allégations de torture systématique des prisonniers arabes par Israël ». Le *Times* concluait ainsi : « La torture est si méthodique qu'elle ne peut pas être attribuée à une poignée de "flics voyous" outrepassant les ordres. Elle est systématique. Elle semble être autorisée, à un niveau ou un autre, comme une politique délibérée. » L'un des sujets de l'enquête était une femme, Rasmiah Odeh, emprisonnée en même temps que Bachir pour l'affaire de l'attentat du supermarché. Le père d'Odeh, Josef, dont la maison fut démolie environ trois semaines après l'attentat, raconte qu'il fut emmené à la prison pour assister à l'interrogatoire de sa fille :

> Quand ils m'ont ramené, [...] Rasmiah ne tenait plus debout. Elle était couchée par terre, ses vêtements tachés de sang. Elle avait le visage bleu et un œil au beurre noir. [...] Ils se sont mis à me frapper, à la frapper, et nous hurlions tous les deux. Rasmiah répétait : « Je ne sais rien. » Jusqu'au moment où ils lui ont écarté les jambes et lui ont enfoncé un bâton. Sa bouche saignait, son visage, son bas-ventre aussi. Là, je me suis évanoui.

Israël nia les allégations du *Times*. Mais l'enquête du journal, qui avait duré cinq mois, concluait que les techniques d'interrogatoire incluaient « des passages à tabac prolongés » et « la torture par décharges électriques et l'incarcération dans des cellules spéciales », méthodes prouvant que « la pratique d'Israël quitte le domaine de la brutalité pour entrer formellement dans celui de la torture ». Le *Times* accusait les services de sécurité israéliens de superviser la torture, notamment le Shin Beth et le département israélien des missions spéciales.

Selon le journal, les objectifs de la torture étaient triples : soutirer des informations ; « pousser les gens à avouer à la "sécurité" des délits dont ils sont peut-être coupables, ou peut-être pas », afin que leurs aveux puissent être utilisés pour prononcer des condamnations ; et « persuader les Arabes des territoires occupés qu'il est moins douloureux d'adopter une attitude passive ».

Le journal découvrit que la plupart des tortures se déroulaient « dans un centre spécial des services de renseignement militaire, à la localisation incertaine, même si les témoignages laissent à penser qu'il se trouve quelque part à l'intérieur d'une vaste base logistique militaire à Sarafand ».

Bachir était à Sarafand, et sa famille n'avait pas de nouvelles de lui depuis une semaine. Près de quarante ans plus tard, Nuha, l'aînée de ses sœurs, se souvient parfaitement du jour où il partit. Il était six heures du soir. Elle finissait le ménage dans la maison. Elle était en train de se recoiffer quand elle entendit un coup violent à la porte. Un capitaine israélien demanda à voir Bachir. Elle répondit qu'il n'était pas là. Quand il reviendrait, exigea le capitaine, il fallait qu'il se présente à la Muqata – le complexe militaire israélien de Ramallah. Bachir obéit et sa famille n'entendit plus parler de lui. Ses efforts pour obtenir des informations furent vains.

Une semaine plus tard, on frappa de nouveau à la porte. C'était encore le capitaine, cette fois accompagné de Bachir, pâle, affaibli. Zakia sortit du salon où elle recevait des invités. Le capitaine demanda à Bachir de ne parler de rien à personne. « Ses vêtements sont sales », dit Zakia au capitaine. Elle fila dans sa chambre avant de revenir avec des vêtements propres fourrés dans un sac.

Les soldats ordonnèrent à Nuha de venir. Elle monta avec Bachir dans la jeep qui prit la direction du sud. Elle ne comprenait pas ce qu'ils voulaient.

« Tu as l'air fatigué, dit-elle à Bachir alors qu'ils faisaient route vers Jérusalem. Ils t'ont frappé ?

— Taisez-vous ! hurla le capitaine à Nuha. Vous n'avez pas le droit de lui parler. »

Ils arrivèrent au Muscobia, le complexe russe où avaient lieu les interrogatoires, à Jérusalem. Les soldats emmenèrent Nuha dans une petite pièce, et Bachir dans la pièce contiguë. Peu après, se souvient Nuha, elle entendit son frère crier. Après l'avoir entendu hurler pendant un laps de temps qui lui sembla interminable, cela lui fut tellement insupportable qu'elle s'évanouit.

Trois heures plus tard, les geôliers lui apportèrent une tasse d'eau. Ils ouvrirent la porte de la pièce voisine. Elle vit Bachir, tête baissée, en slip, flanqué de deux hommes, à gauche et à droite, brandissant des bâtons.

« Mon frère, s'exclama Nuha. Oh, mon frère ! » Les interrogateurs emmenèrent Bachir et dirent à Nuha de se débrouiller pour rentrer chez elle.

Bachir, selon son récit, n'a jamais admis qu'il était lié à l'attentat du supermarché. « J'ai supporté les passages à tabac, les cagoules et les chiens. Ils ne m'ont pas brisé. » Il a aussi nié avoir fait partie du FPLP et être au courant de ses opérations.

Le monde entier connaissait désormais le FPLP, dont les attaques faisaient la une des journaux et terrorisaient les Israéliens. Nombre de Palestiniens, encore sous le choc de la défaite et de l'occupation consécutive à la guerre des Six-Jours, pensaient que de petites opérations de guérilla ne pourraient pas déboucher sur la libération de la Palestine, qu'ils attendaient depuis si longtemps. Ils en étaient venus à adhérer à la stratégie du FPLP : il fallait des « opérations spectaculaires » qui répondraient à des années d'humiliations et d'échecs, afin de concentrer l'attention de l'opinion mondiale sur leur situation. Ces attaques, auxquelles s'ajoutaient les opérations du Fatah et d'autres mouvements, étaient extrêmement populaires parmi les Arabes, qui considéraient toujours qu'Israël occupait illégalement la Palestine.

« En 1968, un fedayin palestinien pouvait voyager dans tout le monde arabe avec sa carte de membre de son organisation comme unique papier : il était partout le bienvenu, se rappelle dans ses Mémoires Bassam Abou-Charif, alors membre du FPLP. Pas de passeport – simplement la carte. Personne, personne dans le monde arabe n'aurait osé élever la voix contre un fedayin. » Depuis la guerre des Six-Jours, « le fedayin était un dieu ». De nombreuses attaques contre Israël étaient lancées depuis la Jordanie, ce qui augmenta la tension entre le roi Hussein et les dirigeants israéliens, et donc entre le roi et les guérilleros.

En mars 1968, réagissant aux incursions de la guérilla, l'infanterie israélienne, des chars, des parachutistes et des brigades blindées traversèrent le Jourdain et attaquèrent des positions du Fatah à Karameh. Les forces israéliennes, fortes de quinze mille hommes, reçurent un feu nourri de l'artillerie jordanienne et de celle du Fatah. Vingt-huit soldats israéliens moururent, et les Jordaniens s'emparèrent de chars israéliens qui défilèrent bientôt dans les rues d'Amman. Israël avait fait davantage de victimes et atteint la plupart de ses objectifs militaires, mais pour un monde arabe en quête de signes de puissance, le courage des guérilleros était le symbole de la résistance palestinienne. L'image héroïque de Yasser Arafat qui, d'après la plupart des récits, était resté sous le feu de l'ennemi pour diriger ses hommes, se confirmait. Même si elle fut sous bien des aspects une défaite militaire, la bataille de Karameh devint une des grandes victoires symboliques de l'histoire de la résistance palestinienne. Le roi Hussein eut d'autant plus de mal à faire pression sur les guérilleros. « Nous sommes tous des fedayins », déclara-t-il au contraire après Karameh.

Du Caire à Bagdad, de Damas à Amman, des milliers d'Arabes envahirent les bureaux des rebelles afin de se porter volontaires pour la reprise du combat contre Israël. Le Fatah avait même sa propre fréquence sur la radio égyptienne, et Nasser invita Arafat au Caire pour une visite officielle. Les rangs du Fatah s'étoffaient.

Les opérations « spectaculaires » du FPLP commençaient aussi à attirer des foules de jeunes Européens, qui voyaient dans les détournements d'avions une volonté d'aller jusqu'au bout pour obtenir la libération. L'époque n'était pas seulement marquée par la guerre froide, mais aussi par un esprit révolutionnaire inspiré en partie par les immenses manifestations de rue, dans le monde entier, contre la guerre du Vietnam, voire, dans certains cas, par le soutien au Vietcong. Dans le tiers-monde, les membres du Vietcong étaient souvent considérés comme des combattants de la liberté, et les États-Unis comme leurs oppresseurs. De même les rebelles palestiniens furent-ils rapidement associés par la gauche au combat pour une justice révolutionnaire contre une puissance occupante. Aux États-Unis, en revanche, même au sein de la gauche, et surtout parmi les jeunes Juifs idéalistes qui souhaitaient faire leur *aliyah* en Terre sainte, Israël était considéré comme le juste vainqueur de la guerre qui venait de se dérouler. Mais les mouvements d'extrême gauche, très actifs en Europe, fournissaient aux nationalistes palestiniens de jeunes recrues anti-impérialistes aux yeux écarquillés : des Italiens, des Français, des Espagnols, des Grecs, des Allemands, en lutte contre le système capitaliste et ses dirigeants.

Inspirés par Che Guevara, Ho Chi Minh et le président Mao conseillant aux révolutionnaires de se fondre dans le peuple « comme un poisson dans l'eau », ces jeunes gauchistes européens débarquaient dans les camps d'entraînement de l'OLP et du FPLP en Irak, en Jordanie, en Égypte, au Liban, en Algérie et au Yémen. Des « comités de solidarité » fleurissaient en Europe, apportant aide financière et fournitures médicales, et envoyant des volontaires dans les territoires occupés.

Des groupes révolutionnaires et des fugitifs, tristement célèbres, du monde occidental s'identifiaient au combat palestinien. Parmi eux se trouvait le communiste vénézuélien Ilich Ramirez Sanchez (alias Carlos le Chacal), Andreas Baader et Ulrike Meinhof, dirigeants de la Fraction armée rouge allemande, et différents mouvements européens : l'ETA, basque, les Brigades rouges, italiennes, Action directe, française, et l'Armée rouge japonaise. « La seule langue que comprend l'ennemi est celle de la violence révolutionnaire, qui transforme les territoires occupés en un enfer dont le feu consume les usurpateurs », déclara Georges Habache, dont le slogan était : « Unité, liberté, vengeance ».

Ces actions « spectaculaires » donnaient un sentiment de puissance à des milliers de Palestiniens, dont la cause attirait l'attention comme jamais jusqu'alors. Beaucoup de Palestiniens estimaient que leurs attaques n'étaient pas dirigées contre la population civile israélienne, mais contre les « soldats en civil » d'un « régime de colonisateurs » qui pouvaient être mobilisés contre eux en très peu de temps. C'était la guerre, pensaient les rebelles, et leurs attaques étaient le seul recours pour attirer l'attention sur leur cause. « Quand nous détournons un avion, c'est plus efficace que de tuer cent Israéliens au cours d'une bataille, dit Habache. Pendant des dizaines d'années, l'opinion publique mondiale n'a été ni pour ni contre les Palestiniens. Elle nous ignorait. Au moins, aujourd'hui, le monde parle de nous. »

Dans la plus grande partie du monde, la stratégie du FPLP rebutait pourtant les populations. Les opérations du FPLP provoquèrent en outre une répression israélienne impitoyable. Des milliers de Palestiniens furent emprisonnés, dont bon nombre ne savaient rien des actions des guérilleros. Ils étaient détenus indéfiniment, sans aucune charge. La tactique du FPLP devint alors une source croissante de tension au sein du mouvement nationaliste palestinien et, en février 1969, le mois où Bachir fut arrêté, une nouvelle faction fit scission : le Front démocratique pour la libération de la Palestine (FDLP). Abou Laïla, l'un de ses fondateurs, pensait que les « actions démentes » du FPLP contre des civils à l'extérieur d'Israël avaient « discrédité la légitimité de la résistance ». Les dirigeants du FDLP s'opposaient également au discours préconisant de « jeter les Juifs à la mer », précisant qu'ils ne luttaient pas contre les Juifs, mais contre le sionisme. Ils étaient pour la coexistence entre Arabes et Juifs dans un État unique, où personne ne serait déplacé sous la contrainte. Au sein du FDLP, certains évoquaient déjà l'idée d'États arabe et juif vivant côte à côte. Même parmi les factions radicales, cette idée de coexistence gagnait du terrain.

En 1970, ces tensions idéologiques étaient pourtant mineures comparées à l'antagonisme qui opposait les Palestiniens au roi Hussein de Jordanie. Depuis la bataille de Karameh, le Fatah et d'autres factions du mouvement de libération palestinien étaient si puissants qu'ils étaient presque un État dans l'État jordanien, faisant d'Amman, la capitale, leur « Hanoï arabe ». Les rebelles jugeaient le roi trop conciliant avec l'Occident parce qu'il soutenait, du bout des lèvres, un compromis des Nations unies qui, craignaient-ils, mettrait fin à leur droit au retour. Certains le traitaient de « tigre en papier » et menaçaient de le renverser. Le 1er septembre, à la suite du bombardement par l'armée jordanienne de camps de réfugiés palestiniens, le convoi du roi fut attaqué. Hussein survécut, mais les Jordaniens étaient persuadés que c'était une tentative d'assassinat.

Quelques jours plus tard, alors que Bachir était encore en prison, attendant son procès, toujours retardé, les combattants du FPLP lancèrent ce qui fut peut-être l'opération la plus spectaculaire de l'histoire de la résistance palestinienne. Ils projetaient de détourner simultanément trois avions se dirigeant vers New York depuis des capitales européennes, de capturer de nombreux passagers américains et d'attirer une exceptionnelle attention internationale. Les appareils devaient atterrir sur un vieux terrain d'aviation britannique, dans le désert jordanien, où les passagers seraient détenus jusqu'à ce qu'Israël libère des prisonniers politiques palestiniens.

Les membres du FPLP s'emparèrent de deux avions et les dirigèrent vers la Jordanie, mais la troisième opération fut déjouée. Il s'agissait de détourner un vol d'El Al au départ d'Amsterdam. Leïla Khaled, « reine des combattants de la liberté », avait subi une opération de chirurgie plastique pour ne pas être reconnue au cours de l'opération. Elle et un camarade du FPLP se firent passer pour de jeunes mariés mexicains. L'opération échoua quand le pilote fit brusquement piquer son appareil pour déséquilibrer les « jeunes mariés » : le « mari » fut abattu par le responsable de la sécurité israélienne à bord ; Khaled fut emprisonnée à Londres. Trois jours plus tard, un Palestinien travaillant à Bahrein apprit que son héroïne avait été capturée ; il détourna seul un avion britannique et ordonna au pilote de rejoindre les deux appareils qui se trouvaient en Jordanie. Les Palestiniens avaient baptisé cette étendue de désert, à l'est d'Amman, « l'aéroport de la révolution ».

Bassam Abou-Charif s'adressa par mégaphone aux centaines de passagers, debout, en plein soleil, dans ce qui ressemblait fort au milieu de nulle part : « Je suis désolé. Nous venons de vous détourner vers le désert de Jordanie. C'est un pays du Moyen-Orient, voisin d'Israël et de la Syrie. Nous livrons une guerre juste, une guerre dont le but est de libérer notre pays de l'occupation israélienne. La raison pour laquelle vous y êtes impliqués, c'est que nous voulons vous échanger contre des prisonniers capturés en Israël et ailleurs. »

Sur la liste des prisonniers dont les Palestiniens demandaient la libération figurait le nom de Khaled, la « mariée mexicaine », emprisonnée à Londres. Elle serait bientôt libérée au cours d'un échange entre otages et prisonniers, résultat direct de l'action de son admirateur. (Le nom de Bachir figurerait deux ans plus tard sur une autre liste d'échange de prisonniers, lors d'un détournement à l'aéroport de Tel-Aviv, qui prit fin lorsque des commandos israéliens tuèrent les pirates de l'air. Bachir resta en prison.)

Six jours plus tard, la crise de l'« aéroport de la révolution » était réglée : les otages étaient sains et saufs, et trois avions gros porteurs en morceaux gisaient sur la piste, calcinés, détruits par les combattants du FPLP qui venaient démontraient ainsi leur sérieux aux yeux du monde. Le roi Hussein eut vite fait d'exploiter le spectacle offert par le FPLP pour engager une action contre tous les groupes palestiniens qui se trouvaient dans son pays.

La guerre civile éclata en septembre 1970, quand les troupes du roi attaquèrent l'OLP, le FPLP, le FDLP et d'autres factions palestiniennes, lors de violents affrontements dans les camps de réfugiés et plusieurs villes du royaume qui durèrent deux semaines. À trois contre un face aux Palestiniens, les troupes jordaniennes disposaient en outre de plus de neuf cents chars et véhicules blindés, alors que les Palestiniens n'en avaient pas un. Quand la Syrie franchit la frontière jordanienne pour rejoindre les Palestiniens, le roi Hussein contacta secrètement Israël pour demander des renforts aériens contre les Syriens. C'est un des rares exemples de dirigeant arabe appelant personnellement Israël pour lui demander de s'allier à lui contre d'autres Arabes. Sur le terrain, en particulier dans les camps de réfugiés, des Arabes se battaient contre des Arabes. L'armée jordanienne déchaîna ses foudres et tua des milliers de Palestiniens en l'espace de onze jours. Les Palestiniens baptisèrent ce mois « septembre noir ».

Le 26 septembre, à la demande pressante de Gamal Abdel Nasser, le roi Hussein et Yasser Arafat se rendirent en Égypte, séparément, pour signer un accord de cessez-le-feu. Ce fut le dernier geste politique significatif de Nasser. Deux jours plus tard, toujours vénéré dans le monde arabe en dépit de sa responsabilité dans l'une de ses défaites les plus cuisantes, le dirigeant égyptien mourut d'une crise cardiaque. Des millions de personnes descendirent dans les rues des capitales arabes, en deuil et en larmes. L'ère du nationalisme panarabe, celle du héros promettant de mener son peuple à la victoire contre l'oppresseur, venait de s'achever.

Dalia était épouvantée par la violence du FPLP. Elle se souvient de son horreur devant une attaque organisée par le FPLP à l'aéroport de Lod : trois membres de l'Armée rouge japonaise ouvrirent le feu à la kalachnikov, tuant vingt-cinq personnes, notamment des pèlerins chrétiens venus de Porto Rico. En s'en prenant à des civils, ils avaient franchi une frontière morale, qui « fit sauter une barrière au plus profond [d'elle] ». Elle comprenait qu'on ait des envies de meurtre pour répondre à de telles attaques.

Elle se demandait qui étaient ces gens. Comment pensaient-ils atteindre leurs objectifs avec une tactique aussi extrême ? Elle se posait en particulier des questions sur Bachir. Qui était-il vraiment ?

Elle avait du mal à croire que le jeune homme qui avait frappé à sa porte – et dont la famille l'avait reçue avant tant de chaleur – fasse partie du FPLP. Elle en revenait d'autant moins qu'elle pensait que leur lien était plus profond que l'amitié : « C'était au-delà de l'amitié, parce qu'on ne l'avait pas choisi, explique-t-elle. Israël n'a pas choisi d'avoir les Palestiniens, et les Palestiniens n'ont pas choisi d'avoir les Israéliens. Mais c'est la réalité, et c'est là que le bât blesse : comment s'accommoder de cette réalité ? »

Depuis sa rencontre avec les Khairi, Dalia, qui avait vingt et un ans, s'interrogeait sur les stéréotypes qu'on lui avait enseignés, les histoires de méfiance, de soupçons et de haine. « Autour de moi on disait qu'un Arabe peut se lier d'amitié avec vous, mais que si l'intérêt de son pays le lui ordonne, il est prêt à vous donner un coup de couteau dans le dos. C'était une idée très répandue et il fallait batailler pour prouver qu'elle était fausse. » Elle avait peur que sa conception de l'intérêt de son pays soit devenue incompatible avec celle de Bachir.

Dalia était pourtant convaincue que le dialogue personnel était la clé du changement. Si Bachir faisait réellement partie du FPLP, s'il était impliqué dans l'attentat du supermarché, cela prouvait, selon elle, que « les relations personnelles ne signifient rien par rapport aux forces collectives. Si l'intérêt national passe avant notre humanité commune, il n'y a alors aucun espoir de rédemption, aucun espoir de guérison, aucun espoir de changement, aucun espoir de *quoi que ce soit* ! »

Un matin, alors que la préparation du procès traînait en longueur, Ahmed, Zakia et Nuha Khairi allèrent rendre visite à Bachir. Transféré à maintes reprises, il était désormais détenu à al-Ramla. La mauvaise vue d'Ahmed commençait à lui jouer des tours – étape d'un long et lent déclin qui finirait par le rendre aveugle –, mais dès qu'il franchit les grilles pour entrer dans la zone réservée aux visiteurs, il comprit. « Bachir, demanda-t-il une fois son fils assis face à lui, tu as vu où se trouve la prison ? Exactement là où étaient nos oliviers. »

Il ajouta que le domaine avait été transmis à Khair al-Din al-Ramlaoui par le sultan ottoman au XVIe siècle. Ces terres *waaf* étaient restées dans la famille pendant au moins douze générations, jusqu'en 1948. Bachir comprit que la réalité rejoignait le symbole : il était emprisonné sur ses propres terres.

Nuha s'inquiétait constamment pour son frère : « On ne sait pas combien de temps il va rester en prison, disait-elle, on ne sait pas ce qui peut lui arriver. Il y a tant de questions, tant d'incertitudes. Il a vingt-huit ans et il n'est toujours pas marié. Et maintenant il est en prison pour je ne sais combien de temps. Je me demande comment ça va affecter son avenir. »

En 1970, le procès de Bachir débuta devant un tribunal militaire de Lod, à quelques kilomètres de son ancienne maison. Sa sœur, Khanom, qui vivait au Koweït, ne l'avait pas vu depuis son arrestation. Elle vint à ce moment-là, mais la famille n'avait pas droit aux visites pendant le procès. L'avocat de Bachir lui suggéra de se faire passer pour son assistante, « simplement pour que je puisse le voir. Mais il m'a dit que je n'aurais pas le droit de lui parler, ou ce serait à mes risques et périls ». Le jour où les gardiens amenèrent Bachir de la cellule du tribunal, elle fut incapable de se contrôler. « J'ai crié. J'ai hurlé "*Habibi Bachir !* Mon cher Bachir !" On m'a expulsée de la salle d'audience. Mais au moins, je l'avais vu. »

Un après-midi, profitant d'une suspension d'audience, Ahmed décida d'aller voir la maison d'al-Ramla. C'était plus fort que lui. Il s'interdisait cette visite depuis trois ans, disant à ses enfants : « J'aurai une crise cardiaque avant d'atteindre la porte. » Bientôt, il se retrouva avec Zakia et Nuha devant la porte de la maison qu'il avait construite en 1936. Il était presque aveugle, mais il distingua la silhouette d'un homme d'une cinquantaine d'années : Moshe Eshkenazi. Les deux hommes se faisaient face, de part et d'autre du seuil : Ahmed et Moshe, pères de la même bâtisse.

Ils firent le tour de la maison, puis du jardin au citronnier. Ahmed avançait lentement, tâtant les pierres, soutenu par Nuha et Zakia. Moshe invita ses hôtes à s'asseoir. Dalia et Solia étaient sorties faire une course, elles seraient bientôt de retour. Dès qu'elles arrivèrent, se souvient Nuha, Dalia s'enquit de Bachir. Avant de partir, Ahmed lui demanda s'il pouvait avoir une fleur du *fitna*. « Vous pouvez la cueillir directement sur l'arbre », lui répondit-elle.

Trente ans plus tard, Dalia ne s'en souvient pas. Elle croit n'avoir jamais rencontré Ahmed Khairi. En revanche, elle se rappelle que son père lui parla de la visite et lui rapporta ce que lui avait dit le père de Bachir. Sur ce point, ses souvenirs coïncident avec ceux de Nuha.

« Il y avait un citronnier dans la cour, dit Ahmed à Moshe. C'est moi qui l'ai planté. Il est toujours là ? Il est toujours vivant ? »

Nuha et Moshe se levèrent et escortèrent Ahmed, lentement, jusqu'au fond du jardin. Ahmed promena la main sur l'écorce lisse et dure du citronnier, sur les nœuds au pied de l'arbre, le long des branches élancées qui s'amenuisaient, jusqu'à ce qu'il sente le doux effleurement des feuilles et, entre celles-ci, une petite sphère fraîche : un citron de l'arbre qu'il avait planté trente-quatre ans plus tôt. Assise à la table, Zakia l'observait en silence, les larmes aux yeux.

La tête au milieu des branches, Ahmed pleurait sans mot dire. Moshe cueillit quelques citrons et les déposa dans ses mains. Les hommes allèrent s'asseoir autour de la table. Puis Moshe se leva et revint avec un pichet de limonade.

« C'était agréable, se souvient Nuha, aujourd'hui âgée de plus de soixante ans, toujours en exil à Ramallah. Bien sûr que c'était agréable ! Nous avions planté cet arbre de nos propres mains. La famille de Dalia – ils étaient tous très gentils. Mais qu'est-ce que ça pouvait faire ? Ils nous avaient pris notre maison. »

Ahmed rapporta les quatre citrons à Ramallah. « Comme un cadeau, dit Dalia. Et un souvenir. »

En 1972, Bachir Khairi fut condamné à quinze ans de réclusion pour complicité dans l'attentat de février 1969 contre le supermarché Supersol, et appartenance à une organisation interdite, le Front populaire de libération de la Palestine. Témoins israéliens et indicateurs palestiniens confirmaient que Bachir était agent de liaison entre ceux qui avaient fabriqué la bombe et les deux membres du FPLP qui l'avaient cachée dans le rayon épices du supermarché.

À peine le juge annonça-t-il la sentence que Khanom Khairi se mit à hurler : « Bachir ! Bachir ! » Elle était en état de choc, et au début de ce qu'elle décrirait plus tard comme une dépression nerveuse. Elle criait si fort qu'elle couvrait le tumulte qui régnait dans la salle.

Bachir ne fut pas surpris par sa condamnation. Il se leva, fit face au juge et déclara : « Je ne reconnais pas cette cour. Je suis innocent. » Jamais il n'avoua avoir joué un rôle quelconque dans l'attentat, ni ne reconnut son appartenance au FPLP. Il considérait que le procès militaire était une « comédie » menée par un gouvernement illégitime. « Je n'ai pas avoué, se rappelle Bachir en 1998, vingt-six ans plus tard. Ils n'ont pas pu me forcer à avouer. C'étaient de fausses accusations. S'ils avaient eu des preuves, j'aurais été condamné à perpétuité, pas à quinze ans. Je suis palestinien. J'ai toujours détesté l'occupation. Et j'estime que j'ai le droit d'y résister avec les moyens dont je dispose. Il est vrai qu'à un certain point, ces moyens étaient violents. Mais je le comprenais. Je comprenais les opérations des combattants palestiniens prêts à se sacrifier. Je les comprends toujours. »

Les co-accusés de Bachir furent condamnés à des peines plus lourdes : vingt ans de réclusion pour Khalil Abou Khadijeh, et la perpétuité pour Abdoul Hadi Odeh. Les sœurs de ce dernier, Rasmiah et Aïcha Odeh, furent également condamnées à perpétuité. « Quand ils ont lu la sentence, se souvient Khanom, la mère d'Abdoul Hadi s'est évanouie. Nous nous sommes précipités vers elle et lui avons donné de l'eau, et quelqu'un l'a aspergée de parfum pour qu'elle revienne à elle. »

Rasmieh, la tante de Bachir, quitta le tribunal et alla s'enfermer dans sa chambre pour réciter la sourate de Yacine : « Un signe pour eux : la nuit, dont nous exprimons le jour, les plonge dans les ténèbres *. »

Elle répéta quarante fois le verset.

« Nous pensons que c'est une question de foi et de destin, explique Khanom. Nous croyons qu'en fin de compte, c'est ce qui l'a sauvé. »

La condamnation de certains prévenus reposait en partie sur le témoignage d'Israël Gefen. L'explosion qui s'était produite au rayon épices avait projeté et incrusté du paprika dans sa peau avec une telle force qu'il fut imprégné de cette odeur pendant des semaines. Trois ans après l'attentat, chaque fois qu'il prenait un bain, il retrouvait au fond de sa baignoire de minuscules bouts de plastique, débris des récipients contenant les épices. Quant à son pied, les médecins intervinrent plusieurs fois, mais rien n'y fit. Jusqu'à la fin de ses jours, quand il faisait particulièrement froid ou chaud, ou qu'il était très fatigué, Gefen sentit la chaleur de l'explosion sur sa cheville.

À peine prononcée la condamnation de Bachir, Dalia coupa tout contact avec la famille Khairi. « Je me sentais trahie », se souvient-elle. Elle avait mis tout son espoir dans le dialogue avec Bachir. Ce

* Traduction d'André Chouraqui (*N.d.T.*).

dialogue était maintenant détruit, ainsi que sa foi en la puissance des « relations de personne à personne » afin « d'atteindre une humanité plus profonde, qui va au-delà des différences nationales et politiques – une humanité plus profonde à partir de laquelle sont créés les miracles qui nous transforment ». Soutenue par une « foi naturelle, innée », elle était persuadée qu'« ensemble, on peut trouver une solution. C'est une composante centrale, une part centrale de mon être. Le fait que les relations personnelles détiennent la clé du changement ». Elle interprète ainsi le dévouement de Bachir à sa cause : il était « déterminé : nous devions "rentrer dans notre pays d'origine". Autrement dit, nous n'étions pas les bienvenus ici. Nous ne serions jamais acceptés ». Outre cette impression angoissante, elle était convaincue – de façon plus intuitive que rationnelle, conclut-elle plus tard – que Bachir incarnait un préjugé inhérent à de nombreux Israéliens : les Arabes tuent les Juifs simplement parce qu'ils sont juifs.

« Oui, tout s'est arrêté. Plus aucun contact. J'en étais incapable. » La porte qu'elle avait ouverte s'était refermée.

Elle devint même cynique quant à l'avenir des Arabes et des Juifs côte à côte. Et défendit avec zèle la cause d'Israël, participant sans réserve à la défense de son pays en tant qu'officier.

À peine démobilisée, elle se plongea dans son nouveau travail : professeur d'anglais au lycée de Ramla-Lod. L'établissement était voisin de la prison, si proche que les briques des deux bâtiments se touchaient.

En septembre 1972, alors que Bachir commençait à purger sa peine, huit Palestiniens se glissèrent dans le village olympique de Munich, abattant deux athlètes israéliens et en capturant neuf. Dans la fusillade qui s'ensuivit avec la police allemande sur une base militaire, quatorze personnes moururent, dont la totalité des otages israéliens. Les terroristes étaient membres de Septembre noir, faction dissidente du Fatah née après la guerre civile en Jordanie, dont l'une des premières opérations, en 1971, avait été l'assassinat du Premier ministre jordanien, revanche contre l'attaque des factions palestiniennes en septembre 1970. Aujourd'hui encore, on ne sait pas avec certitude si Septembre noir a agi de manière indépendante ou si Yasser Arafat, chef du Fatah, était au courant de l'opération de Munich. À l'époque, Arafat la justifia : « Une action politique violente qui s'inscrit dans un large mouvement populaire ne peut être qualifiée de terroriste. » De nombreux Palestiniens l'approuvaient, jugeant qu'une situation désespérée exigeait des mesures désespérées : personne ne prêterait la moindre attention à leur lutte s'ils ne s'imposaient pas sur la scène internationale par la force. « Les hommes doivent changer le monde, ils doivent agir, ils doivent tuer si nécessaire. Tuer, même si cela signifie que nous devenons inhumains à notre tour », déclara Habache.

Les Israéliens répondirent aux assassinats de Munich par des frappes aériennes contre des bases palestiniennes en Syrie et au Liban, tuant au moins deux cents personnes, dont de nombreux civils. En l'espace de quelques jours, une série d'assassinats et de mutilations ébranla le mouvement palestinien. Le général israélien qui dirigeait l'opération affirma que les assassinats étaient « vitaux politiquement », et motivés par « l'antique loi biblique d'un œil pour un œil ». Cette opération, baptisée Colère de Dieu, ne correspondait pas à une politique nouvelle, elle était plutôt une intensification des représailles israéliennes menées pendant la période des détournements d'avions. Le 8 juillet, une bombe placée dans une voiture tua le très populaire romancier palestinien Ghassan Kanafani, porte-parole du FPLP, et sa nièce, âgée de vingt et un ans, qui allait s'inscrire à l'université américaine de Beyrouth.

Deux semaines et demie plus tard, Bassam Abou-Charif, lui aussi membre du FPLP, reçut un paquet de la taille d'un livre, emballé dans du papier kraft, portant la mention : A PASSÉ L'INSPECTION EXPLOSIFS.

Le jeune rebelle déchira le papier d'emballage et vit qu'on lui avait envoyé un livre sur Che Guevara, un de ses héros. Il se rappellerait ce jour dans ses Mémoires : « Sans réfléchir, j'ai commencé à le feuilleter pour voir de quoi il s'agissait. [...] J'ai vu que sous les pages, le livre était creux. Deux charges explosives y étaient cachées, prêtes à exploser si on ouvrait la partie intacte du livre. [...] Je venais juste de l'ouvrir. »

L'explosion lui arracha le pouce et deux doigts de la main droite, lui brisa la mâchoire, lui déchiqueta les lèvres et les dents, le blessa profondément à la poitrine, à l'estomac et en haut de la cuisse droite, lui fit perdre la vision de l'œil droit, et affecta considérablement son ouïe. Depuis, Bassam Abou-Charif est obligé de demander à sa famille, ses collègues, ses amis et ses visiteurs de s'asseoir tout près de lui et de crier pour qu'il puisse les entendre.

Bachir passa les douze années suivantes dans différentes prisons israéliennes, principalement à Jénine, Tulkarem et Ramallah. Ses codétenus étaient eux aussi des Palestiniens condamnés pour insurrection armée, appartenance à des mouvements politiques interdits, manifestations contre l'occupation, ou attendant qu'on leur notifie les charges pesant sur eux. Pendant les dix-huit années qui suivirent l'occupation israélienne de juin 1967, environ 250 000 Palestiniens – soit 40 % de la population masculine – furent détenus dans les prisons israéliennes.

Bachir menait la vie monotone qui est l'ordinaire de la prison : lever à 6 h 30, comptage des prisonniers, petit-déjeuner (un œuf ou un morceau de pain et du fromage), matinée d'étude, déjeuner (une maigre soupe), après-midi passé à travailler, discuter et se reposer. On dissuadait les prisonniers de faire de l'exercice pour les empêcher de devenir plus costauds, se souviennent certains.

La camaraderie naissait de l'expérience commune de l'incarcération, de la haine viscérale de l'occupation et du rêve du retour. Les prisonniers étudiaient Hegel, Lénine, Marx ; ils lisaient Jack London, Pablo Neruda, Bertolt Brecht, le romancier égyptien Naguib Mahfouz, *Cent ans de solitude* de Gabriel García Márquez, et *Les Raisins de la colère* de John Steinbeck. Les officiels de la prison avaient beau filtrer les livres pour intercepter les ouvrages nationalistes palestiniens, certains passaient, comme *Retour à Haïfa* de feu Ghassan Kanafani, qui déclencha de nouvelles discussions sur la résolution 194 de l'ONU, ou les vers de Mahmoud Darwich, poète palestinien exilé très populaire.

Les hommes écoutaient aussi Chopin, la grande chanteuse arabe Oum Kalsoum, ou Fairouz, la vedette libanaise, en jouant aux échecs ou au backgammon sur le sol de leur cellule. Deux ou trois fois par jour, ils s'asseyaient en cercle et parlaient de matérialisme dialectique, des points les plus subtils différenciant communismes soviétique et chinois, des tensions politiques au Vietnam, en Afrique du Sud, en Rhodésie ou à Cuba, des projets de Nixon et Kissinger en Chine et au Moyen-Orient, de l'histoire philosophique de la Révolution américaine, et de la question palestinienne. Souvent un prisonnier se portait volontaire pour étudier un sujet en profondeur, préparer un exposé et le présenter quelques jours plus tard. Les nouvelles provenaient le plus souvent de journaux en hébreu, langue que Bachir et ses camarades avaient appris à lire au fil des ans.

Le soir, les prisonniers faisaient du théâtre : sketchs comiques, Shakespeare, littérature arabe, et improvisations à partir de leurs interrogatoires. Les hommes chantaient parfois leur histoire : hymnes nationalistes, chants de moisson venus de villages depuis longtemps détruits. Ou bien on débattait pour savoir quelle faction politique palestinienne répondait aux aspirations les plus profondes du peuple, et l'on inventait de nouveaux slogans liés à chacune d'entre elles. C'est ainsi que Bachir devint un marxiste convaincu.

Chaque mois, Ahmed attendait avec impatience la visite à son fils. « Il était fébrile », se rappelle Khanom. Très souvent, pourtant, la veille, il était pris de sueurs froides. « Il tremblait comme un drogué en manque. Et le lendemain, il était malade, épuisé. Il ne pouvait pas y aller », obligeant Zakia à aller voir leur fils seule. À cette époque, Khanom était revenue d'Amman pour s'installer en Cisjordanie afin de voir son frère une fois par mois.

Un jour elle fit remarquer à sa mère : « Tu as été ravie de mettre au monde un garçon. Mais la vie a été dure pour Bachir. » Zakia ne répondit rien, mais quand elles arrivèrent à la prison, elle taquina Bachir en lui répétant les propos de sa sœur : « Tu as vu ce que ta sœur dit de toi ? »

« Bachir était très difficile, raconte Khanom. Quand il était en prison, nous lui envoyions de bonnes choses à manger mais il nous les renvoyait. Nous lui envoyions des vêtements mais il refusait de les porter. Il nous interdisait de venir en taxi. Les autres familles venaient en car, par les transports en commun, et il a plusieurs fois refusé de nous voir parce que nous étions venus en taxi – il était dur avec nous. Il voulait faire partie du peuple, et de ce point de vue-là, nous ne l'aidions pas vraiment. Nous avons fini par y aller en car. »

Khanom comprit que Bachir était devenu une figure parmi ses codétenus : « Il nous demandait toujours d'apporter quelque chose pour les familles des autres. Il voulait aider les plus pauvres. Il demandait des chaussures pour telle famille, des vêtements et des médicaments pour telle autre. Au début de l'année scolaire, il faisait le nécessaire pour que telle autre famille ait des livres. Chaque fois que nous allions le voir, il avait un service à nous demander. »

Les années passant, Nuha Khairi notait les événements de sa vie dont Bachir, son jeune frère, ne pouvait être témoin : son mariage avec Ghiath, leur cousin qui avait fait le voyage à al-Ramla en 1967 ; la naissance de leur premier fils, Firas, du deuxième, Senan, et du troisième, Jazouan ; les anniversaires, les fêtes. Son frère et sa sœur approchaient de la cinquantaine, et Bachir était toujours en prison.

Khanom se consolait en se disant que son frère, modeste, peu exigeant, présentait toutes les caractéristiques d'Omar Ibn Khattab, saint homme musulman, le deuxième calife, ou successeur du prophète Mohammed, qui vivait au VIIe siècle. « Un homme bien, discipliné, sérieux, responsable, qui savait exactement ce qu'il faisait. Chaque fois que je lisais un livre consacré à Khattab, je pensais à Bachir. »

Pendant des années, Dalia passa à pied devant la prison de Ramla pour aller travailler. Chaque jour ou presque, elle hésitait à prendre contact avec Bachir, ne serait-ce que pour savoir s'il était là. Elle ne s'enquit pourtant jamais de son sort. Sa volonté de ne pas savoir, dit-elle plus tard, l'emportait sur son envie de savoir. *Qui a besoin de savoir tout ça ?* pensait-elle. *Pourquoi ouvrir une blessure ? Pourquoi tout recommencer ?*

Elle se sentait encore « terriblement trahie ». Elle attendait un signe de Bachir, une indication montrant qu'il était en sécurité, et innocent, ou désolé.

« C'est vrai que j'ai attendu pendant des années une lettre disant "Je n'ai jamais commis un geste pareil", explique Dalia en élevant la voix. Ou bien "Je l'ai fait, mais je suis vraiment, profondément *désolé*." Mais je n'ai jamais reçu de lettre. Je me disais : Je suis pourtant son amie, non ? Je suis son amie, oui ou non ? Si je suis son amie, il peut me dire *franchement* : "Je n'ai *rien* à voir avec tout ça." Pourtant il appartient à une organisation dont le programme est la *destruction d'Israël* à coups d'*actions terroristes* – la pseudo-lutte armée. En faisant sauter des bus et tout ça, dans lesquels se trouvent aussi des Palestiniens, et des *enfants* palestiniens, car la terreur ne choisit pas ses victimes. *Moi aussi*, je pourrais être dans un de ces bus !

« Je le croyais coupable. Je le crois toujours. Mais je serais la femme la plus heureuse du monde si on me prouvait le contraire. »

Dalia pensait que ce qu'avait fait Bachir, s'il l'avait fait, « n'est pas une réponse. Et si c'en est une, ce n'est pas une réponse que je peux accepter ».

Il lui arrivait encore d'être tentée de renouer le dialogue avec la famille de Bachir. Mais elle pensait alors à l'attentat du supermarché.

Au cours des quinze années que passa Bachir dans les prisons israéliennes, plusieurs guerres furent livrées et perdues, plusieurs dirigeants se révélèrent et furent abattus. En 1973, l'Égypte lança une attaque surprise qui serait baptisée, en Israël, « guerre du Kippour ». Un président américain, Richard Nixon, démissionna après s'être couvert de honte ; Gerald Ford lui succéda, puis Jimmy Carter, qui évoqua les droits de l'homme et la paix au Moyen-Orient. La guerre civile se déchaîna au Liban, que les Israéliens envahirent à deux reprises. En 1974, Arafat prit la parole devant les Nations unies, à New York, à la fureur d'Israël et de milliers de manifestants américains, mais il fut ovationné par l'Assemblée générale lorsqu'il exposa sa vision de la « Palestine de demain », dans laquelle Arabes et Juifs vivraient côte à côte au sein d'un État laïque et démocratique. Le mouvement palestinien était profondément divisé face à l'acceptation de la résolution des Nations unies reconnaissant Israël, qui signifiait la fin possible du rêve du retour. Bachir et ses codétenus débattaient sans trêve de ces questions. Pour Bachir, tout compromis sur le droit des réfugiés à rentrer chez eux était impossible.

Il se mit à dessiner : d'abord des caricatures politiques, puis des cartes de la Palestine, et des œuvres plus expressives – arbres déracinés, maisons démolies, Palestiniens en état d'arrestation. Une de ses toiles des années 1970 représente une paysanne palestinienne aux yeux verts, une main posée sur un rameau d'olivier, l'autre tenant un flambeau aux couleurs du drapeau palestinien. Avec un autre prisonnier, il passa des dizaines d'heures à réaliser une réplique extraordinairement fidèle de la mosquée al-Aqsa de Jérusalem, collant sur une base de polystyrène trois mille fils et des centaines de petits carrés de tissu bleu et jaune.

Son hébreu s'améliorant, il faisait pression sur les officiels de la prison pour obtenir de meilleures conditions de détention : des châssis pour les lits au lieu des matelas posés à même le sol ; de l'exercice quotidien ; des repas plus consistants, plutôt que le pain et les maigres rations de protéines qui suffiraient à peine à nourrir un enfant. Il organisait aussi des grèves de la faim pour protester contre ces conditions.

« Quand Bachir était en prison, mon père s'endormait souvent avec la radio sur ses genoux, se souvient Khanom. Dès qu'il entendait que les prisonniers faisaient la grève de la faim, il la faisait en même temps qu'eux. Nous lui disions que la grève était terminée pour qu'il mange, mais il savait que nous essayions de le rouler. Il nous répondait : "Ce n'est pas vrai, ils l'auraient annoncé à la radio." » Il aurait été difficile de lui prouver le contraire car il allait se coucher avec la radio sous son oreiller. « Bachir avait une relation privilégiée avec notre père, peut-être parce que c'était le fils aîné, ajoute Khanom. Disons, un lien très particulier plutôt qu'une relation privilégiée. Ils s'adoraient. »

En dépit de ses discussions avec les officiels israéliens de la prison, Bachir ne faisait état d'aucun changement *intra muros*. Et les changements qui avaient lieu hors de la prison lui semblaient désastreux.

Le 19 novembre 1977, le président égyptien Anouar el-Sadate fit une visite sans précédent à Jérusalem, prouvant ainsi sa volonté de conclure une paix séparée avec Israël, malgré les pressions du monde arabe. Deux ans plus tard, après d'intenses négociations avec le président américain Jimmy Carter, Sadate et le Premier ministre israélien, Menahem Begin, signèrent les accords de Camp David qui mirent fin à l'état de guerre entre l'Égypte et Israël. Douze ans s'étaient écoulés depuis la guerre des Six-Jours et les pertes arabes catastrophiques qui s'étaient ensuivies, et six ans depuis que l'Égypte avait retrouvé une certaine respectabilité sur le plan militaire avec la guerre du Kippour (que les Palestiniens appelaient « la guerre d'octobre »), en 1973. Conformément aux accords de Camp David, Israël devait commencer à se retirer de la péninsule du Sinaï.

En Occident, en Israël et en Égypte, nombreux étaient ceux qui considéraient Sadate comme un héros, un homme d'État qui avait risqué sa vie pour obtenir la paix malgré « le mur de haine entourant Israël », pour reprendre l'expression de Rabin. Les partisans de Sadate jugeaient que les accords de Camp David étaient le premier pas nécessaire vers un Moyen-Orient enfin en paix. Ces accords prévoyaient en effet une période de transition de cinq ans débouchant sur une « autonomie complète » des Palestiniens en Cisjordanie et à Gaza. Mais les Palestiniens n'avaient pas de représentant pendant les négociations de Camp David, et l'accord ne disait rien du rêve qui demeurait au centre des préoccupations de millions d'entre eux : le droit au retour, et l'avenir de Jérusalem comme capitale de l'État indépendant palestinien.

Beaucoup de Palestiniens, notamment Bachir, pensaient que le président égyptien les avait trahis en négociant son propre accord, sans essayer d'aboutir à un règlement global, incluant toutes les parties. Des manifestations contre Sadate et les accords de Camp David eurent lieu dans les territoires occupés. Dans les années qui suivirent, le gouvernement Begin refusa de se retirer de Cisjordanie, intensifiant au contraire la construction de colonies dans les territoires occupés. Conduite par Ariel Sharon et les partis religieux, la coalition au pouvoir, qui soutenait le gouvernement du Likoud de Begin, s'empressa de créer de nouvelles « réalités sur le terrain » pour appuyer les prétentions d'Eretz Israël en Cisjordanie et à Gaza. Les Palestiniens étaient tenus de présenter les preuves de leur droit de propriété, ou bien de laisser la place aux bulldozers, aux barbelés et aux colons israéliens. Ils virent leurs pires craintes se réaliser : ils n'avaient toujours pas d'État, l'occupation s'enracinait, et ils devraient se passer de l'Égypte, leur allié le plus puissant dans cette lutte qui durait depuis des décennies. En Cisjordanie, Sadate était tellement méprisé que son nom donna naissance à un nouveau mot arabo-palestinien : *sadati,* soit un faible, un couard, quelqu'un qui capitule ou qui, selon la définition d'un vieil ami de Bachir, « est prêt à faire des concessions en échange d'une fausse gloire personnelle ». En 1981, le président égyptien paya de sa vie son courage, ou sa lâcheté. Le 6 octobre, alors qu'il assistait au Caire à un défilé militaire avec des dignitaires étrangers, il fut assassiné par des tueurs du Djihad islamique.

À la fin des années 1970, quand elle rentrait de son travail, Dalia s'asseyait souvent sous la véranda de Ramla, contemplant les roses Reine Élisabeth. Plus d'une fois, elle se sentit « poussée au désespoir en assistant à cet affrontement des forces collectives », et inquiète de voir son esprit « broyé par cet engrenage historique irréversible ».

Le conflit avec les Palestiniens se terminerait-il un jour ? Chaque camp n'avait souvent plus qu'une envie, se débarrasser de l'autre, mais elle, elle était incapable de chasser de ses pensées la famille Khairi. « Quelque chose en moi continuait de me pousser, écrivit-elle des années plus tard. Une petite voix tenace qui voulait comprendre pourquoi je me retrouvais impliquée. Des gens étaient venus, ils avaient frappé à ma porte, et j'avais fait le choix de l'ouvrir. Cette porte était-elle fermée pour toujours ? N'était-ce qu'une rencontre fugace, un épisode passager ? »

Elle pensait à la maison dans laquelle elle vivait, « que mon père avait achetée à l'État comme "propriété abandonnée". Or la maison n'appartenait pas à l'État ; elle appartenait à la famille qui l'avait construite, qui y avait investi ses ressources, qui avait espéré y élever ses enfants et y vieillir. Je me mettais parfaitement à la place des Khairi. »

Est-ce que c'est « eux ou nous » ? se demandait-elle. *Soit je vis dans leur maison alors qu'ils sont réfugiés, soit ils vivent dans la mienne et je suis une fugitive… Il doit y avoir une solution, mais laquelle ?*

Moshe et Solia vieillissaient. « Je savais qu'un jour j'hériterais de la maison », ajoute Dalia.

Au cours des années que passa Bachir en prison – il en changea dix-sept fois en quinze ans –, il évoquait de temps à autre cette jeune femme israélienne qui leur avait ouvert la porte, à lui et à sa famille. « Je parlais à mes amis de mes visites à la maison, se souvient-il. Et de ce que Dalia incarnait pour moi. Elle me paraissait différente. Je leur disais : "Elle a l'esprit ouvert, elle est différente des Israéliens que j'ai rencontrés jusqu'ici." J'espère que ce n'est pas une bougie solitaire dans une pièce plongée dans l'obscurité. »

Il n'écrivit jamais la lettre que Dalia rêvait de recevoir. Il n'avait rien avoué à ses interrogateurs israéliens, il n'allait donc pas avouer à Dalia. Bachir a toujours clamé son innocence, et des années plus tard il ajouta : « Nous avons subi de nombreux massacres, Al-Dawayima, Kafr Qasim, Deir Yassine. Face à ces massacres, à ces expropriations, si quelqu'un pensait que les Palestiniens réagiraient comme Jésus-Christ, il se trompait. Si je n'étais pas convaincu, au plus profond de moi-même, de la nécessité de haïr l'occupation, je ne serais pas digne d'être palestinien. »

En septembre 1984, après avoir purgé une peine de quinze ans de détention, Bachir Khairi sortit de prison. C'est un des deux moments de vrai bonheur que se rappelle Khanom au sujet de son frère, l'autre étant sa naissance.

La famille de Bachir l'attendait à Ramallah. Ses frères et sœurs étaient venus d'Amman, du Qatar, du Koweït. « On aurait dit un mariage, se rappelle Nuha. On avait préparé les plats les plus raffinés, des desserts, des fleurs, des drapeaux palestiniens. »

Les officiels israéliens étaient formels : pas de célébration devant la prison. « Deux ou trois personnes pouvaient y aller, pas plus, se rappelle Khanom. J'avais noué les fleurs avec des rubans aux couleurs du drapeau palestinien qui, à l'époque, était interdit. Les Israéliens ne s'en sont pas rendu compte. Une foule de gens avaient appris la libération de Bachir et il y avait du monde pour l'accueillir. Quand les Israéliens ont vu ça, ils nous ont prévenus qu'ils ne le laisseraient pas sortir. On était là à huit heures du matin – ils nous ont fait attendre jusqu'à treize heures. Mon père et ma mère étaient très âgés, et ils attendaient à la maison, morts d'inquiétude. »

À peine sorti de la prison, Bachir alla tout droit au cimetière, sur la tombe de Khalil Abou-Khadiji, accusé avec lui lors du procès du Supersol, et mort en prison. Accompagné par la famille de Khalil, il lui rendit hommage lors d'une cérémonie privée silencieuse. « Alors seulement, dit Nuha, il est rentré à la maison. »

Une foule d'amis l'attendaient. Des parents de Gaza avaient envoyé de grands sacs d'oranges pour la fête. Tous voulaient voir Bachir – enfants, édiles locaux, famille, militants politiques –, à tel point que des amis durent canaliser la circulation devant la maison. « Ils l'ont fait pour Bachir, dit Khanom. Maman cuisinait, tout le monde était accueillant. » Bachir minimisa tout d'abord l'événement. « Il n'aimait pas cette idée de fête. "Je ne suis pas un héros, disait-il. J'ai purgé ma peine – je n'ai rien fait de spécial. Il n'y a rien à célébrer." » Jusqu'au moment où il se laissa aller, et où la famille le découvrit « heureux, réjoui, souriant. Ce fut le plus beau jour de [notre] vie ».

Bachir dut s'adapter à la vie hors de prison. « Il dormait par terre, il avait perdu l'habitude des lits, explique Khanom. Il ne pouvait plus porter de chaussures car il avait passé quinze ans pieds nus, et la taille et la forme de ses pieds avaient changé. » Sa famille fut surtout choquée de découvrir des traces de torture. « Il avait le corps couvert de brûlures de cigarette, ajoute Khanom. Nous lui avons demandé ce que c'était, il a répondu que c'était une allergie. »

En décembre 1984, trois mois après la libération de Bachir, et quarante-huit ans après avoir construit sa maison, Ahmed mourut. Il était âgé de soixante-dix-sept ans et avait passé près de la moitié de sa vie en exil.

Plus tard, cette année-là, Bachir épousa sa cousine Shéhérazade. Quand on l'interrogeait sur cette union, il répondait simplement : « C'était la personne la mieux à même de me comprendre. » En 1985 naquit leur premier enfant. Suivant la tradition arabe, ils lui donnèrent le nom de son grand-père, Ahmed.

Moshe Eshkenazi mourut la même année. Solia était morte huit ans plus tôt, et personne ne vivait plus dans la maison.

« C'était triste, se rappelle Dalia. Toute votre histoire se trouve là, dans une maison vide, et vos parents sont morts. Désormais elle était à moi. Je ne pouvais pas nier que j'y avais passé toutes ces années, alors que la famille qui l'avait bâtie avait été expulsée. Comment trouver l'équilibre entre ces deux réalités ? Comment s'y confronter et y répondre ? Il me revenait de faire quelque chose. C'est comme si la maison me racontait une histoire. Plus d'une histoire. Je devais lui répondre. »

Dalia pensait toujours au crime qui avait valu à Bachir sa longue peine. Comment pouvait-elle répondre compte tenu de cela ? Jusqu'au jour où elle se dit : « Sa réaction ne déterminera pas la mienne. Je suis libre de penser et d'agir en accord avec ma compréhension de la situation et avec ma conscience. »

Elle se souvenait du jour où elle avait arraché du haut du portail le croissant et l'étoile, symboles de l'islam, avant de les jeter au loin. « Ils étaient tellement beaux, dit-elle. J'aurais voulu les remettre en place. J'avais honte de mon geste. »

Un soir, alors qu'elle réfléchissait à ce qu'elle pourrait faire de la maison, l'archange Gabriel lui apparut en rêve. « Il flottait au-dessus du portail, là où se trouvait le croissant, dit Dalia. Il regardait ce point précis en souriant. Il a béni la maison, m'a bénie, et il m'a donné sa bénédiction pour ce que j'en ferais. »

Un an après sa sortie de prison, au printemps 1985, Bachir reçut un message d'Audeh Rantisi, pasteur anglican palestinien de Ramallah. Celui-ci était originaire de Lydda et se souvenait très bien d'avoir été chassé de sa maison par la force en juillet 1948.

Il annonçait à Bachir qu'il venait de recevoir un appel téléphonique de Jérusalem, d'Ézéchiel Landau, le mari de Dalia. Moshe Eshkenazi venait de mourir, et désormais, huit ans après la mort de Solia, la maison était vide. Dalia souhaitait parler avec Bachir de ce qu'elle allait devenir. Accepterait-il de la rencontrer ?

Dalia voulait agir en se fondant sur l'histoire de chacun. « Il fallait que je prenne en compte le fait que c'était la maison de mon enfance, que mes parents y avaient vécu jusqu'à leur mort, que mes souvenirs se trouvaient tous là ; mais elle avait été construite par une autre famille, qui y avait aussi ses souvenirs. Il fallait absolument que je prenne tout ça en compte. »

Moins d'un mois plus tard, Dalia et Ézéchiel étaient en route vers la Cisjordanie occupée. Ils allaient chez Rantisi et son épouse, Patricia, à côté de l'école évangélique pour garçons de Ramallah, que dirigeait Rantisi. Bachir les y attendait.

Dalia et Bachir étaient assis face à face dans les fauteuils confortables du salon des Rantisi. Combien de temps s'était écoulé ? Seize ans ? Dix-huit ? Dalia avait trente-sept ans et une alliance au doigt ; Bachir, quarante-trois ans, venait de se marier. Une mèche de cheveux gris lui barrait le front. Dalia remarqua qu'il avait toujours la main gauche dans sa poche.

Ils échangèrent des banalités. Bachir était-il en bonne santé ? Quelle impression cela faisait-il d'être libre ? Quels étaient ses projets ?

Dalia en vint au motif de la réunion. Elle expliqua qu'elle ne cessait de penser à la maison et à son histoire, où se mêlaient deux familles, deux peuples, deux destins. Et maintenant, un mois à peine après la mort de son père, la maison était vide. Elle se posait des questions sur ce cycle sans fin de douleur, représailles, douleur, représailles… Que pouvait-elle faire pour répondre à cela et honorer l'histoire de chaque famille ? Elle voulait que son geste soit une main tendue à Bachir et à toute la famille Khairi. *Comment prendre en compte la blessure collective ?* se demandait-elle. *Le cœur veut faire quelque chose. Le cœur veut agir pour guérir cette blessure.*

Elle savait qu'il était impossible de partager la propriété de la maison avec les Khairi, ou de la mettre à leur nom. Il fallait donc trouver une autre solution.

« Nous sommes ouverts, ajouta-t-elle. Nous sommes prêts à vous payer des dommages et intérêts pour la perte de votre maison. » Elle évoqua la possibilité de la vendre et de donner le produit de cette vente aux Khairi.

« Non, non, répondit aussitôt Bachir. Pas de vente. Nous ne pouvons pas vendre notre patrimoine.

— Alors, qu'envisagez-vous ? Que faire ? »

Pour Bachir, la solution devait tenir compte de ses droits et de sa vie de lutte en tant que Palestinien. « Cette maison est ma patrie, dit-il à Dalia. C'est là que j'ai perdu mon enfance. J'aimerais qu'elle apporte de la joie aux petits Arabes d'al-Ramla. Qu'ils s'y amusent, qu'ils aient l'enfance que je n'ai jamais eue. Ce que j'ai perdu là-bas, je veux le leur rendre. »

Dalia et Ézéchiel souscrirent volontiers à la suggestion de Bachir : la maison deviendrait un jardin d'enfants pour les petits Arabes d'Israël. C'était un bon début. Ils étaient prêts à exaucer les souhaits de Bachir, mais il fallait trouver un nom pour ce jardin d'enfants.

« Excusez-moi, le repas est prêt », les interrompit doucement Patricia Rantisi, à la porte du salon.

Bachir, Dalia, Ézéchiel et Audeh Rantisi se levèrent pour la rejoindre à table, et la conversation se poursuivit autour d'un excellent déjeuner.

Ils s'apprêtaient à rompre le pain quand Dalia et Ézéchiel regardèrent leurs voisins arabes, de l'autre côté de la table, et leur offrirent une prière en hébreu :

Bénis sois-Tu, Éternel,
Notre Dieu, Roi de l'univers,
Qui fait sortir le pain de la terre.

Chapitre 11

EXPULSION

BACHIR était couché sur le ventre, les yeux bandés, dans une camionnette militaire qui venait de Naplouse et se dirigeait vers le sud. Il avait les mains menottées derrière le dos, et les jambes reliées par des chaînes à celles de trois autres prisonniers.

Sa liberté avait été de courte durée. Trois ans après sa sortie de prison, il était de nouveau détenu.

Ce matin-là, le 13 janvier 1988, il avait été extrait de sa cellule avec trois détenus de la prison de Jneid, à Naplouse. Cela n'était pas une surprise pour la communauté diplomatique internationale, la presse, les avocats défenseurs des droits de l'homme, le monde arabe, et les huit cents Palestiniens emprisonnés à Jneid. L'arrestation des quatre hommes faisait partie des mesures de répression dirigées contre les organisateurs présumés des troubles qui se déroulaient à Gaza et en Cisjordanie, que les Israéliens qualifiaient d'émeutes et le monde arabe de soulèvement – en arabe, *intifada*.

Cinq semaines plus tôt, une série de manifestations contre l'autorité israélienne avaient éclaté à Gaza, puis en Cisjordanie. Depuis vingt ans, les Palestiniens vivant dans les territoires contrôlés par les Israéliens étaient soumis aux forces d'occupation dans presque tous les domaines de la vie publique. Les Israéliens déterminaient les programmes scolaires, dirigeaient les tribunaux civils et militaires, supervisaient le système de santé et les services sociaux, fixaient les impôts d'occupation, et accordaient les autorisations d'activité pour chaque projet d'entreprise. Ils avaient certes autorisé la création d'institutions civiles, notamment des syndicats et des organisations caritatives, au milieu des années 1980, mais les Palestiniens vivant en Cisjordanie et à Gaza – ils étaient un million et demi – étaient à bout. Les Israéliens contrôlaient la terre sur laquelle ils vivaient ; ils surveillaient l'accès aux rivières qui la traversaient et aux nappes phréatiques qu'elle recelait. Ils pouvaient arrêter et emprisonner les habitants en vertu de lois et de règlements militaires variables, qui n'étaient soumis à aucun examen public. Le ressentiment s'accumulait et l'esprit de résistance mûrissait depuis vingt ans, prêts à exploser en cette fin d'année 1987.

Le 8 décembre 1987, un véhicule israélien – certains affirment que c'était un camion agricole, d'autres que c'était un char – percuta une longue file de voitures de Palestiniens rentrant à Gaza après une journée de travail mal payée en Israël. Quatre Arabes trouvèrent la mort. Le même jour, des rumeurs circulèrent, assurant que les troupes israéliennes avaient dérobé les corps de quatre hommes dans le camp de réfugiés de Djabaliya pour dissimuler les preuves de leur assassinat.

Plus tard, plusieurs milliers de personnes se rassemblèrent dans ce camp pour l'enterrement. Il y eut des heurts. Le lendemain, des jeunes hommes jetèrent des pierres contre des soldats israéliens, des centaines de pierres auxquelles ceux-ci répondirent en ouvrant le feu à balles réelles. Hatem al-Sisi, un jeune homme de vingt ans, fut tué ; c'était le premier martyr de l'Intifada. Les manifestations et les jets de pierres se généralisèrent très vite, d'abord à Gaza, puis en Cisjordanie. Les Palestiniens lancèrent aussitôt une grève générale, boycottant les produits israéliens et appelant leurs « frères médecins et pharmaciens » et leurs « frères hommes d'affaires et épiciers » à cesser leurs activités pour marquer leur solidarité avec les manifestants et montrer que la vie dans les territoires occupés ne continuerait pas comme auparavant. L'Intifada était née.

L'image des Palestiniens diffusée sur les écrans de télévision du monde entier n'était plus celle de pirates de l'air faisant exploser des avions, ni d'hommes armés enlevant et assassinant des athlètes aux Jeux olympiques, mais celle de jeunes gens jetant des pierres contre des occupants qui répondaient par des balles. Longtemps présenté en Occident comme David assailli par un monde arabe hostile, Israël avait soudain les traits de Goliath.

L'Intifada, qualifiée au début par le ministre de la Défense, Yitzhak Rabin, de perturbation locale sans importance, modifia la dynamique de la politique au Moyen-Orient. Les Palestiniens l'appelèrent « la révolution des pierres ». Un historien israélien de premier plan la compara à « une guerre de libération anticoloniale » ; un autre la baptisa « guerre d'indépendance palestinienne ». Une question diviserait les Palestiniens dans les années à venir : à quel type d'indépendance aspiraient-ils ?

Depuis des années, l'OLP, coalition de mouvements nationalistes rassemblés autour du Fatah d'Arafat, dominait le discours politique palestinien. Or, au bout de cinq jours d'intifada, un nouveau mouvement émergea du camp de réfugiés de Gaza où avait éclaté l'insurrection : le Mouvement de résistance islamique, plus connu sous son acronyme arabe, Hamas. Son leader, un homme d'âge moyen, handicapé, barbu, nommé Cheikh Ahmed Yassine, avait fui avec sa famille le village d'al-Jora en 1948 ; le village avait été détruit et la ville israélienne d'Ashkelon bâtie sur ses ruines.

Le Hamas était opposé à la reconnaissance d'Israël et à tout compromis sur le droit au retour. Son objectif était de créer un État islamique dans la Palestine historique. Dans ses statuts, le mouvement décrivait les Juifs comme des conspirateurs cherchant à « dominer le monde », et il établissait un parallèle entre l'élimination d'Israël et la victoire de Saladin sur les croisés, huit siècles plus tôt. Sa position intransigeante sur le droit au retour et son rôle croissant dans les programmes sociaux des territoires occupés lui valurent très vite une grande popularité. Sur le terrain, le mouvement fut immédiatement considéré comme un rival de l'OLP dont les dirigeants, notamment Yasser Arafat, vivaient en exil à Tunis.

Israël, qui souhaitait affaiblir Arafat, avait d'abord encouragé le développement des Frères musulmans, mouvement radical dont les membres allaient créer le Hamas. Celui-ci dénonçait désormais l'« entité sioniste » et sa répression du soulèvement.

L'Intifada dépassait largement le Hamas et les dirigeants de l'OLP qui pouvaient difficilement diriger les événements depuis Tunis. C'était une forme de résistance spontanée, surtout pendant les premiers mois. Des comités locaux voyaient le jour sur le terrain pour coordonner les manifestations, préparer des opérations éclair contre les patrouilles israéliennes, monter des écoles clandestines quand les autorités israéliennes fermaient les écoles reconnues, protester contre les impôts israéliens, retirer les produits israéliens des rayons des supermarchés, ou créer des coopératives de boulangerie, d'élevage de volaille et de confection pour assurer un revenu aux hommes qui ne pouvaient plus aller travailler en Israël. De nombreuses familles cultivèrent des « jardins de la victoire » pour remplacer les produits israéliens, élevant des poulets dans des carcasses de réfrigérateurs ou versant du lait dans de vieilles peaux d'animaux avant de les secouer jusqu'à ce que le lait se transforme en beurre. Outre les jets de pierres, cœur du soulèvement, certains adoptèrent une politique de désobéissance civile non violente. À Beit Sahour, près de Bethléhem, des milliers de Palestiniens qui luttaient contre les impôts israéliens restituèrent leur carte d'identité, émise par l'occupant, et s'assirent devant la mairie en signe de protestation silencieuse. Les troupes israéliennes les dispersèrent à coups de gaz lacrymogènes.

C'est au plus fort de cette révolte que Dalia se rendit à Beit Sahour avec un groupe de Juifs religieux. « Les Arabes n'avaient pas de représentants, et on leur faisait payer des impôts », se rappelle-t-elle. Son groupe fut arrêté à un poste de contrôle par des soldats israéliens. Elle et ses amis se mirent à réciter une sourate du Coran sur la punition et l'innocence, puis la prière de saint François qui conseille de semer l'amour là où n'existe que la haine, avant d'entonner la prière hassidique pour la paix :

> Que par Ta volonté disparaissent du monde les guerres et les effusions de sang, et que règne partout une grande et merveilleuse paix afin qu'aucune nation ne porte plus l'épée contre une autre nation, et que l'on n'apprenne plus la guerre. […]
>
> Ne faisons honte à aucun être sur terre, petit ou grand. […]
>
> Et laissons advenir de notre vivant ce qui est écrit : « Je mettrai la paix dans le pays ; vous vous coucherez sans que rien vienne vous troubler ; je ferai disparaître du pays les animaux malfaisants ; l'épée ne passera plus dans votre pays. »
>
> Dieu, qui es paix, donne-nous la bénédiction de la paix * !

Au cours des trois premières semaines du soulèvement, vingt-neuf Palestiniens furent tués par l'armée israélienne qui poursuivit

* Traduction œcuménique de la Bible, Lévitique, 26, 6 (*N.d.T.*).

les tirs à balles réelles. Face aux critiques internationales qui allaient croissant, Yitzhak Rabin, ministre de la Défense, modifia les instructions de Tsahal en donnant la priorité « au pouvoir, à la force et aux passages à tabac ». Les soldats cassèrent délibérément les mains et les bras des lanceurs de pierres, mais le nombre de morts continua d'augmenter : la première année de l'Intifada, au moins deux cent trente Palestiniens furent abattus par des soldats israéliens, et plus de vingt mille arrêtés. Des milliers d'hommes furent capturés au cours de raids menés dans les camps de réfugiés avant l'aube ; les soldats défonçaient les portes et arrachaient à leur maison les jeunes fauteurs de troubles avant de les embarquer dans des cars. Nombre d'entre eux furent envoyés en « détention administrative », sans chef d'inculpation. Les Israéliens fermèrent neuf cents écoles en Cisjordanie et à Gaza ; ils imposèrent de longs couvre-feux qui empêchaient les gens de rejoindre leur travail en Israël ; enfin, en dépit du tollé international, ils expulsèrent au Liban les hommes, dont Bachir, que l'on soupçonnait d'organiser l'Intifada.

Allongée sur un lit d'hôpital à Jérusalem, Dalia écoutait les médecins et les infirmières parler de l'Intifada. C'était en janvier 1988.

Les informations sur le soulèvement palestinien se faisaient sporadiques : un ami apportait un journal, un garçon de salle approchait un poste de télévision, ou Dalia écoutait, allongée sur le dos, l'angoisse qui perçait dans la voix du personnel hospitalier.

Neuf mois plus tôt, on avait découvert qu'elle avait un cancer. Après la biopsie et le traitement initial, elle avait pris l'avis de quatre médecins qui recommandaient une hystérectomie. Elle l'accepta à contrecœur, mais quelques jours avant l'intervention elle se rendit compte qu'elle était enceinte. Elle avait quarante ans. Elle refusa l'opération, contre l'avis des médecins qui pensaient que si la grossesse se poursuivait, elle mettait sa vie en danger. Le cancer risquait de revenir. « En tant que médecin, je ne suis pas d'accord, lui avoua l'un des spécialistes. Mais en tant qu'être humain, je vous respecte, je vous approuve et je vous admire. »

Un soir, quelques semaines plus tard, Dalia marchait vers la Vieille Ville. Sa décision de garder son bébé la remplissait de joie et elle voulait prier devant le Mur des lamentations. En rentrant chez elle, elle fut prise de violentes crampes. À l'hôpital, les médecins lui confirmèrent que sa grossesse présentait des risques élevés, liés à son traitement anti-cancer. Elle fut immédiatement consignée sur place, vingt-quatre heures sur vingt-quatre. C'est là qu'elle entendit les premières informations sur l'Intifada.

Au début du mois de janvier, son mari, Ézéchiel, lui apprit que Bachir allait être expulsé. On le soupçonnait de contribuer à organiser l'Intifada.

« Pourquoi tu n'interviens pas ? » lui demanda Ézéchiel.

Dalia trouva sa question ridicule. Intervenir ? Elle était enceinte de six mois et luttait contre une maladie potentiellement mortelle. Clouée au lit depuis des mois, elle pouvait à peine se lever pour aller aux toilettes sans avoir de contractions, et le médicament qu'elle prenait pour lutter contre ces contractions provoquait des tremblements.

« Qu'est-ce que je pourrais faire ?

— Je ne sais pas, écrire ton histoire, répondit Ézéchiel. Parler de Bachir et raconter l'histoire de la maison de Ramla.

— Non, sûrement pas. Je ne veux pas m'exposer. J'ai besoin de paix et d'intimité. Je ne veux pas. »

Ézéchiel abandonna.

À la prison de Jneid, le 13 janvier 1988, tandis que Bachir, Djibril Rajoub, Hussam Khader et Djamel Djabara avançaient le long des rangées de cellules, les prisonniers frappaient contre leurs barreaux en criant « *Allahou akbar !* » – « Dieu est grand » – et en chantant l'hymne national palestinien officieux, « *Billadi, Billadi, Billadi !* » – « Ma patrie, ma patrie, ma patrie ! » Le vacarme devint tellement assourdissant, se rappellent Bachir et Djibril, que les gardiens israéliens envoyèrent des bombes lacrymogènes dans les cellules ; les cris et les coups firent place aux quintes de toux et aux gémissements. Ils approchaient de la sortie et le bruit faiblissait, quand ils entendirent plusieurs prisonniers hurler : « Ne les expulsez pas ! Ne les expulsez pas de notre patrie ! »

La veille, l'audience devant un tribunal militaire israélien avait été brève : les avocats israéliens et arabes de Bachir et de ses trois camarades avaient renoncé à empêcher leur expulsion, qualifiant la procédure de « farce judiciaire » conduite par un tribunal illégitime.

« Le jeu était truqué depuis le début », expliqua Leah Tsemel, avocate israélienne défenseur des droits de l'homme. Les quatre hommes étaient accusés par l'armée israélienne de « faire partie des dirigeants et des instigateurs » des troubles en Cisjordanie et à Gaza. En conséquence, conclut le juge militaire, il approuvait leur ordre d'expulsion, malgré les objections de nombreux pays, notamment les États-Unis, et une vigoureuse résolution du Conseil de sécurité des Nations unies. Cette résolution était consécutive à l'expulsion de Bachir, de ses camarades, et d'autres groupes de Palestiniens.

Les quatre hommes n'avaient aucune idée de l'endroit où on les envoyait. Djibril Rajoub se souvient d'avoir dit au juge : « Vous pouvez m'expulser, mais vous ne pouvez pas expulser la Palestine de mon cœur. Vous pouvez nous expulser, nous tuer, nous détruire. Mais rien ne garantira jamais votre sécurité. »

Yitzhak Rabin, ministre de la Défense, jouait un rôle central dans leur expulsion. Quelques jours plus tôt, se rappelle Bachir, il avait rencontré Rabin à la prison de Jneid. Le ministre de la Défense était venu à la suite de plaintes d'organisations de défense des droits de l'homme relatives au traitement des prisonniers. Bachir expliqua à Rabin que leurs conditions de détention n'étaient pas dignes de chiens, ajoutant que même Haïm Levy, directeur israélien des prisons, avait dit plus ou moins la même chose. Rabin écouta les doléances de Bachir et répondit : « Le jour où il y aura la paix, il n'y aura plus de problèmes avec les prisonniers. » Quelques jours plus tard, Rabin, qui faisait partie des troupes ayant expulsé les Palestiniens d'al-Ramla et de Lydda en 1948, approuva l'expulsion de Bachir et de ses trois camarades vers le Liban.

***

Par une froide matinée de janvier, les soldats firent sortir Bachir et les trois autres prisonniers du fourgon militaire. Bachir sentit le vent des pales d'un hélicoptère dans lequel on le fit monter. L'appareil décolla et vira vers le nord. Bachir ne voyait rien et n'avait pas la moindre idée de leur destination.

Les quatre hommes avaient les yeux bandés et ne pouvaient qu'imaginer le territoire qu'ils survolaient. Sur leur gauche, la côte méditerranéenne serpentait de Jaffa et Tel-Aviv à Haïfa et Acca (que les Israéliens appellent Acre, ou Acco) ; en dessous d'eux, au cœur de la plaine côtière, se trouvaient al-Ramla et la maison construite par le père de Bachir cinquante-deux ans plus tôt ; plus loin, à l'est, le Jourdain s'écoulait vers le sud, du lac de Tibériade à la mer Morte. Entre fleuve et mer – du vieux port arabe de Jaffa aux montagnes de Cisjordanie ; du dôme du Rocher, à Jérusalem, jusqu'à la chaleur fertile de Jéricho, l'un des berceaux de la civilisation –, ce doigt tordu de terre, large de cent kilomètres au maximum, était connu par la plupart sous les noms d'Israël, Cisjordanie et Gaza. Pour Bachir et ses camarades, c'était encore la Palestine.

« J'ai été emprisonné à six reprises, se rappelle Djibril Rajoub, mais l'expulsion était bien pire. Je suis né en Palestine. Mes parents, mes grands-parents, mes arrière-grands-parents, mes arrière-arrière-grands-parents sont tous originaires de Palestine. Mes souvenirs se trouvent dans ce pays. J'ai le sentiment de faire partie de ce pays. J'ai le sentiment que j'ai le droit d'y vivre. Avec ma famille, avec mes amis, dans ma patrie. »

L'hélicoptère franchit la frontière nord d'Israël et atterrit sur une route du sud du Liban. Il se trouvait dans la « zone de sécurité » de Tsahal, zone tampon de presque quarante kilomètres de large, établie en 1982 quand Israël avait envahi le Liban pour écraser l'OLP. Israël était depuis lors resté au sud du Liban pour mettre fin aux incursions et aux tirs de roquettes contre le nord de la Galilée, mais l'occupation était de plus en plus impopulaire, au Liban comme en Israël. Le conflit était connu sous le nom de « Vietnam israélien ».

Bachir passa sous les pales de l'hélicoptère et sentit qu'on lui enlevait son bandeau. Il vit Djibril, les deux autres hommes, et deux Mercedes noires.

Un officier israélien donna cinquante dollars à Bachir et le dévisagea en lui disant : « Si tu essayes de revenir, on te tire dessus. »

Les quatre détenus montèrent dans des berlines noires conduites par des membres masqués des milices libanaises, et foncèrent vers le nord, hors de la « zone de sécurité », dans la plaine libanaise de la Bekaa.

« ISRAËL DÉFIE L'ONU ET EXPULSE QUATRE PALESTINIENS », titrait le *Times* de Londres le 14 janvier. « Israël a défié ouvertement le Conseil de sécurité des Nations unies en expulsant quatre Palestiniens vers le sud du Liban, tandis qu'un conseil des ministres restreint se réunissait pour approuver des mesures encore plus dures afin de réprimer les troubles qui se poursuivent dans les territoires occupés », poursuivait l'article.

Le même jour, sous le titre « QUATRE EXPULSIONS SECRÈTES », le *Jerusalem Post* rapportait en une que Bachir et les trois autres militants, accusés d'« incitation à l'émeute dans les territoires administrés », avaient été « secrètement envoyés par hélicoptère, hier à midi, à l'extrémité nord de la zone de sécurité du sud du Liban, sans que leurs familles ou leurs avocats aient été avertis ». Les expulsions, précisait le quotidien, étaient dénoncées dans le monde entier comme une violation des droits de l'homme, contraire à tout règlement pacifique du conflit. Même le Département d'État américain, habituellement réservé, publia un communiqué exprimant ses « profonds regrets » face aux agissements de son allié. L'ambassadeur israélien aux Nations unies, un jeune politicien nommé Benyamin Nétanyahou, répondit que les expulsions étaient « absolument légales », et que le Conseil de sécurité des Nations unies n'était pas un arbitre impartial car il « fermait les yeux sur la violence du côté arabe, tout en condamnant les contre-mesures israéliennes ».

La société israélienne était de plus en plus divisée sur les expulsions, l'occupation du sud du Liban et le traitement des Palestiniens pendant l'Intifada. À droite, le gouvernement du Likoud, dirigé par Yitzhak Shamir, préconisait la poursuite d'une politique intransigeante vis-à-vis des Palestiniens. Les convictions de Nétanyahou étaient en grande partie déterminées par la mort de son frère, Yonatan, survenue pendant le raid israélien sur Entebbe (Ouganda), à la suite d'un détournement d'avion commis par le FPLP.

Au centre, représentant l'aile conservatrice du Parti travailliste, se trouvait Yitzhak Rabin qui, la veille de l'expulsion de Bachir, avait reconnu le « désespoir » des réfugiés palestiniens. « En tant que soldat, je sais que ces gens ont combattu avec un courage qui mérite le respect, confia-t-il à Moustapha Khalil, ancien Premier ministre égyptien et architecte des accords de Camp David. Ils méritent d'avoir une entité. Pas l'OLP, pas un État, mais une entité séparée. » Israël ne pouvait pas, pensait Rabin, accepter la principale revendication politique des Palestiniens – la reconnaissance de l'OLP en tant que seul représentant du peuple palestinien et de Yasser Arafat comme son dirigeant. Pour cela, argumentait Rabin, il aurait fallu que les Israéliens acceptent un compromis sur le droit au retour de centaines de milliers de réfugiés palestiniens, « un suicide national », ajoutait le ministre de la Défense.

À l'époque où Rabin était chef de gouvernement, la stratégie de Tsahal était d'écraser l'Intifada par le feu de sa puissance militaire, et d'expulser au Liban les membres de l'OLP et du FPLP. Certains Israéliens commençaient toutefois à remettre en cause cette logique. Dans la même édition du 14 janvier du *Jerusalem Post,* dans la rubrique « Opinion », une voix tranquille émergea de la fureur internationale provoquée par les expulsions et la répression israélienne dans les territoires occupés.

C'était celle d'une femme de quarante ans qui avait grandi à Ramla, dont l'article s'intitulait « Lettre à un expulsé ».

« Cher Bachir, écrivait Dalia, nous avons fait connaissance il y a vingt ans dans des circonstances inhabituelles et inattendues. Depuis lors, chacun de nous fait partie de la vie de l'autre. Je viens d'apprendre que vous êtes sur le point d'être expulsé. Puisque vous êtes actuellement détenu et que c'est peut-être ma dernière chance de communiquer avec vous, j'ai décidé de vous écrire cette lettre ouverte. Permettez-moi d'abord de raconter à nouveau notre histoire. »

Après avoir écarté la suggestion d'Ézéchiel d'écrire son histoire, se rappelle Dalia, « une petite voix, une conviction intérieure » s'était fait jour en elle, « formant une vague qui affirmait : *Oui, il est juste de le faire. Il faut que tu le fasses.* À ce moment-là, le courage m'est revenu. Et j'ai compris : oui, je me lancerai. »

Dalia racontait aux lecteurs israéliens l'histoire des Eshkenazi, des Khairi et de la maison de Ramla ; la visite de Bachir après la guerre des Six-Jours ; celle de Dalia à Ramallah, le « lien personnel chaleureux » qu'ils avaient établi malgré un océan de divergences personnelles ; et finalement, sa compréhension du fait que la maison dans laquelle elle avait emménagé en novembre 1948 avec ses parents n'était pas simplement une « propriété abandonnée ».

> « Il fut très douloureux pour moi, il y a vingt ans, alors que j'étais une jeune femme, d'admettre plusieurs faits bien dissimulés. On nous avait fait croire, par exemple, que la population arabe de Ramla et de Lod s'était enfuie devant l'avancée de l'armée israélienne en 1948, abandonnant tous ses biens dans une fuite éperdue et lâche. Cette idée nous rassurait, car elle avait pour but de prévenir la culpabilité et le remords. Mais, après 1967, non seulement je vous ai

rencontré, vous, mais aussi un Juif israélien qui avait personnellement participé aux expulsions de Ramla et de Lod. Il m'a raconté l'histoire comme il l'a vécue, lui, et comme l'a ensuite confirmée Yitzhak Rabin dans ses Mémoires. »

« Mon amour pour mon pays, poursuivait Dalia, était en train de perdre son innocence. [...] Mon point de vue commençait à changer. » Elle évoquait ensuite le « jour inoubliable » de l'unique visite d'Ahmed Khairi à la maison qu'il avait construite, rappelant le moment où il était face au citronnier, le visage ruisselant de larmes, tandis que Moshe Eshkenazi cueillait quelques citrons pour les lui offrir.

> « Bien des années plus tard, après la mort de votre père, votre mère m'a dit que lorsqu'il était agité et n'arrivait pas à dormir, il faisait les cent pas dans l'appartement que vous louez à Ramallah, un citron racorni dans la main. Un des citrons que lui avait donnés mon père.
>
> Depuis que j'ai fait votre connaissance, une conviction s'affirme en moi : cette maison n'est pas seulement la mienne. Le citronnier qui a donné tant de fruits et nous a procuré tant de plaisir vit dans le cœur d'autres personnes. Cette maison spacieuse, avec ses hauts plafonds, ses larges fenêtres et son vaste terrain, n'était plus seulement une "maison arabe" à l'architecture séduisante. Derrière elle, il y avait désormais des visages. Les murs évoquaient les souvenirs et les larmes d'autres personnes. »

Dalia décrivait le « destin étrange » qui liait sa famille à celle de Bachir. « La maison à laquelle sont liés nos souvenirs d'enfance nous a obligés à nous regarder l'un l'autre », écrivait-elle. Elle évoquait le projet de transformer la maison en jardin d'enfants et en centre de dialogue arabo-juif, mais elle se demandait si une vraie réconciliation était possible, tant le gouffre qui la séparait de Bachir était large. Elle rappelait la condamnation de ce dernier, et son incarcération à la suite de l'explosion qui avait tué trois civils dans le supermarché Supersol – « mon cœur souffre aujourd'hui encore pour ceux qui ont été assassinés » –, puis elle implorait Bachir de changer d'opinions politiques.

Son soutien à Georges Habache et au FPLP – qu'il n'avait jamais reconnu, mais qu'elle sous-entendait – était un « refus d'accepter un État juif, même dans une partie de la Palestine », position qui, selon elle, « aliénera tous les Israéliens qui, comme moi, sont prêts à soutenir le combat palestinien pour l'autodétermination ».

> « Les gens comme vous, Bachir, ont une grande responsabilité, car ils provoquent chez nous une angoisse tout à fait justifiée compte tenu de la détermination du FPLP à remplacer Israël par un "État démocratique laïque" et à utiliser la terreur pour atteindre ce but.
>
> Si vous pouviez vous dissocier de vos actes terroristes passés, votre engagement auprès de votre peuple aurait à mes yeux une vraie force morale. Je comprends bien que le terme "terrorisme" est subjectif. Certains dirigeants politiques israéliens ont été des terroristes et ne se sont jamais repentis. Je sais que ce que nous considérons comme du terrorisme est aux yeux des vôtres une "lutte armée" héroïque, menée avec les moyens dont vous disposez. Et ce que nous considérons comme notre droit à l'autodéfense, quand nous bombardons depuis les airs des cibles palestiniennes et frappons inévitablement des civils, est pour vous du terrorisme de masse perpétré grâce à une technologie de pointe. Chacun déborde d'ingéniosité quand il s'agit de justifier sa position. Combien de temps allons-nous perpétuer ce cercle vicieux ? »

Dalia examinait ensuite les mesures prises par son gouvernement, notamment l'expulsion de Bachir, qu'elle qualifiait de « violation des droits de l'homme » qui « accroît l'amertume et l'extrémisme des Palestiniens » et offre aux expulsés « une plus grande liberté pour planifier des opérations contre Israël depuis l'étranger ». Elle reconnaissait pourtant qu'au cœur de l'expulsion de Bachir il y avait quelque chose qui n'était pas d'ordre politique :

> « Vous, Bachir, avez déjà vécu une expulsion de Ramla lorsque vous étiez enfant. Vous êtes sur le point d'en vivre une autre, de Ramallah, quarante ans plus tard. Vous serez donc doublement réfugié. Vous risquez d'être séparé de votre femme et de vos deux enfants, Ahmed et Hanine, de votre mère, âgée, et du reste de votre famille. Comment vos enfants pourraient-ils ne pas haïr ceux qui les auront privés de leur père ? Cet héritage de souffrance est-il destiné à s'accroître et à se durcir de génération en génération à force d'amertume ?
>
> Il me semble, Bachir, que vous avez aujourd'hui la possibilité d'assumer un nouveau type d'autorité. En vous expulsant, Israël vous rend plus fort. Je vous demande instamment de faire preuve d'une

autorité s'appuyant sur des méthodes non violentes afin de lutter pour vos droits.

Je lance un appel aux Palestiniens et aux Israéliens pour qu'ils comprennent que l'usage de la force ne résoudra pas le cœur du conflit. C'est le genre de guerre que personne ne peut gagner. Soit les deux peuples seront libérés, soit aucun ne le sera.

Nos souvenirs d'enfance, les vôtres et les miens, se mêlent de façon tragique. Si nous ne trouvons pas les moyens de transformer cette tragédie en une bénédiction partagée, nous détruirons le futur en nous cramponnant au passé. Nous priverons une nouvelle génération d'une enfance joyeuse et transformerons ses membres en martyrs d'une cause impie. Je prie pour qu'avec votre coopération et l'aide de Dieu nos enfants se réjouissent bientôt de la beauté et de la générosité de cette Terre sainte.

Allah ma'ak. Que Dieu soit avec vous.

Dalia »

Bachir ne lut la lettre ouverte de Dalia que plusieurs semaines plus tard. Le jour où elle fut publiée, il se trouvait en plein territoire libanais avec les trois autres expulsés, dans un camp d'entraînement du FPLP, dans la plaine de la Bekaa.

Le lendemain, une ambulance conduite par Salah Salah, chef du FPLP au Liban, les emmena dans le village de Ksara, proche de la « zone de sécurité ». Les Israéliens contrôlaient la plus grande partie de la région, soutenus par une force qu'ils avaient financée et organisée, l'armée du Liban sud. Néanmoins la zone était loin d'être pacifiée. Des villages hostiles, excédés par l'occupation israélienne, avaient fondé l'armée de Dieu, ou Hezbollah, dont l'objectif était de chasser les Israéliens du sud du Liban. Ses membres commençaient à lancer des roquettes russes Katioucha sur le nord d'Israël.

Israël occupait le sud du Liban depuis six ans et son attaque contre Beyrouth, en 1982. Après Septembre noir, en 1970, l'OLP d'Arafat, le FPLP de Habache et d'autres factions rebelles avaient quitté la Jordanie pour s'installer au Liban. Ils lançaient des attaques contre Israël à partir de cet État dans l'État, comme ils le faisaient auparavant depuis le royaume de Hussein. Israël envoyait des dizaines de millions de dollars aux milices chrétiennes libanaises qu'inquiétaient la présence des militants palestiniens et la croissance de la population musulmane au Liban. Les milices menaient une guerre par procuration contre les factions palestiniennes, mais sans grand succès. En 1982, le général Ariel Sharon et ses troupes assiégèrent Beyrouth. Des dizaines de milliers d'obus s'abattirent sur la capitale libanaise, Sharon déclarant que le sud de Beyrouth devrait être « rasé ». Son objectif principal était de chasser du Liban Arafat et les forces palestiniennes afin de les éloigner d'Israël. Les troupes de l'OLP opposèrent une résistance plus vigoureuse qu'il ne s'y attendait, mais, à la fin du mois de juillet, Arafat et la direction de l'OLP durent se résoudre à l'inévitable : quitter le Liban pour un lieu plus sûr, et un exil plus douloureux.

Le 21 août 1982, quatre cents guérilleros palestiniens quittèrent le Liban pour se rendre à Chypre, divisée en deux secteurs contrôlés par les Grecs et les Turcs. Quatorze mille militants allaient les rejoindre au cours des deux semaines suivantes. Arafat lui-même quitta le Liban le 30 août, à bord d'un navire marchand grec, sous la protection de la VIe flotte américaine. Le 1er septembre, l'OLP s'installait sur sa troisième terre d'exil, la Tunisie. Arafat et ses cadres laissaient derrière eux près d'un demi-million de Palestiniens vivant dans des camps de réfugiés sordides. Ceux-ci étaient arrivés au Liban en 1948, persuadés qu'ils retourneraient chez eux « dans une quinzaine de jours ». Trente-quatre ans plus tard, ils apprenaient toujours à leurs enfants le nom des rues de villages depuis longtemps détruits. Aucun n'avait obtenu la nationalité libanaise – ils affirmaient d'ailleurs à leurs hôtes qu'ils n'en voulaient pas. Leur seul souhait, insistaient-ils, était d'exercer leur droit au retour, approuvé par l'ONU.

Deux semaines après le départ des forces de l'OLP, des centaines de civils palestiniens furent massacrés dans les camps de réfugiés de Sabra et Chatila, à Beyrouth. La tuerie débuta le lendemain du meurtre du président libanais chrétien, Bachir Gemayel, que les Israéliens avaient aidé à accéder au pouvoir, espérant s'assurer la bienveillance du sommet de l'État.

Les milices phalangistes chrétiennes firent office de bourreaux, pénétrant dans le camp après la mort de Gemayel, encouragées par Ariel Sharon et plusieurs officiers israéliens. Le prétexte de leur mission était de débusquer deux mille militants censés se cacher depuis le départ de l'OLP. Les généraux et les soldats israéliens demeuraient sans rien faire à la lisière des deux camps, et les forces israéliennes lançaient des fusées éclairantes pour faciliter les recherches des milices, quand les phalangistes lancèrent un massacre qui dura quarante-huit heures. Toute créature vivante se trouvant dans les deux camps – hommes, femmes, bébés, même les ânes et les chiens – fut sauvagement assassinée par les phalangistes. Loren Jenkins en donna ce récit dans le *Washington Post* :

> Le spectacle qu'offrait le camp de Chatila, où sont entrés samedi matin les observateurs étrangers, avait tout du cauchemar. Des femmes pleuraient la mort de ceux qu'elles aimaient, des cadavres enflaient sous la chaleur du soleil, des milliers de douilles jonchaient les rues. Des maisons avaient été dynamitées et réduites à l'état de décombres par des bulldozers alors que les habitants étaient encore à l'intérieur. Des tas de corps gisaient au pied de murs criblés de balles, où ils semblaient avoir été exécutés. D'autres étaient éparpillés dans les rues et les ruelles, apparemment abattus alors qu'ils tentaient de fuir. La moindre allée poussiéreuse au milieu des bâtiments désertés où vivaient les Palestiniens depuis qu'ils avaient fui la Palestine, lors de la création d'Israël en 1948, racontait une histoire abominable.

Après le massacre, les forces israéliennes fournirent les bulldozers qui servirent aux soldats libanais à creuser des fosses communes. Selon les estimations ultérieures d'Israël, au moins sept cents Palestiniens furent massacrés ; une commission d'enquête internationale indépendante estima le bilan à deux mille sept cent cinquante.

Les massacres de Sabra et Chatila provoquèrent une immense onde de choc à travers le monde, et en Israël : quatre cent mille manifestants, dont Dalia et Ézéchiel, envahirent les rues de Tel-Aviv pour exiger une enquête officielle. Ce fut l'une des plus grandes manifestations de l'histoire d'Israël. Dalia se rappelle avoir passé la journée à discuter de l'éthique de la tradition juive, et son sentiment de solidarité avec ceux qui déclaraient : « Personne ne peut rester silencieux quand un tel drame arrive à d'autres. Ce serait une attitude non juive. »

Cinq mois plus tard, la commission israélienne Kahane concluait qu'Israël et Sharon étaient indirectement responsables des massacres. Elle critiquait le ministre de la Défense « qui n'avait pas tenu compte du risque que les phalangistes se livrent à des actes de vengeance et à un carnage contre les réfugiés des camps », et recommandait qu'il soit démis de ses fonctions par le Conseil des ministres israélien. Sharon commença sa traversée du désert.

Bachir, Djibril Rajoub et les deux autres Palestiniens expulsés étaient entrés au Liban sans papiers. C'était le 14 janvier 1988. À l'image des réfugiés du Liban, ils n'avaient pas d'État, les autorités libanaises les considéraient comme des indésirables, et ils étaient déterminés à rentrer chez eux. À la différence des réfugiés, en revanche, leur expulsion avait attiré l'attention du monde entier, attention qu'ils entendaient exploiter en faveur de la cause palestinienne, en particulier de l'Intifada.

Djibril proposa l'idée suivante : et si les quatre militants dressaient des tentes le plus près possible de la frontière sud du Liban ? Salah Salah, leur accompagnateur du FPLP, leur expliqua que ce serait difficile. Les déplacements étaient extrêmement restreints, et ils risquaient de se faire arrêter par la Syrie, qui contrôlait *de facto* la plaine de la Bekaa. Il leur faudrait se déplacer avec la plus grande discrétion.

Bachir, Djibril et leurs compagnons se cachèrent à l'arrière d'une ambulance conduite par Salah Salah. La voiture serpenta sur les petites routes de la plaine de la Bekaa, vers le village de Ksara, où se trouvait un bureau de la Croix-Rouge internationale. La Croix-Rouge ne serait pas ravie de les voir arriver, ils le savaient, mais elle n'avait pas le pouvoir de les expulser.

Ils sortirent de l'ambulance dans un champ, face au bâtiment de la Croix-Rouge. Une tente fut aussitôt réquisitionnée. Puis ils hissèrent le drapeau palestinien. Quelques heures plus tard, des sympathisants arrivaient avec d'autres tentes. Bientôt, les quatre célèbres expulsés se retrouvèrent au milieu de militants, de dignitaires et de journalistes internationaux dont le cercle ne cessait de s'élargir. « Je ne me rappelle pas une seule nuit où il y ait eu moins de cent personnes », raconte Bachir.

Les dirigeants de l'OLP et du FPLP vinrent les voir. Le ministre algérien des Affaires étrangères leur rendit visite. Des officiels libanais et syriens discutèrent de leur statut, et l'ambassadeur du Sud-Yémen promit de parler au Premier ministre libanais pour leur obtenir des passeports afin de faciliter leurs déplacements.

Pour les sympathisants de la cause palestinienne, de plus en plus nombreux, même à l'intérieur d'Israël, la solution était le retrait d'Israël derrière la Ligne verte, dans ses frontières antérieures à 1967, et la création d'un État palestinien de l'autre côté de cette ligne. Certains Palestiniens commençaient eux aussi à penser que ce compromis, concrétisé par la résolution 242 de l'ONU, était la meilleure manière de mettre fin au conflit. Cependant, pour Bachir et des centaines de milliers de réfugiés, la « deux-quatre-deux » n'allait pas assez loin. Ils croyaient toujours à la résolution antérieure, la résolution 194, qui affirmait leur droit à rentrer chez eux dans ce qui était désormais Israël.

« La seule solution est le retour, insista Bachir face à des journalistes, entre les tentes plantées sur le terrain de la Croix-Rouge. Nous voulons regagner notre patrie. » Les journalistes lui demandèrent comment ce retour pourrait avoir lieu, compte tenu de la puissance d'Israël, des défaites répétées des Arabes, et du malaise croissant des gouvernements arabes face à ces expulsés à qui l'on permettait de s'exprimer depuis le sud du Liban.

« Puisque les Arabes s'opposent à notre présence ici, répondit Bachir, nous exigeons qu'ils nous fournissent un avion afin que nous retournions en Palestine. Ce sera une opération suicide. » Bachir savait très bien que l'on n'accéderait jamais à sa demande ; il savait aussi que les journalistes noteraient ses propos, qui feraient peut-être le tour du monde.

Salah Salah avait de l'admiration pour Bachir. Voilà un homme, se disait-il, qui sait attirer l'attention de la presse, mais se concentre sur les questions politiques plus larges : « Il analysait la situation comme une décision politique israélienne, et non comme une question personnelle. Il s'excluait lui-même. Il n'exprimait pas sa douleur personnelle. » Bachir avait une façon de parler calme et convaincante, un ton ferme, une voix basse, souriant rarement. Il avait toujours la main gauche dans sa poche, tandis que la droite, paume tournée vers le sol, fendait l'air telle une lame. Il était connu pour être passionné, parfois ergoteur lors des réunions entre factions politiques palestiniennes, mais, en public, il mesurait ses mots et calculait son débit pour produire le meilleur effet.

Bachir savait aussi que la situation était extrêmement tendue entre les dirigeants libanais élus et les Syriens qui continuaient d'exercer un contrôle de fait sur le territoire situé au-delà de la zone de sécurité israélienne. « Chacun de ses mots était pesé, se rappelle Salah. Il était très mesuré. Tout le contraire de Rajoub. »

Djibril Rajoub était le dirigeant versatile du mouvement de jeunes du Fatah. Il était plus jeune et moins patient que Bachir face aux subtilités des relations entre Syriens et Libanais. Un jour, au début de l'année 1988, se souvient Salah, il dénonça les Syriens dans un discours enflammé sur le traitement des réfugiés palestiniens.

Salah comprit que Rajoub venait de signer la fin du séjour de ses camarades au Liban. Il emmena clandestinement les quatre expulsés à Beyrouth et leur fit prendre un avion pour Chypre. Pour prix de sa diligence, Salah fut arrêté par les services de renseignement syriens et mis au secret. Pendant dix-huit mois, il vécut la justice impitoyable du président syrien, Hafez el-Assad. « Salah a payé pour mon discours », reconnaîtrait Djibril Rajoub près de dix-sept ans plus tard.

En février, quelques semaines après son expulsion et quelques jours après avoir fui à Chypre, Bachir prit un avion pour Athènes. L'OLP avait élaboré un nouveau plan pour attirer l'attention sur sa situation critique : *Al-Awda* (le bateau du retour) devait quitter le port chypriote de Limassol et faire route vers Haïfa. Pour certains, ce voyage représenterait les aspirations à la création d'un État palestinien ; pour d'autres, comme Bachir, le droit au retour. Certains passagers comparaient le navire à l'*Exodus*, chargé de survivants de la Shoah et arrêté par les Britanniques en 1947. Aux côtés de Bachir embarquèrent cent trente expulsés et sympathisants, notamment des Juifs américains et israéliens contactés par les Palestiniens. L'un des Israéliens avait fait partie des passagers de l'*Exodus*.

En Grèce, des journalistes avaient rejoint les centaines de sympathisants des Palestiniens. Bachir en rencontra plusieurs, qui l'interrogèrent sur la « Lettre à un expulsé » de Dalia, publiée un mois plus tôt par le *Jerusalem Post*. Il n'en avait jamais eu connaissance. On lui en donna une copie. Il allait la lire et la relire dans les semaines qui suivirent.

Bachir, Djibril et leurs deux comparses laisseraient un souvenir digne de rock-stars, couvertes de louanges et d'affection, quatuor vedette du périple à venir. Certains Israéliens étaient scandalisés par leur impudence. Devant les journalistes, un officiel compara les expulsés à des « criminels » qui essayaient de « revenir sur les lieux de leur crime ».

Expulsés, dignitaires et militants devaient passer une nuit à Athènes avant de se rendre à Chypre afin d'embarquer. Mais le bruit courut bientôt que les Israéliens avaient fait pression sur l'armateur grec du navire pour qu'il rompe son contrat avec l'OLP. Le voyage fut retardé. Israël était inflexible : le bateau n'appareillerait pas.

Inquiète, la délégation d'Athènes apprit que l'OLP s'était adressée à une deuxième compagnie maritime, puis à une troisième, à une quatrième, mais il se passait chaque fois la même chose : les pressions commerciales d'Israël sur les armateurs entraînaient l'annulation. À Athènes, la délégation se préparait au départ, défaisait ses bagages, se préparait à nouveau, dans une attente de plus en plus surréaliste. Hilda Silverman, membre de la petite délégation américaine logée par l'OLP dans un hôtel cinq-étoiles, se souvient de cette période : « Ce fut l'expérience la plus étrange de ma vie. On se serait cru sur une autre planète. Nous vivions dans un luxe incroyable – c'est la seule fois de ma vie où je suis descendue dans un cinq-étoiles ! Et pendant la journée, nous nous promenions au Parthénon, essayant de faire avancer le projet. »

L'OLP décida finalement d'acheter un vieux ferry-boat, le *Sol Phryne*, et le rebaptisa l'*Al-Awda*. Le 17 février, veille du départ, Bachir et les autres quittèrent leur hôtel pour se rendre à l'aéroport d'Athènes afin de rejoindre la partie grecque de Chypre. Ils avaient à peine quitté l'hôtel que leur parvint la nouvelle : une explosion à bord du navire avait provoqué une voie d'eau sous le pont. Plus tard, ils apprirent que des hommes-grenouilles avaient fixé des charges explosives sur la coque. L'*Al-Awda* coula quelques heures avant de prendre la mer. « Des personnes non identifiées » étaient responsables de ce naufrage. Les soupçons se portèrent immédiatement sur le Mossad, le service d'espionnage israélien.

À la fin du printemps 1988, Bachir quitta Chypre et s'exila à Tunis. Il trouva un petit appartement et passa ses journées à lire, écrire, assister à des réunions politiques et réfléchir aux prochaines actions de la résistance. Il était clair que son expulsion, et celle de dizaines d'autres, n'avait en rien calmé l'Intifada.

Même l'assassinat d'Abou Jihad par un commando de tueurs israéliens qui firent irruption dans son appartement de Tunis en pleine nuit, le 16 avril, ne ralentit pas l'élan du soulèvement. L'opération avait été supervisée, entre autres, par le chef d'état-major adjoint de Tsahal, Ehoud Barak. Les Israéliens considéraient le cofondateur du Fatah comme un dangereux terroriste qui tirait les ficelles de l'Intifada à distance. Ils pensaient que sa mort permettrait d'éteindre les « émeutes » dans les territoires. Le meurtre d'Abou Jihad eut l'effet inverse. L'Intifada s'intensifia.

Le 8 mai 1988, Nuha et Ghiath Khairi rendirent visite à Dalia dans sa chambre d'hôpital, à Jérusalem. Bachir, qui tenait la nouvelle de journalistes à Tunis, leur avait appris que Dalia était enceinte, mais obligée de rester alitée à l'hôpital. Ghiath appela Ézéchiel, et tous deux organisèrent un rendez-vous dans la Vieille Ville avant d'aller la voir ensemble.

Le regard de Dalia fut attiré par Nuha, élégante, très digne, avec sa jupe plissée, son corsage à manches longues, ses hauts talons et ses cheveux bruns aux reflets auburn parfaitement coiffés. Ses grands yeux marron se fixèrent sur ceux de Dalia, et elle s'approcha de son lit. Depuis que le *Jerusalem Post* avait publié sa lettre, quatre mois plus tôt, Dalia avait reçu un flot de visiteurs, notamment des journalistes et des producteurs de télévision. « C'était parfois trop pour moi », se souvient Dalia, mais quand Nuha et Ghiath sont arrivés, « j'ai senti une affinité immédiate ».

« Ça fait longtemps que nous voulions vous rendre visite », dit Ghiath, avant de prendre des nouvelles de la santé de Dalia et de son bébé. Celle-ci devait accoucher deux jours plus tard par césarienne.

Dalia demanda à Nuha des nouvelles de Bachir. Nuha lui apprit qu'il était à Amman, mais il lui fut difficile d'en dire plus, car elle avait peur d'éclater en sanglots. Ghiath ajouta que Bachir avait rédigé une réponse à sa lettre ouverte et qu'un journaliste, faisant office de messager, la lui apporterait bientôt à Jérusalem.

« Et le petit Ahmed ? » demanda Dalia, parlant du fils de Bachir et Shéhérazade, qui avait maintenant trois ans. Hanine, leur fille, était encore un bébé.

« Il réclame son père, répondit Nuha.

— Et qu'est-ce que vous lui répondez ?

— Que les Juifs l'ont expulsé. »

Dalia se souvient qu'elle imagina ce que pouvait penser l'enfant : *Le petit Ahmed vit avec un grand ennemi, les Juifs. Les méchants qui ont le pouvoir de lui enlever son père.* Elle regarda Nuha qui, à quarante-six ans, était une des plus belles femmes qu'elle ait jamais vue ; elle crut lire dans ses yeux « une loyauté impitoyable envers l'histoire et la souffrance de son peuple ».

Ghiath fut très franc : « En 1967, je suis allé voir la maison de mon père. Je me souviens de l'époque où il l'a bâtie. Dites-moi, lança-t-il en regardant Ézéchiel, pourquoi… pourquoi votre peuple est-il venu dans notre pays ? »

Ézéchiel tenta de répondre mais Ghiath poursuivit : « Pourquoi fallait-il que ça se fasse à mes dépens ?

— Nous aussi, nous nous sommes sentis en exil pendant de nombreuses années, répondit Ézéchiel. Vous ne vous sentez pas exilé, vous ?

— Si, bien sûr, dit Ghiath. Plutôt dormir sous un réverbère à al-Ramla que dans un palais à Ramallah.

— Vos enfants ne sont pas nés à Ramla. Ils ressentent la même chose ?

— Exactement.

— Et leurs enfants, est-ce qu'ils ressentiront la même chose ?

— Certainement.

— C'est ce que nous avons vécu, conclut Ézéchiel. Et avant nous, nos ancêtres, et les pères de nos ancêtres. »

Allongée sur son lit, Dalia les écoutait. Elle avait du mal à croire que Ghiath ne comprenne pas le désir de son peuple de revenir dans son ancienne patrie.

« Ils ne sont pas nés là, protesta Ghiath. Avraham, mon ami juif, est né ici, comme son père et ses ancêtres. Sa famille est de Jaffa. C'est un vrai Palestinien. »

Cela voudrait dire que je ne le suis pas ? se demanda Dalia.

« C'est une autre forme de compréhension de soi, riposta Ézéchiel, érudit religieux. Qu'allez-vous faire ? Pourquoi pensez-vous que les Israéliens ont peur de vous ? Nous avons moins peur de l'armée syrienne et de toutes ses armes que de vous. Pourquoi, selon vous ? »

Ghiath jeta un regard sidéré à Ézéchiel, qui poursuivit : « Parce que vous êtes les seuls à avoir des griefs légitimes contre nous. Au fond, même ceux qui le nient le savent. Voilà ce qui nous met si mal à l'aise par rapport à vous. Nos maisons sont vos maisons, ce qui fait de vous une vraie menace.

— Pourquoi ne pouvons-nous pas vivre ensemble, en paix, dans le même État ? demanda Ghiath. Pourquoi avons-nous besoin de deux États ?

— Parce que vous pensez que vous pourriez retourner dans la maison de votre père ? demanda Ézéchiel.

— Et qu'arriverait-il à ceux qui vivent dans ces maisons ? intervint Dalia.

— On leur en construira de nouvelles, répondit Ghiath.

— Vous voulez dire, reprit Dalia, qu'ils seront évacués pour que vous puissiez retourner chez vous ? J'espère que vous comprenez pourquoi les Israéliens ont peur de vous. Israël fera tout pour empêcher la mise en œuvre de ce rêve. Même un plan de paix ne vous permettrait pas de retourner dans vos maisons.

— Ce que nous voulons ? Seulement nos droits, et la possibilité de vivre en paix.

— Pour vous, la justice, c'est que l'on vous rende ce que vous avez perdu en 1948. Mais cette justice ne peut s'exercer qu'aux dépens d'autres.

— Bachir m'a répété ce que vous lui avez dit en 1967 ou 1968 : “L'expulsion était une erreur. Mais une autre erreur ne peut pas corriger la première.”

— J'ai vraiment dit ça, il y a si longtemps ?

— Pourquoi avez-vous besoin d'un État ? Et s'il vous en faut vraiment un, pourquoi n'êtes-vous pas allés en Ouganda, ou ailleurs ? Combien d'Arabes y a-t-il aujourd'hui aux États-Unis ? Exigent-ils d'avoir un État au sein du pays ?

— Je ne vais pas vous expliquer ce que signifie pour nous le désir de Sion, dit Dalia. Je dirai simplement que si nous avons peur de vous, c'est parce que vous nous considérez comme des étrangers sur cette terre. Ne croyez pas que je n'ai pas peur. J'ai une bonne raison d'être effrayée : le peuple palestinien, collectivement, n'a jamais accepté la présence juive sur cette terre. La majorité d'entre vous nous considèrent comme un cancer. Je lutte pour vos droits en dépit de mes craintes. Mais vos droits doivent trouver un équilibre avec ce dont nous avons besoin pour vivre. Voilà pourquoi vous ne pouvez pas être satisfaits. À vos yeux, toute solution viable péchera par manque de justice. S'il doit y avoir un plan de paix, *chacun devra se contenter de moins que ce qu'il mérite.* »

Tout le monde se tut. L'heure avançait, et Nuha et Ghiath devaient rentrer à Ramallah.

Ghiath regarda Ézéchiel et lança : « Je vous souhaite d'avoir un fils !

— Ils ne rêvent que de fils, tous, fit remarquer Nuha en regardant Dalia.

— Et puisse-t-il penser comme vous, Ézéchiel, ajouta Ghiath, pas découragé.

— Je suis juif, sioniste, et s'il pense comme moi, il sera juif et sioniste ! »

Tout le monde s'esclaffait quand Ghiath ajouta, déclenchant de nouveaux rires : « Je lui donnerai des livres islamiques, il pensera peut-être autrement, sait-on jamais ! »

Ils s'apprêtèrent à partir. Ézéchiel devait les accompagner en voiture jusqu'à la porte de Damas, dans la Vieille Ville, où ils prendraient un taxi pour regagner Ramallah.

Nuha se pencha sur Dalia et prit sa main. « Je vous souhaite d'avoir un enfant en bonne santé, *inch'Allah.* » Si Dieu le veut.

Deux jours plus tard, le 10 mai 1988, Raphaël Ya'acov Avichai Landau naquit dans la section C de l'hôpital Misgav Ladach (le défenseur des pauvres), à Jérusalem. « La naissance fut considérée comme un miracle par le personnel de l'hôpital », se rappelle Dalia. Le nom de l'enfant – Raphaël – signifie d'ailleurs « la guérison de Dieu ». Elle qui avait passé des mois reliée à des perfusions intraveineuses et des machines émettant des bips, qui contrôlaient son état en permanence, tenait désormais dans ses bras un bébé en pleine santé.

Hors de l'hôpital – à Ramallah et Jénine au nord, Bethléhem et Hébron au sud, Jéricho à l'est, Gaza à l'ouest –, l'Intifada ne montrait aucun signe d'apaisement. *Pourquoi ne pas proposer un compromis ?* se demandait Dalia. Par exemple une résolution de l'ONU qui entérinerait le droit des Palestiniens à l'autodétermination, tout en reconnaissant le droit d'Israël à exister en paix avec ses voisins. Elle savait que cela ne donnerait pas entière satisfaction à Bachir. *Mais, après tout ce temps, n'est-ce pas ce que chacun devrait souhaiter ?* songeait-elle.

À la fin de l'année 1988, tandis que l'exil de Bachir se poursuivait à Tunis, le fossé s'élargissait au sein du mouvement palestinien. Arafat semblait prêt à envisager un compromis politique majeur. Le président de l'OLP n'avait certes pas déclaré publiquement son soutien à des négociations avec Israël et à la solution des deux États, mais les indices allant dans ce sens étaient suffisamment nombreux pour inquiéter des gens comme Bachir, pour qui le droit au retour était crucial.

Arafat pensait que l'Intifada avait ouvert la porte à un État palestinien et que, pour franchir cette porte, il fallait payer le prix. Il était à Tunis avec Bassam Abou-Charif, l'ancien militant de la tendance dure du FPLP. Dès 1979, quand l'Égypte avait signé un traité de paix avec Israël, Bassam avait été déçu par Habache et ce qu'il considérait comme une position trop intransigeante du FPLP vis-à-vis d'Israël. « Pourquoi prétendre que nous pouvions vaincre Israël par les armes ? se souvient-il. Puisque c'était impossible, pourquoi ne pas accepter la réalité et négocier ? »

L'ancien porte-parole du FPLP, qui portait encore les profondes cicatrices de la lettre piégée qui lui avait explosé au visage seize ans plus tôt, réfléchissait aux côtés d'Arafat pour exploiter l'« incroyable occasion » provoquée par l'Intifada. Les deux hommes avaient conscience de prendre un risque énorme. Arafat s'était longtemps battu pour le retour des réfugiés et la libération de toute la Palestine historique ; il savait qu'en reconnaissant Israël, il signait la rupture avec les autres factions palestiniennes, pour qui sa démarche était une trahison. De nombreux signes montrant que la guerre froide se terminait, Bassam alla cependant voir Habache, son ancien patron, dirigeant du FPLP, à la veille du sommet américano-soviétique, en juin 1988.

« Dr Georges, lui dit-il, Reagan et Gorbatchev vont bientôt se rencontrer à Moscou. Ils vont discuter de questions délicates – l'Amérique centrale, le Moyen-Orient. Les Palestiniens se doivent d'être présents, avec un projet politique. » Il n'était plus réaliste pour les Palestiniens d'exiger un retour sur toutes les terres entre le Jourdain et la Méditerranée, poursuivit Bassam. « Écoutez, du fleuve à la mer, c'est hors de question. La communauté internationale ne peut pas avaler ça. Ça voudrait dire l'élimination d'Israël. C'est une limite que les gens ne peuvent pas franchir. » Un mois plus tard, en juillet 1988, le roi Hussein coupa tous les liens judiciaires et administratifs avec la Cisjordanie, « par respect pour l'OLP », préparant ainsi le terrain à un futur État indépendant sur la terre que son grand-père, Abdallah, avait annexée près de quarante ans plus tôt.

Pour Bassam, la nécessité d'un compromis avec Israël devint encore plus évidente le 7 décembre, jour où Gorbatchev annonça que l'Union soviétique allait fortement réduire sa présence militaire en Europe de l'Est. Les pays satellites des Soviétiques étaient désormais autorisés à prendre en main leur destinée. Bassam savait que les factions politiques palestiniennes, longtemps soutenues par l'Union soviétique, seraient elles aussi livrées à elles-mêmes. Le moment était venu d'agir, pensait-il, et il fallait le faire sur la base d'« une solution à deux États » telle que l'imaginaient de nombreux partisans de la résolution 242.

À la mi-décembre 1988, Arafat se rendit à Genève, où se réunissait exceptionnellement l'Assemblée générale des Nations unies, après que les États-Unis eurent interdit au président de l'OLP d'entrer sur leur territoire. Le 14 décembre, un an après le début de l'Intifada, Arafat déclara pour la première fois son soutien sans conditions à la résolution 242, qui impliquait la reconnaissance du droit d'Israël à « vivre en paix à l'intérieur de frontières sûres et reconnues, à l'abri de menaces ou d'actes de violence ». Arafat renonçait également à « toute forme de terrorisme, y compris le terrorisme individuel, collectif ou étatique ». C'était suffisant pour que George Shultz, secrétaire d'État américain, annonce que les États-Unis allaient entamer le dialogue avec l'OLP. Les États-Unis s'opposaient pourtant toujours à la création d'un État palestinien. Leur reconnaissance déboucha néanmoins sur la conférence de Madrid, qui à son tour déboucherait sur les accords d'Oslo. La voie du compromis était ouverte.

Bachir n'était pas satisfait. Il savait que si les Palestiniens acceptaient la résolution 242, ils devraient accepter le droit à l'existence d'Israël. Et s'ils acceptaient Israël et la « solution » des deux États, qu'adviendrait-il de son droit au retour à al-Ramla, dans l'État désormais connu sous le nom d'Israël ? Qu'adviendrait-il du rêve de centaines de milliers de réfugiés, de Haïfa à Jaffa en passant par Lydda et Jérusalem-Ouest, la Galilée et le désert du Néguev – des réfugiés disséminés dans tout le monde arabe, et au-delà ? Le rêve du retour faisait partie de l'identité même de Bachir – de l'identité palestinienne – depuis quatre décennies. Bachir tenait aux droits que lui donnait la résolution 194. Mais depuis toujours, il était témoin de la manière dont Israël les niait, tout en accueillant des vagues de Juifs venus du Moyen-Orient, d'Éthiopie, d'Argentine et d'Union soviétique. Il n'avait pas passé plus de la moitié de sa vie d'adulte à supporter les humiliations, la torture, le statut d'apatride et maintenant l'expulsion, pour un compromis tel que celui qu'Arafat semblait envisager.

Un de ses collègues mentionnerait plus tard un débat animé entre Bachir et Arafat à cette époque, dont Bachir refuse de parler, pas plus qu'il ne veut évoquer ses désaccords avec plusieurs dirigeants palestiniens, ou la stratégie du mouvement. Sa famille non plus n'a jamais su grand-chose des détails de son engagement politique. « Pour nous, ça reste un mystère », dit Khanom. Au sein du mouvement palestinien, Bachir avait la réputation de ne parler franchement qu'à huis clos. « Il osait dire son opposition à une politique de négociation si cela supposait de se plier aux conditions des États-Unis, se rappelle un ancien camarade. En public, il soutenait toujours l'unité. Mais quand seuls des Palestiniens étaient réunis, il défendait sa vision avec conviction. Il n'édulcorait rien. »

Bachir n'était pas isolé. Même des membres de l'organisation d'Arafat prirent parti contre celui-ci. En août 1989, le Fatah appuya la reprise de la lutte armée contre Israël.

À l'automne 1989, Salah Salah débarqua à Tunis après avoir passé dix-huit mois au secret dans une prison syrienne. Bachir avait beau savoir ce que la prison peut faire à un homme, il eut un choc en voyant à quel point son ami était émacié. « Je ne dirai qu'une chose : je pesais soixante-quinze kilos en entrant en prison, et cinquante-quatre quand j'en suis sorti », dit aujourd'hui Salah.

Salah s'installa à côté de chez Bachir à Tunis, chacun dans un petit appartement. Ils préparaient souvent leurs repas ensemble, et Bachir poussait son ami à manger. Ils jouaient aux échecs et au backgammon, fumaient le narguilé et élaboraient des projets pour l'avenir de la Palestine et du mouvement de libération, en proie à de grandes difficultés.

Ils s'asseyaient parfois au soleil sur des fauteuils de jardin, et partageaient des souvenirs. Bachir évoquait souvent Dalia et la maison d'al-Ramla. « Il me montrait des documents dans un dossier qu'il avait avec lui, se rappelle Salah. Le dossier était plein de coupures de presse et de lettres personnelles », notamment celle de Dalia.

Bachir l'avait lue et relue. Il était ému par sa reconnaissance publique des expulsions d'al-Ramla et de Lydda, et par sa déclaration : « Cette maison n'est pas seulement la mienne. Le citronnier qui a donné tant de fruits et nous a procuré tant de plaisir vit dans le cœur d'autres personnes ». Il était aussi frappé par la référence à « ses actes terroristes passés » et l'appel qu'elle lui lançait pour qu'il change d'opinion et adhère à la non-violence. Quelle ironie, songeait-il, qu'il ait découvert sa lettre quelques heures avant que des « personnes non identifiées » coulent l'*Al-Awda* qui devait le transporter pacifiquement jusqu'en Palestine.

Depuis des mois, il réfléchissait à la meilleure façon de répondre à Dalia. Il avait quelque chose d'important à lui dire, qu'il ne lui avait jamais révélé depuis vingt et un ans qu'il la connaissait.

Dalia ne se souvient plus exactement de l'endroit où elle se trouvait quand elle reçut la lettre de Bachir, ni même de la personne qui la lui remit. Un journaliste arrivant à Jérusalem depuis Tunis ? Un ami de Bachir ? Un militant pacifiste israélien ?

La lettre avait été traduite de l'arabe, elle était tapée avec un interligne simple et glissée dans une épaisse enveloppe. Près de vingt ans plus tard, Dalia l'a toujours, ainsi que l'original en arabe, de la main de Bachir : « Chère Dalia… »

« Il est vrai que nous sommes entrés en relation, comme vous le mentionnez dans votre lettre, dans des conditions exceptionnelles et inattendues. […] Il est également vrai qu'après avoir fait connaissance, chacun de nous est devenu une partie de la vie de l'autre. Je ne nie pas que ce que j'ai senti en vous, Dalia, votre droiture et votre sensibilité, a produit sur moi un fort impact que je ne peux pas ignorer. Un sixième sens me disait même que dans cet être humain dont j'avais fait la connaissance vibrait une conscience vigilante qui un jour s'exprimerait.

Votre lettre est arrivée pendant mon exil loin de ma terre, de la terre de mon pays, la Palestine, alors que notre dialogue, nos conversations et notre relation étaient devenus matière à débat pour la presse et pour tous ceux que leur conscience a poussés à reconnaître la vérité de ce qui se passe réellement, et à réévaluer ce qui s'est passé.

Permettez-moi tout d'abord de vous exprimer mon affection et mon respect, et ma reconnaissance pour le courage dont vous avez fait preuve en m'écrivant et en exprimant les idées contenues dans cette lettre. Permettez-moi également, je vous en prie, de présenter mes respects à votre mari, Ézéchiel Landau, que j'apprécie beaucoup. »

Dalia comprit que cette lettre reflétait les nombreuses heures qu'ils avaient passées à discuter avant l'emprisonnement de Bachir en 1969 : il en émanait une chaleur personnelle extraordinaire qui, d'une manière ou d'une autre, comblait un abîme d'angoisse et de méfiance. Bachir expliquait qu'il avait très souvent parlé d'elle à ses « camarades » alors qu'ils vivaient « dans des tombes de morts-vivants et que je purgeais ma peine – quinze des plus belles années de ma jeunesse ». Une peine, insistait-il, qui « n'avait pas de motif, en dehors du fait que j'étais un combattant de la liberté amoureux de sa patrie et dévoué à sa cause ».

Bachir réagissait ensuite au sous-entendu de Dalia selon lequel chacun de ses actes avait « semé la haine ». En fait, écrivait-il, ce sont « les dirigeants sionistes qui ont semé la haine dans les âmes de plusieurs générations ».

> « Qui sème de l'orge, Dalia, ne récolte jamais de blé. Et qui sème la haine ne peut pas récolter l'amour. Ces dirigeants ont semé la haine dans nos cœurs, et non l'affection. Ils ont détruit toutes les valeurs humaines le jour où ils ont détruit notre enfance, notre existence, et notre droit à vivre sur le sol de notre patrie. Votre changement, Dalia, et votre nouveau point de vue, vous y êtes arrivée à force de recherche et d'investigation. Et parce que vous avez la faculté de voir les choses telles qu'elles sont en réalité, et non telles qu'on vous dit de les voir.
>
> Nous avons été exilés par la force des armes. Nous avons été exilés à pied. Nous avons été exilés et avons dû faire de la terre notre lit. Avec le ciel pour couverture. Nourris des miettes des quelques gouvernements et organisations internationales qui faisaient preuve d'un peu de charité. Nous étions exilés, mais nos âmes, nos espoirs et notre enfance étaient en Palestine. Nous avons laissé derrière nous nos joies et nos peines. Nous les avons laissées dans chaque recoin, chaque grain de sable de Palestine. Nous les avons laissées dans chaque citron, chaque olive. Nous les avons laissées dans les roses et les fleurs. Nous les avons laissées dans l'arbre en fleurs qui se dresse fièrement devant l'entrée de notre maison d'al-Ramla. Nous les avons laissées avec les dépouilles de nos pères et de nos ancêtres. Nous les avons laissées comme témoins, comme histoire. Nous les avons laissées, espérant revenir. »

Bachir contestait ensuite la façon dont Dalia décrivait ses actions comme du terrorisme : « Vous ne pouvez pas mettre sur le même pied d'une part, la lutte du peuple pour la libération, l'indépendance, l'autodétermination, et de l'autre, l'agression, l'expansionnisme et l'oppression. » Quant à la possibilité d'une approche non violente, Bachir écrivait :

> « Dalia, j'ai essayé de regagner la Palestine à bord du vaisseau du retour (*al-Awda)*, en suivant la voie de Gandhi. Je n'emportais avec moi ni missile ni bombe. [...] J'emportais mon histoire et mon amour pour ma patrie. Avec quel résultat, Dalia ? Le bateau a été coulé avant d'appareiller. Il a été coulé alors qu'il était à quai dans un port chypriote. Ils l'ont coulé afin que je ne puisse pas revenir. [...] Pourquoi ne nous accorde-t-on pas le droit au retour ? Pourquoi nous empêche-t-on de déterminer notre avenir et de créer notre État ? Pourquoi suis-je exilé, loin de ma patrie ? Pourquoi suis-je séparé de mes enfants, Ahmed et Hanine, de ma femme, de ma mère, de mes frères et sœurs, de ma famille ?

« Je veux vous dire quelque chose de nouveau, Dalia », poursuivait Bachir.

> Savez-vous qu'en 1948, avec une innocence d'enfant, j'ai joué avec l'un des jouets piégés disséminés par les sionistes – Stern, la Haganah et l'Irgoun ? Un des cadeaux offerts par les organisations terroristes sionistes aux enfants de Palestine... »

Sa famille se trouvait à Gaza, expliquait Bachir, à la fin de l'année 1948, peu après son arrivée de Ramallah. Bachir, Nuha, et d'autres frères et sœurs jouaient dans la cour de leur maison en parpaings. Ils virent briller un objet sous le soleil. Il avait la forme d'un bulbe, et une mèche en dépassait. On aurait dit une lanterne. Bachir le rapporta à l'intérieur, suivi par ses frères et sœurs. Une cruche en terre était posée sur le comptoir de la cuisine ; l'un des enfants se cogna contre la cruche qui tomba par terre. Tout le monde s'égailla. Bachir resta seul, le jouet à la main. Soudain une explosion retentit.

> « Le jouet piégé a explosé dans ma main gauche, broyant ma paume, éparpillant os et chair. Mon sang est allé se mêler à la terre de Palestine, étreindre les citrons et les feuilles des oliviers, s'accrocher aux dattes et aux fleurs du *fitna*. »

Âgé de six ans, Bachir perdit quatre doigts et la paume de sa main gauche.

> « Qui a le plus droit à des retrouvailles, Dalia ? Charansky, le Russe, qui n'a aucune attache culturelle, linguistique, historique avec

la Palestine ? Ou Bachir, le Palestinien, attaché à son pays par la langue, la culture, l'histoire, la famille, et les restes de ma paume que j'ai laissés en Palestine ? Le monde ne me doit-il pas le droit de me retrouver moi-même, de réunir ma paume à mon corps ? Pourquoi suis-je obligé de vivre privé de mon identité, de ma patrie, alors que ma paume demeure en Palestine ? »

Stupéfaite, Dalia fixait la lettre. Comment pouvait-elle connaître Bachir depuis vingt et un ans et ignorer qu'il avait perdu la main gauche ? La réponse lui apparut lentement : il avait toujours la main dans sa poche. Constamment dissimulée – si bien dissimulée qu'elle n'avait même pas remarqué qu'elle ne l'avait jamais vue. Elle n'avait jamais aperçu que son pouce gauche, posé sur le bord de sa poche. Ça avait l'air tellement naturel.

Depuis toujours, Dalia avait un réel don d'empathie – pour les enfants des survivants de la Shoah, pour ses camarades d'école sépharades, pour les Arabes, comme Bachir, qui vivaient autrefois à Ramla. Elle essayait de se projeter dans la vie des autres. Elle imagina Bachir, âgé de six ans, perdant une main à Gaza en 1948.

Elle comprit que depuis le début, Bachir reprochait aux sionistes d'avoir placé des « jouets » piégés dans les sables de Gaza afin de mutiler les enfants palestiniens. « J'étais stupéfaite de voir à quel point il était convaincu que le sionisme était malfaisant, et stupéfaite de découvrir que c'était là son expérience. » Dalia, elle, était fille de Sion, la « montagne de Dieu ». « Je ne pouvais pas accepter cette vision des sionistes, de mon peuple, de moi, comme l'expression de forces obscures. Pour moi, Sion est l'expression d'un désir très ancien, un mot qui symbolise un refuge pour mon peuple, et notre expression collective ici. Pour lui, c'est un régime de terreur qu'il a le devoir de combattre, auquel il doit résister par tous les moyens. Car pour lui, le sionisme est le règne de la terreur, et le terrorisme est donc une réponse adéquate ! »

Dalia haussait le ton. Elle fit une pause, se concentrant avant de reprendre la parole : « Non, je ne peux pas combattre une erreur en en commettant une autre. Cela ne mène *nulle part* ! »

La lettre de Bachir était presque finie. « Je ne veux pas vous accabler, Dalia », écrivait-il.

« Je sais à quel point vous êtes sensible. Je sais à quel point vous souffrez. Je ne vous souhaite aucun mal. Tout ce que je souhaite, c'est lutter avec vous, aux côtés de tous ceux qui aiment la paix et la liberté, pour la création d'un État démocratique et populaire. Lutter ensemble pour mener à bien l'idée du jardin d'enfants. Et que vous luttiez avec moi pour que je revienne auprès de ma vieille mère, de mon épouse et de mes enfants, dans ma patrie, que vous luttiez avec moi pour que je me réunisse à ma paume, ma paume qui s'est mêlée à chaque parcelle de terre palestinienne.

Respectueusement vôtre, fidèlement

Bachir »

Dalia resta longtemps assise en silence, « assez secouée », fixant la lettre. Elle essayait de pénétrer la réalité psychologique de son auteur. Bachir lui lançait un appel pour qu'elle l'aide à s'unir à sa patrie. Mais comment faire ? Elle savait ce qu'il voulait : que la terre d'Israël et de Palestine soit transformée en un seul État démocratique, laïque, pour tous ceux qui habitaient la Palestine historique. Elle pensait qu'un État unique signifierait la fin d'Israël, et ne pouvait donc adhérer à l'idée de Bachir ni partager sa foi dans le droit au retour des Palestiniens. Elle avait certes proposé à Bachir de lui rendre sa maison, ou au moins de trouver un moyen de partager cet héritage, mais il s'agissait d'un choix personnel, différent d'une adhésion à un droit au retour plus large des Palestiniens. Il semblait inévitable que Bachir et Dalia ne parviennent jamais à surmonter leurs différences.

En septembre 1989, peu après avoir lu et relu la lettre de Bachir, Dalia quitta Jérusalem, où elle vivait désormais, en empruntant la route calme et sinueuse qui mène à la colline de Kastel, où la Haganah avait remporté une bataille décisive lors de la guerre d'indépendance : au-delà des minarets de pierre de la mosquée d'Abou Ghosh ; au pied de la colline, là où ses parois se referment, à Bab al-Ouad, la porte de la Vallée ; au-delà des carcasses calcinées des camions et des jeeps de l'armée israélienne, détruits lors de batailles passées et ornés de couronnes de fleurs ; à travers la vallée de Latroun ; au-delà de la vieille cimenterie ; pour arriver enfin au cahot du passage à niveau, aux abords d'al-Ramla. Elle était de retour dans la ville qui l'avait vue grandir.

Elle dépassa la mairie de Ramla – une maison arabe qui appartenait autrefois à Cheikh Moustapha Khairi – et se gara devant le bureau du centre culturel, rue Weizmann. Elle serra bientôt la main d'un jeune Arabe nommé Michail Fanous.

L'histoire de la famille Fanous à Ramla était vieille de plusieurs siècles. Le père de Michail, Salem, pasteur chrétien, avait été prisonnier de guerre de l'armée israélienne après l'occupation d'al-Ramla en 1948. Salem Fanous interprétait cet emprisonnement comme la volonté de Dieu, et n'en parla à ses enfants que des années plus tard, quelques jours avant sa mort. Il expliqua alors à Michail : « Le christianisme, c'est l'amour. Je ne voulais pas que tu haïsses les Juifs. Ce sont nos voisins. »

« On lui avait pris ses terres, se rappelle Michail, et il savait qu'il avait face à lui une vie différente, une culture différente, une réalité différente. Il avait passé neuf mois en prison. Il se sentait étranger dans sa propre maison. Il parlait sans cesse de Jésus. Il n'a jamais éprouvé de haine pour ceux qui l'avaient blessé. C'est incroyable. »

Michail avait trente ans et depuis toujours il essayait de s'accommoder de son identité de Palestinien chrétien, citoyen d'Israël. Il avait grandi en entendant la version sioniste de l'histoire, en soi déroutante pour un jeune Arabe. Quand ses camarades de classe affirmaient que les Arabes avaient fui Ramla comme des lâches, il criait : « *Non*, ce n'est pas vrai, vous n'avez qu'à demander à mon père ! »

Au début des années 1970, élève d'un collège en Cisjordanie, il comprit ce que signifiait pour un Palestinien la vie sous l'occupation. Il revint ensuite au lycée de Ramla-Lod, et tenta à nouveau de s'adapter à un environnement sioniste. Il essaya même d'adopter la version sioniste de l'histoire, en devenant président du bureau des élèves du lycée de Ramla, dont la plupart étaient juifs. Seuls six des huit cent cinquante lycéens étaient arabes. En terminale, on lui dit qu'il n'aurait pas le droit de participer à l'entraînement militaire de ses camarades juifs. Simplement parce qu'il était arabe. Il commença à comprendre pourquoi les gens parlaient de lui comme d'un « problème démographique » en Israël.

En 1989, Michail Fanous fut élu au conseil municipal de Ramla – le deuxième Arabe depuis 1948. Son programme était fondé sur l'antiracisme et la défense des droits de la minorité arabe d'Israël, qui représentait près de 20 % de la population.

Peu après son arrivée au centre culturel de Ramla, Dalia était en pleine conversation avec Michail. Les Israéliens présents à cette réunion semblaient mal à l'aise, mais bientôt Dalia et Michail n'y firent plus attention. Dalia était en train de raconter à Michail l'histoire de la maison construite en 1936 par Ahmed Khairi – cette maison qui était le centre de sa vie et de celle de Bachir.

De son côté, Michail souhaitait servir de son mieux la population arabe de Ramla : pourquoi ne travailleraient-ils pas main dans la main afin de partager leurs rêves ? Tous deux voulaient agir pour la population arabe et créer un lieu où Arabes et Juifs pourraient se rencontrer.

Dalia lui proposa de représenter les Arabes chrétiens dans le projet qui comprenait un jardin d'enfants pour les petits Arabes de Ramla, et un centre pour la coexistence entre Arabes et Juifs.

Michail se rappelle ce qu'il pensa ce jour-là : « Je suis face à quelqu'un qui est en train de me raconter mon histoire. Une histoire typique de 1948, celle d'un peuple qui trouve une maison alors qu'un autre la perd. L'un ne pouvait aller sans l'autre. »

Il regarda Dalia et répondit : « Nous pouvons rêver ensemble. »

En octobre 1991, les premiers enfants arabes franchirent la porte qu'avait bâtie et fixée Ahmed Khairi cinquante-cinq ans plus tôt. C'était le début du rêve de Bachir : donner du bonheur aux enfants arabes d'al-Ramla. Puis le projet se prolongea, intégrant l'idée de Dalia, Ézéchiel et Michail : offrir un lieu de rencontre entre Arabes et Juifs.

On l'appellerait la Maison ouverte.

Chapitre 12

ESPOIR

BACHIR était assis à l'ombre, près de l'extrémité est du pont Allenby, qui relie le royaume de Jordanie au pays qui l'avait vu naître. C'était une belle matinée d'avril 1996 dans la vallée du Jourdain. Bachir et Khanom, sa sœur, se reposaient sur un banc devant le bureau jordanien de contrôle des passeports, en attendant de franchir la frontière. Un car arriva enfin. Bachir, Khanom et les autres passagers montèrent, puis franchirent une série de sentinelles, de points de contrôle et de barrières de barbelés. Le car traversa le pont sur le Jourdain, ce fleuve jadis si puissant qui n'était plus qu'un filet d'eau – son débit était amoindri par les barrages en amont, et les dérivations vers un fossé bordé de mauvaises herbes qui séparait la Cisjordanie du royaume de Hussein. Quiconque aurait été assez fou pour sauter de la rive est vers la Cisjordanie risquait plus de se faire tuer que de se mouiller.

Le pont Allenby portait le nom du général britannique qui avait mené ses troupes en Palestine en 1917, au début du mandat britannique. Après avoir été successivement gouverné, pendant quatre-vingts ans, par les forces britanniques, jordaniennes et israéliennes, le pont était désormais soumis au contrôle limité de l'Autorité palestinienne, qui venait d'être créée. Une autonomie partielle qui découlait des accords de paix d'Oslo, symbolisés par la poignée de mains entre le Premier ministre israélien, Yitzhak Rabin, et le président de l'OLP, Yasser Arafat, devant la Maison-Blanche en septembre 1993.

L'Intifada avait convaincu Rabin d'engager des pourparlers avec une « entité palestinienne » et, après la guerre du Golfe, en 1991, les deux parties avaient entrepris des négociations. Rabin refusait cependant de reconnaître l'OLP, et les négociations étaient au point mort. Les deux parties engagèrent alors des pourparlers secrets à Oslo : les accords initiaux prévoyaient une autonomie partielle pour les Palestiniens, et un retrait israélien graduel des territoires occupés. En échange, dans une lettre adressée à Rabin, Arafat promettait de « renoncer au terrorisme et autres actes de violence » et de « punir les contrevenants ».

« Monsieur le *Chairman*, écrivit Rabin en réponse à son vieil ennemi, le gouvernement d'Israël a décidé de reconnaître l'OLP comme représentant du peuple palestinien. » Rabin avait juré pendant des dizaines d'années que jamais Israël ne ferait une chose pareille.

Cet engagement mutuel avait pour but de marquer le début de la fin de l'occupation afin de mener, espéraient les Palestiniens, à un État palestinien souverain. Les troupes israéliennes se « redéploieraient » hors de Gaza, de Jéricho, puis d'autres villes de Cisjordanie ; les Palestiniens organiseraient des élections libres afin d'élire un président (selon eux) ou un *chairman* (selon les Israéliens), et une assemblée législative ; l'Autorité palestinienne, financée par les gouvernements européens, les États-Unis et des donateurs privés, serait responsable de l'éducation et de la culture, de la santé, de l'aide sociale, des impôts et du tourisme. Cette « période de transition » de cinq ans devait déboucher sur des négociations finales qui examineraient les questions les plus délicates : Jérusalem, le contrôle de l'eau, les colonies et, point crucial pour Bachir et tant d'autres, le droit au retour.

Juste après les accords d'Oslo, les projets d'autonomie, même limitée, enthousiasmèrent les Palestiniens. Quand Arafat se rendit à Gaza en juillet 1994, il fut accueilli par une foule en délire comme un libérateur victorieux. Les symboles tangibles de la souveraineté – le droit de faire flotter le drapeau palestinien, ou l'envoi par Arafat, le 1er janvier 1995, de la première lettre portant un timbre palestinien – semblaient annoncer un changement plus important et plus profond.

Au début de l'année 1996, des centaines de responsables de l'OLP et d'anciens combattants palestiniens revinrent en Cisjordanie et à Gaza, depuis leur exil tunisien. Le retour de chacun devait être approuvé par les Israéliens au cours de très longues négociations consacrées à l'amnistie. Sur le pont, invisibles derrière les policiers palestiniens en uniforme vert olive, des officiers israéliens scrutaient attentivement les arrivants à travers des miroirs sans tain.

Le car transportant Bachir et Khanom s'arrêta à la gare routière construite par Israël afin de faire passer les Palestiniens et les Israéliens par des ailes séparées. L'aile palestinienne était gérée par un adjoint palestinien qui rendait compte à un directeur général israélien. Israël, selon les accords d'Oslo, « conservait la responsabilité de la sécurité pendant la période intérimaire », notamment la supervision de « tous les passages » des postes frontières.

Bachir et Khanom descendirent du car et entrèrent dans l'aile palestinienne ; un policier palestinien se tenait à côté d'un drapeau palestinien, et d'un soldat israélien. Le terminal était plein de gens qui s'apprêtaient à des retrouvailles familiales : femmes âgées, foulards blancs flottants, robes jusqu'aux chevilles, lourds sacs à l'épaule ; hommes aux cheveux blancs, en keffieh et cravate ; adolescents en jeans et chaussures de sport ; hommes d'âge moyen, calvitie naissante, complet veston, serviette et téléphone portable. Ils formaient de longues files d'attente avant de passer sous les portiques détecteurs de métaux. Le terminal était remarquablement calme, compte tenu de la foule et de l'imminence des retrouvailles. Les gens indiquaient leurs bagages afin qu'on les pose sur un tapis roulant pour inspection. Au-delà des détecteurs de métaux, Bachir aperçut des valises grandes ouvertes sur les tables des douanes, les officiels israéliens examinant soigneusement les vêtements, les livres, les journaux, les brosses et les tubes de dentifrice.

Bachir et sa sœur attendaient leur tour. Le reste de la famille était rassemblé de l'autre côté de la sortie. Bachir était parti depuis huit ans, mais, même en exil, il rêvait d'un autre retour. Car celui-ci était selon lui entaché des graves défauts des accords d'Oslo. Les Israéliens avaient fait des concessions permettant aux exilés de regagner la Cisjordanie et Gaza, mais ces concessions sous-entendaient que le retour dans le reste de la Palestine n'était plus possible. Pour beaucoup d'anciens combattants et de militants palestiniens, le retour en Palestine était donc placé sous le signe d'une profonde ambivalence. Bachir n'avait pas manqué de le remarquer : pendant les négociations d'Oslo et dans les accords qui en avaient résulté, nulle mention n'avait été faite de la résolution 194, le mandat de l'ONU garantissant en 1948 le retour des réfugiés. La base était plutôt la résolution 242, ultérieure, qui appelait à un retrait des troupes israéliennes des territoires occupés. D'où l'équation « la terre contre la paix » : un État palestinien dans une partie de la Palestine, en échange de la reconnaissance d'Israël par les Palestiniens. Pour beaucoup, notamment Arafat, le moment était venu de faire de douloureux sacrifices politiques. Certains, dont Bachir, croyaient que les sacrifices déjà consentis aboutiraient à la libération de l'ensemble de l'ancienne Palestine ; or le compromis d'Oslo, s'il impliquait l'abandon du droit au retour, équivalait à une capitulation. Pire encore : Oslo avait repoussé l'examen de la question des réfugiés à une date non précisée, de même que les problèmes clés de l'installation de la capitale palestinienne à Jérusalem-Est, et du contrôle de l'eau en Cisjordanie et à Gaza. Pour l'instant, Israël gardait le contrôle.

Bachir ressentait la contradiction intrinsèque entre son rêve et la réalité palestinienne, contradiction qu'il préférait ne pas évoquer : grâce aux accords d'Oslo, il allait voir sa mère, sa femme et ses deux jeunes enfants. Il allait retrouver la Palestine pour la première fois depuis son expulsion vers le Liban, en 1988. Mais il ne rentrerait pas chez lui, à al-Ramla.

Un garde chargé de la sécurité l'entraîna à l'écart. On avait des questions à lui poser, se rappelle Khanom, qui vit son frère disparaître.

Quelques heures plus tard, tous deux traversaient les portes vitrées embuées du terminal et se retrouvaient à l'air libre, en Cisjordanie, où les attendaient Zakia, Nuha, Shéhérazade, les enfants, et de nombreux amis de Bachir.

Ils étaient venus de Ramallah. Comme en 1984, quand Bachir avait été libéré de prison – sauf que douze ans plus tard, Ahmed n'était plus là. Fidèle à lui-même, Bachir ne voulait pas d'une fête trop ostentatoire. « Il était bouleversé, mais très heureux », se rappelle Khanom.

« On aurait dit un deuxième mariage, dit Nuha. Maman avait préparé à manger, beaucoup d'amis étaient venus. Avec Bachir, les jours de tristesse étaient plus nombreux que les jours de réjouissance. Mais ce jour-là est un souvenir exceptionnel dans l'histoire de la famille. »

Les premiers jours de Bachir à Ramallah furent doux-amers. Les accords d'Oslo et la promesse d'Arafat de juguler « le terrorisme et autres formes de violence » avaient dressé contre lui des factions palestiniennes disparates, gagnées par le doute. Les accords équivalaient à l'abandon de 78 % de la Palestine historique ; et Israël ne semblait pas prêt à céder la Cisjordanie, Gaza et Jérusalem-Est, qui représentaient les 22 % restants. Le gouvernement israélien avait annoncé qu'il projetait de construire des milliers de logements à Jérusalem-Est, dont les Palestiniens voulaient faire leur capitale, et les ouvriers israéliens construisaient des routes « de contournement » afin de faciliter les déplacements des colons entre la Cisjordanie et Israël. Ces projets étaient entrepris dans le cadre des accords d'Oslo, et de nombreux Palestiniens craignaient que cette nouvelle donne sur le terrain mette définitivement fin à la perspective d'un État viable, souverain. D'autant qu'on assistait à une montée soudaine de la violence et des assassinats politiques depuis la célèbre poignée de mains devant la Maison-Blanche, six mois plus tôt.

Le 25 février 1994, Baruch Goldstein, colon d'origine américaine venu de Brooklyn, médecin, entra dans le tombeau des Patriarches, qui fait partie de la mosquée d'Ibrahim, à Hébron, là où avait été célébrée l'*aqiqa* de Bachir en 1943. Il sortit un M-16 de son manteau et ouvrit le feu, tuant vingt-neuf Palestiniens qui priaient dans la mosquée. Les survivants le tuèrent en le rouant de coups. Six semaines plus tard, le Hamas abandonnait sa stratégie de ne s'en prendre qu'à des cibles militaires israéliennes. Le 6 avril, une voiture piégée explosa dans la ville israélienne d'Afoula, tuant six civils israéliens. Le Hamas revendiqua l'attentat : il entendait venger les morts du massacre d'Hébron.

Le cycle de la douleur et des représailles avait repris. Tuant des dizaines d'Israéliens, des attentats suicides, dont les auteurs étaient recrutés par le Hamas et le Djihad islamique, eurent lieu à Netanya, Hadera, Jérusalem, Tel-Aviv, et dans les zones occupées de la bande de Gaza. Les dirigeants du Hamas expliquaient que chaque attaque contre des civils était une réponse directe aux attaques israéliennes ayant fait des victimes civiles.

Israël démolissait au bulldozer les maisons des familles des auteurs des attentats suicides. Des centaines de complices présumés furent arrêtés. L'association Human Rights Watch rapporte que les prisonniers étaient « privés de sommeil, cagoulés, forcés à rester debout ou assis dans des positions inconfortables, menacés, frappés et violemment fouettés à la tête. [...] Ces méthodes combinées sont souvent assimilables à de la torture ». De nombreux suspects furent relâchés sans avoir été inculpés.

Arafat condamna tous les attentats suicides et, sous la pression d'Israël et des États-Unis, ordonna l'arrestation de membres présumés de groupes militants. Des centaines de jeunes Palestiniens se retrouvèrent dans les prisons palestiniennes, souvent sur ordre du tribunal militaire secret palestinien pour la sécurité de l'État, créé dans le cadre des accords d'Oslo. Plusieurs hommes moururent lors d'interrogatoires au cours de la première année d'existence de ce tribunal ; beaucoup de Palestiniens accusèrent Arafat de faire le sale travail pour Israël. Arafat réagit en fermant plusieurs journaux et en arrêtant d'éminents défenseurs des droits de l'homme palestiniens. Edward Saïd, professeur à l'université de Columbia, intellectuel de premier plan, écrivit : « Arafat et son Autorité palestinienne sont devenus une espèce de gouvernement de Vichy pour les Palestiniens. »

La colère contre Arafat était d'autant plus forte que celui-ci accordait des faveurs aux loyalistes revenus de Tunis avec lui. Lui-même vivait modestement, mais certains de ses compagnons se construisaient de superbes demeures à Gaza, d'autant plus choquantes qu'elles côtoyaient la misère noire des camps de réfugiés dans l'un des lieux les plus peuplés au monde. Le propriétaire de l'une de ces demeures, estimée à deux millions de dollars, était Mahmoud Abbas, connu sous le nom d'Abou Mazen, futur successeur d'Arafat à la tête des Palestiniens. « C'est ta récompense pour avoir trahi la Palestine », tagua un artiste sur les murs de sa maison. Les miséreux des camps de réfugiés, dont les jeunes hommes constituaient la base du mouvement de résistance à Israël, blessés ou tués par milliers pendant l'Intifada, se heurtaient désormais à l'autorité de l'élite venue de Tunis. « Chaque révolution a ses combattants, ses penseurs et ses profiteurs, expliquait un habitant de Gaza. Nos combattants ont été tués, nos penseurs assassinés, il ne nous reste plus que les profiteurs. » À Gaza, les plus conservateurs étaient stupéfaits de voir apparaître au bord de la mer des discothèques, avec danseuses du ventre et alcool servi aux riches arrivants issus de la diaspora. Il n'était pas rare de voir des Mercedes noires arborant des plaques d'immatriculation VIP, brûlant les feux rouges et couvrant de poussière les charrettes tirées par des ânes.

Pour les Palestiniens ordinaires, qui en principe soutenaient Oslo, la fin de l'occupation était primordiale. Les accords d'Oslo II, signés à Washington en septembre 1995, prévoyaient trois phases de retrait des troupes israéliennes des villes de Cisjordanie, qui serait divisée en trois zones. Les Palestiniens auraient le contrôle de la plupart des villes cisjordaniennes (zone A), notamment Ramallah, Naplouse et Bethléhem, tandis qu'Israël garderait le contrôle autour des postes militaires et des colonies (zone C). Les forces israéliennes se retireraient de la zone B, où se trouvaient de nombreux villages palestiniens ; la police palestinienne, nouvelle et légèrement armée, qui devait comprendre trente mille hommes, n'aurait pas juridiction sur les Israéliens se trouvant dans cette zone, et Israël aurait le droit de la réoccuper « pour se défendre contre les menaces extérieures, notamment pour assurer la sécurité des Israéliens et des colonies ». Le retrait des troupes et des chars israéliens allait provoquer d'immenses changements dans la vie quotidienne des Palestiniens. Quiconque se déplaçait d'une ville à une autre en Cisjordanie était néanmoins confronté à des postes de contrôle militaires et à une situation confuse, engendrée par ces multiples juridictions. La carte de Cisjordanie post-Oslo II ressemblait à un archipel d'îles éparpillées. Les détracteurs des accords de paix, dont le nombre allait croissant, s'inquiétaient : cette carte ressemblait à la vision fracturée d'un État palestinien tronqué.

En octobre 1995, le soutien des Palestiniens au « processus de paix », et à tout ce qu'il représentait, était tombé à 39 %.

Les Israéliens n'étaient guère plus satisfaits. La vague d'attentats suicides traumatisait la population et augmentait la pression sur Rabin pour qu'il suspende complètement les négociations et écrase le Hamas. Beaucoup pensaient que les concessions faites par Rabin à Oslo avaient rendu le pays moins sûr. Jusqu'au jour où celui-ci déclara : « Arafat va s'occuper du Hamas », car le dirigeant palestinien n'était pas soumis à la contrainte d'institutions démocratiques comme « Bagatz et B'tselem » – allusion à la haute cour de justice d'Israël et à une éminente organisation indépendante de défense des droits de l'homme. Les détracteurs de Rabin passèrent à l'attaque : loin de sévir, Arafat avait installé des portes à tambour dans les prisons palestiniennes, laissant sortir les gens peu après leur arrestation. Afin de diminuer le nombre d'attentats, Rabin émit alors l'hypothèse d'une « séparation totale » entre Israël et les Palestiniens, et les citoyens israéliens commencèrent à évoquer les avantages d'un mur séparant les deux peuples.

Rabin faisait l'objet des attaques répétées de Benyamin Nétanyahou, son rival au sein du Likoud, qui rappela que le Premier ministre avait promis « de ne pas négocier avec l'OLP, de ne céder aucun territoire pendant son mandat et de ne pas créer d'État palestinien. Il ne tient aucune de ces promesses ». Nétanyahou, qui voulait devenir Premier ministre, était un détracteur acharné des accords d'Oslo. Il trouvait absurde le projet d'armer des milliers de policiers palestiniens et de permettre aux cadres de l'OLP de revenir aux frontières d'Israël. Le prix Nobel de la paix attribué en 1994 à Rabin, Arafat et Shimon Peres, ministre israélien des Affaires étrangères, n'avait guère atténué ces critiques. L'image de l'ancien ennemi en compagnie des deux dirigeants israéliens ne faisait qu'alimenter les attaques. En 1995, Nétanyahou accusa Rabin de contribuer à établir « l'État terroriste palestinien ». Les colons religieux constituaient la frange la plus déterminée de l'opposition. Nombre d'entre eux étaient convaincus que Dieu avait donné aux Juifs la Judée et la Samarie, connues dans le reste du monde sous le nom de Cisjordanie. Les rabbins les plus extrémistes traitaient Rabin de *rodef*, ou violent agresseur, sur le point de négocier l'abandon de la terre que Dieu leur avait remise. Une affiche circulait, montrant une photo truquée de Rabin revêtu d'un uniforme nazi. Pour un nombre croissant d'Israéliens de la droite religieuse, Yitzhak Rabin était un ennemi de l'État.

***

Dalia était stupéfaite que quiconque en Israël ose exploiter le souvenir de la Shoah pour manipuler les esprits. « Ce n'est pas beau à voir, se rappelle-t-elle avoir pensé. C'est un appel au meurtre. Où sont les limites de la liberté d'expression ? J'ai compris que la bataille pour le compromis en Israël allait être très difficile. » Elle gardait pourtant espoir, en dépit du carnage provoqué par les attentats suicides. Elle pensait qu'un changement historique était en train de se produire au sein de son peuple. Rabin, le vieux guerrier, avait fait preuve de courage en acceptant le dialogue avec l'OLP et son ancien ennemi juré, Arafat. Malgré sa méfiance à l'égard de ce dernier, elle jugeait que chaque camp avait fait des efforts pour ménager un espace à l'autre. « En créant de l'espace pour cet autre, explique-t-elle, nous rendons possible la construction commune d'une réalité beaucoup plus belle que celle que nous pouvons envisager seuls. » Elle se sentait encouragée par le retrait de Cisjordanie de nouvelles troupes israéliennes, et l'apparition des premiers signes de souveraineté de ses voisins palestiniens. Elle y voyait les premiers pas vers l'égalité pour les Palestiniens, un concept auquel elle réfléchissait depuis le jour où elle avait ouvert la porte à Bachir et à ses cousins, en 1967.

À la Maison ouverte, qui avait maintenant cinq ans, Dalia et Ézéchiel étaient témoins d'une volonté croissante des Israéliens d'initier un dialogue entre Arabes et Juifs. Les colonies de vacances de la paix, qui accueillaient enfants arabes et juifs, avaient soudain du succès, et Ézéchiel pensait que « toute l'approche de coexistence », qu'il défendait avec Dalia depuis des années, « était légitimée aux yeux des Juifs ». De son côté, Dalia se souvenait de la conclusion de sa lettre à Bachir, sept ans plus tôt : « Je prie pour qu'avec votre coopération et l'aide de Dieu, nos enfants se réjouissent bientôt de la beauté et de la générosité de cette Terre sainte. »

Le 4 novembre 1995, Dalia pensait que son rêve était encore possible. C'était un samedi, jour du sabbat juif ; elle avait passé toute la journée et la soirée précédente dans un couvent des Sœurs de Sion, dans la Vieille Ville, partageant le repas du sabbat et discutant de la Maison ouverte. Le couvent faisait partie d'une église baptisée Ecce Homo (« Voici l'homme »), les paroles de Ponce Pilate dénonçant Jésus-Christ. On dit que c'est sur le *lithostrotos*, le doux pavage de pierres, de cette église que se tenait Jésus lorsqu'il fut condamné.

Du haut du couvent, Dalia avait découvert l'un des plus beaux panoramas de Jérusalem : le scintillement du mont du Temple, ou Haram al-Charif, le lieu le plus saint de Jérusalem pour les musulmans et les juifs ; le dôme gris de l'église du Saint-Sépulcre (XIIe siècle), sans doute le site le plus sacré de la chrétienté ; les toits d'antiques maisons de pierre, dont les bouquets d'antennes d'acier pointaient vers le ciel ; au nord, le mont Scopus ; et au-delà, les montagnes de Cisjordanie, que Dalia appelait les « monts de Judée », qui faisaient partie de la Judée et de la Samarie bibliques. Israël devait abandonner les colonies de ces terres, pensait-elle.

Même si la Judée et la Samarie faisaient partie de ce qu'elle considérait comme le territoire biblique d'Israël, elles étaient depuis des siècles la terre d'un autre peuple. Aussi douloureux cela soit-il, chaque camp devait selon elle renoncer à un bien précieux.

En cette soirée du 4 novembre, Dalia s'apprêtait à quitter la Vieille Ville pour rentrer chez elle. Ézéchiel et Raphaël allaient dîner chez la tante Stella, qui vivait désormais dans un appartement voisin du leur. À Tel-Aviv, Yitzhak Rabin participait à un rassemblement sur la place des Rois d'Israël, où cent mille Israéliens manifestaient leur soutien à la paix avec les Palestiniens. Le Premier ministre, qui avait combattu les Arabes en 1948, 1956 et 1967, autorisé l'utilisation du « pouvoir, [de] la force et [des] passages à tabac » contre les jeunes Palestiniens lors de l'Intifada, et s'était opposé pendant des années à toute reconnaissance de l'OLP, s'adressa ainsi à la foule :

> J'ai été soldat pendant vingt-sept ans. J'ai combattu aussi longtemps que n'apparaissait aucune perspective de paix. Je pense que la paix est aujourd'hui possible, tout à fait possible, et que nous devons saisir cette occasion. [...] J'ai toujours cru que la majorité des habitants de ce pays souhaitent la paix et sont prêts à prendre des risques pour l'obtenir. Vous qui êtes présents ici pour défendre la paix, comme tant d'autres qui ne sont pas présents, êtes la preuve que ce pays veut vraiment la paix et rejette la violence. La violence sape les fondations de la démocratie israélienne. On doit la rejeter, la condamner et la contenir. L'État d'Israël n'utilise pas de telles méthodes.

La foule se mit à chanter et l'on tendit à Rabin une feuille de papier avec les paroles de *Shir l'Shalom*, une chanson exprimant le chagrin des morts qui conseillent les vivants depuis l'au-delà. Écrite en 1969, deux ans après la guerre des Six-Jours, c'était l'hymne du mouvement pacifiste israélien. Rabin entonna en chœur avec la foule :

> Personne ne nous fera revenir
> de notre tombe obscure.
> Ici, ni la joie de la victoire
> ni les chants élogieux
> ne nous aideront.
>
> Alors chantez simplement pour la paix,
> ne murmurez pas une prière,

mieux vaut chanter une chanson pour la paix
à pleins poumons !

À la fin du rassemblement, le Premier ministre replia la feuille de papier, la glissa dans la poche de sa chemise et se dirigea vers le convoi de voitures qui l'attendait.

À peu près au même moment, Dalia était dans un taxi en train de descendre la Via Dolorosa, empruntée par le Christ chargé de sa croix. Elle sortit de la Vieille Ville du côté est, par la porte des Lions, en face du mont des Oliviers. Le chauffeur arabe arrivait à un feu rouge quand l'un de ses collègues leur cria par la fenêtre : « Rabin a été tué ! » *Ce n'est pas possible*, réagit Dalia, abasourdie. *C'est impossible*. Le chauffeur fonça vers Jérusalem-Ouest. « Bonté divine, lança-t-il à Dalia en hébreu. Je n'ai pas la radio ! » À chaque feu rouge, ils faisaient signe aux autres conducteurs et demandaient : « Que s'est-il passé, que s'est-il passé ? »

« C'est peut-être faux, dit le chauffeur, essayant de rassurer Dalia. Comment ça pourrait être vrai ? »

Vingt minutes plus tard, il s'arrêtait devant chez Dalia. Elle lâcha son gros sac dans l'entrée et monta les escaliers en courant : Ézéchiel, Raphaël et Stella étaient pétrifiés devant l'écran de télévision. Le journaliste de la première chaîne israélienne était devant l'hôpital, entouré de milliers de personnes, et se faisait le relais des « rumeurs concernant l'état de Rabin ». La confirmation arriva bientôt : Yitzhak Rabin était mort. Il avait été abattu à bout portant par Yigal Amir, vingt ans, étudiant ultra-orthodoxe. « J'ai agi seul, sur ordre de Dieu », déclara celui-ci à la police. Israël apprit bientôt que le sang de Rabin avait filtré de la poche de sa chemise et maculé l'hymne de la paix.

Dalia resta devant la télévision jusqu'au matin, abasourdie. Les gens tombaient dans les bras de leurs voisins, secoués de sanglots. « Nous éprouvions un réel sentiment de perte. Rabin avait vécu d'incroyables changements. Je l'avais entendu, lors d'un discours en Israël, le Jour du souvenir. "Assez de guerres. Assez de deuils. Aujourd'hui nous devons combattre pour la paix. De toutes les guerres, c'est la plus difficile – la guerre pour la paix." » Dalia n'en revenait pas : « Qui aurait pu penser que la terreur frapperait chez nous avec une telle violence ? »

Ézéchiel se souvient d'avoir éprouvé un sentiment de révolte, comme lorsqu'il était adolescent aux États-Unis dans les années

1960, lors des assassinats du président Kennedy, de son frère Bobby et de Martin Luther King Jr.

« Ç'a été un tournant, dit-il, qui a détruit toute possibilité de compromis pour un bon moment. Souvent je me suis demandé : *Si Rabin avait vécu, est-ce qu'il aurait trouvé un arrangement avec Arafat ?* Je l'ignore. »

Tout comme Dalia : « S'il avait vécu, je ne sais pas s'il aurait pu entraîner tout son peuple avec lui. Mais je me sentais profondément blessée, ajoute-t-elle en pleurs. J'avais l'impression que les gens les plus courageux, ceux qui pourraient changer les choses – ils n'ont pas la moindre chance. »

Bachir se rappelait ce que lui avait dit Rabin quand ils s'étaient rencontrés à la prison de Jneid, juste avant qu'il soit expulsé vers le Liban : « Le jour où il y aura la paix, il n'y aura plus de problèmes avec les prisonniers. » Il n'était pas aussi optimiste que Dalia, qui pensait que Rabin aurait amené une paix juste dans la région. En outre, il doutait de l'engagement d'Arafat. Aux yeux de Bachir, la paix et la justice étaient impossibles sans le droit au retour qui jusque-là restait limité à des gestes modestes, symboliques.

Lamis Salman, une jeune femme arabe ayant grandi en Israël, professeur à la Maison ouverte, se souvient d'un tiède vendredi matin de l'été 1999. Elle revenait de l'épicerie quand elle aperçut un homme qui regardait les enfants jouer dans la cour de la Maison ouverte. Une cinquantaine d'années, petit, un peu de ventre, une mèche de cheveux gris tombant sur son front. À côté de lui se tenaient un homme et une femme du même âge, et deux jeunes hommes. Il parla à Lamis en arabe avant de présenter sa sœur, son beau-frère, et ses deux neveux.

« Il est arrivé en catimini, personne ne sait comment, se rappelle Lamis. Il a demandé à voir Dalia. » Lamis et ses collègues arabes étaient tout excités par cette soudaine apparition. Mais l'une de leurs collègues israéliennes le considérait comme un intrus, un ancien criminel revenu clandestinement – peu importait qu'il ait vécu là trente ans plus tôt.

Lamis regardait Bachir, qui observait les enfants. Ils étaient dans le jardin avec les autres professeurs arabes, parlant de politique, de la vie à Ramallah et al-Ramla. « La maison lui manquait, dit Lamis. La terre, la maison et al-Ramla. Il n'en a pas parlé, mais je l'ai lu dans son regard. »

À l'été 2000, Arafat se trouva face à un nouveau Premier ministre israélien, à Camp David, lieu de villégiature des présidents américains. Yitzhak Rabin, qu'Arafat aimait encore appeler son « partenaire » de la « paix des braves », était mort depuis près de cinq ans. Son successeur, Shimon Peres, avait été battu par Benyamin Nétanyahou lors d'une élection serrée, après une vague d'attentats suicides au printemps 1996. Trois ans plus tard, Ehoud Barak, candidat du Parti travailliste et ancien chef de Tsahal, avait à son tour battu Nétanyahou : l'élection avait des allures de référendum sur les accords d'Oslo. La majorité des Israéliens pensaient qu'un accord avec les Palestiniens était le meilleur moyen d'assurer leur sécurité à long terme. En juillet 2000, deux mois après que les Israéliens eurent mis fin à leur occupation du Liban, Barak, Arafat, le président Bill Clinton, la secrétaire d'État américaine Madeleine Albright, le conseiller à la Sécurité nationale Sandy Berger, et des équipes de négociateurs passèrent deux semaines à Camp David, espérant aboutir à un accord final historique.

Clinton s'impliqua personnellement dans de nombreuses discussions. Le 15 juillet, après cinq jours de pourparlers, il participa à une réunion du comité de négociation des frontières. Les Israéliens présentèrent une carte proposant que 92 % – selon eux – de la Cisjordanie accueille un État palestinien démilitarisé ; colonies et avant-postes israéliens occuperaient les 8 % restants. À titre de compensation, on donnerait aux Palestiniens des terres situées à l'intérieur d'Israël, mais d'une superficie moindre que celles qu'on leur demandait d'abandonner. Ces 92 % ne prenaient pas en compte les terres qu'Israël avait déjà annexées pour créer des quartiers juifs à Jérusalem-Est, pas plus que d'autres terres de la vallée du Jourdain dont Israël voulait garder le contrôle pendant dix ans au moins.

Pour les Palestiniens, le pourcentage proposé par les Israéliens, quel qu'il soit, venait empiéter sur le peu de Palestine qu'il leur restait. Ils affirmèrent qu'en acceptant les accords d'Oslo et l'existence d'Israël, ils avaient déjà cédé 78 % de leur pays à l'État juif et n'étaient pas prêts à faire davantage de concessions sur le reste. Dennis Ross, l'influent négociateur de Clinton pour le Moyen-Orient, n'appréciait pas « ces vieux débats sur l'illégalité des colonies et les Palestiniens qui revendiquent le retour aux frontières de 1967 », « toujours les mêmes foutaises ». Son point de vue dut influencer le président, qui considérait lui aussi que les Palestiniens étaient trop intransigeants. Clinton demanda au principal négociateur palestinien, Ahmed Qurei (également connu sous le nom d'Abou Ala), de proposer une autre carte. « Ma carte, répondit Abou Ala, l'un des architectes des accords d'Oslo, est celle du 4 juin 1967 » – la veille de la guerre des Six-Jours et de l'occupation israélienne.

Clinton répondit en élevant fortement la voix : « Monsieur, je sais que vous aimeriez que toute la carte soit jaune. Mais ce n'est pas possible. Nous ne sommes pas au Conseil de sécurité, ni à l'Assemblée générale des Nations unies. Si vous comptez me faire la leçon, allez les rejoindre et ne me faites pas perdre mon temps. Je suis président des États-Unis. Je suis prêt à faire mes bagages et à m'en aller. Moi aussi, je risque gros, ici. Vous êtes en train de bloquer les négociations. Vous n'agissez pas de bonne foi. » Le président se leva et quitta la pièce d'un air très digne, accompagné de Madeleine Albright, la secrétaire d'État.

« Nous sommes sortis de façon théâtrale, se rappelle celle-ci dans ses Mémoires, juste au moment où une averse torrentielle s'est abattue. Soit nous nous faisions tremper, soit nous renoncions à notre effet dramatique – nous nous sommes donc fait tremper. »

Au cours des deux jours suivants, Clinton vit Arafat à huit reprises au moins. Le président réitéra les propositions – la terre contre la paix – que Barak approuvait, selon lesquelles les Palestiniens seraient autorisés à établir leur capitale à la périphérie arabe de Jérusalem-Est, et à jouir d'un mélange de souveraineté, de « tutelle » et d'« autonomie fonctionnelle » sur certaines parties de la Vieille Ville. Quelques sites religieux passeraient sous leur contrôle, mais pas Haram al-Charif, troisième sanctuaire sacré des musulmans.

Clinton promit une « solution satisfaisante » pour les réfugiés. Le droit au retour serait toutefois limité à l'État palestinien de Cisjordanie et de Gaza, et ne s'appliquerait pas à la partie de l'ancienne Palestine devenue Israël. En guise de compensation, les États-Unis proposaient un programme d'aide massive, qui se chiffrait en dizaines de milliards de dollars, afin de réinsérer les réfugiés – qui étaient désormais plus de cinq millions, vivant en grande partie dans des camps au Liban, en Jordanie, en Syrie, en Cisjordanie et à Gaza.

« J'ai pour vous un grand respect, monsieur le président, répondit Arafat, d'après Saëb Erekat, négociateur palestinien. Mais vos propositions ne constituent pas la base d'une vraie solution. »

Le président Clinton frappa du poing sur la table et hurla en s'adressant à Arafat : « Vous menez votre peuple et toute la région à la catastrophe. Barak vient de présenter des propositions, mais vous, vous les prenez et vous les enterrez.

— Je suis ici pour représenter des Arabes, des musulmans et des chrétiens du monde entier, répondit Arafat. Je suis venu pour faire la paix, et je n'accepterai jamais que vous, ou quiconque, me fassiez passer pour un traître aux yeux de l'histoire. » Arafat se considérait toujours comme le dirigeant d'un mouvement de libération nationale. Après trente-cinq ans à l'OLP, il ne voulait pas passer à la postérité comme celui qui aurait cédé une bonne part de Jérusalem-Est. Il connaissait l'importance de Haram al-Charif pour les musulmans, il lui était donc impossible de concéder aux Israéliens la souveraineté sur le site, aussi partielle soit-elle, bien que ce soit aussi l'emplacement du mont du Temple. Il refusa également de céder sur le droit au retour même si, pour beaucoup de Palestiniens comme de Juifs, c'était ce qu'il avait fait en acceptant Oslo et la solution des deux États. Sachant à quel point cette question était importante pour les millions de réfugiés, il cherchait encore à se ménager une marge de manœuvre.

Ce soir-là, il ordonna à la délégation palestinienne de faire ses valises et de se préparer à quitter Camp David. Tard dans la soirée, Clinton vint le voir dans son bungalow et vit les bagages empilés en vue du départ. « Vous êtes sûr que vous ne changerez pas d'avis ? » dit-il. Clinton obtint d'Arafat qu'il reste jusqu'à son retour du Japon, où il allait passer quatre jours. « Je pars mercredi pour la réunion du G-8, j'en profiterai pour leur demander le soutien dont vous avez besoin pour votre État, proposa Clinton au dirigeant palestinien. Tout ce que je vous demande, c'est de faire un compromis sur Jérusalem reposant sur quelques principes. Vous n'obtiendrez pas tout ce que vous souhaitez, mais c'est le prix qu'il vous faut payer. »

Le président américain revint à Camp David le 23 juillet et fit de nouveau pression sur Arafat. Lors d'une réunion avec Albright, Berger, George Tenet, directeur de la CIA, et les négociateurs palestiniens Abou Ala et Saëb Erekat, Clinton proposa une « enceinte présidentielle souveraine » pour Arafat dans le quartier musulman de la Ville sainte. La proposition n'accordant toujours pas aux Palestiniens la souveraineté complète sur Haram al-Charif, Arafat la refusa. « Il y aurait donc un îlot entouré de soldats israéliens contrôlant les entrées, argua-t-il. Ce n'est pas ce que nous demandons. Nous voulons une souveraineté complète des Palestiniens sur Jérusalem, occupée en 1967. »

Bill Clinton se mit en colère. « Vous avez laissé passer de nombreuses occasions », dit-il à Arafat, reprenant le slogan d'Abba Eban, ancien ministre des Affaires étrangères israélien qui aimait à dire que les Palestiniens ne manquaient jamais une occasion de manquer une occasion. « D'abord en 1948, et aujourd'hui, en 2000, vous vous autodétruisez. Vous êtes là depuis quatorze jours et avez dit non à tout. Ça ne sera pas sans conséquences. Un échec signifierait la fin du processus de paix. Laisser s'installer la pagaille et en supporter les conséquences. Vous n'aurez pas d'État palestinien et plus d'amis. Vous serez isolés dans la région. »

Arafat fut inflexible : « Si quelqu'un imagine que je peux renoncer à Jérusalem, il se trompe. Je ne suis pas seulement le leader du peuple palestinien, je suis le vice-président de la Conférence islamique. Je ne vendrai pas Jérusalem. Vous affirmez que les Israéliens font un pas vers nous, mais ce sont eux les occupants. En quoi sont-ils généreux ? Ils ne nous donnent rien qui leur appartienne, ils nous rendent notre terre. Je demande la simple mise en œuvre de la résolution 242 de l'ONU. Je parle seulement de 22 % de la Palestine, monsieur le président. »

Clinton continua de faire pression sur Arafat afin qu'il accepte un compromis sur Jérusalem. Mais celui-ci savait que les musulmans du monde entier comptaient sur les Palestiniens pour protéger Haram al-Charif. S'il cédait, il y avait peu de chances qu'il vive assez longtemps pour assister à la mise en œuvre d'un accord. « Monsieur le président, répondit-il à Clinton, voulez-vous assister à mon enterrement ? Plutôt mourir qu'accepter la souveraineté israélienne sur Haram al-Charif. »

Il ajouta : « J'ai pour vous beaucoup de respect et je comprends que vous soyez affecté par la position israélienne. J'ai mené la révolution de mon peuple. Pour moi, le siège de Beyrouth a été plus agréable que le siège de Camp David. Il est plus facile de faire la révolution que la paix. »

Barak en voulait à Arafat. Il était allé plus loin qu'aucun Premier ministre israélien avant lui pour obtenir la paix. À ses yeux, Arafat « n'avait pas négocié de bonne foi » et n'avait jamais eu l'intention d'arriver à un quelconque accord. « Il se contentait de répondre "non" à toutes nos offres, sans jamais faire de contre-propositions », confia Barak à l'historien israélien Benny Morris. Selon lui, Arafat pensait qu'Israël « n'avait pas le droit d'exister et souhaitait sa mort ». Cette interprétation se répandit aux États-Unis et en Israël : en rejetant les « généreuses » offres d'Israël, le président de l'OLP était seul coupable de l'échec de Camp David.

Beaucoup d'observateurs, notamment des diplomates présents à Camp David, pensent que les motifs de l'échec de ce sommet sont beaucoup plus complexes. Ils seraient en partie liés au favoritisme américain vis-à-vis du camp israélien, et à une perception déficiente du point de vue palestinien. Selon ces voix critiques, tout cela fut exacerbé par l'impréparation des Américains et la rivalité entre le Département d'État de Madeleine Albright et le Conseil de sécurité nationale de Sandy Berger, qui provoquèrent ce que beaucoup d'Américains au fait des pourparlers qualifièrent de négociations « dysfonctionnelles » menées par « une bande de mamamouchis ».

Une vigoureuse riposte à l'analyse de Clinton et Barak fut l'œuvre de Robert Malley, membre de l'équipe Clinton à Camp David, et de Hussein Agha, analyste politique arabe chevronné et ancien négociateur palestinien, qui affirmèrent dans une série d'articles que cette analyse ne tenait pas compte du point de vue palestinien. « Malgré tout ce que l'on a pu dire sur la paix et la réconciliation, la plupart des Palestiniens étaient plus résignés à la solution des deux États que désireux d'y adhérer », écrivirent Malley et Agha. Après tout, la route de Camp David avait été ouverte lors des pourparlers secrets d'Oslo, eux-mêmes conséquence de la guerre du Golfe de 1991, quand Arafat s'était rangé aux côtés de l'Irak de Saddam Hussein. Ce que le monde entier ou presque considérait comme des concessions historiques faites par Arafat à Oslo était pour beaucoup de Palestiniens les termes de la reddition de l'homme qui s'était opposé aux États-Unis et à leurs alliés. « Ils étaient prêts à accepter l'existence d'Israël, mais pas sa légitimité morale, écrivirent Malley et Agha à propos de la délégation palestinienne de Camp David. L'idée qu'Israël "offrait" des terres, était “généreux”, ou “faisait des concessions” leur semblait doublement fausse, affirmant les droits d’Israël tout en niant ceux des Palestiniens. Pour ces derniers, la terre n’était pas donnée, mais rendue. »

Certains maintiennent que l’offre israélienne, apparemment de 92 %, était en fait bien inférieure si l’on prenait en compte les déductions de terres à Jérusalem-Est et dans la vallée du Jourdain. Israël conservait d’autre part la souveraineté sur l’espace aérien, les nappes phréatiques, les « blocs de colonies » en Cisjordanie, et un « morceau » de terre israélienne entre Jérusalem-Est et le Jourdain, qui aurait coupé en deux le territoire palestinien. À en croire ces critiques, la Palestine n’aurait pas été un État, mais une « entité » morcelée, dotée d’une souveraineté limitée, et ne contrôlant qu’à peine ses propres ressources. Même pour les Palestiniens désireux d’aboutir à un compromis historique, ce n’était pas une issue acceptable après des décennies de luttes et de sacrifices.

Malley et Agha critiquaient l’équipe américaine pour « son évaluation exagérée des importantes propositions d’Israël », et sa sensibilité aiguë à la politique intérieure israélienne, « réaction qui reflétait la perception de ce que le public israélien était prêt à accepter plutôt que l’évaluation de ce que devrait être une “solution équitable”. L’équipe américaine se demandait souvent si Barak pourrait vendre telle ou telle proposition à ses compatriotes, y compris certaines qu’il avait lui-même avancées. On se posait rarement, ou jamais, cette question à propos d’Arafat. » Quant à l’idée que Barak avait offert davantage aux Palestiniens que n’importe quel dirigeant israélien, Malley écrivit ceci dans le *New York Times* : « On ne doit pas mesurer les concessions des Israéliens en se demandant jusqu’à quel point ils se sont éloignés de leurs propositions de départ, mais jusqu’à quel point ils se sont approchés d’une solution équitable. »

Deux mois après Camp David, le 28 septembre 2000, à huit heures du matin, Ariel Sharon, leader du Likoud, arriva dans la Vieille Ville, sur le site religieux le plus contesté de Jérusalem : pour les juifs, le mont du Temple, comprenant le mur des Lamentations ; pour les musulmans, Haram al-Charif. Le contrôle de ce site était un des motifs principaux de l’échec du sommet de Camp David. La traversée du désert de Sharon, en disgrâce depuis les massacres de Sabra et Chatila, était terminée. Sharon avait été ministre des Infrastructures dans le gouvernement de Nétanyahou, poste dont il s'était servi pour développer les colonies en Cisjordanie. Désormais principal leader de l'opposition à la Knesset, Sharon envoyait un message sur la souveraineté israélienne, à partir d'un lieu qui est le troisième sanctuaire sacré de l'islam : Haram al-Charif (le noble sanctuaire) est un vaste complexe de lieux saints musulmans, notamment le dôme du Rocher et la mosquée d'al-Aqsa. Le geste de Sharon était un défi politique lancé à Barak, son rival du Parti travailliste, et à Nétanyahou, qui s'était juré de lui contester la direction du Likoud. Les lois israéliennes permettaient à Sharon de visiter le mont du Temple ; pour assurer sa sécurité, Barak, le Premier ministre, autorisa mille cinq cents policiers à l'accompagner sur ce site contesté.

Le lendemain, au terme de la prière du vendredi à la mosquée d'al-Aqsa, une foule de Palestiniens jeta des pierres aux soldats israéliens. La plupart des manifestants étaient des jeunes hommes et des adolescents, et aucun ne fit usage d'armes à feu, comme le montrèrent les enquêtes ultérieures. Les troupes israéliennes ouvrirent le feu à balles réelles, tuant quatre Palestiniens.

Barak et plusieurs Israéliens accusèrent Arafat d'avoir planifié la nouvelle Intifada, qui aurait fait partie d'un « vaste plan » de terreur et de violence, à la suite de l'échec de Camp David. Huit semaines suivirent, pourtant, au cours desquelles neuf fois plus de Palestiniens que d'Israéliens furent tués. La disparité du nombre de civils blessés était encore plus importante. Israël accusa les Palestiniens de chercher à asseoir « leur supériorité morale en cachant derrière des enfants des hommes armés de mitraillettes qui font feu sur les Israéliens ». De nombreuses commissions d'enquête ont conclu que ces cas étaient exceptionnels. Par la suite, la résistance palestinienne se fit plus violente : la milice du Fatah, Tanzim, dirigée par Marouane Barghouti, mena plusieurs attaques contre les troupes israéliennes. Les Palestiniens observaient le retrait israélien du Liban, conséquence de ce qu'ils considéraient comme la résistance du Hezbollah, et établissaient un parallèle avec la Cisjordanie et Gaza.

En octobre, le soulèvement s'était étendu aux communautés arabes à l'intérieur d'Israël, notamment Nazareth et plusieurs villages de Galilée. Les Palestiniens représentaient près de 20 % de la population d'Israël. De violents affrontements entre ces « Arabes israéliens » et la police firent treize morts parmi les Palestiniens. Au sein de la droite israélienne, on évoquait à nouveau une « cinquième colonne » déloyale, composée d'Arabes qu'il faudrait peut-être expulser d'Israël. D'autres dirigeants, notamment le ministre du Tourisme, Rehavam Zeevi, défendaient une idée de plus en plus populaire : « transférer » tous les Palestiniens de Cisjordanie vers la Jordanie et rendre Eretz Israël aux Juifs. La mort des citoyens palestiniens d'Israël provoqua également un tollé dans la société israélienne ; une commission nationale d'enquête, dirigée par un ancien juge de la Cour suprême israélienne, examina de près le comportement de la police.

Au vu des tensions qui divisaient le pays, Dalia et Ézéchiel étaient dans la Maison ouverte comme sur une île. Ils étaient sidérés de voir le déferlement d'émotions des Arabes qui leur racontaient spontanément ce qui était arrivé à leur famille en 1948. « Les Arabes se livraient soudain et parlaient de leur chagrin, se rappelle Ézéchiel. Les Israéliens progressistes, pleins de bonnes intentions, qui pensaient construire des liens et des ponts culturels, furent obligés de reconnaître qu'il y avait des problèmes et des injustices endémiques dans la société israélienne, qui demandaient bien plus que des rencontres interculturelles et des activités visant à développer la coexistence. Une transformation sociale et politique était nécessaire, à l'échelle sociétale. » En cet automne 2000, Dalia, Ézéchiel, Michail et des sympathisants de la Maison ouverte furent contactés par un membre de la Knesset pour participer à un groupe de réflexion afin d'améliorer les conditions de vie des Arabes en Israël.

Les divisions en Israël n'étaient pas sans conséquences. Partout ou presque, rappelle Ézéchiel, les projets de réconciliation tombaient à l'eau ; il était trop difficile d'avancer dans un climat aussi tendu. La télévision israélienne diffusa plusieurs fois les images de deux soldats lynchés par une foule en colère à Ramallah, dont les corps mutilés étaient traînés triomphalement dans les rues. Israël, dit Ézéchiel, était « plus tendu que jamais depuis 1948 – sans doute parce qu'[Oslo] avait suscité un immense espoir, qui s'était finalement évanoui ».

Les Israéliens voulaient toujours arriver à un accord avec leurs vieux ennemis, mais ils étaient de plus en plus nombreux à soutenir Sharon pour les élections à venir. En décembre 2000, trois mois après le début de la deuxième Intifada, Barak et les négociateurs israéliens rencontrèrent à plusieurs reprises Arafat et l'équipe palestinienne dans la station balnéaire égyptienne de Taba. Tous les comptes rendus montrent que les deux camps étaient beaucoup plus proches d'un accord qu'à Camp David. Ils avaient avancé au sujet de la souveraineté palestinienne sur Jérusalem-Est, et même, très légèrement, sur le droit au retour.

Le 1er janvier 2001, un attentat suicide à Netanya fit plus de quarante blessés israéliens. Le second mandat de Clinton s'achevait trois semaines plus tard. Les Israéliens devraient choisir un mois plus tard entre Barak et Sharon. Barak suspendit brièvement les négociations de Taba en promettant d'envoyer des représentants à Washington si le leader palestinien mettait « fin à la terreur. [...] Nous avons vraiment de sérieux doutes sur la sincérité de ses intentions ». Les pourparlers continuaient pourtant de progresser et, à un certain point, les deux parties semblèrent proches d'un véritable accord. Les négociations échouèrent finalement, en partie à cause du droit au retour. « Nous ne pouvons pas permettre à un seul réfugié de revenir sur la base du "droit au retour", affirma Barak. Et nous ne pouvons accepter la responsabilité historique de la création de ce problème. »

Les pourparlers de Taba furent un échec, et Sharon remporta une victoire écrasante aux élections.

Bachir fut réveillé par des coups violents contre sa porte – à cinquante-neuf ans, il savait ce que cela annonçait. Il alla rapidement ouvrir : des soldats israéliens encerclaient la maison. Il estime qu'ils étaient deux cents. Il était 5 h 30 du matin. C'était le 27 août 2001.

« Pourquoi faites-vous tant de bruit ? demanda-t-il, furieux, à l'officier responsable, sa main gauche enfoncée dans sa poche. Vous allez réveiller les gens qui dorment ! Qui cherchez-vous ?

— Bachir Khairi.

— C'est moi.

— Nous sommes venus vous chercher. Ne bougez pas, sinon on vous tire dessus. Vous, les gars, vous n'arrêtez pas de nous créer des ennuis.

— Comment ça "vous" ?

— Oui, vous, le FPLP.

— Je ne fais pas partie du FPLP. »

On l'emmena dans une prison de tentes proche de Ramallah, entourée de barbelés et protégée par des soldats accompagnés de chiens. À peine arrivé, il repéra des hommes qui jouaient aux échecs et se joignit à eux.

Le même jour, des hélicoptères israéliens tirèrent deux missiles sur le quartier général du FPLP à Ramallah, tuant son leader, Abou Ali Moustapha, également membre de l'OLP, et ami de Bachir. Moustapha était la cible de plus haut rang tuée dans le cadre de la politique israélienne d'assassinat des militants palestiniens.

La mort d'Abou Ali Moustapha fut vengée au mois d'octobre : Rehavam Zeevi, le ministre du Tourisme, qui proposait d'expulser les Palestiniens de Cisjordanie, fut tué de deux balles dans la tête à l'hôtel Hyatt de Jérusalem. Le meurtre fut revendiqué par le FPLP, et Sharon jura de déclencher « une guerre à mort contre les terroristes ».

Six semaines plus tard, le lundi 3 décembre, Ariel Sharon, de retour d'une réunion avec le président Bush à Washington, déclara la guerre à l'Autorité palestinienne. Près de trois mois s'étaient écoulés depuis le 11 Septembre, et huit semaines depuis que les États-Unis avaient envahi l'Afghanistan. Sharon avait promis d'être solidaire des États-Unis dans leur guerre contre le terrorisme. Au cours des deux jours précédents, une voiture piégée et trois attentats suicides avaient tué vingt-cinq Israéliens et en avaient blessé deux cent vingt-neuf, à Jérusalem et à Haïfa.

À l'aube de ce lundi, des chasseurs américains F-16 et des hélicoptères de combat Apache lâchèrent un déluge de fusées et de missiles sur le quartier général de l'Autorité palestinienne et les bâtiments de la police à Gaza et en Cisjordanie, bombardant l'aéroport palestinien et les hélicoptères d'Arafat à Gaza, ainsi qu'un dépôt de carburant d'où s'éleva un énorme nuage de fumée qui couvrit Gaza. Des chars israéliens entrèrent dans de nombreuses villes de Cisjordanie, réoccupant les territoires. Le 13 décembre, après de nouveaux attentats suicides, des obus israéliens s'abattirent sur La Voix de la Palestine, renversant l'antenne et détruisant la station de radio. Des hélicoptères de combat bombardèrent les bureaux d'Arafat à Ramallah, n'épargnant qu'une partie du complexe. Un communiqué du cabinet de Sharon déclara qu'Arafat n'avait « pas d'importance ». L'homme qui avait chassé Arafat du

Liban vingt ans plus tôt avait l'intention de démanteler son Autorité palestinienne. C'était presque officiel : Oslo était mort.

En février 2002, Arafat publia un appel dans la page « Opinion » du *New York Times*, affirmant que « les Palestiniens sont prêts à mettre fin au conflit » et ont « une vision pour la paix [...] fondée sur l'arrêt complet de l'occupation et un retour aux frontières de 1967, le partage de l'ensemble de Jérusalem, ville ouverte et capitale des deux États, la Palestine et Israël. C'est une paix chaleureuse, mais nous ne nous assoirons [pour négocier] qu'en tant qu'égaux, et non comme des suppliants ; comme des partenaires, et non des sujets ; comme ceux qui recherchent une solution juste et pacifique, et non comme une nation vaincue reconnaissante des miettes qu'on pourrait lui jeter ». Sharon et son cabinet restèrent de marbre. Ils étaient persuadés qu'Arafat orchestrait la plupart des violences et qu'il n'avait jamais eu l'intention de faire la paix à Camp David. Fin février, Tsahal bombarda de nouveau le quartier général d'Arafat à Gaza et Ramallah, où il était désormais consigné ; il ne restait plus qu'un tas de décombres du complexe de Ramallah, la Muqata. La direction palestinienne déclara : « Notre peuple poursuivra sa résistance inébranlable jusqu'à ce que les occupants militaires et les colons soient expulsés, afin d'assurer sa liberté, son indépendance et sa dignité. » La popularité d'Arafat, dont les soutiens se faisaient rares, connut une embellie. Un drapeau palestinien en lambeaux flottait au milieu des ruines fumantes de son quartier général.

Dans certaines zones, la réoccupation israélienne de la Cisjordanie ne rencontra qu'une faible résistance de la part des Palestiniens. Cette résistance fut parfois pacifique : à Ramallah, des médecins de l'hôpital Arab Care s'assirent devant les chars israéliens qui approchaient de l'entrée des urgences. Mais en avril, lorsque Israël attaqua Jénine, des hommes en armes vivant dans le camp de réfugiés répondirent au feu israélien, et une bataille acharnée s'ensuivit. Les soldats israéliens abandonnèrent leurs véhicules blindés et poursuivirent les tireurs dans les ruelles du camp où les attendaient, embusqués, des combattants palestiniens. Des bulldozers blindés de Tsahal finirent par pénétrer dans le camp, démolissant plus de cent trente maisons, boutiques et bureaux, allant jusqu'à enterrer des gens vivants sous les décombres. Cinquante-deux Palestiniens au moins furent tués, dont vingt-deux civils. Vingt-trois soldats israéliens moururent lors des combats. Le soulèvement était écrasé, mais les combattants de Jénine devinrent des héros pour les Palestiniens. À Ramallah, une plaisanterie circulait : une femme musulmane dépasse un groupe d'hommes dans la rue. Son foulard est mal attaché et ses cheveux dépassent. « Remets ton *hijab* en place, lui conseille l'un d'eux. Il y a des hommes.

— Vraiment ? répond-elle. Les Israéliens ont levé le couvre-feu à Jénine ? »

À l'été 2002, Sharon intensifia sa politique de démolition des maisons palestiniennes dans les territoires occupés – politique initiée par les Britanniques pendant la Grande Rébellion arabe des années 1930. Elle visait les familles des auteurs des attentats suicides et certains militants ; à Gaza, elle avait surtout des « buts militaires » et, à Jérusalem-Est, elle s'en prenait aux résidents qui avaient construit sans le permis imposé par Israël. Les associations de défense des droits de l'homme estiment que dix mille à vingt-deux mille Palestiniens perdirent ainsi leur maison. Parallèlement, des oliveraies et autres cultures furent déracinées sur des centaines d'hectares dans le cadre d'une stratégie militaire visant à améliorer la sécurité du pays.

En Israël, des voix de plus en plus nombreuses s'élevaient pour protester. L'une des plus marquantes était celle d'un jeune sergent, Yishaï Rosen-Zvi, Juif orthodoxe pratiquant, fils du défunt doyen de la faculté de droit de Tel-Aviv. « Je ne participerai pas à un siège imposé à des centaines de milliers de gens, femmes et enfants compris, affirma-t-il dans une lettre adressée à un officier supérieur. Je ne soumettrai pas à la famine des villages entiers, et n'empêcherai pas leur habitants de se rendre chaque jour à leur travail ou à des examens médicaux ; je ne ferai pas d'eux les otages de décisions politiques. Le siège des villes ne met pas fin à la terreur, pas plus que les bombardements depuis des hélicoptères. C'est un leurre destiné à apaiser l'opinion israélienne qui exige qu'on "laisse gagner Tsahal". » La politique d'Israël, ajoutait le jeune *refuznik*, créait des « pouponnières pour la terreur ».

Peu avant sept heures du matin, le 21 novembre 2002, Nael Abou Hilail, vingt-trois ans, rampait dans les hautes herbes vers le quartier de Kyriat Menachem, à Jérusalem-Est. Il venait d'al-Khader, un village de Cisjordanie proche de Bethléhem et portait un épais manteau qui, s'il l'avait serré contre lui, aurait révélé un net renflement autour de la taille.

Non loin de là, Raphaël Landau quittait l'appartement du quatrième étage où il vivait avec ses parents, Dalia et Ézéchiel. Il avait quatorze ans et allait à l'école, cartable à l'épaule ; il dévala l'escalier pour rejoindre l'arrêt de son car.

Nael Abou Hilail monta à bord du bus de la ligne 20 aux alentours de sept heures du matin. Le bus était plein de banlieusards, pour la plupart des ouvriers juifs et immigrés, et d'enfants qui allaient à l'école. À sept heures dix, il fit halte devant l'arrêt de la rue du Mexique, à Kyriat Menachem. Les portes s'ouvrirent, de nouveaux travailleurs et écoliers montèrent. Abou Hilail glissa alors la main dans son manteau et fit exploser la bombe fixée contre son corps. La déflagration pulvérisa l'autobus ; des membres humains fusèrent à travers les fenêtres transformées en ouvertures béantes. Le torse d'un homme tomba dans la rue au milieu de débris de verre et des vis brûlantes dispersées par la bombe. Les livres de classe et les sandwiches des écoliers étaient éparpillés alentour.

À sept heures vingt le téléphone sonna chez les Landau. Dalia et Ézéchiel dormaient. Ézéchiel venait de rentrer des États-Unis et luttait contre le décalage horaire. Il décrocha et reconnut la voix de son ami Daniel, angoissé :

« Je voulais être sûr que ça allait. Je viens d'entendre à la radio qu'un bus a explosé près de chez vous, rue du Mexique. »

Ézéchiel savait que le bus de Raphaël venait juste de passer. Il se précipita sur la télévision et apprit que l'explosion s'était produite dans un bus municipal, sur la ligne 20, et non dans le car de ramassage scolaire qu'empruntait Raphaël. Alors qu'il regardait la retransmission en direct, son soulagement se mua en horreur. Les bras ensanglantés d'un homme mort pendaient par une fenêtre du bus. Les secours, masques et gants blancs, alignaient les corps en une rangée de sacs de plastique noirs le long de la rue du Mexique. Quelqu'un avait couvert le torse d'une couverture à carreaux bleus et blancs. Onze personnes étaient mortes, apprit Ézéchiel, dont quatre enfants. Les ambulances transportaient à l'hôpital en urgence la plupart des quarante-neuf Israéliens blessés.

À Bethléhem, des journalistes interrogèrent Azmi, le père d'Abou Hilail, qui répondit qu'il considérait son fils comme un martyr. « C'est un défi lancé aux ennemis sionistes », ajouta-t-il.

Le lendemain, Sharon ordonna aux troupes israéliennes de réinvestir Bethléhem. La ville fut réoccupée, un couvre-feu militaire imposé, et les soldats allèrent de maison en maison pour procéder à des arrestations, avant de détruire cinq maisons, notamment celle où avait vécu Nael Abou Hilail avec ses parents et ses frères et sœurs. Depuis deux ans que Sharon était au pouvoir, promettant d'améliorer la sécurité en Israël, les attentats suicides avaient frappé à près de soixante reprises ; c'était presque deux fois le nombre d'attaques survenues au cours des sept années précédentes. Le porte-parole de Sharon les attribuait à Arafat et à l'Autorité palestinienne, affirmant que « tous nos efforts pour leur rendre le contrôle de certaines zones, et toutes les discussions à propos d'un éventuel cessez-le-feu, ne sont qu'une façade car, sur le terrain, on constate une volonté permanente de mener le plus d'actions terroristes possible ».

Arafat condamna l'attentat du bus, affirmant que les civils « sont des gens normaux, menant leur vie quotidienne, et le fait de les viser est un acte répréhensible d'un point de vue éthique et politique ». Les attentats, ajouta-t-il, donnent à la « résistance légitime » à l'occupation des allures de « terrorisme aveugle ».

Le raid israélien à Bethléhem parachevait la réoccupation de toutes les grandes villes de Cisjordanie, à l'exception de Jénine.

L'autobus avait explosé le jour de la fête juive de Hanoukah, marquée par des bougies que l'on allume pendant huit nuits consécutives. Un soir, après l'attentat, Dalia se rendit à l'arrêt de bus de Kyriat Menachem, où elle rencontra un voisin, un adolescent dont le petit frère, âgé de huit ans, et la grand-mère avaient été tués dans l'explosion. La vieille dame accompagnait son petit-fils à l'école. « Ses amis étaient avec lui, se rappelle Dalia à propos de l'adolescent. Tous silencieux, simplement présents. » Ils allumèrent une bougie et dirent la prière de Hanoukah : « Béni sois-Tu, Éternel, notre Dieu, roi de l'univers, qui nous as sanctifiés par Tes commandements et nous as ordonné d'allumer les bougies du saint shabbat. »

Au cours des jours suivants, Dalia et Ézéchiel allèrent plusieurs fois à l'arrêt d'autobus où avait été érigé un autel fait de bougies, de couronnes de fleurs, de coupures de presse, de photos des morts, de livres de prière, de poèmes manuscrits et de lettres. On avait aussi déposé des pancartes promettant de venger les morts : « Pas d'Arabes, pas de terreur » ; « Ô peuple d'Israël ! Ce cycle n'aura pas de fin tant que nous ne pousserons pas un grand cri !!! Alors seulement, Dieu nous entendra et nous répondra » ; « La voie de la vraie paix : si quelqu'un vient te tuer, contrarie ses projets en le tuant le premier ! ».

***

Le lendemain de l'attentat, un voisin arabe des Landau fut poignardé dans le dos par trois jeunes Israéliens. Dans leur rue, une boulangerie palestinienne fut criblée de pierres par une foule en colère, à tel point que la police dut assurer sa protection plusieurs nuits consécutives. Ézéchiel rendit visite à la famille du boulanger pour montrer sa solidarité et essayer de raisonner les fauteurs de trouble. Ils l'insultèrent et mirent en question sa judéité. « Je comprenais leur colère compte tenu des attaques terroristes constantes, écrivit plus tard Ézéchiel dans le magazine juif *Tikkun*, mais je refusais catégoriquement cette attitude raciste et haineuse. [...] J'ai souvent le cœur brisé quand je vois la réalité douloureuse vécue par mes compatriotes israéliens, y compris mes voisins à Jérusalem, submergés par la peur, la colère et le chagrin. »

Réagissant à l'« ambiance délétère » de l'Intifada et aux attentats suicides, Ézéchiel se lança dans un nouveau type de travail de réconciliation, convaincu qu'il avait pour mission de répondre à une « crise spirituelle généralisée », surtout après le 11-Septembre. « La guérison doit venir de l'intérieur *et* de l'extérieur, et c'est de l'extérieur que je peux exercer mon influence. » C'est ainsi qu'il accepta un poste au séminaire de Hartford, aux États-Unis, où il poursuivit son travail œcuménique. « C'était parfaitement clair, explique-t-il. Je devais être ici, à Hartford, et Dalia devait être là-bas », à Jérusalem.

Dalia voyait des familles quitter Israël, cherchant un refuge en Europe, aux États-Unis ou en Australie. « De nombreuses personnes abandonnent Israël pour trouver un lieu sûr ailleurs et mettre leurs enfants à l'abri, écrivit Dalia dans son journal à la fin de l'automne 2002. Mais n'est-ce pas ce que souhaitent nos ennemis ? D'un autre côté, Raphaël aurait pu se trouver dans ce bus. Comment agir de manière responsable dans de telles circonstances ?

Beaucoup de gens en Israël n'ont ni famille ni amis ailleurs. Ils n'ont pas le choix, ce luxe dont je dispose. Faut-il pour autant que je les abandonne ? »

« J'ai décidé de rester ici, poursuivait-elle. Je ne pourrai pas me regarder dans la glace si je m'en vais alors que la situation s'aggrave. Je reste ici pour la douleur et pour l'espoir. Je fais partie intégrante de tout ça, de toute cette complexité. Je fais partie du problème parce que je suis venue d'Europe, parce que j'ai vécu dans une maison arabe. Et je fais partie de la solution, parce que j'ai le pouvoir d'aimer. »

Chapitre 13

Patrie

Le vol 551 d'El Al s'approcha de Sofia par le sud, piqua sur les Balkans et atterrit dans la capitale bulgare. La nuit tombait en ce 14 juillet 2004. De nombreux Juifs d'origine bulgare regardaient par les hublots de l'avion. La plupart vivaient en Israël et revenaient là où eux-mêmes ou leurs parents étaient nés. Pour certains, c'était la première fois. Il y avait beaucoup d'enfants parmi eux.

Dalia Eshkenazi Landau descendit lentement la passerelle, tenant la rampe et ajustant le grand sac rouge qu'elle portait à l'épaule. Elle marcha dans la lumière déclinante jusqu'au petit terminal construit à l'époque communiste. Elle n'avait pas foulé le sol bulgare depuis le 26 octobre 1948, près de cinquante-six ans plus tôt. Ce jour-là, Jacques, le frère de Moshe, et son épouse Virginia étaient venus leur dire au revoir à la gare de Sofia alors qu'elle et ses parents s'en allaient vers le nouvel État d'Israël.

Elle récupéra sa valise sur le tapis roulant, passa la douane et scruta les visages dans le hall des arrivées. Elle cherchait un homme de son âge qu'elle n'avait jamais rencontré : Maxim, le fils de Jacques et Virginia. À l'époque communiste, Jacques était obligé, en dépit de sa position élevée dans le Parti, de laisser ses enfants sur place quand il allait voir son frère en Israël. Bien qu'il défende avec acharnement l'État juif, Maxim n'y était donc jamais allé et ne savait pas à quoi ressemblait sa cousine. Il était habillé de blanc et tenait une pancarte en bulgare portant le nom de Dalia. Sa mère, Virginia, âgée de quatre-vingt-trois ans, avait perdu son mari. Elle les attendait chez elle.

***

Trois jours plus tard, après d'émouvantes retrouvailles avec Virginia, Maxim et des parents qu'elle ne connaissait pas, Dalia prit un taxi et quitta Plovdiv, deuxième ville de Bulgarie, pour aller dans les Rhodopes. Elle était avec Susannah Behar, dont le père, rabbin de Plovdiv en mars 1943, avait attendu pendant des heures dans la cour de l'école de la ville avec des centaines de familles juives. À l'époque, soixante ans plus tôt, les parents de Dalia étaient à Sliven. « Ma mère a vraiment cru que c'était la fin », dit Dalia à Susannah.

La Fiat jaune grimpait la route sinueuse longeant le Tchepelare, le fleuve qui traversait une forêt de pins particulièrement dense. Susannah, quatre-vingt-trois ans, regardait par la fenêtre et expliquait à Dalia qu'elle avait failli s'enfuir de la cour de l'école pour rejoindre les partisans dans ces collines boisées. Si elle l'avait fait, avança Dalia, elle aurait peut-être rencontré son oncle, Jacques Eshkenazi, qui s'était évadé d'un camp de travail pour rejoindre les partisans et combattre le gouvernement profasciste du roi Boris.

Le taxi arriva à Batchkovo, monastère orthodoxe édifié à la fin du XIIe siècle, rasé par les Ottomans et reconstruit quelques décennies plus tard. Dalia et Susannah descendirent du taxi et passèrent devant les étals où l'on vendait des tapis, du yaourt de bufflonne et des colifichets religieux, profitant des imposantes frondaisons d'un jujubier vieux de deux cents ans.

Elles entrèrent dans le monastère et franchirent une voûte basse pour se retrouver dans une salle ornée de fleurs et de lustres, dont les murs étaient couverts de fresques. Des centaines de cierges brûlaient dans le moindre recoin. Elles mirent un certain temps à distinguer ce qu'elles étaient venues voir : les tombeaux de marbre de Cyrille et Stéphane, les deux évêques orthodoxes qui s'étaient tant battus pour que la Bulgarie ne livre pas les Juifs du pays aux nazis en 1943. Yad Vashem, le mémorial israélien de la Shoah, venait de leur décerner le titre de « Justes parmi les nations pour avoir sauvé des Juifs pendant la Shoah ». Plusieurs arbres avaient été plantés dans la « forêt des Justes » en leur mémoire.

Dalia caressa le marbre de la tombe de Stéphane, puis de celle de Cyrille, remuant les lèvres en silence. Plus tard elle essayerait de traduire en anglais l'impression qu'elle éprouva à ce moment-là, un sentiment de *hityakhadoot* : être seule, en contact intime avec l'âme d'autrui, et lui ouvrir son cœur.

Elle s'approcha d'un prêtre barbu qui sourit et lui tendit des cierges. Elle les alluma et continua à prier. Susannah était au milieu de la salle, avec des cierges pas encore allumés, admirant le cristal d'un lustre antique.

Quelques jours plus tard, peu avant la fin de ce pèlerinage en Bulgarie, Dalia était assise sur un banc de bois dans la synagogue de Sofia, considérée comme l'une des plus belles des Balkans. Des arches mauresques soutenaient les dômes des plafonds bleu nuit constellés d'étoiles dorées. Un superbe lustre, importé de Vienne en train un siècle plus tôt, était suspendu à des poutres par de lourdes chaînes – la légende voulait qu'il pèse plus de huit cents kilos. Dalia avait le regard fixé sur un point à l'avant de la synagogue, juste devant l'arche, là où Theodor Herzl s'était adressé à une foule de sionistes fervents, en 1896, et où ses propres parents se tenaient, quarante-quatre ans plus tard, pour leur mariage. Elle imaginait la scène : sa mère vêtue de blanc, ravissante, ses longs cheveux de jais flottant sur ses épaules ; son père, nerveux, un peu engoncé dans son costume, portant sur ses épaules le poids de ses futures responsabilités.

Soixante-quatre ans plus tard, silencieuse, immobile, leur fille était assise sur le banc de cette même synagogue et réfléchissait aux perspectives qui s'offraient à elle.

Bachir se débattait avec le radiateur au propane qu'il avait apporté pour réchauffer ses invités. Il appuya à plusieurs reprises sur le bouton qui devait allumer la veilleuse, mais à chaque fois qu'il le lâchait, la flamme s'éteignait. C'était au début de l'hiver 2004. Il continua d'appuyer jusqu'à ce que la veilleuse s'allume enfin : de maigres vagues de chaleur commencèrent à se diffuser dans la pièce. Il gratifia ses invités d'un bref sourire et se leva pour leur offrir des petits gâteaux et du thé à la menthe bien sucré.

Il avait été libéré un an plus tôt de la prison de Ramallah, où il avait passé plus d'un an, à partir d'août 2001. À soixante-deux ans, Bachir avait vécu au moins le quart de sa vie enfermé dans une cellule. Mais cette fois-ci, précisait-il, on ne l'avait accusé de rien, ni inculpé, ni même interrogé. Il avait passé la plus grande partie de sa « détention administrative » à jouer aux échecs et à essayer de ne pas avoir trop froid dans cette prison de tentes en plein air.

Un de ses amis aimait à raconter une histoire sur le jour où Bachir était sorti de prison. Les dirigeants de la prison avaient exigé qu'il promette, par écrit, de ne plus jamais commettre d'acte terroriste. Mais ce qu'Israël qualifiait de terrorisme était souvent un acte de résistance justifié à ses yeux. Non seulement Bachir ne reconnaissait pas la légitimité du système judiciaire israélien, mais on ne lui avait jamais dit pourquoi il était en prison ; il refusa donc de signer ce document. « Si tu ne signes pas, déclara le gardien, on te remettra en prison. » Bachir répondit qu'il était prêt à y retourner. Le gardien lui proposa alors, à en croire l'ami de Bachir, le marché suivant : et s'il attendait là, quelques minutes, pour *faire croire* aux autres gardiens qu'il coopérait ? Cela résoudrait leur problème. Bachir accepta, réprimant un sourire, et fut libéré quelques instants plus tard.

Il refusait de commenter l'anecdote. « Quand j'arrive en prison, j'ai l'impression que je n'en sortirai jamais, dit-il. Mais chaque fois que j'en sors, j'ai l'impression que je n'y ai jamais mis les pieds. »

La réticence de Bachir à confirmer l'histoire de sa libération n'était pas simplement liée au refus de présenter son geôlier sous un jour sympathique ; elle reflétait une réticence plus profonde à évoquer des souvenirs ou des sentiments personnels. On percevait parfois chez lui une émotion – dans le durcissement de son expression, un haussement de sourcils, ou la rougeur envahissant son visage quand il évoquait la résistance palestinienne ; dans la douceur de sa voix lorsqu'il parlait du *fitna* ou du citronnier de la maison d'al-Ramla ; dans son sourire, ou ses yeux qui se plissaient, quand il évoquait Dalia. Mais Bachir n'aimait pas aborder en détail les sujets politiques, ni évoquer longuement ses relations avec sa famille ou ses souvenirs d'enfance. Son souvenir le plus fort, et celui dont il parlait le moins, était celui de la perte de sa main. Il avait toujours le pouce accroché au bord de sa poche, donnant l'apparence d'une main normale. Des mois ou même des années pouvaient ainsi s'écouler avant que les gens découvrent qu'il lui manquait une main, et c'était toujours par l'entremise d'une tierce personne. « Pourquoi tu ne te fais pas poser une main artificielle ? »

lui demanda un jour son cousin Ghiath, à l'époque où ils étaient étudiants en droit au Caire. « Son visage est devenu de *cette* couleur, raconte Ghiath en montrant sa chemise violette. Son accident explique en partie sa personnalité complexe. »

Ce jour-là, au début de l'hiver 2004, Bachir revint dans le salon avec un plateau de gâteaux, une théière et trois petits verres. Vêtu d'un pantalon gris bien repassé, un pull à col en V gris et un coupe-vent bleu, il s'assit à côté d'une étagère pleine de livres de littérature arabe et de philosophie politique ; elle comptait deux volumes en anglais : *The Age of Reason* (*Le Siècle de la raison*) et *The Age of Enlightenment* (*Le Siècle des Lumières*). Au mur, un portrait de Gamal Abdel Nasser les contemplait, à côté d'une photo en noir et blanc de la maison d'al-Ramla. Elle avait été prise dans les années 1980, à l'époque où Bachir avait été expulsé au Liban : une antenne de télévision pointait sur le toit, un grand palmier débordait du cadre, deux vieilles voitures étaient garées devant la maison, et des enfants passaient devant le portail installé par Ahmed Khairi en 1936.

Le fils d'Ahmed versa trois cuillerées de sucre dans son thé brûlant et le remua en demandant à ses invités quel était leur programme pour la journée, outre leurs entretiens. Ils revenaient tout juste d'al-Ramla, et Bachir, le visage inexpressif, les écouta égrener les noms israéliens des rues de son enfance. La rue Omar Ibn Khattab, qui portait le nom du deuxième calife, que Khanom aimait comparer à Bachir, s'appelait désormais Jabotinsky, l'un des pères fondateurs de la droite israélienne. « Vous imaginez, leur demanda-t-il au bout d'un moment, ce que je peux ressentir quand je vois que vous pouvez aller à al-Ramla, alors que moi, je ne peux pas ? » Il avait même du mal à aller à Amman pour voir Khanom, Bhajat et d'autres parents, à cause des Israéliens qui rechignaient à lui fournir les autorisations nécessaires. « Bachir me manque énormément, avait avoué Khanom à un visiteur. Il ne peut pas venir à Amman. Il est de nouveau en prison à Ramallah. Une prison à ciel ouvert, une grande prison. Quant à moi, je vieillis et je ne peux plus guère me déplacer. »

Bachir se leva et revint avec des photocopies de l'arbre généalogique de sa famille, plein de noms arabes entourés au crayon, de flèches et de dates remontant à quatre siècles, quinze générations, de Khair al-Din al-Ramlaoui à la diaspora Khairi du XXIe siècle, dispersée en Cisjordanie, en Jordanie, en Arabie Saoudite, au Qatar, au Canada et aux États-Unis. Il exliqua à ses invités que tous les Khairi du monde avaient encore des droits sur les terres *waaf* de Khair al-Din, dans ce qui était désormais Israël. « Il existe des documents de l'époque ottomane, ajouta-t-il, la main gauche dans sa poche. Vous les trouverez au tribunal islamique d'Istanbul. »

Pour de nombreux Palestiniens tels que Bachir, ces droits, fondés sur la résolution de 1948 des Nations unies, demeuraient essentiels. Pour d'autres, ils étaient moins importants que de mettre fin à l'occupation, alors dans sa trente-huitième année. Plus de cinq cent cinquante Palestiniens de moins de dix-huit ans avaient été tués depuis le début de la deuxième Intifada, soit cinq fois le nombre d'Israéliens du même âge. L'une des dernières victimes était Iman al-Hams, une fillette de treize ans qui ne portait pas d'arme. Elle avait été tuée par un officier israélien qui ensuite, d'après les témoignages de ses compagnons d'armes, avait criblé son corps de balles. Des dizaines d'enfants de moins de dix ans avaient été tués ; treize d'entre eux étaient des bébés, morts alors que leur mère accouchait à un poste de contrôle. « Confrontés à ce genre de statistique épouvantable, tous les Israéliens devraient se poser une question douloureuse : qui sont les vrais terroristes ? avait écrit un chroniqueur israélien. Qui aurait cru que les soldats israéliens tueraient des centaines d'enfants, et que la majorité de la population resterait silencieuse ? »

Les Palestiniens ne pouvaient éviter les humiliations quotidiennes dès qu'ils quittaient leur ville ou leur village. Bachir attendait depuis des mois que les autorités israéliennes l'autorisent à aller en Jordanie pour s'y faire soigner. De nombreux témoins disaient avoir vu des ambulances obligées de faire demi-tour devant des postes de contrôle. Beaucoup de Palestiniens qui se déplaçaient étaient soumis à d'interminables attentes, formant de longues files de voitures devant des passages boueux, pleins de nids-de-poule, ou à pied devant les tourniquets des postes de contrôle. Jusqu'au jour où des soldats israéliens obligèrent un jeune Palestinien qui allait à son cours de violon à sortir son instrument et à « jouer quelque chose de triste », avant de l'autoriser à passer. Ce fut un scandale national car l'incident rappela à de nombreux Israéliens le souvenir des violonistes juifs obligés de jouer pour les officiers nazis dans les camps de concentration. Autant la majorité des commentateurs estimaient que les postes de contrôle étaient essentiels pour protéger Israël contre les attentats suicides, autant ils estimaient que l'humiliation infligée au jeune violoniste, Ouissam Tayem, sapait l'autorité morale d'Israël et salissait la mémoire de la Shoah.

Du côté palestinien, l'intensification de l'occupation attisait la rage et avivait le débat sur la politique à suivre. Les désaccords étaient profonds, y compris au sein de la famille de Bachir.

« Il faudra des générations et des générations pour récupérer notre terre, expliqua un jour Ghiath Khairi. Un cycle entier de l'histoire. Un nouvel équilibre du pouvoir. » Il était chez lui, à Ramallah, buvant un soda dans le salon familial. Un peu plus âgé que son cousin Bachir, il avait quitté al-Ramla peu après lui, en 1948, pour aller faire des études de droit au Caire avec lui ; puis tous deux étaient allés à al-Ramla en car avec leur cousin Yasser, en 1967, et Ghiath avait épousé Nuha, la sœur de Bachir, alors que celui-ci venait d'être emprisonné à la suite de l'attentat du Supersol. Le couple avait trois enfants.

Voyant tout ce qu'avaient enduré son cousin et d'autres personnes de son entourage, Ghiath avait choisi d'adopter une attitude patiente et pragmatique : « Je serais incapable de dessiner la carte de ce que sera le monde dans deux cents ans, dit-il. Il y a cent ans, l'Union soviétique n'existait pas. Il y a deux cents ans, les troupes ottomanes étaient devant Vienne et l'Allemagne n'existait pas. Qui sait ce que nous réservent les siècles à venir ? Aujourd'hui, Israël fait la loi en Amérique. Mais je ne sais pas ce qui se passera dans cent ans. Pour l'instant, les Israéliens estiment que je n'ai pas le droit de rentrer chez moi. D'accord, je cède : je ne fais pas de projets pour les générations futures. On ne peut rien faire. »

Nuha était assise bien droite sur le canapé, en face de Ghiath. « Nous avons le droit de regagner notre patrie, lui répondit-elle. Nous ne pouvons pas être dispersés partout. Pendant ce temps-là, ils [les Israéliens] débarquent du monde entier pour venir vivre chez nous. Il faut que quelqu'un persuade l'Amérique que nous avons droit au retour. Chacun devrait pouvoir retourner chez lui. Qui s'intéresse à nous depuis 1948 ? Qui ? Les gens ne pensent qu'à eux. Ils devraient retourner dans le pays d'où ils sont venus. Ou en Amérique. Là-bas, il y a tout l'espace qu'on veut.

— Tu *rêves* ! s'exclama Ghiath.

— Ce serait la solution la plus juste », répliqua Nuha.

Ghiath n'en démordait pas. Le problème du moment n'était pas le retour, mais l'occupation. « Chaque jour, chaque nuit, des Israéliens viennent ici, dit-il à ses invités. La semaine dernière, nous sommes allés à un mariage, et les Israéliens ont arrêté le futur marié ! Quand je pense que George Bush dit que Sharon est un homme de paix. C'est une plaisanterie, cher monsieur. Nous sommes *les misérables* *. Nous sommes impuissants ! Nous sommes faibles, et ils sont forts. Compte tenu de notre faiblesse, nous n'aurions jamais dû lancer l'Intifada. Je n'y crois pas. Le Hamas appelle ça "l'Intifada d'al-Aqsa". L'OLP "l'Intifada pour la libération de la Palestine". Israël "l'Intifada de la muraille de sécurité". J'aimerais bien savoir qui est arrivé à ses fins.

— Les Israéliens, dit calmement Nuha.

— L'Intifada nous a apporté le mur, répondit Ghiath en haussant les épaules. Je suis un homme pragmatique. Puisque je ne peux rien faire, rien ne m'attriste. Puisque ce qu'on souhaite ne se réalise pas, autant souhaiter ce qui se réalise. »

Ghiath était persuadé qu'en adoptant une politique radicale, on allait à l'encontre des intérêts de son peuple. « En 1984, quelques mois avant la libération de Bachir, je suis allé le voir en prison. Je lui ai dit : "Écoute, Bachir. Tu as passé quinze ans dans une prison israélienne. Maintenant ça suffit." »

Bachir avait été très clair : jamais il n'abandonnerait son droit au retour ni son combat pour l'obtenir, quels que soient les moyens. « Je lui ai répondu qu'il disait n'importe quoi, conclut Ghiath.

— Je suis très fière d'être la sœur de Bachir, intervint Nuha. Je crois à la résistance. On ne peut pas rester silencieux devant la façon dont nous traitent les Israéliens. » Elle marqua une pause et regarda son mari : « J'aimerais que tu ressembles à Bachir.

— Je ne serai *jamais* comme lui », répondit Ghiath. Il se tourna vers ses invités. « Je reconnais qu'il y a une certaine rivalité entre Bachir et moi, dit-il avec un léger sourire. Et nous sommes cousins. »

* En français dans le texte (*N.d.T.*).

Nuha attrapa la télécommande de la télévision. *Amour, gloire et beauté*, sous-titré en arabe, tremblota sur l'écran.

« Il faut que nous retrouvions nos maisons », dit-elle.

Dalia était assise à côté du chauffeur d'une voiture de location et regardait droit devant elle en essayant d'avoir l'air désinvolte, comme si elle était journaliste et qu'elle avait l'habitude de passer le poste de contrôle militaire israélien entre Jérusalem et Ramallah. Il était interdit aux civils israéliens d'aller dans les territoires occupés, et elle savait qu'elle risquait de devoir faire demi-tour. Le soldat ne vérifia que le passeport américain du chauffeur et, surprise ! le pari fut gagné : elle passa le poste de contrôle, en route pour Ramallah. Elle était à Qalandia, où Bachir et Ahmed avaient atterri en provenance de Gaza en 1957, et où, dix ans plus tard, Bachir avait vu les chars israéliens du toit de sa maison de Ramallah.

« Mon Dieu ! » s'exclama Dalia. À sa gauche s'étendait une longue file de véhicules presque immobiles, se dirigeant vers le sud. De jeunes Palestiniens passaient entre les voitures et proposaient des paquets de chewing-gum, des fruits de cactus, des concombres, des ustensiles de cuisine et du savon aux conducteurs, bloqués et frustrés. « C'est la boutique hors-taxes palestinienne », lui expliqua Nidal Rafa, le journaliste palestinien qui l'accompagnait.

Juste derrière les voitures et les vendeurs ambulants se trouvait le vrai motif de la stupeur de Dalia : un rideau de béton qui s'étendait à perte de vue vers le nord. La « barrière de sécurité » israélienne, qui séparait la Cisjordanie d'Israël et, dans certains cas, coupait en deux la Cisjordanie. Sa construction avait débuté en 2002, six mille ouvriers creusant des tranchées, posant des barbelés acérés, édifiant des postes de garde, coulant du béton et installant des dizaines de milliers de détecteurs électroniques. Moitié mur, moitié clôture électrifiée, le projet allait coûter 1,3 milliard de dollars, soit plus de 2 millions par kilomètre. « Le seul but de cette barrière, affirmait Israël, est d'assurer notre sécurité » pour répondre « à l'abominable vague de terrorisme venue de Cisjordanie ».

« Ils construisent le mur pour ne pas être obligés de nous regarder dans les yeux », ajouta Nidal.

Les Palestiniens l'appelaient « le mur de l'apartheid » et accusaient Israël de s'emparer de nouvelles terres en Cisjordanie sous prétexte de sécurité. Car non seulement le mur ne suivait pas la frontière de 1967, ou Ligne verte, mais parfois il empiétait largement sur la Cisjordanie pour inclure des colonies. Au cours de l'été 2004, la Cour internationale de justice de La Haye, créée par les Nations unies, avait rendu une décision : « La construction de ce mur constitue une violation par Israël de ses obligations vis-à-vis des lois humanitaires internationales en vigueur. » La Cour estimait qu'Israël mettait les Palestiniens devant le fait accompli en annexant une partie de la Cisjordanie, au lieu de chercher un accord politique. Israël rejeta la décision de la Cour : « S'il n'y avait pas de terrorisme, il n'y aurait pas de barrière. » De plus, ajoutait Israël, la Cour internationale n'avait pas juridiction sur cette affaire. La Maison-Blanche était d'accord, jugeant que la cour des Nations unies n'était pas « la tribune adéquate pour résoudre ce problème, qui est politique ». John Kerry, candidat démocrate à la présidence, ajouta que la construction du mur était « un acte légitime d'autodéfense » et que ce n'était pas « une affaire relevant de la compétence de la Cour internationale de justice ».

La voiture franchit les nids-de-poule et passa sous une banderole de bienvenue à Ramallah, tourna à gauche au premier feu rouge et s'arrêta devant une boutique d'artisanat palestinien. Dalia sortit et attendit à l'entrée de l'immeuble. Nidal, qui devait faire office d'interprète, la rejoignit.

« Allez-y, dit-il.

— Non, je vous en prie, vous d'abord, répondit Dalia. J'ai besoin de rester un peu en retrait. Ça fait sept ans… » Ils montèrent les escaliers.

Bachir les attendait sur le palier du deuxième étage.

Dalia et Bachir se serrèrent longuement la main, les yeux dans les yeux, chacun souriant. « *Kif halek ?* demanda Bachir. Comment allez-vous, Dalia ? »

Elle lui tendit un sac en papier blanc avec des caractères hébreux verts. « C'est une petite tarte au citron », dit-elle.

Il la conduisit dans son bureau et ils se retrouvèrent face à face, toujours debout. « Comment va Ézéchiel ? demanda Bachir en anglais. Et Raphaël, votre fils ?

— Il a seize ans, il va au lycée. Il adore les ordinateurs. Il paraît qu'Ahmed a dix-huit ans et s'apprête à aller à Harvard !

— Il n'y passera que quatre ans.

— Les années ne veulent rien dire pour lui, dit Dalia en regardant Nidal. Il a passé quinze ans en prison. »

Bachir hocha la tête ; ses cheveux argentés semblaient assortis à la monture d'acier de ses lunettes. Il portait un pantalon et un coupe-vent kaki. « Je me fais vieux, dit-il. J'ai soixante-deux ans.

— Le gris lui va bien, ajouta Dalia. Dites-le-lui, Nidal. Bien, magnifiquement ! » Nidal traduisit, et Bachir rougit.

Il souriait depuis l'arrivé de Dalia, quand soudain son visage s'assombrit. « Je suis content de vous voir, mais j'ai très peur pour vous. Surtout avec ce qui arrive chaque jour. Le mur, les arrestations, les maisons démolies, tout ça… La situation est loin d'être apaisée. Les gens sont tendus. On ne sait jamais ce qui peut se passer. »

Bachir ne s'attendait pas à la visite de Dalia, sinon il l'aurait reçue chez lui. Comme elle ne lui avait pas confirmé sa venue, expliqua-t-il, et compte tenu des difficultés de passage aux postes de contrôle, il pensait qu'elle ne viendrait pas.

Un silence suivit. Bachir disparut pour faire chauffer de l'eau pour le thé, puis Nidal et les deux vieux amis s'installèrent autour d'une table sur des chaises rembourrées, dans le bureau austère.

« Tout va bien ? demanda Bachir.

— Que dire ? J'aurais du mal à répondre à cette question.

— Raphaël travaille bien ?

— Oui.

— Bien sûr, c'est normal, avec le père et la mère qu'il a… »

Dalia se frotta les mains et examina le bureau. Sur le mur, à sa gauche, elle reconnut la photo d'Abou Ali Moustapha, membre du FPLP et de l'OLP assassiné en 2001.

« C'était un ami ? demanda-t-elle.

— Oui, un ami proche. Il a été tué par deux roquettes tirées d'un Apache. »

Bachir se leva et rapporta trois tasses de thé brûlant. Ils parlèrent de la prison. Dalia voulait savoir si Bachir était à Ramla en 1971, à l'époque où elle enseignait dans le lycée voisin de la prison.

« J'y étais peut-être, à l'isolement, répondit Bachir. Mais j'y ai passé moins d'un an. J'ai connu dix-sept prisons différentes en tout.

— Si je comprends bien, vous vous déplaciez. Vous avez fait la grande tournée ! Touriste des prisons ! plaisanta Dalia, mal à l'aise. Vous avez eu des gardiens qui vous traitaient correctement ?

— Un Roumain, oui, un brave type. »

Bachir regarda sa montre. Dalia, nerveuse, renversa sur elle sa tasse de thé.

« Il n'y pas de mal, il n'y pas de mal ! » s'exclama Bachir tandis qu'elle s'essuyait avec une serviette en papier.

« Ce gardien roumain, poursuivit Bachir, il avait mis de côté les lettres de mon neveu pour éviter que le directeur les confisque.

— Vous ne m'avez pas dit que Rabin vous avait rendu visite en prison ? »

Oui, répondit Bachir, c'était quand il était emprisonné à Jneid, près de Naplouse, avant d'être expulsé au Liban. Bachir était le délégué des prisonniers. « J'ai dit à Rabin que même Haïm Levy [le directeur des prisons] avait affirmé qu'un chien ne pouvait pas vivre dans de telles conditions.

— C'est intéressant : il est allé voir les prisonniers alors qu'il était ministre de la Défense, dit Dalia.

— J'étais prisonnier. Il était ministre de la Défense. Rien n'a changé depuis. »

Dalia pensait à Rabin et à Oslo. « Mais vous ne croyez pas que quelqu'un comme ça, qui a essayé de faire changer les choses… Il les a fait avancer, autant qu'il le pouvait dans sa position, pour bouger un peu… Faire un compromis, tendre la main à votre peuple… ? » Elle laissa la question en suspens.

Bachir se pencha en avant. « Ça n'a rien changé à la vie quotidienne des Palestiniens. Au contraire, les choses vont de mal en pis. Je ne suis pas retourné à al-Ramla. Nous n'avons pas d'État indépendant, et nous ne sommes pas libres. Nous sommes toujours des réfugiés, ballottés d'un endroit à un autre, et tous les jours Israël commet des crimes. Je n'ai même pas le droit de faire partie du comité de direction de la Maison ouverte. Parce que je suis palestinien, et pas israélien. Si quelqu'un arrive aujourd'hui d'Éthiopie et qu'il est juif, il a tous les droits, contrairement à moi, qui ai un passé à al-Ramla. Mais pour eux, je suis un étranger. »

Dalia décroisa les bras et respira profondément.

« Bachir, je n'ai peut-être pas le droit de dire ce que je vais dire. Chacun doit faire des sacrifices si nous voulons vivre ici ensemble. *Chacun doit faire des sacrifices.* Je sais que c'est injuste. J'en ai conscience. Je veux dire… vous ne pouvez pas vivre dans votre maison d'al-Ramla. Oui, c'est injuste. Mais nous devons soutenir ceux qui cherchent à obtenir un compromis. Comme Rabin, qui l'a payé de sa vie. Et pour le bien de votre pays, vous devez aider ceux qui sont prêts au compromis, prêts à nous faire de la place ici. Si on n'accepte pas l'État d'Israël, ou l'État palestinien, aucune vie n'est possible pour personne. Les Israéliens non plus n'ont pas de vie ici. Mais si vous n'allez pas bien, nous n'allons pas bien. Et si nous n'allons pas bien, vous n'allez pas bien. »

Dalia prit une nouvelle inspiration, fit glisser ses sandales et replia les jambes sur sa chaise. « Je suis passée par le poste de contrôle, dit-elle. J'ai vu le mur – c'est comme un mur au milieu du cœur. Vous avez dit que vous étiez en prison, ici, à Ramallah. Qui suis-je pour dire que les gens comme vous, dans une situation comme la vôtre, doivent faire de tels sacrifices pour que mon peuple ait un endroit où vivre ? Oui, de votre point de vue, c'est injuste, je m'en rends compte. Mais vous me connaissez depuis longtemps, vous savez à quel point je suis attachée à l'État d'Israël. Comment pourrais-je vous demander de faire de la place pour cet État ? Si je savais, ou si nous savions, que vous pouviez lui faire de la place, avant tout dans votre cœur, alors nous pourrions trouver une solution sur le terrain. Mon peuple se sentirait moins menacé. Je dis ça en sachant que je n'ai même pas le droit de vous le demander. C'est ma seule requête. Mon unique appel. »

Nidal traduisait, et Dalia et Bachir ne se quittaient plus du regard, sans un sourire, un froncement de sourcils ou un battement de paupières. La tarte au citron était sur la table, dans son sac en papier blanc, oubliée. Un réfrigérateur ronflait dans la pièce voisine et l'on entendait par la fenêtre les voix d'enfants qui jouaient.

« Vous vous souvenez de notre première rencontre, Dalia, il y a trente-huit ans, quand je suis allé vous voir, dit enfin Bachir. Depuis cette date, il y a eu davantage de colonies, de confiscations de terres, et aujourd'hui ce mur – comment pourrait-il y avoir une solution ? Comment peut-il y avoir un État palestinien ? Comment pourrais-je ouvrir mon cœur, comme vous dites ? »

Pour Bachir, la solution n'était évidemment pas de démanteler le mur et de créer un État palestinien sur les 22 % restants de l'ancienne Palestine ; elle était toujours d'« avoir un seul État, et que tous les gens qui y vivent soient égaux, sans tenir aucun compte de leur religion, leur nationalité, leur culture, leur langue. Tout le monde serait égal, avec les mêmes droits, le droit de voter et de choisir ses dirigeants ». Au cœur de cette solution se trouvait le retour.

De nombreux Palestiniens soutenaient le point de vue de Bachir, même s'il était évident qu'ils étaient au bord d'un fossé qui ne cessait de se creuser depuis Oslo. C'est pourquoi on les trouvait idéalistes, obnubilés par un rêve que Ghiath, par exemple, considérait comme difficilement réalisable. Pourtant, depuis quelques années, un mouvement fondé sur le retour se développait dans la diaspora palestinienne, touchant les réfugiés des camps autant que les jeunes Palestiniens, plus riches, qui vivaient en Europe et aux États-Unis, et avaient été élevés dans le souvenir de villages depuis longtemps détruits. Comme eux, Bachir était convaincu que sans retour, un droit aussi sacré que concret, le conflit serait éternel. « Ce sera une tragédie pour les deux peuples », dit-il à Dalia.

À l'origine, Bachir pensait que « seuls les forts créent l'histoire », mais ses années passées en prison et en exil lui avaient permis d'élaborer un point de vue à plus long terme. « Aujourd'hui, nous sommes faibles, dit-il. Mais ça ne durera pas. Les Palestiniens sont des pierres dans le lit d'une rivière. Nous ne serons pas emportés par le courant. Les Palestiniens ne sont pas les Indiens. Bien au contraire : nous sommes de plus en plus nombreux. »

La fenêtre était grande ouverte, et les voix des enfants résonnaient. « Dalia, ajouta Bachir, je souhaitais sincèrement vous accueillir comme une amie, chez moi. J'aurais préféré ne pas aborder ce sujet. Cette tragédie. »

Le menton dans la main, Dalia fixait Bachir. « Si vous déclarez que tout appartient à la Palestine, et si je déclare que tout appartient à Israël, nous ne trouverons pas de solution, dit-elle. Nous avons ici une destinée commune. J'ai la conviction que nous sommes liés – culturellement, historiquement, religieusement, psychologiquement. Et pour moi, il est évident que vous et votre peuple détenez la clé de notre vraie liberté. Je crois même pouvoir ajouter que nous détenons la clé de votre liberté, Bachir. Nous sommes dans une profonde interdépendance. Comment libérer notre cœur afin de guérir ? Est-ce possible ?

« J'habite tout près de la Ligne verte, poursuivit-elle. En face se trouve la Cisjordanie, je vois les montagnes de ma fenêtre. Et je les aime, ces montagnes, je les porte dans mon cœur. Mes ancêtres ont vécu dans les monts de Judée. Je ne dis pas que c'est comparable, ne vous méprenez pas. Je dis simplement qu'il faut trouver un compromis. »

Dalia croyait depuis longtemps à la phrase d'Einstein : « Aucun problème ne peut être résolu si l'on reste au niveau de conscience qui l'a créé. » Pour elle, la clé de la coexistence reposait sur trois points : reconnaître ce qui était arrivé aux Palestiniens en 1948, présenter des excuses, et rectifier les erreurs commises. La reconnaissance, c'était, entre autres, « voir et ressentir la douleur que moi ou mon peuple avons infligé à l'autre ». Mais cela devait être mutuel – Bachir devait lui aussi voir l'autre israélien – sous peine de « perpétuer le syndrome de la victime intègre et de ne pas accepter sa propre responsabilité dans le combat ». C'est ainsi que Bachir et elle « pourraient agir comme des miroirs à travers lesquels notre rédemption pourrait enfin advenir ». Quant aux rectifications, « cela signifie que nous devons faire tout ce que nous pouvons, compte tenu des circonstances, pour ceux à qui nous avons causé du tort ». Pour autant, cela ne pouvait impliquer un retour en masse des réfugiés. Oui, pensait-elle, les Palestiniens avaient le *droit* au retour, mais c'était un droit que l'on ne pouvait pas appliquer intégralement, car le retour de millions de Palestiniens signifierait la fin d'Israël.

Pour Bachir, comme pour beaucoup de Palestiniens, ce raisonnement ne tenait pas debout : comment peut-on avoir un droit mais ne pas être autorisé à l'exercer ? Après plus d'un demi-siècle d'exil, de nombreux réfugiés décideraient peut-être de ne pas rentrer dans leur village et de ne pas réinvestir leur maison, mais c'était une décision qui leur revenait, *à eux*, et à personne d'autre. « Notre droit au retour est un droit de l'homme naturel, dit-il. Les Israéliens ont créé le problème, ils ne peuvent pas en plus nous demander de le résoudre. »

Pour Dalia, la solution était celle de deux États, côte à côte – comme c'était largement le cas avant la guerre des Six-Jours, sauf qu'aujourd'hui, c'est un État palestinien pacifique et indépendant qui verrait le jour à côté d'Israël. Et les Palestiniens auraient le droit au retour, mais il serait limité à une partie de l'ancienne Palestine.

Bachir envisageait une solution plutôt liée à la situation de 1948, et au vieux rêve d'un État unique, laïque et démocratique. Il considérait depuis toujours le geste de Dalia, le fait d'avoir transformé la maison d'al-Ramla en un jardin d'enfants pour les jeunes Arabes, comme une reconnaissance de son droit au retour et, à partir de là, du droit de tous les Palestiniens, tel que le garantissait l'ONU, à regagner leur patrie. Dalia interprétait au contraire la Maison ouverte, avec ses programmes de rencontres entre Arabes et Juifs, comme le fruit d'un choix personnel. « Ce n'est pas une solution globale, ce n'est pas une prise de position politique, disait-elle. C'est ce que me réservait le destin. J'ai simplement le sentiment, en tant que Juive, que j'ai le droit d'assumer une part de responsabilité dans l'histoire de ce pays [...] et dans l'injustice que nous avons commise contre un autre peuple. » C'était pour elle une décision personnelle, et l'on ne pouvait pas exiger la même chose de tous les Israéliens.

Elle se pencha vers Bachir. « J'ai le sentiment que toute cette terre est dans mon cœur, et je sais qu'elle est aussi dans le vôtre. Mais cette montagne sera la Palestine. Je le sais, je le sens. Et je veux continuer à venir vous voir, comme une invitée pleine de respect, pour rendre visite aux habitants de cette montagne que j'aime tant.

— Ce que vous dites est touchant, Dalia. Que vous ressentiez cela en regardant cette montagne. Vous êtes bien la seule. Quand on voit la réalité sur le terrain, les politiciens israéliens et leur façon de mener les choses : ils voient cette montagne, ou cette terre, mais ils ne pensent qu'à confisquer les maisons, à implanter des colonies, à attirer des colons qui viendront y vivre. [...] C'est ce qui se passe actuellement. Et c'est ce qui est si difficile à comprendre. J'aimerais qu'il y ait davantage de gens comme vous. » *J'aimerais qu'il y ait une forêt de Dalias*, avait écrit Bachir à Dalia seize ans plus tôt.

Dalia, elle, avait toujours répugné à ce qu'on la considère comme la « gentille Israélienne » au milieu des « méchants ». Elle implora Bachir : « montrez-moi que vous vous souciez vraiment de mon peuple, que vous compatissez. J'ai personnellement besoin de l'entendre de vous. De vous, Bachir, qui êtes né dans ma maison. Dans votre maison. Dans notre maison. Pas seulement pour moi, pas seulement pour Dalia. Parce que je sais que vous vous souciez de moi. Et vous savez que je me soucie de vous. D'accord ? De vous et de votre famille... Et vous savez que je me soucie du peuple palestinien. Et moi aussi, j'ai besoin de savoir que vous vous souciez de mon peuple. Je me sentirais bien plus en sécurité. Et nous pourrions avancer. Nous pourrions créer une nouvelle réalité ensemble. »

Bachir regarda sa montre ; il était en retard à un rendez-vous. « Il serait difficile de trouver deux personnes aux points de vue plus divergents sur l'avenir et la viabilité de cette terre, poursuivit Dalia en remettant ses sandales. Pourtant, nous sommes tellement liés. Et qu'est-ce qui nous lie ? Ce qui nous sépare, justement. Cette terre. »

Bachir s'était levé, il reprit la main de Dalia. « J'ai eu peur pour vous quand j'ai su que vous veniez ici.

— J'y tenais », répondit Dalia.

Ils étaient debout face à face, se serrant la main en souriant.

« Je viendrai vous voir un de ces jours, Dalia. Je n'ai pas le droit d'aller à Jérusalem. Mais attendez-vous à me trouver devant votre porte un jour ou l'autre. »

Il lâcha la main de Dalia, lui dit au revoir sur le palier, et regagna son bureau. Dalia descendit lentement l'étage qui la séparait de la rue.

« Notre ennemi, murmura-t-elle, est le seul partenaire que nous ayons. »

Chapitre 14

Le citronnier

En 1998, l'année du cinquantième anniversaire de la guerre d'indépendance et de la Catastrophe, le citronnier est mort. Depuis quelques années, il produisait de moins en moins de citrons. Au printemps 1998, deux citrons racornis, à l'écorce dure, tombés par terre, étaient les seules preuves que l'arbre ait jamais produit des fruits.

« C'est dans l'ordre des choses : tout meurt, sur cette planète, dit alors Dalia. Les arbres meurent debout. » Pendant deux ans, les enseignants de la Maison ouverte accrochèrent des ballons et des rubans aux branches pour aider les enfants à reconnaître les couleurs. Les rubans flottaient au vent et le citronnier semblait métamorphosé en arbre de Noël. Jusqu'au jour où il fut abattu par un orage. Il ne restait plus de lui qu'une grosse souche noueuse.

Dalia espérait que Bachir, Khanom, Nuha, Ghiath et la famille Khairi pourraient revenir à Ramla afin de planter un nouveau citronnier, en signe de renaissance.

Le 25 janvier 2005, alors que la pleine lune se levait sur la plaine côtière, elle se rendit dans un angle du jardin de la maison avec un groupe d'adolescents arabes et juifs. Ils avaient dans les mains un jeune citronnier. Un cône de terre protégeait les racines du jeune arbre. « Il avait l'air si fragile », se rappelle Dalia.

C'était le jour de Tou Bichvat, le nouvel an des arbres pour les sages juifs. Un des adolescents juifs avait spontanément suggéré que ce serait la date parfaite pour planter le nouveau citronnier.

« Pendant des années, j'avais remis ça à plus tard pour attendre les Khairi, se rappelle Dalia. Mais ce jour-là, le jour de la fête des arbres, semblait idéal, et puis c'était une nouvelle génération. Les enfants allaient planter un arbre dans leur maison. » Elle précise qu'elle ne voulait pas s'opposer aux enfants qui avaient choisi le jour d'une fête juive pour planter le nouveau citronnier dans le vieux jardin d'Ahmed Khairi.

Les mains de Dalia, celles des Arabes et celles des Juifs déposèrent le jeune arbre dans un trou, à côté de la vieille souche. Puis tous allèrent dans la cuisine et rapportèrent un grand seau d'eau, et tout ce petit monde tassa délicatement la terre.

« Les Khairi n'étaient pas là, je sentais qu'ils manquaient, se souvient Dalia. Heureusement leur absence était comblée par les enfants. La souche était là, magnifique. Juste à côté d'elle, nous avons planté un jeune arbre. Je ne pouvais pas laisser le passé dans cet état. Comme une pierre commémorative, de celles qu'on met dans les cimetières. La douleur de notre histoire.

« Cette dédicace n'efface pas les souvenirs. Mais quelque chose pousse à partir de l'histoire ancienne. À partir de la douleur, quelque chose de neuf grandit.

« Je me demande comment ils vont le prendre, ajoute-t-elle en parlant des Khairi. J'ai le sentiment que nous avons bien agi. Ça veut dire que nous avançons, que c'est la nouvelle génération qui va créer une réalité. Que nous lui confions quelque chose. Nous lui confions à la fois le passé et le présent. »

C'est finalement Dalia qui avait décidé ce qu'on allait planter, et quand et où. Quand on le lui annonça au téléphone, Bachir dit qu'il était content. Peut-être, ajouta-t-il, qu'un jour il reviendrait chez lui, à al-Ramla, et ce jour-là, il verrait l'arbre lui-même.

CARTES

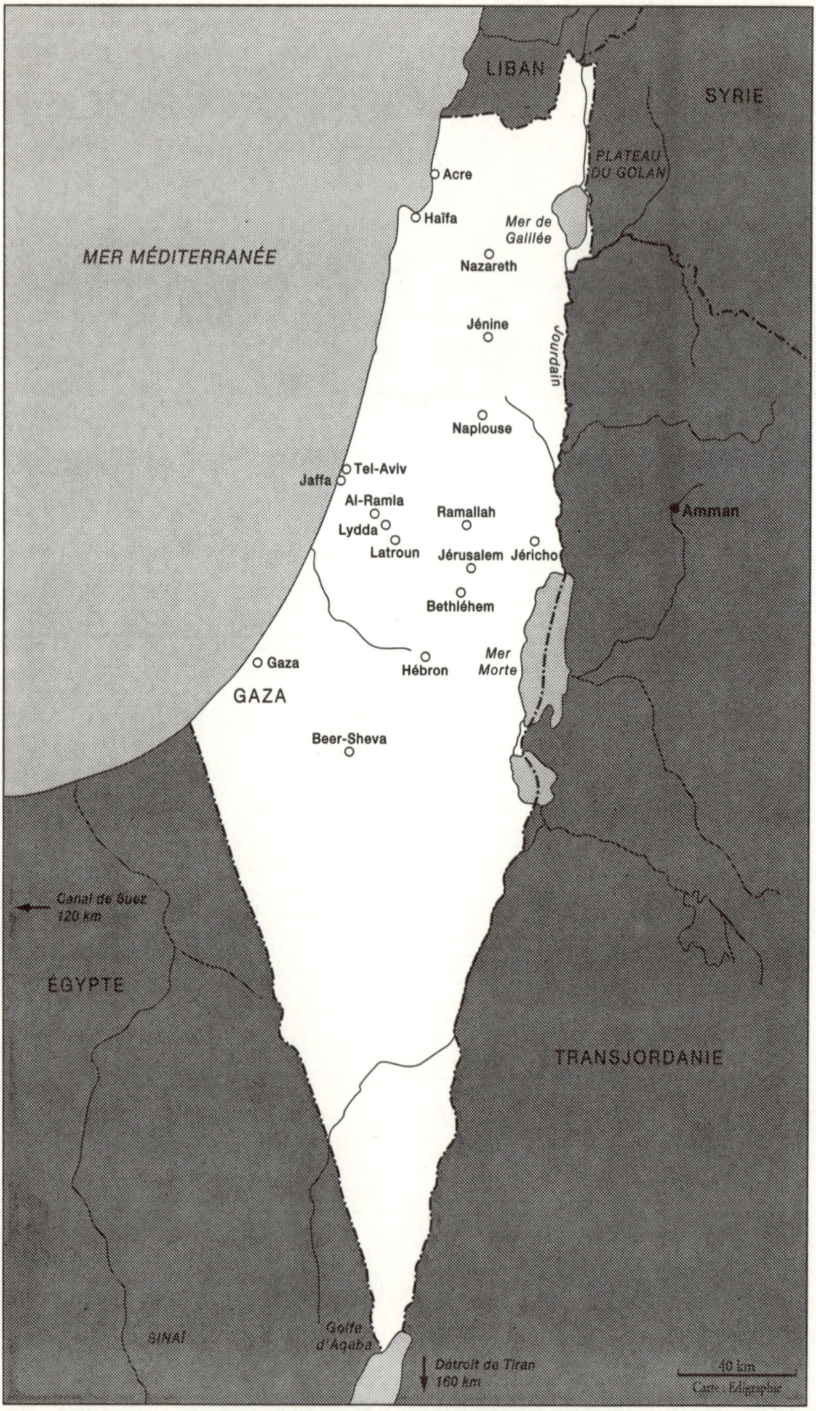

La Palestine sous mandat britannique, 1936

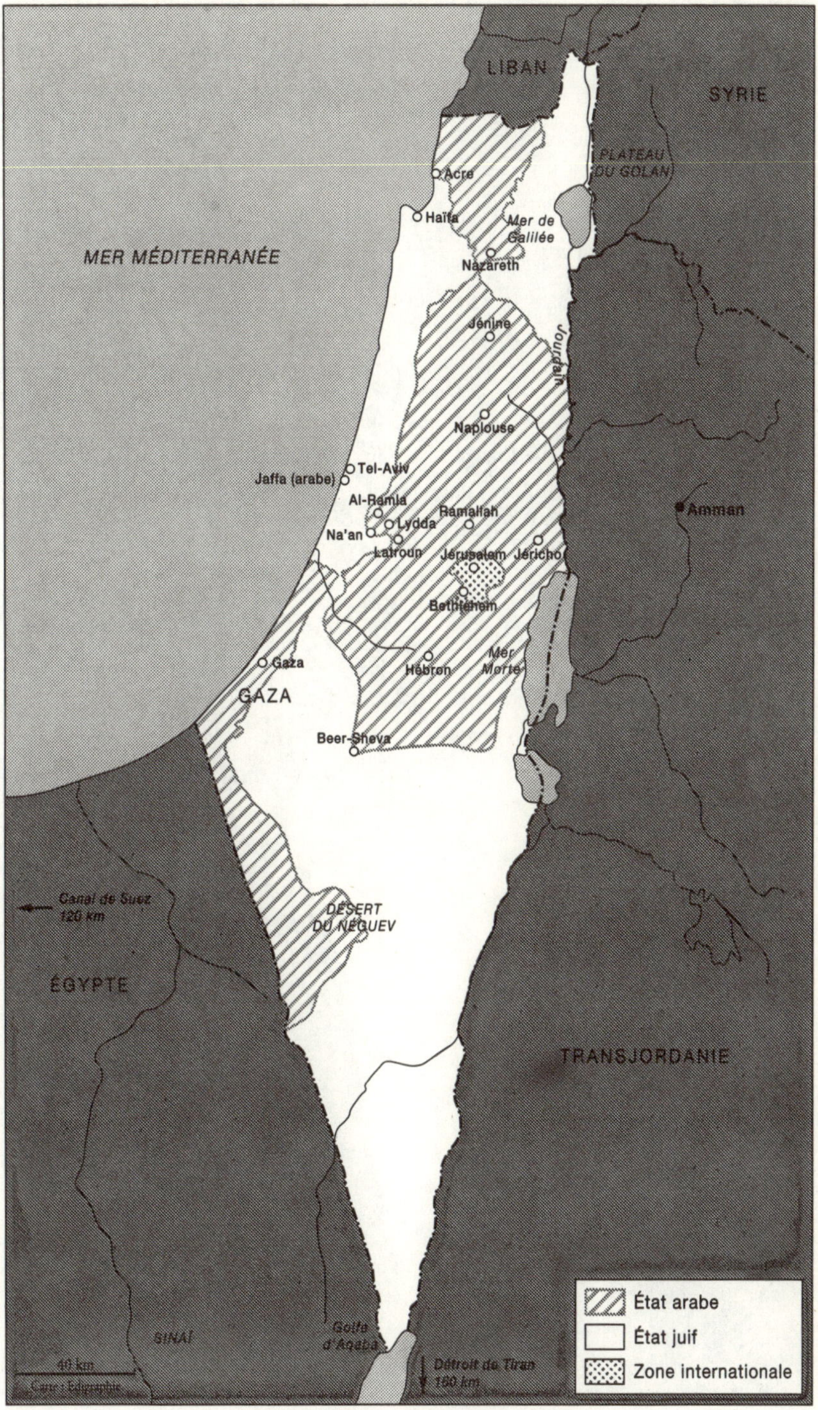

Plan de partition des Nations unies, novembre 1947

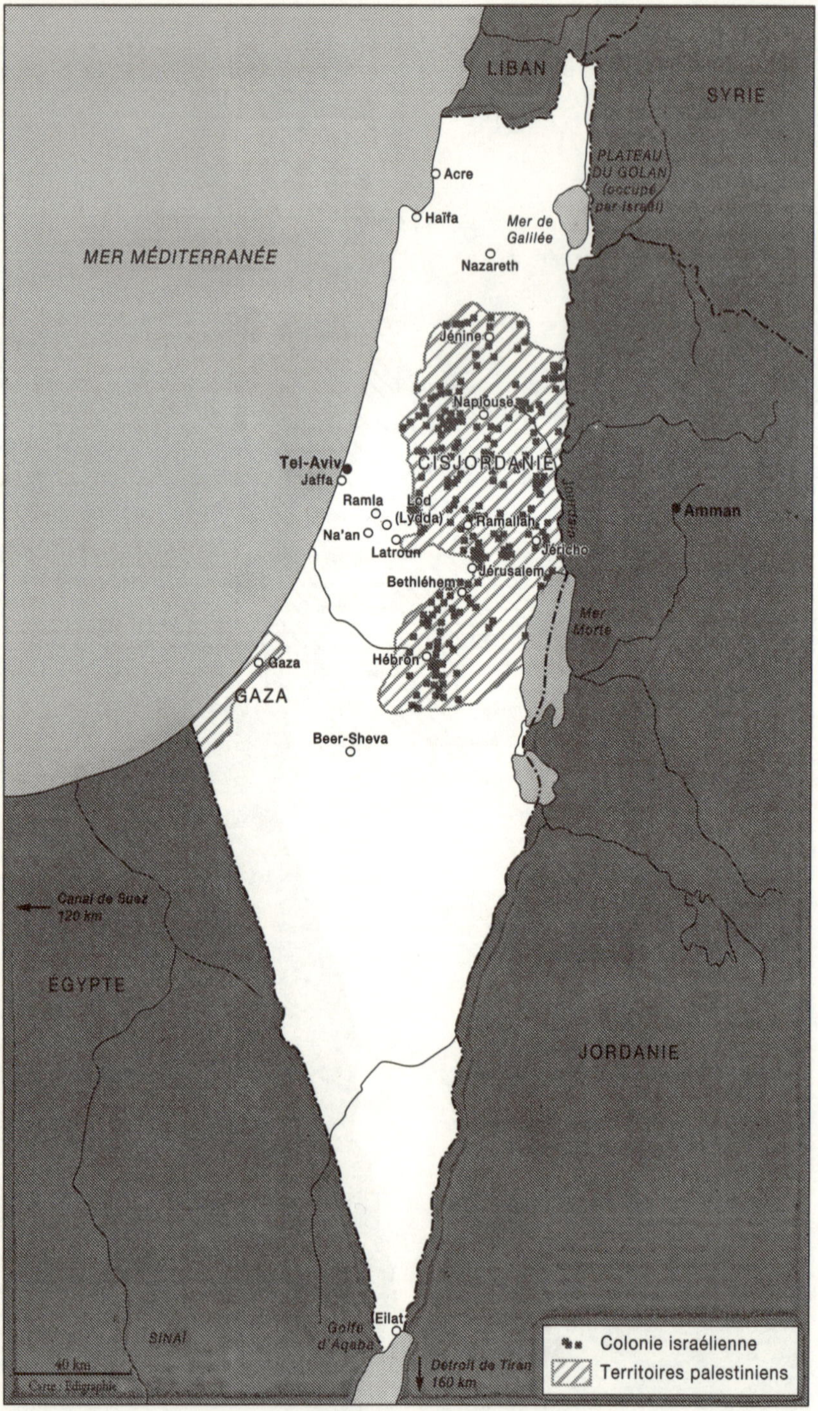

Israël et les territoires palestiniens, avec les colonies israéliennes, 2005

NOTE DE L'AUTEUR

Ce livre ne relève en aucune manière de la fiction. Beaucoup des événements qui y sont relatés remontent à cinquante, soixante, ou soixante-dix ans. Leur restitution repose entièrement, comme tout le reste de cet ouvrage, sur un travail de reportage et de recherche : interviews, documents d'archives, Mémoires publiés ou inédits, journaux intimes, coupures de presse et récits historiques de première ou de seconde main. Pour *La Maison au citronnier*, j'ai réalisé pendant sept ans des centaines d'interviews en Israël, en Cisjordanie, en Jordanie, au Liban, en Bulgarie, principalement à partir de 2002. J'ai consulté des archives à Jérusalem, Ramallah, Beyrouth, Sofia, Londres, New York, Austin (Texas), et des centaines de sources directes ou indirectes, nombre d'entre elles se trouvant dans l'un des plus grands centres de recherche du monde : la bibliothèque Doe de l'université de Californie à Berkeley.

Je n'ai pas pris de libertés avec l'histoire, aussi modestes soient-elles. À aucun moment je n'ai imaginé ce qui s'était *probablement* passé, par exemple lors d'un événement familial en 1936, pour l'énoncer comme un fait. Je n'ai pas non plus rapporté ce que *pensait* quelqu'un, à moins que ces réflexions soient fondées sur un récit spécifique recueilli dans un essai ou un entretien. J'ai construit les scènes et les chapitres de ce récit en mêlant les sources dont je disposais.

Un exemple : les événements qui forment l'histoire de la famille Eshkenazi sont retracés à partir d'interviews réalisées avec des membres de la famille à Jérusalem et à Sofia ; d'entretiens avec d'autres Juifs bulgares vivant en Israël ; de documents découverts dans les archives d'État bulgares, les archives de l'American Jewish Joint Distribution Committee, dans le Queens (New York), et les archives centrales sionistes, à Jérusalem ; de traductions d'articles de presse et d'autres récits historiques de la Bibliothèque nationale de Sofia. Le portrait de la famille Khairi à al-Ramla en 1948 s'appuie également sur des sources multiples : interviews personnelles des membres de la famille ; Mémoires et autres récits traduits de l'arabe ; rapports des services de renseignement militaire israéliens ; documents des archives de l'État et des kibboutzim ; Mémoires d'Yitzhak Rabin et de John Bagot Glubb, commandant de la Légion arabe ; câbles de l'époque du Département d'État américain ; récits historiques d'universitaires du Moyen-Orient ; et les années que j'ai passées à interviewer des Palestiniens dans des camps de réfugiés de Cisjordanie, de Gaza, et du Liban. Pour plus de détails et un contexte historique plus ample, on se reportera aux Références qui suivent (p. 329-408).

Le refus d'un auteur de se permettre des licences poétiques ne garantit pas, bien entendu, que chaque événement qu'il dépeint représente la vérité « objective », en particulier lorsque le sujet traité reflète deux histoires éminemment subjectives. Où existe-t-il, après tout, une terre où le même événement est qualifié par les uns de « guerre d'indépendance » et par les autres de « *nakba* » – la catastrophe ? Quand c'est le cas, surtout quand l'histoire rapportée est insaisissable ou peu familière aux lecteurs occidentaux, j'ai veillé à étayer mes recherches plus solidement encore. Je me suis efforcé de rassembler davantage de sources et de multiplier les points de vue afin que le récit final ne soit pas seulement lié à des souvenirs personnels vieux de plusieurs décennies.

Rien de tout cela ne signifie que *La Maison au citronnier* représente une histoire définitive du conflit entre Arabes et Juifs depuis 1947 (ou, si vous préférez, depuis 1936, ou 1929, 1921, 1917, 1897, ou 1858). En juxtaposant et en assemblant les histoires de deux familles, et en les plaçant dans le contexte plus large des événements de l'époque, j'espère contribuer à la compréhension de la réalité et de l'histoire de deux peuples vivant sur une même terre.

REMARQUES SUR L'ORTHOGRAPHE ET LA PRONONCIATION

Au Moyen-Orient, l'usage d'une simple lettre – par exemple un *e* au lieu d'un *a* – peut être une prise de position politique, ou à tout le moins une affirmation d'identité. Prenez le cas de Ramla – ou al-Ramla, Ramle, Ramleh, ou Ramlah. Aujourd'hui, les Israéliens l'appellent « Ramla », c'est la graphie employée sur les panneaux de signalisation en anglais ; en arabe classique, on utilise « al-Ramla » ; en arabe dialectal, et pendant toute son histoire depuis le VIIIe siècle de l'ère chrétienne, y compris sous le mandat britannique, entre 1917 et 1948, c'était « Ramle ». Les historiens israéliens utilisent généralement « Ramle » quand ils font référence à l'époque précédant 1948, et certains Israéliens continuent de l'appeler « Ramle » plutôt que la prononciation hébraïsée (« Ramla ») car, à la différence d'autres villes où vivaient des Juifs dans l'Antiquité, Ramle a toujours été une ville exclusivement arabe, fondée par des musulmans en 715.

Comment un auteur désireux de transmettre deux histoires peut-il résoudre un tel dilemme ? J'ai décidé, après de nombreuses expérimentations, d'utiliser l'arabe classique « al-Ramla » lorsque je contemple la ville à travers des yeux arabes, et « Ramla » quand je la décris par le biais de l'expérience israélienne. Il est ainsi clair que je me réfère au même endroit, et non à Ramallah, ville palestinienne de Cisjordanie située environ trente kilomètres à l'est.

Pour les références isolées, j'ai tendance à recourir à la prononciation de la personne dont le lecteur emprunte le regard à un instant donné. Bachir appelle ainsi le sommet de la colline « Qastal », et non Castel, ou Kastel, noms sous lesquels le connaissent nombre d'Israéliens ; de la même façon, Dalia contemple les monts de Judée, connus en arabe sous les noms de « Djebel Nablus » et « Djebel al Khalil » (montagnes de Naplouse et d'Hébron).

Pour les mots arabes, j'ai choisi de ne pas employer d'accents, que la plupart des lecteurs connaissent mal ; j'ai plutôt utilisé les graphies qui sont les plus proches de la prononciation arabe. J'ai agi de même pour l'hébreu. Par exemple, pour les lettres hébraïques *kaff* et *khet*, écrites *ch* par certains auteurs, qui sont prononcées comme un *h* guttural, j'ai en général utilisé *kh*, qui est plus proche. (À l'exception des mots ou noms dans lesquels le *ch* est communément accepté, comme Chaïm.) Ce *kh* guttural est également représenté par la lettre arabe *kha*, et prononcé de la même manière – comme dans Khairi, le nom de famille de Bachir, et Khanom, le prénom d'une des sœurs de Bachir.

Le nom de famille de Dalia était Eshkenazi, et non Ashkenazi ; aussi étrange ce nom puisse-t-il paraître à de nombreux lecteurs juifs, il est commun chez les Bulgares, et Dalia m'assure que son père a toujours écrit son nom ainsi. À la naissance, on l'a appelée Daizy, et elle a gardé ce prénom jusqu'à l'âge de onze ans, où elle a adopté celui de Dalia. Afin d'éviter toute confusion, et après l'avoir consultée, j'ai décidé de l'appeler Dalia tout au long de ce livre.

Bibliographie

Archives

Archives de l'American Jewish Joint Distribution Committee, Queens, New York (États-Unis) et Jérusalem (Israël).
Archives de la bibliothèque Lyndon Baines Johnson, Austin, Texas (États-Unis).
Archives de la British Broadcasting Corporation, Londres (Grande-Bretagne).
Archives centrales sionistes, Jérusalem (Israël).
Archives de l'Institut pour les études palestiniennes, Beyrouth (Liban).
Archives du kibboutz Na'an, kibboutz Na'an (Israël).
Archives nationales bulgares, Sofia (Bulgarie).
Archives nationales des États-Unis, Washington D.C. (États-Unis).
Archives nationales d'Israël, Jérusalem (Israël).
Association palestinienne pour les échanges culturels, Ramallah (Cisjordanie).
Bibliothèque nationale de Bulgarie, Sofia (Bulgarie).

Sources électroniques (notamment médias en ligne)

« A Small Revolution in Ramle », *Ha'aretz*, http://www.haaretz.com/print-edition/features/a-small-revolution-in-ramle-1.99303

« Background of the Repatriation and Land Exportation Schemes and the Laws Purporting to Justify Israel's Actions », http://www.badil.org/index.php

Bard, Dr. Mitchell, « Myth and Fact : The Creation of Hamas », *United Jewish Communities : The Federations of North America*, http://www. ujc.org/content_display.html ?ArticleID=114644

Bodendorfer, Gerhard, « Jewish Voices About Jesus », *Jewish-Christian Relations*, http://www.jcrelations.net/en/ ?id=738

« Count Folke Bernadotte », Jewish Virtual Library, http://www.jewishvirtual library.org/jsource/biography/Bernadotte.html

« Giuliani : "Thank God That George Bush Is Our President" », CNN, http://www.cnn.com/2004/ALLPOLITICS/08/30/giuliani.transcript/index.html

« Gregorian-Hijri Dates Converter, 7 juin 2005 », http://www.rabiah.com/convert/convert.php3

« Hezbollah Fires Rockets into Northern Israel », CNN, http://www.cnn.com/WORLD/9603/israel_lebanon/30/

« Interview with Defense Minister Arens on Israel Television, 8 May 1983 », ministère israélien des Affaires étrangères, http://www.mfa.gov.il/MFA/Foreign+Relations/Israels+Foreign+Relations+since+1947/1982-1984/111+Inter view+with+Defense+Minister+Arens+on+Israe.htm

« Israel 1948-1967 : Why Was King Abdullah of Jordan Assassinated in 1951 ? », Palestine Facts, http://www.palestinefacts.org/pf_1948to1967_abdulla.php

« Israeli Army Blows Up Palestinian Broadcasting Center », CNN, http://archives.cnn.com/2002/WORLD/meast/01/18/mideast.violence

« Israeli West Bank Barrier », Wikipedia, http://en.wikipedia.org/wiki/Israeli_West_Bank_barrier

« Israel Sends Letter to UN Protesting Hezbollah Attack », *Ha'aretz*, http://www.haaretz.com/hasen/pages/ShArt.jhtml ?itemNo=436197&contrassID=13

« John Kerry : Strengthening Israel's Security », Jewish Virtual Library, http://www.jewishvirtuallibrary.org/jsource/US-Israel/kerryisrael.html

« Lebanese Mortar Lands in Northern Israel », http://archives.tcm.ie/breaking news/2005/08/25/story217788.asp

Meron, Ya'akov, « Why Jews Fled the Arab Countries », http://www.freere public.com/focus/f-news/956344/posts

« Moroccan Jewish Immigration to Israel », http://rickgold.home.mind spring.com/Emigration/emigration %20statistics.htm

« Moroccan Jews », http://www.usa-morocco.org/moroccan-jews.htm

Pappe, Ilan, « Were They Expelled ? – The History, Historiography and Relevance of the Palestinian Refugee Problem », http://www.nakbainhebrew.org/library/were_they_expelled.rtf

« PLO Founder Killed by Israeli Missile Attack », News.telegraph, http://www.telegraph.co.uk/news/main.jhtml ?xml=/news/2001/08/28/wmid28.xml

« Progress Report of the United Nations Mediator on Palestine Submitted to the Secretary-General for Transmission to the Members of the United Nations », UNISPAL, http://domino.un.org/UNISPAL.NSF/0/ab14d4aafc4e1bb985256204004f55fa?OpenDocument

« Progress Report of the United Nations Mediator on Palestine », UNISPAL, http://domino.un.org/UNISPAL.NSF/0/cc33602f61b0935c80256488003683 07?OpenDocument

Remnick, David, « Profiles : The Spirit Level : Amos Oz Writes the Story of Israel », *The New Yorker*, http://www.newyorker.com/fact/content/ ?041108fa_fact

Shlaim, Avi, « Israel and the Arab Coalition in 1948 », Cambridge University Press, http://www.fathom.com/course/72810001

« The Law of Return 5710 (1950) », Knesset, http://www.knesset.gov.il/laws/special/eng/return.htm

« The Making of Transjordan », Royaume hachémite de Jordanie, http://www.kinghussein.gov.jo/his_transjordan.html

« The Separation Barrier in the West Bank », B'tselem, septembre 2005, http://www.btselem.org/Download/Separation_Barrier_Map_Eng.pdf

« Water and the Arab-Israeli Conflict », http://www.dnipogo.org/al_aqsa_intifada/collins_water.htm

« Why Did Arabs Reject the Proposed UN GA Partition Plan Which Split Palestine into Jewish and Arab States ? », Palestine Remembered, http://www. palestineremembered.com/Acre/Palestine-Remembered/Story448.html

Yacobi, Haim, « From Urban Panopticism to Spatial Protests : Housing Policy, Segregation, and Social Exclusion of the Palestinian Community in the City of Lydda-Lod », 2001, http://www.lincolninst.edu/pubs/dl/622_yacobi.pdf

Zureik, Elia, « Palestinian Refugees and the Peace Process », http://prrn.mcgill.ca/research/papers/zureik.htm

ARTICLES DE JOURNAUX ET DE MAGAZINES

« 2 Die, 8 Wounded in J'lem Terror Outrage at Supersol », *Jerusalem Post*, 23 février 1969.

Amos, Elon, « War Without End », *New York Review*, 15 juillet 2004.

« Anglican Clergyman, Surgeon, Among Those Held in Terrorist Round-Up », *Jerusalem Post*, 4 mars 1969.

Bellos, Susan, « Supersol Victims Buried ; Allon Promises Vengeance », *Jerusalem Post*, 24 février 1969.

Bilby, Kenneth, « Israeli Tanks Take Arab Air Base at Lydda », *New York Herald Tribune*, 11 juillet 1948.

—, « Israeli Units Cut Way into Ramle, Lydda Surrender of Both Reported in Cairo », *New York Herald Tribune*, 12 juillet 1948.

Currivan, Gene, « Arabs Encircled at Vital Highway, Surrender Lydda », *The New York Times*, 12 juillet 1948.

—, « Curb Arabs, Count Bids UN ; Israeli Force Wins Ramleh », *The New York Times*, 13 juillet 1948.

Feron, James, « Bomb Explosion in Jerusalem's Largest Supermarket Kills 2, Injures 9 », *The New York Times*, 22 février 1969.

—, « Israel and Arabs : Tensions in the Occupied Territories », *The New York Times*, 28 avril 1968.

« First Sabotage Attempt on Supersol Failed », *Jerusalem Post*, 14 mai 1969.

« "Front" Chief Says Terrorism Against Israel to Continue », *Jerusalem Post*, 5 mars 1969.

« Houses of 9 West Bank Terrorists Demolished », *Jerusalem Post*, 11 mars 1969.
Safadi, Anan & Rabinowitz, Malka, « Major Terror Gang Seized », *Jerusalem Post*, 6 mars 1969.
« Supersol Blast Suspects Held in Round-up of 40 », *Jerusalem Post*, 2 mars 1969.
« Supersol Crime Reconstructed », *Jerusalem Post*, 3 mars 1969.
« Supersol », *Jerusalem Post*, 23 février 1969.
« Supersol Reopens ; Business as Usual », *Jerusalem Post*, 24 février 1969.

Revues et articles de revues

Abu Hadba, Abdul Aziz (sous la direction de), *Society and Heritage* 32, 1998.
Abukhalil, As'ad, « George Habash and the Movement of Arab Nationalists : Neither Unity Nor Liberation », *Journal of Palestine Studies*,1999.
Abu Sitta, Salman, « Special Report of Badil : Quantification of Land Confiscated inside the Green Line », *Annex to Follow-Up Information Submitted to the Committee for Economic, Social and Cultural Rights*, 2000.
Alpher, Joseph & Shikaki, Khalil, « Concept Paper : The Palestinian Refugee Problem and the Right of Return », *Middle East Policy* 6, 1999, p. 167-189.
Bruhns, Fred C., « A Study of Arab Refugee Attitudes », *Middle East Journal* 9, 1955, p. 130-138.
Busailah, Reja'e, « The Fall of Lydda, 1948 : Impressions and Reminiscences », *Arab Studies Quarterly* 3, 1981, p. 123-151.
Centre libanais de documentation et de recherche (sous la direction du), « Political Violence in the World : 1967-1987 », *Chronology Bibliography Documents*, vol. 1, Beyrouth, 1988.
Christison, Kathleen, « Bound by a Frame of Reference, Part. II : U.S. Policy and the Palestinians, 1948-1988 », *Journal of Palestine Studies*, 1998.
Friedman, Adina, « Unraveling the Right of Return », *Refugee* 21, 2003.
Gilmour, David, « The 1948 Arab Exodus », *Middle East International* 286, 1986, p. 13-14.
Hanafi, Sari, « Opening the Debate on the Right of Return », *Middle East Report : War Without Borders*, p. 2-7.
Hanieh, Akram, « The Camp David Papers », *Journal of Palestine Studies* 2, 2001, p. 75-97.
Khader, Hassan, « Confessions of a Palestinian Returnee », *Journal of Palestine Studies* 27, 1997.
Khalidi, Walid, « Selected Documents on the 1948 Palestine War », *Journal of Palestine Studies* 27, 1998, p. 60-105.
Lesch, Ann M., « Israeli Deportation of Palestinians from the West Bank and the Gaza Strip, 1967-1978 », *Journal of Palestine Studies* 8, 1979, p. 101-131.
Macpherson, rév. James Rose, trad. *Palestine Pilgrims Text Society* 3, 1895.
—, *Palestine Pilgrims Text Society* 5, 1895.
—, *Palestine Pilgrims Text Society* 6, 1895.

—, *Palestine Pilgrims Text Society* 8, 1895.

Middle East International (différentes livraisons bimensuelles, 2003-2005).

Morris, Benny, « Operation Dani and the Palestinian Exodus from Lydda and Ramle in 1948 », *Middle East Journal* 40, 1986, p. 82-109.

—, « The Causes and Character of the Arab Exodus from Palestine : The Israel Defense Forces Intelligence Branch Analysis of June 1948 », *Middle Eastern Studies* 22, 1986, p. 5-19.

Munayyer, Spiro & Khalidi, Walid, « Special Document : The Fall of Lydda », *Journal of Palestine Studies* 27, 1998, p. 80-98.

Palestine-Israel Journal of Politics Economics and Culture 9, n° 4, 2002, *Narratives of 1948*, Middle East Publications, Jérusalem-Est, 2002.

« Palestinian Refugees of Lebanon Speak », *Journal of Palestine Studies* 26, 1995, p. 54-60.

Said, Edward, « A Changing World Order », *Arab Studies Quarterly* 3, 1981.

Social, Cultural, and Educational Association of the Jews in the People's Republic of Bulgaria 14, 1983.

« Special Document : Israel and Torture », *Journal of Palestine Studies* 9, 1977, p. 191-219.

Tamari, Salim (sous la direction de), *Jerusalem Quarterly File* (2003).

Yost, Charles, « The Arab-Israeli War : How It Began », *Foreign Affairs*, janvier 1968, vol. 46, n° 2.

Articles et brochures publiés

« Deportation of Palestinians from the Occupied Territories and the Mass Deportation of December 1992 », Centre israélien d'information pour les droits de l'homme dans les territoires occupés (B'Tselem), Jérusalem, 1993.

« Aufruf/Ma'amar : Article », archives Hulda Takam, 1947 ou 1948.

Masalha, Nur, « The 1967 Palestinian Exodus », in *The Palestinian Exodus 1948-1998*, Ghada Karmi et Eugene Cotran (sous la direction de), Ithaca Press, Londres, 1999.

Mossek, Moshe, « The Struggle for the Leadership Among the Jews of Bulgaria Following Liberation », in *Eastern European Jewry – From Holocaust to Redemption, 1944-1948*, Benjamin Pinkus (sous la direction de), Ben-Gurion University Press, Sede Boqer, Israël, 1987.

Paounovski, Vladimir, « The Anti-Jewish Legislation in Bulgaria During the Second World War », in *The Jews in Bulgaria between the Holocaust and the Rescue*, Adasa-Pres, Sofia, 2000.

Pappe, Ilan, « Were They Expelled ? : The History, Historiography and Relevance of the Palestinian Refugee Problem », in *The Palestinian Exodus 1948-1998*, Ghada Karmi et Eugene Cotran (sous la direction de), Ithaca Press, Londres, 1999.

Publications gouvernementales

A Survey of Palestine : Prepared in December 1945 and January 1946 for the Information of the Anglo-American Committee of Inquiry, Government Printer, Jérusalem, 1946.

Grande-Bretagne, Labour Middle East Council, Conservative Middle East Council, Liberal Democratic Middle East Council. Joint Parliamentary Middle East Councils Commission of Enquiry – Palestinian Refugees, Right of Return, Londres, 2001.

Israël, State of Israel, Government Year Book 5714 (1953-1954), Government Printer.

Organisation des Nations unies, Office de secours et de travaux des Nations unies pour les réfugiés de Palestine dans le Moyen-Orient (UNRWA), *UNRWA : The Long Journey* 45, 1993.

Organisation des Nations unies, United Nations Special Committee on Palestine, *Report on Palestine : Report to the General Assembly by the United Nations Special Committee on Palestine*. Somerset Books, New York, 1947.

Palestine and Transjordan Administration Reports 1918-1948 (vol. 5, 6, 10, et 16), édition d'archives, 1995.

Ramla City Council Minutes, Ramla, Israël, 1949.

Médias

Journey to Jerusalem, réalisé par Ivan Nichev, vidéocassette, Télévision nationale bulgare, 2003.

The Lemon Tree, produit par Sandy Tolan, *Fresh Air*, NPR, 1998.

The Optimists : The Story of the Rescue of the Bulgarian Jews from the Holocaust, réalisé par Jacky Comforty, New Day Films, 2001.

Troubled Waters, produit par Sandy Tolan, série de cinq émissions pour *Living on Earth*, sur NPR. Diffusée en partie dans *Weekend Edition*, NPR, 1997.

Travaux inédits

Alkalay, Iris, « My Father's Three Bulgarias ».

Chapple, John, « Jewish Land Settlement in Palestine » (1964).

« The Jewish Community in Plovdiv : History, Style of Living, Culture, Traditions, Place in the Life of the Town ».

Krispin, Alfred, « The Rescue of the Jews in Bulgaria : A Closely Kept Secret. Recollections of a Bulgarian Jew ».

Livres

Abdul Hadi, Mahdi F., *Palestine Documents, Vol. II : From the Negotiations in Madrid to the Post-Hebron Agreement Period*, Passia, Jérusalem, 1997.

Abdulhadi, Faiha (sous la direction de / compilé par), *Bibliography of Palestinian Oral History (with a Special Focus on Palestinian Women)*, Palestinian National Authority Ministry of Planning and International Cooperation, al-Bireh, Cisjordanie, 1999.

Abu Nowar, Maan, *The Jordanian-Israeli War : 1948-1951. A History of the Hashemite Kingdom of Jordan*, Ithaca Press, Reading (Grande-Bretagne), 2002.

Abu Hussein, Hussein & McKay, Fiona, *Access Denied : Palestinian Land Rights in Israel*, Zed Books, Londres, 2003.

Aburish, Saïd K., *Yasser Arafat*, traduit de l'anglais par Muriel Gilbert, Saint-Simon, Paris, 2003.

Abu-Sharif, Bassam & Mahnaimi, Uzi, *Best of Enemies*, Little, Brown & Co, Boston, 1995.

Ajami, Fouad, *The Dream Palace of the Arabs : A Generation's Odyssey*, Vintage Books, New York, 1998.

—, *The Arab Predicament : Arab Political Thought and Practice Since 1967*, Cambridge University Press, Cambridge, 1992.

Almog, Oz, *The Sabra : The Creation of the New Jew*, traduit par Haim Watzman, University of California Press, Berkeley, 2000.

Amad, Adnan (sous la direction de), *Israeli League for Human and Civil Rights*, Neebii, Beyrouth.

Anidjar, Gil, *The Jew, the Arab : A History of the Enemy*, Stanford University Press, Stanford, 2003.

Armstrong, Karen, *Jerusalem : One City, Three Faiths*, Ballantine Books, New York, 1996.

Aruri, Naseer, *Dishonest Broker : The Role of the United States in Palestine and Israel*, South End Press, Cambridge, Massachusetts, 2003.

—, *Palestinian Refugees : The Right of Return*, Pluto Press, Londres, 2001.

Avineri, Shlomo, *Histoire de la pensée sioniste : les origines intellectuelles de l'État juif*, traduit de l'anglais par Erwin Spatz, J.-C. Lattès, Paris, 1982.

Avishai, Bernard, *Tragedy of Zionism : How Its Revolutionary Past Haunts Israeli Democracy*, Helios Press, New York, 2002.

Bahour, Sam & Lynd, Alice (sous la direction de), *Homeland : Oral Histories of Palestine and Palestinians*, Olive Branch Press, New York, 1994.

Bar-Gal, Yoram, *Propaganda and Zionist Education : The Jewish National Fund 1924-1947*, University of Rochester Press, Rochester (New York), 2003.

Bar-Joseph, Uri, *The Best of Enemies : Israel and Transjordan in the War of 1948*, Frank Cass, Londres, 1987.

Bar-Zohar, Michael, *Beyond Hitler's Grasp : The Heroic Rescue of Bulgaria's Jews*, Adams Media Corporation, Holbrook (Massachusetts),1998.

Barouh, Emmy (sous la direction de), *Jews in the Bulgarian Lands : Ancestral Memory and Historical Destiny*, International Center for Minority Studies and Intercultural Relations, Sofia, 2001.

Bauer, Yehuda, *Out of the Ashes*, Pergamon Press, Oxford, 1989.
Begley, Louis, *Wartime Lies*, Ballantine Books, New York, 1991.
Bennis, Phyllis, *Understanding the Palestinian-Israeli Conflict*, TARI, Orlando (Floride), 2002.
Ben-Sasson, Haim Hillel (sous la direction de), *A History of the Jewish People*, Harvard University Press, Cambridge (Massachusetts), 1976.
Bentwich, Norman, *Israel : Two Faithful Years, 1967-1969*, Elek Books Ltd, Londres, 1970.
Benvenisti, Meron, *Intimate Enemies : Jews and Arabs in a Shared Land*, University of California Press, Berkeley, 1995.
—, *Sacred Landscapes : The Buried History of the Holy Land Since 1948*, University of California Press, Berkeley, 2000.
Bishara, Marwan, *Palestine-Israël, la paix ou l'apartheid*, La Découverte, Paris, 2001.
Bisharat, George Emile, *Palestinian Lawyers and Israeli Rule : Law and Disorder in the West Bank*, University of Texas Press, Austin, 1989.
Braizat, Musa S., *The Jordanian-Palestinian Relationship : The Bankruptcy of the Confederal Idea*, British Academic Press, Londres, 1998.
Brenner, Lenni, *Zionism in the Age of Dictators*, Croom Helm, Londres, 1983.
—, *The Iron Wall : Zionist Revisionism from Jabotinsky to Shamir*, Zed Books, Londres, 1984.
Bucaille, Laetitia, *Générations Intifada*, Hachette littératures, Paris, 2002.
Carey, Roane & Shainin, Jonathan (sous la direction de), *The Other Israel : Voices of Refusal and Dissent*, The New Press, New York, 2002.
Chary, Frederick B., *The Bulgarian Jews and the Final Solution, 1940-1944*, University of Pittsburgh Press, Pittsburgh, 1972.
Childers, Erskine B, *The Road to Suez : A Study of Western-Arab Relations*, Macgibbon & Kee, Londres, 1962.
Cleveland, William, *History of the Modern Middle East*, Westview Press, Boulder (Colorado), 1994.
Cohen, Aharon, *Israel and the Arab World*, Beacon Press, Boston, 1976.
Cohen, David (compilé par), *The Survival : A Compilation of Documents 1940-1944*, Shalom Publishing Centre, Sofia, 1944.
Cohen, H.J., *The Jews of the Middle East, 1860-1972*, Israel Universities Press, Jérusalem, 1973.
Cohen, Michael J., *Palestine and the Great Powers : 1945-1948*, Princeton University Press, Princeton, 1982.
—, « The Anglo-American Committee on Palestine, 1945-1946 », *The Rise of Israel*, vol. 35, Garland Publishing, Inc., New York, 1987.
—, « United Nations Discussions on Palestine, 1947 », *The Rise of Israel*, vol. 37, Garland Publishing, Inc., New York, 1987.
—, « The Recognition of Israel, 1948 », *The Rise of Israel*, vol. 39, Garland Publishing, Inc., New York, 1987.
Connell, Dan, *Rethinking Revolution : New Strategies for Democracy and Social Justice : The Experience of Eritrea, South Africa, Palestine, and Nicaragua*, Red Sea Press, Lawrenceville (New Jersey), 2001.

Constant, Stephan, *Foxy Ferdinand : 1861-1948, Tsar of Bulgaria*, Sidgwick & Jackson, Londres, 1979.

Crampton, R. J., *A Short History of Modern Bulgaria*, Cambridge University Press, Cambridge, 1987.

Darwish, Mahmoud, *Memory for Forgetfulness : August, Beirut, 1982*, traduit de l'arabe par Ibrahim Muhawi, University of California Press, Berkeley, 1995.

Dayan, Yael, *Israel Journal : June 1967*, McGraw-Hill, New York, 1967.

El-Asmar, Fouzi, *Through the Hebrew Looking-Glass : Arab Stereotypes in Children's Literature*, Amana Books, Vermont, 1986.

—, *To Be an Arab in Israel*, Frances Pinter Ltd, Londres, 1975.

Einstein, Albert, *About Zionism : Speeches and Letters*, Macmillan, New York, 1931.

Elon, Amos, *A Blood-Dimmed Tide : Dispatches from the Middle East*, Columbia University Press, New York, 1997.

—, *Les Israéliens, portrait d'un peuple*, traduit de l'américain par Benoît Braun, Stock, Paris, 1971.

—, *Jérusalem : capitale de la mémoire*, traduit de l'anglais par Bernard Hoepffner et Catherine Goffaux, Perrin, Paris, 1991.

Enderlin, Charles, *Le Rêve brisé : histoire de l'échec du processus de paix au Moyen-Orient, 1995-2002*, Fayard, Paris, 2002.

Eshkenazi, Jacques & Krispin, Alfred, *Jews in Bulgarian Hinterland : An Annotated Bibliography*, traduit du bulgare par Alfred Krispin, International Center for Minority Studies and Intercultural Relations, Sofia, 2002.

Eveland, Wilbur Crane, *Ropes of Sand : America's Failure in the Middle East*, W.W. Norton & Co., Londres, 1980.

Farsoun, Samih K., *Palestine and the Palestinians*, Westview Press, Boulder (Colorado), 1997.

Feiler, Bruce, *Abraham : voyage aux sources de la foi*, traduit de l'américain par Cécile Brahy, Presses de la Renaissance, Paris, 2005.

—, *Walking the Bible : A Journey by Land Through the Five Books of Moses*, William Morrow, New York, 2001.

Finkelstein, Israel & Silberman, Neil Asher, *La Bible dévoilée : les nouvelles révélations de l'archéologie*, traduit de l'anglais (États-Unis) par Patrice Ghirardi, Bayard, Paris, 2002.

Flapan, Simha, *The Birth of Israel : Myths and Realities*, Pantheon Books, New York, 1987.

Frances, Samuel, *Recuerdos Alegres, Recuerdos Tristes*, Shalom, Sofia, 2000.

Friedman, Thomas L., *From Beirut to Jerusalem*, Anchor Books, New York,1995.

Gaff, Angela, *An Illusion of Legality : A Legal Analysis of Israel's Mass Deportation of Palestinians on 17 December 1992*, Al-Haq, Ramallah, 1993.

Gefen, Israel, *An Israeli in Lebanon*, Pickwick Books, Londres, 1986.

—, *Years of Fire*, Ferrington, Londres, 1995.

Gelber, Yoav, *Palestine 1948 : War, Escape and Emergence of the Palestinian Refugee Problem*, Sussex Academic Press, Brighton, 2001.

Gerner, Deborah, *One Land, Two Peoples : The Conflict over Palestine*, Westview Press, Boulder (Colorado), 1994.

Gharaibeh, Fawzi A., *The Economies of the West Bank and Gaza Strip*, Westview Press, Boulder (Colorado), 1985.

Glubb, Sir John Bagot, *A Soldier with the Arabs*, Hodder & Stoughton, Londres, 1957.

Green, Stephen, *Taking Sides : America's Secret Relations with a Militant Israel, 1948-1967*, Faber & Faber, Londres, 1984.

Gresh, Alain, *O.L.P. Histoire et stratégies : vers l'État palestinien*, préface de Maxime Rodinson, Papyrus, Paris, 1983.

Grossman, David, *Les Exilés de la terre promise : conversations avec des Palestiniens d'Israël*, traduit de l'hébreu par Katherine Werchowski, Éditions du Seuil, Paris, 1995.

Groueff, Stéphane, *Crown of Thorns*, Madison Books, Lanham (Maryland), 1987.

Grozev, Kostadin *et al.*, *1903-2003 : 100 Years of Diplomatic Relations Between Bulgaria and the United States*, Embassy of the United States of America in Bulgaria, Sofia, 2003.

Haddad, Simon, *The Palestinian Impasse in Lebanon : The Politics of Refugee Integration*, Sussex Academic Press, Brighton,1988.

Hashavia, Arye, *A History of the Six-Day War*, Ledory Publishing House, Tel-Aviv, non daté.

Heikal, Mohamed, *Secret Channels : The Inside Story of Arab-Israeli Peace Negotiations*, HarperCollins Publishers, Londres, 1996.

Herzl, Theodor, *L'État juif*, suivi d'extraits du *Journal*, traduit par Elian-J. Finbert et Lazare Wurmbrand, Stock, Paris, 1981.

—, *Journal : 1895-1904 : le fondateur du sionisme parle* ; morceaux choisis et présentés par Roger Errera ; traduit de l'allemand par Paul Kessler ; préface de Catherine Nicault, Calmann-Lévy, Paris, 1990.

Herzog, Chaim, *The Arab-Israeli Wars : War and Peace in the Middle East*, Vintage Books, New York, 1982.

Hillel, Shlomo, *Ruah Kadim*, 'Idanim, Jérusalem, 1985.

Hillenbrand, Carole, *The Crusades : Islamic Perspectives*, Routledge, New York, 2000.

Hiro, Dilip, *Sharing the Promised Land : A Tale of Israelis and Palestinians*, Olive Branch Press, New York, 1999.

Hirsch, Ellen (sous la direction de), *Facts About Israel*, Ahva Press, Jérusalem, 1999.

Hirst, David, *The Gun and the Olive Branch : The Roots of Violence in the Middle East*, Thunder's Mouth Press/Nation Books, New York, 2003.

Hroub, Khaled, *Hamas : Political Thought and Practice*, Institute for Palestine Studies, Washington D.C., 2000.

Idinopulos, Thomas A., *Weathered by Miracles : A History of Palestine from Bonaparte and Muhammad Ali to Ben-Gurion and the Mufti*, Ivan R. Dee, Chicago, 1998.

Janik, Allan & Toulmin, Stephen, *Wittgenstein, Vienne et la modernité*, traduit de l'anglais (États-Unis) par Jacqueline Bernard, Presses universitaires de France, Paris, 1978.

Jayyusi, Salma Khadra (sous la direction de), *Anthology of Modern Palestinian Literature*, Columbia University Press, New York, 1992.

Kallen, Horace Meyer, *Zionism and World Politics : A Study in History and Social Psychology*, Doubleday, Page & Co., Garden City (New York), 1921.

Kamhi, Rafael Moshe, *Recollections of a Jewish Macedonian Revolutionary*, Sineva, Bulgarie, 2001.

Kanaana, Sharif, *Folk Heritage of Palestine*, Research Center for Arab Heritage, Israël, 1994.

—, *Still on Vacation ! The Eviction of the Palestinians in 1948*, SHAML – Palestinian Diaspora and Refugee Centre, Jérusalem, 2000.

Karmi, Ghada, *In Search of Fatima : A Palestinian Story*, Verso, Londres, 2002.

Karsh, Efraim, *Fabricating Israeli History : The "New Historians"*, Frank Cass & Co., Londres, 1997.

Khalidi, Rashid, *L'Identité palestienne : la construction d'une conscience nationale moderne*, traduit de l'anglais par Joëlle Marelli, La Fabrique, Paris, 2003.

Khalidi, Walid (sous la direction de), *From Haven to Conquest*, Institute for Palestine Studies, Beyrouth, 1971.

—, *Avant leur diaspora : une histoire des Palestiniens par la photographie, 1876-1948*, introduction et commentaires de Walid Khalidi, Éditions de la Revue d'études palestiniennes, Beyrouth, 1986.

—, *From Haven to Conquest : Readings in Zionism and the Palestine Problem Until 1948*, Institute for Palestine Studies, Beyrouth, 1971.

—, avec Kamal Abdul Fattah, Linda Butler, Sharif S. Elmusa, Ghazi Falah, Albert Glock, Sharif Kanaana, Muhammad Ali Khalidi, and William C. Young, *All That Remains : The Palestinian Villages Occupied and Depopulated by Israel in 1948*, Institute for Palestine Studies, Washington D.C., 1992.

Kirkbride, Sir Alec, *From the Wings : Amman Memoirs, 1947-1951*, Frank Cass, Londres, 1976.

Koen, Albert, *Le Sauvetage des Juifs en Bulgarie : 1941-1944*, traduction Margarita Tochéva, Septemvri, Sofia, 1977.

Kossev, D., Christov, H. et Anguelov, D., *Précis d'histoire de Bulgarie*, traduit du bulgare par Stoïan Tzonev et Jetcho Obbov, Éditions en langues étrangères, Sofia, 1963.

Lamm, Zvi, *Youth Takes the Lead : The Inception of Jewish Youth Movements in Europe*, traduit de l'hébreu par Sionah Kronfeld-Honig, Yad Ya'ari, Givat Haviva, Israël, 2004.

Langer, Felicia, *Avocate israélienne, je témoigne*, traduit de l'hébreu par Bemô 'e nay, Éditions sociales, Paris, 1975.

Lockman, Zachary, *Comrades and Enemies : Arab and Jewish Workers in Palestine, 1906-1948*, University of California Press, Berkeley, 1996.

Lowenthal, Marvin (sous la direction de, et traduit par), *The Diaries of Theodor Herzl*, Dial Press, New York, 1956.

Lustick, Ian, *Triumph and Catastrophe : The War of 1948, Israeli Independence, and the Refugee Problem*, Garland Publishing Inc., New York, 1994.

Maksoud, Clovis (introduction de), *Palestine Lives : Interviews with Leaders of the Resistance*, Palestine Research Center and Kuwaiti Teachers Association, Beyrouth, 1973.

Masalha, Nur, *Expulsion of the Palestinians : The Concept of "Transfer" in Zionist Political Thought, 1882-1948*, Institute for Palestine Studies, Washington D.C., 1992.

—, *Imperial Israel and the Palestinians : The Politics of Expansion*, Pluto Press, Londres, 2000.

Mattar, Philip, *The Mufti of Jerusalem*, Columbia University Press, New York, 1988.

Miller, Ylana N., *Government and Society in Rural Palestine, 1920-1948*, University of Texas Press, Austin, 1985.

Milstein, Uri, *History of Israel's War of Independence*, vol. IV : *Out of Crisis Came Decision*, traduit de l'hébreu par Alan Sacks, University Press of America, Lanham (Maryland), 1998.

Minchev, Ognyan, Ratchev, Valeri & Lessenski, Marin (sous la direction de), *Bulgaria for Nato 2002*, Open Society Foundation, Sofia, 2002.

Minns, Amina & Hijab, Nadia, *Citizens Apart : A Portrait of the Palestinians in Israel*, I.B. Tauris & Co., Londres, 1990.

Morris, Benny, *1948 and After : Israel and the Palestinians*, Clarendon Press, Oxford, 1994.

—, *Israel's Border Wars, 1949-1956 : Arab Infiltration, Israeli Retaliation, and the Countdown to the Suez War*, Clarendon Press, Oxford, 1993.

—, *The Road to Jerusalem : Glubb Pasha, Palestine and the Jews*, I. B. Tauris, Londres, 2002.

—, *Victimes : histoire revisitée du conflit arabo-sioniste*, traduit de l'anglais par Agnès Dufour et Jean-Michel Goffinet, Éditions Complexe, Paris-Bruxelles ; IHTP-CNRS, Cachan, 2003.

Musallam, Sami (compilé par), *United Nations Resolutions on Palestine, 1947-1972*, Institute for Palestine Studies, Beyrouth, 1973.

Mutawi, Samir A., *Jordan in the 1967 War*, Cambridge University Press, Cambridge, 1987.

Neff, Donald, *Fallen Pillars : U.S. Policy Towards Palestine and Israel Since 1945*, Institute for Palestine Studies, Washington D.C., 1995.

Oren, Michael B., *Six Days of War : June 1967 and the Making of the Modern Middle East*, Ballantine Books, New York, 2003.

Oz, Amos, *In the Land of Israel*, traduit par Maurie Goldberg-Bartura, Harcourt Brace & Co., San Diego (Californie), 1993.

Pappe, Ilan, *Une terre pour deux peuples : histoire de la Palestine moderne*, traduit de l'anglais par Odile Demange, Fayard, Paris, 2004.

Patai, Raphael, *The Arab Mind*, Charles Scribner's Sons, New York, 1973.

Pearlman, Moshe, *The Army of Israel*, Philosophical Library, New York, 1950.

Pearlman, Wendy, *Occupied Voices : Stories of Everyday Life From the Second Intifada*, Thunder's Mouth Press/Nation Books, New York, 2003.

Podeh, Elie, *The Arab-Israeli Conflict in Israeli History Textbooks, 1948-2000*, Bergin & Garvey, Westport (Connecticut), 2002.

Pryce-Jones, David, *The Face of Defeat : Palestinian Refugees and Guerillas*, Weidenfeld & Nicolson, Londres, 1972.

Quigley, John, *Palestine and Israel : A Challenge to Justice*, Duke University Press, Durham, 1990.

Reeve, Simon, *One Day in September : The Full Story of the 1972 Munich Olympic Massacre and Israeli Revenge Operation "Wrath of God"*, Arcade Publishing, New York, 2001.

Rogan, Eugene L. & Shlaïm, Avi (sous la direction de), *1948, la guerre de Palestine : derrière le mythe…*, traduit de l'anglais par Sophie Saurat, relecture scientifique et préface d'Henry Laurens, postface d'Edward W. Saïd, Autrement, Paris, 2002.

Ross, Dennis, *The Missing Peace : The Inside Story of the Fight for Middle East Peace*, Farrar, Straus & Giroux, New York, 2004.

Roy, Sara, *The Gaza Strip : The Political Economy of De-Development*, Institute for Palestine Studies, Washington D.C., 1995.

Sacco, Joe, *Palestine*, Fantagraphics Books, Seattle (Washington), 2001.

Saïd, Edward, *À contre-voie : mémoires*, traduit de l'anglais par Brigitte Caland et Isabelle Genet, Le Serpent à plumes, Paris, 2002.

—, *Peace and Its Discontents : Essays on Palestine in the Middle East Peace Process*, Vintage Books, New York, 1995.

—, *Politics of Dispossession : The Struggle for Self-Determination, 1967-1994*, Vintage Books, New York, 1995.

Samara, Adel, Shelley, Toby, Cashdan, Ben *et al.*, *Palestine : Profile of an Occupation*, Zed Books Ltd, Londres, 1989.

Salti, Ramzi M., *The Native Informant and Other Stories*, Three Continents Press, Colorado Springs (Colorado), 1994.

Sayigh, Yezid, *Armed Struggle and the Search for State : The Palestinian National Movement, 1949-1993*, Clarendon Press, Oxford, 1997.

Schleifer, Abdullah, *The Fall of Jerusalem*, Monthly Review Press, Londres, 1972.

Segev, Tom, *C'était en Palestine au temps des coquelicots*, traduit de l'hébreu par Katherine Werchowski, Liana Levi, Paris, 2000.

—, *Les Premiers Israéliens*, traduit de l'anglais par Sabine Porte, Calmann-Lévy, Paris, 1998.

Shapira, Avraham (sous la direction de), *Le Septième Jour, dialogues de combattants de la guerre des Six-Jours. Recueillis parmi de jeunes membres de kibboutz*, édition française d'Ély Ben-Gal, traduit de l'hébreu par Eliahou Eilon, Plon, Paris, 1972.

Shehadeh, Raja, *Strangers in the House : Coming of Age in Occupied Palestine*, Steerforth Press, South Royalton (Vermont), 2002.

Shemesh, Moshe, *The Palestinian Entity 1959-1974 : Arab Politics and the PLO*, Frank Cass, Londres, 1996.

Shlaïm, Avi, *Le Mur de fer : Israël et le monde arabe*, traduit de l'anglais par Odile Demange, Buchet-Chastel, Paris, 2008.

—, *War and Peace in the Middle East : A Concise History Revised and Updated*, Penguin Books, Londres, 1995.

Singer, Howard, *Bring Forth the Mighty Men : On Violence and the Jewish Character*, Funk & Wagnalls, New York, 1969.

Slyomovics, Susan, *The Object of Memory : Arab and Jew Narrate the Palestinian Village*, University of Pennsylvania Press, Philadelphie, 1998.

Sprinzak, Ehud, *Brother Against Brother*, Free Press, New York, 1999.

Stein, Kenneth, *The Land Question in Palestine, 1917-1939*, University of North Carolina Press, Chapel Hill, 1984.

Steinberg, Milton, *The Making of the Modern Jew*, University Press of America, Lanham (Maryland), 1976.

Swedenburg, Ted, *Memories of Revolt : The 1936-1939 Rebellion and the Palestinian National Past*, University of Minnesota Press, Minneapolis, 1995.

Swisher, Clayton E., *The Truth About Camp David : The Untold Story About the Collapse of the Middle East Peace Process*, Nation Books, New York, 2004.

Tamir, Vicki, *Bulgaria and Her Jews : The History of a Dubious Symbiosis*, Sepher-Hermon Press Inc. for Yeshiva University Press, New York, 1979.

Tavener, L. Ellis, *The Revival of Israel*, Hodder & Stoughton, Londres, 1961.

Tavin, Eli & Alexander, Yonah, *Psychological Warfare and Propaganda : Irgun Documentation*, Scholarly Resources Inc., Wilmington (Delaware), 1982.

Teveth, Shabtai, *Les Chars de Tammuz : les blindés d'Israël dans la guerre des Six-Jours*, traduction de Michelle Centlivres, La Rencontre, Paris, 1970.

Todorov, Tzvetan, *La Fragilité du bien : le sauvetage des Juifs bulgares*, textes réunis et commentés par Tzvetan Todorov, traduits du bulgare par Marie Vrinat et Irène Kristeva, Albin Michel, Paris, 1999.

Tyler, Warwick P., *State Lands and Rural Development in Mandatory Palestine, 1920-1948*, Sussex Academic Press, Brighton, 1988.

Vassileva, Boyka, *The Jews in Bulgaria 1944-1952*, partiellement traduit du bulgare par Polia Alexandrova, University Publishing House, St. Kliment Ohridski, Sofia, 1992.

Yahya, Adel H., *The Palestinian Refugees, 1948-1998 : An Oral History*, Palestinian Association for Cultural Exchange, Ramallah, 1999.

Yablonka, Hanna, *Survivors of the Holocaust : Israel After the War*, New York University Press, New York, 1999.

RÉFÉRENCES

Un documentaire radio de quarante-trois minutes est à l'origine de ce livre. Je l'ai produit en 1998 pour National Public Radio, à l'occasion du cinquantième anniversaire de la guerre israélo-arabe de 1948. C'est de là qu'a découlé la suite. Une émission de radio présentant un dialogue à deux voix est une chose ; transformer ce récit en un livre plein d'histoires de famille placées dans un contexte historique en est une autre, tout à fait différente. Le défi consistait à conserver la simplicité et le ton du documentaire, tout en écrivant un livre d'histoire déguisé – qui ressemblerait à un roman.

Cet ouvrage ne relève en rien de la fiction. Beaucoup d'événements qui y sont décrits remontent à des dizaines d'années, leur restitution est fondée sur des entretiens, des documents d'archives, des mémoires publiés ou inédits, des coupures de presse et des récits historiques de première ou de seconde main.

Dans de rares cas – uniquement dans les chapitres 2 et 3 –, j'ai décrit un événement à partir de nombreuses interviews avec des membres de la famille retraçant son histoire orale ou les coutumes familiales qui ont amené aux événements décrits. Au chapitre 2, le rassemblement des Khairi fêtant la fin de la construction de la maison en est un exemple – et à chaque fois que je me repose sur l'histoire orale familiale plutôt que sur des témoins oculaires ou des documents, j'en fais mention dans le texte ou dans ces remarques à propos des sources. Les moments cruciaux, et sujets à controverse, des deux histoires familiales reposent uniquement sur les documents susmentionnés et les récits de témoins oculaires.

Il arrive que les souvenirs soient contradictoires : Nuha Khairi se souvient par exemple précisément que Dalia était dans la maison d'al-Ramla le jour où son père, Ahmed, a frappé à sa porte en 1969 ; Dalia est certaine de n'avoir pas été présente ce jour-là. Dans de tels cas, je restitue à la fois la divergence des souvenirs et les points sur lesquels ils s'accordent. Dalia et Bachir ne sont pas non plus d'accord – ou le sont – sur les lieux et les époques où ils étaient présents : lorsque les souvenirs diffèrent, j'ai soit éliminé soit signalé les éléments divergents.

Dalia et Bachir ont relu le manuscrit afin qu'il soit fidèle – comme l'ont fait de nombreux spécialistes et experts, israéliens et palestiniens. De plus, le manuscrit a été soumis pendant plusieurs mois à un processus rigoureux de vérification des faits, supervisé par Sarah Tuttle-Singer et moi-même, au cours duquel des milliers de faits ont été comparés aux transcriptions des interviews, aux textes historiques, aux documents d'archives et à d'autres éléments. S'il subsiste des erreurs, j'en suis bien sûr responsable.

Chapitre 1

Ce chapitre repose principalement sur des entretiens avec Bachir Khairi et Dalia Eshkenazi Landau – qui eurent lieu en 1998, 2003, 2004 et 2005 – et sur le récit autobiographique de Bachir, *K'afagat Thakirq* (*Le Battement de cœur de la mémoire*), dont certaines parties ont été traduites de l'arabe par Nidal Rafa.

Ce récit décrit Bachir debout devant un miroir, mais ne dit pas où il se trouvait. Ya'acov Haruzi a été employé par Egged, la compagnie de cars israélienne. Il a longtemps travaillé dans le terminal de Jérusalem, et il est devenu l'historien officieux de la compagnie ; il a confirmé que les seuls miroirs du terminal se trouvaient dans les toilettes, et qu'il y avait là des lavabos de porcelaine. Bachir, lors d'une séance de vérification des faits en août 2005, a corroboré ces dires, ainsi que ses gestes (ajuster sa cravate, etc.) devant le miroir.

Les questions que se pose Bachir dans la gare routière, sa comparaison avec des retrouvailles avec une maîtresse secrète, et l'interjection de son cousin (« Le car va partir ! ») proviennent de son récit autobiographique et des interviews.

Le trajet à pied, traversant l'ancienne frontière jusqu'à la gare routière de Jérusalem-Ouest, provient d'interviews avec Bachir et son cousin Ghiath Khairi.

C'est Haruzi qui a décrit la gare routière. Dalia ne se souvient pas qu'il y avait des barreaux aux guichets à Jérusalem en 1967, mais Haruzi insiste sur leur existence.

La description du car est tirée de brochures des archives d'Egged, corroborées par une visite au « musée » de la compagnie – en fait un grand parking au sud de Tel-Aviv, où des employés obligeants d'Egged m'ont montré le type de cars circulant sur la ligne Jérusalem-Ramla en 1967.

La description de Dalia assise à sa table vient de ses souvenirs, tout comme sa description de Ramla à cette époque, aussi bien avant qu'après la guerre des Six-Jours.

La description de la vie des parents de Dalia, Moshe et Solia, dans la Bulgarie des années 1940 est tirée de nombreux entretiens et recherches dans les archives, à Sofia, Tel-Aviv, Jérusalem, et dans le Queens (New York). Voir les notes des chapitres 3 et 5 pour une documentation spécifique.

Les descriptions de la manière dont les Israéliens ont dépeint le départ des Arabes de Ramla, en particulier le fait qu'ils « se sont enfuis », provient d'entretiens avec Dalia, Sami Sela (à Rishon Letzion), Esther Pardo, M. Levy, Mordechaï Egenstein, et Michail Fanous (à Ramla). Les termes spécifiques sont cités dans le livre d'Elie Podeh, *The Arab-Israeli Conflict in Israeli History Textbooks, 1948-2000.*

La description du voyage de Bachir, des sièges que ses cousins et lui occupaient dans le car, de ses pensées pendant le trajet, est tirée de son récit autobiographique et de mes entretiens avec lui. Les détails additionnels et la corroboration de ses dires ont pour source Ghiath Khairi.

La route empruntée par le car provient du récit autobiographique de Bachir. Un lecteur assure que les cars israéliens ne passaient pas par Latroun en juillet 1967, et il est possible qu'ils aient plutôt traversé ce qui est aujourd'hui Modi'in, ville israélienne, mais Bachir se rappelle avec précision être passé par Latroun ; j'ai donc conservé ce souvenir.

La description d'Abou Ghosh comme village qui « avait collaboré avec l'ennemi » est écrite à travers les yeux et les souvenirs de Bachir tandis qu'il se dirigeait vers al-Ramla. Dans l'ouvrage de Benny Morris, *1948 and After*, p. 258, on peut trouver confirmation de l'attitude des Arabes vis-à-vis d'Abou Ghosh, et du fait que le village a fourni « de petites quantités de munitions » à une colonie juive toute proche.

La description des véhicules calcinés le long de la route provient d'observations personnelles et d'entretiens avec Bachir. On la trouve dans de nombreux récits publiés et sur Internet (voir, par exemple, « The Road to Jerusalem » sur le site de la Jewish Virtual Library : www.jewishvirtuallibrary.org/jsource/vie/vie-road.html). Les souvenirs de Dalia relatifs à ses activités et à ses pensées ce jour-là proviennent de plusieurs entretiens et courriers.

Le trajet en car et les impressions des cousins sur al-Ramla, notamment l'histoire d'Abou Mohammed, le boucher, et les visites aux anciennes maisons de Yasser et Ghiath, sont tirés du récit autobiographique de Bachir, et d'entretiens avec Ghiath et Bachir.

Bachir se souvient avec précision d'avoir appuyé sur le bouton de la sonnette. Il en a fait la description dans son récit autobiographique et lors d'un entretien avec moi, en 1998.

CHAPITRE 2

Les dimensions et la taille des pierres viennent de mes observations et mesures. Les pierres de la maison ne sont pas toutes taillées aux mêmes dimensions. La tenue d'Ahmed lorsqu'il est dans le champ, sa pose de la première pierre, et le fait qu'il est accompagné par des parents et des ouvriers, sont attestés par des entretiens avec ses descendants, en particulier Nuha et Khanom, les sœurs de Bachir, qui affirment que leur père ne s'aventurait jamais à l'extérieur sans son fez et sa cravate. Ce sont Bachir, Nuha et Khanom qui ont décrit la construction de la maison, ainsi qu'Ali Qumbar, constructeur contemporain de maisons palestiniennes traditionnelles. « Ils taillent [les pierres] dans les montagnes d'ici, dit-il lors d'un entretien. Même si la taille est grossière, elles sont douces au toucher.

L'idée de construire une maison comme celle-là, c'est agréable. C'est optimiste. La terre, la pierre sainte. Ça vient d'ici. »

Comme Bachir et son cousin Ghiath, Qumbar a confirmé que c'est la coutume, pour le propriétaire de la maison, de poser la première pierre avant que les ouvriers commencent la construction.

L'estimation de la population d'al-Ramla en 1936 est tirée de *A Survey of Palestine*, vol. I, p. 151. Le nombre de 11 000 est modeste. La population d'al-Ramla en 1931 est de 10 347 habitants, dont 5 Juifs, alors que la ville compte plus de 15 000 habitants en 1944.

L'origine du nom d'al-Ramla provient de *The Encyclopedia of Palestinian Cities* – dont certaines parties ont été traduites de l'arabe par Hatem Bazian – et de Shimon Gat, du kibboutz de Na'an, tout proche, dont la thèse de doctorat en hébreu portait sur l'histoire de Ramla.

Les récoltes et leur tonnage sont tirés de *A Survey of Palestine*, vol. I, p. 320 ; de la partie de *All That Remains* consacrée au district d'al-Ramla, p. 355-426 ; et de rapports de la municipalité d'al-Ramla, griffonnés à la main, que m'a procurés Yonatan Tubali, longtemps administrateur communal de la ville.

L'histoire de Khair al-Din fait partie de celle de la famille Khairi, minutieusement retracée sur des arbres généalogiques écrits à la main, et transmise d'une génération à l'autre. Bachir et Ghiath m'ont tous deux raconté l'histoire de Khair al-Din. Le Dr Cherif Kanaana, célèbre folkloriste palestinien, a confirmé la méthode de distribution de terres *waaf*.

Le domaine d'al-Ramla, la vie qu'y menaient les Khairi et la décision d'Ahmed de construire sa maison en dehors ont été décrits par Khanom Khairi lors d'un entretien avec ma collègue Mariam Chahine, qui lui a posé les questions que j'avais formulées. (Depuis son mariage, Khanom s'appelle Salah, mais pour la clarté de ces notes, je continue de l'appeler Khairi.)

Le statut de patriarche de Cheikh Moustapha Khairi a été confirmé au cours d'interviews de nombreux membres de la famille – notamment sa bru, Firdaous Taji Khairi, à Ramallah. Elle se nomme Khairi depuis son mariage, mais est appelée ici Firdaous Taji, dans un souci de clarté. Le statut de Cheikh Moustapha vis-à-vis des Britanniques est confirmé par des archives coloniales britanniques conservées à l'université de Berkeley (Californie). Une série d'archives – *Political Diaries of the Arab World* – est principalement constituée de rapports confidentiels envoyés périodiquement au gouvernement de Sa Majesté à Londres par les commissaires et sous-commissaires en Palestine. Les rapports de novembre 1938 du commissaire du district sud (*Political Diaries*, vol. 3 : *1937-1938*) dépeignent Cheikh Moustapha comme « le maire très capable » d'al-Ramla.

La description de l'agitation des Britanniques, des Arabes et des Juifs dans les années 1930, et celle de la rébellion arabe qui s'ensuivit (décrite plus loin dans le chapitre), sont fondées sur des sources multiples, notamment *Memories of Revolt*, de Ted Swedenburg, *C'était en Palestine au temps des coquelicots*, de Tom Segev, des entretiens avec la famille Khairi, et les archives britanniques mentionnées ci-dessus, dont sont tirés nombres de détails du conflit. Voir la bibliographie pour d'autres titres, ou le texte qui suit pour des citations spécifiques.

Le texte de la déclaration Balfour est en ligne sur http://www.monde-diplomatique.fr/cahier/proche-orient/balfour-fr. Arthur Balfour, ministre britannique des Affaires étrangères, considérait le soutien à une patrie juive comme « une manière de [s'] assurer la bienveillance des forces juives en Amérique, en Orient, et ailleurs [...] ». Quant aux Arabes, Balfour déclara en 1919 : « Qu'il soit juste ou non, bon ou mauvais, le sionisme plonge à la fois ses racines dans les traditions séculaires, les besoins présents et les espoirs futurs, avec une signification bien plus profonde que les désirs et les préjugés des sept cent mille Arabes qui peuplent aujourd'hui cette terre ancestrale. » (Citations tirées de *Victimes*, Benny Morris, p. 90 et 92.)

Bachir et Ghiath confirment la décision d'Ahmed de consulter Cheikh Moustapha à propos du financement de la maison ; cela fait partie de l'histoire orale familiale.

L'histoire de M. Solli provient d'un entretien avec Khanom Khairi à Amman, de même que les histoires de la coexistence des Khairi et d'al-Ramla avec les communautés juives alentour, à différents moments des années 1930 et 1940. L'autre source permettant de comprendre cette coexistence, aussi sporadique ait-elle été, est l'ouvrage de Zachary Lockman, *Comrades and Enemies : Arab and Jewish Workers in Palestine, 1906-1948*. Les archives britanniques décrivent également les relations entre communautés arabe et juive, mais le plus souvent comme des entités séparées sous le gouvernement britannique.

L'histoire ancienne de la ville, notamment de sa mosquée et de son aqueduc, est tirée de l'*Encyclopedia of Palestinian Cities*, ainsi que d'éléments additionnels corroborés par le Dr Gat. Le Dr Hatem Bazian, de l'université de Berkeley, a décrit au cours d'un entretien le contenu des caravanes.

On peut trouver la citation du voyageur islamique Muqaddasi concernant al-Ramla dans « Description of Syria, Including Palestine, Circa 985 » (p. 32), publié en 1896 par la Palestine Pilgrims' Text Society (Londres). Muqaddasi confirme qu'à cette époque al-Ramla était la « capitale de la Palestine ».

On trouvera la référence à la chasse au renard pratiquée par les Britanniques, quelque neuf cent cinquante ans après la venue de Muqadasi à al-Ramla, dans « Palestine : 1920-1923 », de W. F. Sterling, in *From Haven to Conquest*, p. 230.

Les chiffres de la population et de l'immigration juives sont tirés de *A Survey of Palestine*, vol. I, p. 149 et 185. Ce sont des chiffres officiels : les nombres réels, incluant l'ensemble de l'immigration illégale venue d'Europe, seraient plus élevés. En 1936, plus des deux tiers des immigrants étaient polonais et allemands.

Pour une analyse approfondie des ventes de terres des Arabes aux Juifs, voir Kenneth Stein, *The Land Question in Palestine, 1917-1939*. Stein remarque que beaucoup de ventes de terres aux Juifs étaient faites par des Arabes non palestiniens, même si c'était loin d'être toujours le cas : pendant les années 1920 et le début des années 1930, poussés en grande partie par des nécessités économiques, de nombreux notables de Palestine ont vendu des terres aux Juifs. Ces ventes furent un facteur majeur de tension, qui mena à la rébellion arabe, et qui en fin de compte affaiblit le mouvement nationaliste des Arabes de Palestine. À la page 70, Stein écrit : « En ces temps de ferveur antisioniste et antibritannique, les ventes de terres des Arabes palestiniens aux sionistes montraient que les priorités individuelles étaient autant ou plus importantes que le mouvement national qui se faisait jour. » Néanmoins, dès 1911, les Arabes de Palestine mettaient en garde contre les ventes de terres (voir Morris, *Victimes*). Swedenburg, dans *Memories of Revolt*, écrit que les ventes de terres « préoccupaient tellement le mouvement national pendant les années 1930, et étaient en fait si sérieuses, que le mufti lança de vigoureuses campagnes publiques contre les courtiers palestiniens les plus notoires, et les traita d'hérétiques ». L'estimation de trente mille familles de paysans sans terre (en 1931) est tirée de l'ouvrage de Doreen Warriner, *Land and Poverty in the Middle East*, Royal Institute of International Affairs, Londres, 1948, p. 61-62, cité par Hirst, *The Gun and the Olive Branch*, p. 198 et 230. Hirst écrit (p. 198) : « Ils vivaient dans une misère noire. Dans la vieille ville de Haïfa, onze mille d'entre eux s'entassaient dans des taudis construits avec des bidons d'essence, sans eau ni sanitaires, même rudimentaires. D'autres, qui n'avaient pas de famille, dormaient à l'air libre. » Il convient de noter qu'en dépit des ventes de terres des Arabes, à la veille de la guerre de 1948, les Juifs possédaient en tout 7 % des terres de Palestine (John Chapple, « Jewish Land Settlement in Palestine », cité par Walid Khalidi, *From Haven to Conquest*, p. 843).

Memories of Revolt, de Ted Swedenburg, est une excellente source sur la rébellion arabe. Voir p. 78 les opérations de contrebande d'armes (également mentionnées dans *A Survey of Palestine*, p. 33). Les détails concernant Cheikh al-Qassam sont tirés de *C'était en Palestine au temps des coquelicots*, de Tom Segev, p. 427-430 ; *A Survey of Palestine*, vol. I, p. 33, et vol. II, p. 594-595 ; et *Palestine and Transjordan Administrative Reports*, vol. VI, p. 20. Plus de soixante ans plus tard, des membres du Hamas se rappelèrent le martyre de Cheikh al-Qassam : ils donnèrent son nom aux roquettes rudimentaires qu'ils tiraient sur les colonies israéliennes de Gaza.

La chronologie des événements de la rébellion arabe se trouve dans *Palestine and Transjordan Administrative Reports*, vol. 6, p. 19-39. Détails additionnels dans *Memories of Revolt*, p. 30-32, 126 et 130. Le récit de l'assaut contre les troupes britanniques en train de se baigner est tiré de *Palestine and Transjordan Administrative Reports*, vol. 6, p. 30. L'importance du keffieh, le couvre-chef palestinien traditionnel, est mentionnée dans *Memories of a Revolt*, p. 30. La citation relative aux « fréquentes détonations » et au « fracas des murs qui s'effondrent » provient d'un jugement prononcé par le juge britannique Michael F.J. McDonnell, et se trouve dans « The Town Planning of Jaffa, 1936 » (cité dans *From Haven to Conquest*, p. 343-347). Cela semble marquer le début de la politique de démolition des maisons des rebelles et de leur famille.

Les impressions de Zakia Khairi et le mode de vie de la famille, ainsi que le récit du festival de Nabi (prophète) Saleh, proviennent largement de Khanom Khairi. Avec Firdaous Taji, elle a discuté des pressions politiques auquel était soumis Cheikh Moustapha. On trouvera d'autres détails à ce sujet dans *Political Diaries of the Arab World, Palestine and jordan*, vol. 3, p. 394.

La remarque de Chaïm Weizmann sur les « forces du désert » est citée dans *The Mufti of Jerusalem*, de Philip Mattar, p. 100. Les détails concernant le marché du mercredi proviennent d'entretiens avec le Dr Cherif Kanaana et avec Widad Kawar, qui possède chez elle, à Amman, une importante collection de broderies, de poteries, d'objets de ferronnerie, de bijoux et de tissus. La pièce maîtresse est une collection de robes traditionnelles portées par les campagnardes arabes de Palestine. Autrefois dédaignés par les élites arabes, car bons seulement pour les *fellahin* (les paysans), ces robes et leurs corsages symbolisent depuis l'exil la solidarité avec la cause palestinienne.

Les détails des repas de la famille Khairi, et la vie sociale d'Ahmed au *diwan*, ont été décrits par Khanom Khairi. L'*arguilé*, ou pipe à eau, porte beaucoup d'autres noms, notamment *narguilé*, *chicha*, *houka*.

La grève lancée par le Haut Comité arabe a été suspendue le 11 octobre 1936, et Walid Khalidi en donne un tableau chronologique dans *Avant leur diaspora*. La reprise du travail est décrite dans *Palestine and Transjordan Administrative Reports*, vol. 6, p. 48. La tenue de Lord Peel est dépeinte par Tom Segev dans *C'était en Palestine*, p. 475. La lettre envoyée à Londres par Peel est citée dans *Political Diaries of the Arab World*, vol. 2, p. 681.

Le rapport de la commission Peel était intitulé *Palestine Royal Commission Report*, il est publié intégralement dans *Palestine and Transjordan Administrative Reports*, vol. 6, p. 435-850. À la p. 835 (ou p. 389 du rapport original), la commission recommande un « échange de terres et de populations ». Elle cite comme précédent l'échange de 1922 entre populations turques et grecques.

C'était en Palestine décrit la réaction juive devant Peel, p. 476. La réaction arabe est recueillie dans *Avant leur diaspora*, p. 189, et dans *The Palestinian Arab National Movement : From Riots to Rebellion*, vol. *2, 1929-1939*, p. 228-232.

La citation de Theodor Herzl sur la « population démunie » provient de son journal, au 12 juin 1895 (*The Complete Diaries of Theodor Herzl*, traduit par Harry Zohn). Cette même année, Israël Zangwill, dirigeant sioniste britannique, affirma que les Juifs « [devaient] être prêts à chasser par l'épée les tribus en possession [de la terre], comme le firent nos aïeux, ou ils seront aux prises avec une nombreuse population étrangère, majoritairement mahométane, et habituée depuis des siècles à nous mépriser » (« Israel Zangwill's Challenge to Zionism » de Hani A. Faris, in *Journal of Palestine Studies* n° 4, n° 3 [printemps 1975], p. 74-90). Zangwill dit également : « Si nous recevons la Palestine, les Arabes devront "entreprendre un périple". » Une génération plus tard, Chaïm Weizmann, qui deviendrait le premier président d'Israël, suggéra, à la suite des émeutes arabes en Palestine, qu'un « échange de populations devrait être conçu et encouragé » pour permettre aux Arabes « de se déverser dans les pays voisins » (*The Letters and Papers of Chaim Weizmann*, vol. 14, p. 69, cité par Masalha dans *Expulsion of the Palestinians : The Concept of "Transfer" in Zionist Political Thought, 1882-1948*).

La citation de Ben Gourion sur « l'affaire du transfert » provient de son journal (juillet 1937), et m'a été traduite par le journaliste israélien Sami Sockol. Sa remarque, « Je soutiens un transfert obligatoire », a été faite le 12 juin 1938, et elle est citée par Morris dans *Victimes*, p. 279. Tom Segev, dans *C'était en Palestine*, p. 473-480, analyse la réaction sioniste à Peel et son soutien au concept de transfert. Nour Masalha, chercheur palestinien de St. Mary's College, à l'université du Surrey (Londres), qui a travaillé à partir des documents originaux en hébreu des archives israéliennes, offre une vue d'ensemble de l'idée du transfert. Une approche similaire, depuis un tout autre point de vue politique : celle du rabbin Chaïm Simons, colon en Cisjordanie et conservateur de *A Historical Survey of Proposals to Transfer Arabs from Palestine, 1895-1947*, une vaste collection d'écrits sionistes sur le transfert, que l'on peut consulter sur Internet : http://chaimsimons.net. Dans « Historical Roots of the Idea of Transfer », Ilana Sternbaum propose une vue d'ensemble plus brève du transfert et du sionisme (www.afsi.org/OUTPOST/2002OCT/oct7.htm).

D'autres sionistes, comme Albert Einstein et Martin Buber, ont préconisé la coexistence avec la population arabe, et se sont opposés aux plans de transfert. Voir Stanley Aronowitz, « Setting the Record Straight : Zionism from the Standpoint of Its Jewish Critics », www.logosjournal.com/issue_3.3/aronowitz.htm

La reprise de la rébellion arabe et les mesures de répression britanniques sont décrites dans *Political Diaries of the Arab World*, vol. 3, p. 39-49. L'attaque aérienne contre les bandes rebelles est relatée dans un article du *Times* de Londres, le 3 octobre 1938, cité par Hirst, p. 215. La vente de terre de Choukri Taji est décrite par Kenneth Stein dans *The Land Question in Palestine, 1917-1939*, p. 171 et 238. La plupart des ventes eurent lieu entre 1922 et 1936. Stein cite des documents originaux désormais conservés aux Archives centrales sionistes. La citation relative à Cheikh Moustapha provient de *Political Diaries of the Arab World*, p. 352. Les difficultés politiques rencontrées par le maire, le respect qu'il inspirait, et sa tenue vestimentaire sont rapportés par ses descendants admiratifs, notamment Firdaous Taji et Khanom Khairi.

La position exacte de Cheikh Moustapha par rapport aux nationalistes et aux élites, ou notables, n'est pas claire. Alors que certains membres de la famille disent que Moustapha et ses fils sont peut-être allés jusqu'à aider les rebelles, l'appartenance de Moustapha au Parti de la défense nationale, dirigé par une famille de notables, les Nachachibi, l'aurait exposé aux critiques virulentes des nationalistes et des rebelles. Les nationalistes considéraient les notables comme des collaborateurs des sionistes, et nombre d'entre eux furent assassinés par les rebelles arabes. J'ai examiné ces idées lors d'un entretien avec Hillel Cohen, auteur de *L'Armée fantôme : la collaboration palestinienne au service du sionisme, 1917-1948* (en hébreu). La belle-fille de Cheikh Moustapha, Firdaous, affirme que son départ pour Le Caire en 1938 s'est produit pour « raisons de santé », mais il est plus vraisemblable que les menaces des rebelles l'aient contraint à ce bref exil. La crainte des récriminations aurait aussi incité Moustapha à déclarer, après son retour, qu'il se consacrerait exclusivement aux affaires municipales. Tout cela peut également expliquer pourquoi il fut remplacé à la mairie au milieu des années 1940.

L'étude du Livre blanc provient de plusieurs sources, notamment *Memories of Revolt*, p. XXI. Les réactions sionistes à ce Livre blanc, notamment la citation de

Ben Gourion (« Le diable en personne... »), sont tirées de *C'était en Palestine*, p. 522-523. Le nombre de victimes arabes est cité dans *From Haven to Conquest*, p. 846.

Les événements survenus le jour de la naissance de Bachir sont tirés des éditions du *New York Times* et du *San Francisco Chronicle* datées des 16 et 17 février 1942. Le télégramme mensuel du haut-commissaire britannique est cité dans *Political Diaries of the Arab World*, vol. 6 : *1941-1942*, p. 437-440. Dans sa conclusion, le commissaire note les nouveaux efforts de recrutement politique, aussi bien de la part des Arabes que des Juifs. « Cela risque de mal tourner, note-t-il, et nous surveillons ça de très près. »

CHAPITRE 3

Dalia Eshkenazi a grandi en entendant l'histoire du portefeuille telle que la lui a transmise Moshe, son père. Elle n'était pas encore née en 1943, lorsque eut lieu cet événement. L'histoire est confirmée dans ses grandes lignes par Virginia, la tante de Dalia, qui avait 82 ans en 2004 et vivait à Sofia. Il est bien sûr possible que certains détails diffèrent ou que le policier ait employé d'autres mots, mais le fond de l'histoire ne semble pas faire de doute.

L'histoire politique de la Bulgarie des années 1940, en particulier la manière dont furent traités les Juifs par le pouvoir, est retracée dans *The Bulgarian Jews and the Final Solution*, de Frederick Chary (1975). Chary a revu ce chapitre, ainsi que le chapitre 5, afin d'en vérifier l'exactitude. Les détails additionnels proviennent de « From Sofia to Jaffa », de Guy Haskell ; *Beyond Hitler's Grasp : The Heroic Rescue of Bulgaria's Jews*, de Michael Bar-Zohar ; *Jews in the Bulgarian Lands : Ancestral Memory and Historical Destiny* (sous la direction d'Emmy Barouh) ; *Saving of the Jews in Bulgaria : 1941-1944*, publié par les Éditions du Parti communiste bulgare en 1977 ; et le mélange fascinant qu'opère Tzvetan Todorov entre essais originaux et textes traduits dans *La Fragilité du bien* et *The Survival : a Compilation of Documents, 1940-1944*, dont une bonne partie a été traduite du bulgare par la journaliste Polia Alexandrova. J'ai pu approfondir ma compréhension de cette histoire grâce à des dizaines d'entretiens avec des Juifs bulgares en Israël, et lors de trois voyages en Bulgarie, en 2003 et 2004. Polia a fait office d'interprète pour la plupart de ces entretiens, et elle a traduit des documents originaux des Archives nationales bulgares et de la Bibliothèque nationale, situées à Sofia.

L'alliance de la Bulgarie avec les puissances de l'Axe est décrite en p. 3 de *The Bulgarian Jews and the Final Solution*. L'auteur dépeint, p. 66, les camps de travail, également évoqués par Yitzhak Yitzhaki, le cousin de Dalia, dans une interview menée par cette dernière, qu'elle m'a envoyée par télécopie. Les descriptions additionnelles se trouvent dans l'ouvrage de Bar-Zohar, p. 46-48, et *Bulgaria and Her Jews*, de Vicki Tamir, p. 176-177. Dalia et Virginia rapportent également les dires de Moshe et Jacques sur les camps de travail. Les prisonniers des camps étaient parfois soumis à un régime brutal, mais généralement pas autant que dans d'autres pays d'Europe. Moshe dit à Dalia qu'il en fut dispensé à la suite d'une sérieuse infection de l'oreille.

Le nombre de quarante-sept mille Juifs bulgares est tiré de ma correspondance avec Chary. (Beaucoup d'autres auteurs donnent le nombre rond de cinquante mille.)

L'histoire de Susannah Shemuel Behar et de sa famille est tirée d'entretiens que j'ai réalisés avec elle à Plovdiv. Les détails concernant la famille n'ont pas pu être corroborés séparément, mais son histoire s'inscrit de manière crédible dans celle, plus large, des Juifs bulgares en mars 1943. L'histoire de Moshe et Solia Eshkenazi attendant à Sliven avec les Arroyo, les parents de Solia, a été transmise à Dalia par ses parents au fil des années. Sa tante Virginia et son cousin Yitzhak la confirment. Autre confirmation : celle du Dr Corinna Solomonova, de Sliven, qui avait dix-huit ans en mars 1943. Elle appelle Solia « Solche », diminutif bulgare, et dit qu'elle travaillait comme couturière. Elle ajoute que Moshe et Solia se trouvaient « sans aucun doute » à Sliven en mars 1943. Le Dr Solomonova se souvient également d'avoir elle-même reçu une lettre du commissariat bulgare aux Affaires juives :

> Elle nous disait que, le 10 mars, nous devions nous rendre dans une école élémentaire bien précise. Nous devions arriver à huit heures du matin, avec un léger bagage. La lettre était datée du 7 mars. Nous avons commencé à coudre des sacs à dos pour tous les membres de notre famille. Nous étions inquiets, car nous savions que nous allions dans des camps allemands où l'on tuait les Juifs. Nous le savions car nos amis [non juifs] écoutaient des émissions de radio [sur Radio Moscou et la BBC]. Les postes de radio des Juifs avaient été confisqués. Nous savions que nous nous rendions dans les camps de la mort.

Les détails concernant la loi de défense de la nation proviennent de nombreuses sources, notamment *The Bulgarian Jews and the Final Solution*, p. 35-46 et p. 24-25 (au sujet de leur lien avec les lois de Nuremberg), et, dans une moindre mesure, *Beyond Hitler's Grasp*, p. 27-40. D'autres éléments de l'arrière-plan proviennent de plus de vingt interviews avec des Juifs vivant encore en Bulgarie, assez âgés pour se rappeler les détails.

Les souvenirs d'Yitzhak Yitzhaki ont été recueillis lors d'entretiens avec Dalia, qu'elle a transcrits pour moi.

La citation de Bajazet II est confirmée par le chercheur turc Elif Shafak, du département d'études du Moyen-Orient, à l'université d'Arizona à Tucson.

L'histoire révolutionnaire bulgare est retracée dans *A Short History of Modern Bulgaria*, de R.J. Crampton. On peut trouver des détails concernant Levski dans un article, « The Bulgarian Policy on the Balkan Countries and National Minorities, 1878-1912 », du chercheur bulgare Vladimir Paounovski. Chary confirme le statut de Levski comme « George Washington bulgare ». Bien qu'il soit le père fondateur de la Bulgarie, la comparaison avec Washington a ses limites : il fut pendu par les Turcs à Sofia plusieurs années avant la libération de la Bulgarie, et ne vécut pas assez longtemps pour voir naître l'État libre qu'il imaginait. On dit que des Juifs de Plovdiv le cachèrent pendant la lutte pour l'indépendance bulgare, au XIXe siècle. Au début des années 1940, on invoqua son nom lors de manifestations contre les lois fascistes qui s'en prenaient aux Juifs ; le régime communiste qui prit le pouvoir après la guerre le considérait comme un « leader du mouvement révolutionnaire bulgare de libération nationale » ; et au début de l'après-guerre, selon Moshe Melamed, Juif bulgare et ancien ambassadeur d'Israël au Mexique, la marque de cigarettes « Levski » était l'une des plus populaires en Bulgarie.

Les témoignages contre la loi de défense de la nation sont tirés de *The Survival.* Les documents additionnels, notamment la déclaration de l'Union des écrivains bulgares, du syndicat des avocats, et la lettre ouverte aux députés de l'Assemblée nationale, sont tirés de *La Fragilité du bien*, p. 59-69.

La citation des autorités nazies de Berlin en octobre 1942 est tirée de *Saving of the Jews in Bulgaria*, chapitre 7, p. 3. Les autres informations sur les pouvoirs de Belev proviennent de *The Bulgarian Jews and the Final Solution*, p. 35-46. L'arrivée de Danecker à Sofia est décrite dans *Beyond Hitler's Grasp*, p. 59 et 63-75. L'accord Dannecker-Belev est publié intégralement dans *The Bulgarian Jews and the Final Solution*, p. 208-210. Les destinations précisées dans le mémorandum du 22 février se trouvent dans *The Survival*, p. 71. Le mémorandum « privé » et « extrêmement confidentiel » se trouve dans *The Survival*, p. 206. La note de Belev à Gabrovski à propos de la nécessité du secret est extraite de *Documents, Central Consistory of the Jews in Bulgaria, 1945*, de N. Greenberg, p. 8-11, et elle est référencée dans « The Fate of the Bulgarian Jews During World War II », d'Emmy Barouh, publié dans *Bulgaria for NATO 2002.*

L'histoire de Liliana Panitza apparaît dans de nombreux récits, notamment *The Bulgarian Jews and the Final Solution*, p. 91, et *Beyond Hitler's Grasp*, p. 77-86. Source originale des deux récits : le témoignage de Buko Levi dans les *Protocols of the People's Court Number 7, V, 1498.* On trouve d'autres références à Panitsa et Levi dans *Bulgaria and Her Jews*, de Vicki Tamir, p. 198. La suggestion que Belev et Panitsa étaient amants m'a été faite lors de plusieurs interviews, et se trouve dans divers récits publiés, en particulier *Beyond Hitler's Grasp.* Bar-Zohar va plus loin que d'autres dans ses conclusions, et certains sont sceptiques : était-elle vraiment aussi dévouée à lui que le suggère Bar-Zohar ? Yohanan, le fils de Buko Levi, m'a cependant dit lors d'un entretien téléphonique que Belev et Panitsa étaient bien amants, et que le témoignage de Buko à Yad Vashem, le musée juif de la Shoah, l'explicite clairement. Quoi qu'il en soit, m'a dit Yohanan Levi, « c'est elle qui nous a sauvés. Je ne peux exprimer la dette et la gratitude que nous avons envers elle ».

L'histoire de l'opticien et du pot-de-vin est rapportée par Bar-Zohar (p. 104), Chary (p. 91) et Tamir (p. 198). La description de Kustendil est fondée sur des observations personnelles, et sur des entretiens avec des habitants de la ville, notamment Vela Dimitrova, Sabat Isakov, et ma collègue de l'école de troisième cycle de journalisme de l'université de Berkeley, Mimi Chakarova, originaire de Kustendil. Les craintes initiales à Kustendil sont racontées de manière vivante dans le mémoire d'Asen Souitchmézov (*La Fragilité du bien*, p. 158-163), et dans des interviews avec Isakov et Violeta Konforty, qui retracent l'histoire du leader macédonien Vladimir Kurtev et la fête chez Belev.

La description des Juifs dans les wagons traversant la Bulgarie en route pour Treblinka provient de nombreux entretiens, notamment avec Yitzhak Yitzhaki. Les souvenirs à ce propos du métropolite Stéphane se trouvent dans *La Fragilité du bien*, p. 152. C'est sa vieille amie Vela Dimitrova qui raconte l'histoire de Mati Braun, des mèches de cheveux et de l'album de photos. On ne sait pas avec certitude combien de Bulgares étaient au courant, en 1943, des atrocités qui se déroulaient dans d'autres pays d'Europe, mais il apparaît clairement – à travers les dizaines d'interviews que j'ai conduites, l'histoire orale de la famille Eshkenazi et les déclarations écrites des dirigeants religieux bulgares – que d'affreuses histoires circulaient en Bulgarie. Mati a survécu à la guerre, mais Vela a appris qu'elle est partie peu après pour Israël. Elle n'est pas revenue chercher son album, et Vela ne l'a jamais revue.

Le récit de la mobilisation des Juifs de Kustendil provient largement de l'ouvrage de Chary, p. 92-93 (en particulier à propos de Yako Barouh), et du témoignage de Violeta Conforty, qui se rappelle l'arrivée de Vladimir Kurtev à Kustendil et ses avertissements à la communauté juive locale.

La description de Souitchmézov et du voyage est tirée d'entretiens avec Dimitrova, Conforty et Isakov. Les souvenirs de Souitchmézov, notamment les appels des Juifs, proviennent d'extraits du mémoire cité plus haut.

Susannah Behar a décrit les événements dans la cour de l'école de Plovdiv, des détails complémentaires venant d'interviews d'autres témoins oculaires juifs de Plovdiv, notamment Berta Levi et Yvette Amavi. De nombreux auteurs retracent la manière dont Cyrille prit la défense de Juifs bulgares, entre autres Chary (p. 138-139) et Bar-Zohar (p. 126-127 et p. 169-170).

L'histoire de la promesse de Cyrille, menaçant de s'allonger sur les rails, provient d'un entretien avec une femme de Plovdiv nommée Beba, qui avait dix ans à l'époque. Susannah, témoin oculaire des événements de l'école depuis le début de la journée, est sceptique à ce sujet, et affirme que son témoignage est plus fiable que celui d'une enfant encore plus jeune qu'elle. « Vous savez comme les enfants inventent des histoires », dit-elle. Bar-Zohar (p. 126) va plus loin que ces deux récits, laissant entendre que Cyrille, avec ses vêtements de cérémonie et sa lourde croix, réussit à escalader la grille, mettant au défi les autorités bulgares : « Essayez donc de m'arrêter ! » Ni Beba, ni Susannah, ni aucun autre témoin oculaire de Plovdiv avec qui j'ai parlé ne se souvient d'une telle scène.

Le souvenir de Susannah à propos du plan d'urgence pour rejoindre les partisans dans les Rhodopes trouve un écho dans l'histoire du Dr Corinna Solomonova, l'amie de la famille de Solia Arroyo Eshkenazi à Plovdiv. « Je n'avais que dix-huit ans, m'a-t-elle dit. Ma famille était merveilleuse. Les partisans me proposaient de gagner les montagnes avec eux et de ne pas aller dans les camps. J'avais écouté leur offre. Je n'avais pas l'intention d'aller dans un camp de concentration. »

Le portrait de Péchev est largement tiré de l'interview avec sa nièce, Kaluda Kiradzhieva, à Kustendil. Des détails supplémentaires proviennent de *The Man Who Stopped Hitler*, biographie de Péchev écrite par Gabriele Nissim. On trouvera d'autres aperçus de Péchev, en particulier de l'importance de ses actes, dans les essais de Todorov (*La Fragilité du bien*, notamment p. 45-49). Péchev étudie lui-même sa philosophie politique dans son mémoire, dont *La Fragilité du bien* présente des extraits, p. 164-217.

Les faits et gestes de Souitchmézov à Sofia sont décrits dans son mémoire (on en trouve des extraits dans *La Fragilité du bien*, p. 161-163). La première rencontre entre Souitchmézov et Péchev est également décrite dans *La Fragilité du bien*, p. 190-191. Péchev rapporte les propos de l'un de ses collègues députés, parlant de « gens abattus, désespérés, implorant de l'aide et impuissants », dans *La Fragilité du bien*, p. 188 ; à la p. 190, il décrit le moment où il prend sa décision, peut-être l'instant le plus important de toute l'histoire du sauvetage des Juifs bulgares. Les moments de tension dans le bâtiment du Parlement sont rapportés dans les mémoires des deux hommes (*La Fragilité du bien*, p. 162-163 et p. 187-189), ainsi que par Chary (p. 94-96) et Bar-Zohar (p. 113-124). Les citations de Péchev et du colonel Tadger proviennent du mémoire de Souitchmézov.

L'instant de la libération des Juifs de la cour d'école a été décrit par Susannah Behar et les autres témoins oculaires susmentionnés. L'annonce tardive, confirmée par les récits publiés, donne une idée de l'état des communications dans la Bulgarie des années 1940, ainsi que, peut-être, de la réticence de certains membres du commissariat aux Affaires juives à exécuter rapidement les ordres de Gabrovski.

La lettre du métropolite Stéphane implorant le roi fait partie de son mémoire, dont *La Fragilité du bien* publie des extraits, p. 153. La lettre de Péchev et de ses collègues députés est publiée intégralement dans *La Fragilité du bien*, p. 97-98. Les plans de déportation sur le Danube se trouvent dans *The Bulgarian Jews and the Final Solution*, p. 143.

À ce jour, le débat fait rage à propos du rôle du roi Boris dans le « sauvetage » des Juifs bulgares. A-t-il stoppé leur déportation vers la Pologne parce qu'il s'inquiétait du sort de ses sujets juifs ? Ou bien, tel le renard, l'allié de Hitler a-t-il senti, après le désastre de Stalingrad, que la fin était proche, et ne s'en est pas pris à la communauté juive de Bulgarie pour éviter d'être accusé de génocide ?

Le fait que les Allemands croyaient que l'ordre de suspendre les déportations était venu du « plus haut niveau » a conduit beaucoup de gens à penser que Boris lui-même l'avait approuvé, mais Chary, qui a probablement passé plus de temps que quiconque à étudier cette question, n'est pas d'accord. « Il est très improbable que Gabrovski ait parlé au roi, m'a-t-il écrit. Le roi ne l'aimait pas, et ne se préoccupait plus, à ce moment-là, de la question de la déportation des Juifs. » Bar-Zohar, pour sa part, affirme catégoriquement que « le roi avait agi à la dernière minute, et la déportation avait été arrêtée » (*Beyond Hitler's Grasp*, p. 128). Il ajoute que Boris changea complètement de politique en mars 1943, et décida essentiellement de défendre les Juifs de Bulgarie. Nombre d'auteurs sont sceptiques sur ce point, notamment Jacky Comforty, qui a produit avec Lisa Comforty le documentaire unanimement salué *The Optimists : The Story of the Rescue of the Bulgarian Jews from the Holocaust*, et Todorov, qui écrit dans *La Fragilité du bien* (p. 27 et p. 31-32) :

> Il est impossible de prendre les paroles du roi [...] pour de l'argent comptant. [...] Sa conduite est guidée par l'intérêt : non le sien propre, bien sûr, mais celui du pays, la Bulgarie, auquel il s'identifie. Ce qui le motive est l'intérêt national, tel qu'il le comprend, non les principes d'humanité. Or un petit pays doit composer avec les grands. Hitler a la puissance, il faut donc accepter certaines de ses demandes.

La citation sur le « savoir idéologique » est tirée de *Saving of the Jews in Bulgaria*, chapitre 10, p. 16.

Une idée sous-tend le titre de Tzvetan Todorov, *La Fragilité du bien :* si un événement s'était déroulé autrement, si une personne n'avait pas agi ou avait agi différemment – même si, en fait, le roi Boris n'avait pas rejoint les puissances de l'Axe, ce qui aurait déclenché une brutale occupation de la Bulgarie par les Allemands –, le sort des Juifs bulgares aurait été tout autre. Je suis d'accord avec lui.

CHAPITRE 4

Ce chapitre repose sur une multitude de documents, de livres, et de récits de première main, notamment de nombreuses interviews avec les familles de Dalia et Bachir ; des entretiens avec de nombreux témoins oculaires des événements de Ramla, Lod et Jérusalem en 1947 et 1948 ; des récits publiés par des figures historiques de l'époque et d'autres témoins oculaires ; des documents originaux des Archives centrales sionistes et des archives du kibboutz Na'an ; et de nombreuses sources secondaires, notamment des ouvrages publiés par des chercheurs israéliens et arabes fondant leurs travaux sur les archives.

C'est Khanom Khairi qui décrit la cérémonie de l'*aqiqa* – elle était présente lors de cet événement. Les détails de la cérémonie ont été corroborés par le chercheur islamique Hatem Bazian, de l'université de Berkeley. Khanom et Nuha Khairi ont évoqué la jeunesse de Bachir au cours d'entretiens conduits respectivement à Berkeley et Amman. « Laisse le sucre réjouir tes dents » est une expression familière dans la culture palestinienne.

Les inquiétudes de Cheikh Moustapha sont rapportées dans le télégramme mensuel du haut-commissaire britannique, publié dans *Political Diaries of the Arab World, 1941-1942*, vol. 6, p. 437-440.

L'examen de la situation des Juifs réfugiés des camps pour personnes déplacées, et le débat sur l'admission par la Grande-Bretagne d'un surcroît de réfugiés en Palestine, se trouvent dans Morris (*Victimes*, p. 203-205) ; Neff (*Fallen Pillars*,

p. 30-34) ; Cohen (*Palestine and the Great Powers*, p. 113-114) et Hirst (p. 238-239). L'histoire de l'*Exodus* est racontée par Hirst (p. 183) et Cohen (p. 254-257).

La politique interne de la communauté juive de Palestine, que l'on appelle le Yichouv, aussitôt après la Seconde Guerre mondiale est décrite dans *Victimes*, p. 194-205 ; *C'était en Palestine au temps des coquelicots*, p. 557-574 ; *Le Mur de fer*, d'Avi Shlaïm, p. 57-58 ; et *Brother Against Brother : Violence and Extremism in Israel Politics from Altalena to the Rabin Assassination*, d'Ehud Sprinzak, p. 38-40. L'explosion de l'hôtel King David est mentionnée dans *The Road to Jerusalem : Glubb Pasha, Palestine and the Jews*, où Morris établit un bilan de quatre-vingts morts ; Segev, dans *C'était en Palestine*, p. 562, parle de « plus de quatre-vingt-dix » morts ; la Jewish Virtual Library (www.jewishvirtuallibrary.org/jsource/History/King_David.html) et Walid Khalidi dans *Avant leur diaspora*, parlent de quatre-vingt-onze morts. On trouvera dans *Palestine and Transjordan Administrative Reports*, vol. 16, p. 496, un aperçu de la vision britannique des capacités militaires juives.

L'estimation des troupes britanniques et la citation qui l'accompagne sont tirées de *Palestine and Transjordan Administrative Reports*, vol. 16, p. 498. La citation sur le « terrorisme systématique » provient du même volume, p. 496.

C'est Tom Segev qui m'a fait remarquer, dans ses commentaires sur une première version de mon manuscrit, les pressions que subissait la Grande-Bretagne à la fin de l'ère coloniale, et la manière dont cela a contribué à son départ de Palestine un an après avoir quitté l'Inde. L'arrivée de la commission d'enquête spéciale des Nations unies sur la Palestine est mentionnée dans *Victimes*, p. 202-205, et par Segev dans *C'était en Palestine*, p. 585-586.

Les inquiétudes des Palestiniens à propos du sort éventuel des Arabes dans un État juif, et leur soutien à la solution de l'État unique, proviennent de plusieurs sources, notamment une interview avec le chercheur palestinien Nassir Arouri. Le morcellement de la société palestinienne en 1947, en particulier à la suite de la rébellion arabe, est examiné dans *L'Identité palestinienne*, de Rashid Khalidi, p. 290-292 ; *Palestine 1948*, de Yoav Gelber, p. 31-33 ; et Ilan Pappe, *Une terre pour deux peuples*, p. 139-140. D'autres éléments montrant la désunion des Arabes palestiniens à la veille de la guerre ont été fournis par Hillel Cohen, auteur de *L'Armée fantôme : la collaboration palestinienne au service du sionisme, 1917-1948* (en hébreu), et par Michael J. Cohen, professeur à l'université Bar-Ilan et auteur de *Palestine and the Great Powers, 1945-1948*. Comme l'écrivent l'ancien officier des services de renseignement israéliens David Kinche et son frère Jon dans leur ouvrage paru en 1960, *Clash of Destinies* (p. 42), « il n'est jamais facile pour les étrangers, et en particulier pour les gouvernements européens et américain, de savoir avec certitude à quelle expression de l'état d'esprit arabe il faut croire : la détermination, exprimée en public, à combattre les aspirations juives en Palestine, ou l'assurance émise en privé qu'une sorte d'arrangement à l'amiable était assez envisageable ».

Source plus récente sur l'absence de lien entre les déclarations des États arabes et leurs intérêts privés : *1948, la guerre de Palestine*, de Rogan et Shlaïm, recueil d'essais écrits par des intellectuels arabes, israéliens et occidentaux. Shlaïm, Israélien, professeur à Oxford, expose aussi en détail la rencontre de novembre entre Abdallah et Golda Meir, représentant l'Agence juive, dans son ouvrage *Le Mur de fer.* Il écrit, p. 61 :

> Abd Allah commença par exposer les grandes lignes de son plan pour couper l'herbe sous le pied du mufti, s'emparer de la partie arabe de la Palestine, et l'annexer à son royaume. Il voulait savoir comment les Juifs réagiraient à une telle initiative. Ils la verraient d'un bon œil, répondit Golda Meir, surtout si Abd Allah ne contrariait pas la création d'un État juif, évitait tout affrontement militaire et donnait l'impression de suivre les instructions des États-Unis.

Jon et David Kimche confirment pour l'essentiel ce récit.

Le texte de la résolution 181 de l'Assemblée générale des Nations unies, plus connue sous le nom de « résolution de la partition », est publié intégralement dans *The Rise of Israel*, une collection de trente-neuf volumes de documents originaux, éditée par Michael J. Cohen. Le rapport soumis par un groupe minoritaire de l'ONU, finalisé le 11 novembre 1947, est publié dans *From Haven to Conquest*, p. 649-695, les dispositions clés se trouvant p. 694-695. La carte de l'État fédéral proposé se trouve p. 204-205 de *Report on Palestine : Report to the General Assembly by the United Nations Special Committee on Palestine*.

La volonté britannique de quitter la Palestine le 15 mai 1948 est confirmée dans *Palestine and Transjordan Administration Reports*, vol. 16, p. 490.

De nombreux récits citant les 44 % de la Palestine historique dédiés à un État arabe calculent que les 56 % restants sont donc destinés à l'État juif. Mais 1,5 % du territoire avaient été mis de côté, représentant la ville de Jérusalem et la zone immédiatement adjacente, notamment Bethléhem, qui passeraient sous contrôle d'une administration internationale démilitarisée, placée sous l'égide de l'ONU (voir *Report on Palestine*, p. 187-191, pour la proposition concernant Jérusalem).

Les pourcentages d'agrumes et de grain ont été calculés par le chercheur de Harvard Walid Khalidi et publiés dans *Avant leur diaspora*, p. 305. Les chiffres concernant la population juive et la propriété des terres sont tirés de *Jewish Land Settlement in Palestine*, de John Chapple, référencé dans *From Haven to Conquest*, p. 843. Les chiffres des populations arabe et juive dans les États proposés sont mentionnés dans *Report on Palestine*, p. 181.

Le vote de l'ONU était en partie le résultat d'un lobbying mené par les sionistes originaires des États-Unis et de Palestine afin de s'assurer le soutien nécessaire. Dans un mémorandum au Foreign Office (*The Rise of Israel*, vol. 37, p. 213), le diplomate britannique Harold Beeley décrit les lobbyistes sionistes « actifs » qui ont persuadé les États-Unis d'« utiliser leur influence auprès des gouvernements qui pour une raison ou une autre dépendaient d'eux et qui, s'ils étaient livrés à eux-mêmes, voteraient contre la partition ou s'abstiendraient », notamment Haïti, les Philippines et le Liberia, qui votèrent tous en faveur de la partition après avoir annoncé leur intention de s'y opposer.

Selon un mémorandum secret du Département d'État américain en date du 15 décembre 1947, Gabriel Dennis, le secrétaire d'État libérien, délégué de son pays à l'ONU, se plaignait d'un « travail agressif de propagande électorale, au cours duquel [...] le ministre libérien à Washington a été mis en garde : si le Liberia ne vote pas aux côtés de la délégation américaine en faveur de la partition, le ministre ne doit plus espérer que le Congrès rende quelque service que ce soit à son pays » (*Rise of Israel*, vol. 37, p. 197). Le représentant des Philippines à l'ONU raconta qu'il avait reçu un radiogramme de son président lui disant de voter en faveur de la partition. Le diplomate trouva l'incident « excessivement déplaisant », en particulier compte tenu de son opposition à la partition, qu'il avait publiquement affirmée (*From Haven to Conquest*, p. 723-726).

Le principal défenseur de la partie arabe fut Sir Muhammad Zafrulla Khan, que décrivait, admiratif, Michael Comay, dirigeant sioniste de premier plan comme « un puissant défenseur [de sa cause], [...] sans aucun doute l'un des délégués les plus capables et les plus impressionnants, tous pays confondus ». Comay, patron du bureau new-yorkais de l'Agence juive, et par la suite ambassadeur d'Israël à l'ONU, écrivit dans une lettre « strictement confidentielle » que Khan « et certains autres porte-parole arabes étaient très gênés par le refus des Arabes de Palestine d'envisager des concessions ou de discuter sur un mode conciliant. C'est peut-être pour cela que nous avons eu beaucoup de problèmes, car de nombreuses délégations ont soutenu le plan de partition très à contrecœur ».

Un facteur crucial permit de faire pencher les parties réticentes du côté de la partition, écrivit Comay : le vote fut retardé à cause du congé de Thanksgiving, et une « avalanche s'abattit sur la Maison-Blanche » (*The Rise of Israel*, vol. 37, p. 185-192). Le président Harry Truman écrivit plus tard dans ses mémoires : « Je ne crois pas avoir été soumis à autant de pressions et de propagande ciblant la Maison-Blanche qu'en cette circonstance » (*Fallen Pillars : U.S. Policy Towards Palestine and Israel Since 1945*, p. 50).

Le rejet du plan par les États arabes est mentionné dans de nombreuses sources, notamment *The Jordan-Israeli War*, de Maan Abou Nowar, p. 8. Walid Khalidi, l'intellectuel palestinien, écrit dans *Avant leur diaspora*, p. 306 :

> Les Palestiniens ne pouvaient comprendre pourquoi ils devraient payer, eux, pour l'Holocauste [...] Ils ne pouvaient comprendre pourquoi il n'aurait pas été juste que les juifs vivent, comme minorité, dans un État palestinien unitaire ; ils ne voyaient pas davantage pourquoi il était juste que la moitié, ou presque, des Palestiniens, majoritaires sur le sol de leurs ancêtres, deviennent une minorité sous une autorité étrangère dans l'État juif tel que le définissait le plan de partage.

Pour les Juifs du monde entier, en revanche, le vote « fut un geste de repentance de la civilisation occidentale à la suite de la Shoah, la création de l'État d'Israël représentant d'une certaine manière le paiement d'une dette de ces nations qui se rendaient compte qu'elles auraient pu faire plus pour prévenir ou au moins limiter l'ampleur de la tragédie juive pendant la Seconde Guerre mondiale » (*Palestine and the Great Powers*, p. 292). La célébration des parents de Dalia à la suite du vote de l'ONU a été décrite par son cousin Yitzhak Yitzhaki. Victor Chemtov, un Juif bulgare qui devint par la suite membre de la Knesset, se souvient d'avoir dansé dans les rues de Haïfa, alors que son parti politique, le Mapam, de gauche, avait affirmé son soutien à un État unique binational.

La proposition de créer un « Commonwealth juif », connue sous le nom de « programme Biltmore », demandait « la création après la guerre d'un État juif en Palestine, qui s'étendrait du Jourdain à la Méditerranée » (*Palestine and the Great Powers*, p. 8). Benny Morris écrit dans *Victimes* (p. 188) que dans le programme Biltmore « la possibilité que l'État soit établi sur une partie seulement de la Palestine [...] était formulée de manière implicite ».

La citation de Ben Gourion à propos de la « base stable » provient de son *War Diary*, vol. I, p. 22, et elle est citée dans *Expulsion of the Palestininans*, p. 176.

Les remarques de Ben Gourion peuvent sembler à certains annonciatrices d'une politique d'expulsions. On pourrait aussi avancer qu'il voulait simplement dire que beaucoup plus de Juifs devraient venir dans le nouvel État afin d'augmenter le pourcentage de la majorité juive ; le dirigeant sioniste se fit en effet le promoteur de l'*aliyah* de millions de Juifs d'Europe, et plus tard du Moyen-Orient après la Seconde Guerre mondiale. Expulsion et *aliyah* ne sont toutefois pas des concepts qui s'excluent mutuellement, et le soutien de Ben Gourion à un « transfert » forcé est peut-être plus clairement compréhensible dans son mémorandum d'octobre 1941, « Outlines of Zionist Policy », où il écrit : « Un transfert total sans le recours à la force – et quelle force faudra-t-il employer – est difficilement concevable » (*Victimes*, p. 189).

Yitzhak Yitzhaki a raconté lors d'une interview les événements des 29 et 30 novembre 1947. Les attaques contre les cars à Ramla et les trois jours de grève sont mentionnés dans *Palestine 1948*, de Yoav Gelber, p. 17 ; dans la chronologie des événements de *Avant leur diaspora*, p. 315, Walid Khalidi mentionne la grève, ainsi que les plans arabes visant à mobiliser des troupes.

La fanfaronnade de l'Égypte parlant d'occuper Tel-Aviv est tirée de *1948, la guerre de Palestine*, p. 156. L'ouvrage souligne les autres promesses antérieures à la guerre, et le spectre d'un embargo pétrolier contre les puissances occidentales (p. 126), auquel s'opposèrent les Saoudiens (*Clash of Destinies*, p. 79-80).

Les frères Kimche décrivent l'arrivée des recrues venues tout droit des camps de personnes déplacées et leur détermination à se battre pour un nouvel État (*Clash*, p. 13-14), et font référence à un « nouveau sionisme, très chargé émotionnellement par la catastrophe » (p. 20), facteur sous-estimé de la guerre à venir. Les plans de bataille de la Haganah, notamment la création de centres de commandement régionaux et de brigades mobiles, trouvent leur synthèse dans le plan Dalet (dénomination en hébreu de la lettre *d*), décrit en détail dans *The Arab-Israeli Wars*, de Chaïm Herzog, p. 32-34. L'historien israélien Uri Milstein, dans son *History of Israel's War of Independence*, en plusieurs volumes, écrit que l'un des objectifs du plan D « était de contrôler les blocs de colonies juives au-delà des frontières. C'était une étape dans l'exécution d'un plan secret, dont la phase finale serait l'inclusion de la totalité d'Eretz Israël [comprenant au minimum l'ensemble de la Palestine historique] dans un État juif » (vol. IV, p. 185). Une partie du plan D affirmait :

> Ces opérations peuvent être menées de la manière suivante : soit en détruisant des villages (en y mettant le feu, en les faisant sauter, et en posant des mines dans les décombres) [...] En cas de résistance, les forces armées doivent être balayées et la population expulsée hors des frontières du nouvel État.

Cela a été publié dans *Le Livre de la Haganah* (en hébreu), de Y. Slutzky (1972), vol. 3, p. 1955-1959, et cité dans « Were They Expelled », article du « nouvel historien » israélien Ilan Pappe, et sur MideastWeb.org, organisation israélienne prônant la coexistence entre Arabes et Juifs (voir www.mideastweb.org/pland.htm).

La citation de Ben Gourion sur les frontières de l'État provient de ses Mémoires. La violence décrite dans le paragraphe commençant par « Au début de l'année 1948 » est dépeinte par Michael J. Cohen dans *Palestine and the Great Powers*, p. 300-310, et Walid Khalidi dans *Avant leur diaspora*, p. 316-318. À la même époque, les dirigeants sionistes continuèrent de se battre sur le front politique à Washington. Chaïm Weizmann rencontra le président Truman dans les jours qui suivirent le vote, alors que le soutien américain à la mise en œuvre du plan de partition semblait faiblir ; les dirigeants sionistes pensaient en fait que Truman s'apprêtait à inverser la politique américaine. Weizmann dit : « Notre peuple a un seul choix, M. le président, entre la création d'un État et l'extermination » (*From Haven to Conquest*, p. 737-743).

L'attaque visant le quartier général de Hassan Salameh a été décrite par l'historien israélien Uri Milstein, dans *History of Israel's War of Independence*, vol. IV, p. 263-264 ; par Spiro Munayyer, habitant arabe de Lydda, dans « The Fall of Lydda », *Journal of Palestine Studies* (été 1998), p. 80-98 ; et par Khanom Khairi. Milstein parle de dix-sept morts, Munayyer, témoin oculaire, de trente morts, et il évoque des « membres humains jusque dans les arbres ». Khanom se souvient d'être allée sur le site le lendemain avec son professeur nationaliste pour manifester sa solidarité avec les soldats de l'ancien mufti, pour la plupart irakiens.

La mort d'Abdelkader al-Husseini, autre principal commandant des troupes de l'ancien mufti en Palestine, fut peut-être la perte la plus douloureuse subie par les Arabes lors des combats, et ce fut un moment décisif de la guerre officielle à venir. La mort du charismatique Husseini, le « leader le plus courageux et le plus agressif » du camp arabe (*Clash of Destinies*, p. 98), sur la colline de Qastal (ou Castel, ou Kastel), est décrite en détail dans le vol. IV de Milstein, p. 306-310.

Le massacre de Deir Yassine, perpétré par l'Irgoun et le gang Stern, est pour les Palestiniens le plus tristement célèbre de tout ce conflit. Michael J. Cohen, dans *Palestine and the Great Powers*, décrit l'« atrocité de Deir Yassine » :

> Le village avait conclu un pacte de non-agression avec la Haganah, et l'avait strictement respecté. La Haganah avait de toute façon l'intention de

s'emparer ultérieurement du village pour empêcher qu'il tombe entre les mains de groupes d'irréguliers. Mais le 9 avril, des hommes de l'IZL-Lehi [Irgoun-gang Stern] attaquèrent le village et réduisirent toute résistance, sans pitié ni discernement. Cela eut pour conséquence le massacre d'environ deux cent quarante-cinq villageois, hommes, femmes et enfants – nombre d'entre eux défilèrent tout d'abord dans les rues de Jérusalem avant d'être ramenés au village et abattus.

Des témoignages faisant état de viols à Deir Yassine sont cités par Morris (*Victimes*, p. 231). Le rapport de l'inspecteur général adjoint Richard Catling, l'officier britannique qui mena l'enquête sur le massacre de Deir Yassine, affirme : « Il n'y a [...] pas de doute que de nombreuses atrocités sexuelles ont été commises par les assaillants juifs. Beaucoup de jeunes écolières ont été violées avant d'être massacrées. Des femmes âgées ont également été molestées. De nombreux nourrissons ont été égorgés et tués. [...] J'ai également vu une femme qui a dit avoir cent quatre ans, elle avait été sévèrement frappée à la tête à coups de crosse de fusil. On avait arraché les bracelets des bras des femmes et les bagues de leurs doigts, et on coupa les lobes des oreilles à certaines femmes afin de leur prendre leurs boucles d'oreilles », *Reports of the Criminal Investigation Division*, Palestine Government, n° 179/110/17/GS, 13, 15, 16 avril 1948, cité par Hirst (*The Gun and the Olive Branch*, p. 250).

De nombreuses sources décrivent comment le massacre poussa beaucoup de Palestiniens à fuir leurs maisons et leurs villages, pensant qu'ils reviendraient dans quelques semaines, ou au pire dans quelques mois. Benny Morris, dans *Victimes*, p. 232, cite les services de renseignement affirmant que Deir Yassine fut « un facteur d'accélération décisif » de la fuite des Arabes. Gelber, dans *Palestine 1948*, p. 116, et Nour Masalha, auteur de *The Expulsion of the Palestinians*, lors d'un entretien avec moi, affirment tous deux que le massacre eut son importance, mais ne fut pas un facteur si déterminant que l'avancent d'autres auteurs. De mon point de vue, après une décennie passée à interviewer des dizaines de réfugiés des camps de l'ONU en Cisjordanie, à Gaza, et au Liban, il est clair que Deir Yassine eut un énorme impact au printemps 1948, créant la panique et provoquant l'exode. De nombreux réfugiés, en particulier ceux de Haïfa et de Galilée qui s'enfuirent vers le nord et le Liban, pensaient qu'ils reviendraient « dans une quinzaine de jours ».

Le débat fait rage depuis des décennies : au-delà de la crainte d'un « autre Deir Yassine », la plupart des sept cent mille Palestiniens qui quittèrent leur maison en 1948 prirent-ils la fuite, ou furent-ils chassés par la force ? Les dirigeants arabes leur dirent-ils de fuir (parfois par le biais d'émissions de radio) ou furent-ils les victimes d'une opération sioniste coordonnée et planifiée à l'avance ? Ces questions sont trop complexes pour que l'on y réponde ici. Mais quelques détails importent : la rumeur déjà ancienne, et persistante, selon laquelle les commandants arabes avaient ordonné aux villageois de s'en aller (par radio et d'autres moyens) a été discréditée par une enquête de grande envergure de Walid Khalidi, publiée dans l'*Arab Journal* de l'été 1968, et corroborée par de nombreuses études ultérieures (voir Morris, *1948 and After*, p. 18). Cas isolés : certains villageois m'ont dit (des dizaines d'années plus tard, dans les camps de réfugiés du Liban) qu'ils avaient été poussés à évacuer temporairement leur maison par des dirigeants locaux, et qu'au moins un dirigeant juif, Shabtai Levy, maire de Haïfa, pria la population arabe de rester sur place. Selon Morris, dans « The Causes and Character for the Arab Exodus from Palestine », une analyse des services de renseignement israéliens attribuait, en juin 1948, 70 % de l'exode au 1er juin aux « opérations » de Tsahal et de milices juives dissidentes telles que l'Irgoun, « et à leur influence ». Seuls 5 % des villages furent évacués, selon cette analyse, à la suite d'un ordre dans ce sens donné aux villageois par des dirigeants arabes (*1948 and After*, p. 84-102).

Le récit d'Yitzhak Yitzhaki de l'attaque du mont Scopus est conforme aux descriptions historiques de cet assaut, dépeint par Milstein dans *History of Israel's War of Independence*, vol. IV, p. 387, et par Morris dans *Victimes*, p. 232 :

> La fusillade se poursuivit pendant plus de six heures. Finalement, les Arabes arrosèrent d'essence les autobus blindés et y mirent le feu. Lorsque les Britanniques se décidèrent à intervenir, plus de soixante-dix Juifs avaient péri. Deir Yassine et la mort d'Abdel Qader avaient été vengés.

L'histoire des relations entre les dirigeants de Lydda et le Dr Lehman, de Ben Shemen, se trouve dans « The Fall of Lydda », de Munayyer (*Journal of Palestine Studies*, p. 85) et a été confirmée par Alon Kadish, coauteur avec Avraham Sela de *La Conquête de Lydda* (en hébreu), lors d'un entretien en juin 2004.

Khanom Khairi m'a parlé des combattants bédouins lors d'une interview, et Reja'e Busailah, originaire de Lydda, les mentionne dans son article, « The Fall of Lydda » (*Arab Studies Quarterly 3*, n° 2, p. 127-128). La promesse d'Abdallah de défendre les vies arabes est mentionnée dans *The Jordan-Israeli War*, p. 56. Les récits de la mauvaise coordination entre forces arabes sont tirés de *Clash of Destinies*, p. 82 :

> Les dirigeants arabes [...] ne se sont pas confié leurs plans respectifs. Il n'y avait aucune coordination entre leurs armées ou leurs commandements. Le comité militaire de la Ligue arabe existait seulement sur le papier, et n'exerçait son autorité sur aucune des armées arabes. Les Égyptiens n'avaient fait part ni à Abdallah, ni aux Syriens, des actions qu'ils envisageaient ; les décisions des commandants arabes en Syrie, en Irak, au Liban et en Transjordanie [...] n'étaient pas transmises au général Glubb [le commandant britannique de la Légion arabe d'Abdallah].

La chute de Jaffa (que les Arabes appellent Yaffa, et les Israéliens Yafo), et l'arrivée des réfugiés à Lydda/al-Ramla sont décrites par Munayyer, p. 87.

J'ai entendu pour la première fois l'histoire de Khaouaja Shlomo en 1998, dans le camp de réfugiés d'Amari, proche de Ramallah, de la bouche d'un Arabe originaire de Na'ani, alors que je travaillais à une tout autre histoire. Six ans plus tard, j'ai pu en obtenir confirmation grâce au Dr Shimon Gat, dont la thèse de doctorat portait sur l'antique Ramla et qui, après avoir passé sa vie dans le kibboutz Na'an, en est devenu l'historien officieux. Le vrai nom du cavalier, m'a dit Gat, était Moshe Ben Avraham, du kibboutz Na'an, et il travaillait pour le service de renseignement de la Haganah. « Il est assez possible qu'il se soit inquiété » du sort des villageois arabes, dit Gat. Mais il conjecturait que, compte tenu du travail de Ben Avraham pour la Haganah, son incursion équestre dans Na'ani en mai 1948 s'inscrivait vraisemblablement dans une opération psychologique visant à pousser les villageois à fuir. Deux des enfants de Ben Avraham, Ruthie et Boaz, ont également confirmé (par téléphone, pendant ma visite à Gat) cette histoire concernant leur père, bien que l'un d'eux ait suggéré qu'il était allé à Na'ani à pied, et que l'autre pense qu'il était peut-être à cheval, mais pas en pyjama. Une opération psychologique similaire, sous forme de campagne de rumeurs, qui se déroula en Galilée au début du mois de mai 1948, est rapportée par Allon lui-même : « J'ai rassemblé tous les *mukhtars* juifs [les dirigeants du kibboutz], qui ont des contacts avec des Arabes dans différents villages, et leur ai demandé de murmurer aux oreilles de ces derniers que d'importants renforts juifs étaient arrivés en Galilée, et allaient brûler tous les villages de la vallée de la Houla. Ils devaient laisser entendre à ces Arabes, qui sont leurs amis, qu'il fallait s'enfuir pendant qu'il en était encore temps. [...] La tactique a entièrement atteint ses objectifs. » (*Ha Sepher Ha Palmach*, vol. 2, p. 286, cité par Hirst, p. 267.)

La scène se déroulant à al-Ramla à la mi-mai et les constantes inquiétudes des Khairi sont rapportées par Khanom, avec une description additionnelle de Firdaous Taji Khairi.

Le 13 mai, Chaïm Weizmann envoya une lettre au président Truman, le félicitant de « [son] inspiration », qui « a rendu possible la création d'un État juif qui, j'en suis convaincu, contribuera fortement à la solution des problèmes juifs dans le monde et qui, j'en suis tout aussi convaincu, est un préalable nécessaire au développement d'une paix durable entre les peuples du Moyen-Orient ».

La déclaration par Ben Gourion, le lendemain, de la création de l'État d'Israël, devant le Conseil national de la communauté juive de Palestine réuni au musée de Tel-Aviv, est rapportée en détail dans *Clash of Destinies*, p. 155. Chaïm Weizmann envoya une lettre au président Truman lui demandant de « reconnaître rapidement le gouvernement provisoire du nouvel État juif » et, le 15 mai, celui-ci accepta. Les deux lettres sont dans *Rise of Israel*, vol. 38, p. 163-165.

Benny Morris (*Victimes*, p. 247-259) donne des détails sur les attaques arabes, au début officiel de la guerre, en mai 1948. Walid Khalidi (*Avant leur diaspora*, p. 312) décrit les opérations de la Haganah antérieures au 15 mai, à Jérusalem et près d'al-Ramla. Le combat entre l'Irgoun et les Arabes à al-Ramla et la défense de la ville par les Arabes entre le 15 et le 19 mai sont décrits par plusieurs sources, notamment Firdaous Taji, à la fois témoin oculaire et participante ; les articles du journal *Haboker* ; et les rapports des services de renseignement militaire israéliens en date du 28 mai et du 19 juin 1948, dans lesquels il est clairement affirmé que les troupes irakiennes de Hassan Salameh faisaient partie des défenseurs de la ville. Selon le rapport daté du 28 mai, les attaques de l'Irgoun étaient menées par des combattants dont les « mitraillettes ne fonctionnaient pas », et dont « le niveau de professionnalisme [était] extrêmement bas, très en dessous de ce qu'exige la réglementation ».

L'article de *Haboker* décrit Ramla comme « le point central de cette campagne, car il se trouve au milieu de la route de Jérusalem, et sa conquête améliorera grandement l'équilibre militaire dans toute la zone ». Benny Morris, dans « Operation Dani and the Palestinian Exodus from Lydda and Ramle [Ramla] in 1948 », *Middle East Journal* 40, n° 1 (hiver 1986), décrit l'objectif stratégique plus large : « [Soulager] de la pression ennemie la ville de Jérusalem et la route qui y mène. »

Les câbles urgents des dirigeants d'al-Ramla, évoquant la possibilité d'un autre massacre de la dimension de celui de Deir Yassine, sont référencés par Morris dans *The Road to Jerusalem*, p. 173, à partir du rapport d'une brigade mobile (Alexandroni) de Tsahal. Les appels au roi Abdallah sont cités à la p. 108 du mémoire de Glubb, *A Soldier with the Arabs*. L'avertissement d'Abdallah à Glubb (« tout désastre subi ») est cité par Maan Abu Nowar dans *The Jordan-Israeli War, 1948-1951*, p. 93. La citation de Radio Jérusalem provient du récit de Busailah (*Arab Studies Quarterly*, p. 129). Glubb décrit l'état initial de ses forces à Jérusalem dans *A Soldier with the Arabs*, p. 114, et l'attaque, p. 115, où il cite également « un écrivain juif » décrivant le siège de Jérusalem vu par un Juif.

David Ben Gourion dépeint ainsi la guerre israélo-arabe de 1948 : « Sept cent mille Juifs dressés contre vingt-sept millions d'Arabes – à un contre quarante. » (*War Diaries*, p. 524, cité par Flapan dans *The Birth of Israel : Myths and Realities*.) Chaïm Weizmann, dans une lettre au président Truman, dit que les Israéliens luttaient « à vingt contre un ». Le commandant israélien – et futur président – Chaïm Herzog décrit ainsi le conflit dans *Arab-Israeli Wars* : « Une population juive d'environ six cent cinquante mille s'alignait contre une population arabe palestinienne d'environ un million cent mille, soutenue par sept armées arabes de l'autre côté des frontières » (p. 11). Les comparaisons de ce type étaient souvent fondées sur l'intégralité de la population arabe et les forces de toutes les armées des États arabes qui entrèrent en Palestine/Israël en mai 1948, mais ne reflètent pas les forces arabes réellement engagées dans les combats de 1948. Dans *Clash of Destinies*, les frères Kimche estiment que le nombre total de soldats des armées d'invasion arabes était de vingt-quatre mille, comparé aux trente-cinq mille combattants de la Haganah, les armées arabes ayant dans un premier temps « une puissance de feu plus importante ». Dans *1948 and After*, p. 14-15, Benny Morris ajoute :

> La carte de l'atlas montrant Israël minuscule, entouré d'un gigantesque océan arabe, ne reflétait pas et en fait, à cet instant, ne reflète toujours pas exactement l'équilibre réel des puissances militaires dans la région. [...] L'organisation, le commandement et le contrôle juifs [...] étaient clairement supérieurs à ceux des armées égyptienne, syrienne, irakienne et libanaise, qui manquaient de coordination.

Les officiels américains de l'époque ne considéraient pas non plus les forces arabes comme le mastodonte décrit par Ben Gourion, Weizmann et Herzog. Le 12 mai, trois jours avant le début officiel de la guerre, le secrétaire d'État, George

Marshall, reçut un télégramme de l'ambassade américaine à Londres (*Rise of Israel*, vol. 38, p. 155) :

> Pour différentes raisons, le mufti et les gouvernements arabes ne montrent aucun signe de vouloir endosser des rôles significatifs dans les prochaines semaines, bien que l'Irak et l'Égypte puissent organiser le tir de quelques balles symboliques afin de pouvoir dire qu'ils ont agi ; [...] si Abdallah devait attaquer les Juifs, il se contenterait de raids symboliques.

Glubb, dans *Soldier with the Arabs*, p. 96-97, décrit l'intention de la Légion arabe de seulement « occuper la zone centrale de la Palestine, la plus vaste, attribuée aux Arabes par la partition de 1947 ». Certains dirigeants juifs avaient le sentiment qu'Abdallah n'avait pas tenu son engagement non écrit, comme le rapportent Shlaïm dans *Le Mur de fer*, p. 63, et Herzog dans *The Arab-Israeli Wars*, p. 47. L'attaque contre le bloc d'Etzion est décrite par les frères Kimche dans *Clash of Destinies*, p. 140, et par Morris dans *Victimes*, p. 237 :

> Des villageois s'engouffrèrent alors dans la brèche aux cris de « Deir Yassine, Deir Yassine ». Les défenseurs encore en vie déposèrent leurs armes et avancèrent, les mains en l'air, jusqu'au centre de l'enceinte. Là, à en croire un des rares survivants, ils furent fauchés par les villageois (et peut-être par certains légionnaires également). Au total, cent vingt défenseurs environ, dont vingt et une femmes, moururent ce jour-là. Sur les quatre survivants, trois furent sauvés par des Arabes.

Les ramifications de l'incursion de la Légion arabe dans Jérusalem, qui fut en fin de compte bien plus que « symbolique », sont examinées par Shlaïm dans *Le Mur de fer*, p. 68, et Morris dans *Victimes*, p. 248-249. Morris (p. 249) remarque que Jérusalem « avait été désignée par le plan de partage comme une zone internationale et ne faisait donc pas partie de l'accord tacite de non-agression conclu entre Golda Meir et Abdallah ».

Les frères Kimche décrivent la situation critique des résidents juifs de Jérusalem pendant l'attaque arabe (*Clash of Destinies*, p. 186). Les attaques israéliennes contre les quartiers arabes de Jérusalem sont dépeintes par Walid Khalidi dans *Avant leur diaspora*, p. 340. D'autres récits de la vie des Arabes à Jérusalem proviennent du mémoire de Ghada Karmi, *In Search of Fatima*, p. 79-128, et de mes interviews de 1998 de Hala et Dumia Sakakini, filles de Khalil Sakakini, éminent habitant arabe de Jérusalem.

La réticence initiale de Glubb à entrer dans Jérusalem est examinée dans *The Jordan-Israeli War*, p. 93 ; son inquiétude à l'idée que des renforts envoyés à Jérusalem affaibliraient en d'autres points les lignes de la Légion arabe se trouve dans *A Soldier with the Arabs*, p. 113.

Les chants patriotiques sont décrits par Reja'e Busailah dans *Arab Studies Quarterly*, p. 129.

La défaite des forces de l'Irgoun, le 19 mai, est relatée dans le rapport des services de renseignement israéliens mentionné ci-dessus, qui affirmait également : « Les commandants donnent l'impression qu'ils ne savent pas comment organiser des troupes aussi nombreuses, contre une cible aussi sérieuse et compliquée que Ramla. Ils manquent d'entraînement et de connaissances spécifiques de la tactique militaire. »

Les forces de l'Irgoun passèrent quelques jours plus tard sous le commandement de la Haganah, et furent intégrées à Tsahal.

Khanom Khairi a raconté la décision d'Ahmed d'envoyer la famille à Ramallah, et le voyage qu'entreprirent les enfants.

La mort de Hassan Salameh et la tristesse qu'elle provoqua ont été évoquées par Firdaous Taji lors d'une interview, et par Munayyer dans son article « Fall of Lydda », p. 88-90.

Les manœuvres précédant la trêve de juin, l'arrivée du comte Bernadotte à Amman, et la réticence de Glubb à envoyer une force qui ne soit pas symbolique à al-Ramla et Lydda sont décrites par Glubb dans *A Soldier with the Arabs*, p. 141-143. La Légion arabe, considérée comme la plus professionnelle des forces arabes en Palestine, était aussi l'une des moins nombreuses, avec ses quatre mille cinq cents hommes (*Clash of Destinies*, p. 161-162).

La décision de ne pas attaquer Ben Shemen est décrite par Glubb (*A Soldier with the Arabs*, p. 142), et par Bromage, dans une lettre à Maan Abu Nowar (*The Jordan-Israeli War*, p. 147-148).

La période de trêve et l'embargo sur les armes sont décrits dans *A Soldier with the Arabs*, p. 142-153 ; *The Road to Jerusalem*, p. 171-172 ; *The Jordan-Israeli War*, p. 195-200 ; et *From the Wings*, p. 34, les Mémoires de la vie à Amman du représentant britannique, Sir Alec Kirkbride, qui cite Abdallah se plaignant de ces amis « que l'on [ne] souhaite [pas] avoir ». D'autres facteurs peuvent avoir contribué à la pénurie d'armes et de munitions à laquelle dut faire face la Transjordanie après la trêve : Glubb (p. 166) mentionne également la saisie par les Égyptiens d'une cargaison de munitions destinée à la Transjordanie. On ne sait pas avec certitude comment cette affirmation de Glubb cadre avec les preuves des pressions britanniques sur Abdallah afin que celui-ci respecte l'embargo. (Voir Gelber, *Palestine*, p. 160.)

Le naufrage provoqué de l'*Altalena* est rapporté dans *Brother Against Brother*, p. 17-32. La capacité d'Israël à violer l'embargo est décrite dans *Clash of Destinies*, p. 204-205. Parmi les armes : des chasseurs Messerschmitt, des mitraillettes Beza de fabrication tchèque, et des millions de munitions, qui faisaient l'objet d'« un service de navette d'armes et d'avions vers Israël » à partir de « la base principale de la Haganah en Europe ».

Glubb expose la position d'Abdallah vis-à-vis de la guerre, de la Ligue arabe, et de la fin de la trêve, p. 151-152 ; voir aussi *The Road to Jerusalem*, p. 175. La citation « N'ouvrez le feu que si les Juifs tirent les premiers » est tirée de *A Soldier with the Arabs*, p. 150.

Israël Gefen avait quatre-vingt-deux ans lorsque je l'ai interviewé, et il se souvenait précisément de nombreux détails. Ceux qui concernent les armes sont conformes au matériel obtenu par Israël dans les cargaisons d'armes tchèques mentionnées plus haut ; les détails additionnels ont été corroborés par Alon

Kadish, coauteur de *The Conquest of Lydda*. Gefen et Kadish ont confirmé la fréquence de tir des mitrailleuses.

Kadish m'a également fourni le prénom du Dr Ziegfried Lehman, alors que le récit par Spiro Munayyer de l'histoire de Ben Shemen ne donnait que son nom de famille (« Fall of Lydda », p. 85). Point intéressant, les frères Kimche notent (*Clash of Destinies*, p. 74) que Ben Shemen n'était pas seulement une colonie pacifique avant que la guerre éclate ; elle servait aussi à la Haganah de camp d'entraînement.

La stratégie « de mobilité et de feu » employée par Dayan m'a été décrite par Alon Kadish : selon lui, c'est un commandant de chars américain qui avait parlé à Dayan, pendant un voyage de ce dernier aux États-Unis, de cette stratégie d'utilisation d'une force écrasante. Cette stratégie et le récit du voyage de Dayan aux États-Unis ont été confirmés au cours d'une interview avec Yohanan Peltz, qui seconda Dayan pendant une partie de l'année 1948.

Les reportages journalistiques sur l'attaque contre Lydda corroborent, et dans certains cas développent la description de Gefen ; les détails se trouvent dans les éditions des 11 et 12 juillet 1948 du *New York Herald Tribune*, du *Chicago Sun Times*, et du *New York Times*. Les détails additionnels se trouvent dans *Palestine 1948*, de Yoav Gelber, p. 159, et dans l'article de Benny Morris publié en 1986 dans le *Middle East Journal*, « Operation Dani and the Palestinian Exodus from Lydda and Ramla in 1948 », p. 82-109, et dans *1948 and After*, p. 1-4. L'attaque s'inscrivait dans l'opération Dani, dont Kadish décrivit l'un des aspects comme « un mouvement de tenailles » assaillant Ramla et Lydda (notamment l'aéroport) de deux côtés, les coupant des positions de la Légion arabe à l'est. La direction du convoi de Dayan a été décrite par Kadish lors de l'interview de 2004, et dans *Clash of Destinies*, p. 227-228.

Le matin suivant, 12 juillet, un incident se produisit, qui contribua à déterminer les événements des quarante-huit heures qui suivirent. Des unités de l'armée israélienne étaient entrées dans Lydda à la suite du 89e bataillon de Dayan (conversation avec Kadish, 2004). La plus grande partie de la population civile de Ramla et Lydda resta sur place, et les tirs cessèrent dans les deux villes. Juste avant midi, trois véhicules blindés de la Légion arabe apparurent le long de la frontière entre Ben Shemen et Lydda (*A Soldier with the Arabs*, p. 161-162). Ils étaient apparemment en mission de reconnaissance. Mais les Israéliens, et les Arabes de Lydda, pensèrent que c'était l'avant-garde d'une contre-attaque. Les combattants de Lydda commencèrent à canarder depuis les bâtiments (*1948 and After*, p. 1). Un témoin oculaire que j'ai interviewé se souvient d'un habitant de Lydda lançant une grenade à main, qui selon lui tua plusieurs soldats israéliens. Tout le monde pensa que c'était le début d'un soulèvement, mais il ne dura pas longtemps. « Il devint bientôt évident que les véhicules blindés n'avaient pas de soutien », écrivit Glubb dans *Soldier with the Arabs*, p. 161. Les véhicules et les soldats furent « obligés de se retirer ».

Les troupes israéliennes ouvrirent le feu. Des témoins oculaires que j'ai interviewés, qui affirment s'être trouvés à ce moment-là dans une mosquée, se rappellent les rafales de mitrailleuse tirées à tort et à travers (entretien avec Abou

Mohammed Saleh Tartir, réfugié du camp d'Amari, décembre 2003). Lorsque cessa la fusillade, il y avait environ deux cent cinquante morts, notamment beaucoup d'hommes désarmés dans la mosquée Dahmash. Quatre morts et environ vingt blessés étaient israéliens. Morris, dans *1948 and After*, p. 1, qualifie de « carnage » ce qui s'est passé à Lydda ; Gelber, l'historien israélien, parle lui de « massacre », « probablement le plus sanglant de toute la guerre » (*Palestine 1948*, p. 162) ; de nombreuses sources palestiniennes le qualifient également de « massacre » et mettent l'accent sur les morts de la mosquée, peut-être plus de quatre-vingts.

Selon Firdaous Taji, la nouvelle du carnage à Lydda parvint rapidement à al-Ramla, provoquant des discussions sur la reddition ou la fuite.

Les activités du Dr Rasem Khairi sont décrites par Firdaous Taji, ainsi que les bombardements aériens de Ramla, les 9 et 10 juillet, corroborés par Morris dans son examen des archives militaires (« Operation Dani », *Middle East Journal*, p. 86). Un communiqué mentionnait la « grande utilité d'une poursuite des bombardements » car ils étaient, selon Morris, « conçus pour provoquer la panique et la fuite des civils » que Gefen, lorsque je l'ai interviewé en juin 2004, confirme avoir observées depuis son convoi : « Peu après, sur tous les sentiers menant vers l'est, [...] des gens marchaient, enfants, femmes, personnes chargées de ballots. »

Firdaous Taji, dans une interview, a évoqué les tracts largués par les avions israéliens, ce que confirment Busailah dans *Arab Studies Quarterly*, p. 133, et Morris dans le *Middle East Journal*, p. 76.

Les conditions de vie à al-Ramla et Lydda ont été décrites par Firdaous Taji, et lors d'entretiens avec des habitants arabes, présents et passés, de Lydda, notamment Adla Salim Rehan, au camp de réfugiés d'Amari (Ramallah), et Mohammed Saleh Tartir, membre de la Société de Lydda à Amari. Khanom Khairi a retracé le voyage urgent de Cheikh Moustapha en Transjordanie pour se procurer des munitions.

L'état des défenseurs d'al-Ramla est décrit par Taji et Reja'e Busailah (*Arab Studies Quarterly*, p. 127-135). Abordant plus largement le thème des Arabes palestiniens en 1948, les frères Kimche affirmèrent :

> Les Arabes locaux, qui avaient une notion très floue de la force des Juifs, en savaient encore moins sur leurs propres forces. [...] Personne n'avait dit aux Arabes palestiniens dans leurs villages – avant qu'il soit trop tard – que les pays arabes ne tenaient pas toutes leurs promesses, et que beaucoup d'armes qu'ils avaient envoyées étaient vieilles, décrépites et inutilisables. (*Clash of Destinies*, p. 81-82.)

Le souhait de Cheikh Moustapha de dissuader les habitants d'al-Ramla de fuir est décrit par Firdaous Khairi, qui se rappelle une série de réunions dans l'élégant patio de son futur beau-père. Taji et Busailah décrivent le chaos des gens allant et venant entre al-Ramla et Lydda. Busailah mentionne également les télégrammes urgents et les promesses de « flots d'or », ainsi que les pourparlers précédant la reddition et le départ des Bédouins. Glubb évoque le départ de la Légion arabe dans *Soldier with the Arabs*, tout comme Abou Nowar dans *The Jordan-Israeli War*, p. 206.

C'est également Khanom Khairi qui raconte comment Cheikh Moustapha envoya son fils au kibboutz Na'an. Alon Kadish m'a dit que, selon lui, certains notables de la ville essayaient en fait de fuir lorsqu'ils furent interceptés par les troupes israéliennes et emmenés au kibboutz pour y signer la reddition. Les termes et la signature de cette reddition sont extraits d'une copie du document original en hébreu, traduit par le journaliste israélien Ian Dietz. Les copies de l'acte de reddition ont été fournies par Yonatan Tubali, administrateur communal de Ramla, et par Hava Enoch, archiviste du kibboutz Na'an.

La citation de Galili B relative aux ordres de Ben Gourion d'« évacuer Ramla » provient d'une note qu'il a écrite, déposée dans les archives de Na'an. Kadish, dont le livre a été publié par Tsahal, confirme que la population de Lydda et Ramla fut expulsée. David Kimche, ancien agent de renseignement israélien et coauteur de *Clash of Destinies*, écrit que « Lydda est tombé le 11 juillet, et ses trente mille habitants arabes ont pris la fuite ou ont été menés comme un troupeau sur la route de Ramallah. Le lendemain, Ramla s'est rendu à son tour, et sa population arabe a connu le même sort. Les deux villes ont été mises à sac par les vainqueurs israéliens ». L'historien israélien Yoav Gelber écrit dans *Palestine 1948* que « Yigal Allon [commandant du Palmach, l'armée israélienne] avait ordonné que tous les hommes en âge de porter les armes soient traités comme des prisonniers de guerre, et que le reste soit déporté de l'autre côté des lignes ». Morris, dans *1948 and After*, p. 2, et « Operation Dani » (*Arab Studies Quarterly*, p. 91), cite des communiqués militaires israéliens émis par le quartier général, notamment l'ordre de Rabin. Morris écrit qu'un ordre similaire fut donné peu après. Pour un examen détaillé des expulsions d'al-Ramla et Lydda en juillet 1948, incluant de nombreuses citations des archives israéliennes, militaires et civiles, voir Morris, *The Birth of the Palestinian Refugee Problem Revisited*, p. 423-436.

Les souvenirs de Firdaous Taji concernant les soldats qui criaient « Partez chez Abdallah » sont confirmés par une douzaine d'interviews que j'ai menées avec des Arabes habitant en 1948 al-Ramla et Lydda, dont bon nombre vivent aujourd'hui dans le camp de réfugiés Amari, à Ramallah. Reja'e Busailah en fait également état dans son article d'*Arab Quarterly Studies*, p. 140.

L'arrivée de Shitrit dans la zone d'al-Ramla/Lydda est mentionnée par Tom Segev dans *Les Premiers Israéliens*, p. 46 ; par Morris, dans son article du *Middle East Journal*, p. 92-93 ; et par Gelber dans *Palestine 1948*, p. 161.

Rabin rapporte dans ses Mémoires la réunion avec Ben Gourion. Bien que cette partie ait été censurée dans la version en hébreu, le traducteur, Peretz Kidron, publia par la suite les Mémoires en anglais, et divulgua la citation au *New York Times* (voir le *New York Times* du 23 octobre 1979). Dans *Palestine 1948*, p. 162, Gelber conteste l'interprétation de Rabin, affirmant que « Ben Gourion n'avait pas pour habitude de donner ses ordres "en agitant la main", mais les formulait clairement et les exprimait oralement ou par écrit. [...] Peut-être Ben Gourion agita-t-il la main pour chasser une mouche ».

La stratégie d'Yigal Allon, utilisant les populations expulsées de Ramla et Lydda pour bloquer les routes et empêcher la Légion arabe de reprendre les villes est exposée dans *Palmach* 67 (juillet 1948), p. 7-8 (en hébreu ; la référence m'a été donnée par Alon Kadish, coauteur de *The Conquest of Lydda*).

Les citations des journaux, de Currivan et d'autres, sont extraites des éditions des 12 et 13 juillet 1948 du *New York Herald Tribune* et du *New York Times*. L'histoire des hommes qui montèrent à bord des cars provient d'un entretien à Ramla avec Michail Fanous, qui la tenait de son père, et de Mohammed Taji, également d'al-Ramla.

La chaleur de la mi-juillet 1948 dans la plaine centrale d'Israël/Palestine est mentionnée par Glubb dans *A Soldier with the Arabs*, p. 162, et par Busailah dans son article d'*Arab Studies Quarterly*, p. 142. La preuve que des milliers de personnes avaient déjà quitté al-Ramla et Lydda le 14 juillet découle de nombreux entretiens avec des témoins oculaires, notamment Mohammed Taji, Firdaous Taji, Abou Mohammed Saleh Tartir, dans le camp de réfugiés d'Amara ; d'interviews datant de 1998 avec le révérend Audeh Rantisi ; et de Busailah, p. 140.

La description des objets que les Khairi et les autres habitants d'al-Ramla laissèrent derrière eux provient de nombreuses interviews avec des membres de la famille et d'autres habitants, passés et présents, d'al-Ramla et de Lydda, et d'années d'observations des Palestiniens en Cisjordanie, au Liban, à Gaza et en Jordanie.

De nombreuses interviews que j'ai menées au fil des années, notamment avec le défunt révérend Audeh Rantisi, de Lydda, décrivent la confiscation des bagues et autres bijoux en or par des soldats israéliens aux abords des villes. Morris, dans son article du *Middle East Journal*, p. 97-98, rapporte que « en général, les réfugiés étaient expulsés sans encombre » mais ajoute qu'en juillet 1948, le ministre israélien Aharon Cohen prétendit que les troupes israéliennes « des points de contrôle à la sortie de Lydda avaient "reçu l'ordre" de "prendre aux Arabes expulsés leurs montres, leurs bijoux et leur argent [...] afin qu'ils arrivent démunis de tout et soient un fardeau pour la Légion arabe" ». On ne connaît pas avec précision l'ampleur de tels agissements, mais ce fait est attesté par des interviews et d'autres récits écrits.

C'est Firdaous Taji qui a raconté la fuite des familles Taji et Khairi et le paysage traversé. Son récit est confirmé par de nombreuses autres interviews, notamment avec Mohammed Taji, Abou Mohammed Saleh Tartir, et Rantisi. Busailah en donne un récit similaire, p. 141.

La référence au « chemin des ânes » provient d'un entretien avec Khamis Salem Habache, d'al-Ramla : les détails de son propre voyage pendant cette période recoupent ceux que donne Firdaous Taji. La description des cactus et des épines du Christ près d'al-Ramla à cette époque est tirée de différentes sources, notamment de l'architecte paysagiste israélien Ya'cov Golan. La distance réelle parcourue par le groupe n'est pas claire, même s'il est certain que les habitants d'al-Ramla marchèrent moins que Busailah et les autres habitants de Lydda.

Le nombre de trente mille réfugiés et la nature du terrain qu'ils traversèrent proviennent d'estimations de Glubb (*A Soldier with the Arabs*, p. 162) et de l'entrée du 15 juillet 1948 du journal de Ben Gourion (cité par Segev, *Les Premiers Israéliens*, p. 46). Morris (*Middle East Journal*, p. 83) et Kadish (interview avec moi, juin 2004) estiment qu'entre cinquante et soixante mille Arabes vivaient à Lydda et al-Ramla en juillet 1948, en incluant les réfugiés venus de Jaffa et des villages avoisinants. (« Peut-être trente-quatre mille [à al-Ramla et Lydda] sans compter les réfugiés, m'a dit Kadish. On parle donc de cinquante-cinq à soixante mille personnes. ») Après la guerre, les nombres fournis par les Israéliens concernant la population arabe des deux villes étaient inférieurs à cinq mille ; il semble donc que le nombre de trente mille donné par Ben Gourion et Glubb soit raisonnable, sinon modeste.

La citation de Ben Gourion (« Ils réclament du pain ») est tirée de *Les Premiers Israéliens*, p. 46-47.

Le passé chrétien de Ramallah ressort de nombreux documents et interviews, avec notamment Nicola Akkel, à Ramallah, et l'universitaire palestinien Nassir Arouri, à Boston.

La présence de dizaines de milliers de réfugiés à Ramallah à la mi-juillet est attestée par des câbles du gouvernement américain, dont l'un est daté du 12 août 1948, envoyé au Département d'État à Washington par le consulat américain de Jérusalem. Le fait que les réfugiés pensaient déjà au retour est confirmé par des dizaines d'entretiens avec des réfugiés dans des camps de Cisjordanie et ailleurs, notamment à Ramallah. Morris, dans son article du *Middle East Journal*, p. 98, inclut le récit de Shmarya Guttman, officier du Palmach habitant le kibboutz Na'an, qui décrit ainsi la marche des réfugiés :

> Une multitude d'habitants marchaient l'un derrière l'autre. [...] Nous essayâmes de leur faciliter la tâche autant que c'était possible. De temps à autre, nous croisions le regard perçant de l'un des jeunes marchant dans le flot de la colonne, et ce regard disait : « Nous ne nous sommes pas encore rendus. Nous reviendrons et vous combattrons. »

CHAPITRE 5

Ce chapitre repose principalement sur deux types de sources : les documents originaux des archives, et les entretiens avec des immigrants juifs bulgares en Israël en 1948, et ceux qui vivent encore en Bulgarie et se souviennent des préparatifs du voyage. J'ai interviewé pour ce chapitre plus de cinquante personnes, et examiné des documents dans les archives de l'American Jewish Joint Distribution Committee (JDC), dans le Queens, à New York ; à la Bibliothèque nationale bulgare et à la section juive des Archives nationales bulgares, toutes deux à Sofia ; et dans les Archives centrales sionistes et les archives du JDC, à Jérusalem.

La description de la gare provient d'entretiens en Bulgarie avec Virginia Eshkenazi, la veuve de Jacques, le frère de Moshe ; de plusieurs entretiens en Israël avec des Juifs bulgares, notamment Moshe Melamed qui, à douze ans, se trouvait dans la gare le jour où commença le voyage décrit plus haut, et a une mémoire photographique ; et de Moshe Mossek, autre Juif bulgare qui se rendit en Israël vers la même époque, en 1948 ; il a lu ce chapitre et contrôlé l'exactitude de la description du processus d'émigration.

La description de Solia et Moshe provient de vieilles photos de famille et de Dalia, qui m'a assuré que sa mère portait toujours un chapeau dans de telles occasions ; que les cheveux de Solia étaient « certainement » dénoués sur ses épaules, et jamais attachés en arrière ; et que c'était sans aucun doute son père qui tenait les papiers d'identité de la famille. Les parents de Dalia lui ont parlé du panier d'osier dans lequel ils la gardaient, et du fait qu'elle dormit pendant presque tout le voyage.

Dalia s'appelait, soit dit en passant, Daizy à la naissance, et ne changea de nom qu'à l'âge de onze ans. En Bulgarie, son père était connu sous le nom de Mois et sa mère sous celui de Solia (et parfois sous son diminutif, Solche).

L'histoire de la rencontre de Moshe et Solia, notamment les prédictions audacieuses de Moshe concernant leur mariage, provient de l'histoire orale de la famille Eshkenazi, telle que ses parents l'ont racontée à Dalia.

La description des files d'attente et des documents d'émigration est extrapolée à partir de *The Jews in Bulgaria*, de Boyka Vassileva, résumé et traduit en grande partie du bulgare par la journaliste Polia Alexandrova. Ces descriptions ont été confirmées par Moshe Mossek. Le nombre de 3 694 Juifs bulgares provient du manifeste de 74 pages du *Pan York*, le navire sur lequel embarquèrent les Eshkenazi et les autres Juifs bulgares, manifeste qui se trouve au département des recherches familiales des Archives centrales sionistes.

L'histoire unique en Europe des Juifs bulgares est fondée sur les mêmes sources que le chapitre 3.

La date du voyage du *Pan York* est confirmée dans la « General Letter n° 1102 » de Fred Baker, du bureau du JDC à Sofia, destinée au quartier général à Paris, qui se trouve dans les archives du JDC ; elle est corroborée par Melamed.

La mort de Boris en 1943 (le 28 août, à 16 h 22) est décrite par Stephane Groueff dans *Crown of Thorns*, p. 372. Groueff et d'autres auteurs affirment qu'elle fut « mystérieuse » : Boris mourut d'une crise cardiaque, deux semaines seulement après une rencontre houleuse avec Hitler, et cet enchaînement de circonstances déclencha des spéculations sur un possible empoisonnement de Boris. Frederick Chary, auteur de *The Bulgarian Jews and the Final Solution*, est pourtant sceptique. « Après son retour du quartier général du Führer, fait-il remarquer, le roi prit une semaine de vacances à Cham Koria, son lieu de villégiature dans le massif du Rila ; il escalada un jour le Mousala, point culminant des Balkans » (p. 159).

Les débuts de l'histoire du sionisme en Bulgarie sont tirés de l'article de Vladimir Paounovski dans *Études balkaniques*, n° 1-2, 1997, intitulé « L'Organisation sioniste mondiale et les sionistes de Bulgarie, à la lumière de documents récemment découverts ». Paounovski, qui est également directeur du Musée juif de Sofia, commente la découverte de neuf lettres et deux télégrammes rédigés en allemand, qui étudient les relations entre les sionistes bulgares et leurs homologues de l'Organisation sioniste mondiale. La citation de Herzl relative à son voyage par l'Orient-Express est tirée de son journal, en date du 17 juin 1896, et se trouve dans son *Journal* (Calmann-Levy, Paris, 1990), p. 94. La citation mentionnant les « jambes arquées » est tirée de *L'État juif.*

On a souvent dit que Herzl est devenu sioniste à cause du procès Dreyfus. Herzl écrivit que sa foi dans la nécessité d'une patrie réservée aux Juifs venait de son expérience à Paris, en tant que correspondant du journal viennois *Neue Freie Presse*, pour lequel il couvrit l'affaire Dreyfus (Lowenthal, *Diaries*, p. xviii). Shlomo Avineri, dans son *Histoire de la pensée sioniste*, écrit que « Herzl interpréta correctement l'affaire Dreyfus comme l'expression dramatique d'un malaise bien plus profond » (p. 133).

Lowenthal écrit pourtant dans son introduction au journal de Herzl que le témoignage journalistique de ce dernier sur l'affaire Dreyfus diffère de ses souvenirs ultérieurs (p. xviii-xix). D'autres chroniqueurs de la vie de Herzl, notamment Lenni Brenner, dans *Zionism in the Age of Dictators*, pensent qu'il fit une mauvaise interprétation de l'affaire Dreyfus, car le capitaine « reçut un large soutien de la part de non-Juifs », notamment « des rois », le « mouvement socialiste », et « les intellectuels français ». Facteur additionnel de la montée du sionisme politique : les pogroms en Russie – en particulier, comme le note Morris (*Victimes*, p. 28-29 et p. 39), ceux de 1891-1892 et 1903-1906.

Les citations de Herzl sur « l'arche sainte » et le « comportement mesuré » proviennent de son journal, à l'entrée du 30 juin 1896 (*Diaries*, p. 170-171).

Les journaux sionistes d'avant-guerre se trouvent à la Bibliothèque nationale bulgare. Le fait que les Arabes « n'étaient jamais mentionnés dans leurs colonnes » est corroboré par l'archiviste juif bulgare David Koen, de Sofia, qui s'est également rappelé la citation relative à « la terre sans peuple ».

La fermeture des journaux sionistes est relatée par Vicki Tamir (*Bulgaria and Her Jews*, p. 170-172). La preuve du regroupement des journaux sionistes se trouve dans des documents du bureau du Consistoire juif, situés dans les Archives nationales bulgares. La plus grande partie de ce matériel provient du dossier 622-1 et comprend de nombreux documents décrivant une tentative de rétablir le mode de vie juif, les écoles juives, et de réassimiler les Juifs dans la société bulgare. La documentation additionnelle provient de *The Jews in Bulgaria*, de Boyka Vassileva.

La dévastation du paysage bulgare est décrite par Crampton dans *A Short History of Modern Bulgaria*, p. 128-129 ; Tamir dans *Bulgaria and Her Jews*, p. 216 ; et Chary dans *The Bulgarian Jews and the Final Solution*, p. 169. Les mauvaises récoltes, la faim et l'inflation sont évoquées par Yehuda Bauer dans *Out of the Ashes*, p. 276-280.

L'arrivée de Ben Gourion en Bulgarie en décembre 1944 est décrite par Vassileva, et dans le journal de Ben Gourion. La visite est également au centre de l'article de Moshe Mossek, « The Struggle for Leading the Jews of Bulgaria », traduit de l'hébreu par Moaz Hachlili. La citation de Ben Gourion parlant de « la tâche du moment » et la réponse d'« *Aliyah !* » sont tirées de Vassileva.

Yitzhak Yitzhaki (né Isaac Isaakov) s'est rappelé au cours d'un entretien son retour du camp de travail, son service dans l'armée après la libération de la Bulgarie par l'Armée rouge soviétique, et son émigration vers la Palestine.

Les impressions de Ben Gourion sur la Bulgarie, sa stratégie à plus long terme, et la citation sur les cinq mille paires de chaussures proviennent de l'article de Mossek et d'une interview avec lui.

Les documents sur les relations commerciales se trouvent dans les Archives centrales sionistes (CZA) à Jérusalem (s31/43/1,2,3). Le télégramme formalisant les relations commerciales, qui se trouve également dans les documents des CZA, est daté du 7 octobre 1947.

La documentation sur les fonds envoyés après la guerre aux Juifs bulgares par le JDC est tirée de *Out of the Ashes*, de Yehuda Bauer, p. 179 ; de *The Jews in Bulgaria*, de Vassileva ; et des documents des CZA et des Archives nationales bulgares listés ci-dessus.

Le soutien du JDC à la communauté juive de Bulgarie, notamment les coopératives locales, est étayé par des documents trouvés dans les archives du JDC dans le Queens (p. ex. 45/54 169). Les relations entre le JDC et l'Agence juive sont clairement exposées dans les archives du JDC, notamment un mémorandum de Charles Passman à M.W. Beckelman, le 10 novembre 1948, examinant la nécessité de « préparer la note pour l'Agence juive ». Les liens du JDC avec le Mossad apparaissent également dans de nombreux documents du JDC, notamment une lettre en date du 16 décembre 1948, qui se trouve dans les archives du JDC à Jérusalem (carton 11C), affirmant que « le Mossad nous remboursera tout ce que nous avons dépensé pour la nourriture [...] sur les navires quittant la Bulgarie ».

Les tensions entre communistes juifs bulgares et sionistes sont montrées par de nombreuses sources, notamment des documents du JDC et des CZA (en particulier le dossier 25/9660), des publications juives bulgares d'après-guerre qui se trouvent à la Bibliothèque nationale de Sofia, et des interviews. La présentation de l'*aliyah* comme une « fallacieuse illusion sioniste » est tirée de l'article de Mossek.

La citation décrivant les sionistes comme des « réactionnaires » et les récits des réunions entre le Front patriotique et l'Organisation sioniste mondiale proviennent de Vassileva. Les étapes initiales visant à rendre leurs propriétés aux Juifs se trouvent dans une loi de mars 1945 et sont examinées par Chary dans *The Bulgarian Jews and the Final Solution*, p. 178.

Les punitions infligées par le nouveau gouvernement dirigé par les communistes sont rapportées par Tamir dans *Bulgaria and Her Jews*, p. 223. Le fait que Péchev fut épargné est étudié au chapitre 7 de *The Man Who Stopped Hitler*, de Gabriele Nissim, p. 165-189. Le nombre de 2 138 exécutions se trouve dans *Bulgaria and Her Jews*, p. 285, note 588, qui cite les chiffres officiels du tribunal populaire ; Tamir (p. 239) pense que leur nombre est plus proche de 3 000.

Le retour de Dimitrov en Bulgarie est décrit dans ses Mémoires et dans *A Short History of Modern Bulgaria*, de Crampton, p. 153. On trouve des détails additionnels sur Dimitrov et les biens juifs dans Chary, p. 182. Ses deux décennies passées au Kremlin sont mentionnées par Tamir, p. 224. La stratégie de la direction communiste et l'instauration de coopératives à la place des commerces privés sont décrites dans l'article de Mossek.

Le récit des célébrations des Juifs de Sofia est tiré de documents des Archives centrales sionistes, à Jérusalem (dossier 25/9660).

Virginia Eshkenazi a raconté la naissance de Dalia et la joie de son père. Ses parents dirent à Dalia qu'ils souhaitaient avoir un enfant ; Virginia se rappelle sa beauté et son calme.

Dimitrov rapporta dans son journal sa rencontre avec Staline, le 18 février 1948. Le vice-Premier ministre et le ministre de l'Intérieur bulgares étaient également présents.

Les citations parlant de « reconnaissance illimitée » et de « satisfaction » sont tirées de lettres trouvées dans les Archives nationales bulgares, dossier 622-1 du Consistoire central des Juifs de Bulgarie. Dalia confirme que Jacques Eshkenazi, communiste convaincu, adopta le même discours. Le regroupement et le contrôle des groupes sionistes sous l'égide des communistes sont confirmés par Mossek, Vassileva, et par Chary, p. 182.

La « réaction en chaîne » de l'émigration a été décrite dans plusieurs interviews avec des Juifs bulgares, en Israël et en Bulgarie, en particulier Moritz Assa, un communiste qui ne souhaitait pas émigrer mais vit partir la plus grande partie de sa famille, de ses amis, et de ses voisins. Les noms et les professions des émigrants sont tirés d'une liste de 128 pages, dans le dossier 622-1 du Consistoire juif, dans les Archives nationales à Sofia. La citation mentionnant une « psychose » provient d'Assa.

La première vague d'émigration sur cinq navires de la marine marchande, la moyenne de quarante dollars par personne pour le passage, et le manque de devises fortes du gouvernement bulgare sont décrits dans les archives du JDC dans le Queens, collection 45/64, carton 4201. Le nombre de sept cent cinquante personnes sur les cinq navires est confirmé dans un mémorandum confidentiel, en date du 5 septembre 1948, destiné aux bureaux du JDC à New York. L'utilisation de la marine marchande bulgare est mentionnée dans un mémorandum similaire, daté du 30 août.

La « première opération importante » est décrite par Vassileva, chapitre 4, p. 110-126. Elle mentionne également les tests auxquels étaient soumis les immigrants pour déceler différentes maladies, qui inquiétaient de plus en plus le nouvel État juif. Le nombre précis de Juifs bulgares provient du manifeste du navire, cité plus haut. La date du départ de la gare de Sofia est confirmée dans la General Letter N° 1205 (Archives du JDC à Jérusalem, carton 11C) et dans une lettre du 29 octobre 1948 envoyée au bureau parisien du JDC.

Le parcours du train a été décrit en détail par Moshe Melamed.

David Koen a fourni la citation des « quatre pas en Israël ». Il en existe d'autres traductions. Selon le rabbin Maller, de l'Akiba Temple de Culver City (Californie), le dicton est le suivant : « Quiconque parcourt quatre *cubits* [environ

1,80 m] sur la terre d'Israël est certain d'avoir sa place dans le monde à venir. » Cette expression vient du Talmud, *Tractate Ketubot.*

Le voyage politique qui conduit Herzl au sionisme, et ses voyages réels pour convaincre les puissances impériales qu'un État juif allait dans le sens de leurs intérêts sont décrits dans son journal. Allan Janik et Stephen Toulmin éclairent la personnalité de Herzl dans *Wittgenstein, Vienne et la modernité* (1973). Les auteurs le dépeignent comme un membre de l'élite culturelle viennoise, qui « était et resta toujours un dandy » (p. 45) ; il insistait pour que « l'on porte des redingotes lors de la première Conférence sioniste internationale, à Bâle ».

Certaines des premières discussions de l'idée sioniste eurent lieu en 1895 entre Herzl et le baron Maurice de Hirsch. Les deux hommes parlaient du financement par Herzl des colonies juives en Argentine (*Diaries*, p. 13-28). L'hostilité des sionistes à l'idée de l'Ouganda est décrite, entre autres, par Avineri dans *Histoire de la pensée sioniste*, p. 155. La citation de Chaïm Weizmann (« ajuster la pierre à la bague ») est tirée de *The Letters and Papers of Chaim Weizmann*, vol. 1, series B, paper 24, cité par Masalha, *Expulsion of the Palestinians*, p. 5-6.

Moshe Melamed a raconté l'arrivée sur la côte dalmate de l'Adriatique. Le chiffre de quatre mille tonnes de caisses et leur stockage dans la synagogue de Sofia proviennent d'un mémorandum confidentiel du 9 mai 1949 (archives du JDC dans le Queens, 45/64/2970).

L'histoire de l'arrivée dans le port de Bakar et des lumières du *Pan York* a été recueillie lors d'interviews en Israël avec Melamed, Mossek et Sami Sela.

La description du *Pan York* est tirée de « *Pan Crescent* et *Pan York* » (les navires connus sous le nom de « les *Pans* »).

Une liste des fournitures du bateau figure dans un mémorandum envoyé au bureau parisien du JDC par Fred Baker, directeur du JDC en Bulgarie (General Letter 1102). Melamed ajoute ceci à propos du voyage : « Ils nous donnaient une soupe infecte. Nous n'arrêtions pas de la vomir. Et nous en mangions encore. »

L'idée d'un État binational et la discussion de Brit Shalom sont tirées de *The History of Zionism*. On peut trouver des détails additionnels sur www.kehillasynagogue.org/KehillaMEPeace/Document_III.html. La citation de Buber sur « les deux peuples » est tirée d'un discours qu'il fit à la radio néerlandaise en juin 1947, publié sous le titre « A Land of Two Peoples », de Buber avec Paul R. Mendes-Flohr. Buber, tout en défendant la coexistence, dit aussi clairement dans son discours qu'il pensait que l'amour des Arabes pour leur patrie était moins significatif que celui des Juifs : il « est plus passif chez les Arabes, [...] plus faible, plus simple et inachevé que celui des pionniers hébreux ».

L'histoire du Mapam est tirée d'un entretien avec Victor Chemtov, Juif bulgare, ancien membre de la Knesset, actif au sein du parti dans les années 1940. On trouvera des détails additionnels sur la position de Gromyko dans *Israel and the Arab World*, de Cohen, p. 202-204.

Les lumières de Haïfa et de Carmel ont été décrites au cours d'interviews.

Le traitement des immigrants bulgares à leur arrivée a été décrit par Sela, Mossek et Melamed, qui s'est souvenu qu'« une main [lui] a tendu un sandwich, une autre [lui] a aspergé la tête de DDT ». On trouve des détails additionnels sur ce traitement dans le récit de Tom Segev, *Les Premiers Israéliens*, p. 124-125.

L'excitation de Moshe et sa découverte du fait que les Juifs pouvaient s'inscrire pour aller « dans un endroit appelé Ramla » ont été décrites à Dalia pendant son enfance, et confirmées par Melamed, qui faisait partie du même groupe d'immigrants dans le camp de Pardes Hannah.

CHAPITRE 6

Ce chapitre repose principalement sur des interviews de membres des familles Khairi et Taji et d'autres témoins oculaires des événements de la fin de l'année 1948 et du début de l'année 1949 ; des récits écrits d'autres témoins oculaires ; des mémorandums et des télégrammes déclassifiés du département d'État, des Nations unies, et de la Croix-Rouge, qui se trouvent aux Archives nationales, à Washington D.C. ; et des récits de sources primaires et secondaires tirés de différents livres, brochures et rapports.

L'arrivée à Ramallah est décrite par Firdaous Taji. Les descriptions additionnelles proviennent d'interviews du témoin oculaire Abou Issam Harb ; du Dr Cherif Kanaana, folkloriste palestinien ; et d'un télégramme envoyé par le consul américain à Jérusalem, le 12 août 1948, qui se trouve aux Archives nationales.

Ce télégramme, écrit dans une langue saisissante, donne une idée des impressions des observateurs internationaux et des représentants des organismes humanitaires devant la situation à Ramallah à la fin de l'été 1948 :

> Installations sanitaires pratiquement inexistantes. [...] Pas d'eau pour se laver ou faire la lessive. Malades pas isolés. Total manque d'organisation. [...] Pas d'autres médicaments que l'aspirine, 20 cas apparents de typhoïde ont été « renvoyés dormir sous les arbres ». [...] Nuits deviennent très froides mi-septembre et pluies commencent peu après.

Les voyages d'Ahmed et l'installation de la famille près de l'école quaker ont été retracés lors d'interviews avec Bachir, Nuha et Khanom Khairi.

Les conditions de vie dans les camps sont décrites dans différents documents des Archives nationales, dans le Maryland, notamment un avant-projet déclassifié de rapport, daté du 16 septembre 1948, destiné à l'Assemblée générale des Nations unies, envoyé au secrétaire d'État, George Marshall, le 17 septembre (auquel il sera fait référence sous le nom de « rapport du 17 septembre »).

L'histoire des réfugiés attachant de l'or à leur corps provient d'entretiens avec des réfugiés du camp d'Amari et de « The Fall of Lydda » de Reja'e Busailah (*Arab Studies Quarterly* 3, n° 2, p. 141). Bachir a confirmé l'histoire des réfugiés portant de l'eau et vendant des bonbons à la sauvette ; le Dr Kanaana a rapporté les tensions entre réfugiés et habitants de la ville, et les sarcasmes de ces derniers. L'incident des noix au sucre se trouve dans « The Fall of Lydda », p. 147.

L'image des hommes « en état de choc, littéralement réduits au silence », assis sans rien faire sur des sacs, est tirée d'une interview avec Abou Issam Harb. La période de récolte de certaines cultures a été confirmée par Kanaana, tout comme le rôle des femmes à cette époque. Les secours, leur provenance et le modeste objectif de prévenir la famine figurent dans le rapport du 17 septembre. La recherche de nourriture dans les poubelles est mentionnée dans *The Palestinian Refugees : 1948-1998 (An Oral History)*, d'Adel H. Yahya.

Les télégrammes de Bernadotte et la citation faisant état d'un « désastre humain » proviennent du rapport du 17 septembre, ainsi que l'estimation du nombre de réfugiés qui fuirent ou furent expulsés. La citation de Bernadotte (« Je n'ai jamais rien vu d'aussi épouvantable… ») est tirée du *Progress Report of the UN Mediator on Palestine General Assembly, Official Records*, Third Supplement, N° 11 (A/648), Paris, 1948, p. 200, cité par Hirst, p. 276. Voir aussi *To Jerusalem*, de Bernadotte, p. 220. La colère des réfugiés en 1948 apparaît clairement lors de nombreuses interviews, et Glubb en fait état dans son mémoire, *A Soldier with the Arabs*, p. 163-164, où il évoque aussi les crachats et la remarque « pires que les Juifs ». On trouvera également un récit de ces événements, notamment les manifestations, dans *The Road to Jerusalem*, de Morris, p. 178-179 ; voir aussi *Palestine 1948*, de Gelber, p. 163 et p. 172-173. Les citations de Glubb (« contre des forces cinq fois supérieures » et « Je reconnais que je n'avais pas prévu… ») proviennent de *Soldier with the Arabs*, p. 164.

La rencontre supposée entre Abdallah et Cheikh Moustapha, notamment l'échange « Est-ce que je les emmène aussi ? – Restez où vous êtes », fait partie de l'histoire orale de la famille Khairi, ici rapportée par Samira Khairi.

Le siège auquel était soumis le royaume d'Abdallah est décrit dans de nombreux récits de l'époque, notamment *From the Wings*, les Mémoires d'Alec Kirkbride, p. 47-50, qui évoquent également le « bain de sang » apparemment imminent, et le roi frappant un réfugié à la tête.

Dans *A Soldier with the Arabs*, p. 164-166, Glubb décrit les réprimandes qu'il essuya à la suite de la perte d'al-Ramla et de Lydda, lors d'une réunion à Amman avec le roi et ses ministres. Dans le même ouvrage, p. 92, Glubb estime les forces de la Légion arabe à quatre mille cinq cents hommes, même si, p. 90, il parle de « six mille en 1948 ». Morris (*Victimes*, p. 247) donne une estimation de huit mille hommes.

Le refus des Britanniques de réapprovisionner la Légion arabe est décrit dans *Palestine 1948*, de Gelber, p. 160, citant des échanges de câbles entre Britanniques.

La citation « Il y a peu de chances… » est tirée d'un télégramme envoyé par l'ambassade américaine du Caire au secrétaire d'État George Marshall, à Washington, qui se trouve dans des documents déclassifiés des Archives nationales. Les citations de Ben Gourion et Sharett proviennent de *Sacred Landscapes*, de Benvenisti, p. 150. La confirmation israélienne de cette position est corroborée en août 1948 dans une « Note on the Refugee Problem in Palestine », présentée à la conférence de la Croix-Rouge internationale par A. Katznelson, chef de la délégation israélienne. La citation « *pas un seul d'entre eux n'a été expulsé* » est tirée de cette note.

Il convient de noter que quelques officiels israéliens ont soutenu le retour des réfugiés arabes, en quantité variable. Israël a dit un jour à l'ambassadeur américain qu'il souhaitait accueillir cent mille réfugiés sur un total de sept cent mille qui avaient fui ou avaient été expulsés, à condition que cela résolve le problème des réfugiés. Ni les gouvernements arabes ni les réfugiés n'auraient accepté une telle proposition ; quoi qu'il en soit, le sentiment dominant en Israël était l'opposition au retour. (Voir Segev, *Les Premiers Israéliens*, p. 48-54.)

Le rapport citant la « source sous contrôle américain » se trouve dans le câble du Caire cité plus haut.

La description des conditions de vie des prisonniers de guerre arabes est tirée d'entretiens avec Labib Qulana, Mohammed Taji et Michail Fanous, tous habitants arabes d'al-Ramla. Des souvenirs additionnels sont rapportés dans le mémoire de Fouzi el-Asmar, *To Be an Arab in Israel*, p. 23. Tout cela est confirmé par les minutes de la première réunion du conseil municipal israélien de Ramla, fournies par Yonatan Tubali, longtemps administrateur communal de Ramla. Les restrictions militaires imposées aux Arabes d'Israël, notamment la loi martiale, sont décrites par Segev dans *Les Premiers Israéliens*, p. 70-75.

Le fait que le premier groupe d'immigrants juifs n'est pas arrivé avant novembre 1948 est confirmé par des documents originaux de Tubali, et par Yablonka dans *Survivors of the Holocaust*, p. 24, qui cite des documents d'archives de Tsahal. La description des portes ouvertes et des objets éparpillés provient des souvenirs des premiers immigrants israéliens arrivés à Ramla, notamment M. Levy et Moshe Melamed, et d'un mémorandum d'octobre 1948 d'un officier supérieur de Ben Shemen, adressé au gardien israélien des propriétés abandonnées (Archives d'État israéliennes, document 15a/49/27/12), dont est également extraite la citation concernant les « hommes du 89e ».

La traversée des lignes de front par les villageois arabes pour regagner leurs anciennes terres est attestée par les archives des kibboutzim et de l'État, citées par Benny Morris dans « The Harvest of 1948 and the Creation of the Palestinian Refugee Problem », *1948 and After*, p. 239-256. La citation de Yadin (« doivent être détruits ») se trouve p. 248 ; « tout champ ennemi », p. 248.

La citation de Cizling est tirée de Segev, *Les Premiers Israéliens*, p. 51, et a été prononcée lors d'un Conseil des ministres israélien, le 21 juillet 1948.

La persistance de la crise des réfugiés à la mi-septembre est décrite dans un rapport du consul général des officiers américains, envoyé de Jérusalem par télégramme le 25 septembre 1948. Le montant et le type des contributions des nations aux efforts humanitaires sont tirés du rapport du 17 septembre cité plus haut.

Le soutien de Bernadotte à une division de la Palestine entre Israël et la Transjordanie est rapporté dans l'appendice C de *The Jordan-Israeli War : 1948-1951*, d'Abu Nowar, p. 451-455.

L'assassinat de Bernadotte est décrit par Glubb dans *A Soldier with the Arabs*, p. 182, et par Sprinzak dans *Brother Against Brother*, p. 40-48. Sprinzak examine également en détail l'implication de Shamir et la planification de l'opération, la décrivant (p. 42) comme « le résultat d'un plan longuement et soigneusement élaboré ». Les détentions des membres du gang Stern sont décrites par Herzog dans *The Arab-Israeli Wars*, p. 88. Voir aussi Avishai, *The Tragedy of Zionism*, p. 183. Les accusations de violation de la trêve se trouvent dans l'ouvrage de Herzog (p. 88), et *Secret Channels*, de Mohammed Heikal, p. 97.

Le besoin de tentes et de couvertures par milliers est mentionné dans le télégramme du 25 septembre 1948 du consul américain. L'histoire des réfugiés allumant des feux dans leur tente est tirée de *Palestinian Refugees 1948-1998 (An Oral History)*, p. 45.

Bachir et Nuha Khairi se sont remémorés lors d'interviews les premiers domiciles des Khairi à Gaza. Les chiffres concernant la population de Gaza, sa densité, et la citation « Il n'est donc guère surprenant... » proviennent du « Report of the Director of the United Nations Relief and Works Agency for Palestine Refugees in the Near East » (General Assembly official records, sixth session, supplement n° 16, 1/1905), daté du 28 septembre 1951, consultable sur le site de l'UNISPAL (United Nations Information System on the Question of Palestine : unispal.un.org/unispal.nsf/udc.htm).

Les souvenirs de bombardements constants proviennent d'entretiens avec Bachir. Les incursions sont mentionnées depuis un point de vue israélien par Gelber (*Palestine 1948*, p. 212-213) et depuis un point de vue arabe par Heikal (*Secret Channels*, p. 81). *Armed Struggle and the Search for State*, de Yezid Sayigh, étudie les rivalités politiques entre États arabes, en particulier entre l'Égypte et le roi Abdallah de Jordanie, p. 13-16. Sayigh fait état des ambitions d'Abdallah et de son « acte d'union » d'avril 1950 entre la Jordanie et la Cisjordanie (c'est-à-dire l'annexion de la Cisjordanie), p. 41-42 ; Heikal étudie cela depuis un point de vue égyptien dans *Secret Channels*, p. 82-86.

Sayigh examine la création de l'UNRWA dans *Armed Struggle and the Search for State*, p. 4 et p. 43. Les matériaux des structures du camp ainsi que les rations alimentaires sont dépeints dans le « Report to the Director of the United Nations », cité plus haut.

Le travail d'Ahmed et de Zakia est décrit par Nuha et Bachir, qui se sont rappelé le troc organisé, travail contre nourriture.

Khanom Khairi, dont le récit a été confirmé par Bachir, s'est remémoré les circonstances de la mort de Cheikh Moustapha. La préparation de son corps selon les coutumes musulmanes et la difficulté à la mener à bien en exil sont confirmées par le spécialiste de l'islam Hatem Bezian, de l'université de Berkeley (Californie), qui ajoute :

> Il est assez douloureux pour une famille de ne pas pouvoir être directement impliquée dans la préparation du corps pour les funérailles, car cela fait partie des pratiques musulmanes : les hommes de la famille doivent superviser le lavage du corps et y participer, et apporter leur aide lorsqu'on l'enroule [dans son linceul]. La famille doit également voir la dépouille mortelle avant qu'elle soit lavée, prier et réciter le Coran à ce moment-là.

Les membres proches de la famille veulent également s'assurer que le corps est parfumé avec la fragrance favorite du défunt, à tel point que certaines personnes notent dans leur testament quel type de parfum doit être utilisé, imitant en cela l'exemple du Prophète. Tout cela a dû être source de douleur pour la famille.

Les accords d'armistice sont mentionnés par Gelber, p. 298, et Sayigh, p. 4 et 58. L'assassinat d'Abdallah est mentionné par Heikal, p. 85-86, et Glubb, p. 277-278.

La citation décrivant les « vêtements miteux » est tirée du « Report to the Director » cité plus haut.

Bachir, Nuha et Ghiath se sont rappelé les conditions de vie et la routine quotidienne dans les écoles de Gaza, ainsi que les cours par roulement. Le poème « La Palestine est notre pays » se trouve dans l'article d'A. L. Tibawi, « Visions of the Return : The Palestine Arab Refugees in Arabic Poetry and Art », *Middle East Journal*, vol. 17, n° 5, fin automne 1963, p. 507-526. La réalité de la transformation du droit au retour en un rêve à long terme a été évoquée par Bachir. La description de la frustration des réfugiés et la citation (« irritables et instables ») qui s'y réfère se trouvent dans le « Report to the Director » de 1951. La citation à propos des Israéliens rendant « un mauvais service » aux réfugiés se trouve dans *Middle East Record 5* (1969-1970), de Daniel Dishon, p. 399.

La frustration des Palestiniens sous contrôle égyptien est attestée par Sayigh, p. 14-15 et 44. On comprendra mieux l'expansion des groupes politiques interdits en se référant à Sayigh, p. 49-51, et *The Gaza Strip : The Political Economy of De-Development*, de Sara Roy, p. 69. La citation mentionnant « des manifestations et des émeutes sporadiques » est tirée du « Report to the Director » de 1951. Roy (p. 69) est la source du récit de l'attaque de Sharon contre le camp de réfugiés d'el-Bureij. Roy parle de cinquante morts ; d'autres récits vont de dix-neuf victimes (*Al-Ahram Weekly*, 21-31 août 2005) à quarante-trois (Azmi Bishara dans Arabic Media Internet Network, 4 septembre 2003). Sharon décrit le raid contre Bureij dans *Israel's Border Wars : 1949-1956*, de Benny Morris, p. 273. Sayigh (p. 61-62) et Shlaïm (*Le Mur de fer*, p. 155-161) abordent les tensions entre l'Égypte, Israël, et les Palestiniens de Gaza.

Bachir a exprimé l'espoir placé en Nasser ; le passé de Nasser, notamment le fait que son père était postier, est étudié par Heikal, p. 88-90. Nasser et le panarabisme sont examinés par Sayigh, p. 29-33, et Heikal, p. 110-111.

Heikal, proche conseiller de Nasser, fait part d'une histoire peu connue : la quasi-intervention d'Albert Einstein. « Einstein était désolé pour les Palestiniens dépossédés par les Juifs, comme il l'avait lui-même été par les nazis » écrit Heikal.

> Il m'a demandé de faire passer un message à la direction égyptienne, [Nasser] exprimant son vœu de faire office de catalyseur de la paix. [...] Le message a été transmis comme il l'avait demandé, puis discuté entre Nasser et ses proches. La stature d'Einstein et la manière dont il avait conçu son approche rendaient difficile une réponse négative, mais le tabou [de la

reconnaissance d'Israël par les dirigeants arabes] ne pouvait pas être surmonté. La seule solution était de ne pas répondre, avec toute l'impolitesse qu'entraînait ce silence (*Secret Channels*, p. 94-97).

CHAPITRE 7

Ce chapitre est construit à partir d'interviews avec les premiers habitants israéliens de Ramla ; de documents fondateurs du Ramla israélien, fournis par l'administrateur communal Yonatan Tubali ; de l'*Israel Government Year Book* de 1950, qui comprend une multitude de chiffres et de déclarations officiels ; de rapports militaires de 1948 et 1949 des Archives d'État israéliennes ; de sources secondaires telles que *Sacred Landscapes*, de Meron Benvenisti, qui s'appuie sur les archives ; et de souvenirs personnels et d'histoires orales familiales, rapportés dans plus d'une douzaine d'interviews avec des résidents de longue date de Ramla, en particulier Dalia.

La date du 14 novembre 1948 figure sur une liste manuscrite des premières familles juives arrivées à Ramla, liste que m'a procurée Yonatan Tubali, confirmée par Moshe Melamed, ancien ambassadeur d'Israël au Mexique, qui avait douze ans lorsqu'il est arrivé à Ramla avec sa famille, le 14 novembre 1948. Melamed se souvient de s'être trouvé dans l'un des « deux ou trois » cars qui arrivèrent ce jour-là. Il y eut toutefois peut-être davantage de cars ; Yablonka, dans *Survivors of the Holocaust*, p. 24, cite « des rapports de l'administration militaire de Ramlah et Lydda » qui décrivent « l'arrivée à Ramlah d'un groupe de trois cents personnes » le 14 novembre. La composition du groupe des premiers immigrants est listée par Yablonka, p. 24, et confirmée par un entretien avec Tubali. Dalia est certaine qu'elle faisait, avec ses parents, partie de ce premier groupe.

Le fait que l'Agence juive est arrivée très tôt est évoqué dans de nombreuses interviews, notamment celle de Melamed :

> [L'Agence juive] nous a dit : « Vous voici à Ramla. Chaque famille aura une pièce dans une maison. » Mes parents m'ont laissé à côté du car, avec les bagages. Ils ont dit : « Nous allons chercher une maison. » Je suis resté dans la rue avec les bagages, mes parents sont revenus un quart d'heure ou vingt minutes plus tard, et ont dit : « Voilà ta chambre… »

Il est extrêmement vraisemblable que les parents de Dalia, arrivés avec le même groupe, suivirent le même processus, ce que confirme Dalia, s'appuyant sur l'histoire de sa famille.

Selon Melamed, il est possible que Moshe et Solia aient entendu des combats entre Israéliens et Égyptiens au sud de Ramla ; à ce moment, les Israéliens prenaient le dessus dans leur lutte avec les Égyptiens pour le Néguev, et les forces égyptiennes se limitaient de plus en plus à défendre une mince bande de terre connue sous le nom de « bande de Gaza ». (Voir *Palestine*, de Gelber, p. 199-219.)

Au cours d'interviews, Tubali, Levy, Melamed et d'autres ont évoqué les fournitures données par l'État aux premiers immigrants. On peut se faire une idée plus large des mesures d'austérité dans l'*Israel Government Year Book* de 1950 (édition en anglais), p. 198-202. Les responsabilités du « gardien » sont décrites dans ce même ouvrage, p. 134. Dalia se souvient d'avoir habité la rue K.B., et de l'accord signé par ses parents avec l'État ; l'existence de ces accords est confirmée dans le *Year Book* de 1950, p. 135. Le rôle des comités attribuant des noms aux rues est décrit en détail par Meron Benvenisti dans *Sacred Landscapes*, p. 11-27, et dans la correspondance que j'ai échangée avec Melamed.

Les objets emportés dans des camions sont listés dans le document 15a/49/27/12 des Archives d'État d'Israël. La citation mentionnant les biens des « propriétaires absents » qui doivent être « liquidés » se trouve dans le *Year Book* de 1950, p. 134.

Moshe Melamed s'est remémoré l'expérience des enfants.

Le travail pendant les premières années du Ramla israélien a été décrit lors de nombreux entretiens, avec notamment Mati Braun, Labib Qulana, M. Levy, Esther Pardo, et Melamed, qui trouva rapidement du travail comme employé de banque, à l'âge de quatorze ans. Les problèmes de récolte sont décrits par Benvenisti dans *Sacred Landscapes*, p. 164.

Les chiffres relatifs aux emplois et aux types de travail et d'affaires créés par les immigrants juifs de Ramla proviennent d'archives manuscrites dénichées par Yonatan Tubali.

Un écrivain israélien de premier plan qui révisait le manuscrit m'a mis en garde : « J'éviterais [de parler] de ghetto arabe, ainsi que toute comparaison faisant allusion à la persécution des Juifs » pendant la Shoah. Le mot *sakne* a pourtant été largement utilisé par les Israéliens, à Ramla et ailleurs, au moins depuis 1949, et il équivaut au mot « ghetto », c'est pourquoi je l'utilise ici.

Dalia se souvient précisément de l'histoire des bols de soupe bouillante abandonnés par les Arabes en fuite.

Les lois et les ministères créés pendant la première session de la Knesset sont listés dans l'*Israel Government Year Book* de 1950, p. 59-71.

Le plan quadriennal de Ben Gourion fut annoncé dans l'édition du 12 juillet 1949 du *Palestine Post*. Sa citation mentionnant la nécessité de « [rassembler] les exilés » est tirée du *Year Book* de 1950, p. 29. Les nombres des Juifs bulgares qui émigrèrent et de ceux qui restèrent varient légèrement. Chary, l'une des autorités mondiales en matière de Juifs bulgares, mentionne un nombre total de quarante-sept mille, d'autres parlent de quarante-huit mille ou cinquante mille. Selon certains, seuls trois mille Juifs restèrent en Bulgarie. Quels que soient les nombres exacts, la rapidité et l'ampleur de l'exode des Juifs de Bulgarie sidérèrent même ceux qui l'avaient planifié et mis en œuvre. Le 11 avril 1949, Fred Baker, directeur du JDC pour la Bulgarie, écrivit au quartier général européen à Paris :

> Sur une période de six mois, trente-cinq mille personnes ont émigré, auxquelles s'ajoutent sept mille personnes avant octobre 1948. Il semblerait qu'il reste au maximum quatre mille Juifs en Bulgarie. Je pense que vous

serez d'accord : il était impossible de prévoir ce gigantesque mouvement d'émigration [qui s'est produit] dans un laps de temps relativement court.

Avraham Shmil, longtemps directeur du bureau de Ramla de la Histadrout, syndicat des travailleurs israéliens, a souligné pour moi la pression sur Ramla pour créer des emplois. La manifestation à Tel-Aviv est mentionnée par Segev dans *Les Premiers Israéliens*, p. 157. Le tribunal et ses premiers prévenus sont mentionnés dans un article du *Palestine Post*, le 13 juillet 1949. La citation du ministère de la Police est tirée du *Year Book* de 1950, p. 183.

Mohammed Taji, qui a passé toute sa vie à Ramla, étant l'un des rares musulmans de la ville dont la famille n'a pas fui en 1948, s'est rappelé le changement des noms de rue.

Les minutes de la première réunion du conseil municipal, qui mentionnent le nombre de 1 300 Arabes, ont été fournies par Tubali. Le statut de prisonnier de guerre des hommes arabes d'al-Ramla et Lydda a été décrit lors d'entretiens avec Mohammed Taji, Labib Qulana et Michail Fanous, tous trois Arabes d'al-Ramla ; Fouzi el-Asmar l'évoque dans son essai, *To Be an Arab in Israel*, p. 23.

Le déracinement des arbres et autres destructions dans les champs et les vergers arabes sont décrits en détail par Morris dans *1948 and After*, p. 239-256, et par Benvenisti, *Sacred Landscapes*, p. 165.

La lettre de « S. Zamir » est tirée des Archives d'État israéliennes (RL 5/297, 15 septembre 1948) ; elle a été traduite par Ian Dietz. Les sources concernant l'application de la loi martiale aux Arabes sont citées plus haut, voir Segev, *Les Premiers Israéliens*, p. 70-75, et Nadia Hijab, *Citizens Apart : A Portrait of Palestinians in Israel*, p. 30-33. La volonté d'opérer un « transfert » des Arabes restants apparaît dans une réunion du secrétariat du parti Mapaï au pouvoir (ancêtre de l'actuel Parti travailliste), citée par Segev, *Les Premiers Israéliens*, p. 69-70, où est également mentionnée la crainte d'une « cinquième colonne ». Pour plus de détails sur le « transfert » en tant que stratégie politique et militaire, voir « Yosef Weitz and the Transfer Committees, 1948-1949 », dans *1948 and After*, de Morris, p. 103-158, et *The Expulsion of the Palestinians : The Concept of "Transfer" in Zionist Political Thought, 1882-1948*, de Nour Masalha. Weitz fut l'un des principaux défenseurs du transfert, écrivant dans son journal en 1940 : « Il doit être clair qu'il n'y a pas de place pour deux peuples dans ce pays. [...] Après que les Arabes auront été transférés, le pays nous sera grand ouvert » (Masalha, p. 131). Huit ans plus tard, en tant que puissant patron du « comité de transfert » et du département des terres du Fonds national juif, Weitz préconisa des « transferts » supplémentaires. (Voir les exemples en Galilée et dans le Néguev cités par Morris, p. 146.) D'autres membres du gouvernement se dressèrent pourtant contre lui, et beaucoup d'Arabes encore présents furent autorisés à rester.

L'accaparement des terres arabes est décrit par Morris dans *1948 and After* (voir par exemple p. 143) et par Segev, p. 105-106. Segev mentionne, p. 107-109, le concept des « absents présents ».

Les trois lettres de propriétaires terriens arabes sont tirées des Archives centrales sionistes.

Les détails concernant le rationnement et le ministère de l'Approvisionnement et du Rationnement proviennent de l'*Israel Government Year Book* de 1950, p. 198-203, corroborés par l'expérience des Eshkenazi. Le *Year Book* décrit (p. 199) « une interruption des anciennes sources d'approvisionnement – les marchés de l'Empire britannique ».

Les restrictions apportées par l'Égypte au trafic dans le canal de Suez sont mentionnées par J.C. Hurewitz dans *The Historical Context for Suez 1956 : The Crisis and Its Consequences.*

Les souvenirs de Dalia relatifs aux débuts de son éducation à propos des Arabes sont confirmés par un examen des programmes scolaires israéliens, dans *The Arab-Israeli Conflict in Israeli History Textbooks, 1948-2000*, d'Elie Podeh, p. 102-110.

L'attrait exercé par Nasser en tant que dirigeant du tiers-monde et de la nation arabe est étudié par Sayigh dans *Armed Struggle and the Search for State*, p. 27-33. Le conflit de Suez est décrit par Erskin Childers dans *The Road to Suez*, en particulier p. 125-280 ; par Heikal dans *Secret Channels*, p. 100-114 ; et par Shlaïm dans *Le Mur de fer*, p. 213-219, qui analyse l'accord secret entre Israël, la France et la Grande-Bretagne, pour attaquer l'Égypte et éliminer Nasser, perçu comme une menace pour leurs divers intérêts.

Le contexte géopolitique du conflit et le rôle qu'il joua dans la politique des superpuissances et des puissances impériales européennes en déclin méritent que l'on s'y arrête : en 1955, Nasser avait demandé aux États-Unis de soutenir la construction du haut-barrage d'Assouan, l'énorme projet de modernisation de son pays (Sayigh, p. 26). Pendant ce temps, Israël et l'Égypte avaient entrepris une course aux armements : Israël se procurait des armes françaises, et l'Égypte, après que les États-Unis eurent rejeté sa demande, se fournissait auprès de la Tchécoslovaquie, satellite de l'URSS (Sayigh, p. 19 ; Morris, *Israel's Border Wars*, p. 282). Après que l'Égypte eut reconnu la République populaire de Chine, les États-Unis, sous l'égide de John Foster Dulles, secrétaire d'État pendant la guerre froide, retirèrent leur soutien au barrage d'Assouan (Sayigh, p. 26 ; Heikal, *Secret Channels*, p. 108-113). Nasser répondit rapidement en nationalisant le canal de Suez, lien vital entre Afrique et Asie, et en déclarant que les revenus générés par le passage des navires seraient désormais consacrés au financement du barrage (*Secret Channels*, p. 110). Nasser ferma également le détroit de Tiran, unique point de passage maritime pour Israël entre la mer Rouge et l'Afrique.

L'attaque israélienne d'octobre 1956 s'inscrivait dans un plan secret élaboré avec les dirigeants britanniques et français, qui ne fut connu que bien des années plus tard, visant à déstabiliser Nasser et à mettre fin à ses ambitions panarabes ; à réaffirmer l'autorité coloniale en s'emparant du canal et en réouvrant le détroit de Tiran ; et, selon certains commentateurs, à étendre le territoire israélien dans le Sinaï jusqu'au golfe de Suez – en d'autres termes, à redécouper la carte physique et politique du Moyen-Orient (Shlaïm, p. 216-226 ; Sayigh, p. 26 ; Heikal, p. 112 ; Herzog, *The Arab-Israeli Wars*, p. 117-124).

L'arrivée d'autres « Juifs orientaux » en 1956 fut largement le résultat des tensions et des violences politiques au sein des nations arabes. En 1947, un représentant arabe, Haykal Pacha, mit en garde l'Assemblée générale des Nations unies : la création d'un État juif « pourrait mettre en danger un million de Juifs vivant dans des pays musulmans », et cette violence se produisit en effet, avec pour résultat une fuite des Juifs vers Israël. Dans certains cas, pourtant, les opérations sionistes dans les pays arabes contribuèrent à l'exode. En 1954, par exemple, une série d'attentats à la bombe à Alexandrie (Égypte), dans laquelle était impliqué un réseau d'espionnage israélien, plus tard appelée « l'affaire Lavon », déclencha l'indignation et dans certains cas des attaques de la foule contre les Juifs égyptiens (voir David Hirst, *The Gun and the Olive Branch*, p. 290-296 ; Heikal, p. 106-107 ; et « The Lavon Affair », de Doron Geller, www.jewishvirtuallibrary.org/jsource/History/lavon.html). En particulier après Suez, de nombreux Israéliens préférèrent considérer la fuite des Juifs des pays arabes comme un « échange de populations », l'associant à la fuite des Palestiniens en 1948 (interview avec Israël Gefen, juin 2004). Certaines preuves laissent à penser que les sionistes mirent les événements en scène pour pousser les Juifs à la fuite. Le 14 janvier 1951, une grenade explosa à l'extérieur d'une synagogue de Bagdad ; plus tard, des sources des services de renseignement américains et les Juifs irakiens eux-mêmes accusèrent les sionistes. Voir, par exemple, l'article du Juif irakien Naeim Giladi (« The Jews of Iraq ») dans *The Link* 31, n° 2, 1998. Autre source : l'ouvrage de l'ancien agent de la CIA Wilber Crane Eveland, *Ropes of Sand*, p. 48-49.

La manifestation de 1958 est rapportée par Avraham Shmil, directeur (en retraite) du bureau de Ramla du syndicat Histadrout. Shmil a également décrit les conditions de vie de nombreux Juifs *mizrahi*, leurs difficultés à trouver du travail, les tensions avec les Juifs ashkénazes, et la pression qu'il exerça sur le ministre du Travail israélien. Le quasi-tabou interdisant aux *mizrahi* d'écouter de la musique classique arabe a été précisé par le musicologue israélien Yoav Kutner au cours d'une interview.

La citation du FNJ parlant des montagnes « couvertes de rochers » est tirée d'une publicité parue dans l'*Israeli Year Book* de 1950, p. 463.

La destruction des villages arabes est confirmée par de nombreuses sources. Ce point étant peut-être moins familier pour les lecteurs occidentaux, le travail de documentation est ici particulièrement rigoureux, à commencer par l'examen en profondeur qu'en fait Meron Benvenisti dans *Sacred Landscapes*, p. 165-167. Autre source clé : Aharon Shaï, de l'université hébraïque de Jérusalem, dont les recherches dans les archives de la Société archéologique d'Israël démontrent l'existence d'un programme de grande envergure mené en collaboration avec l'administration israélienne des terres (ILA), visant à démolir les villages arabes abandonnés. L'article de Shaï, « The Fate of Abandoned Arab Villages in Israel on the Eve of the Six-Day War and Its Immediate Aftermath », est paru dans *Katedra*, n° 105, septembre 2002, publié par Yad Ben Zvi, un groupe de réflexion israélien qui tire son nom du deuxième président israélien. L'article de Shaï décrit la manière dont la Société archéologique « était à toutes fins pratiques employée par l'ILA dans ses efforts pour nettoyer le pays de villages abandonnés. Ses officiels enquêtaient sur les villages voués à la destruction. [...] La plupart des villages arabes abandonnés, habités jusqu'en 1948 et désertés au cours de la guerre d'indépendance, [...] ont disparu [...] à la suite d'un plan clair, bien conçu, émanant de l'ILA ».

Autre source : Cherif Kanaana, « The Eradication of the Arab Character of Palestine and the Process of Judaization That Accompanied It », cité par Benvenisti (*Sacred Landscapes*, p. 263). Voir aussi Morris (*1948 and After*, p. 122), qui cite Yosef Weitz, ordonnant à deux officiels des colonies « de déterminer dans quels villages nous pourrons installer nos concitoyens, et quels villages devraient être détruits ». L'un de ces responsables, Asher Bobritzky, parla plus tard (Morris, p. 125) d'« ordres » visant à accélérer la destruction des villages. Segev cite le ministre Aharon Cizling, qui parle d'« un ordre de détruire quarante villages ». Sur le « bombardement » des villages, voir Benvenisti, p. 162 ; pour les « tracteurs », voir Morris, *1948 and After*, p. 123 ; les références aux « bulldozers » et aux équipes de démolition de l'armée sont tirées d'une interview par téléphone avec Shlomo Shaked, du kibboutz Gezer, fondée sur son récit de témoin oculaire. Voir aussi *Ha'aretz*, 4 avril 1967, qui cite Moshe Dayan disant : « Il n'y a pas un seul village juif dans tout le pays qui n'ait pas été construit sur le site d'un village arabe. »

La description des sabras provient largement de *The Sabra : The Creation of the New Jew*, d'Oz Almog, et d'interviews avec Moshe Melamed et Victor Chemtov, ancien député de la Knesset. La définition du mot *tzabar* et la citation faisant référence au « fils élu » sont tirées de l'ouvrage d'Almog, p. 104. Voir aussi *The Israelis*, d'Amos Elon, p. 227-228. Le roman de Moshe Shamir, publié en feuilleton, est évoqué par Chemtov, qui était alors rédacteur en chef d'un journal en bulgare publié en Israël, lié au parti Mapam, sioniste de gauche. La citation de Chemtov parlant du « Juif de ghetto jamais à sa place » provient d'une interview, à son domicile de Jérusalem, en juin 2004. L'« uniforme » des sabras a été décrit dans de nombreuses interviews, notamment avec Melamed, et il est mentionné dans *Sabra*, p. 212 ; on peut voir des détails additionnels dans l'exposition permanente du musée de Ramla.

La honte laissée par la Shoah, opposée à l'identité sabra, est également examinée par Chemtov, et dans *Survivors of the Holocaust*, de Yablonka. La citation évoquant une « matière humaine difficile » se trouve dans l'ouvrage de Yablonka, p. 65 ; la remarque de Ben Gourion, parlant de « poussière humaine », est citée par Almog, p. 87 ; la citation parlant de « *gens pathétiques et désespérés* » se trouve dans l'ouvrage de Yablonka, p. 30-31. L'attitude de certains dirigeants ashkénazes envers les *mizrahi* est examinée par Segev dans *Les Premiers Israéliens*, en particulier p. 183-225.

Les étiquettes attribuées aux immigrants (*yeke*, etc.) sont confirmées par de nombreux résidents de longue date de Ramla, notamment Esther Pardo, Yona Sirius, Labib Qulana et Ya'aco Haran, lors d'interviews, et par Moshe Melamed, dans notre correspondance.

La disparition des camps de tentes au milieu des années 1960 m'a été confirmée dans mon entretien avec Shmil ; la réputation de rudesse de Ramla à l'époque a été évoquée par l'acteur israélien Moni Moshonov, né à Ramla, et le musicologue israélien Yoav Kutner.

La campagne de l'administration israélienne des terres et la citation d'Eshkol sont tirées de *Sacred Landscapes*, de Benvenisti, p. 167-168. La position de Nasser au milieu des années 1960 est décrite par Heikal (*Secret Channels*, p. 122-126) et Sayigh (*Armed Struggle and the Search for State*, p. 133-142), qui décrit également (p. 132-137) le rôle de l'OLP et du Mouvement nationaliste arabe.

L'inévitabilité apparente de la guerre a été évoquée par Dalia, et au cours de plusieurs interviews avec la famille Khairi.

CHAPITRE 8

Ce chapitre repose sur des récits personnels et historiques de la guerre de 1967 entre Israël et les États arabes, généralement connue en Occident sous le nom de « guerre des Six-Jours ». Les souvenirs familiaux ont été recueillis au cours de multiples entretiens avec Dalia, Bachir, Nuha, et Ghiath Khairi. Les récits historiques de 1967, et des années menant à la guerre, proviennent d'une vaste gamme de points de vue : pour un point de vue militaire israélien, *The Arab-Israeli Wars*, de Chaïm Herzog ; pour une analyse de la politique israélienne, fondée sur les minutes des Conseils des ministres et d'autres documents originaux, *Le Mur de fer : Israël et le monde arabe*, d'Avi Shlaïm ; pour un point de vue égyptien, *Secret Channels : The Inside Story of the Arab-Israeli Peace Negotiations*, de Mohammed Heikal, proche conseiller de Gamal Abdel Nasser ; pour un point de vue militaire et politique jordanien, *Jordan in the 1967 War*, de Samir Mutawi, qui repose largement sur des entretiens avec les principaux acteurs jordaniens du conflit, notamment le roi Hussein ; pour une large analyse de la guerre et de la manière dont elle a affecté le mouvement de libération palestinien, *Armed Struggle and the Search for State*, de Yezid Sayigh.

Des passages clés du récit, décrivant l'escalade qui a mené à la guerre, sont fondés sur des documents américains déclassifiés, couvrant la période de novembre 1966 à juin 1967. Ces documents, parmi lesquels se trouvent des minutes des réunions du gouvernement, des alertes de la CIA, et des télégrammes entre officiels américains et dirigeants israéliens, jordaniens et égyptiens, se trouvent à la bibliothèque Lyndon B. Johnson, à l'université du Texas (Austin). Nombre de documents ont été réunis dans les volumes XVIII et XIX de *Foreign Relations of the United States 1964-1968*, qui se trouvent dans la bibliothèque et sont également consultables sur www.state.gov/www/about_state/history/vol_xviii/index.html (désignés ci-après FRUS vol. XVIII ou XIX). Pour une analyse additionnelle de ces événements, qui repose sur bon nombre de ces mêmes documents, voir *Taking Sides*, de Stephen Green, p. 195-211.

Le chercheur palestinien Nassir Arouri confirme le départ des chrétiens de Ramallah, qui prit la suite d'une vague d'immigration vers les États-Unis débutée bien avant la guerre de 1948. La diaspora de Ramallah est aujourd'hui si étendue que la liste des familles de Ramallah vivant aux États-Unis occupe à elle seule un annuaire de 237 pages. La description de la position politique des gouvernements

« hôtes », de l'UNRWA et des réfugiés, repose sur des années d'entretiens avec des réfugiés et des spécialistes palestiniens et israéliens. Les opinions politiques de Bachir en 1967 reflétaient celles de nombreux Palestiniens (voir Sayigh, p. 99-154, pour son analyse du développement des factions palestiniennes avant la guerre).

Pour plus de détails sur le statut de Nasser, héros des masses arabes, voir Heikal, p. 100-138, et Bassam Abou-Charif, dans *Best of Enemies*. La référence au mouvement des non-alignés se trouve dans l'ouvrage de Heikal, p. 108-110, et sa relation avec les Palestiniens dans celui de Sayigh, p. 312, p. 332 et p. 690.

La volonté des Palestiniens d'affronter Israël est étudiée par Sayigh, p. 122 et p. 124. Dans son usine secrète de Dimona, dans le désert du Néguev, Israël développait bien des armes nucléaires, même si cela ne devint un « secret officiel » que bien des années plus tard. Pour plus d'informations sur les ambitions nucléaires d'Israël et les réactions arabes qu'elles provoquèrent, voir *Six Days of War*, d'Oren, p. 75-75, et *Taking Sides*, de Stephen Green, p. 152. Oren parle, p. 120, d'un survol par les Égyptiens de l'usine nucléaire secrète de Dimona et, p. 75-76, il rapporte la remarque de Nasser, disant en 1964 que si Israël commençait à développer des capacités nucléaires militaires, ce « serait un motif de guerre, aussi suicidaire cela soit-il ». Nasser ne répéta pas cette menace, et ne cita pas non plus Dimona comme « motif de ses décisions de mai », mais Oren affirme que la crainte israélienne d'une attaque égyptienne contre Dimona fut un facteur primordial de la guerre. Morris, dans *Victimes*, p. 336, est d'accord : « Entre les 24 et 25 mai, le commandement égyptien envisagea et projeta brièvement une offensive aérienne préventive contre des cibles israéliennes, notamment la centrale nucléaire de Dimona. [...] Nasser annula les ordres le 26 mai [...]. »

Le débat sur Habache, le MNA et Nasser se trouve dans Sayigh, p. 71-80. Le récit de l'expérience de Habache à Lydda en 1948 est tiré de « Taking Stock : An Interview with George Habash », *Journal of Palestine Studies* 28, 1 (automne 1998), p. 86-101, et de Sayigh, p. 71.

La position de Nasser sur la Palestine est étudiée par Sayigh, p. 78 et p. 131, et par Hirst dans *The Gun and the Olive Branch*, p. 401, qui cite le discours de Nasser au Conseil national palestinien en juin 1965 : « Si nous ne sommes pas prêts aujourd'hui à nous défendre, comment pouvons-nous parler d'offensive ? »

L'entraînement des « forces spéciales » est tiré d'une interview avec Bassam Abou-Charif, ancien membre du Front populaire pour la libération de la Palestine, dirigé par Habache, et coauteur de *Best of Enemies*. Un autre ancien membre du FPLP qui ne vit plus au Moyen-Orient a fourni lors d'un entretien des détails additionnels.

L'émergence du Fatah, et d'Arafat et Abou Jihad, est étudiée par Sayigh, p. 80-86 et 119-123. L'opération du jour de l'an 1965 est décrite sans *Six Days of War* par Michael Oren comme un « fiasco » (p. 1), et par Sayigh (p. 107) comme un « départ peu brillant » ; Sayigh écrit néanmoins que « le jour de l'an 1965 fut par la suite célébré par toutes les organisations palestiniennes comme le début de la lutte armée ».

Les tensions à propos de l'eau, l'un des éléments ayant amené à la guerre, sont décrites par Heikal (p. 121), Oren (p. 23), Herzog (p. 147), Shlaïm (p. 266), et dans ma propre série d'émissions, *Troubled Waters*, réalisée pour NPR en 1997. Pour une analyse plus détaillée de ce problème, voir cette étude de cas préparée par l'American's University Inventory of Conflict and Environment : www.american.edu/projects/mandala/TED/ice/JORDAN.HTM

Les attaques du Fatah sont décrites par Sayigh, p. 119-122, qui indique que la plupart de ses cibles étaient militaires et industrielles, et que les pertes israéliennes pendant cette période ont été légères. Ce fait est corroboré par une chronologie du ministère israélien des Affaires étrangères (www.mfa.gov.il/MFA/Facts+About+Israel/Israel+in+maps/1948-1967-+Major+Terror+Attacks.htm). Plusieurs morts israéliennes sont la conséquence d'explosions lorsque des véhicules israéliens sont passés sur des mines posées par des guérilleros palestiniens. Le raid contre Samu (13 novembre 1966) est décrit par Oren, p. 34-35, Sayigh, p. 138, et Shlaïm, p. 268, qui écrit : « En Jordanie même, les effets de cette opération furent terriblement déstabilisants. » Le bilan de vingt et un soldats morts est tiré de Sayigh ; Oren parle de quinze victimes, et Shlaïm de « dizaines ».

La confirmation de la condamnation par les États-Unis du raid contre Samu se trouve dans un télégramme, en date du 13 novembre 1966, envoyé par le Département d'État à l'ambassade américaine à Tel-Aviv (*Foreign Relation of the United States 1964-1968, Volume XVIII Arab-Israeli Dispute, 1964-67* (FRUS vol. XVIII, document n° 332, www.state.gov/www/about_state/history/vol_xviii/index.html). Le mémorandum de Rostow à Lyndon Johnson (LBJ) faisant état d'un raid « disproportionné » se trouve au même endroit, document 333. Le télégramme de LBJ (23 novembre) au roi Hussein figure dans les archives de la bibliothèque LBJ, « National Security File, Mideast Crisis, NSC History », vol. 1, onglet 10. La « note spéciale » de la CIA se trouve dans FRUS vol. XVIII, document 338.

Les répercussions politiques du raid contre Samu sont décrites par Sayigh, p. 140-142 ; Heikal (p. 152) rapporte que « de nombreux Palestiniens appelèrent à une guerre immédiate contre Israël ». Les mesures de répression en Jordanie sont décrites par Mutawi (*Jordan in the 1967 War*), p. 80, et par Sayigh, p. 139 ; ce dernier parle de « centaines » de membres du Fatah incarcérés dans les prisons jordaniennes au début de l'année 1967. L'agitation en Jordanie et l'aide militaire américaine sont mentionnées par Herzog, p. 147. Mutawi cite les remarques sur l'« agent impérialiste » et l'« allié du sionisme », p. 83.

Les tensions d'avril 1967 sur le plateau du Golan sont décrites par Herzog (p. 147-148) et Oren (p. 46), et le combat aérien par Shlaïm (p. 270-271) et Mutawi (p. 85). Shlaïm, professeur israélien d'histoire à Oxford, affirme que contrairement à la croyance populaire en Israël, « un grand nombre des échanges de tirs » dans la zone démilitarisée « furent délibérément provoqués par Israël ». Moshe Dayan, dans une interview publiée par *Ma'ariv* après sa mort, raconte comment de nombreux accrochages ont été provoqués par Israël (voir Shlaïm, p. 270-271).

L'embarras de Nasser devant le combat aérien remporté par Israël contre la Syrie est rapporté par Herzog, p. 148, et Mutawi, p. 85. La réponse du roi Hussein et les commentaires de Radio Jordanie se trouvent dans l'ouvrage de Mutawi, p. 85-86. Les menaces de Rabin de renverser le régime syrien se sont produites le 11 ou le 12 mai (Shlaïm, p. 272 ; Hirst, p. 342). Cet incident contribua largement à accroître les craintes arabes. Selon Charles W. Yost, ancien ambassadeur américain en Syrie, « la déclaration publique israélienne entre le 11 et le 13 mai [...] a peut-être été l'étincelle qui a mis le feu au petit bois accumulé depuis longtemps » (*Foreign Affairs*, janvier 1968, p. 310). Herzog, qui a combattu du côté israélien, explique clairement (p. 147) que la fermeture du détroit de Tiran fut considérée comme un acte de guerre. La menace que représentait cette fermeture était pour Israël plus politique, mettant en jeu la souveraineté sur le détroit, qu'économique : la plupart des échanges commerciaux maritimes d'Israël transitaient par ses ports méditerranéens, et non par Eilat au sud.

Les historiens discutent encore âprement pour déterminer si Nasser souhaitait la guerre en 1967. Ses déclarations publiques envoyèrent un message belliqueux à Israël et au monde, comme le fit sa décision de fermer le détroit de Tiran (Mutawi, p. 95), mais ainsi que l'écrit Shlaïm dans *Le Mur de fer*, p. 272-273, « les commentateurs s'accordent à penser que Nasser ne voulait et ne prévoyait pas de faire la guerre à Israël. Mais il s'engagea dans un numéro d'équilibriste qui [le fit] basculer par-dessus bord ». Yost écrivit dans son article publié en 1968 par *Foreign Affairs* qu'« il n'y [avait] pas de preuve – bien au contraire – que Nasser ou le gouvernement israélien [...] aient voulu ou cherché la guerre à ce moment ». Dans un exposé sur le contexte, Aharon Yariv, directeur des services de renseignement militaires israéliens, déclara le 12 mai 1967 aux journalistes : « Je dirais qu'aussi longtemps qu'il n'y aura pas d'invasion israélienne de la Syrie, étendue dans le temps et dans l'espace, je crois que les Égyptiens n'interviendront pas sérieusement. [...] Ils le feront seulement s'il n'y a pas d'autre solution. Et pour moi, pas d'autre solution, cela signifie que nous créions une telle situation qu'il serait impossible pour les Égyptiens de ne pas agir parce que leur prestige en souffrirait de manière insupportable. »

Le nombre précis des troupes massées près de la frontière commune, au bord de la péninsule du Sinaï, fait également l'objet de discussions. Herzog (*The Arab-Israeli Wars*, p. 149 et 154) et Oren (p. 63, citant les services de renseignement de Tsahal) laissent entendre que cent mille soldats égyptiens se trouvaient dans le Sinaï. Le général israélien Matitiahou Peled indiqua plus tard que les concentrations de troupes étaient moins importantes que ne le disent Herzog et Oren (Hirst, p. 337).

Les officiels américains étaient eux aussi extrêmement sceptiques devant ce nombre de cent mille. Plus incontestables sur ce point, et plus généralement en ce qui concerne l'activité diplomatique des États-Unis en mai et juin 1967 et les capacités militaires des nations du Moyen-Orient, sont les échanges découverts dans les documents de la bibliothèque LBJ, nombre d'entre eux dans FRUS, vol. XIX (consultables sur www.state.gov/www/about_state/history/vol_xviii/index). Le mémorandum de la CIA en date du 26 mai se trouve là, document 79.

La citation de Battle suggérant que Nasser était « devenu un peu fou » est extraite du résumé d'une réunion du Conseil national de sécurité (24 mai), FRUS vol. XIX, document 54. Les estimations américaines faisant état de cinquante mille soldats égyptiens sont répétées dans au moins deux mémorandums distincts de la CIA : le 25 mai, FRUS vol. XIX, document 61 ; et le 26 mai : « Military Capabilities of Israel and the Arab States », dans « National Security File-Country File, Middle East Crisis, CIA Intelligence Memoranda », dossier 3, dont provient également l'analyse de la « manœuvre » politique d'Israël. L'expression de Rostow, qualifiant de « très inquiétantes » les estimations israéliennes de cent mille soldats égyptiens, est tirée de son « mémorandum au président » du 25 mai, dans « National Security File, Mideast Crisis NSC History », vol. I, onglet 42, document 32. L'estimation de la CIA des capacités d'Israël à se battre et/ou se défendre sur plusieurs fronts est tirée d'un mémorandum du 23 mai (FRUS vol. XIX, document 44). Le 26 mai, un autre mémorandum de la CIA relevait pourtant « le manque de cohésion du camp arabe » et l'absence, dans les troupes de Nasser, de trente-cinq mille hommes (« Military Capability of Israel and the Arab States », « National Security File-Country File, Middle East Crisis, CIA Intelligence Memoranda », dossier 3). La conversation entre Abba Eban, McNamara et Lyndon Johnson (LBJ), notamment la déclaration de McNamara à Eban à propos des conclusions « de trois services de renseignement différents », selon lesquels le déploiement égyptien dans le Sinaï était de nature défensive, et la citation de LBJ (« vous allez leur donner une sacrée correction »), sont résumées dans le « Memorandum of Conversation » du 26 mai (FRUS vol. XIX, document 77). La citation de Katzenbach parlant d'« éliminer les Arabes » est tirée de son interview orale pour la bibliothèque LBJ (interview n° 3, 11 décembre 1968). Pour en savoir plus sur le contexte du voyage d'Ebban à Washington, voir Heikal (p. 127), Green (p. 198-204) et Shlaïm (p. 275-276).

Les inquiétudes du roi Hussein à propos de l'« USG » favorisant Israël furent exprimées dans un « message verbal » à l'ambassadeur américain à Amman, câblé aux « plus hautes autorités de l'USG » à Washington (« National Security File, Mideast Crisis, NSC History », vol. 1, onglet 36). Le même dossier, onglet 38, contient le « Memorandum for the President » du secrétaire d'État Dean Rusk, daté du 26 mai, qui note la conclusion d'Israël : les attaques égyptienne et syrienne étaient imminentes ; il contient aussi la remarque de Dean Rusk selon laquelle « nos services de renseignement ne confirment pas l'analyse israélienne ». Le télégramme urgent de LBJ à Eshkol, le 27 mai, se trouve dans FRUS vol. XIX, document 86.

La remarque de Nasser (« Nous sommes prêts ! ») est citée par Mutawi, p. 94. Ces déclarations revêtaient une signification particulière pour le public israélien, pour qui « le souvenir de la Shoah, toujours psychologiquement puissant, aggrave le sentiment d'isolement et accentue l'impression de menace » (Shlaïm, p. 273).

Michail Fanous, Arabe d'al-Ramla, confirme les souvenirs de Dalia concernant les préparatifs. D'autres détails, notamment les dix mille tombes, sont tirés de l'ouvrage d'Oren, p. 135-136. Dalia s'est rappelé la menace de « jeter les Juifs à la mer », qui m'a été citée aussi bien par des Arabes que des Israéliens au cours de nombreuses interviews. Pour la perception de la force de l'armée israélienne, voir Shlaïm, p. 275-276. De nombreuses sources arabes font preuve de scepticisme, affirmant que cette menace de « jeter les Juifs à la mer » n'a jamais été énoncée. Heikal (p. 141) laisse entendre que « c'est un exemple de désinformation remarquablement efficace ». Il se souvient qu'à la suite des inquiétudes du président indien Nehru devant cette menace, « un comité composé de responsables de haut rang, yougoslaves, indiens et égyptiens fut créé pour passer au crible toutes les remarques publiques de Nasser et des ministres égyptiens », et qu'il ne trouva « aucune trace de ce commentaire supposé ». Hirst (p. 417) cite les cinq mille livres sterling offertes par Christopher Mayhew, député britannique, à quiconque pourrait « fournir une déclaration d'un dirigeant arabe pouvant être décrite comme relevant d'une intention "génocidaire" », et précise qu'« aucune déclaration n'apparut ». Pourtant, comme il est mentionné plus haut, les Arabes et les Juifs se souviennent avec précision de cette menace, et même si elle n'a jamais été prononcée sous cette forme exacte, les menaces contre Israël de Nasser et d'autres dirigeants arabes, et leurs effets sur le public israélien, sont suffisamment clairs.

Heikal, p. 128, cite la visite à Nasser de l'ambassadeur soviétique. Mutawi examine la position du roi Hussein, p. 85-121.

La rupture au sein du cabinet d'Eshkol est décrite par Shlaïm, p. 274-276, où il raconte comment Rabin fut « accablé » pendant vingt-quatre heures « par la dépression », et le savon que lui passa Ben Gourion, qui dit à Rabin : « Je serais très surpris que Nasser ait voulu la guerre et nous voilà maintenant dans un sacré pétrin. »

La conversation de McNamara avec Meïr Amir est résumée dans le « Memorandum for the Record » du mois de juin (FRUS vol. XIX, document 124). Les citations « [lui], Meïr Amir » et « sept jours » se trouvent dans une note de bas de page de ce mémorandum, citant le récit de cette réunion avec McNamara, fait par Amir lors d'une conférence sur la guerre des Six-Jours, en 1992. Ces détails, ainsi que d'autres, se trouvent également dans l'ouvrage de Richard B. Parker, *The Six-Day War : A Retrospective* (University Press of Florida, Gainesville, 1996, p. 139). La remarque de Nasser à Mayhew est citée par Mutawi, p. 94. Sa conversation avc Robert Anderson, et la visite à venir de Mohieddine sont résumées dans deux télégrammes à LBJ et Rusk, envoyés par Anderson les 1er et 2 juin, depuis l'ambassade américaine à Lisbonne (FRUS vol. XIX, documents 123 et 129). Walt Rostow, dans une note envoyée à LBJ quatre heures après l'arrivée du câble d'Anderson, le 2 juin, écrivit : « À la lumière de cette description de l'état d'esprit de Nasser, nous devons élaborer avec plus de soin le scénario des discussions avec Mohieddine. [...] Il est urgent que nous décidions si nous devons informer les Israéliens de cette visite. Il me semble que leurs services de renseignement en auront vent. Il serait judicieux que Rusk mette au courant [l'ambassadeur israélien Avraham] Harman » (FRUS vol. XIX, document 129, note 1).

Le télégramme de Nasser au président Johnson, le 2 juin, se trouve dans la bibliothèque LBJ, « National Security File, NSC History, Middle East Crisis,

May 12-June 19, 1967 », onglet 101. Le mémorandum du 3 juin de la CIA, « The Current Focus of the Near East Crisis » se trouve dans « National Security File, Middle East Crisis, CIA Intelligence Memoranda », dossier 3.

L'analyse des services de renseignement israéliens est citée par Schleifer dans *The Fall of Jerusalem*, p. 102 et 113.

Voir Mutawi, p. 94-96, pour plus de détails sur les motivations et les intentions de Nasser. Il cite le roi Hussein et d'autres Jordaniens de premier plan, disant qu'ils ne croient pas que Nasser voulait la guerre. La citation de Rabin (« Je ne pense pas que Nasser voulait la guerre ») est tirée de *The Gun and the Olive Branch*, de Hirst, p. 337, et a été publiée dans un article du *Monde*, le 29 février 1968. Rabin ajoutait : « Les deux divisions qu'il envoya dans le Sinaï le 14 mai n'auraient pas suffi pour déclencher une offensive contre Israël. Il le savait, et nous le savions. » Matitiahou Peled, alors général israélien, qui devint par la suite un membre éminent du mouvement israélien pour la paix, dit à *Ma'ariv* en 1972 : « Il est de notoriété publique que notre état-major n'a jamais dit au gouvernement que la menace militaire égyptienne présentait un danger pour Israël, ou que nous étions incapables d'écraser l'armée de Nasser qui, bêtise sans précédent, s'était exposée à la puissance dévastatrice de notre armée. » Oren (p. 92-97 et 119-121), à la différence de la plupart des auteurs étudiant la guerre de 1967, fait grand cas de l'« opération Aube », plan présumé d'Amer, ministre égyptien de la Guerre, visant à frapper Israël le premier. Oren reconnaît toutefois que Nasser n'était peut-être pas au courant de cette opération jusqu'aux derniers jours précédant son déclenchement prévu, ce qui soulève des questions sur la réalité de ce plan. Quoi qu'il en soit, écrit Oren, Nasser saborda l'opération supposée à la fin du mois de mai, et elle ne fut jamais mise en œuvre.

La citation mentionnant un « avertissement fort » est tirée de l'ouvrage de Heikal, alors conseiller de Nasser, p. 126.

Le début de la guerre est décrit par Herzog, p. 151-153. Il mentionne qu'elle commença à 1 h 45 ; Oren (p. 170) parle de 7 h 10. Le message d'Eshkol au roi Hussein est cité par Shlaïm, p. 279-280. La scène dans les rues de Ramallah a été décrite dans plusieurs interviews, notamment avec Nicola Akkel, et elle est corroborée dans *Homeland*, recueil d'interviews retraçant l'histoire orale palestinienne, p. 62.

Les émissions de La Voix des Arabes, diffusées depuis Le Caire, sont décrites par Mutawi, p. 133, et Oren, p. 178. Bachir se souvient de les avoir entendues le 5 juin, et de sa joie devant la victoire des Arabes. Son cousin Ghiath m'a raconté l'histoire d'Oum Kalsoum lors d'une interview.

La destruction des forces aériennes égyptiennes et le moment choisi par les Israéliens pour attaquer sont décrits par Herzog, p. 151-152. Le message codé envoyé par l'Égypte à la Jordanie et contenant de fausses informations est cité par Mutawi, p. 123.

La méfiance du roi Hussein à l'égard d'Eshkol et les promesses d'Israël de ne pas attaquer sont brièvement exposées par Mutawi, p. 130. La citation commençant par « Frères arabes » provient d'une bande d'archives que m'a procurée Andy Lanset, archiviste radio à WNYC (New York). J'ai utilisé cette bande en décembre 2001 dans une émission de radio consacrée à la vision arabe de l'Occident, pour le programme documentaire de la radio publique « American Radio Works ». La déclaration d'Ahmed Saïd à propos du « cantonnement sioniste » est citée par Morris (*Victimes*, p. 339). Les attaques contre les forces aériennes arabes et leur destruction sont décrites par de multiples sources, notamment Herzog (p. 171), Oren (p. 186-195) et Mutawi (p. 129). Les explosions à Ramallah, les 5 et 6 juin, sont décrites par de nombreuses sources, notamment Bachir ; Husam Rafidi, dans l'histoire orale *Homeland*, p. 63 ; et Raja Shehadeh, dans son essai, *Strangers in the House*, p. 37-47. Herzog mentionne (p. 75) la destruction de l'émetteur radio de Ramallah et (p. 76) décrit l'annihilation des troupes d'infanterie jordaniennes venues de Jéricho. Les récits de l'encerclement de la Vieille Ville se trouvent dans les ouvrages de Herzog (p. 176) et Mutawi (p. 134).

La citation de Riad évoquant la situation qui « se dégrade rapidement », les choix des Arabes, et les câbles et télégrammes échangés entre Amman et Le Caire sont repris par Mutawi, p. 138-139, qui cite des documents originaux en arabe.

La chute de Ramallah est décrite par Bachir et Akkel, et par Shehadeh dans *Strangers in the House*, qui se rappelle les paroles de son père, murmurées alors qu'il était « totalement absorbé dans un silence agité » :

> C'est 1948 qui se répète. [...] Exactement comme en 1948, tellement de paroles et pas d'actes, seulement des bravades. Nous allons montrer à l'ennemi, clament les Arabes, mais quand le combat commence, ils disparaissent.

La quasi-absence de résistance de l'armée jordanienne et sa retraite en fin de journée, le 6 juin, sont dépeintes par Mutawi, p. 138-140 ; il cite toutefois une interview avec Habes Majali, commandant en chef des forces armées jordaniennes, qui affirme que les rapports sur les pertes jordaniennes en Cisjordanie on été exagérés par les commandants sur le terrain. Il est pourtant clair que sans couverture aérienne l'armée jordanienne était pratiquement incapable de se défendre, ou de défendre les habitants de Cisjordanie, contre la puissance de Tsahal.

L'image des drapeaux blancs fabriqués avec des tee-shirts et des mouchoirs est tirée d'une interview avec Nicola Akkel, à Ramallah.

La destruction d'Emmaüs, Beit Nuba et Yalo est décrite par de nombreux historiens, notamment Oren, p. 307. Il ne reste aujourd'hui presque aucune trace de ces villages ; à leur place se trouve un « parc du Canada ». Une plaque annonce :

> La vallée des sources du parc du Canada a été créée grâce à la générosité de Joseph et Faye Tanenbaum, Toronto, Ontario, Canada. Fonds national juif.

La fuite d'au moins deux cent mille réfugiés palestiniens pendant et après la guerre de 1967 est l'une des conséquences les moins connues de ces six jours. Oren n'en fait pas mention dans *Six Days of War*. Il écrit que la « communauté palestinienne » était « pour la plus grande part restée sur [ses] positions d'avant-guerre ».

Segev, auteur d'un livre récemment paru en hébreu sur la guerre de 1967, m'a écrit que le nombre d'Arabes déplacés en 1967 était de l'ordre de deux cent cinquante mille, en incluant les civils syriens ayant fui le plateau du Golan. Andrew I. Kilgore, ancien ambassadeur américain au Qatar, et éditeur du *Washington Report on Middle East Affairs*, a mentionné en mars 1990 le nombre de deux cent mille Palestiniens déplacés (www.washington-report.org/backissues/0390/9003017.htm). Le ministère israélien des Affaires étrangères reconnaît qu'il y eut « des personnes déplacées » à cause de la guerre de 1967, mais n'en donne pas le nombre.

La Mission de l'observateur permanent des Nations unies en Palestine, dans un communiqué de 1998, parle de trois cent vingt-cinq mille, faisant partie de ce qu'il appelle une « politique systématique d'expulsion et de migration forcées ». Sayigh, p. 174, décrit « l'exode de trois cent mille réfugiés de plus » après la guerre de 1967. John Quigley, professeur de droit international à l'université d'Ohio State, cite un nombre de trois cent cinquante mille dans *Palestine and Israel : A Challenge to Justice*, nombre « qui représentait 25 % de la population » de la Cisjordanie et la bande de Gaza.

Un rapport d'enquête sur le terrain du représentant spécial de l'ONU, en septembre 1967, estimait que deux cent mille personnes partirent pour la Jordanie, et plus encore furent déplacées à l'intérieur de la Cisjordanie. Le rapport examine également des incidents spécifiques, notamment les destructions de maisons et l'intimidation, qui provoquèrent la fuite de la population palestinienne pendant et après la guerre. Le rapport de l'ONU affirme que dans la ville cisjordanienne de Qalqilya, « trois semaines après qu'ils eurent quitté la ville, ses habitants furent autorisés à revenir. [...] En arrivant, ils découvrirent que sur deux mille maisons, environ huit cents avaient été démolies ». (United Nations General Assembly, « Report of the Secretary-General under General Assembly Resolution 2252 [ES-V] and Security Council Resolution 237 [1967] », 15 septembre 1967.) Oren affirme, p. 307, que « près de la moitié des maisons de Qalqilya auraient été endommagées, bien qu'Israël les ait réparées par la suite ».

Bachir a évoqué la grève des avocats lors d'une interview, en décembre 2003, et elle a été corroborée dans ma correspondance avec George Bisharat, auteur de *Palestinian Lawyers and Israeli Rule : Law and Disorder in the West Bank*, qui a relu certaines parties de ce chapitre et des suivants pour en vérifier l'exactitude. Bachir, comme toujours modeste, n'a pas dit qu'il était le leader de la grève, mais Ghiath Khairi a insisté sur le fait que son cousin en était bien « *le* leader ». Les commentaires de Bachir à propos du colonel israélien proviennent de son essai autobiographique, tout comme le nombre de quatre-vingts avocats. Bisharat pense que ce nombre était plus proche de cinquante. La création des tribunaux militaires est mentionnée dans le « Report of the Special Committee to Investigate Israeli Practices Affecting the Human Rights of the Population of the Occupied Territories », publié par les Nations unies le 1er octobre 1976.

La citation affirmant « ni réconciliation, ni négociation » est tirée de *Armed Struggle and the Search for State*, de Sayigh, p. 143. Bachir a confirmé le sentiment de clarté et de liberté qui s'est emparé de nombreux Palestiniens aussitôt après le début de l'occupation.

La définition de « fedayin » est donnée par Bassam Abou-Charif dans *Best of Enemies*. Son récit concernant Habache, son adhésion au FPLP, et le désarroi de son père, se trouve p. 52-63. Les citations (« un éternel étranger » et « je préfère être mort ») se trouvent p. 53.

Les histoires de Palestiniens regagnant leur ancienne maison sont trop nombreuses pour qu'on les compte ; au fil des années, j'en ai entendu des dizaines, et la plupart parlent d'un voyage spontané de l'autre côté de la Ligne verte, bien que certains voyageurs précisent qu'ils firent une demande d'autorisation, qui leur fut accordée. Dans chaque cas, pourtant, il est important de souligner que la frontière était alors beaucoup moins définie : non seulement moins qu'elle ne l'est aujourd'hui, avec la construction du mur de séparation, mais moins encore que dans les années 1980 et 1990, quand les tensions entraînèrent la présence de points de contrôle et de patrouilles beaucoup plus nombreux entre Israël et les territoires occupés.

CHAPITRE 9

Les notes concernant ce chapitre sont relativement courtes. Celui-ci repose largement sur les souvenirs de Bachir et Dalia, qu'ils m'ont racontés pendant plus d'une douzaine d'interviews en 1998, 2003, 2004 et 2005, et qui sont rapportés dans l'essai autobiographique de Bachir en arabe (voir les notes du chapitre premier). Ghiath Khairi m'a fourni des détails supplémentaires au cours d'interviews en janvier 2005.

Les conversations entre Bachir et Dalia n'ont bien sûr pas été enregistrées ; les citations proviennent presque toutes de leur mémoire. Dans certains cas, Dalia ne se souvenait pas d'avoir dit une chose que Bachir lui attribuait dans son essai, ou qu'elle était certaine de ne pas avoir dite ; dans ces cas-là, soit je n'ai pas inclus la citation, soit j'ai noté ces divergences. Elles sont toutefois mineures : Bachir et Dalia sont essentiellement d'accord sur ce qui s'est passé dans la maison de Ramla ce jour-là, et lors de leurs rencontres suivantes.

Bachir et Dalia ont lu ce chapitre, ainsi que d'autres, pour en vérifier l'exactitude. J'espère avoir reflété l'esprit de leurs échanges aussi fidèlement et honnêtement que possible.

La discussion de Bachir avec sa famille à son retour à Ramallah est rapportée dans son essai et dans ses interviews avec moi. Le fait que des conversations telles que celles des Khairi se déroulaient en 1967 dans toute l'ancienne Palestine m'a été rapporté dans des dizaines d'histoires et d'interviews pendant les douze ans que j'ai passés à voyager en Israël, en Cisjordanie, à Gaza, en Jordanie, et au Liban. Bachir raconte dans son essai son voyage de retour avec Kamel. Le fait que le rêve du retour était aussi présent que jamais est mis en évidence par les développements politiques du mouvement palestinien après juin 1967, racontés par Sayigh dans *Armed Struggle in the Search for a State*, en particulier p. 147, où il décrit l'« âge d'or des guérillas ».

La description d'Arafat provient de sources multiples, notamment du récit de Bassam Abou-Charif dans *Best of Enemies*, dont est tirée la citation mentionnant « l'esprit palestinien » (p. 58). L'analyse des limites des attaques transfrontalières est également menée par Abou-Charif, p. 58 ; par Sayigh, p. 161-164 ; et par Saïd K. Aburish, auteur de *Yasser Arafat*, p. 103-105. Ces récits, ainsi que le site internet du ministère israélien des Affaires étrangères, indiquent que ces attaques occasionnèrent rarement des pertes civiles pendant cette période. La légende d'« Abou Amar » est exposée par Abou-Charif (p. 59, histoire du café sur le feu), et par David Pryce-Jones, journaliste britannique, auteur de *The Face of Defeat* (p. 41). Aburish (p. 128) se rappelle les slogans d'Arafat et décrit la manière dont le leader du Fatah donnait à son keffieh la forme de la Palestine historique. « Un exercice qui prenait près d'une heure chaque matin » écrit Aburish :

> Il portait toujours un treillis et une paire de lunettes de soleil à l'américaine, qu'il ne quittait jamais, même à l'intérieur. Sur nombre de photos, il brandit une badine, comme un bâton de maréchal improvisé : elle était le symbole de sa puissance et avait l'avantage de le distinguer de ceux qui l'entouraient mais il pouvait aussi s'en servir constamment comme d'un symbole de son pouvoir, et pour désigner les lieux des actes héroïques [des Palestiniens] ou des atrocités commises par les Israéliens.

Pour la grève des avocats et l'impact de l'occupation sur les avocats palestiniens tels que Bachir, voir George Bisharat, *Palestinian Lawyers and Israeli Rule*, en particulier p. 145-161. Pour les attitudes des Palestiniens à l'égard de l'annexion par Israël de Jérusalem-Est, voir Aburish, p. 111-112, et Shehadeh, p. 46 et p. 55-57. Les premières colonies israéliennes en Cisjordanie sont décrites par Morris dans *Victimes*, p. 362-365. L'ordre militaire 145 entra en vigueur en avril 1968, selon le site internet de l'Israel Law Resource Center.

Bachir a évoqué lors d'interviews son arrestation et son incarcération survenues en septembre 1967. Le contexte plus large de la contre-insurrection israélienne est étudié par Sayigh, p. 180. La citation « pas de réconciliation » est tirée de l'ouvrage de Sayigh, p. 143. Certaines parties du texte de la résolution 242 du Conseil de sécurité des Nations unies (22 novembre 1967) proviennent du site internet des Nations unies.

Voir Sayigh, p. 143, pour la position de Nasser et du roi Hussein vis-à-vis de la résolution 242. Pour celle de nombreux Palestiniens, notamment les partisans de factions populaires telles que le FPLP, voir Abou-Charif, p. 56-63, et Sayigh, p. 229 et 252. Sayigh, p. 167 et p. 170, examine les arrestations par Israël de guérilleros et de sympathisants palestiniens ; le nombre de « plus d'un millier » de militants en prison se trouve p. 172 ; il atteignit 1 750 à la fin de l'année 1968 (p. 203).

L'émergence du FPLP à la suite de l'attaque de l'aéroport, et son échec tactique, sont tirés de l'ouvrage de Sayigh, p. 167 ; la date est également mentionnée par Abou-Charif (p. 51) comme marquant la création du FPLP, avec un « manifeste » qui « comportait un seul point : la libération de la Palestine de l'occupation israélienne par la lutte armée ».

Pour les attitudes palestiniennes vis-à-vis de Habache, voir Abou-Charif, p. 50-51.

Bachir se souvient d'avoir été arrêté le 17 septembre 1967, et d'être resté « cent jours » en prison ; cela signifierait qu'il fut libéré à la fin du mois de décembre.

Oz et ses collègues ont publié *The Seventh Day : Soldiers' Talk About the Six-Day War*, un livre destiné à « conserver de manière permanente les effets de la guerre des Six-Jours sur leur génération ». Les histoires et les citations des soldats en sont extraites. Oz prit position très tôt contre l'occupation, comme le montre David Remnick dans un article du *New Yorker*, « The Spirit Level », 8 novembre 2004.

Le reste du chapitre – l'arrivée de Dalia et Richard à Ramallah, leur accueil par la famille Khairi, et la rencontre entre Dalia et Bachir – suit le fil de leurs souvenirs, décrits au début des notes de ce chapitre.

CHAPITRE 10

Ce chapitre repose sur un mélange d'interviews avec des témoins oculaires, de mémoires, de sources secondaires décrivant le contexte historique et politique de l'époque, et d'interviews avec différents membres des factions politiques palestiniennes de 1969 au milieu des années 1980. Les interviews se sont déroulées avec Dalia, différents membres de la famille Khairi, l'ancien combattant israélien Israël Gefen, d'anciens membres du FPLP, et des Palestiniens incarcérés dans les prisons israéliennes pendant les années 1970 et 1980. Le contexte politique plus large est explicité grâce aux recherches rigoureuses de Yezid Sayigh dans *Armed Struggle and the Search for State* ; le sentiment dominant de l'époque est rapporté de façon très vivante par Dalia au cours des interviews, et par les récits d'Abou-Charif dans *Best of Enemies*.

Les événements du Supersol m'ont été rapportés lors d'une série d'interviews avec Israël Gefen en 2004. Il avait alors quatre-vingt-deux ans, mais se souvenait de quantité de petits détails frappants, notamment sa mission au Supersol ce jour-là : acheter un carton de jus de citron surgelé. Le supermarché lui-même, ainsi qu'un parc créé par Israël, un parking, et des immeubles proches de Jérusalem-Ouest, avaient été construits sur un cimetière et des terres *waaf* exploitées par les musulmans jusqu'en 1948, selon le ministère de l'Information de l'Autorité palestinienne.

Les détails de l'attentat du Supersol sont corroborés par des extraits de l'article du *Jerusalem Post* publié le dimanche 23 février : « 2 Die, 8 Wounded in J'lem Terror Outrage at Supersol ». (Une troisième victime mourut plus tard.) L'explosion se produisit à 10 h 40 ; une seconde explosion fut évitée par un soldat du génie qui désamorça une boîte de biscuits bourrée d'explosifs.

Bachir ne se rappelle pas la date précise de son arrestation, mais elle semble avoir eu lieu à la fin du mois de février 1969, ou peut-être le 1er mars. Un article de l'édition du 2 mars du *Jerusalem Post* annonçait : « Quarante suspects de l'attentat du Supersol arrêtés lors d'une rafle » ; deux jours plus tard, un autre article précisait : « Il semble qu'un avocat de Ramallah, Bachir Khayri, figure parmi les personnes arrêtées. » La citation de Habache, parlant de « confiance » et de « sécurité », est tirée de l'ouvrage de Sayigh, p. 216. Le nom de Bachir fut mentionné (article du 6 mars du *Post*, « Major Terror Gang Seized ») comme celui d'un « chef des activités terroristes ».

Les premières opérations du FPLP sont dépeintes par Abou-Charif, p. 59-63, par Sayigh, p. 230-232, et par Morris, dans *Victimes*, p. 411-415.

L'incarcération de Bachir a été décrite lors d'interviews distinctes avec Bachir et Nuha Khairi, et une confirmation supplémentaire de sa présence dans les prisons israéliennes est donnée par Felicia Langer, à l'époque avocate spécialiste de la défense des droits de l'homme. S'il n'y pas de témoins oculaires en dehors de Bachir (et à un moment de Nuha, sa sœur) pour corroborer les tortures qui lui furent infligées, ce qu'il décrit est cohérent avec les descriptions recueillies par Langer dans *Avocate israélienne, je témoigne*, et avec les nombreuses interviews d'anciens prisonniers palestiniens que j'ai menées pendant l'été 2004. La description par Josef Odeh des tortures infligées à sa fille, ressemblant de façon saisissante à celles que donnent les Khairi des tortures subies par Bachir, se trouve dans l'enquête du *Times* de Londres, publiée le 19 juin 1977. La démolition de sa maison est mentionnée dans un article du *Jerusalem Post*, le 11 mars 1969, « Houses of 9 West Bank Terrorists Demolished ».

On peut trouver d'autres informations sur l'histoire de la torture en Israël, notamment les conclusions de la commission Landau et les restrictions judiciaires de son usage qui s'ensuivirent, sur le site de B'tselem, organisation israélienne respectée de défense des droits de l'homme (www.btselem.org/english/Torture/Torture_by_GSS.asp).

La tactique du FPLP est décrite en profondeur par Sayigh, notamment p. 232-237 ; Abou-Charif décrit la « vision galvanisante » du « maître » des opérations du FPLP, Wadie Haddad, auteur des « actions à grand spectacle ». Abou-Charif décrit également les entrées dont jouissaient les fedayins dans tout le monde arabe. Aburish (p. 140-147) dépeint les tensions entre la Jordanie, Israël et les factions palestiniennes en 1969 et 1970 ; Sayigh fait de même, p. 243-251. La bataille de Karameh est décrite en détail par Sayigh, p. 174-179 ; par Morris (*Victimes*, p. 402-404) ; par Hirst (*The Gun and the Olive Branch*, p. 411-414) ; et par Aburish, dans *Yasser Arafat*, p. 124-126. Rashid Khalidi étudie dans *L'Identité palestinienne*, p. 297, l'idée de transformer la défaite militaire de Karameh en victoire politique.

Khalidi (p. 297), Aburish (p. 126) et Abou-Charif (p. 65-66) décrivent tous le rôle de Karameh à l'heure d'attirer de nouvelles recrues et de s'assurer le soutien de la gauche. Un article du *Jerusalem Post* (5 mars 1969) citait les propos de Habache : « Une révolution de type vietnamien est l'unique méthode, [...] menée par les *kadaheen* (les travailleurs les plus pauvres) prêts à se battre parce qu'ils n'ont rien d'autre à perdre que les tentes minables dans lesquelles ils vivent. » Le slogan de Habache et sa citation mentionnant « l'enfer » sont tirés de *The Gun and the Olive Branch*, de Hirst, respectivement p. 419 et p. 410.

Le chercheur palestinien Nassir Arouri m'a décrit lors d'une interview la vision des Israéliens comme « des soldats en civil ». La citation de Habache (« Quand nous détournons un avion… ») a été publiée dans *Stern* en 1970, et reprise par de nombreux sites internet militaires américains. La répression israélienne a été évoquée lors d'une interview avec Abou Laila. Il a également décrit les tensions croissantes au sein du FPLP et avec la Jordanie. Ses dires sont corroborés par Sayigh, p. 234-255, et Aburish, p. 122-132. Le détournement multiple vers l'« aéroport de la révolution » est décrit par Sayigh, p. 257, et Abou-Charif, p. 80-90. Ce dernier se souvient d'avoir consolé un passager en lui disant : « Ne vous en faites pas, c'est juste un détournement. Personne ne sera blessé », tandis qu'un autre membre du FPLP commençait à fixer du plastic aux sièges. « Vous vous attendez à ce que je sois détendu ? cria l'homme, sidéré, à Abou-Charif. Regardez ce type ! Qu'est-ce qu'il fabrique ? »

La supériorité militaire jordanienne sur les factions palestiniennes, et « l'État dans l'État » en Jordanie sont exposés en détail par Sayigh, p. 263-264. La référence à l'« Hanoï arabe » est tirée de l'ouvrage de Hirst, p. 436. La demande d'assistance du roi à Israël, considérée comme une trahison par beaucoup d'Arabes, a été rapportée en janvier 2001 dans un reportage de la BBC, « UK Confidential », et repose sur des documents du gouvernement britannique publiés le 1er janvier 2001. Voir news.bbc.co.uk/1/hi/world/middle_east/1095221.stm

Sayigh estime que le bilan des morts palestiniens pendant Septembre noir se situe entre trois mille et cinq mille (p. 267). L'accord entre Arafat et le roi Hussein se trouve également p. 267 ; les scènes relatives à la mort de Nasser sont tirées des ouvrages de Sayigh, p. 145, et Heikal, p. 159.

Bachir et sa famille ne se rappellent pas le jour exact de sa condamnation, seulement qu'elle eut lieu en 1972.

Dalia se souvient de la proximité de l'école et de la prison ; elle croit même qu'elles avaient un mur mitoyen.

Le meurtre des athlètes israéliens à Munich est rapporté par Sayigh, p. 309 ; par Hirst, p. 439-445 ; et par Morris, dans *Victimes*, p. 415-416. La citation d'Arafat se trouve dans l'ouvrage de Sayigh. Celui-ci affirme que l'attaque fut faite sous le nom de Septembre noir, mais que les assaillants ne faisaient pas partie du groupe Septembre noir originel. Le général israélien était Aharon Yariv, qui dirigea l'opération Colère de Dieu, et sa citation est tirée de l'ouvrage de Reeve, p. 160-161. La citation de Habache (« Tuer, même si cela signifie que nous devenons inhumains à notre tour ») se trouve dans l'ouvrage de Sayigh, p. 71.

Les assassinats israéliens, notamment les lettres piégées qui tuèrent Ghassan Kanafani et sa nièce, et blessèrent Bassam Abou-Charif, sont mentionnés par Sayigh, p. 310 ; par Abou-Charif, p. 97, et par Morris (*Victimes*, p. 415), qui affirme que la nièce de Kanafani avait dix-sept ans, et non vingt et un. Abou-Charif donne une description très crue de ses blessures dans *Best of Enemies*, p. 96-99.

La description de la vie en prison provient de multiples interviews avec Bachir et d'autres Palestiniens incarcérés dans les prisons israéliennes dans les années 1970 et 1980. Parmi eux Djibril Rajoub, ancien militant du Fatah qui devint par la suite directeur de la sécurité en Cisjordanie, sous les ordres d'Arafat ; Abou Mohammed, de Tulkarem, en Cisjordanie ; et plusieurs membres passés et présents du FDLP et du FPLP qui souhaitent rester anonymes. La plupart d'entre eux ont été incarcérés avec Bachir dans une prison ou une autre.

Les statistiques concernant les Palestiniens emprisonnés sont tirées de l'ouvrage de Sayigh, p. 608.

Certaines œuvres de Bachir, notamment celle qui représente un paysan palestinien, et la réplique de la mosquée al-Aqsa, se trouvent dans sa maison de Ramallah.

Bachir a décrit au cours d'une interview la visite de Rabin.

La visite de Sadate à Jérusalem et les accords ultérieurs de Camp David sont rapportés par Shlaïm dans *Le Mur de fer*, p. 371-400. La citation de Rabin évoquant « le mur de haine » se trouve dans l'ouvrage d'Abou-Charif, p. 165. Les objections palestiniennes aux accords ont été évoquées dans de nombreuses interviews que j'ai menées, notamment avec Bachir et Abou Laila, et sont décrites par Shlaïm, et par Edward Saïd dans *Politics of Dispossession*, p. 66-67. Shlaïm, Morris (*Victimes*, p. 362-364) et Hirst (p. 500-502) décrivent la montée du Goush Emounim (le Bloc de la foi) et du Parti religieux national au sein de la coalition au pouvoir autour du Likoud ; Hirst, en particulier, décrit le lien de Sharon avec ces orientations politiques, et le soutien ultérieur de l'Organisation sioniste mondiale par le biais de son « Plan directeur pour le développement des colonies en Judée et Samarie ».

Saïd, dans un essai sur la mort de Sadate, écrit que le dirigeant égyptien « a travaillé à l'écart de l'histoire, de la société et de l'actualité arabes ; [...] dans ses dernières années, il a malmené sans pitié les Arabes. [...] Il semble avoir perdu le contact avec son peuple ».

Nuha et Khanom ont évoqué la libération de prison de Bachir. Khanom pense que le corps de ce dernier portait des traces de brûlures de cigarette, mais Bachir n'a pas fait de commentaire à ce sujet.

Ézéchiel Landau, le mari de Dalia, a raconté leur prise de contact avec le pasteur anglican Audeh Rantisi.

CHAPITRE 11

Ce chapitre repose en grande partie sur la correspondance entre Dalia et Bachir, et sur des interviews avec Dalia, Bachir, d'autres membres de la famille Khairi, Ézéchiel Landau, et des codétenus de Bachir, notamment Djibril Rajoub.

Le contexte historique est étayé par de nombreuses sources primaires et secondaires, précisées ci-dessous.

L'incarcération de Bachir est corroborée par des interviews avec Djibril Rajoub et par les articles parus dans le *Times* de Londres et le *Jerusalem Post* à la mi-janvier 1988. Bachir et Djibril ont relu les parties de ce chapitre traitant de ce sujet, pour en vérifier l'exactitude ; leurs souvenirs, presque identiques (recueillis séparément), des mêmes événements corroborent l'histoire globale de la prison de Jneid.

Le contexte de l'occupation qui mena à l'Intifada et les détails de cette dernière sont tirés du chapitre « The Uprising » de *Intimate Enemies : Jews and Arabs in a Shared Land*, de Meron Benvenisti, p. 72-111 ; *Best of Enemies*, d'Abou-Charif, p. 224-228 ; *Yasser Arafat*, d'Aburish, p. 297-327 ; *Armed Struggle and the Search for State*, de Sayigh, p. 607-665 ; et *Le Mur de fer : Israël et le monde arabe*, de Shlaïm, p. 468-478.

Les détails de l'histoire de l'incident qui déclencha l'Intifada varient. Shlaïm, p. 468, parle d'un « camion » qui « faucha et tua quatre résidents » du camp de Djabaliya ; Sayigh, p. 607, mentionne « un véhicule agricole » qui « percuta deux voitures transportant des travailleurs de Gaza » ; Abou-Charif, p. 252, écrit qu'« un camion transportant des travailleurs palestiniens tomba dans une embuscade tendue par des soldats israéliens » ; selon Gerner, dans *One Land, Two Peoples*, p. 97, « un porte-char israélien entra en collision avec une file de voitures pleines de travailleurs palestiniens ». Tous les récits coïncident pour affirmer que quatre Palestiniens furent tués et que les rumeurs, fondées ou non, s'emparèrent de Gaza occupé.

Dilip Hiro, dans *Sharing the Promised Land*, p. 185, fournit la citation parlant des « frères médecins ».

Shlaïm, p. 471-472, examine le revirement international de l'image des Palestiniens ; p. 470, il décrit la manière dont Rabin « sous-estime largement la gravité de la situation » ; et p. 469, il mentionne « la guerre d'indépendance palestinienne ». Benvenisti fait référence à la « guerre de libération », p. 73.

La référence au village natal de Cheikh Ahmed Yassine est tirée de *All That Remains : The Palestinian Villages Occupied and Depopulated by Israel in 1948*, de Walid Khalidi, p. 116-117. Les racines du Hamas et sa philosophie sont examinées par Sayigh, p. 631. Le soutien initial d'Israël au Hamas « dans l'espoir d'affaiblir le nationalisme laïque de l'OLP » est mentionné par Shlaïm, p. 477.

Les détails de l'organisation de l'Intifada, notamment la révolte contre les impôts, proviennent d'une interview avec Elias Rishmaoui, pharmacien de la ville cisjordanienne de Beit Shahour, près de Bethléhem, dans *Homeland : Oral Histories of Palestine and Palestinians.* Les détails additionnels, notamment les « jardins de la victoire » et les poulets élevés dans de vieux réfrigérateurs, sont tirés d'une interview avec le chercheur palestinien Nassir Arouri.

La prière hébraïque est connue sous le nom de « prière pour la paix de Rabbi Nahman », elle est attribuée au rabbin Nah'man de Breslev (1773-1810) (www.pinenet.com/rooster/peace.htlm).

On a beaucoup parlé, à l'époque, de la politique de Rabin (« le pouvoir, la force, et les passages à tabac »), elle est mentionnée par Shlaïm (p. 470), Hiro (p. 186) et Sayigh (p. 619). Sayigh donne également des chiffres sur les arrestations, les détentions administratives, et la fermeture des écoles. Shlaïm (p. 470), Gerner (p. 98) et Hiro (p. 186) font allusion à cette politique brutale ; Hiro fait référence à un reportage de la chaîne de télévision CBS montrant « des soldats israéliens frappant des Palestiniens attachés afin de leur briser les os ». Morris (*Victimes*, p. 635-638) décrit lui aussi cette politique brutale.

Ézéchiel, le mari de Dalia, a confirmé de mémoire certains détails du séjour de celle-ci à l'hôpital.

Bachir et Djibril Rajoub ont raconté la scène de leur sortie de la prison de Jneid. Le fait qu'ils aient renoncé à faire appel de leurs expulsions est confirmé dans des articles du *Times* de Londres, 13-15 juin 1988. Les citations suivantes (« le jeu était truqué » et « faire partie des dirigeants ») sont tirées d'un article du *Jerusalem Post*, le 14 janvier. Les articles font référence aux objections émises par l'ONU et les États-Unis contre la politique d'expulsion d'Israël. La résolution 607 du Conseil de sécurité des Nations unies, le 5 janvier 1988, « engage Israël à s'abstenir d'expulser des Palestiniens des territoires occupés ».

Djibril Rajoub s'est rappelé ses commentaires au juge militaire. Djibril et Bachir ont évoqué leur voyage, les yeux bandés, dans la camionnette, puis dans les hélicoptères ; ils ont tous deux insisté, lors d'interviews séparées, sur le fait qu'ils n'avaient pas la moindre idée de leur destination.

La présence israélienne au Liban est présentée par Benvenisti, dans *Intimate Enemies*, p. 79, comme un moyen de « détruire le réseau d'influence indépendant du nationalisme palestinien au Liban » ; Shlaïm, p. 401-440, et Sayigh, p. 495-521 développent le contexte. Voir aussi *Israel's Lebanon War*, de Ze'ev Schiff, correspondant militaire israélien de premier plan, et Ehoud Ya'ari ; et *Liban : nation martyre*, de Robert Fisk. La référence au « Vietnam israélien » a été faite dès 1983, comme le montre cet article du ministère israélien des Affaires étrangères : www.mfa.gov.il/MFA/Foreign+Relations/Israels+Foreign+Relations+since+1947/1982-1984/111+Interview+with+Defense+Minister+Arens+on+Israe.htm

Au cours d'interviews, Bachir et Djibril se sont tous deux souvenus de leur arrivée au Sud-Liban, comme l'a fait Salah Salah, le membre du FPLP qui les accompagnait.

Les commentaires du Département d'État (« profonds regrets ») et de Nétanyahou (« absolument légales ») sont tirés d'articles du *Times* de Londres et du *Jerusalem Post*. La mort de Yonatan (ou Jonathan) Nétanyahou lors du raid sur Entebbe est décrite dans un article publié par le site internet officiel de Tsahal (« Entebbe Diary »). Nétanyahou a été tué alors qu'il dirigeait un raid visant à libérer les otages d'un avion détourné par le FPLP vers l'Ouganda d'Idi Amin. Il fut la seule victime parmi les forces israéliennes. Dalia a insisté plusieurs fois sur le fait que le frère cadet de Yonatan, « Bibi », a formé ou au moins durci certaines convictions personnelles et politiques à la suite de la mort de son aîné.

La citation de Rabin (« un courage qui mérite le respect ») est tirée de *Secret Channels*, de Heikal, p. 384 ; Heikal décrit là le début du « virage [de Rabin]

vers la modération » ; Shlaïm étudie également, p. 485-486, ce changement qui ne s'exprima que plus tard ; la poursuite de la politique de la « poigne de fer » est examinée p. 470-472.

La « Lettre à un expulsé » de Dalia a été publiée dans les pages « Opinion » du *Jerusalem Post* le 14 janvier 1988.

Le contexte politique général de la présence palestinienne au Liban est décrit par Fisk, et spécifiquement par Sayigh, p. 283-317, en particulier p. 291. L'objectif fondateur du Hezbollah est explicité par Fisk dans *Liban : nation martyre* ; Shlaïm (p. 580) affirme que « l'objectif majeur de ses actions était d'expulser Israël du Sud-Liban ». Friedman, dans *From Beirut to Jerusalem*, mentionne un objectif secondaire : la création d'un État islamique au Liban. L'acheminement des fonds israéliens vers les milices libanaises est confirmé par Schiff et Ya'ari dans *Israel's Lebanon War*, p. 18.

Le contexte historique du « bourbier libanais », comme l'appelle Shlaïm, notamment les luttes entre factions, dépasse le cadre de ce livre, mais il convient de noter un certain nombre de choses. Après 1970, les tensions s'accrurent à la fois à cause de la présence des factions palestiniennes et à cause des Israéliens. Ces tensions reflétaient largement les différences religieuses, les musulmans soutenant dans l'ensemble les Palestiniens, et nombre de chrétiens maronites, avec leurs milices phalangistes, soutenus par Israël, exigeant régulièrement leur propre État chrétien. De plus, la population musulmane s'accroissait plus rapidement que la population chrétienne, même si beaucoup de musulmans étaient des Palestiniens vivant dans des camps de réfugiés sordides, à qui l'on refusait la citoyenneté, le droit de vivre ailleurs, et la plupart des emplois. Les tensions allant croissant, l'équilibre politique fragile, fondé sur les appartenances religieuses, établi par la France coloniale quand elle avait dessiné la carte du Moyen-Orient avec la Grande-Bretagne en 1916, fut complètement bouleversé. La guerre civile éclata au Liban en 1975 lorsque les miliciens chrétiens ouvrirent le feu, près de Beyrouth, sur un car plein de civils palestiniens. En quelques jours, représailles et contre-représailles débouchèrent sur une guerre civile généralisée, Beyrouth se retrouvant divisé entre l'est chrétien et l'ouest musulman. Les attentats à la voiture piégée, les enlèvements et les exécutions devinrent la norme pendant des années.

L'invasion israélienne du Liban, notamment le nombre d'armes et de victimes, le siège de Beyrouth et la résistance de l'OLP sont décrits en détail par Sayigh, p. 522-543.

La citation de Sharon, déclarant que le sud de Beyrouth devait être « rasé », est tirée de l'ouvrage de Schiff et Ya'ari, p. 211. Les motifs de l'invasion israélienne sont exposés par Shlaïm, p. 422-423. Le départ des cadres palestiniens se trouve dans l'ouvrage de Sayigh, p. 537. L'embarquement d'Arafat sur le navire grec est décrit par Shlaïm, p. 430. Pendant les interviews menées dans les camps de réfugiés du Liban, on m'a très souvent rappelé les promesses de retour « dans les quinze jours », et le désir tenace des Palestiniens, cinquante-six ans plus tard, de regagner leurs anciennes maisons.

Les massacres de Sabra et Chatila sont décrits en détail par Sayigh, p. 539, et dans le reportage de Loren Jenkins publié par le *Washington Post*, le 23 septembre 1982.

La citation critiquant Sharon « qui n'avait pas tenu compte du risque... » provient directement des conclusions officielles de la commission d'enquête israélienne (commission Kahane), rendues publiques le 8 février 1983. Le rapport Kahane, qui examine en détail la manière dont Tsahal utilisa des fusées éclairantes pour illuminer les camps de Sabra et Chatila, et décrit à quel point les officiers israéliens étaient proches des camps, peut être consulté intégralement sur www.jewishvirtuallibrary.org/jsource/History/kahan.html. Le rapport établit aussi clairement que Sharon approuva explicitement l'entrée de la milice phalangiste dans les camps le 16 septembre 1982.

Les commentaires de Bachir (« La seule solution est le retour » et « nous exigeons qu'ils nous fournissent un avion ») ont été cités dans des reportages en janvier 1988, notamment dans le *Jerusalem Post*. La déclaration franche de Djibril Rajoub (« Salah a payé ») m'a été faite lors d'une interview, après que je lui ai lu cette partie de ce chapitre. Je m'attendais à moitié à ce qu'il explose de colère, m'oppose un démenti. Au lieu de cela, il a répondu sans broncher ; peut-être était-il soulagé de reconnaître publiquement, s'adressant indirectement à son vieil ami Salah, ce qui s'était passé et pourquoi. Après avoir reconnu que Salah avait payé pour son discours, Djibril m'a regardé et a ajouté : « Cela me gêne. J'étais si jeune... »

L'histoire de l'*Al-Awda* m'a été racontée lors d'interviews avec Bachir et Hilda Silverman, militante de la paix originaire de Boston, qui se trouvait à Athènes et souhaitait embarquer sur le bateau pour se rendre à Haïfa. Les détails additionnels sont tirés d'un article publié en octobre 1988 par Alfred Lilienthal dans le *Washington Report on Middle East Affairs*, et d'un reportage du journaliste belge Mon Vanderostyne, qui était à Athènes pour couvrir l'histoire. La citation présentant les expulsés comme des « criminels » est extraite de ce reportage.

L'assassinat d'Abou Jihad est décrit par Sayigh, p. 61-619, et par Hiro, p. 216-217. Le rôle d'Ehoud Barak dans cet assassinat a été rapporté par différents journaux, jusqu'en Israël, et il est examiné sur le site internet de l'Agence juive (www.jafi.org.il/). Les informations de cette semaine, notamment une dépêche d'Associated Press, datée du 16 avril, montrent une intensification de l'Intifada à la suite de l'assassinat d'Abou Jihad. La visite de Ghiath et Nuha Khairi à Dalia à l'hôpital est rapportée dans le journal de celle-ci, le 9 mai, et toutes les descriptions et les dialogues de cette rencontre proviennent de son journal. La naissance de Raphaël a été évoquée par Dalia et Ézéchiel au cours d'interviews.

Les divisions politiques croissantes au sein du mouvement palestinien sont décrites par Hiro, p. 187-190, et par Sayigh, p. 643-650 ; p. 650-653, il examine le rôle du Hamas. Shlaïm analyse la même période d'un point de vue politique israélien, p. 479-483. Abou-Charif décrit son évolution politique, de Habache à Arafat, p. 224-246. Il s'est rappelé sa remarque à « Dr Georges... » au cours d'une interview, ainsi que ses souvenirs de la fin de la guerre froide. Le récit du voyage d'Arafat à Genève se trouve dans l'ouvrage d'Abou-Charif, p. 257-262.

Les divisions constantes au sein du mouvement palestinien ont été décrites lors d'interviews avec Bachir, Abou Laila à Ramallah, et un ancien membre du FPLP qui ne vit plus au Moyen-Orient.

Bachir et Salah se sont tous deux rappelé leur exil à Tunis au cours d'interviews séparées, en 2004.

Dalia s'est remémoré son voyage de Jérusalem à Ramla pour rencontrer Michail Fanous. Je les ai interviewés à propos de ce premier contact, et leurs souvenirs se corroborent. Ils se rappellent tous deux leur vision commune d'un endroit qu'ils appelleraient la Maison ouverte ; Dalia se souvient que Michail la regarda et dit : « Nous pouvons rêver ensemble. »

CHAPITRE 12

Ce chapitre repose sur des interviews avec Dalia et Ézéchiel Landau, et Bachir, Nuha, Ghiath et Khanom Khairi ; sur des documents originaux des accords d'Oslo ; sur des récits de témoins directs, des enquêtes et des coupures de presse décrivant le processus d'Oslo et la « deuxième Intifada », qui commença en septembre 2000 ; et sur mes propres reportages dans la région, à partir de 1994.

Les « accords » d'Oslo sont une série de documents s'ouvrant par la « Déclaration de principes » (DDP), résultat de discussions secrètes entre les négociateurs israéliens et ceux de l'OLP dans la capitale norvégienne, à partir de 1992. L'échange de lettres entre Rabin et Arafat fait partie de la DDP, cité dans *Documents on Palestine*, vol. II, publié par la Société académique palestinienne pour l'étude des affaires internationales, p. 142. Le texte de la DDP se trouve p. 145-150. Les sondages montrant la popularité d'Oslo parmi les Palestiniens, et les premières mesures de souveraineté, notamment l'émission de timbres palestiniens, font partie du tableau chronologique de *Documents on Palestine*, p. 371-398. La description des ailes et des juridictions séparées, et la citation affirmant qu'Israël « conservait la responsabilité » sont tirées du « Gaza-Jericho Autonomy Agreement of May, 4, 1994 », annexe I, article X.

La construction prévue de nouveaux logements et de routes de contournement par Israël provient de mes observations de la région à partir de 1994, elle est listée dans le tableau chronologique cité ci-dessus.

Le massacre de Palestiniens par Baruch Goldstein est mentionné par Benny Morris dans *Victimes*, p. 624. Le lien entre l'attaque de Goldstein et les attaques du Hamas contre des civils qui s'ensuivirent a été établi dans deux analyses de Danny Rubinstein publiées par *Ha'aretz* le 28 septembre et le 23 octobre 1998. Les attentats suicides sont étudiés dans le tableau chronologique mentionné ci-dessus et dans « Major Palestinian Terror Attacks Since Oslo », sur www.jewishvirtuallibrary.org/jsource/Terrorism/TerrorAttacks.html. Les affirmations du Hamas selon lesquelles ces attaques répondaient aux attaques israéliennes contre des civils palestiniens sont exposées par Amira Hass dans un article de *Ha'aretz*, le 22 mars 1999.

Les démolitions de maisons sont décrites dans les rapports périodiques de la Commission des droits de l'homme des Nations unies ; voir, par exemple, sa note du 19 février 1996. Human Rights Watch a publié périodiquement des informations sur la privation de sommeil et d'autres pratiques, notamment dans un communiqué à la Commission, le 15 mars 1996.

Les rafles de Palestiniens par la police palestinienne sont mentionnées dans plusieurs articles de l'époque, et citées dans le rapport d'août 1995 de B'tselem, « Neither Law Nor Justice : Extra-Judicial Punishment, Abduction, Unlawful Arrest, and Torture of Palestinian Residents of the West Bank by the Palestinian Preventive Security Service ». Pour plus d'informations sur la tactique de censure de l'Autorité palestinienne, voir « Critique of the Palestinian Press Law of 1995 », publié par le Centre palestinien pour les droits de l'homme (www.pchrgaza.org/files/S&r/English/study1/Section2.htm). La remarque de Saïd à propos de « Vichy » est tirée de son essai cinglant, « The Middle East "Peace Process" », publié dans son ouvrage *Peace and Its Discontents : Essays on Palestine and the Middle East Peace Process*, p. 159.

La description de la colère contre Arafat et des différences de niveau de vie entre riches et pauvres provient en grande partie de mes voyages à Gaza, à partir de 1994 ; les détails additionnels de ce paragraphe, notamment la citation mentionnant les « profiteurs », proviennent de l'article de David Hirst, « Shameless in Gaza », paru dans le *Guardian Weekly* le 27 avril 1997. (Je me trouvais à Gaza à ce moment-là, et l'article fit grand bruit – les officiels étaient furieux, et nombre d'autres personnes exultaient ; certains Palestiniens avaient également le sentiment qu'il était « trop tôt » pour laver le linge sale des Palestiniens devant le monde entier « pendant [qu'ils étaient] encore soumis à l'occupation ».)

Le sondage d'octobre 1995 montrant une diminution de l'approbation d'Oslo parmi les Palestiniens a été mené par le Centre des médias et de la communication de Jérusalem, organisme très respecté, cité dans *Documents on Palestine*, p. 387 ; seuls 23,7 % de la population soutenaient « fortement » l'accord d'Oslo.

Ézéchiel Landau a évoqué l'ambiance en Israël pendant la période d'Oslo, et s'est rappelé les remarques de Rabin à propos de « Bagatz et B'tselem ».

Les paroles de Nétanyahou sont citées dans des dizaines d'articles, notamment « Israel's Wayward Prime Ministers », de Daniel Pipes (juin 2004), publié par le magazine en ligne *American Daily.*

Les affiches truquées montrant Rabin en uniforme nazi, et les attaques menées contre lui par la droite religieuse et politique, ont été évoquées de façon très vivante par Dalia et Ézéchiel, qui se sont aussi rappelé l'utilisation du mot *rodef.* D'autres détails sont mentionnés dans *Victimes*, p. 634-635. Lors d'interviews menées pendant l'été 2005, Dalia s'est rappelé son indignation devant ces représentations de Rabin. Avec Ézéchiel, elle s'est remémoré les défis que représentait « l'approche de coexistence » pendant cette période.

Ézéchiel a fourni les détails du rassemblement au cours duquel fut tué Rabin, corroborés par Morris, p. 635. On trouve des détails additionnels dans *Le Mur de fer*, de Shlaïm, p. 566-570. Dalia se souvient que Rabin avait dit : « Assez de guerres, assez de deuils » ; ce souvenir a peut-être pour origine un discours prononcé par Rabin devant la Knesset, le 5 octobre 1995, au cours duquel il déclara : « Nous pouvons continuer à nous battre. Nous pouvons continuer à tuer – et continuer d'être tués. Mais nous pouvons aussi mettre un terme à cet interminable cycle du sang. Nous pouvons aussi donner une chance à la paix. »

La remarque de Yigal Amir (« J'ai agi seul ») a été citée à de multiples reprises. Shlaïm, p. 569, ajoute ces paroles d'Amir : « Quand j'ai abattu Rabin, j'ai eu l'impression d'abattre un terroriste. »

Le récit de Camp David est assemblé à partir de nombreuses sources. Une bonne partie provient d'un échange de « versions » de Camp David publié par la *New York Review of Books*, entre d'une part Barak et Benny Morris (13 juin 2002) et d'autre part Robert Malley et Hussein Agha (27 juin 2002). Également important pour mon récit : *Le Rêve brisé*, de Charles Enderlin, qui a reconstruit le sommet « à l'aide de témoignages filmés durant les semaines qui ont suivi la rencontre, mais aussi des notes de plusieurs participants, israéliens et palestiniens » (p. 13). Autre récit très utile, *The Truth About Camp David : The Untold Story About the Collapse of the Middle East Peace Process*, de Clayton E. Swisher, qui repose sur des interviews en profondeur de toutes les parties impliquées. Autres sources : *The Missing Peace : The Inside Story of the Fight for Middle East Peace*, de Dennis Ross ; *Madame le Secrétaire d'État : Mémoires*, de Madeleine Albright ; les « Camp David Papers » d'Akram Hanieh, autre membre de l'équipe palestinienne et rédacteur en chef du quotidien palestinien *Al-Ayyam ;* et le journal de Saëb Erekat, l'un des principaux négociateurs palestiniens, repris dans un discours à Bethléhem, traduit et publié en ligne sur homepages.stmartin.edu/Fac_Staff/rlangill/PLS %20300/Camp %20David %20Diaries.htm. Erekat, dans une correspondance que j'ai échangée avec lui, a confirmé l'authenticité du journal.

Le ton des récits varie, ainsi que la désignation des responsables de l'échec de Camp David, selon le point de vue du narrateur. De petits détails varient également, un narrateur se rappelant qu'une partie d'une carte était jaune alors qu'un autre se souvient qu'elle était marron. Les citations sont reproduites littéralement à partir des sources citées, mais elles ne sont peut-être pas exactes, car les participants se sont remémoré les conversations après les faits. Il existe parfois de légers désaccords sur les dates de certaines conversations, bien qu'il soit également possible que des discussions similaires aient été répétées *ad nauseam* pendant les quatorze jours passés à Camp David. Je n'ai utilisé que les citations confirmées par plus d'une source.

Le commentaire de Ross (« toujours les mêmes foutaises ») provient de ses Mémoires, p. 669. La colère de Clinton face à Abou Ala est citée par Enderlin (p. 205) ; des versions légèrement différentes se trouvent dans l'ouvrage de Ross, p. 668, et dans celui d'Albright, *Madame la Secrétaire d'État*, p. 488, où figure également la citation faisant état d'une « averse torrentielle ». La description de Clinton frappant du poing sur la table est tirée du récit de Barak à Morris dans l'article de la *New York Review of Books*. La réponse d'Arafat provient du journal d'Erekat. L'appel de Clinton à Arafat à la veille de son départ pour le sommet du

G-8 est rapporté par Enderlin, p. 238, par Albright, p. 490, par Ross, p. 696E, et par Swisher, p. 299, qui mentionne également la phrase de Clinton parlant du « prix qu'il vous faut payer », attribuée aux souvenirs de Sandy Berger. Lourde de sous-entendus, la réponse d'Arafat à Clinton après son retour d'Okinawa, parlant notamment d'un « îlot » et affirmant qu'il ne « [vendrait] pas Jérusalem » est tirée des *Camp David Papers* de Hanieh. La célèbre invitation d'Arafat lui proposant d'assister à son enterrement est citée sous diverses formes dans presque chaque récit. Son expression « Il est plus facile de faire la révolution que la paix » est tirée du journal d'Erekat.

Le pourcentage exact de la Cisjordanie et de Gaza discuté à Camp David comme fondement d'une solution reste controversé, en partie parce que peu d'offres écrites, voire aucune, furent faites, et parce que des parties de Jérusalem-Est et d'autres zones n'étaient pas prises en compte dans le calcul. Selon Malley et Agha, « les idées avancées à Camp David ne furent jamais couchées par écrit, mais formulées oralement ». Certaines estimations de ce qui se discuta réellement descendent jusqu'à 80 %. Voir *Dishonest Broker : The U.S. Role in Israel and Palestine*, de Nassir Arouri. D'autres auteurs insistent sur le fait que le pourcentage était de l'ordre de 95 %.

Le statut de « site religieux le plus contesté » du mont du Temple/Haram al-Charif est l'une des rares choses incontestées. J'ai compris toute l'importance du site pour les musulmans, et pas seulement au Moyen-Orient, lors d'une visite à un bidonville habité par des musulmans, sur l'île philippine de Mindanao, où les familles avaient fixé au mur des images de la mosquée d'al-Aqsa ; lorsqu'ils entendirent parler de mes reportages au Moyen-Orient, ils se lancèrent dans des discussions sur l'importance de Jérusalem pour les musulmans.

Le nombre de mille cinq cents policiers est donné par le ministère israélien des Affaires étrangères (www.mfa.gov.il). Les événements du 29 septembre sont décrits dans le rapport final de l'impartiale commission d'enquête de Charm el-Cheikh, plus connue sous le nom de « commission Mitchell », d'après le nom de son président, l'ancien sénateur américain George Mitchell. Le rapport précise que les manifestants palestiniens n'ont pas fait usage d'armes à feu ce jour-là, citant des informations du Département d'État américain. On peut trouver davantage de détails dans le rapport d'Amnesty International daté du 19 octobre 2000.

La citation mentionnant un « vaste plan » provient de l'interview de Barak avec Morris dans la *New York Review of Books*, et son sentiment est corroboré par les déclarations israéliennes à la commission Mitchell. Celle-ci est l'une des commissions qui ont déterminé que dans la plupart des premières manifestations on ne cachait pas, « derrière des enfants, des hommes armés de mitraillettes ». La commission critiqua toutefois la déclaration d'Abou Ali Moustapha, dirigeant de l'OLP et du FPLP, faite en juin 2000, quatre mois avant le début de l'Intifada d'al-Aqsa : « Les problèmes de Jérusalem, des réfugiés, et de la souveraineté se résoudront sur le terrain, et non au cours de négociations. Il est important que nous préparions le public palestinien à la première étape, car nous nous retrouverons sans aucun doute en conflit avec Israël afin de créer une nouvelle réalité sur le terrain. » Moustapha ajouta que tout conflit futur « [serait] plus violent » que la première Intifada. Il fut assassiné quinze mois plus tard par les forces de sécurité israéliennes.

La crise, conclut Israël, était « un conflit armé et non une guerre », affirmation qui, selon les Palestiniens, n'était qu'une excuse « pour justifier sa politique d'assassinats, de punitions collectives, et son usage meurtrier de la force ».

Les statistiques concernant les premières victimes proviennent d'enquêtes menées par des organisations de défense des droits de l'homme, notamment le groupe israélien B'tselem, qui affirma dans un rapport, en date du 2 décembre 2000, que 264 Palestiniens avaient été tués dans les territoires occupés depuis le 29 septembre, notamment 204 civils « tués par les forces armées israéliennes, dont 73 mineurs âgés de 17 ans ou moins ». Pendant la même période, vingt-neuf Israéliens furent tués, dont seize membres des forces de sécurité. Le nombre de dix mille blessés provient de la même enquête de B'tselem, qui concluait : « Israël n'a pas développé de méthodes qui ne soient pas meurtrières pour disperser les manifestations, et n'a pas entraîné ses soldats à faire face à ces manifestations. » B'tselem affirmait que « selon les chiffres des forces armées israéliennes, dans 73 % des incidents [du 29 septembre au 2 décembre 2000], les Palestiniens n'avaient pas tiré de coups de feu ».

La mort de treize Arabes israéliens est décrite dans un rapport du Département d'État américain, le 23 février 2001, « Country Reports on Human Rights Practices ». Selon un membre israélien, très respecté, d'un institut de sondages, en 2002, 46 % des Israéliens étaient favorables au « transfert » (l'expulsion) des Palestiniens des territoires occupés, et 31 % soutenaient le « transfert » des Arabes israéliens. Voir « Israeli Public Opinion on National Security 2002 », d'Asher Arian, directeur du projet « Politique nationale de sécurité et opinion publique » à l'université de Tel-Aviv. La position de Rehavam Zeevi sur le « transfert » était bien connue. Voir, par exemple, « Israel Mints Ultranationalist Hero », *Christian Science Monitor*, 10 octobre 2002. Le « Country Report » du Département d'État (28 février 2005) fait référence à l'enquête d'Israël sur la mort des Arabes israéliens : « La commission d'enquête Orr a été créée afin d'enquêter sur ces morts. Elle a recommandé un certain nombre de mesures, notamment des poursuites criminelles. Le Conseil des ministres a adopté ces recommandations en juin. »

La colère israélienne après la mort de deux soldats à Ramallah a contribué, peut-être plus que tout, à la poussée de la droite israélienne après 2000. Selon le rapport Mitchell, « pour les Israéliens, le lynchage de deux soldats réservistes, le sergent Vadim Novesche et le caporal Yosef Avrahami, à Ramallah le 12 octobre, reflétait une profonde haine des Palestiniens à l'encontre d'Israël et des Juifs ».

L'attentat du jour de l'an à Netanya est mentionné dans un article de Reuters, le 2 janvier 2001 : « Barak Doubts Clinton Can Forge Mideast Peace Deal ». Le commentaire de Barak faisant état de ses « sérieux doutes » provient de cet article.

Les progrès accomplis lors des pourparlers de Taba semblaient réels aux observateurs des deux camps et aux observateurs indépendants. Un diplomate européen m'a contacté en 2001 pour souligner ce fait. Il citait les conclusions de

Miguel Moratinos, émissaire de l'Union européenne qui participa aux pourparlers de Taba. En février 2002, *Ha'aretz* publia le document Moratinos, que l'on peut consulter sur www.arts.mcgill.ca/MEPP/PRRN/papers/moratinos.html. Selon Moratinos, Taba fut un pas en avant considérable vers un règlement global, des progrès ayant été faits à propos de la souveraineté palestinienne sur Jérusalem-Est, notamment certains sites religieux de la Vieille Ville, et les Israéliens reconnaissant pour la première fois partiellement la résolution 194 de l'ONU et le droit au retour des Palestiniens, alors en discussion depuis plus de cinquante ans. La remarque de Barak, faite à Morris dans l'interview pour l'article de la *New York Review of Books*, le 13 juin 2002, après sa défaite contre Sharon, ne cède rien sur le droit au retour, pourtant le document Moratinos affirme clairement que la délégation israélienne à Taba, prétendument dirigée par Barak, avait fait d'autres déclarations. On ne sait pas avec certitude si cette divergence est plus révélatrice sur les négociations de Taba, sur l'exactitude du document de Moratinos, ou sur les considérations personnelles et politiques de Barak au moment où il a fait cette remarque.

L'assassinat d'Abou Ali Moustapha est rapporté dans l'article de Graham Usher, « As the Dominoes Fall », dans *Al-Ahram Weekly* (Le Caire, 30 août 2001). L'assassinat de Zeevi est décrit dans des dépêches d'agence, notamment d'Associated Press (« Israel's Tourism Minister Killed », 17 octobre 2001).

Les déclarations de Sharon sont extraites d'un discours à Jérusalem, filmé par CNN.

Les pertes provoquées par les attentats suicides sont consultables sur www.jewishvirtuallibrary.org/jsource/Terrorism/TerrorAttacks.html. Les attaques d'hélicoptères Apache sont mentionnées par Khaled Amayreh, correspondant d'*Al-Ahram Weekly*, dans un article daté du 6 décembre. Le récit de l'attaque menée par Israël contre le quartier général d'Arafat et la déclaration du gouvernement israélien selon laquelle Arafat n'avait « pas d'importance » sont extraits d'un article du 13 décembre : « Israel Launches Attacks After Declaring Arafat "No Longer Relevant" » (israelinsider.com/channels/security/articles/sec_0158.htm). Le bombardement de La Voix de la Palestine est rapporté dans un article de CNN (archives.cnn.com/2002/WORLD/meast/01/18/mideast.violence).

L'article d'Arafat « The Palestinian Vision of Peace » a été publié dans la page « Opinion » du *New York Times*, le 3 février 2002. Les attaques ultérieures contre la *muqata*, le quartier général d'Arafat à Ramallah, ainsi que la citation faisant état d'une « résistance inébranlable » sont mentionnées dans la « Chronological Review of Events Relating to the Question of Palestine, Monthly Media Monitoring Review », publiée en février 2002 par l'Unispal (UN Information System on the Question of Palestine, unispal.un.org/unispal.nsf/udc.htm). La photo du drapeau en lambeaux a été prise par George Azar.

L'incident de l'hôpital Arab Care est décrit dans un article d'avril 2001 du *Guardian* britannique. L'attaque contre Jénine est dépeinte dans le « Report of the Secretary-General Prepared Pursuant to General Assembly Resolution ES-10/10 » (un.org/peace/jenin). Le Dr Cherif Kanaana m'a raconté la plaisanterie comparant Ramallah et Jénine.

Les statistiques sur les démolitions de maisons se trouvent sur le site du Comité israélien contre les démolitions de maisons (www.icahd.org), qui affirme : « Depuis 1967, dix-huit mille maisons palestiniennes ont été démolies dans les territoires occupés. » Ce nombre inclut Jérusalem-Est, annexé par Israël après la guerre de 1967. Voir aussi le rapport de B'tselem de novembre 2004, « Through No Fault of Their Own : Israel's Punitive House Demolitions in the al-Aqsa Intifada », qui affirme qu'« en moyenne, douze personnes innocentes ont perdu leur maison pour chaque personne soupçonnée d'avoir participé à des attaques contre les Israéliens ».

La position de *refuznik* de Rosen-Zvi est mentionnée par *Ha'aretz*, le 15 juin 2001 (« Reservist Jailed for Refusal to Serve in Territories »).

Les détails de l'attentat suicide survenu dans le quartier de Kiryat Menachem, où habitaient Dalia, Ézéchiel et Raphaël, proviennent d'interviews avec Dalia et Ézéchiel, auxquelles s'ajoutent des articles de presse, notamment dans le *Guardian*, le 21 novembre 2001 : « Jerusalem Suicide Bombing Kills 11. » Le commentaire du père d'Abou Hilail et la réoccupation de Bethléhem ont été rapportés le 22 novembre dans un article sur internet de CBS News : « Israel Retaliates for Bus Bomb ». Le commentaire mentionnant le « terrorisme aveugle » d'Arafat est tiré d'un article de James Bennet dans le *New York Times* du 22 novembre.

Dalia et Ézéchiel se sont remémoré l'autel érigé à l'arrêt de bus et les textes des pancartes manuscrites. Les détails additionnels proviennent de l'article d'Ézéchiel, « Religious Responses to Atrocity » (*Tikkun*, 18, n° 5, septembre-octobre 2003). L'agression d'un voisin arabe à coups de couteau a été rapportée par l'AFP le 24 novembre, et Dalia et Ézéchiel l'ont évoquée ; ils ont également décrit l'attaque contre le boulanger palestinien.

La décision d'Ézéchiel de répondre à ce qu'il qualifiait de « crise spirituelle généralisée » l'a conduit de plus en plus souvent à Hartford (Connecticut), tandis que Dalia restait à Jérusalem.

CHAPITRE 13

Les notes de ce chapitre sont relativement courtes, car il est en grande partie fondé sur des interviews avec Dalia et Bachir, et sur mes observations lorsque j'ai séjourné avec eux à Jérusalem, Ramallah, et en Bulgarie.

Les détails additionnels sur le monastère proviennent de www.visitbulgaria.net/places/bachkovomonastery/index.shtml. On trouvera les informations sur Yad Vashem et les évêques bulgares sur www.yadvashem.org.

Le récit de la libération de Bachir de la prison israélienne de Ramallah m'a été fait par l'un de ses vieux amis, qui souhaite rester anonyme. Comme à son habitude, Bachir n'a pas voulu entrer dans les détails de cette histoire.

La mort d'Iman al-Hams, le 5 octobre 2004, a fait l'objet à l'époque de nombreux articles, notamment dans le *Philadelphia Inquirer*, le 6 octobre. La citation mentionnant la « statistique épouvantable » et les détails additionnels proviennent de l'article de Gideon Levy dans *Ha'aretz*, « Killing Children Is No Longer a Big Deal », publié le 17 octobre 2004. Ceux qui entrent en Cisjordanie ou en sortent ont l'habitude des longues files d'attente aux points de contrôle. L'histoire du violoniste a fait l'objet de nombreux articles, elle est mentionnée dans une dépêche d'Associated Press, le 29 décembre 2004, « Palestinian Fiddler Gets Earful of Israeli Hospitality », qui décrit le voyage de Tayem dans un kibboutz israélien. Il était invité par des kibboutzniks qui, selon un ami violoniste, « voulaient lui montrer qu'Israël n'était pas fait que de terreur et de violence, mais aussi de la chaleur humaine de braves gens ».

La description du voyage de Dalia à Ramallah est tirée de mes propres carnets. Je conduisais ma voiture de location et brandissais mon passeport américain bleu. Pour une raison ou une autre, les soldats israéliens ne demandèrent pas ses papiers à Dalia – dans le cas contraire, cela aurait pu mettre fin à notre voyage ; nous fîmes route vers le nord, sidérés, le mur à notre gauche. La référence à la « boutique hors-taxes » est un slogan ironique des Palestiniens, notamment Nidal.

La description de la « barrière de sécurité » (dont une partie est un mur de près de huit mètres de haut) et de sa construction provient du site gouvernemental israélien, www.securityfence.mod.gov.il/Pages/ENG/execution.htm. La citation mentionnant « le seul but de cette barrière » provient d'un communiqué d'Israël, le 23 juin 2001. Les objections palestiniennes contre le mur, notamment sa description par l'Autorité palestinienne (« le mur de l'apartheid »), se trouvent sur www.mofa.gov.ps/positions/2004/19_1_04.asp. Voir aussi l'article de Reuters, le 10 juillet 2004, qui reflète les objections palestiniennes contre le tracé du mur, et rapporte la décision de la Cour internationale de justice. La citation de Scott McClellan, porte-parole de la Maison-Blanche, faisant état d'un « problème politique » est tirée de cet article ; la déclaration de John Kerry, parlant d'« acte légitime » ne relevant pas de « la compétence de la Cour internationale de justice », a été faite pendant sa campagne présidentielle, et peut être consultée sur www.jewishvirtuallibrary.org/jsource/US-Israel/kerryisrael.html.

Pendant leur rencontre, Dalia et Bachir ont échangé quelques mots en anglais, mais la plus grande partie de leur dialogue a été traduite par Nidal, qui écrivit à une allure folle pour saisir chaque phrase et répéter fidèlement chaque mot de Dalia à Bachir, et vice versa.

CHAPITRE 14

J'ai appris la mort du citronnier pendant ma première visite à la Maison ouverte, au début de l'année 1998, alors que je travaillais à mon documentaire radiophonique pour l'émission de NPR, « Fresh Air ». Je me souviens d'avoir regardé l'un des citrons racornis et de m'être demandé si je devais le rapporter comme souvenir pendant que je travaillais à mon histoire. Mais je l'ai laissé par terre.

Index

Remerciements

La Maison au citronnier* n'aurait jamais vu le jour sans le soutien, l'apport et la générosité de témoins directs, de chercheurs, d'archivistes, de journalistes et d'éditeurs aux États-Unis, en Bulgarie, en Israël, en Cisjordanie, en Jordanie et au Liban.

Je suis redevable aux archivistes de l'American Jewish Joint Distribution Committee, dans le Queens (New York) et à Jérusalem ; des Archives centrales sionistes et des Archives nationales d'Israël, à Jérusalem ; de l'Institut pour les études palestiniennes, à Beyrouth et Washington ; des Archives nationales de Washington ; de la bibliothèque Lyndon Baines Johnson, à Austin (Texas) ; et des Archives nationales bulgares, à Sofia, où Vanya Grazenko a passé des heures à localiser des archives juives des années 1940.

Certaines parties du manuscrit ont été examinées à divers stades par des chercheurs, des écrivains, des éditeurs, et d'autres collègues venus de nombreuses disciplines, avec des points de vue différents. Je remercie, pour leurs idées et leurs commentaires, Polia Alexandrova, Nubar Alexanian, Lamis Andoni, Nassir Aruri, Hatem Bazian, Sophie Beal, George Bisharat, Matthew Brunwasser, Mimi Chakarova, Frederick Chary, Lydia Chavez, Hillel Cohen, Dan Connell, Beshara Doumani, Haïm Gerber, Daphna Golan, Patricia Golan, Cynthia Gorney, Jan Gunnison, Rob Gunnison, Debra Gwartney, Debbie Hird, Adam Hochschild, Alon Kadish, Bachir Khairi, Dalia Landau, Vicki Lindsay, Nour Masalha, Benny Morris, Moshe Mossek, Nidal Rafa, Tom Segev, Elif Shafak, Hani Shukrallah, Nikki Silva, Sami Sockol, Allan Solomonow, Salim Tamari, John Tolan, Kathleen Tolan, Mary Tolan, Sally Tolan, Tom Tolan, Sarah Tuttle-Singer, Anthony Weller, et Gosia Wojniacka. Certains lecteurs ont fait part de leurs commentaires sur de nombreux avant-projets, et je suis particulièrement reconnaissant aux membres de la famille Tolan, à Julian Foley, Erica Funkhouser, et Rosie Sultan, de leur exigence envers les mots et le récit.

Les recherches et les reportages réalisés pour ce livre se sont déroulés en six langues, et je n'en maîtrise que deux, l'anglais et l'espagnol (proche du ladino, la langue des Juifs sépharades). Pour le travail en arabe, notamment traductions de texte et interprétariat, je remercie Lamis Andoni, Nassir Aruri, Raghda Azizieh, Mahmoud Barhoum, Hatem Bazian, Lama Habache, Senan Khairi, Nidal Rafa, et Mariam Chahine. Pour le bulgare, l'aide de Polia Alexandrova et Matthew Brunwasser a été extrêmement précieuse. Pour les textes et les entretiens en hébreu, j'ai eu la chance de travailler avec Ora Alcalay, Ian Dietz, Patricia Golan, Boaz Hachlili et Sami Sockol. Parmi ces collègues, je tiens à remercier particulièrement ma vieille amie Patti, qui a retrouvé pour moi, entre autres, d'anciens soldats, d'anciens autocars, et de vieux journaux précieux ; Polia, qui a su faire preuve, de Sofia à Varna en passant par Kustendil et Plovdiv, de générosité, de méthode et de professionnalisme ; Nidal, dont l'enthousiasme, le dévouement, la passion pour le journalisme et la connaissance du paysage ont transformé ma vision de Jérusalem et de la Cisjordanie, et dont le travail à Amman (avec celui de Mariam Shahin) s'est révélé vital pour enrichir cet ouvrage. À tous : je vous suis encore plus reconnaissant que vous ne l'imaginez.

À Boston, j'ai appris l'existence de nombre de ceux qui seraient mes contacts initiaux parmi les communautés bulgare et judéo-bulgare. Merci à Kiril Stefan Alexandrov, Iris Alkalay, Jennifer Bauerstam, Anne Freed, Roy Freed, Assya Nick, George Nick, Vladimir Zlatev, et Tania Zlateva. Merci aussi à Peter Vassilev, qui m'a mis en contact avec sa mère, Marie, à Sofia.

En Californie, deux personnes méritent une mention particulière. Julian Foley était, il n'y a pas si longtemps, mon étudiante en troisième cycle de journalisme à l'université de Californie à Berkeley ; elle s'est soudain retrouvée en train de réviser *mes* écrits, et ses idées sur les premières versions et celles qui ont suivi se sont toujours révélées justes. Aux Archives nationales, Julian a également exhumé des documents vitaux sur la période immédiatement postérieure à juillet 1948. Sarah Tuttle-Singer a conduit d'importantes recherches de livres et de périodiques à l'université de Californie, et a finalement assumé les fonctions de vérificatrice en chef, trouvant les sources de milliers – littéralement – de citations, d'événements historiques, et de moments de l'histoire de la famille. Sarah a aussi fait part de ses commentaires sur différents stades du manuscrit, et assemblé la bibliographie de ce livre. Ces tâches étaient écrasantes, et elle a accompli un travail approfondi avec élégance et bonne volonté. Elle était assistée de Sara Dosa, qui s'est jointe tardivement à ce projet et a apporté une aide importante à un moment crucial.

J'ai parlé avec des centaines de personnes pendant le travail de recherche, et leurs noms sont trop nombreux pour que je les mentionne ici. Je voudrais pourtant en distinguer quelques-unes, dont la générosité et la précision ont contribué à entraîner le livre vers de nouveaux territoires. Parmi elles se trouvent Susannah Behar à Plovdiv, et Vela Dimitrova à Sofia et Kustendil, en Bulgarie ; Cherif Kanaana, Firdaous Taji Khairi, Nuha Khairi, et Ghiath Khairi, à Ramallah ; Khanom Khairi Salah, à Amman ; Ora Alcalay, Moshe Melamed, Moshe Mossek, et Victor Chemtov, à Jérusalem ; Israël Gefen, à Tel-Aviv ; Ézéchiel Landau, à Cambridge (Massachusetts) et Hartford (Connecticut) ; et surtout Bachir Khairi, à Ramallah, et Dalia Eshkenazi Landau, à Jérusalem. Le souhait de Dalia, assez tardif, d'interviewer son cousin, Yitzhak Yitzhaki, puis de traduire ces entretiens et de me les télécopier, en même temps que d'autres éléments, a été un précieux apport.

Cet ouvrage est né sous forme de documentaire pour la radio, et je suis reconnaissant à Danny Miller, le producteur exécutif de « Fresh Air », d'avoir donné à *La Maison au citronnier* sa première adresse en dehors d'Israël et de la Palestine. L'émission de radio a provoqué davantage de réactions que l'ensemble des dizaines d'autres émissions que j'ai pu faire au fil des années pour National Public Radio ; ces réactions, auxquelles s'est ajoutée l'insistance d'amis comme Joe Garland, Anthony Weller, Dan Connell et Alan Weisman, m'ont convaincu de faire un livre de cette histoire.

Il a été écrit dans de nombreux endroits sur une période de deux ans. Je remercie le personnel du Mesa Refuge, lieu isolé de Point Reyes (Californie), et celui de la Villa Sagona des Jardins de la mer, à Varna (Bulgarie). Merci aussi à Kevin Kelley pour la chambre d'invités et son agréable compagnie, dans sa maison des îles Gulf, au Canada ; et à Nubar, Rebecca et Abby Alexanian, dont le soutien (notamment le studio d'Abby à West Gloucester) a été inestimable, en particulier pendant les derniers jours du travail d'écriture.

Peu avant de terminer ce travail, j'ai commencé à parler de cet ouvrage comme d'un être vivant, doué de sensations ; c'était parfois une présence bienveillante, parfois un maître exigeant. Nombreux sont les témoins de mes quasi-disparitions pendant des semaines entières ; j'avais la chance, dans ces moments-là, d'avoir des amis et des collègues compréhensifs. Je remercie de leur patience Alan Weisman, Jonathan Miller et Melissa Robbins, mes collègues à Homelands Productions. Merci pour leur compréhension à Nubar Alexanian et Vicki Lindsay, amis indéfectibles pendant tout le travail d'écriture. C'est un honneur de travailler avec le doyen Orville Schell et tous mes collègues de l'École de troisième cycle de journalisme, qui ont soutenu ce travail de leurs yeux, leurs oreilles, et leurs encouragements (en particulier Mimi Chakarova, Lydia Chavez, Cynthia Gorney et Rob Gunnison). C'est un honneur de travailler avec vous.

David Black, mon agent, a cru en moi et au potentiel de *La Maison au citronnier*, au-delà du documentaire pour la radio ; Karen Rinaldi, de Bloomsbury, s'est passionnée dès le départ pour le livre, et n'a jamais flanché ; Kathy Belden, éditrice chez Bloomsbury, s'est montrée patiente, lucide, précise – ce fut un plaisir de travailler avec elle. Ils forment à eux trois une excellente équipe, dont le soutien m'a été précieux. Je remercie également le reste de l'équipe de Bloomsbury, notamment les nombreuses personnes que je n'ai jamais rencontrées.

Je suis reconnaissant aux amis, en Bulgarie, en Israël, et dans le monde arabe, qui m'ont nourri, logé, et donné quelques occasions de rire et des lueurs d'espoir au milieu des moments douloureux de l'histoire, petite et grande.

Ma reconnaissance éternelle à Lamis, qui m'a ouvert des mondes, et à la famille Andoni, qui m'a montré la générosité et la chaleur d'une famille arabe. Merci, Margaret, Reem, Jack, Wido, Tala, Lana, Nabil, Missy, Leïla, Charlie et Michael.

À mon frère, Yam, et à tous les Tolan mentionnés plus haut, aux conjoints, aux neveux et aux nièces Tolan : je vous aime tous.

Enfin, à Bachir Khairi et Dalia Eshkenazi Landau, qui ont passé des centaines d'heures avec moi, écoutant les questions les plus insignifiantes, parfois avec incrédulité (« *Comment* me souviendrais-je de la couleur de ma cravate en juillet 1967 ? »), je peux seulement dire : pour de multiples raisons, ce livre n'existerait pas sans vous. *Alf choukrane. Toda roba.*

Merci.

Table

Mise en page par Meta-systems
59100 Roubaix

CET OUVRAGE
A ÉTÉ ACHEVÉ D'IMPRIMER
SUR ROTO-PAGE
PAR L'IMPRIMERIE FLOCH
À MAYENNE EN AVRIL 2011

N° d'édition : L.01EHBN000370.N001 – N° d'impression : 79425
Dépôt légal : mai 2011
(Imprimé en France)